闯海南

包涵 —— 著

作家出版社

图书在版编目（CIP）数据

闯海南／包涵著 . -- 北京：作家出版社，2021.11
ISBN 978 - 7 - 5212 - 1526 - 7

Ⅰ.①闯…　Ⅱ.①包…　Ⅲ.①长篇小说 - 中国 - 当代
Ⅳ.①I247.5

中国版本图书馆 CIP 数据核字（2021）第 188025 号

闯海南

作　　者：包　涵
责任编辑：韩　星
装帧设计：有品堂＿刘俊
出版发行：作家出版社有限公司
社　　址：北京农展馆南里 10 号　　邮　　编：100125
电话传真：86 - 10 - 65067186（发行中心及邮购部）
　　　　　86 - 10 - 65004079（总编室）
E - mail: zuojia@zuojia. net. cn
http:// www. zuojiachubanshe. com
印　　刷：唐山嘉德印刷有限公司
成品尺寸：170 × 240
字　　数：560 千
印　　张：31.25
版　　次：2021 年 11 月第 1 版
印　　次：2021 年 11 月第 1 次印刷
ISBN 978 - 7 - 5212 - 1526 - 7
定　　价：56.00 元

缘 起

　　人生的旅途上总会遇到许多难忘的事情：一场炮火纷飞的战斗，一回丽日晴空的旅行，一个呕心沥血的设计，一次惊心动魄的辩论，异乡的意外重逢，白色恐怖下的生死离别……

　　所有这些啊，都会使你"衷心藏之，难以忘之"，而让作者心心念念的则是发生在一九八八年的一次全国性的社会热潮——十万人才闯海南。

　　曾有人这么描述海南"天造地设"。晚第三纪（距今二千三百万年——一百六十万年前），地球地壳在不断运动中，不经意发生了一次惯性冲撞，即时天崩地裂，陆陷成海，才完成一个恒久的杰作：一道狭长海峡将大陆板块隔断，海上出现了一座美丽的岛屿。三万五千四百平方公里的岛屿，集合了山、河、湖、海、阳光、沙滩、海水、温泉、热带植物和稀有动物；环二百多万平方公里的辽阔海域上，有着绚丽的珊瑚礁、斑斓的热带鱼、稀有的海滨植物和美丽多姿的海湾。它地处地球北纬十八度，与美国的夏威夷纬度接近。这个纬度属于热带，简称热带或亚热带雨林地区，也被称作美丽的热带天堂。传说中它像一只金龟，也有说像一块未经雕刻的玉，大自然赋予它原始状态中最完美的一切！岛上居住着远古黎、苗族先民的后代，也有后来戍边支边去的汉族人。新中国成立后，它被划作两个行政辖区：一是北部的海南行政区，总部在海口；一是南部的民族自治州，总部在通什，同属广东省管辖。历史上一直被称"崖州"，大概取其地理上"天之崖海之角"之意。它就是中国的第二大岛——海南岛。

　　一九八八年四月十三日，全国七届人大第一次会议通过了《全国人民代表大会关于设立海南省的决定》和《全国人民代表大会关于建立海南经济特区的决议》。国家赋予海南经济特区在政治、经济、文化等各个层面进行大胆的改革创新和超前试验的权利，从而走出一条具有中国特色的社会主义现代化崭新路径。其时，去海南就成了人们一种热切的人生向往，一种对未来美好生活的憧憬。尤其是年轻人，去海南成了他们挥洒青春热血并为之献身的理想，因为那里有诗和远方。作者就是当年"十万人才闯海南"里的一员……

　　二〇二〇年鼠年的春节有点"背"，武汉暴发新冠肺炎疫情，国人基本上局蹐在家不得出。作者便将这一段"心心念念"的思绪付诸成了以下的文字——

第一章

一九八八年五月五日，是郭磊启程的第一天。

从家乡亳州坐班车到徽州，再从徽州乘火车到广州。到广州后打听到往海南可以坐轮船，在轮船上待了一天一夜，结识了五位同样从内地去海南的大学生：天津的刚国强、石家庄的刘荣、湖南的卢莞、武汉的朱福祥和徐丽媛，还有一位海南农垦人老麦。

轮船经过一天一夜多的海上航行，终于来到了本航的终点站：海口市秀英港。

这是一九八八年五月十日上午十点。

不远处显露出一条清晰的海岸线，岸上的房屋和树木越来越清晰。郭磊知道海口是海南省的省会，是个地级市，同他老家亳州一样。

轮船加速，声音也由之前的"嘶嘶"变为豪迈的"呜呜"。

船上的播音系统开始发声："轮船很快进入海口秀英港，轮船很快进入海口秀英港。"

低空飞过一群白鹭，便有旅客喊："看，那是白鹭还是海燕？""白的，应该是白鹭。"

甲板上遽然响起一个激越的喊声："啊，海南！我翘首以待的经济特区！我——终于见到你了！我来了！""是啊，思谋这么久，终于踏上这块神奇的土地！"

一个约一米七八、腰板挺直的小伙站在甲板叫喊。他喊叫完，身边一稍矮的人便接着喊。

郭磊中等身材，不胖不瘦，五官端正，身穿一件蓝色旧军便服，他刚好从船舱出来，发现是刚国强和刘荣二人在喊，不由得笑了。这时船舱又出来一对青年男女——朱福祥和徐丽媛。朱福祥个子高挑，长相俊朗；徐丽媛则稍胖，皮肤白皙，二人进出都手牵手，被旅客们认为是一对情侣。

在轮船熬了一天一夜，大家脸色都有些干涩甚至憔悴。方便面代替不了正餐，但之前的眩晕感已经渐渐消失。

轮船正徐徐驶向码头。"快看，椰子树！好漂亮的椰子树啊！我终于看到椰子树啦！"有人边喊边挥舞着手。

一阵悦耳的《橄榄树》男歌声从五等舱传出来："不要问我从哪里来，我的故乡在远方。为什么流浪，流浪远方，流浪！"扭头看，一个三十岁左右的粗黑男子独自旁若无人地边唱边走了出来。郭磊头天见他旁若无人唱了好几遍。第一次听，悲壮苍凉；第二遍听，亲切。这首《橄榄树》的确唱出不少离乡人的愁绪！估计也是位闯海人，只是他颇有些桀骜，郭磊几次想同他打招呼又不敢。他的头颅有点大，头发像半年没剪，披在耳上，很乱，胡子一大把。他朝甲板上走，经过郭磊身边时，闻到一股馊味。那人走到甲板上，停止了歌唱，目不转睛地注视着远方。

这时从船舱又走出一个小伙，脸形像倒过来的半边葫芦，上半大、下半小，眼珠有点鼓，颧骨稍高，下颏尖瘦，尤其上嘴唇，比下嘴唇高出不少，笑起来上排牙齿马上露出来，他就是卢尧，边走边强劲地哼唱着一首歌："少林，少林，有多少英雄豪杰都来把你敬仰……"这是电影《少林寺》的主题歌。郭磊看过那电影，就问："小卢，到了海南怎么办？"卢尧说："车到山前必有路！怕什么！"

眼看轮船靠近了码头，船上的旅客纷纷收拾行李。

郭磊忽然想起头天在船上结识的海南农垦人老麦，于是赶紧跑到四等舱找他留地址。老麦看到他，马上热情地掏出一个香烟盒和笔写下：海南农垦东风农场驻海口办事处麦气咋。郭磊问："是海口吗？"老麦说："登迈。"（其实应念"澄迈"）老麦说："小郭啊，我在东风垦殖场驻海口办事处，你没事可上那儿找我。"

码头上悬挂着一条巨大的横幅："欢迎全国各地的人才到海南大特区创业！"

见此，一路的辛苦似乎被消融了。

一块木板上赫然写着三个大字"秀英港"，下船旅客将两个出口堵死。郭磊不急，等所有人走得差不多，才提起帆布行李包走，发现还有两个更不急的——朱福祥和徐丽媛。看到郭磊，徐丽媛说："上岸找住的地方吧。"郭磊说："好，一起走吧。"三人经过几根木头搭的渡桥，走着腿有点颤。过后就到码头，码头上很多人，有接人的、有拉客的，还有问他们是否吃饭住旅社的。

一个三十岁左右的女人头戴斗笠，手举报纸喊："旅社便宜，一人五块。"朱福祥问郭磊："住吗？"郭磊见是五元，便问："小旅社吧？"女人说："不大不小。"几个姑娘分别捧着盒饭过来问他们："哎，要不要吃饭，五块一盒。有白菜有肉，刚做的，很新鲜。"

听她们说纯正的普通话，朱福祥便好奇地问："你们是哪儿的？"把她们问笑了。一个姑娘说:"你买我们的盒饭,就告诉你。"朱福祥说:"给两盒。"一个胖姑娘接过他递的十元钱说:"我们来自河南。上岛两个月,没找到工作,所以卖盒饭。"说罢哈哈大笑。朱福祥问:"河南哪儿?"那姑娘说:"我洛阳,她开封。"拉客女催道:"哎,你们走不走?"正要回答,又有三四辆车驶到并异口同声地问:"去哪儿?"驾车的清一色女司机,头上一律戴顶斗笠,像电影《红色娘子军》中吴琼花戴的。徐丽媛说:"哎,我们住旅社,知道哪儿有?"一个女人说:"知道呢。"朱福祥笑看徐丽媛说:"坐她的吧。"郭磊发现路边搭着帐篷摆有茶水摊便说:"买杯茶吧,有点渴。"朱福祥、徐丽媛便点头。三人走到帐篷前买了三杯茶。一杯五分,每人买了一杯。

听口音,卖茶的也是内地来的大学生。一问果不其然,大家一起呵呵直笑。

买了茶水,才知道他们中有四川、有广西还有福建的,都是刚毕业的大学生。

回到车前,发现是自行车侧安装一铁皮座,坐两个人,挤一下也能坐三个人。朱福祥将徐丽媛先扶上去,接着让郭磊上;郭磊客套着,朱福祥便上了车,将手紧紧护卫着徐丽媛。郭磊看到他们相依相偎在一起,还有点不好意思,就干脆坐到对面。徐丽媛发现喊住旅馆的女人没上车,便问:"你怎么不上?"她指着驾车女说:"跟她去吧。"才知她们是一伙的。

驾车女见他们坐好,便说:"坐稳。"于是开始蹬车。

郭磊感觉头上的阳光异常强烈。进入五月,老家亳州早晚还得穿毛衣或绒衣,可南下到广州时就开始感到温度高了许多,此时再到海南,脱得只剩一件衬衣了。海南岛的阳光好像还不一样,竟像炭火炙烤一样,皮肤立即有种火辣辣的感觉。首先是徐丽媛马上紧张地用手捂脸和耳朵,朱福祥则从包里扯出一件白衬衣披在她肩背上。徐丽媛却推开摇头说:"不用,披着更热。"

三轮车驶出码头后,很快来到一条大街,女司机然后朝前使劲蹬。一辆同款三轮车从身边驶过,车上坐着刚国强和刘荣,郭磊便"喂"一声喊他们,刚国强朝他挥手:"小郭,上哪儿?"郭磊说:"找地方住。"刘荣说:"对,我们也是。"一路遇到不少这种三轮。徐丽媛忍不住问女司机:"怎么都这种车?"女司机说:"这叫风采车。"

车子经过一条街,拐了个弯驶进另一条街,在一排平房前停下。郭磊顺司机手指,看到一块木牌"农垦旅社"。车停,朱福祥掏钱,郭磊也掏一块钱给女司机。女司机说:"仨人,三块。"朱福祥又掏一块,她接过掉转车头就走了。郭磊的印象是在内地可能有敲诈,这儿却没有。

到服务台登记完,郭磊奇怪:朱福祥、徐丽媛明明是一对儿,却没住一间?

来到后头，上几级水泥楼梯到二楼。对着楼口有个公共卫生间，有一股尿臊味儿。找到房间用钥匙打开，当看到里面不由倒吸一口气。那叫一个窄啊，两张床几乎挨着，中间只能挤过一个人。床是木架，铺一张草席，似有一层釉，用手摸又像擦过。掀开草席，底下三块不对称的松木板。中间两块平整，左边一块高低不平。再看房间，连凳子都没有，只在靠墙角放着一只塑料开水瓶。还好，有扇窗，用铁丝吊着一条破两处的旧花布窗帘。使劲一拉，刚好遮住。一股霉湿味道扑鼻而来，幸好一个人，假如两个人，既不方便，又拥挤。不过按床位算一个床只两块五毛钱，便宜。窗外是院，院子里种着几棵码头上见过的椰子树。

郭磊想给大哥或父亲报平安，于是来到楼下问服务员哪儿有长途电话，服务员告诉他出门右拐有个小店，不过要收费。他到隔壁的小杂货店，里头坐着一个四十多岁的女人。他礼貌地问："能打长途吗？"女人点头将电话搬到他面前的柜台上。郭磊掏出电话本找到大哥办公室电话，没人接，又打父亲的办公室电话，也没人接听。他想起父亲平时多在粮库。

再拨哥哥办公室电话，有人接听后喊："郭政宣，你的电话！"那头很快响起大哥黄牛般的声音："谁呀？"郭磊说："哥，是我。"哥哥兴奋地说："郭磊你到了？"郭磊说："刚到，给你报个平安。你告诉爸妈一声。"哥哥问："找到工作没？"郭磊说："刚到呢，明天开始找。"哥哥说："郭磊，出门在外，各方面要小心。走前，我叮嘱你那些话，要记住。"郭磊说："哥，你告诉爸妈，我到了，其他过些天再说。这是公用电话，要收费的。"大哥闻之，比他还先挂掉了电话。

郭磊已经两晚没睡，还晕船，才知道大海上的轮船同江河上的船舶是不一样的，还好自己没吐，但一度很不舒服。他们是五等舱，没有位置，都坐地上，最多地上放一张报纸，或将自己的行李当凳子。

于是一头倒在床上，很快睡着了。

这一觉就睡到下午五点。炽热的太阳下山，城市变得凉风飕飕。郭磊走到窗口，对比之下，内地的天空基本上是灰蒙蒙死沉沉，而海南的天空不但湛蓝，任何一处景色都非常明亮。估计只有充足的阳光才能给大地饱满的色彩，而家乡的夏天虽也有绿树葱茏，但无法同海南的绿比。海南的绿和植被都绿得耀眼，绿中放射一种透彻的光。家乡的植物的绿是一种本能的绿，没有光，无法映射外界。

郭磊发现朱福祥、徐丽媛都出去了。看时间不早，他有点饿，想找地方吃饭。服务员告诉他，街对面有居民摆的饭菜摊，旅社的旅客都上那儿吃。郭磊问："有卖馍的吗？"服务员不懂问道："什么馍？"

服务员提示他，穿过马路，小巷进去不到二十米，有对五十岁左右的夫妻卖饭菜。板凳上放一只电饭煲，菜做好，装几只盆里，放一小桌上。他想起在码头上遇到卖盒饭的大学生，唉，闯海南的大学生沦落到这种地步真够惨。郭磊在家天天吃馍，还是忍不住问一声："请问有馍吗？"男主说："馍？不懂呢。"连米饭带菜用了三元，也可打四元、五元的饭菜。米很糙，没什么味儿，而他老家的米饭，吃起来劲道有嚼头。饭菜数量可以，菜也够吃。让他惬意的是海南人能听懂他的话。他在广州停了一天，碰到几个当地人竟都不懂他的话，不理他。

好歹吃完，回到旅社，服务员正闲。郭磊便问："姑娘，最近来海南的人挺多吧？"

服务员头发焦黄，眼睛像两汪深水，说："这不，我们这之前是仓库，改造了专门接待你们大陆人。"

一位四十多岁的大妈手里抱了一包刚收的脏被单出来，服务员便问："张阿姨，你知道省政府在哪里吗？"大妈眨巴一下眼睛，摇头。

晚上，听到门口有人说话。开门一看，竟是朱福祥。这时徐丽媛在房间喊他，他便同郭磊打招呼说："同学先我两个月来，说上省招聘中心找工作的特多，不好找。"说完，就径自去徐丽媛房间了。

第二天，郭磊没吃饭，直接坐头天坐的那种车去省政府。沿途看到不少"大陆"大学生蹲街边摆地摊，有卖衣服的、卖鞋子的、卖书报的，一字排成一溜长长的摊。昨天在秀英码头看到的一幕又出现了。来到省政府，女司机告诉他，这条街叫海府大道，比他旅社门口的龙华路宽多了。省政府是独立建筑，从外往里看，大门内还有个院，坐落着三五栋楼。大门是钢筋水泥结构，外表也没装潢。里头的办公区，外立面有一些马赛克之类的材料贴着。车子停下，他给女司机付了钱，不由问："怎么你们海南驾车的都是女的，男人呢？"女司机笑说："男人都去茶店喝茶了哦。"郭磊说："哦，那你们海南的男人真好命。"

省府门口有岗亭警察，须出示证件。一对中年夫妻上前问了什么，警察朝对面一指说："对面那楼是省人才中心，你们去那儿找吧。"

听到他们也是闯海南的，郭磊便跟他们走了大概二百米，对面果然有栋三层楼，让他吃惊的是，门口竟聚集着至少二三百人。那对夫妻也被眼前景象惊住了。这时门外自然而然让开一条路，楼上下来三个人，三人都手拿表格，其中一个洋溢着灿烂的笑，一个愁眉苦脸，一个不阴不阳。有认识的便喊："小帅，情况怎样？"那脸色灿烂的挥拳说："靠！马上上班！"那人又问："哪儿？"小帅又挥拳说："事业单位。"七八个人为他鼓掌。这时，郭磊看到三层楼门右侧挂着一块白漆黑字招牌，上书：省人才交流中心。才知道朱福祥说错了，不是"招聘"

中心，而是"交流"中心。

郭磊听他们交谈。一个年轻人说："反正简历已递，让我们等，那就等呗。"另一人说："万一没录取呢？"年轻人说："接着等呗。"从旁插进一个年轻人说："车到山前必有路。"大家就笑。

"递简历？"这是郭磊此时想得最多的，但一想到自己简历上写的是大专，之前在轮船上遇到的人都是国内名校。假如那样，自己还有什么机会？

几个年轻人快步走来。其中一个说："哎，同胞们，晓得东湖啵，东湖三角池一广告墙，有用人单位的招工广告。"有人说："'计主任'，你这两天跑哪里了，大家不见你日子没法过。"那"计主任"便哈哈大笑说："谢谢你们。我嘛到底不能同你们比，我得找活，否则真没钱回家。"一个小伙说："计主任，你刚说东湖边有招聘广告？"计主任说："没错。"小伙子说："你说有不错单位，有哪些？"计主任说："《海南特区报》，刚创办。可以吧？"人群顿时起哄，一个人说："喔，真可以，工作没找到，当个记者也不错。"另一个年轻人说："别扯，记者要新闻专业毕业。我们不学新闻，哪行？"计主任说："我问了，只要有大专文凭，一样录取。"几个年轻人异口同声问："真的？"计主任说："当然。我打电话问过，明天就面试。"大家情绪再次高涨。郭磊认为计主任神通广大，便笑嘻嘻地问："有招会计的吗？"计主任看他一眼说："也有。"五六个年轻人簇拥着计主任往旁边小街走去。门口的人开始散去。郭磊拽住一个年轻人问："他是人才中心的主任？"那人笑说："毛！他姓计，喜欢牵头揽事，大家恭维他'计主任'。"

忽然看到刚国强和刘荣过来，刚国强响响地喊他："小郭，情况怎样？"郭磊问："你们住哪儿？"刚国强说："刘荣有一个熟人，昨晚住机场东路。"郭磊说："人多，刚才足足有二三百人站这儿。"刚国强问："内地的？"郭磊答："可不。"刚国强说："递简历没？不管结果，将简历递上吧。"

郭磊将准备的简历和毕业证复印件及自荐书等交给人才交流中心窗口的一位年轻干部。那干部自我介绍姓符，满面笑容地说："好好，我登记。资料都放这儿，有联系的，留地址；没联系的，一个月半个月来问一次，不要不管。"刚国强就笑说："好。"交完资料，郭磊说："听说东湖有个广告墙。我想去看看。"刚国强说："那好，有机会见。"说完，就同刘荣走了。

再坐"风采车"来到人们说的东湖。女司机指了方向，走了几步，果然看到前头立着两堵板墙，上头贴着各种纸笺，墙前站着十几个人在看，有的还用笔记着什么。郭磊朝墙上看，真是用人单位贴的广告，有招聘单位和招聘对象等，有的要求身高、学历。他心想，自己是财会专业毕业，有招财会的就好了。可十张广告看下来，竟没有一张招财会，却意外发现了一张白纸上用钢笔字写道："一去一万里，千之千不还，崖州何处在，生度鬼门关。"他问一个看广告的人："什么意思？"那人呵呵一笑说："不知道？唐朝杨炎当年流放到海南写的一首诗。"看到"生度鬼门关"五个字，他真被吓一跳，心想，不会那么惨吧，毕竟时代不同了。

又来三个贴广告的，其中两家招厨师、秘书（注明女秘书，年龄不超过二十五岁，未婚），一家招聘广告公司业务员。郭磊忽然想，广告业务员做什么的呢？招聘条件中专学历，不分男女，注明不提供食宿，就是说要自己解决食宿。再一看，还有一家杂志社，薪酬面谈。就想，假如有不错的薪酬，即使租房，到路边私人饭菜摊吃饭也可以。杂志社他很喜欢，要不要试试？于是将地址电话抄下来，又花一块钱坐"风采车"来到广告上的地址：椰林路十三号。

十三号在一排铺面式房间中间。郭磊抬头看见第四间门上贴着一张白纸：大特区时尚杂志招聘处，下面是电话。对了对地址，确认是这家，于是噔噔噔来到门口。室内摆着一张办公桌，两条凳坐着一个小伙和一个姑娘，表情均木呆，看着来人。郭磊满怀喜悦地问："请问是东湖广告栏招聘广告人员的单位吗？"小伙点了点头。他就又问："我来应聘，能看看我条件吗？"说着便将简历、毕业证毕恭毕敬地递上去。小伙接过看一眼说："可以，你对这工作感兴趣吗？"郭磊点头说："感兴趣，感兴趣。"小伙说："感兴趣的话，被录取后要交二百元押金。"小伙看出他犹豫，就说："应聘都这样，不只你。愿交就交，不愿交不强迫。"姑娘补上一句："这是押金，你不干全退还你。"是啊，押金可以退，于是郭磊说："我没那么多钱，我回去取，一会儿还在吗？"小伙犹豫了一下，还是点了点头。他赶紧拦了一辆风采车回到旅社急急取了钱。

郭磊再回到椰林路大特区时尚杂志招聘处，还是那一男一女，给他一张表。交上二百元押金，对方倒落落大方还给他开了张收据，他看到收据上公章确是"海南大特区时尚杂志社"。于是讨好说："二位能介绍一下你们单位吗？"男的指着收据说："没见吗，大特区时尚杂志，做杂志。杂志知不知道？"郭磊说："知道，《红旗》杂志。"男的说："那是党刊，我们是时尚杂志。时尚杂志为何招广告人？海南是特区，特区就是私人可办杂志，政策与内地不一样。这儿宽松，将来同世界接轨。你懂不懂？"郭磊点头说："懂，懂。"女的说："我们老板是北京人，从加拿大留学回来，正赶上海南建省办特区。所以带着资金毅然决然赴海南。"

郭磊忙说："遇到你们太幸运了。你看，我都给你们交押金了。"

又有一对男女上来咨询。男的挺傲慢地朝郭磊点点头一笑说："这样吧，三天后你来报到。"

回走路上，郭磊总感到有点不对头，但想到手里的押金收据有签章，似乎又得到一丝慰藉。

晚饭郭磊依然到对面的私人饭摊买，因找到工作有些惬意，他竟然吃了一份五块钱的。完后打着饱嗝，慢悠悠回旅馆。没有路灯，黑灯瞎火。走了几步，看到路边有几台小柴油机发电，就想：这么缺电，还搞什么特区？看时间还早，不能这么早睡，于是顺着旅馆门口的大街朝前走，走了一段，看到路边一座四层高建筑，上有招牌：海南省侨务办公室。办公楼西侧是一座宾馆，招牌上写着"华侨宾馆"四字。宾馆门口也摆一台小型柴油机发电。想起一份报纸上看到，海南是中国三大侨乡之一，其他两个是广东省和福建省。

白天在东湖广告墙前已经浏览了，发现广告墙往前走十几米，是一面蛮大的湖，湖中心有座假山，假山上有座八角凉亭。正是季节，湖面长着一层蓬勃的睡莲，但湖的周边杂草丛生，有的地方还堆放了不少垃圾。再朝前走，马路边依然蹲或站着十几个年轻人，像白天看到的有卖米饭的，有卖服装的，还有卖报纸的。想看看是否有《大特区时尚杂志》，问了问，还真有。但他没买，想到都要上杂志社上班了，还是省几毛钱吧。于是，有些踌躇满志地从地摊前一路浏览过去。

海南的夜空气的确清新，尤其是走到公园，马上感到走进了森林氧吧。转着，辨认出是白天经过的海口市人民公园。没有路灯，一路黑黝黝的。认出东边是东湖三角池，也就是大特区时尚杂志招聘广告张贴处后侧。公园两座湖称东湖、西湖，两湖相隔种植着几行高高的椰子树。椰子树下的水泥地上有几个简易帐篷，用绳子固定在一棵椰树干上。帐篷里或坐或蹲着七八个年轻人，两个身穿公安制服的男人走向帐篷同年轻人交涉。一个公安说："同志啊，这是公园，是公共场所，你们不能在这搭棚住宿啊！"就有两对年轻小伙姑娘笑容可掬地讨好说："同志，请通融通融，我们实在没有办法，带的钱都用完了，没钱住旅馆，没钱吃饭。"公安问："你们都是大陆来的大学生？"几个年轻人掏出毕业证，公安看后马上面带和善地点头说："那好，那好。不过晚上住这儿一定要注意安全防小偷，小心火烛。"说完就走了。

前头几米处，又有一间帐篷，两个年轻人正架火做饭。郭磊看着心里顿时有一阵刺骨的悲凉。一阵悦耳的吉他声传来，四个年轻男女坐在湖边，双脚浸放在湖水里。头看前方，那么旁若无人、入神地自弹自唱：

　　谁不爱自己的家？

谁愿意浪迹天涯？

只因为走自己的路，

只因为种子要发芽。

海风阵阵吹进胸怀，

流血流汗一样潇洒。

我们做饭，

我们做菜，

我们卖衣卖报；

我们唱歌，

我们跳舞，

我们亲如一家。

后来郭磊打听到这歌就是闯海大学生自己创作的《海南梦》。当听到"流血流汗一样潇洒"那句时，他差点儿扑哧笑出来。歌者身后地上丢着一堆鞋袜和一堆吃完的空饭盒。歌声蛮悦耳，那鞋袜和空饭盒却给人带来无限遐想，估计他们来海南一段时间了。

此后，郭磊就待在旅社算时间，没事就到东湖公园看那些共同命运的大学生。听一个闯海大学生告诉他，那首《海南梦》是一位来自河南的叫端木的大学生写的，据说他和几个同学是海南建省前半个月到的。不但见证了海南建省那天省府门口的群情激昂和热情，也因为一时无法找到工作，显得焦急和焦虑。

第三天，郭磊早早洗漱，到对面饭菜摊买早餐。头天听服务员说对面也卖早点，果真摆放着三四台手推车，手推车上摆着做好的油条、豆浆、馒头、包子类。他就骂自己笨，花一元五角钱买了杯豆浆、一个包子、一个馒头，单价都五毛。吃完，郭磊便拦了一辆"风采车"，直接往椰林路三十号，结果写着"大特区时尚杂志社招聘处"的地方变成一家卖甘蔗的小店。卖甘蔗的是一个小姑娘，头发焦黄，脸呈菜色，嘴唇发乌，看着像本地人。郭磊差点儿吼叫："那两个人呢？"姑娘用带本地口音的普通话说："阿叔啊，你是不是被骗了？我昨天才转让这间铺，就见几个大陆人来打听。"郭磊说："你说你从他们手里转的这铺子？"小姑娘说："是啊，昨天上午转的。"郭磊跺脚说："狗日的，王八蛋，骗子！我被他们骗去两百元！"小姑娘脸被吓白，说："阿叔啊，我真不知道，他们只说有急事，便宜转让。"

正咆哮，门口又驶来两辆"风采车"，刚停住，车上跳下两个小伙、一个姑娘，其中一个小伙看着郭磊问："你是不是付了狗日的两百块钱？"郭磊马上说："可不是！"旁边的粗壮小伙愤愤骂道："我们三个人一人交二百。妈的，找到他，我们一定废了他！"这才知道这三个也是上当者。姑娘说："金生，他们肯定跑了，要不，找他们老板，狗屁时尚杂志社。"郭磊说："对，我也这么想。"

四人结成联盟，又不知道上哪儿找。那粗壮小伙说："咱们先到派出所报案。"来到附近派出所，接待他们的民警说："这个很难办，估计他们都离开海南了。这样吧，你们到工商局查他们杂志社地址电话。"

找到市工商局，一个工作人员经请示领导接待了他们，她接通了时尚杂志社的电话。

"对不起，我们从没在外头打广告聘人。"电话里传出的声音他们都听到了。

工商局的同志便放下电话，一副爱莫能助的样子看着他们。郭磊说："真奇怪了，私人怎么能注册杂志社呢？在内地是违法的！"粗壮小伙说："妈的，就是公开骗嘛！什么狗屁大特区！"姑娘操着四川口音："金生，怎么办，我们没钱了，怎么回去啊？"金生说："算了，破财消灾。以后遇到这种情况，一定先搞清楚再扔钱。"

回到派出所，民警告诉郭磊："这类事情没办法查。主要是当时没抓到人，他们现在可能都离开了海南。"

屎！等于白说。

在原单位上班，一个月工资才三十五元，被一口吃掉近半年的工资！只剩下一百多元，再待下去，连最基本生存都办不到，还闯屎海南啊？！

晚上再到私人饭菜摊买饭吃，见摊主邢道涯笑呵呵的，郭磊便用恳切的口吻说："大叔，您这儿有活干吗？我可以不要钱，只管饭。"邢道涯看着他说："没找到工作？"见他脸红，邢道涯便轻叹说："这样，你帮我送盒饭。一盒三块钱，你加一块，四块，三块给我，你赚一块，如何？"郭磊问："一天送多少？"邢道涯说："差时三四十盒，好时七八十盒。不过你别着急，我晚上找我弟弟，让他给你打听打听，哪儿有工作。"

第四天，邢道涯告诉他："小郭啊，我弟有个同学承包了一个广告部，正招人，你放心，他是我弟同学，本地人，不会骗你，家都在这儿呢。"

郭磊顿时觉得很惬意。果然第二天，邢道涯便领着他的弟弟邢登录来了，他告诉郭磊，他有个同学的《工商时报》广告部正招人。一听《工商时报》，想到被骗去二百元的"大特区时尚杂志"，他就紧张。邢登录马上解释："小郭，你只管放心，阿贵是我的同学，再说他们《工商时报》是省工商局搞的，不可能假。"

这里一排共十间屋子，建筑简陋陈旧，有的墙瓦上长着青苔和杂草。郭磊就想，百业待兴呢。这是省府东侧三百米，省教育厅等机关楼后一排矮平房。从第一间往里走，到第六间，郭磊看到门左边挂一块简易木牌：《工商时报》广告部。

房门开着，里头坐着一个男人，他脸上有一块猪血红的胎记，头发稀疏，眼睛不大。当邢登录领着郭磊来到广告部时，符有贵正坐在办公桌前，眼睛半睁半闭，估计没睡醒。邢登录喊了声："阿贵!"符有贵抬起头，露出笑说："阿录，你来了。"邢登录将郭磊介绍给他："小郭，就是昨天给你说的。"

郭磊递上自己的简历、毕业证书复印件，符有贵接过看了看说："阿录都说了，你明天来上班吧。阿录，你坐，我将我们情况大致介绍一下。"

办公室十五平方米左右，摆有三张办公桌，最里头一张顶着墙，桌上摆放着不少报纸。符有贵过去拿两张过来说："这是我们办的报纸。一份四开，内刊发行，不能市面销售，所以发行量不大。但我们上头挂着省工商局，牌子大，人家看得起，在上头登广告的不少。我们广告部呢，就是征询企事业单位的广告刊登。"

郭磊是个一点就通的人，马上问："在报纸上登广告，是不是要付费?"符有贵笑说："聪明。我正要告诉你，我们广告部提供住宿，但不提供吃，不发工资。海南走小政府大社会的路，允许私人办企业。你上这儿工作，报社给你出具有效证件即记者证、采访证等，工资须自己赚。"

郭磊问："怎么赚?"符有贵说："基本工资加提成。具体是拉广告，广告费为广告部六你四，比如你拉到一个广告一千元，广告部得六百，你个人得四百元。"邢登录对郭磊解释："这比有底薪好，底薪通常一到二百，不够付房租。"

符有贵看出他犹豫，就说："海南都这样。哪家都不发工资，都是自己赚，这叫本事。"郭磊想了想说："试试吧。"符有贵说："你填个表。"郭磊以为要交押金就说："大哥，您知道，我身上仅有二百块，被那家'时尚杂志社'骗了。"

符有贵说："我听阿录说了。我们也要交，但你是阿录领来的，就不收你的，但你毕业证、身份证押我这儿。"邢登录有些不满地说："身份证不要吧。人家要出门呢。"符有贵说："不是让你搬到我那儿住吗? 我们在大英村租了房。"邢登录便看郭磊说："你今天就搬吧，省两个钱。"

符有贵看了看郭磊说："是，里头已住了三个人，都是你们内地的，一个江西，一个四川，一个陕西。"邢登录说："阿贵，你给小郭写地址。"

邢登录便摸出笔写了一个地址递给郭磊，他接过看：大英村转角二十四号。

第二章

　　来自武汉的朱福祥和徐丽媛第二天一早就出门找人去了。他们搬离农垦旅社那天，听总台服务员说："郭磊找到一家报纸广告部的工作，搬走了。"

　　按学长提供的地址，他俩来到和平南路建山里城中村找学长。不想，学长家传来噩耗，母亲病危，要他急回。学长刚租的一间房（简历表已交给人才交流中心），便建议朱福祥接住他的房。租金不算贵，一个月八十元，比他住农垦旅社便宜一半。于是他和徐丽媛商量，便住进学长租的房。房间里几件用具如挂衣柜、挂衣架，还有拖鞋、草席、肥皂等都送给他们。此时的朱福祥与徐丽媛虽是恋人，但没结婚，虽有频繁的身体接触如接吻拥抱等，但毕竟没越过"防线"。作为女性，徐丽媛对朱福祥的性需求总是婉拒："时间没到呢。"加上都在奔跑的路上，前程未卜，也没有很大动力和兴致恋爱。按徐丽媛的话，当务之急就是找工作。将工作安定，其他的事再说。朱福祥自然要听。

　　搬到建山里，徐丽媛还坚持晚上各睡各的，将房间一隔两半，房间只一张床，朱福祥就将草席铺地上。不过，十天半月一到，朱福祥提出"那个"，依然被徐丽媛拒绝。

　　每个来海南的大学生都走过这样的流程：到省人才交流中心递简历和毕业证，然后按工作人员说的等消息。结果如何，谁都不知道。时间一长，人就开始烦躁。

　　在海口待一个月后的一天。天气出奇得好，晴空万里。徐丽媛提出上琼海县找她父亲的老战友路进国，父亲的战友据说在琼海一个什么农场。朱福祥自然不放心她一个人去。到了琼海，才发现是海南东部一个行政县，离海口几十公里，需坐长途汽车。按父亲提供的地址找到那家农场，农场的人说，路进国找了个通什女人，迁到五指山脚下的通什市了。通什是海南民族自治州委所在地，离海口很远，坐车要一天。加上他们对通什一无所知，担心找不到，于是放弃了。但在琼海县溜达时，看到有家白石中学招聘老师。徐丽媛当时笑说："万一找不到工作，就上这儿当老师。"

一晃两个月过去了，每天在街上转，就是没找到一份工作。有招聘厨师、司机、设计师、技术员等，就是没有对口的专业。让他们做粗工干粗活，一是没做过，二是太掉价。于是，只能等。

转眼又过去一个月。此时的经济能力，都无法续房租。吃饭开始由一天三顿改两顿，徐丽媛有时一天一顿都不吃，只泡一块方便面。朱福祥心疼她，可徐丽媛是个不需要男人心疼的性格，只希望朱福祥赶紧找工作，找到工作才谈其他。

时间一天天过去，两人依然没找到合适的工作。

一天，徐丽媛说："朱福祥，要不，你给琼海那家中学打个电话，问问那儿还要不要老师，否则一则走路，二则饿死。"朱福祥倒是说过一句："哎，我们一道上岸的那小子，安徽的小郭，不知找到工作没。那小子我看挺能折腾的。"徐丽媛却不悦地说："你找人家做什么，管好自己的事吧。"

大英村转角二十四号是一栋普通的私人住宅，院墙的砖缝上长着不少青苔和青草。进门是个小院，左侧放一只接水的木桶，右侧是晒衣杆和杂物。一个五旬男人从大门出来问："租房？"郭磊说："《工商时报》广告部的。"男人指二楼说："噢，在二楼。"他经过院子，来到墙侧的楼梯，拾级而上。挨间看，第一间锁门，第二间上锁，第三间里有两个年轻男子头发老长，正吃泡面，他问："是《工商时报》广告部？"那人说："里头。"来到第四间，门开着，里头坐着二男一女也在吃泡面。其中一个男人问他找谁，他说："《工商时报》广告部符主任让我来。我是安徽的郭磊。"那男人马上说："啊啊，符主任已通知了，进来吧。"

房间太小，呈长条形，前半部分有两张上下铺铁丝床（他不知这该叫钢丝床还是铁丝床），基本上没空地。挨着铁丝床后半部被挡着看不到，后头显然有扇窗，因有一束光线进来。郭磊犹豫地问："请问符主任安排我住哪儿？"那男人说："就这儿啊。"郭磊有点傻，再看房间，然后指着铁丝床问："这儿？"他开始怀疑自己的选择，但是事已如此，再苦也要熬，就说："两张上下铺，不知我睡哪个？"那男的说："你睡那边，我和小蔡靠墙。"郭磊不由打量着三人中唯一的姑娘："三位？"那男的说："王静，四川的。主任说暂时没办法租房，等经费充足了再租。"

房间里挡了一道塑料布帘，郭磊心想：莫非这叫王静的姑娘就睡房后半间？出于好奇，试着走过去看了看，果真后头还有张铁丝上下床。男女混居？不知如何解释？另一矮个儿男人冲他笑问："安徽来的？"郭磊将行李放自己铺上，三个人依然吃着泡面。矮个儿男人问："你吃没？"他说："噢，我吃过了。"矮个儿说他姓蔡名功臣，来自陕西延安。高个儿说他叫熊天刚，来自江西吉安。姑娘也嫣然一笑说："本人王静，来自四川新都。"

却见王静那双眼睛像深潭，黑黑的，大大的，睫毛特长，鼻子直隆，皮肤特嫩白，一头黑里带黄的秀发，被梳成两只小辫，垂在双鬓。嘴巴不大不小，恰到好处。郭磊就想：如此美貌的姑娘，竟也沦落到这等地步？！

"自我介绍，郭磊，来自安徽亳州。因朋友推荐找到符主任。想必各位都是广告部前辈。望多多指教。"熊天刚笑说："前辈谈不上，指教更谈不上。"郭磊又想起什么，说："这儿的单位都不发工资，既然聘了你，基本工资本该有哦。"王静说："这是特区啊。"

郭磊想起被冒牌的时尚杂志社骗去二百元，至今不舒服，就将经过告诉他们。尤其是熊天刚，笑得前仰后合说："傻帽儿，傻帽儿，类似戏法多着呢，你要小心。"王静说："我也差点儿被骗。一家'经济技术公司'招聘文秘，指定女的，我去应聘，结果两个江湖骗子设套。那家还狠，每人押金五百元，我真不舍得五百元，恰好他们的骗局当天被揭穿，我才躲过一劫。"

熊天刚指着王静说："学历最高，才女，毕业于四川大学中文系。"郭磊问："各位都上省人才交流中心挂号了吗？"熊天刚说："投人才中心的人实在太多太多，我听说有的简历放那儿五个月，一点儿音信没有。"蔡功臣说："讲专业对口。比如王静，学中文，就得找需中文的；而我，学地质，找起来就困难。"熊天刚说："我学贸易，好找，可是找到的单位都嫌我学校级别太低。"郭磊问："你哪个学校？"熊天刚说："吉安经济贸易管理学院。"

老麦的确真诚，一眼认出郭磊，并热情地请他到对面的私人茶店喝茶。

海南人爱喝茶，这是传统。海口市的大街小巷有很多老爸茶店。人头攒动，烟雾缭绕，大爷大妈边喝茶边聊天，很热闹。郭磊就想，这样日子倒很悠闲。老麦点了两只老婆饼，两只麻圆，一壶浓得酱红的乌龙茶，便叙述别后的情况。郭磊非常恳挚地说："麦叔，我到了非常关键的时候，假如拉不到一个广告，连住处都没了。"老麦听后沉思说："这样，我同我朋友打电话，他从下面来海口揽工程，海口建省，肯定有很多机会，我建议他在你们《工商时报》做广告，帮你一下。"

坐了会儿，郭磊担心耽误老麦时间，就说改天再坐。

不想第二天老麦就亲自坐风采车来到大英村找他，告诉说，他同他朋友说好，让他在郭磊所在《工商时报》登一次广告，出一千块。郭磊说："叔，报纸登一个版面一万块，假如出一千只能登一豆腐块。"老麦说："没办法，他只肯出一千。一千元还是我动员他的。"

老麦再三叮嘱："你明天吃过早饭就去。我同他打过招呼，他一定接待你。"

次日，按老麦提供的地址，郭磊来到海口市书场村。这是海口市秀英区一处城中村，卫生很脏。风采车从路上经过，看到很多垃圾，还有一群黑山羊在村中走动。他就想：这不是农村才有的吗？

在一栋二层楼，找到老麦的朋友——农垦第四建筑公司第二项目部经理吴多按。三十岁左右，一身滚圆的肉，连脖子都壮得短，让郭磊第一眼感触鼻孔大，露出两根鼻毛。他正赤着上身在房间锯木料。一根条状木料放在木凳上，他一只脚踏着，一只脚着地，右手拿着钢锯，正使劲锯着。郭磊犹豫了一下，露出笑容说："请问是吴经理吧？"姓吴的看他半天，才想起什么说："噢，麦叔介绍的吧？坐。我把这木料锯断，马上好。"

郭磊含笑问："吴经理搞建筑的吗？"吴经理露出一口坚固的黄牙说："我叔是开农垦建筑公司的，他让我来海口。假如可以，我就留在海口发展。"说着就从抽屉掏出一张工商营业执照递给郭磊看。郭磊笑问："吴经理，您的大名叫吴贵四？"吴多按说："那是我叔。我叫吴多按，你叫我阿按吧。"

郭磊觉得海南人姓名都怪怪的，比如麦叔还叫麦气咋。

第三天，郭磊再次来到吴多按住地，他爽快地从口袋掏出一张银行支票递给郭磊。郭磊拿着吴多按给他的银行支票直接来到广告部，正好符主任在，王静也在。

当着王静的面，郭磊蛮骄傲地将一张一千元支票递给了符主任。符主任顿时兴奋地说："海南就要你这样的人才。才来七天，就拉到一广告。不错，小伙儿！"他将"小伙子"说成"小伙儿"。王静从符主任手里接过他给的支票瞅了瞅说："不错，小郭。"

郭磊哪里知道，就在他将这支票递给符有贵时，王静已将两份广告合同给了符有贵。

王静又成功揽到两个广告，一个是一家台资企业，广告费五千，一个是一家天津公司，广告费两千，两笔她一共提成了两千八百元。

王静起身说："小郭，你坐，我先去了。我还有事。"郭磊也要走，却被符主任拦住，他指着王静刚才坐的凳子说："你坐，小郭。"郭磊只好坐下。

见王静走了，符有贵给郭磊倒杯开水说："看来你比那两位勤快，肯动脑。

那两位比你先来一个月，至今没拉到一个，气死我了。在我这儿住拉不到一个广告，我广告部吃什么？我们要向报社交管理费的啊！"

不用说郭磊也知道符主任说的便是熊天刚和蔡功臣。两天后，熊天刚和蔡功臣真的离开了广告部。熊天刚、蔡功臣搬走第二天，又有两个学生走进他们的寝室。他们自我介绍，一位姓陈，名敏；一位姓苟，名志强。其中陈敏来自江苏，苟志强来自河南。

几天后，陈敏、苟志强大概发现自己干这行不行，便主动向符主任提出解除聘用合同，离开了大英村转角二十四号。

才多久，就见证了两拨人离开，郭磊心里真是凉凉的。一天吃过晚饭，他邀请王静去海边看日落。王静竟答应了。

路上，他同王静谈起自己："其实我在老家有工作。不来，每月有三十多元工资，天天能见父母亲。"王静说："因为梦想吗？"郭磊笑说："那可不。"

王静忽然轻轻哼唱起了那首《海南梦》，还问他："你知道《海南梦》这首歌吗？刚来那会儿，这歌被每个闯海南的大学生传唱，传唱度非常高。那会儿我常经过东湖，那帮来自北方的大学生常在公园的帐篷里拿着吉他自弹自唱。"说着，她继续轻轻地哼唱。随着王静的歌声，郭磊的思绪也回到了刚上岛那些天。是啊，上岛后大家各忙各的，不知那些豪情万丈的同志们此时还在不在岛上？感慨啊，或许这就是人生吧！

白沙门海滩的落日海面让人震撼！所谓白沙门，即海边一片白色的沙滩，门大概指范围。风采车女司机告诉他，坐汽车或出租车到不了白沙门海边，公路只能到一片树林，然后要从树林中的一条羊肠小道穿过，坐风采车或骑自行车或步行，便可以去。

这天，郭磊和王静便坐着风采车来到这片树林，实在没路了，才下车穿过最后一段。还好，小道上来往人多。来到白沙门海边，太阳还没完全落山，王静看着两旁树木说："都不认识，同一个中国，区别这么大。"郭磊笑说："我也是第一次见。"王静说："我一个朋友到广东很少人听得懂普通话，有的干脆不说。"郭磊说："是，我在广州问路，问五个人，三个直摇头。"

前头露出一个豁口，再走两步，就能看到海啦。郭磊看着王静说："你来这么久，还没来看过海？"王静说："世界上什么都厌，唯有大海看不厌。"

沙滩前一条路，前走，便是一个高坎，坎下是白色的沙滩。与美貌的姑娘同行，郭磊的心情十分惬意，说："下去吧。"

王静绕到一旁，郭磊便伸出手扶拽她说："来，我抓着你。"

郭磊抓着王静的手，跳下去，进入白色的沙滩带。沙滩带从左到右宽约两公里，纵深约二百米。二人踏着细沙，来到真正的海边，被大海的宽阔和色彩震撼。

海面平平的，但赶过来的脚下的浪却一波接一波的，波浪宛若一条牛的舌头，轻轻舔一下海边的沙滩，又收了回去。王静穿一件束腰的连衣裙，算蛮时尚的衣服。而郭磊自觉土，因为他穿一件白色的短袖衬衫，还是在老家上班时穿的。来这儿后，他在街上随便留意一下，竟有人穿花格子衬衫，有的还穿外国华侨喜欢穿的花衣服。郭磊在亳州哪里见过，以致那天他特地停在路边，观摩了好一阵街上行人的服装。

王静穿一双浅色中跟皮鞋，脚上还套着一双肉色的丝袜，而郭磊是光着脚穿一双塑料凉鞋。郭磊可以直接下水，王静却不能。于是郭磊不好意思扔下王静，自己一个人涉水。

西边的山海交界处呈现出一大片很炙热的火烧云，接着火烧云繁衍变戏法似的，仅几秒钟，就变成一块块五颜六色的缤纷彩绘，彩绘接着又开始演变，变成条状相衔接但各自成形的一幅彩图。不知谁在身后的海里喊了一声："啊，好美的晚霞！"

在家乡的市区或郊外，也曾见过晚霞，但绝没有这的色彩绚烂和构图饱满。接着，只有落日才有的一大片彩图竟繁衍出前后左右约四倍大的天空。于是整个西望的海平线，包括山峦，都被那色彩吞噬，变成了一大片又一大片的彩图。

太阳开始落下了大海。整个海平面开始静下来。远处的海风开始轻轻吹过来，不急，不重，不随意，有规律得像一双小孩的手，轻轻地抚摸着他们的头和脸，有太舒服的感觉，王静说："我们坐一会儿吧。"郭磊连想都没想就回身看，附近有一张被风吹过的旧报纸，于是跑过去，捡过来撕两半，一半给王静，一半自己垫在沙滩上。

王静坐下后，看了会儿远处，冒出一句："《工商时报》总编辑想我当他助理。你觉得如何？"

郭磊愣愣地说："好事吧？"王静忽然一笑说："可我有点怕。"郭磊问："怕什么？"王静说："来前，不知道特区怎样，来后才知，好多方面，太开放，接受不了。"郭磊说："你指哪方面？"王静说："那天在总编处他说，海南改革开放的步子比深圳大，更开放。据说中央各部委、央企都来海南设分支机构，全国各省都上这儿设办事处，将来这等于全国的信息集中点。"

郭磊说："对，那天主任给我看一本刚发行的《海南纪实》，其中好些内容就是在内地报纸电台看不到的。很新鲜，很新潮。"王静笑说："毕竟需要一个过程。对，那天还听总编说，琼苑宾馆晚上不少干部，从北京来的高管在跳舞。我的天，跳舞啊，在内地，那就是天方夜谭，只有西方资本主义才有。"郭磊说："真的吗？你别说，那才好玩。琼苑宾馆在哪儿，改天我们去瞧瞧。"王静笑说："你又不会跳，再说，那种场合，肯定都是有身份有地位的人。"

说着，王静从口袋掏出一本小册子，递给郭磊说："你见过这个吗？"

几张打印稿订在一起的小册子，封面赫然写着：海南省企业家联谊会成员名单。

郭磊不由浑身一震说："哎，这个好跑广告啊，可以按名单上的地址电话找——我看有联系电话呢，打过去，岂不省很多事吗？"王静笑说："总编送给我的。他的意思，是他的名字也在上头。"郭磊问："我们总编姓什么叫什么？"王静说："姓郑，郑世贵。他说他老家是海南文昌，祖籍福建，他是工商局副处级，负责《工商时报》。"

郭磊在花名册上寻找郑世贵的名字。他从第一页开始念："中国经济技术海南分公司总经理宋斌，中国工商经济协会海南开发总公司总经理胡峰，《中国青年报》驻海南记者站站长冯淑丽，中国远洋总公司海南分公司总经理熊光广，中国银行海南分行行长卢茂盛，《海南特区报》总编辑胡荣海，北京经济开发总公司海南分公司总经理童金，上海工程学院海南开发公司副总裁宋佳宁，《海南影视周报》总编包涵……"王静打断说："行了行了，那么多，五百多人呢。"

郭磊眼睛还停在花名册上，说："你能不能复印一份给我？"王静问："干吗？"郭磊说："哪天没饭吃，投奔其中哪一家。"王静说："这些企业，都有组织的，不从外头招人。"

郭磊便尴尬地一笑，他看了看海上，好像有几个人在游泳，忽然问："你有男朋友吗？"

话一出，他发现自己惊出了一身汗。王静并没犹豫，说："有哦。他在三亚，学水产的，一去就找到了工作，蛮顺利。"

海滩上还散坐着几十个人，看他们的衣着，好像都从内地来的。那些人没有走的迹象，王静说："小郭，我们回去吧。"

大海的颜色泛成一层黯淡的青紫色，海浪也平静了，但是偶尔也听到一种轻轻的海浪的回卷声，那是到达了岸，又往回走的节奏。

依然是从树林中小路穿过去，来到公路上。公路边停放着十几辆三轮风采车。他们上了其中一辆，然后奔大英村。

回走时，驾车的女司机告诉他们："我们现在走的路叫人民大道。以前是村庄，建省后才开发的。"走着，车子猛然刹住，郭磊与王静的身体猛地碰到一块，差点儿磕着头。郭磊忙伸头看，原来有两头大肥猪挡住了去路。女司机吼叫着赶，生猪却不走，就将车绕一旁过去。王静笑说："猪哪儿来的啊？"女司机说："附近的村子。"

走一半，发现有栋四层高楼房，司机说是市物资大厦。四层高也叫大厦？！

一路黑灯瞎火。郭磊说："小王你注意没，整个海口市还是靠小型发电机发电。这样还叫特区啊？"王静说："条件很苦。但是，往前看吧。"

大英村是个典型的城中村，民居密集拥挤，居民偶尔在屋顶上放几盆花卉植物。因为城中村，排水不畅通，不能下雨，否则满村是水。一天大雨倾盆，他们居住的二十四号的一层被大水淹没到大腿。郭磊这两天总留意海南本地人的衣着，都素朴，男的大抵一种印小碎花纹短袖衫，女的大都颜色黯淡的浅灰或浅蓝色长衬衫。大部分人不穿袜，赤脚穿鞋，甚至连鞋都不穿，一双塑料拖，有的还是木屐。

村口一条街同样隔几十米摆放一台小型柴油发电机。一台的响声就够刺耳，想想七八台凑在一条街上，多么热闹。

车子在大英村的十字路口停下。郭磊抢着付车费，然后一起回到住处。

院门一把锁，配了很多钥匙，所以不担心晚了进不去。回到住处，看到桌上的纸条。陈敏写的："王静、郭磊，天无绝人之路，后会有期。"再看床底下的被子等行李都拿走了，就知道他们来过了。

洗脸洗澡都在小院左侧一间公共洗浴间，隔壁是一间男女共用厕所。

郭磊让王静先洗。王静洗完，就通知郭磊。等郭磊洗完澡拿着毛巾上来，王静已将中间那块塑料布拉上了。他不敢开口，倒是王静主动说一声："小郭，我先睡了。"

睡到半夜，忽被一阵急促的敲门声惊醒。郭磊睁开眼，敲门声又响起，一个男声："王静，王静，是我！"

王静睡着了，可能没听到，郭磊只好跳下床去开门，见一年龄与自己相仿的小伙，肩上挎个包，笑容可掬地朝他点头说："对不起打扰了，我是王静的朋友，从三亚来。"

王静大概听到了，忙穿衣出来说："这么晚？"小伙说："本来下午到，可车坏了，耽误几小时。后来又到街上买东西，我明天一早走。"王静便尴尬地看郭磊说："小郭，你，能不能到隔壁挤一下？"郭磊无奈，只好拿着衣服到隔壁去了。

隔壁住的也是他们广告部的人，里头住着符主任三个老乡。门没闩，用手一推就开。里头三张钢丝床，两个已睡，还有一空位，他就躺上去。那睡着的竟全然不知道。

睡下，忽然想：不过恋爱，怎么可以同居？这是违法啊，这要放在亳州，可能被报警。但是，这是海南，加上人家领没领结婚证自己真不知道。只好暗忍。

房与房之间用一种断砖头砌墙，封砌不严实，隔层薄，走路说话都能听到。王静见郭磊走后，便将门从里头闩住了。

越不想听，那声音就越是清晰地传到耳朵。最后干脆用衣服将耳眼塞上，还能听到。郭磊就想，自己也该找女朋友了啊。在财院念书时，挺喜欢一女生，就是后来被班上的那个"火烧脸"曹国舅追求的吴小燕。整个学生时代，心里唯有那容貌漂亮的吴小燕。尽管自己外形身高都优于那"火烧脸"曹国舅，可他的家庭出身如何同曹国舅比？他曾大胆送吴小燕一支钢笔，可经不住"火烧脸"的进攻。就在他离开学校的那个学期，据说"火烧脸"的父母到吴小燕家提了亲。那是学生时代，可情感与人格的挫伤却深烙在他的心底。虽说他毅然决然离开老家与吴小燕没任何关系，但偶尔想起还是嫉恨，觉得正常情况下，吴小燕就应属于自己，而不应该属于曹国舅。

正迷迷糊糊快睡着时，只听得咂的一声，传出王静"哎哟"一声尖叫。他睁大眼睛，又不便起床，直到快天亮才睡着。

次日起床，隔壁的门已开。王静不在，扭头一看，在一楼洗漱。郭磊将衣服放床上，拿毛巾牙刷下楼。王静看到他，有些尴尬地说："对不起啊小郭，昨晚麻烦你了。"郭磊问："他呢？"

王静说："走了。上午要赶回三亚。"

来自湖南交通学院的卢莞，机运也不好。同样，往省、市人才交流中心分别递了简历和毕业证复印件，从此"泥牛入海"无消息。更让他窝火的是，同来的两个同学竟泄气了，尽管卢莞反复劝他们："老三，莫走，或许将来会好，要看它的发展，再说全国的人不都往这儿来吗？"可是那个老三（真名刘三勇）依然拉不住，待了七天，还是走了。刘三勇一走，另一位来自衡阳的也要走。卢莞来气说："走吧走吧，难道你们走了，我就待不下去了吗？"

最后，衡阳的李亮也走了。

卢莞身上带的钱，真快花完了。学着街边摆地摊的大学生，卖衣服、卖报纸，估计没有竞争力。一天，路过秀英天桥，忽然看到天桥下，一个老头在人行道树下摆一种"玩具套"。即将十几二十个塑料玩具按次序摆在地上，交一块钱给顾客五个塑料绳套，套上了，便将塑料玩具拿走。他看到玩的人蛮多，便耐心观察了两天，此后还找到这老头的住处，又悄悄跟老头去进货，看到在秀英街一家玩具小店进的货，那儿竟还销售塑料绳套。于是将身上仅有的钱，买了十个玩具和塑料绳套，并同小店老板谈好，此后专门进她的货，请她优惠，万一手头紧张，要给他赊账。女老板竟然答应了。

卢尧花了一个下午考察地方，最后发现海秀路南侧的一个城中村即白坡里村，流动人口较多，本地居民也繁密。于是四处观察一下，发现村中一个十字路口的水泥电灯杆下，适合摆这种地摊。这儿是整个白坡里左右横竖的集中点，人流大，而且不能行驶汽车，最多只能过摩托车或小轿车。于是，卢尧仿照那老头子，试着摆了一个晚上，让他惊喜的是，这一晚，竟赚到了三十元。连续摆了七天。正好白天打听到白坡里有家房东要出租房子，问了价，与他租的秀英村房价差不多，而秀英村离海口市中心远。于是将秀英村的房退了，租到了白坡里。这样，晚上在路口摆"玩具套"也就方便了。

一晚，卢尧又在路口摆下"玩具套"，先用石灰在地上画一圆圈，圆圈内摆放上十多台微型玩具小汽车和玩具小火车之类，这时一个小孩喊一个中年男人："阿爸阿爸，我要套。"中年男人说："好嘛。"就掏出一块钱递给卢尧。卢尧将塑料绳套递给小孩。小孩连套五次，没一个套中。围观的人笑起来。中年男人再给两块，孩子又套十次，最后套中一个最小的玩具。卢尧将小玩具递给他，从塑料包再拿出一个放在空位上。见一时没人，卢尧就将手里的塑料绳示范给路人看，喊叫："玩一玩，看一看啊，一块钱套五次，套到送给你，没套到继续套五次。试试，玩玩，好消遣的玩意儿。"

这时一个二十八九岁的男子，一头乱发，走了过来，说："老板，看我今晚将你的汽车火车全套光，信不？不信是吧？"说着从口袋掏出一元钱递给卢尧。然后接过塑料绳套连套四下，全落空，围观的人笑起来。那人红着脸又买两块钱，结果又没中，就要走，被卢尧喊住说："哪里的英雄好汉，报个姓名？"

那人停步："赵世德，来自山西洪洞。知道洪洞县吗，中国人的祖先都是从那儿来的。"卢尧说："找到事了吗？"赵世德说："我在一家餐馆帮人打工，怎么？"卢尧问："包吃包住吗？多少工资？"赵世德说："包吃包住，每月二百五。"

又有几个人笑起来。赵世德便不悦说："这也好笑？没笑过不是？"说完便同卢尧拱手说："老板，我还有事，改天再来。"卢尧说："我是湖南的。我姓卢，叫卢尧。"赵世德转头看了卢尧一眼，笑说："我早知道你是湖南的。"卢尧说：

"听谁说？"赵世德说："听你说话，一口湖普话。"卢莞就笑说："我看你的普通话也不标准。"赵世德说："至少比你强。好了，拜拜。"就走了。

白坡里的居民房同秀英村的居民房外表差不多，都是典型的城中村。

房东姓符，四十来岁，据说是酒厂工人。妻子没工作，偶尔到郊区批发瓜菜到白坡里小菜场卖。两个孩子，一个老人，一家五口。房子据说八五年盖的。那时属广东省，政府鼓励海南搞开放，不久发生了"海南倒卖走私汽车事件"，领导受处分，就冷寂了几年，直到一九八八年海南建省。

卢莞平时也在外头的私人饭菜摊上吃饭。再说他长这么大真没做过饭。这天骑着刚买的二手自行车回到租处，正好肚子饿了，便将车子停一旁，在一家私人饭菜摊买份饭，蹲在路边吃。吃完，便转身进店小便。不想就是这会儿自行车被偷，气得要杀人。四十五元的二手车，转眼喂了小偷。不想接着买，心情实在平静不下来。

卢莞慢慢走回租房，房东符阿才家人正在院子里吃饭。阿才尽管普通人，但吃饭总有几个好菜，如大块肉、大块鸡、大块鸭等，有次看到一盘没见过的大块肉，便问阿才老婆，才知道那叫白斩鹅，海南人最喜欢吃。

今天饭桌上则放着一只火锅，热气腾腾，闻到一股异常香味。卢莞就问："吃什么好东西？"阿才的老婆说："小卢啊，你吃没？"他点头。阿才说："好久没吃龟。买了一只龟，炖只老母鸡。"卢莞想，狗日的，真会吃。自己长这么大，还没吃过龟。听不少人谈吃龟，在老家只听说龟是补肾的，只有小孩子晚上尿床，才听老人说买只龟放灶膛里煨熟吃，晚上保证不尿床。而这儿的人竟当家常便饭吃。

卢莞正要经过他们身边上楼，阿才忽然说："小卢啊，你听说全国人大十多个代表联名向中央写信吗？说海南崇洋媚外，将洋浦几十平方公里土地出让给香港李嘉诚、熊谷祖集团五十年，等于中国的新租界，搞资本主义是卖国。"卢莞说："你怎么晓得？"阿才指着妻子说："她弟，我小舅子在市政府，昨晚来说。"卢莞说："特区嘛，那不很正常嘛，年前还说封岛呢。"阿才说："小卢啊，我小舅子说海南要大开发。你赶紧将户口迁过来吧，将来会很好。"卢莞说："是啊，等我找到正式单位，有单位接纳，再将户口迁过来。"阿才妻说："那样太晚。你干脆找个本地姑娘，你就是海南姑爷，就迁过来了。"说着忍不住哈哈大笑。阿才便盯他妻一眼说："你瞎说什么，人家小卢肯定有女朋友呢。"卢莞说："没有。太穷，谁看得起？对吧。"阿才妻说："海南姑娘不嫌你穷！"阿才妻笑得不能自制说："你阿叔有个堂妹，快三十还没嫁。"阿才说："你瞎说什么！人家小卢是大陆人，哪儿会找本地人呢。"卢莞说："还是太穷，一切等赚到钱。现在没心思。"

闲得无聊，卢莞便给老家的父亲打了个电话。

老家在湖南省邵阳县卢湾乡卢家村。平时都是头天请乡政府人帮忙，通知父亲，找个时间，到乡政府等电话，昨天就是约在下午四点。那会儿，正好他不摆摊。父亲本想他大学毕业留长沙，可是他奔了海南。父亲是农民，肯定没儿子见识广，心里不满意，嘴上并不说。就问他在海南如何，他说：做点小生意。他不敢将自己摆玩具套的事告诉父亲，他怕父亲笑话他。问了问父母亲身体情况，说都好，就放心了。

这天，卢莞吃过晚饭，又在电灯杆底下摆地摊，刚放好，一只手搭在他肩膀上，笑说："好你个小卢，可以啊，竟做起生意了！"借着路灯，看到是广州往海南的轮船上认识的郭磊，就笑起来说："哎，小郭吗？你在哪儿？你找到工作了吗？"

郭磊爱看热闹，见地上用石灰画一小圆圈，圆圈内摆放十多台微型玩具小汽车和玩具小火车头之类，便掏出一块钱，从卢莞手里接过塑料套，套两次，两次落空，就笑说："我在一家报社。"卢莞说："当记者？"郭磊说："对呀。"卢莞说："人才中心找的吗？"郭磊说："鸡毛。简历、毕业证放那几个月，石沉大海，怎么办，要过生活啊。"卢莞问："是固定工作，还是临时的？"

郭磊轻叹说："是一个本地大叔帮忙找的，他有个弟弟的同学，承包了《工商时报》广告部，正好要招聘几个人，拉广告。"卢莞摸摸头说："那怎么做，拉广告，怎么拉？"郭磊说："就是广告部给你提供手续、公章介绍信等，你拿着找要登报纸广告的单位，一般是两千块钱登一豆腐块，五千块钱登四分之一版面，一万元登一个版面。"卢莞问："那你工资怎么算？"郭磊迟疑一下说："没工资。"卢莞惊叫道："没工资谁干？"郭磊说："效益工资，就是你拉到多少广告，从中提成，比如拉到五千块，六成归广告部，四成归你，四成就是你的工资。"

卢莞又问："那吃饭、住宿呢？"郭磊说："包住不包吃。说来也巧，从广州到海南轮船上，认识一位麦叔，本地人，挺好，给我找了个朋友，给了我一千元，提成四百块。最近又跑到两个，一共提成一千二百元。"

一个中年人牵着孩子经过，孩子嚷着要玩，男人就给了卢莞两块钱，卢莞将手里的塑料套给他。郭磊见他很忙，就说："你住哪儿？"卢莞说："住后头，白坡里一百二十号。租房。"郭磊说："我住大英村转角二十四号。单位租的。有空过去玩。我先走了。"

白坡里同大英村差不多，砖瓦门框材料都低劣。前走几步，看到前头路被挡住了，路中间搭一个临时戏台。一阵锣鼓器乐，戏台正演出，演员穿着古装戏服咿咿呀呀地唱，郭磊问一过路的，估计本地人，他竟自豪地说："琼剧《颂文昌》。"郭磊哪听得懂，全是方言，便走了。

观众席靠墙仅能通过一辆自行车空隙。往前走两分钟，来到白坡里一个十字路口，这儿开阔，周边私宅一层都是商铺。郭磊打听三十八号，挨着找去终于找到。郭磊在院门口喊一声："熊天刚！"一个粗糙声音从二楼窗口传出来："你是谁？"郭磊看到窗口一张熟悉的脸，便笑说："蔡功臣！"矮个儿蔡功臣立即下楼引导郭磊来到二楼他们住的房间。两张床，不是大英村他们住的那种钢丝铁丝床，而是木架单体，非上下铺。郭磊就说："命好，住这么好的床。"蔡功臣说："小熊单位的，计划住三个人，没住满，我打工地方正好没住处，暂借这儿住几天。"外头传来一阵脚步声，蔡功臣笑说："小熊回来了。"

果然是熊天刚，高高的个子，背有点驼，一张太明显的长条脸，鼻子左侧有一颗小黑痣，手提一摞子方便面说："早晚就吃它。上班地方包中午一顿。"郭磊说："王静当总编辑助理去了。"熊天刚一脸睥睨说："看到了，那天，她同姓郑的狗屁总编一道，还挽他手，那简直就是姓郑的姘头嘛！"郭磊说："不会，王静有男朋友的。"熊天刚一怔说："没有吧？"郭磊说："真的，三亚上班，那天半夜来，第二天早走。我见到了。王静说是她的同学。"熊天刚说："王静我早晓得，就是个骚货。"

郭磊对王静印象蛮好。至少，他们一起到白沙门海边看过落日和晚霞，就说："到什么山上唱什么歌。假如生活逼你到死角，你选择死，还是选择苟且偷生？"蔡功臣说："王静是个非常聪明的人，她不会上当的。"熊天刚说："反正那天她挽着他，我看到的，从医院出来。"蔡功臣说："那肯定是总编病了什么的，王静是助理，当然要照顾一下。"

熊天刚将方便面放到柜子里，然后说："兄弟，我给你倒杯茶。"郭磊说："本该请二位吃饭，我拉到了四个广告，最近又签了两个。"熊天刚露出笑说："厉害，怎么拉到的？"郭磊说："王静给我一本企业家联谊会名册，五百多家国有大型企业董事长、总经理名单。我拿着跑，多至两千，小至五百，还算给面子。"蔡功臣问："工商局编的吗？"郭磊说："望海楼大酒店日语翻译封立和另一位北京人发起的企业家联谊会，五百多人到场。"

熊天刚说："这么说拿到名册，就可以获悉海南岛有实力的企业家姓名地址？"郭磊说："王静说，找工商局注册黄页。黄页知不知道，就是省邮电部门制的电话通讯录，按上头的地址电话找他们。"熊天刚拍脑壳说："看来，我还要回去试它一把。"蔡功臣摇头说："我敢断定,《工商时报》寿命长不了。"郭磊说:"为什么?"蔡功臣说:"毕竟没有国家正式批号。你想,能长吗?"

郭磊说:"你们在哪儿干,找到工作没?"熊天刚说:"我在一家私人酒店当保安。"郭磊说:"你一个大学生,干那事?"熊天刚说:"包吃包住,有工资啊。"郭磊问:"工资多少?"熊天刚说:"二百五。老板说,酒店刚开张,生意好就加。私人老板自己说了算,不用请示这那的。"郭磊说:"包吃包住月二百五,也可以吧。"熊天刚说:"过渡熟悉一段,找更合适的。你还住那儿?"

郭磊不答,问:"小蔡呢?"熊天刚说:"他在西安人开的餐馆打工。"郭磊傻了问:"餐馆打工?"熊天刚点点头说:"对呀,包吃包住有工资啊。"

第三章

独在异乡为异客。

郭磊早餐在外头手推车买一元两元的馒头包子油条豆浆等，也有牛奶。中午吃方便面或米粉。海南有很多种米粉，其中有陵水酸粉、万宁汤粉等，晚上必须吃饭。郭磊发现农垦旅馆对面见到的私人饭菜摊大英村有好几处，最高不过五块。不敢多吃，没必要多吃。够饱就行，然后睡一觉。

同样在一小摊吃饭。郭磊看到一旁有私人长途电话出租点，想同父亲打电话。私人长途电话在内地不可想象。将电话打过去，值班人员说他父亲不在。于是让对方转告，明天这时候，让父亲等电话。值班人员很热情地说："好好，我知道了。"第二天傍晚，打过去，父亲果然在等候。父亲说："磊啊，你还好吧？"

泪水在眼中打圈圈，差点儿夺眶而出，但郭磊很快克制住："爸，我很好。"父亲问："你现在有固定单位吗？"郭磊说："暂时还在《工商时报》当记者。"父亲笑说："你读书语文不很好，能当记者？"

他只是嗯了一声。

父亲忽然说："上周，我上市局开会，碰到高局长，他说他有个弟在徽州市政府当副秘书长，他弟的儿子高文军，就他侄子，说将作为徽州市驻海南办事处成员也去海南。徽州市政府在海南设了一个办事处，投资千万建了一栋大厦快建好了。他侄子就是通过办事处将大厦二层包下来搞一个中餐厅。听说你去海南，问你怎么样，我说：人生地不熟能怎样。他说：'这样，你让你儿子到时找我侄子，兴许能帮点忙。'"

郭磊克制说："爸，我现在一家报社，再怎么说，与上岛的比，至少没流浪街头。你不知道，内地来很多大学生在街头摆地摊。这儿就这样，工作不固定，全靠自己努力和运气。我来三个月，也赚到两千多块。"父亲顿时惬意地说："那么多？"郭磊说："这儿就凭本事。"父亲问："吃住呢？"郭磊说："包住不包吃。我平时都在外头小摊吃快餐，还可以。"

父亲关切地说："我和你妈就担心你。出门在外，钱不钱先不说，莫受罪。"郭磊说："这样，还有两个月就过年。干脆等我过年回去再说吧。"

郭磊突然想起什么问："郭妮怎么样？"

妹妹郭妮年初考上徽州职业技术学院学酒店管理。

放下电话，郭磊忽然有一种酸酸的感觉，也不知道为什么。

很快就过年了。他打定主意，还是要回去过个年，然后再来。毕竟他为符主任广告部拉到五个广告，也算做了一点小小贡献。再说个人也提成了两千多。

于是，临走之前，他去向符主任请假，符主任还是答应让他快去快回，不过还告诉他："小郭啊，海南要封岛。封岛知道吗？一封岛，海南等于香港，按资本主义模式。那时，来真不那么容易呢！"郭磊顿时心动地说："你说海南成为香港？"符主任说："当然。将来来岛都必须持有特别通行证。"

王静离开大英村了。熊天刚和蔡功臣各有各的工作。尽管来这么久，他还是不认识过多的人。于是晚上不知上哪儿去，便来到白坡里卢荛处。这晚卢荛的玩具套摊比较安静，他手拿一张报纸正站在电灯杆下看，借着路灯的光。郭磊上前哎了他一声，卢荛抬起头，还没来得及开口，只见旁边急急走来一个矮胖姑娘说："哎，你怎么回事啊，叫你别出来别出来，你就不听！"卢荛见郭磊表情古怪便说："怎么？"姑娘冲卢荛说："哎，我的话你听到没？收拾东西，跟我回去。"卢荛朝郭磊笑说："介绍一下，我老乡小毕。也是老家来。前两天，淋了场雨，本以为没事，我身体一直铁打似的，不想感冒了，在家躺了两天，小毕不依不饶。"小毕见卢荛不听，就用手拽他说："我跟你说话你听到没？走，跟我回去，还要不要身体！"

郭磊见姑娘如此关心卢荛，就说："身体不舒服，就别摆了。回去吧。"卢荛说："我也不想摆。可是兄弟，马上要过年了，不回去还在这儿，要钱啊！"小毕说："我要你的钱吗？这么大人，自己的身体都不知照顾。还在胡诌。"郭磊忽然发现，姑娘很像卢荛的女朋友，便说："你有福气。离家千里，竟还有姑娘关心你。"小毕转看郭磊："你也是湖南的？"卢荛说："他安徽的。"小毕问："来海南多久？"郭磊说："五月份来的。"小毕又说："赚到钱没？"郭磊自嘲一笑说："你问小卢。"卢荛说："现在都谈不上赚钱，先是生存。万里长征第一步。"

小毕说："那好。咱们回去吧。"卢荛说："哎，你真当起我的家来了？"小毕说："怎么的？不可以哦？"郭磊含笑说："我要有这么一个姑娘关心我，即便没赚钱也值。"小毕朝郭磊伸出大拇指说："这位朋友会说话。你有他一半我也舒心。"卢荛哈哈笑说："妹子，赶紧去吧，自己吃了上顿愁下顿，就别担心我了。"

小毕说："我愿意，怎么？"卢荛就看别处说："海南岛什么稀奇古怪的事都能遇到！你可知道，我们认识才一天呢！"小毕说："你贱吧！放着别人，我才不管呢！行，你不回去是吧，那你待在这儿，病倒了没谁管你。拜拜！"说完头也不回地走去。

望着姑娘走去的背影，郭磊不解地说："咋回事，人家生气了？"卢荛说："信她？才认识一天。在店门口躲雨，只因我说了句湖南话，她说她也湖南的，便认老乡。"郭磊说："一个地方？"卢荛："她家怀化，我家邵阳，相隔几百里。你过年回去啵？"郭磊说："想。"卢荛说："我给父母打电话说不回，等明年赚到钱再说。"郭磊说："我看那女孩对你挺痴情。"卢荛笑说："不可能。我们萍水相逢，没准儿明天就不记得了。"郭磊说："不有句话，一见钟情吗？"卢荛说："那妹长得不好看，我是个有情怀的人，喜欢美貌些的。"郭磊笑说："可以，兄弟！眼界还挺高！"卢荛说："不是高。我们毕竟有品位的，对吧？"郭磊说："哪天有空，找个小店，我请你吃饭。"

卢荛脸红说："别，兄弟，都新来乍到，手头都紧，花那个钱。"

一个老人牵一个男孩经过，男孩忽然拽着老人指卢荛的玩具套。老人便问卢荛怎么玩，卢荛说："一块钱套五次，套到归你。"老人便从口袋掏出两块钱递给孩子。卢荛给他塑料绳套，玩了十次，全部落空。男孩只好拽着老人的手走了。又有几个孩子围着玩具摊，郭磊见生意来了，就悄悄说一声："你忙。改天见。"卢荛说："哎，兄弟你留个地址吧。"郭磊就把自己住址写给他，他也将自己地址写给了郭磊。

海南出岛没有火车，要坐船先到广州，可从海口坐汽车到湛江，再从湛江坐火车到广州或徽州。

郭磊想起那次上岛坐轮船，轮船不但时间长且晕船，便不作打算。打听湛江的车，又听说从湛江到内地列车少，最后还是决定买往广州的汽车票，到广州再坐火车到徽州。

登上从海口往广州的长途汽车，路上走一天，好像经过一两个县城。晚上车子行驶到一乡村公路，被路边店老板和店员强制到指定厕所小便，到他们的路边店吃饭。这是郊外，上哪儿小便都黑漆漆。可店主一定要他们到指定茅厕，而且指定一次小便收费五角钱。店门口把守四个彪形大汉，每人手持一根粗木棒。小便完便被"押"到店里吃饭，谁违背就意味着收拾谁。郭磊在心里悲叹：这是社会主义吗？老家好像没遇到过这样情况。即使在海南待这么久也没遇到过，让他对广东农村路边餐馆之恶行感到愤怒。

时值深夜，旅客纷纷按店主指令，吞下恶气，花三十元买一碗米饭、一碗排骨汤，饭是难吃的米，汤就一块被刮得无一点瘦肉的骨头。假如在海南或在老家，顶多值一块钱。他却付了三十元！黑不黑！那汤哪是骨头汤，一股酸菜味。真想骂老板，可一想到四个彪形大汉手里的木棒，又忍住了。到广州后，马不停蹄购票。一人提着行李站到队伍最后，不知排了多久，天快黑才买到一张从广州到徽州的站票。再看票第二天早上发车，不想住旅馆，就在火车站对面高架桥下坐了一夜。次早去火车站。两天两夜到徽州，再转亳州。到达亳州时，感到自己仿佛经历了一次西天取经。

次日，父亲带上准备好的一堆礼品，领他去高局长家。高局长侄子名叫高文军，中等个子，微胖，头发微黄，不近视却戴一副金丝边眼镜，鼻子有点钩，未开口先笑。他比郭磊大八岁，比郭磊的哥哥郭勇小两岁。当看到父亲领着郭磊提着礼品走进门时，愣了一下，旋即热情说："你就是郭磊吧？"父亲说："之前同你叔高局长谈过。这次从海南回来，特领来见见您。"

高文军很客气地为他们倒了一杯水，才问："小郭你去海南多久了？"郭磊说："差不多半年多。"高文军又问："听说帮人拉广告？"郭磊笑了笑。高文军也笑说："什么人都不认识，就去，你胆子够大！"

高文军请他们坐，然后沉思说："什么事都要找'组织'，知道啵？在中华人民共和国九百六十万土地上，不管什么地方，哪怕是特区，也要依靠组织，只有'组织'才是最牢靠的。"

郭父马上连连点头。高文军说："徽州市驻海南省办事处还有两个月建好，届时我承包办事处大厦二层中餐厅。听说你学会计，正好，你就帮我理财，我每月给你工资，省得你每天到外头替别人跑广告。"

郭磊又是笑。高文军抿嘴笑说："再说一遍，什么事都要找'组织'——比如我，假如不找'组织'，谁给你那么大码头搞中餐？你到时就会看到，面积相当大，徽州大厦位置又相当好。我承包期三年。三年后，只要生意好，还可以续签，一直干下去。为什么我口气这么大呢？因为我找到了'组织'。"

郭磊问："徽州大厦是徽州市政府投资的吗？"高文军点点头说："海南搞经济特区是中央批准，全国人大通过的。建经济特区，国家从未有过，小平同志说，海南岛发展起来很了不起的。从国际看，台湾还没回到祖国怀抱，将海南岛发展起来，对收回台湾是一个重要的政治影响和促进。"

郭磊又问："徽州大厦具体位置在哪儿？"高文军说："龙华路，知道吗？"郭磊叫起来说："哎呀，我上岛第一天就住龙华路。对，我听说全国的城市金融都将到海南投资，投资额不低于千亿。你想，几千亿砸下去，那海南岛，首先是省会海口，会受多大的益？到时肯定是高楼大厦满街遍地！"

高文军说："对嘛！这才说对了嘛！所以说：坚定意志，在那边好好干几年，咱不说政治理想，至少，赚两个钱，可以吧？如今不提以经济建设为中心吗，经济建设就是搞钱，不用怀疑。对不对？"郭父点头说："太高兴了，见到高总，真是受益。"

郭父很高兴，将一大包礼品奉上说："高总，一点小意思，表表感激之心。还望笑纳。"高文军推挡说："哎，郭站长郭站长，不要这样，我从不接人家东西，真的。"

郭父将礼品递给他，见高文军总是推挡，就干脆送进高家的房间，然后将房门关上。

高文军到门口吐了口痰，回来坐下又说："从海南建省消息一公布，我们办事处主任就去了。四月十三日，海南省政府挂牌。门口聚集十万人，敲锣打鼓，鸣放鞭炮，连街头的椰树——你知道，海南种不少椰树，都悬挂标语。那天，省委书记许士杰，省长梁湘，他之前是深圳市长，你想，连深圳市长都调海南当省长，你说海南能不大发展？对不对？"

郭磊含笑说："不过现在真的落后。我满街跑，省会海口市最高楼只有四层，其他全是两三层破房。让我感触最大的是没电。沿街摆放大大小小的发电机，这家响那家叫，就像基建工地。还有，一个市竟连红绿灯都没有。交通警察偶尔出来一两个，站在路边看风景，很少管事。还有，上街偶尔还碰到猪在乱逛。你看看。"

高文军拍手笑说："小郭你总结得太对了。眼前的海南就这样。毕竟远离内地嘛，对不？前十年，国家的国防前哨除了部队便是军垦农垦，而且是广东省最偏僻也可以说最落后的一个行政区。"郭磊说："好像说三亚、五指山有一个少数民族自治区。"高文军点头说："州府在通——那个字念什么，对，杂（什）——我们念什么什对吧。"

郭磊说："海南人取名怪怪的，什么邢登录、麦气咋等。不像我们内地人取名。生僻。女人勤劳，干活都是女人。男人喝茶，那么好天气，一天时间泡茶店里。几毛钱一壶的红茶、乌龙茶，一喝一天，什么都不干。"

高文军说："假如不开发，永远那样。现在中央要开发，用不了几年，海南将是中国最开放的地方。对，内部消息，将封岛。一旦封岛，就是香港、新加坡。懂吗？香港、新加坡就是资本主义模式。"郭磊说："来前听我们符主任说——我们广告部主任，说中央各直属企业基本都要在那儿办分支机构。这些机构都需要建房，将会有个大开发大建设的高潮。"

郭磊想起什么，从口袋里掏出一份名册递给高文军说："我这儿有一份全省企业家的名单。五百家各地来海南的企业家名单。"高文军感兴趣地说："是吗？我看看。"高文军接过翻了几页说："你看，我们办事处汪主任也在，你怎么没注意？"

郭磊才发现倒数第四行写着：安徽徽州市政府驻海南办事处主任汪鑫平。

高文军将名单还给他说："这不算啥，真让人振奋的还是某某领导的子女奔海南。这就是信号，国家对那肯定力挺！"郭父不住地点头说："不错，不错，高总这话不错，的确是这个理！"高文军说："所以说凡事要找'组织'！不过你不错，小小年纪敢闯，你是大专吧？如今时代，就要这种敢闯敢干的精神。"郭父说："望高总日后多多抬举！"高文军点头说："没事没事。"

父亲下班回来，对郭磊说："磊啊，家里还有点东西，你凑一包，不够我给你钱，再买点，上两个经理家走走。你的劳动人事关系在单位，人家给你保管，万一那头干不下去还得找人家。"

郭磊想，既然出去了，就没想回来，但也保不齐。于是搜了现有的礼品，自己再买一点，分两个袋，趁下班后到经理家，再到副经理家。他们对郭磊登门送礼很觉惬意，问他在那边怎样。郭磊不敢详聊，只说才去，在一家报社。别的没说。人家也没多问。

大年初一那天，大专的两个同学李彬和温闽生一起来到他家。毕业后李彬在市工业供销公司财务部，温闽生在市煤炭公司。在学校时，三人比较近。郭磊去海南没告诉他俩，他们是从郭磊大哥那儿得知的。李彬笑起来像女的，眼睛小，嘴巴大，皮肤嫩；温闽生则是三扁担打不出一个屁来的"闷葫芦"。三人只要一起，说话的都是郭磊。

李彬笑得一朵花似的，说："嘿，郭靖，你回来了？"

八十年代初放香港电视剧《射雕英雄传》，里头有个男主人叫郭靖，在学校时同学便故意喊他郭靖。

郭磊蹲在门口同哥哥的小孩在放二踢脚，忙说："拜年拜年，你们都好吧？"李彬说："你个郭靖胆真大，我打听海南是中国最南端，一般没人去。你一去就是半年，具体做什么？"

郭磊说："在一家报社。"李彬吃惊问："你都不懂写作，报社要？"郭磊不想聊，说："事在人为。"

郭父在屋里看到，忙说："哎，同学吧，进来，进来喝茶。"

郭磊忽然想到什么，还是问："同学中，那个'火烧脸'和吴……如何？"李彬笑说："你小子念念不忘吴小燕啊？我记得在学校，你好像总想接近她。"郭磊顿时脸红说："扯。我哪里接近她？"温闽生说："她同'火烧脸'订婚了。"李彬说："人家家庭有地位不是？"郭磊被这话激怒，说："我连想都没想过她！不过顺嘴问问。"

大年初十，郭磊就对父母说准备走。父母的意思是让他过了元宵，可他说有事。他一直担心符有贵那儿，走的时候符有贵态度不冷不热，万一回去晚了，情况有变就麻烦了。思虑半晌，还是要走。

晚上，父亲塞给他五百元钱说："拿着，到海南，买两件好点衣服。高总说，将来那么多名人在，人看衣装。你穿得捡破烂似的，哪个看得起你！"

郭磊去海南没见谁穿多讲究衣服，就说："给三百。等我赚到钱，还你。"父亲说："傻孩子，我要你还。"那一刻，他想哭。

打听从郑州南下比徽州南下更方便。正好亳州往郑州也方便，于是郭磊从亳州直接坐班车到郑州，下车后到火车站排队买了张到湛江的火车票，又经过两天一夜到了湛江。海南岛从广东划出去，湛江便成广东最西边一个地级市。来到湛江，发现比海口市大，街道多些，市中心高楼也高。郭磊就想，国家为何不将经济特区办在湛江？那样省得过海。

从湛江往海南汽车不少，但只能坐到湛江徐闻县海安码头，然后坐轮渡过海。

到湛江没下车就赶紧脱毛衣，只剩衬衣，接着换车来到徐闻县海安码头。下车后，就听得码头上一阵喧哗："哈哈哈哈，哈哈哈哈，就直接跳下去了。""没见过吧？""太逗了！衣服都不脱。"只见一群人围观着，郭磊就提着行李过去。他看到从海里齐刷刷走上来七个小伙，身上全湿透，但没一人愁眉苦脸，全是阳光灿烂。其中一个还激动地挥舞着拳头说："美！我总算圆了我的梦！我们七个人，都是第一次看见海，禁不住喊'一二三'一起跳了下去。"

郭磊笑了。想自己第一次看到大海时，心情也是非常激动的，但那是从广州往海南的轮船上。轮船在茫茫大海上航行，是不能跳的，后来几次往海边观，那种激动淡了。时至今天，看到七个小伙齐刷刷跳进大海，心想，他们肯定是第一次来海南，就听到旁人议论："从甘肃兰州来的大学生。"

等了近一小时，才听说渡船过来了。到码头买了一张船票，跟着前头旅客上船。那七个跳海的小伙换上干净衣服也过来。上船后坐在一起，其中两个开始下象棋。

轮渡与从广州到海南轮船不同。首先是海上航行时间短，据说两小时就到。不用打发时间结识陌生人。刚绕过甲板，就听见船舱上两个人的对话，其中一个说："身份证带没，听说海南岛封岛了。"另一个说："看来来对了。那就是发达国家的经济模式。叫什么一线封住，二线放开。看来，海南要翻天覆地！"关于海南岛的发展，发展怎样，郭磊听符有贵说过，再看那两个人的衣着，好像北方来的，口音都是纯正的北方普通话。他就想，肯定有组织的。此刻，倒很想结识他们，但又觉太唐突，于是克制住了。

忽然，一旁有人喊："看，海鸥，海鸥，多么好看的白色的海鸥啊！"

从广州到海南的轮船上见过，同样在船的尾部，随着被犁翻的层层浪花，一群白色海鸥追逐着奔腾的浪花。有人喊："看，海鸥抓鱼吧？"有人纠正："乱说，海鸥哪会抓鱼呢。"有人说："那就是跳舞，你们看，海鸥跳舞呢！"

郭磊没那么浪漫，只见几只海鸥追了一趟浪花，就飞到一旁的海面去了。

耳边忽然传来一操天津口音的男子说："海南那地方真奇特。知道吗，我从北京到海南，就给省府递了份《海南文化发展战略报告》，我从国家体改办到海南搞体制文化研究，请政府给开办经费。谁知几天后，省长批给我十台彩电，让我自己卖，卖得的钱做开办资金。哈，我长这么大第一次见到这样的政府，竟要自己卖彩电自筹经费。"

另一男子好像是北京口音，问："那你这一年搞得如何？"天津口音的人说："拿到批文我乐了，这是逼我做生意啊。既然这样，那干呗！马上将批文卖了，赚到一万块。一万啊，我的妈，当天就租房。海南穷，政府没钱，只能自己干。可怎么干，得找门路，一概不知。像个傻子。幸好体改委来人，我们一商量，先倒腾个公司吧。不久，我们就搞了个农业新技术开发公司。几个农业部来的，说可以帮海南搞农业改良。搞了一段，大规模基建来了。于是一合计，跑到郊外开砖厂，我被他们选为厂长。砖厂建在市郊。你别说，厂子刚建，就有人找我们要砖。"

北京口音的人问："后来呢？"天津口音的人说："我们招聘了工人，搞销售，搞宣传。其实，我依然想找一份稳定的工作。毕竟我可是名牌天津大学的高才生，不可能一直搞砖厂吧！"

北京口音的人就大笑起来。

郭磊怦然心动，虽不认识，见面不就熟吗？不如打个招呼，万一没路，就到他们砖厂打工。于是斗胆尴尬地笑问："请问二位去海南吗？"

二人一齐转头看他，点了点头。

郭磊说："我去年五月去的。在岛上待了半年。"天津口音的人说："噢，你在哪儿工作？"

郭磊脸红说："不好意思，我学会计的，却在一家报社广告部拉广告。可惜那报纸至今没申请到全国发行的许可。属地方刊物，发行量不大，拉广告就有困难。"

天津口音的人说："小伙子啊，海南就是试验田。国家对它采取小政府大社会的政治设计，什么事别指望政府给你这那。但是环境很宽松，很自由，只要你有本事，就可以大胆试验。试错了也没关系。不抓辫子，不扣帽子，不打棍子。这是我来海南七个月最深刻的体会！"

北京口音的人说："市场经济就是自生自灭。没人限制管制你，海南实行小政府大社会，政府管收税，别的都由市场自己定。做生意不能叫投机倒把。"

郭磊笑问："二位是国家机关的吧？"天津口音的人笑了笑说："我是体改委，他是文化体改办。"郭磊笑说："谢谢，我叫郭磊，来自安徽亳州。"

天津口音的人自我介绍："我姓丁，名松，他姓邹，名景龙，我们大学同学。只是后来分开，这次下海南，又成为了战友。"说完哈哈大笑。

郭磊不好意思再打扰他们。

轮渡经过两小时航行，终于到达海口市。这次登陆不是秀英港，是海口新港！

第二次来海口，郭磊特别留意了海口的海岸线。狭长的海岸线，天蓝得一朵云都看不到。忽听前头有人喊："不行，去不了，要验核身份，非常严格，看来麻烦。"就有人问："带身份证没？""带了，必须是海南身份证或暂住证，或者老家的特别证明。"

郭磊脑子里轰一下，完了，离开海南时，哪知道什么暂住证。莫非这趟进不去？

随着人流走到关卡，几个民警和航运工作人员正查验证件。郭磊看到丁松和邹景龙已经顺利通过检查，走了。他递上自己身份证，却被民警晾到一旁："你等一下。"

七个齐刷刷"跳海"的大学生也被民警拦到一边待审。等了二十分钟，七个兰州大学生不知用什么方法，得到民警的通过，先郭磊一步走了。

郭磊想起符主任曾给自己办了个《工商时报》临时记者证，于是翻半天翻出来，诚惶诚恐地递给民警说："同志，我有聘用单位的记者证，是不是可以？"民警查验一下，还给他说："进去吧。"

上风采车的时候，郭磊想，是先去大英村的住处呢，还是先找符主任？因为他从家里给符主任带了点土特产，于是直接坐车到广告部。符主任正打算下班，见郭磊递给他两斤凉皮一包苔干菜，顿时露出笑容说："啊这么客气，真不好意思。"

郭磊才将一路来的情况简要说了说。符主任给他倒杯开水，说："小郭啊，我要告诉你一个不好的消息，我们《工商时报》可能要撤。"郭磊脸都吓白了问："为什么？"符主任说："批号批不下来。因是内部刊物，总编不想做，说不赚钱。"

郭磊又问："那广告部呢？"符主任搔头皮说："是啊，我正犯愁。"郭磊说："符主任，万一停办，您去哪儿可带着我，我一定卖力。"符主任笑说："行，看情况吧。你先把东西放下，休息吧。"

回到大英村二十四号，郭磊感到肚子饿了，打算去门口的饭摊上买饭吃。经过院子时，房东忽然从门内出来，告诉他说："你姓郭吧，我告诉你，你们广告部房子二十号到期，还有七天。"

这个符主任，只给他七天苟延残喘的时间，而且不告诉他！

郭磊顿时感到人生之艰辛！好在这半年他熟悉了海口的大街小巷。这城市只能说是个大的城中村，整个城市没几栋高楼大厦。是政策的力量将五湖四海的人汇集到这儿，否则鬼才来！

郭磊上顿饭还是在湛江车站旁边小店吃的盒饭，那盒饭花了七块钱，没吃饱，那大米实在难吃，菜不放油。不过想起去时在广东路边那个晚上的遭遇，他吐了一口气。

大英村路边卖饭的大婶还认得郭磊，朝他笑了笑。他买了一份四块钱的快餐。正吃着，摊主又给他送一碗汤。坐班车上广州那晚在广东路边遭遇的情景再次浮现，而眼前的汤白送的，虽然是清汤，却有一股猪骨头的香。从这点，就能看出海南人的善良。几块钱饭菜还能喝上骨头汤，在其他城市一定是梦。吃完打个饱嗝，呼吸一下新鲜空气，才感到海南岛空气的确比老家清新很多。

这个春节，卢莞没回去。不是不想，而是没赚到钱。尤其大年三十，他担心房东夫妻请他一起，便早早推说有事，来到解放东路一家破旧的录像厅待了一夜，花了十块钱，既看录像，又能躺着睡。

那录像厅是通宵营业，一部香港无厘头喜剧电影反复放。后来发现，当晚竟然有四个来自大陆的年轻人像他一样，在这儿躲"大年三十"。大年三十，整个城市的店铺绝大部分关门，只有极少极少的个体餐馆开张并招揽年夜饭。卢莞好不容易在新华南的一处找到两家，在这儿吃了年夜饭。其实也没吃什么，一碗海鲜面，两个茶叶蛋，另买了一只烧猪脚，一碟花生米，一瓶海口本地产南宝啤酒只要一块钱。

大年初二，他到人民公园西湖北一块空地，想买辆二手自行车。来海南钱没赚到，连丢两辆自行车，很窝火。没有自行车，出门不方便，坐风采车又费钱，尽管只要一两块钱，但那也是钱啊！

一个尖嘴猴腮的小伙坐在一辆出售的二手自行车上，嘴里叼着一支香烟，好像在看报纸。卢莞忽然看到路边站着一个人手里抱了一摞报纸好像在卖报。因为侧身对着他，在那人转身那一刻，卢莞发现竟是在白坡里见过的山西洪洞人赵世德，不禁笑起来："哎，洪洞的赵世德，你怎么在这儿卖报纸？"赵世德看到他，有些惊讶，便咧嘴一笑说："哎，你怎么不在白坡里摆玩具套？"卢莞说："摆玩具套晚上，白天没摆。"赵世德马上说："你白天可以像我卖报纸啊，否则时间岂不白白浪费了？"卢莞问："你这报纸哪儿要的？"赵世德朝不远处一指说："报亭啊，你找他谈，卖一张，提成一毛。运气好，一天卖个二百张，也能赚二十块呢。"卢莞打量赵世德，这家伙好像白胖了些，就说："混得不错啊，比上次看着胖。"赵世德说："狗屁！就我们这样，还胖？对，你找到工作没？"卢莞说："找毛。简历资料放在人才中心快一年了，哪有消息。"赵世德问："过年你没回去？"卢莞没回答，径朝卖自行车的走去。赵世德不解地问："怎么？"卢莞说："你这不是明知故问吗？"赵世德就憨笑说："对。那好兄弟，你忙，我到隔壁酒店走走。"卢莞说："行，有空再聊。"

大年初四，街上少许店铺开门了。卢莞想起赵世德的话，对呀，我何不利用白天去卖报纸，也可以增加点收入。主意打定，便来到离白坡里最近的海秀东路口邮电报亭，他经常路过那儿，认得一个中年妇女看守，偶尔也有她的孩子或丈夫在。他们没说过话，偶尔也上那儿买一张报看。报亭过年期间，只开了两个早上。今天初四了，兴许开门了。过去一看，真开门了，依然是那个妇女。他喊了声"阿姨"（海南这地方对女子的称呼，无论年长年少，大都喊阿姨），阿姨便朝他一笑问："吃饭没？"卢莞说："吃了。阿姨，我想同您商量个事，我想从您这儿贩一些报纸卖，不知行不行？"阿姨说："可以啊。只要你肯跑，一张你提成一毛钱。运气好一天也能跑个一二十、二三十块呢。"卢莞放下心，说："那我从明天起，就上您这儿拿？"阿姨说："好。"

从初七开始，他便晚上在白坡里的老地方摆玩具套，白天就上这位阿姨处贩一二百张报纸，到处游走着销售。半个月下来，他竟然赚到之前一个月才赚到的钱。

元宵节后的第一个晚上，郭磊到底忍不住了，房租还有七天到期。那一刻，想起很多往事，觉得人生真残酷！往年的元宵节，他肯定同家人一起吃汤圆，吃饺子。

来的第二天就想找卢尧或熊天刚等，但想到人家连年都没回去，肯定都困难，不好打扰。但是待在住处实在太寂寞，于是还是打算去白坡里看看湖南的卢尧。天快黑的时候，他再次来到卢尧摆玩具套的地方，一打听，过年就没见卢尧上这儿摆过摊。就想是不是回去了，还是不再摆玩具摊了呢？

这时候，他多么希望有个熟悉的朋友会会啊！

来到熊天刚和蔡功臣住处，房东说，他们大年初一搬走了，好像说不在之前单位干了。

郭磊想起上岛后求助的第一个本地人邢道涯。可又一想，人家已经帮过自己一次了，哪能又找人家呢？想到麦气咋，便试着同麦叔办事处打电话，值班的人说，老麦回农场老家了，要二月份回来。接着，想起了由老麦介绍，并收过对方一千块钱广告费的吴多按。

记得对方住在书场村，从大英村去有点远，想起该买辆二手自行车了，之前一直走路，其实早想买一辆，就是不舍得。于是忍痛从存折取了五十元，来到人民公园西湖北侧二手自行车摊，依然是那尖嘴猴腮的家伙守在这儿。听人说，这家伙之前就是小偷，偷过不少自行车，如今当老板了，但这不是他管的事。正好那家伙在，他向对方砍价，砍到四十，便骑上一辆，直接奔书场村。

不料吴多按搬到秀英村去了，房由他叔叔吴什么四在住。他叔叔倒很热情，告诉了他吴多按住址是秀英村四十八号，也是租房。据说他最近在秀英村北的玉沙村帮人建私房，生意不错。郭磊来了劲，心想先找到他，无论如何请他安排个事，争取过渡到老家的高总来。

秀英村四十八号同样是城中村的一家私人小院，他对房东说："我找吴多按老板。"房东指二楼说："楼上。"

上楼第一间房，里头有个二十岁左右的男人在算账，郭磊便问："请问吴经理在吗？"那人瘦得像猴，问："你是——"郭磊说："我是吴经理的朋友，我们认识。"说着将吴什么四写的地址给他。那人马上说："噢，你找我叔那儿去了。我哥去了工地，一会儿回来。我是他弟，我叫吴多波。"

吴多波抓过一只满是茶垢的白色瓷壶，到开水桶斟了一壶水递给他说："你坐。"

半小时后，门口响起一喊声："阿波，你做饭没？"

郭磊朝楼下一瞅，果然是吴多按。同他一起还有两个男的，一个手里拿一把卷尺，一个肩上扛着一副罗盘仪器。

吴多按走上楼，看到郭磊，不由一愣："怎么是你？"郭磊脸红说："吴经理啊，报纸不办了，农垦的麦叔回农场了。我来找您，看您这儿能安排一个事不，做什么都可以，不挑剔。"

吴多按笑起来说："我缺做饭的，你会不？开玩笑，你做记者的，哪要你做饭。这样，你会会计不？"郭磊眼睛放光说："我本来就是会计！"吴多按说："太好了，我正打算请。你真做过会计？"郭磊说："我来海南前就是医药公司的会计。"

吴多按说："我们公司注册、接工程。这不，不少人在玉沙村圈地，又不舍得找大公司。那房就盖一个空壳，不住人。放那儿就等政府征收，套政府的钱！"郭磊问："套政府的钱？什么意思？"

吴多按说："海南不建省吗？从规划部门获知，海口市龙昆北路和滨海大道到玉沙村一片，将建金融贸易区，全是二十层以上高楼大厦。海口人听说后马上往那儿盖房，就是先抢一宅基地，等政府来拆迁，套政府的拆迁费。"

郭磊明白了，说："你是说，这些人不是真盖房，而是占一块地皮，搞一个毛坯。将来政府来征地，就套政府的拆迁补偿费？"吴多按拍拍郭磊肩头说："聪明。我叔当时同我说，我半天不明白。"郭磊说："怎么又搞出你叔？"吴多按说："我叔是法人代表，我给他打工。上次登广告也是我叔的。"

手拿卷尺的男子说："那是村里的地吧？"吴多按说："村里的。你没见，就是村长签。所有空壳房都由村里开发，购地者向村里交钱，村里赚一笔。那空壳房，届时每栋能得到政府十几万几十万补偿款。"

扛罗盘仪男人问："能确定政府征收？"吴多按说："村长说市里有亲戚当领导，否则他那么自信？"

吴多按走到厨房看看说："阿波啊，中午不要做，我们到外头吃点好了。"

吴多波就急急奔厨房说："那我关火。"

第二天，郭磊就搬到了吴多按这儿住，当天上午到税务局买了几本账本帮他们建账。

第四章

　　从白坡里到面前坡不过十分钟，但具体位置、门牌号码，小毕没留。

　　无聊，卢荛就往面前坡走。面前坡据说十年前是海口市法院执行死刑犯的现场，先后枪毙过十多个人。此后规划成市民住宅区，于是市民纷纷在荒地建房。至今，形成了一个百余户居民的城中村，面积规模与白坡里不相上下。

　　从白坡里卢荛的住处西走，是新开拓的龙昆南路。这条路被规划得很宽阔，超过海府大道和海秀大道。据说将成海口市一条景观大道。沿着龙昆南路走不到十分钟，就到了面前坡村口。两侧的私宅一层都被开辟成小商铺，倒显得热闹。沿着主道走不到五十米，左右分两条小道，他犹豫了，两条道都走了一趟。别说，尽管小毕长得不怎么好看，要有个异性在身边说说话，甚至打击打击，也是一种消遣。走着走着，看到路边有三头大肥猪溜达，就想，什么玩意儿，一个城市，竟有生猪在街边走。城市能养猪？既然养，就没人管？但他的心事不在猪身上，他想找小毕。结果两条道来回走三遍，就是没见到小毕的踪影。

　　卢荛此时工作还是每天到报刊亭批发报纸上街卖。卖报纸也有窍门，不是沿街叫，而是上人多的地方如大酒店的中餐厅、老爸茶店等。海南人有的一早就上茶楼泡，过去在内地没听说。喝茶需要谈资，就买一张当天报纸了解国家和地方的形势大局。

　　这天，他从报亭要了一百份报，来到东湖酒店中餐厅转，卖了几份，听一桌粗黑大汉吩咐一个小伙："小王，你去趟东湖三角池，将广告贴出去，招一办公室主任。"

　　那粗汉像个老板，卢荛就笑着给他递一份报纸说："大哥，这报纸送您，不要钱。"粗黑大汉顿时猛瞪着他说："什么意思，我要你送报纸？"卢荛笑着说："不是，大哥，我听您说去三角池贴广告，招什么办公室主任，不知我行不行？我是名牌大学湖南交通学院毕业的。"粗黑大汉马上看了看他说："狗屁名牌。就一普通学校，想蒙我？"

041

卢莌笑说："大哥，虽不能比清华北大，但也是名校。"粗黑大汉说："口才还可以。"他想了想，就从口袋掏出一张名片递给卢莌。

卢莌接过看，见上头印着"太原铝厂驻海南办事处主任兼总经理吕财东"。

吕总问："愿上我公司干？"卢莌点点头说："当然。"吕总说："那好，明天或后天，你按地址上公司找我。"说完，就从兜里掏出五毛钱塞给卢莌说："我哪要你免费。"

三天后一大早，卢莌洗漱毕，到外头买两个馒头一杯豆浆吃过，按吕总名片上地址骑车到机场一横路，门口挂着一块"太原铝厂驻海南办事处"的招牌。上到二楼，吕总坐在里头，看到他，竟问："你来我这儿上班？"卢莌蒙了，问："不是说面试吗？"吕总说："试什么试？那天我就试过，上班吧！"卢莌差点儿想拥抱他。

太原铝厂驻海南办事处属厂派出机构，理应有干部。可卢莌在这儿待了十天，发现整个办事处正式职工除了吕总本人，其他四个都是临时招聘，一个陕西的，姓李；一个甘肃的，姓王；两个江西的，竟是兄弟姓金，喊大金小金。卢莌在这儿十天，发现自己竟是这学历最高的，另四人除江西的大金读了中专，其他都初高中，竟也敢闯海南！不过，了解到这些情况倒窃喜，他才是这个办事处学历最高的，是真正的人才。

吕总说给卢莌月薪三百元，将办事处行政事务都交给他管。此后，他跟吕总出去过几次，主要是谈生意。

卢莌亲眼看到，北京一家商贸公司同吕总签协议，发货地从海南到河北。他就想，干吗不从山西直接发河北呢？慢慢地，他明白了，这叫倒买倒卖。再往后，他还了解到吕总其实是山西某铝厂销售人员。据吕总说，他同厂里书记厂长关系不错，每做成一笔就给书记厂长送海南海产，如鱿鱼干、墨鱼干、海蛇干、扇贝干等。估计还有红包，只是吕总不说而已。

吕总这种性质的公司在内地工商部门很难注册，而在海口市一年竟诞生上万家个体公司。报纸上便出现一句话："海南岛的公司经理满街是，一个椰子掉下来砸倒三四个。"

吕总刚来连床上被盖都是当地买的，就一个人，房子租的。成交了几笔生意，就什么都有了。一天，他忽然问卢莌，"小卢，你会不会开车？"卢莌说："不会。"吕总说："这是海南，将来每个人都要学。我们明天去买车，以后谈生意气派。"

恰好江西的小金在老家开过矿车，于是第二天吕总就带小金去龙昆南车场看车，最后买了辆日本本田轿车。售车员口吐莲花："日本刚出的一款新车，国内根本买不到。"吕总问："为什么这么便宜？"售车员说："特区啊，税率低。"吕总看标价十七万，呵呵一笑说："兄弟，打折不？"听说不行，吕总当机立断说："行。小金，你开着试试。"

吕总从口袋掏出银行支票，当场给售车员开了一张。售车员验后说："我们签合同。"吕总问小金："你看看能不能签。"小金说："要卢莞在就好了。"吕总说："要不，你去喊。"

小金打摩托去喊卢莞。卢莞知道这是拟好的合同，不签也得签，就说："没问题，签吧。"

吕总便在上头签上自己名字，对方留一份，另一份撕下给他。

这天，大家正吃饭，陕西的小李细眯着眼睛说："吕总，您生意做这么大，我看海南的公司经理都带一个女秘书，您是否也聘一个？"

小李话没说完，吕总就哈哈大笑，说："这个可以考虑，毕竟特区嘛，对不对？"

小李接着屏着气息在吕总耳边悄悄说了什么，吕总马上瞪大眼睛说："说啥？还有那事？"原来小李告诉他，昨晚出去溜达，走到海秀路与大同路交界地，发现树下站着三三两两的站街女，据说资本主义国家和台湾、香港才有。

吕总顿时严肃着说："小李你能不能严肃点，什么站街女，乞讨？"小李脸憋得通红大声说："吕总，我实话告诉您，站街女就是资本主义国家才有的妓女！我路过，发现很多人围观。开始不知道什么事，上前一看，五六个女的披头散发站树下，几个男人同她们说什么。这时我身后有人喊：'喂，妹子，多少钱一次？'接着就有人制止他吼。被那人一吼，几个站街女便迅速离开原地，往前走几十步。这时同她们说话的男人又拥上前找她们。"

吕总拿筷子的手往桌上一拍说："我们是社会主义国家，恐怕不行吧？"

听说是妓女，桌前的几个小伙子早已目瞪口呆，齐刷刷看着小李。

小金说："吕总，要不，明天看看去？"大金说："要去就今晚。改天人家要走了。"吕总说："你们去，我不能去，丢不起那个人。"卢莞问："吕总入党了吗？"

吕总说："组织正在考验。"

吕总果然没去，但让卢莞领着小王、小李、大金、小金四个人去了。

晚十点左右，卢莞领着四个人回到办事处。吕总赤膊躺在阳台一张竹椅上，阳台上放着一台小型收音机，正播放什么戏曲。听见有人，吕总扭头看一眼，坐起来问："情况怎样？"

小李抢着说:"还不错,还是那晚看到的,还是那地方,还是那么多人围观。不,围观的人更多。我最佩服的是,那么多人围观,那些女子竟然不怕!"小王说:"吕总,小李说得真没错。"大金说:"我估计公安不知道,一旦知道,立马抓了。"小金说:"没那么紧张吧,不就几个站街女吗,又没打架闹事。"

吕总发现卢荛一直不作声,便奇怪地问:"小卢,你怎么不作声?"小李说:"小卢一路说不舒服,卢哥是不是生病了?"卢荛淡淡一笑说:"没事,我倒杯开水喝就好了。"

小毕竟成了站街女!这是今晚卢荛看到的最令人震撼、最刺激他的一件事!那是个多么朴实多么纯真善良的姑娘!莫非生活所迫吗?还是……他当时脑子大乱,又不能在四个人面前表现,就推说身子不舒服。开始,他也跟着饶有兴致地往前挤,看着看着发现那几个站街女中有一个眼熟,再仔细看,竟是曾同自己有过一面之交的老乡小毕!

要离开,可是脚怎么都挪不动。他想看看小毕如何同那些男人交易,于是便争取到最佳位置。看了一会儿,让他痛心不已,小毕竟被一个驼背老男人领往一条岔路。他想追上去看那岔路是哪儿,可又不敢追,因为他怕小毕发现他。

一路上,没人知道卢荛这一趟发生了什么。

见到吕总,大家便你一言我一语说起来。卢荛看到吕总满面笑容,就知道他很乐意听他们的介绍,于是推说身体不舒服,便独自进房拿了毛巾肥皂去洗澡。

当他洗完,听到客厅里的谈话还在热烈进行,就径自进房睡觉去了。这时,他听到吕总在喊他:"哎,小卢你怎么搞的,这么高兴的事,你如何不兴奋?怎么你去睡觉了?"

卢荛只好起身出来说:"那种事毕竟是违法的,肯定长不了。"吕总竖起大拇指说:"这话对,我想也是。对那种偷鸡摸狗的猪狗事,还是少关心一些好。"

小王从房间出来说:"这话对,就是想干偷鸡摸狗的事,也要钱啊。你没听围观的人说,一次至少五六十块呢。"小金说:"我听到一百。"大金说:"可能按质论价。"小李说:"路灯太暗,那些女的脸都没法看清楚,但是,年纪都不大。"

卢荛在心里惋惜,那么好一个姑娘,尽管她长相不很漂亮,但毕竟才二十岁啊,那可是黄花般妙龄!

看到那一幕,卢荛就像吃了活耗子到肚里,至今没消化。就想,这么久没见,原来她干那事去了。这么说是生活所迫,抑或被人出卖引诱?从同小毕认识,发现她是个很纯粹很干净的人,尽管她说话冲,但真实不虚伪,可她为何走那条路呢?人只要走上那路,从此就背负上一个非常难听的"丑"名,乃至一辈子抬不起头。当看到一个驼背老男人将她带走，他真想冲上去给她一耳光，然后领她走。可是他到底不敢。外头声音逐渐弱下去。

办事处是一层车间隔成的房间，空房多，除大金、小金合住，其他都独一间。吕总也是，但吕总一间是两间合起来，从中间开个门，里头住宿，外头接待。

没想这天吃晚饭时，吕总提出跟他们去看。卢莞不想去，就借故说要帮大金收拾厨房和准备第二天的早餐。

晚十点，吕总在小李、小王、小金三人陪同下回来了。吕总进门后就哈哈大笑说："还真是，真开了洋荤，竟看到了妓女。什么站街女，就是妓女嘛！公然站在大街上卖，那不是妓女是什么。"

大金已经将厨房收拾完了，正打算洗澡，便笑着问："吕总，找了一个没？"小李笑说："我们都叫吕总带一个回来。"小王说："吕总有些不好意思。"小李说："我要有吕总那么多钱，我就带，怕个卵。她敢站街，我就敢带走。"

吕总发现卢莞站在窗口不过来也不作声，便诧异地问："哎，小卢你怎么了，心事重重的？"卢莞说："我真想向全国人大写信。"吕总变脸说："拉倒吧你，你以为你是谁！"随即他又解释说，"别误会，我不是骂你。咱就一平头百姓，管那事。出了事，上有政府，下有公安，关咱屁事。"

小金说："卢哥，你太正经了。那不是我们管的事。"卢莞旋即笑说："不是，我对那事不感兴趣，真的。你们想想，我们都还没结婚，这纯洁的身体，我觉得第一次还是要留给自己心爱的妻子，你们说对不对？"

小金想了想说："哎，卢哥这话真对！"小王却有不同想法："到什么山上唱什么歌。你做了那事，你未来妻子哪能知道呢？"大金大声说："我反对！要那么想，还是人吗，有良心吗，对得起未来的妻子吗？"

吕总点头说："小卢有高学历，他的话没毛病。我建议大家向小卢学习，没事不要老往那儿跑。好好工作、赚钱。就是谁说的，赚钱才是硬道理。老实说，别说站街女，就是倒贴老子，老子也不干。你不觉得脏？一晚睡几个，这个睡那个操，头八辈子没见过女人？改天给我爱人打电话，让她来趟，让你们看看，什么叫漂亮的婆姨！"小王问："有嫂子照片吗？"小李说："山西婆姨肯定好看。"

吕总慢吞吞地走进房，从一本薄书皮里掏出一张照片递给大家："看看，你嫂子。"小王看后哇一声喊："哇，大美人！"

小李接过看，大金、小金分别看，最后卢莞也接过照片看了说："吕总，福气啊！"

吕总笑呵呵地说："她是铝厂的工人。孩子还小，需要照顾，否则我早就让她来了。"说完大手一挥说，"好了，以后不准再谈那事。好好工作，赚钱！"说完率先进房休息去了。

这天，卢尧忽觉无聊，想起自己的简历在省人才交流中心放很久还没下文，于是去看了一趟，结果还是没人垂询。正要走，门口匆匆奔进一个小伙，满头大汗地问："符科长，我的工作有眉目没？"符科长微笑说："喊我小符就是，我不是科长。"

当他要离开时，那姓符的又说："文昌会文中学要老师，你愿不愿去？"刚进门的青年说："你将联系方式给我。"姓符的就找张纸将联系地址写给他说："你直接找，校长姓符，同我一个姓。"卢尧问："他哪儿的？"小符说："武汉大学毕业，也是十万人才下海南。简历放这儿一年了。他叫朱福祥。"

晚上，吕总他们出去了，没喊他，他也不想去。

有些无聊，卢尧便从行李包里找出一本家乡的文学刊物《芙蓉》。因为他读大学时曾在上头发表过一篇很短的小说，千把字。当时他一高兴，拿着稿费请了几个要好同学吃饭。来海南前，他曾有个想法，就是想当作家。或在赚钱的同时，利用业余时间写写小说，成为作家和有钱人，是他想得最多的。可是，来海南这么久，莫说作家，就说能安静地坐下来，都不能，为什么？他得生存啊！这儿没有铁饭碗，假如你一天不出去，就意味着饿肚子！

在吴多按那儿待了三天，不是不适应做账，而是不适应环境。吴多按兄弟老家是澄迈县农村，只因叔叔在海口市农垦建筑公司当了个小头目，将他们兄弟带来做工，慢慢熟悉工程。租房两间，吴多按兄弟住一间，郭磊同那两个拿皮尺（据说搞技术的）住一间，还好每人一张床，不像符有贵那睡铁丝床，上下两层。吴多按据说只念了小学三年级，就没再念，他弟吴多波只念了一年级，这兄弟二人吸烟很厉害。他们几个都说本地话，本地话简直像天外语言，哪听得懂。尤其吴多波，还取笑郭磊不懂本地话，他的意思是只要到海南，肯定喜欢本地话，而郭磊一天都没学过，那话并不好听，而且僻涩。

这天，吴多按带着两个技术员又去工地。郭磊正好没事，就跟着去。来到玉沙村，看到一口水塘前果真建了一栋私宅空壳墙，里头就不再动，问吴多按，吴多按说："不是告诉你吗，就是套政府的拆迁款。里头都建，那谁住啊。"郭磊说："万一政府得知，放两台推土机，将它推了怎办？"吴多按说："这是村民的事。他们敢建，肯定就有办法套政府的钱。"身后的技术员说："有两家人，家里有人在政府里做事，还是分管。届时就由他们做主给办了，上头哪晓得。"

吴多按他们继续头天没完的一栋私宅，才完成基脚，正砌墙。将工具和设备放下，一辆拖拉机拉着满满一车砖驶过来。车上坐着两个人，其中一个正是郭磊从家里回来，在海峡轮渡上结识的丁松，他仔细看了看，另一个不是邹景龙。

丁松显然也看到郭磊，便冲他挥挥手："小郭，你怎么在这儿？"郭磊笑说："丁老师，您这是给谁送砖啊？"丁松指指吴多按说："那天我们给一家工地送，正好碰到吴先生，让我给送一车。"

吴多按迎上去说："丁老板，这砖多少钱一口？"丁松说："还那价，没变。"吴多按说："那好，卸这儿吧。我们马上砌墙。"

丁松朝车上的人小声吩咐什么，那人马上跳下车，将车厢门拆开和司机一起卸砖。丁松同吴多按走到一边说："好，一共两千一百元，是支票还是现金？"吴多按说："现金。丁老板这么大的老板，就两千整好了。"丁松想想一笑说："好，就两千整。"

郭磊说："丁总，您是国家部委的学者，就干这个啊？"丁松说："小郭啊，我对你说，"他转身朝玉沙村大片地方指一下，"这儿被国内二十个省市金融机构看上，将来寸土寸金，每栋楼都二三十层以上，将是海口市乃至整个海南省的地标。我估计不用多久，一个全国性的房地产市场将在这儿形成。你能不能搞到钱？假如能搞到，别的什么都不要搞，就在这儿搞房地产，你将很快成为大富翁。"

郭磊说："就我们这种打工仔，上哪儿搞钱？"丁松说："想办法嘛，这确是一个很好的机会。你想，全国还没一个省有房地产市场，海南将是第一个，这是机会。你还是想想办法，你要打工，没准儿一辈子都是一个穷！"

吴多按说："小郭在我这儿当会计。"

丁松说："也行，同吴老板合作，大的搞不了，从小的搞，一步步做大。我们之前哪搞过实业，来海南却要倒卖彩电，接着开窑烧砖。你看，还要亲自送货，这就是海南，着力经济！"

郭磊笑笑说："丁总，你那儿要人不，改天我给你打工！"

丁松说："你这个小朋友，我告诉你，搞钱去，搞房地产。这机会估计千载难逢！"

说完看着两个人卸完砖，就同郭磊挥挥手说："好，小郭，回见！"

徽州驻海南办事处建在海口市龙华路附近，是栋十七层的楼，已封顶。因二楼尚未开业，高文军在后头一个叫盐灶的城中村租了套民房，接着同办事处汪主任签协议，注册了一家餐饮公司。公司经营范围很广，既能餐饮，还能贸易，最后还加了"国际"二字。高文军注册完对同事说："这要在内地，是绝对不可能。只有海南才行。"然后开始二楼餐厅的装修。

这天，高文军从汪主任那要了几个海南经济特区政策文件来看，门口响起一阵自行车铃声，见竟是郭磊，不禁笑说："小郭，你来找我？"

一个长得蛮土气的姑娘拿着拖把从里头一路拖地出来，高总马上说："这是小梅，她也是安徽的，我们招的保姆。小梅你给小郭泡杯茶。"

郭磊不由得打量小梅一眼，不难看，个子中等，但很瘦，皮肤稍有点黑，就朝她点了点头。

沙发前一张茶几，茶几上放着电视机遥控器和一只茶壶，几只杯子。正面放着一只四方四正的鱼缸，里面游动着几条蓑衣鱼，沙发前摆一台二十寸彩色电视机。

高总问："你住哪儿？"郭磊不想告诉他，就说："报社租的地方。"

小梅很快倒了杯茶送过来，他双手接过，说了声谢谢。

高总说："你到办事处了？"郭磊点头。高总说："我没哄你吧，一栋宏伟的建筑，十七层，海口市屈指可数。对，第二层我包下来了。装修完，马上开业。"

郭磊试问："太高档没人敢进吧？"

高总笑说："你错了！这看什么人。你想，海南之前是一个孤岛，消费人群少，如今全世界的人都来，其中不乏高端有钱人。我们就针对这部分人。"

说着走到房间取来一本营业执照递给郭磊看，上面写着"海口皖富商业餐饮企业有限公司"，法人代表高文军。郭磊不由羡慕地说："要是内地，私人肯定很难注册公司吧？"

高总说："当然，只有海南才行。你知道私人企业的会计，应该如何配合老板的想法？来前，我问过几个做会计的，都说是小事。怎么到你这儿，还要想？"郭磊说："是不是争取做到企业不缴税？"高总哈哈一笑说："开窍了！"

高总将营业执照送进房间出来说："小郭啊，中午在这儿吃饭。我们来了五个人，其他人在搞招聘。这房我租下了，还要租，我们将招聘上百人。"

郭磊问："餐厅吗？"高总说："全套人马，我不可能从安徽带人。"郭磊说："重要的岗位职务，还是家乡人好。"高总说："家乡跟我来三个人。我是总经理，当然要招一个秘书。另外，会计、出纳、外联等得有几个。我从徽州请了一位朋友当经理，每天营业由她管，估计这两天到。"郭磊说："高总厉害。一下子搞这么大的事业。发展下去，肯定成大富翁！"

高总哈哈笑，说："成不成富翁不知道，但香港李嘉诚的人生方向，我了解。创业都很艰难。"郭磊说："高总，郭磊不才，但愿跟高总打天下。高总吃肉，我喝口汤。"高总哈哈大笑说："行，一起努力吧！"

门口进来两男一女。两男中一个三十四五，一个二十四五，女的则在三十左右。高总先指着三十四五岁的男人介绍说："程康，这是他老婆蒋艳；姚军，我的司机。"然后将郭磊介绍给他们。

高总说："郭磊这小伙子比我们先来。我打算让他搞会计。"程康说："行。赵会计身体不好，跑这么远，家里不一定放心。"

程康告诉郭磊，他同高总从小一起长大，高总一直是他们的精神领袖。跟着高总干，一定没问题。郭磊连连点头说："当然，当然。"

姚军倒杯茶边喝边问："你怎么跑海南来了？"郭磊说："从报纸上看到海南建省，一激动，就来了。"听说郭磊在报社当记者，姚军肃然起敬说："我曾立志当记者，可惜没那命。对，哪个报社？"郭磊说："《工商时报》，它不是全国发行，需要整顿。"

郭磊看了看手表说："哟，快十二点了。高总，饭我不吃了，我还有点事，改天再过来。"

高总从腰间取下一个东西给郭磊看："小郭，你记下我 BP 机号。有事呼我，省得跑。"郭磊一脸发蒙，问："BP 机？"程康说："最时尚的通信工具。不管在哪儿，只要电话里留言，马上能接到。"

郭磊掏出纸笔，记下了高总报给他的号码，问："哪儿买的，贵吗？"

蒋艳接话说："一般人哪买得起。一个一两千啊！"

吃晚饭的时候，郭磊向吴多按提出辞职。吴多按马上从口袋掏出三百块钱递给郭磊说："是不是见我没发工资？这个你拿着，月底一起算。对，明天我们一起去石山吃羊肉。你们大陆的肯定没吃过。""石山？""千年爆发火山，山下有个石山村，产黑山羊，很好吃。"

郭磊说："我看到市内很多餐馆，都有羊肉卖。"吴多按说："石山黑羊地道。口感好，吃起来特别香。你明天吃就知道。"郭磊犹豫着说："吴经理，我真要辞职。"

见吴多按满脸不高兴，只好将自己过年如何见高文军一五一十告诉了吴多按。

次日，吴多按、吴多波到玉沙村工地去了。他们一走，郭磊就想走。到电话出租点给高总打 BP 机留言："高总，我能过来吗？"

站在电话前等五分钟，电话响了。高总回话："小郭吧，我不对你说吗，过来吧。"

郭磊上楼取行李。刚来时在大英村某小店买的一条薄棉被,一条单人床单,一个单人枕头,一床草席,一只塑料桶,全收拾好提着出门。做饭的男人招呼他说:"哎,你的帽子。"

为防晒,郭磊买了顶当地的斗笠,当地人称草帽。全椰叶编织,好像电影《红色娘子军》中见过,他才戴几天。于是说了声谢谢,从那人手里接过。

高总的公司里只有姚军在,他正修理一电热水壶,抬头看见郭磊,说:"来啦。"郭磊问:"高总呢?"姚军说:"上汪主任那儿,北京来了朋友。汪主任请客。"

郭磊里外瞅了瞅说:"程哥和蒋姐呢?"姚军说:"中餐厅不开业吗,高总让程哥负责员工培训,程哥以前搞政工的。"郭磊又问:"高总让我住哪儿?"姚军说:"和我一间,靠厨房。屋里有两张床,靠窗一张我睡,你睡里头那张,被子铺上去就行了。"

郭磊说声谢谢,往厨房方向走。

房子虽小,但里头有两张床,将其中一张清理一下,找抹布擦擦,然后将被子铺上去。郭磊收拾妥当,走出来说:"那天高总说,从老家请一个餐饮部经理,来没?"姚军忽然盯着他看了看,然后在他耳边小声说:"兄弟,那经理来了,你悠着点。她……她是高总的那个……"

见郭磊一脸傻蒙,姚军将嘴巴贴到他耳边说:"她叫高美霞,高总的那个!读中专的同学,可惜毕业后没走到一起。高总后来结了婚,那个也结了婚。婚后,都觉得不愉快。"

郭磊问:"那上这儿,家里怎么办?"姚军说:"这是高总的事,你不要担心。高总这人挺讲义气。你不了解他,他之前是徽州土产公司副经理,在徽州是个人际通。上至市长,下至公司保卫保管炊事员,都处得不错。他性格活络,脑瓜子好使,记忆力又好,同他交一面,他就永远记住了。"

姚军修好了壶,提在手里,骄傲地一笑说:"嘿,这不好了嘛,高总还说买个新的,不省十几块钱吗?"

中午,郭磊在公司吃饭,程康、蒋艳都回来了,只有高总没回来。郭磊问:"中餐厅开业,程哥和蒋姐负责吧?"蒋艳说:"高总让我掌握仓库物资进出,我老公搞采买,就是采购。他老爸同高总他爸是好朋友,是市粮食局副局长。"郭磊笑起来说:"原来都是有'组织'啊!"

午饭两荤两素,一个汤。今天的汤是冬瓜蚌壳汤。姚军用勺舀起一只蚌壳问:"这个海南叫什么?"小梅说:"海南人叫螺。其实这是蚌壳状,海南人都这么叫。习惯了，我们跟着叫。否则人家不懂。"

吃完，大家分别休息。下午四点，高总提一大摞塑料大包小包回来。大家见他白净脸上露出两团酡红，就猜测喝了不少酒。高总将大包小包往茶几上一放说："来来来，战利品。大家使劲吃，犒劳一下。"

郭磊发现有芒果、香蕉、菠萝，最后还发现有个茶壶大的菠萝蜜。高总说："菠萝蜜你们肯定没吃过，小郭吃没吃过我不知道，当然，香蕉吃过，来来来。"

小梅从厨房出来，高总挥手说："小梅，来，在我们老家那边见不到的。芒果是好东西，海南岛一年四季有水果，太有口福，以后我们日子可甜美呢！"

小梅从厨房拿来一把菜刀说："来，给你们剁。我见过海南人一块块地剁下吃。"

芒果和香蕉加上菠萝蜜，甜，甜得过味儿。蒋艳说："晚上或明天再吃，这会儿够了。"

小梅将剩余水果包括那个菠萝蜜收拾到厨房去了。

次日早起，郭磊发现高总、程康、蒋艳包括姚军都走了，就问小梅。小梅说："估计到二楼去了。听说装修完了，过两天要开业。"

吃了小梅做的一碗面条，郭磊匆匆出门，来到对面的十七层大楼前。此时大楼的掩饰物被揭开，亮在眼前是一栋装饰着白色马赛克的大厦。往二楼看，发现高总、程康、蒋艳、姚军等正站在二楼阳台，看样子在检查工作。几步穿过马路，走进大厦，来到二楼。先打量装修好的餐饮大厅，装修真不错。首先是地面一层鹅黄色大理石，大厅内六根柱子被烫金装饰材料包裹，不但不难看，反而有种富丽堂皇的感觉。顶上安装了一层金色玻璃装饰层，其中好多透几个气孔，郭磊便问："那气孔做什么？"姚军回答："那是中央空调。"

郭磊开始激动，心想，这到底是"组织"的力量，还是高总个人的魅力？竟然在全世界热捧的地方，开辟这么大一番事业，真让人振奋又为之骄傲！

他下意识地重新打量着高总此刻的形体，又不是没见过，此刻打量是怀着敬仰之心。高总今天穿一件崭新的白地蓝条纹衬衫，尤其刺眼的是竟系上了领带。他来海南这么久还是第一次见安徽的老乡系领带，就觉得他们安徽人出外不弱过谁。你看，阳光照射进窗正好落在高总身上，他是那么自信和潇洒，他中等身材，此刻看去却像个巨人。再一看，我的天，那微黄的头发竟然被吹烫过，发丝在阳光下泛出斑斑点点的蜡光。到底女性仔细，蒋艳不由得笑说："小郭，你总盯着高总看啥，高总今天是不是很帅？崭新的金利来衬衫，系着刚买的金利来领带，还烫了头发。"

郭磊心事被蒋艳戳穿，顿时显得不好意思。包括高总在内，大家竟一起呵呵大笑起来。高总说："不要小瞧自己。到了特区，就要有特区的精神和气质！"

一句"特区的精神与气质"，让郭磊对高总再次刮目相看。

走到大厦拐弯，郭磊忽然回头看一眼说："那么从二楼以上，全是宾馆？"

蒋艳说："十五到十七层是办事处。办事处负责对外贸易，文化交流；贸易文化都是国际性。汪主任说，将来要把安徽的黄梅戏通过这儿推往东南亚。"

三天后，二楼中餐厅按时开业。头天，郭磊在住处听姚军给他介绍过高美霞。程康的妻子蒋艳年轻时估计有点姿色，现在年纪大了，皮肤有些松弛，腰围也粗，加上短发，看不出多少美丽妩媚。高美霞的出现让郭磊眼前一亮，难怪高总在乎她！高挑的个子，一头浓密而酥软的披肩发，端庄的五官，白皙细嫩的皮肤，上身短下身长，走起路有一种舞台模特的步姿。假如不是腰围稍粗，一定认为没超过二十五岁。近看，一双既黑又深的丹凤眼，开阔的眉宇，淡抹口红，看着就是舒服。

高总吃过早饭后就去机场接高美霞，走在她身边，两个人身高差不多。郭磊知道高总身高约一米七二，高美霞就有一米七二。高总手提一只包，显然是高美霞的。姚军跟在后头，手里空的。高总一露面就满面笑容，给大家介绍高美霞，接着领高美霞来到最里头一间说："美霞，你住这儿。"一共六间房。郭磊、姚军一间，程康、蒋艳一间，高总一间，高美霞一间，还有两间没固定，小梅不回舅家也在这儿睡。高美霞洗过澡，在客厅坐下，说刚洗头，让头发吹一下，又说："创业本来就不应讲究。"

中午，高总领大家出去吃四川火锅，说为高美霞接风，同时向高美霞介绍餐厅筹备情况。高美霞在徽州就是做餐饮的，是一家国营餐饮店副经理，这次向单位请长假来帮高总。

次日是二楼的中餐厅开张。办事处和汪主任及徽州大厦宾馆的承包人陆总都来送了贺喜花篮，由汪主任邀请的地方领导和友好同仁竟来了几十人。这天有四桌是免费宴请。不到七点，餐饮就开张了。服务员全穿朱红色服装，头戴一顶朱红色布帽，胸前佩戴工作牌。见这场景，就知道程康、蒋艳之前做了多少工作。

生意出奇得好。高总总结说："我倒他个爷，就一早上，竟卖了两万多！这在我们徽州是不可能的。"高美霞也是兴奋不已，说："真了不起。我徽州的餐馆，估计一星期也只卖两万块。"

郭磊还是第一次见这种兴旺场面。七八个服务员推着崭新的餐车，在餐厅过道缓缓前行，餐车上堆着小蒸笼装的各种菜肴，有鸡翅膀、凤爪、牛百叶、肉丸子、猪肚、猪肝、猪舌头和各种面点等，其中一辆专为顾客现场烫青菜叶。只要顾客点，就现场烫给他们。每个入座的顾客，都得到服务员发的一块纸牌，纸牌上印好每道菜的价格。假如你要了一份，服务员就会在对应价格上签一小圆章，表示成交。顾客拿着这个凭证，最后上服务台结算。郭磊之前没听说"买单"这词，此时也学会了。此后他凡是结账也都称作"买单"。

高美霞、蒋艳、程康等都在，他们或帮服务员照看餐车，或来回走动着看顾客需要什么。高总看见姚军和郭磊，就对郭磊说："小郭，你到服务台帮着收银。"

郭磊很乐意地走到收银台，帮助两个小姑娘服务员收费结账。

早餐，小梅做了一锅米线。可是忙了一阵，高总让蒋艳到厨房让服务员端几笼馒头包子送到高美霞经理办公室让大家吃，因为大厅每张桌子都坐满了人。第一轮吃过走了，第二轮跟着来；第二轮走了竟还有第三轮。

开业第三天，依然是人山人海，顾客爆棚，晚点儿都找不到座位。

这天，郭磊同前三天一样，也是早早过来帮忙。别的帮不上，他的主要职责是监督和帮助收银台收银。正看着一个顾客过来买单，忽然听到哪儿有人喊他："小郭！"扭头一看，认出是卢尧，便露出笑容说："哎，你怎么来了？"卢尧指着他身后一位粗黑汉子说："我们老板——吕总，说这儿新开张一家早茶，来试试。"

吕总来海南这么久，开始熟悉海南的风俗。海南人同广东人一样，热衷喝早茶。

卢尧说："还没问你，你怎么在这儿？"郭磊说："我们徽州驻海南办事处，我在这儿当会计。"卢尧便拍了他一下说："可以啊伙计，好好干，莫辜负了你们老板。"还将他的老板吕财东介绍给郭磊，吕财东看上去有点傲慢，但还是礼貌地递了一张名片给郭磊。

吕总点了茶，点了几种点心，将点单递给卢尧时，卢尧说："我随便。"

餐车很快推过来，服务员将他们点的点心和菜肴一一放在桌上。他们点了一个凤爪，一个牛百叶。吕总笑说："还说不点，我看你蛮内行。"

半小时后，郭磊看到卢尧跟着吕总过来结账。吕总肋下夹一黑皮包，拉开拉链，抖出一沓人民币，弹出一张递到郭磊手里，郭磊给找四十元。卢尧走到郭磊身边，悄声对郭磊说："做铝锭生意，很有钱。"郭磊点头笑说："不错。"然后就将自己的住址电话写给了卢尧。

一连七天，营业额超过了十万。高总高兴地说："今晚早点儿吃饭，然后去华侨大厦看演出。北京来了几位歌星，什么屠洪刚、那英，还有一个李玲玉。"

吃过晚饭，大家一起坐着出租车直接到地处大同路的华侨歌舞厅。跟着高总进去，里头已坐满了人，走廊靠墙还站着人，哪有空。姚军好不容易买到票，然后领着他们挤到第十五排左侧一空当，没办法再走，就站在那儿。

灯光暗下来，走出一位报幕员，给大家鞠躬说："各位来宾，先生女士们，欢迎大家来到华侨歌舞厅，今晚，让我们通过诸位歌手的演出，度过一个欢乐而愉快的夜晚。首先，请来自北京的那英小姐，给大家演唱。大家欢迎。"

"哈哈，小姐。"观众席不知谁大笑一声，估计同郭磊一样，也是个土包子。

台侧很快走出一个二十出头的姑娘，大嘴巴，满面笑容，给大家鞠一躬，说："今晚我给大家演唱的歌曲是……"

下面的话没听清，前头的观众开始起哄："下去，下去，下去！"主持人赶紧走到台前说："那英小姐是北京歌坛的新星，她的歌非常动人，请大家安静欣赏。"

那英拿起麦克风，径自唱起来，好像唱的是《山不转水转》。唱完，台下又响起"下去，下去"的喊声。

那英唱完了第二首歌，台下已没有耐心。主持人便宣布："下面，请来自北京的天王歌手屠洪刚为大家演唱。"

台下又异口同声地喊："李玲玉！李玲玉！"

屠洪刚一连唱了两首歌，台下再次响起："李玲玉！""李玲玉！"

终于等到李玲玉出场，全场鸦雀无声。

郭磊忽然听到身后一阵什么响，不禁后看，才看到歌舞厅后门开了，涌进几个人。保安急急追上来，焦急而生气地说："哎，你们怎么撬门，买票！"可那些人哪理睬，郭磊发现熊天刚、蔡功臣居然也在。熊天刚朝他挥手："你溜进来的？"郭磊指前头说："我公司。"熊天刚脸红说："票好贵，妈的，一张三十，太黑了。"这时蔡功臣说："天刚，走吧，没什么看的。"郭磊说："门口站站，我请你们喝饮料。"这时有人喊："再来一首，再来一首！"郭磊不由说："这些人就喜欢李玲玉。"

歌舞厅两个门，前门买票，后门关死。门外有个小卖店，郭磊上前买了三盒菊花茶饮料，递给每人一盒。蔡功臣打开说："别说，海南比深圳好玩。我到深圳到处说粤语，感觉很生疏，海南人说普通话，连本地人都说，感到很舒服，很愉快。"郭磊问："你去深圳？"蔡功臣说："去了几天，又过来了。"熊天刚指着天空说："你看，海南的夜多美。在老家，要穿厚毛衣。"郭磊问："小熊你在哪儿上班？"熊天刚说："我在海口宾馆游戏厅，香港老板开的。"郭磊又问："小蔡你呢？"蔡功臣说："我在解放西帮一广东人卖光碟。一张五元，卖一张提成一块。"郭磊说："包吃住吗？"蔡功臣说："包。"郭磊就将自己供职单位告诉他们。

熊天刚说："不错，包吃住，三百。可以了。"

聊了几句，熊天刚和蔡功臣说走，郭磊也不便留，就同他们挥一下手，各自走了。

往回走的路上，似乎没看到沿街摆地摊的内地大学生了，估计折腾了一年多，找不到工作的也就回去了；找到工作的，自然就不摆地摊了。路上程康说："我听说解放西文化宫来了来自美国夏威夷的老外，开了家夏威夷快餐店，生意蛮好。"蒋艳说："那天我去了，老板史蒂文，听说把我们中国的一个大明星搞到手了。"高总说："谁啊？"蒋艳说："好像姓李，知道吗？演过《谁是第三者》和《女人的力量》女主角。据说来海南拍电影被这个美国佬追到。"程康说："我听说重庆有个姓范的袍哥，特讲义气，带了钱，准备在龙昆南开一家亚洲最大娱乐场所，叫中国城。口气很大，亚洲最大，吃喝玩乐购等都包括，投资几千万。"郭磊指指华侨歌舞厅说："有这么大吗？"程康说："嘁！这个算屄。那天我正好路过，正在装修，占地面积就有这一百倍。据说里头还搞游戏机、啤酒机，同澳门葡京大酒店的机子一样，可以赌博。"

第五章

这天吃晚饭时,高总忽然对郭磊说:"小郭,今晚你同我去一个地方。"

饭后,郭磊便随高总出门,来到前头的大街。郭磊打算喊风采车,高总却喊住他说:"喊出租。"

一辆出租车驶到跟前,郭磊拦住,高总对司机说:"到琼苑宾馆。"

穿过几条街来到一处马赛克装饰院门口,出租车缓缓驶进院子。一栋楼房在夜幕中电光闪烁着四个大字"琼苑宾馆"。司机将车停在门口,说了声:"到了。"高总掏出五元钱给他。

郭磊开门下车。从宾馆大门内走出两个人,前一个一米八五,身材清瘦,脖子像一只长颈鹿,头又偏小,五官紧致,眼睛很亮,四十来岁。高总一见就喊了一声:"汪主任!"

这是办事处汪主任,郭磊还是第一次近距离见他。高总问:"汪总,是不是要跳舞?"汪主任笑说:"国家体改办、经贸委、煤炭部、外贸部、国防科工委等单位要来人,一会儿,省长都来。"高总有些蔫地说:"那我们去合适吗?"汪主任说:"没事儿,我们跟在罗副省长后头,作为省里来的人。"

一辆黑色轿车驶过来停在门口。车门打开,一位五十岁出头西装革履男子下车。汪主任一见,立即恭敬而热情地喊了声:"罗省长好!"跟着汪主任身后的秘书小余马上对高总说:"我们省的罗副省长,办事处落成典礼他来剪彩。"

汪主任对罗副省长介绍了高总和郭磊说:"都是办事处的。"

罗副省长便同高总、郭磊分别握了下手。

汪主任跟着罗副省长,高总跟着汪主任,郭磊跟着高总,一行来到电梯。

二楼宴会厅灯火辉煌,人头攒动,那么大一个厅竟挤满了人。汪主任正担心没座,汪主任的秘书小余:"我们位子在前头。"

大家跟着小余来到前头第十排,里头果然留着几个空位。几分钟后,主席台上很快走出一位西装革履的男士,他抓住麦克风镇定从容地喂喂两声,说:"到得差不多了，开始吧。今晚非常荣幸，来自全国各兄弟省的同仁，国家某部委领导，各省企业家、银行家、老板们，我们欢聚一堂，先享受一下海南的夜带给大家的轻松和快乐。今晚的会，我们不打算严肃繁琐的内容，主题就是优雅浪漫，轻松愉快。首先，让我们请省副秘书长张智先生致辞。"

很快，一位西装革履的中年男子从舞台一侧走出来，致辞："首先，让我热烈欢迎国家部委，全国各兄弟省市人士来海南创业；二、感谢大家对海南经济特区的大力支持和鼓舞鞭策；三、大家初来，让大家先感受下海南美好的夜晚和淳朴优美的人文风情。"

言简意赅，不到五分钟。接着一对打扮得漂漂亮亮的男女主持人走到舞台前，宣布晚会开始。女主持人说："请大家欣赏黎族舞蹈《打柴舞》和《斗笠舞》。"

舞蹈完毕，第二个节目是《红色娘子军》舞剧片断，接着是演职员合唱《团结就是力量》。合唱结束，主持人对台下宣布："下面，请工作人员将凳子挪到靠墙，腾出中间的大厅。"

所有人自动起身，工作人员将他们的坐凳挪开，厅内很快腾出一个较大的空间。

女主持人说："各位领导各位来宾，下面便是享受海南之夜的美好时间。大家尽情地舞起来，跳起来吧，不要担心把鞋底跳穿！"

不少人笑起来，舞台音乐立即响起。男女主持人率先进入舞池，先跳起一段探戈。

这时，汪主任对身边的小余说："没给省长准备舞伴呢！"

小余含笑走到人群外头，拽过来一个姑娘，这姑娘正是郭磊第一天在办事处楼下看到的。姑娘今晚竟如此美丽，她穿一件绿色连衣裙，好像没穿高跟鞋。

汪主任一见，连连点头问："小陆！你什么时候到的？"小陆姑娘指着小余说："他让我八点到，我刚到。"

没想罗副省长的舞姿竟那么好，甚至小陆都跟不上。在罗副省长同小陆跳第二支舞的时候，高总问小余："你会不会？"小余说："会一点儿，但不内行。"

一位陌生中年女子走过来，主动邀请高总跳舞。让郭磊吃惊的是，高总的舞竟比罗副省长跳得还讲究。那步子，那姿势，那曼妙度，都让他叹为观止。一曲过后，高总谢过那女子，然后冲小余说："我告诉你啊，这是特区，必须学会！"

就在郭磊津津有味欣赏场上人翩翩起舞时，一只软手拍在他肩头上。蓦然回首，不由尖叫："怎么是你？"王静本身就是美人坯子，加上化了浓浓的妆，如口红、眉毛，此时显得格外妩媚动人。王静问："小郭，你在哪儿混？"郭磊说：

"你先告诉我。符主任说你辞掉了报社，上哪儿了？"王静说："我在《海南特区报》。"郭磊说："拉广告？"王静笑说："采编部，记者编辑。"郭磊说："有固定工资？"王静笑着点头。郭磊说："那你解放了。通过什么人去的？特区报要求蛮高。"王静说："我学历不低呀。"郭磊说："我现在在我们徽州驻海南办事处下属公司，今晚陪领导。"王静说："这种公司都是官方背景，厉害！"

高总过来，指着王静背影问："你认识？"郭磊说："之前在一个报社。"高总往王静方向打量一会儿点头说："蛮漂亮。"

十一点，汪主任结束了同小陆的舞步，说："好了，罗副省长明天还有工作，回去吧。"

回到公司，程康、蒋艳、姚军三人在打扑克。只见程康脸上贴满了纸条，肯定是输了受的惩罚。一见他们，程康马上扯掉脸上纸条说："好了，不打了。"姚军说："程哥你耍赖。这把你依然是输。"程康问："玩得怎样？"高总说："哎哟，我赶紧洗个澡。一身的汗。"郭磊笑说："高总今晚是风度翩翩，舞姿翩翩！"高总往里头瞅一眼问："她呢？"蒋艳说："高手就是高手，亲自到场，把明天所有工作都安排妥了。"高总说："人呢？"蒋艳说："累了，睡了。"

高总急急进房取毛巾、内衣等，进了洗浴室。

这天，程康感冒了，高总让郭磊替他到水巷口采购面粉、大米、食油等。平时这些都是程康负责，他是中餐厅采买。程康给他写进货的店面，店主姓王，地点在水巷口十二号。郭磊骑自行车从龙华路绕到长堤路，再顺着长堤路东走一会儿，就看到南侧有条路，进去就看到一栋栋古式骑楼。正要拐进，觉得还是打听一下，于是问了一个行人，那人告诉他，水巷口在前头一路口。过去约三百米，行一会儿，南侧有一个路口，同样有古式骑楼。这时迎面骑来两辆自行车，快近前，一人停住盯着他看，说："哎，你不是船上见过的小郭吗？"一个名字倏地从他脑海蹦出："刚国强！"

刚国强问："忙什么呢？"郭磊将现在单位告诉他。刚国强说："我在省教育厅属下的房地产公司办公室，刘荣在海口市电教馆。"他忽然兴奋地说："伙计，我对你说，海南大开发到了！知道什么香港熊谷组吗？将洋浦几十平方公里土地租下，就像深圳的蛇口那样，不，还要宽松。租期七十年，就海口市，这个月四大商业银行，二百多家金融机构注册，也就是说，全国金融投向海南。你想，那是什么情况？"刘荣笑说："小刚的老板是省里的，不会乱说。"

刚国强又说："工商部门数据——这个月，从内地来海南注册公司达十八万。你想，什么形势？"刘荣说："听到一句话，一个椰子从树下掉下，能砸到五个公司经理。"

郭磊从口袋掏出纸笔，给他们写了自己的电话号码，然后各奔东西。

高总的中餐厅没有周末，越是周末生意越好，所以周末不能走。周一周二生意稍平。

周一，高总让郭磊到税务领账本。他骑着自行车，经省府东一条街，里进五百米，见门口摆十几辆旧自行车。大门上挂一招牌"教达房地产开发公司"，想起正是刚国强的公司。

上到二楼，挨门口看，第一个门最里头就坐着刚国强。他抬起头见是郭磊，不觉笑起来说："哎，怎么是你？坐坐，我给你倒杯茶。"

刚国强走到墙根忽然想起什么说："哎，你骑自行车来的吗？哎呀，你放好没，最近偷自行车很厉害，一不小心就被偷。我们这个楼这个月被偷十九辆。"

郭磊赶紧跑到走廊往楼下看，看到自行车还在，就说："在，没事。"刚国强说："上锁没？"郭磊说："上了。"刚国强说："最好加一把，双保险。"郭磊犹豫说："我马上走，应该没事吧。"

刚国强给郭磊倒了水，然后在他对面坐下。郭磊说："你那天说的，我回去问了我们老板，他说真的。"刚国强说："这么跟你说吧，省政府规划都出来了。"说着他走到柜前找了一张图递给郭磊："你看，玉沙村将建全省最大的金融贸易区，有国内任何地方享受不到的税收政策。片区所有建筑三十层以上，不出两年，滨海大道一带将是一座现代化的新城。"

郭磊想起吴多按帮人建玉沙村，现在看来，那些人真有先见之明。

刚国强笑起来显得自得和骄傲，说："我们老总今天同一家公司签合同，对方刚买到一块金贸片区地，可没钱开发，就打算转给我们。"郭磊说："这不是炒地皮吗？"

刚国强笑说："只要来钱。有地就是钱，比如一块地是一万，转两道手，几十万甚至百万。伙计，没钱给家里打电话，筹集一些钱。炒地相当火，炒到就是赚。搞不到大钱，小钱也可以，合伙炒。我听说国家一部委专员，研究也不做，专门炒地。不到一个月，转手三块地，净赚五百万。"

郭磊说："玉沙村？"他想到一个最关切的事，又问："哎，真的封岛吗？海南全面封岛，或叫封关运作吧。"

刚国强挥手说："肯定！你不知道，全世界投资都集中海南，不封怎行？高层方案定了，肯定要封！"

最近脑海里的问题迎刃而解了，郭磊竟激动起来说："哎呀，假如真封了，那海南可值钱！毕竟中国只有这块地啊。"刚国强说："刚才说那么多，就是让大家树立信心，好好为海南的明天奋斗！"

不知是达到愿望，还是怕耽误刚国强工作，郭磊说："那你忙，打扰你半天了。有空再聊。"

刚国强送郭磊到楼下，刚还见的自行车没了影，他差点儿喊叫起来！见刚国强愧疚地说："哎呀，真不好意思，你专门来看我，车竟然丢了。"郭磊心里辣疼，嘴里却说："没事没事，不就几十块钱吗？再买一辆。"

于是，他拦了一辆三轮风采车来到人民公园北侧一临湖空地，之前三四十元买一辆，据说有的车就是偷盗贼放这儿卖的。想找找自己被偷的车，却没发现。一个歪瓜裂枣长相的男人嘴里叼一支香烟，架着二郎腿坐在车上哼小曲，树下密密排列近百辆二手自行车。看见郭磊过来，那男的便点点头说："看看。"郭磊按本地人的套路问他："阿叔，给我挑辆好的。"那人起身，走到一辆车前，用手拍了拍说："这辆不错。"郭磊问："不是赃车吧？"那人没听懂："什么意思？"郭磊估计他听不懂，就笑说："多少钱？"那人说："六十。"郭磊摇头说："多了。"那人说："五十。"郭磊说："四十。"那人说："四十五。"郭磊不再讲价，掏出四十五元钱给他，然后看着他麻利地打开车锁，将车子推给他。郭磊骑了几十米回来说："可以。"那人挥手说："当然。"

同是二手旧车，以致骑回去没人发现他的车被偷。

这天，在海口市郊的一座中号砖窑前，丁松和邹景龙正在同客户谈转让砖窑。谈了七天，今天正式转让。的确，两位学者来海南，竟没坚持主业，而是投入了商海。利用政府给的一点学术开办费，倒腾到十多万，到郊区开砖厂，竟赚到上百万。这时全国来海南的金融机构，如信托、证券、银行等大小上百家发现炒地皮炒房子比盖房来钱快，于是干脆炒地皮炒楼花（楼房尚建，或建到正负零就卖）。丁松、邹景龙当时凭借着砖厂赚的一点钱，也小试牛刀，竟赚到几百万，又从天津、北京等地找了几个金融界朋友进入，一年下来赚到千万。这时，二人都各自注册了自己的公司，丁松的公司是"海南京海实业开发公司"，邹景龙的公司是"海南望京文化体育开发公司"。

这天是工作之余，听说龙华路新开一家早茶中餐便过来。他们住秀英区，自己买了车，请了一个保姆做饭洗衣。炒地皮炒楼花，不需太多人，就招聘了两三个听差的。这两三个听差当然都是在东湖广告牌看到聘用广告上门的大学生。现在的丁松和邹景龙已经是腰缠千万的大款老板了，衣着比前两次看到都光鲜。尤其是邹景龙，脖子上还挂着一条很粗的金项链。丁松简朴些，但是衣服的材质看上去也是相当不错的。将车子放在门口，走上二楼，刚走进大门，就看到收银台内的郭磊。丁松和邹景龙都愣了一下，旋即笑了起来。当郭磊收到他们递上的名片时，才判断对方已经不办砖厂了。果然，他问了一声："二位还做砖厂？"丁松便说："小郭啊，记得我上次让你搞房地产吗，如今国贸房地产动起来了，一栋栋高楼拔地而起。那天我数一下，第一期开发六十栋。我的奶奶，所以我们将全部精力用在房地产。"郭磊赶紧为他们找了两个位子。邹景龙说："有包厢吗？"郭磊马上屁颠屁颠地跑去旁边包厢看，回来说："还有一个，我们经理正在里头吃饭，我同她说了，她立即让出来了。"丁松、邹景龙一听，似乎很满意，跟郭磊来到一间包厢。点了茶水，郭磊让服务员将餐车推到包厢。丁松说："小郭，一起吃？"郭磊说："谢谢，谢谢，我忙着呢。"丁松说："那好。名片上有我们电话地址。没事可上我那儿玩。"

月底了，准备把账扎一下。不想老家的李彬打电话说："可以啊老郭，装电话了！"郭磊说："屎，公司的电话！"李彬："兄弟，你交桃花运了！咱们同学杜小兰找我三次，要你电话号码地址。我不知怎么办，就找你大哥。"郭磊说："海南不像你们想象的那么好，真的，我已经迈出第一步，后退无路了。"李彬说："你莫吓我，听说去海南都好。我们市不是没人去，都去十个了。不说这个了，你工资多少？三百，哦，抵我半年。可以了，老郭，还说不行。看来，我得考虑行程了。"

郭磊说："回到正题。杜小兰找我干吗？"李彬说："你榆木脑瓜啊，这还不明白？"郭磊说："我现在不想谈恋爱。"李彬说："经济达不到？"郭磊说："管自己，哪能负担得起另一个人。"李彬说："这样，她不问就不告诉她，问就再说。"郭磊犹豫说："哎，那个，吴……小燕，她怎样？"李彬哈哈大笑说："原来你小子心里装着吴小燕！我告诉你，兄弟，晚了，她同'火烧脸'马上要结婚。双方家长都见了面，吃了饭。"郭磊心里咯噔一下，脸上被谁抽了一鞭子似的。那会儿，班上男生一致承认，评美貌，吴小燕肯定第一。而他确向吴小燕送过一支自来水笔，吴小燕也接受了。可最后她就没往他这边靠。唉！打击吗？至少算一次。

七月温度升高，盐灶路夹在城中村，通风不好，一到晚上，需开电风扇。高总的生意好，给每间房配了一台电风扇。海南蚊子多，因发了工资，就自己买蚊帐。于是每晚临睡用蚊香，再开电风扇。这晚，正准备睡，姚军进来说："电话，找你的！"他以为是在海南认识的朋友，不想却是妹妹郭妮，她说："哥，杜小兰蛮好的，来家见了爸妈，尤其是妈，挺中意那姑娘。"

郭磊问:"她跑咱家做啥?"郭妮说:"找爸妈要你电话通信地址。"郭磊纳闷地问:"不找李彬了吗,怎么又跑家去了?"郭妮说:"我不知道。"郭磊又说:"你毕业了吗?"郭妮说:"还有一年,最近在亳州实习。"郭磊转了一圈说:"你觉得杜小兰很好?"郭妮说:"一个女孩主动上人家里需要勇气,一般人做不到。哥,人家对你有意思,你别装傻。"郭磊说:"好了,这事,我琢磨琢磨。"

郭磊那本来平静的心湖起了一层涟漪。自毕业后再无有关杜小兰的消息,或许人家只是一时热情。不过,老实说念财会专业女生二十个,杜小兰不拔尖也不是最差,长相不算好,个子一米六,一根短辫搭脑后,不大交际,不爱说话,男生都不同她说话。所以同窗没怎么联系,毕业后更不可能。甚至不知道她去了哪儿,所以也没很在意。

这天郭磊上税务大厅办税,通过大厅柜台上的邮政黄页,查到王静所在海南特区报社地址。快蹬自行车约十分钟,到机场一横路海南特区报社。门口有值班,他说找王静。

等了一会儿,王静出来说:"哎,怎么是你?"郭磊跟着王静来到最里头一间,五个编辑正低头阅读。王静将自己桌抽屉关好,领他来到隔壁的会议室,请他坐,再给他倒了一杯水问:"忙什么呢?"郭磊说:"老总让我办税,路过。你呢?"王静手拿一份什么资料,有些得意地说:"看,民源现代农业公司出资,要搞一个海南省首届青年歌手大奖赛,钱都给了,总编让我操办。届时你可以看到,我们策划这一届歌手大奖赛水平如何!"郭磊笑说:"还蛮新鲜呢。在内地,这类活动不多。"王静说:"这不是海南嘛,你记着,海南任何事都领先全国,这不容置疑,我们总编说的。"郭磊说:"这不正是大家企盼的嘛。"

王静又拿一张报纸清样递给郭磊:"还有,省社会保障局同省影业公司合拍了一部电视剧,反映社会养老保障,剧名叫《金色浪潮》,这也是国内没有的。海南先走一步。"

郭磊接过王静给的报纸清样,见上头果然写着电视剧名《金色浪潮》,问道:"就这?"王静说:"对呀,我写的采访。郭磊,你知道吗,到今天才一年多,全国的资金雪片样涌来。省府正打造金盘工业区,你知道吗?规划几十平方公里建美国工业村、港澳工业村、日本工业村、德国工业村等。海南岛过去的工业为零,以后是工业兴琼。只有工业上去,经济基础才牢固。"

郭磊笑说:"那真是伟大啊,我从来都没听说过什么美国、德国、日本工业村。这么说,海南将来基本上是外资主宰?"王静说:"外资内资都有。你想全世界的力量开发海南,海南能没希望?"

郭磊开始摩拳擦掌说："看来，当初迈出那步对了！诶，你同符主任还有联系？"王静笑说："他回农场了，他本来就是农场的。他亲戚让他帮忙。"门口有人喊王静，郭磊说："没事，我路过。你忙，改天请你吃饭。"王静笑说："那么客气。"

最近一到晚上，高总就同高美霞出去，大家也不问。程康、蒋艳抑或不出门，出门也成双成对。剩下姚军、郭磊两条光棍。吃过晚饭，姚军邀郭磊出去。郭磊说："高总让我把账扎一下。"

姚军十一点回来，将门关上，不认识似的盯了郭磊足足十几秒，有些傻傻地说："郭磊，我看到……那稀奇的事！"郭磊问什么稀奇事，他只笑不说。几天后才得知，在一街旮旯里看到几个站街女。郭磊就笑，因为他之前也看到了。

这晚，郭磊睡到什么时候，被一阵声音吵醒，客厅传来很小的说话声，姚军进来说："出事了！汪主任刚给高总打电话，说北京戒严了。"郭磊吃惊地说："什么戒严？"姚军说："唉，说北京有人闹事，会不会影响到海南，莫因此中断！"郭磊摇头说："不会吧，办海南经济特区是党中央的决定，全国人大通过。这么大的事，说不搞就不搞？"

自往海秀路与大同路交界处去两次，卢莞就没再去。

一天，吃过晚饭，见吕总出去了，卢莞知道他最近喜欢让小金开车兜风，就打算去面前坡找小毕。

这个月，其实往面前坡去了两次，都没碰到小毕。之前碰到在海秀天桥那儿，可那是什么地方，他哪敢？！所以，还是上面前坡碰。他想，以自己的真诚，一定能碰到她。

命中还是注定他同小毕有缘。这天从机场路来到面前坡村，发现路右侧一简陋的小餐馆内，坐着两个姑娘，均白色连衣裙，一个矮矮胖胖，另一个稍高稍瘦正津津有味地吃着什么。矮胖姑娘脚管被什么小虫虫咬，她一巴掌拍下去，头顺势抬起来，就在那一瞬，卢莞认出了她！

他忽然感觉好紧张！此时的小毕，不是之前熟悉的小毕了，她现在从事世界上最可耻的职业——也算职业的话，没准儿她自己并不认为那是最可耻的。这年头，怎么出现这种烂事！

卢莞很快让自己镇定，在原地徘徊了片刻，然后干咳一声，从容地走进了小店，来到小毕身后，就那么静静地看着她。小毕继续吃她的汤粉，倒是对面稍瘦的姑娘指了指她身后一下。小毕扭头看，立即惊慌失色，奇怪的是她马上就镇定了，竟恢复了此前待他的那种热情说："怎么是你？你不在白坡里摆玩具套了？"此刻的卢尧真想上前抽她两耳光，但还是克制着说："我来找过你。"小毕惊慌地说："干什么？"卢尧说："因为没见到你。"

小毕笑起来，那简直就是一张孩子的笑脸，然后说："你不是不让我找你吗？"卢尧说："我的意思，我们毕竟是老乡。"小毕脸上很快严肃地说："我没钱吃饭了，想回去，可是没钱买票。"

卢尧想，没钱就可以干那种事？见卢尧不作声，小毕又说："哥，你吃没，我给你要碗粉好不好，很好吃的。"卢尧问："你住哪儿？"小毕说："怎么？"卢尧说："能上你住的地方看看吗？"

小毕告诉卢尧，她跟人合住，不方便招待他。那个稍瘦的姑娘说，她吃好先走了，让他俩有事慢慢聊，就到服务台结账走了。卢尧在小毕对面坐下，眼睛直盯盯看着她。

小毕抬起头，反看着卢尧说："你盯着我做什么？"卢尧竭力平静地说："告诉我，为什么？"小毕明知故问："什么为什么？"卢尧说："那我告诉你，你那两晚在海秀路与大同路交界站着，我都看到了。"

小毕惊慌失措，脸色煞白，马上将筷子扔在桌上，然后伏在桌上呜呜哭了起来。卢尧的泪水情不自禁也流出来说："告诉我，为什么？"小毕终于抬起头，抹去汪汪眼泪说："为了钱。"

"谁带你来的？""我们村一个小伙子。"卢尧追问："他不管你吗？"小毕说："他偷东西被警察抓，连自己都顾不了。"卢尧说："既然待不了，不知道回去吗？"小毕说："他不让，说回去更苦。只要不偷盗，还是赚钱。"卢尧愤愤地说："那你就去站街？"

小毕不以为然地说："这有什么，我凭劳动吃饭！"卢尧又问："他教你？"小毕说："个人理解。"卢尧说："你不知道违法？"小毕说："扯，还有大中专生站街呢。不信，改天我给你介绍。"

卢尧说："肯定是个别。你不知道吗，违法的事不能干，即使是特区。"小毕说："我在街边站一晚，胜过打工一个月。打工受气，我一姊妹，就是刚才那个，刚来在一服装店打工，老板是个瘸子，竟强行睡她。"

卢尧说："不知道告他？"小毕说："人生地不熟，怎么告？告又怎样？"卢尧说："就让他占便宜？"小毕说："瘸子后来给了她一千元，算是了结。"卢尧气呼呼地说："就你们这些蠢货，还闯海南？简直没出息，丢爹娘的丑！"

小毕反驳说："海南又不是你的，你心疼什么？"卢尧说："我问你，你还去那地方？"小毕说："不好说。"卢尧说："你要去，我就报警。"小毕瞪大眼睛说："你有病吧？"卢尧问："领你来的男的呢？"小毕说："他爸得病，发电报让他回去。走时一分钱都没有，我赚的几百块钱都给了他。"

卢尧摇摇头说："傻瓜，这是你做的事吗？"小毕说："那你给我钱！"卢尧说："给你钱可以，只是从此以后，必须改邪归正。"小毕苦笑说："说起来轻巧，你知道一个女孩子在外，多难吗？"卢尧问："你上什么学？"小毕说："初中没毕业。"卢尧说："不可能。怎么懂得那么多？"

小毕说："我聪明哦，几岁就跟我叔叔在外头跑生意。"卢尧问："跑什么生意？"小毕说："弹棉花，叔叔去年得癌症死了。"

卢尧的心猛一揪疼。一个服务员过来问小毕："还吃不吃，不吃我收了去。"小毕说："不吃了，收吧。"

服务员便收拾小毕吃的碗筷，小毕说："给壶里加点茶。"

服务员答应一声，很快加满茶水送过来。小毕又说："再给我一只干净杯子。"

小毕给卢尧倒了杯茶问："你现在做什么？"卢尧说："我在山西一家铝厂驻海南办事处。""有工资吗？""当然。""多少？""三百。"小毕撇撇嘴冷笑。卢尧说："那可是干净钱。"小毕又撇嘴说："我就知道你会说。"卢尧说："你看这服务员同你年龄差不多，你就不能找个工作？"小毕说："有病吧，你知道她一个月多少钱？"

小毕鄙夷地竖起两个指头，卢尧说："人家挣的钱干净。"小毕说："干不干净，心里明白，只要我不偷不抢不骗。你让我干这个，不是有病？一月才二百，我一个晚上，生意好的话，可赚一千。""抓了怎办？""抓就抓，还不放？"

卢尧摇摇头质问："判刑呢？就是不判，将你送回老家，劳动教养，你脸往哪儿搁？"小毕说："出来了，就没打算回去。""当一辈子流浪汉？""不可以吗？"

卢尧无奈地摇头说："我真服你。"小毕忽然不耐烦地说："你还有事没？""我劝你回去，你要答应，我给你买票。""有病吧，我好不容易挣脱父母控制，你却要我回去？""你把你家地址写给我。""没病吧？"

卢尧态度坚决地说："对，现在全国实行身份证，你的身份证呢，给我看看。""我没有身份证。""那你如何过海？""我们乡出的证明。""我看看。""没了。""你想不想我帮助？"

"哎，你有完没完，我真有事。"

卢尧忽然激动地说："小毕，你不要再干那事，我愿当你的男朋友！"

　　小毕忽然不认识似的望着卢尧，哭笑不得地说："好了，还说你大学生，我看不过如此。好了，再见。我要走了。"她说完起身，却被卢尧一把拽住手说："你还没答应我？"

　　小毕说："你是不是想玩我，想玩我，我们找个便宜旅馆，走吧。"

　　卢尧抬手给她一巴掌，这回可是真打！小毕哎哟一声，带着哭腔说："你神经啊，你凭什么打我？"卢尧说："我替你爸打你！就凭你刚才那句话！"小毕冷笑说："傻瓜！好了，请你今后不要找我。我不会理你。"说完扬长而去。

第六章

这天，郭磊在公司扎账，小梅煮了两碗面条说："中午，两个人，懒得搞饭。"

高总来电话说："小郭，你下午到秀英码头接老家来的一辆货车，车上装着我们从老家运来的产品。你到码头接到车后，将车领到滨海东路水产码头，然后给我电话，我就过去。一车货能赚两三万呢。"郭磊问："什么货，那么赚钱？"高总说："你老家的古井贡，你不知？古井贡是全国八大白酒之一，海南流行，我们不定期运；二是祁门红茶，也数一数二。海南人爱喝茶。再就是黄山毛峰绿茶。生意要慢慢做，开始不要太贪，让点利。这货就是广东一经销商一口结算，给他赚点，省事。"

郭磊发现高总最开始说靠"组织"，其实这种跨省贸易不难，可自己就想不到。

下午两点准，郭磊就骑车出门，来到秀英码头等到四点，才见那个牌号的车来了。司机让他将自行车挂车后头，坐到驾驶室。领司机来到滨海东路水产码头，然后同高总打电话。这时一辆大货车载着不少人驶过来，一过路的指着说："拍电影。"车上下来一人，手拿一电喇叭，边走边指着郭磊说："喂，让一下，马上拍戏，请大家配合一下。"才注意到那车厢上贴着一条横幅"省社会保障局省影业公司联合摄制电视剧《金色浪潮》"。

这时程康骑着自行车来了，看到他说："小郭，你回去吧，这儿的事我来办。"

夜晚，郭磊一觉醒来，已是深夜两点。正要关灯，听到门口有出租车熄火声，脚步声进来。就听到高总的声音："好，早点儿休息。"高美霞说："嗯，你也是。"

从门缝悄悄看去，高总依然回了自己的房间，高美霞也回了自己的房间，不由有些惋惜。

一天，他问姚军。姚军说："你知道个毛，办事处楼上三个人随时有房，一个是汪主任，一个是宾馆的陆总，一个就是高总。汪主任是政府官员，陆总是宾馆承包人，高总是中餐厅承包人。宾馆的房再紧张，陆总都要为汪主任和高总准备一间，随时可以去休息。"郭磊说："这能说明什么问题呢？"姚军指着郭磊笑说："你可能连恋爱都没谈过，跟你没法说。"

第二年农历新年很快到来。

高总买了辆蓝鸟小轿车，自有车，姚军就是司机，高总忙，他更忙，高总的生意好，客人不断。不是官员就是老总，还有高总老家的亲戚朋友等。

元旦前一天，高总突然宣布，他的妻子女儿要来海南。果然，第二天，高总的妻女就出现在二楼中餐厅。高总没让她们住到公司租房，而是安排在陆总的宾馆。大家担心高总老婆见到高美霞起疑心。让人跌破脑壳的是，高总的妻子竟喊高美霞为妹，喊得亲妹一样，高美霞也热情喊她"姐"。高总的妻子叫李明秀，在这儿住了七天就回了，说女儿要上学。

一天，在楼上吃饭，郭磊听高总对高美霞说："要不，你过年不回去，让你老公过来。"

高美霞不悦地说："他可不是你家李明秀，他马上要升教授。"高总顿时沉下脸说："你这人。都什么年代了，还教授教授的，如今以经济建设为中心，教授算个屁！"

高总掏出一张银行卡捅到高美霞怀里："十万！够了吧？"高美霞将银行卡扔回高总说："少在我面前炫富，不就几个臭钱吗！人，还是清贫些好。"高总冷笑说："谬论！"高美霞说："谬论也活了三十年！"

高总说："来海南就是让你换脑子，你来这么久，脑子还同在家里一样，猪脑子！都是被你家那狗屁讲师洗了脑，脑子坏透了！"高美霞笑说："别小看他，真的辩论，你肯定辩不过他。"高总说："我要辩过他干什么？我比他穷还是比他笨？自古道，百无一用是书生！"

春运到了。

高美霞说："其他节日可以不走，过年一定走。过了元宵节，我再回来。"

高总看上去有些消沉，终于点头说："那……小姚留下，让高经理和小郭先走。"

海南的椰子糖不错，尽管包装质量差，但吃起来有股清香，再就是这儿的咖啡、胡椒好。于是郭磊临走前买了五包椰子糖、五包咖啡、五包椰子粉。又到水产市场买了一条珍珠项链，一条二十元，想妹妹长这么大，还没给她买过什么，付钱时想起杜小兰。尽管杜小兰没来电话，不如先预备一条，只要她上家，就送给她。付过钱，将项链检查一遍，发现不是海南产，产地是广西。

回到家，大哥直接说："那个杜小兰不是好东西。你知道她当初干啥找你吗？"郭磊闻言吓了一跳！

大哥圆瞪着眼睛说："听李彬说，她同男朋友闹别扭，大吵一架，所以来找你。后来经朋友劝，她同男朋友又和好了。奶奶的，这样的女人要了，就是祸害！明摆着就是水性杨花！"

待到元宵节，郭磊就买回程票。走头天，父亲将他喊到房间问："行不？不行，就回来上班，二位经理那里我说好了。"

郭磊心里五味杂陈，嘴里依然说："没事儿，爸，我挺好的。"

父亲还是说了句让他欣慰的话："听说海南要大发展，中央要加大对海南的投资！"

依然由亳州坐车到郑州，再从郑州坐火车到湛江，再到徐闻县海安码头坐轮渡。

当第三次踏上这个岛时，郭磊从心态到情感都发生了较大改变。人是感情动物，尽管在岛上只待了一年多，却发现自己现在俨然就是岛上一员，甚至车上与人谈话都是"我们海南"如何如何。

这次回来发现街上的风采车都换成了机动式，但依然叫风采车。便问机动的多少钱，回答比脚踏贵一块。郭磊依然选人工的，至少可以省一块钱。

回到住地，小梅在厨房择菜说："小郭，有你一个电话，电话号挂墙上，自己看。"

郭磊将墙上的小纸条扯下，上头的电话号上写了一个"熊"字，想可能是熊天刚。于是拨过去，果然是熊天刚，他说："小郭我现在琼山县灵山镇鹿场，职务是场长助理。"郭磊问："蔡功臣呢？"熊天刚说："这小子，爷爷想四代同堂。父亲一天一个电话催，回去了。"郭磊问："海南岛还有鹿场，第一次听说。"熊天刚说："你不错，还有闲钱回去。我蛮惨，要不是鹿场救我一命，连住地都没有。"郭磊说："你不在海口宾馆香港老板的游戏场吗？"熊天刚说："生意不好，老板不干了。"

这天吕总一早就出去，大家都不问。因大金下楼崴了脚，吕总让卢莞替他买菜。吕总的生意好，就讲义气，尤其对吃喝总是说："没事，买海鲜和肉。"卢莞从大金那取了钱，去大英村菜市场。从住地到大英村经过南宝路，西折穿大英村主干道来到菜市场，那里菜一摊一摊码得整齐，有海鲜、有蔬菜。按大金平时买的购了几种，又买了两斤基围虾，两条金鲳鱼。这菜场有个特点，凡顾客买的菜，都用塑料袋给装好，尤其是鱼类，还给你杀好剖好切好，搞得很干净交给你，回想老家的菜市场可没有这么厚道。

卢茏付过钱，经门口拐弯处，发现设了一个邮政报亭，柜台上摆满报纸。情不自禁走过去，拿起一张《羊城晚报》问："海南从广东划出来了，还卖《羊城晚报》?"那人说："海南过去是广东管啊。"卢茏问："不属广东管了还看?"那人笑说："好卖。"卢茏发现柜台上有《芳涯》杂志，便问："本地的吗?"那人说："是。"卢茏掏三元钱买了一本。回走路上，边走边翻开来看一两眼。

卢茏大学期间写过一篇很短的小说发表在湖南的刊物《芙蓉》上，叫《同窗》。自那以后，就对写作痴迷了，可惜闯海南后要谋生，基本上丧失了写作条件。

吕总其实就是个体户，对比之下卢茏非常生气。吕总尽管是粗人，文化水平不高，可他会赚钱。能利用老家资源长袖善舞倒买倒卖，赚到一笔又一笔。而自己虽是大学生，却在人家手下打工，到哪儿讲理去。

中午吃饭，吕总一高兴，竟将一摞人民币扔桌上说："你们知道这是多少钱?"大金说："五千。"吕总没吭声。小金说："一万。"吕总依然不吭声。小李说："三万。"吕总站起来说："你们这些废物，连钱都不敢数，这么多只五千、一万、三万吗? 这是十万! 今天晚上，你们跟我去，看看吕总我如何同那些狗日的斗!"小金问："吕总，什么斗? 斗什么?"小李这几天跟吕总出去，就说："吕总最近三晚去温泉夜总会听歌，遇到几个酒囊饭袋，他们是做工程的，对一个女歌手一掷千金，压根儿没把吕总放眼里。吕总跟那帮家伙斗! 他们做工程，赚钱容易，我们可是靠一批一批的货挣钱。"吕总眼睛血红地瞪着小李说："笑我没钱? 好，晚上看我如何羞臊那狗日的!"

饭后，小金走到吕总跟前，将嘴巴贴在他耳边说了什么。吕总瞪他一眼说："什么意思?"小金说："你让我上街买烟，我碰到一个陕西老头，叫秦川，人长得贼丑，狗日的竟是什么模特队长，带五六个女模特，个个貌若天仙。"小李问："你见到了?"小金说："见到了，我们聊了会儿。当时从咖啡厅果真出来两个模特，长得真不错，还毕恭毕敬喊他秦老师。我看那模样就是个人贩子，头发成草，还卷毛，五官特难看，哪像老师?"卢茏说："什么乌七八糟的都到海南。"小王说："海南如今就是中国最热闹的地方呢。"小金说："吕总，您别同那些人斗了，干脆将那十万块留下，我去找姓秦的，让他到我们这儿来。让那老头给您介绍个女模特当妌头。"大金说："乱讲，现在哪有妌头。"小金说："不结婚就是妌头。"小王说："小金，你赶紧。"吕总寻思片刻说："斗还要斗，我咽不下那口气。不就十万块钱吗，我调一车铝锭就搞定。至于你们说的模特，我倒想看看。

假如可以，我赞助她们，住到我们公司。后头还有房，可以住十个人。"小李说："小金，你赶紧去。"小金答应了，同卢尧说："卢哥，我们一起去吧。"卢尧说："我还有事，你去吧。"

晚饭前，小金真领来一个五十多岁卷发的老男人，身后跟着两个美貌高挑的女孩。小金喊吕总，然后领着秦川和两位模特在一旁坐下等候。

吕总正在客厅看一份什么表格，马上起身迎接他们。秦川一脸媚笑，先介绍自己，又介绍模特，她们一个叫伊明，一个叫蔡莉莉。吕总的目光马上投在蔡莉莉的身上，蔡莉莉比伊明穿得暴露，两臂露出雪白皮肤。卢尧正在办公室写工作安排，听见声音便出来，见到老男人身后的两个女孩也震撼了。那么美的女孩，为何跟这么个又老又丑的男人呢？不过他没有出去，只是听他们说话。吕总答应他们，可以上这儿住，不要钱。还说他们空房很多，收拾一下，订几间木房，两人一间。秦川是男的，又是队长，可以单独一间。秦川顿时眉开眼笑。

吕总说："小卢，你赶紧去菜场买点卤肉、烧鸡、烧鹅，再买几瓶啤酒，我招待秦老师。"

晚餐丰盛，几杯酒下肚，吕总说："秦老师，你和你的队员，晚上同我去一地方。"

吕总就将头两晚在温泉夜总会受到的羞辱讲了一遍。秦川听后说："吕总，这样，十万也是钱，您将这十万赞助我们，赚到钱还您，别像垃圾一样扔给那些人。"吕总说："我咽不下那口气。"跟秦川一起的蔡莉莉含笑说："吕总，没必要跟那些人一般见识。夜总会那地方我们太了解，台上演、台下看的没几个正经人。按秦老师说，这十万块钱，支持我们演出吧。"

吕总喜欢听蔡莉莉说话，她说话时，吕总的眼睛就没离开过她的脸和脖子，他沉吟着说："放心，你们演出我依然支持，只是那晚上的气，我还要出。"

见吕总如此，就不好再劝，只当他钱多没地方烧。

稍坐，吕总去了一趟房间出来说："各位，听好，都跟我去温泉夜总会，老子要报头天的羞辱之仇。小李，把十万元装好，提着一起走！"

吕总头发吹过，穿一件白色圆领短袖汗衫、短裤、皮凉鞋，手里拿着一台大哥大，对众人说："出发！"这是海口市面上出现一种新型通信工具，不用电话线，也可打电话，俗称"大哥大"，特别方便。只是这种电话售价贵，一台一万多，也只有吕总这样的人才能买。

吕总的车坐不下，其余人跟卢尧和秦老师打的去。这是设在龙昆北路一家大酒店的夜总会，装潢好，据说一套音响值百万，老板是来自香港的生意人。

吕总走到蔡莉莉跟前小声说句什么，蔡莉莉点头说："放心。"原来为秦川腾房子那会儿，吕总同秦川磋商，他们住这儿不交房租，同时由吕总赞助他们五万块钱演出。演出收入都归模特队，吕总分文不要。吕总挂名模特队艺术顾问，一般演出不去，假如给重要贵宾或某某有实力的企业演出，他必须出席讲话，秦川、蔡莉莉都答应。得知吕总答应他们这些条件后，所有人都不知道吕总葫芦里卖什么药。先以为吕总只想找一个姘头，怎么成了模特队的艺术顾问了呢？

　　同吕总斗富的河北老板今晚同样到达。吕总让小李询问那天的女歌手，说今晚依然是她，让小李买二十枝花。当演出开始，女歌手出现在台上，吕总早捧着二十枝鲜花上去毕恭毕敬地献给她。见此观众席中两个男的飞快地冲上去，每人手里拿二十枝花，一起献给了女歌手。主持人赶紧出来说："先别献花，让我们的歌手给大家唱两首歌再说。"

　　女歌手先唱了邓丽君的《何日君再来》和《甜蜜蜜》，献花的环节再次开始。

　　当主持人将歌单递给台下时，场上出现了惊人的一幕：一个黑衣人身后跟着两个剪平头的帅小伙，黑衣人手拿类似吕总拿的大哥大，剪平头的帅小伙每人手端一堆钱，看那体积面积足有几十万。看客顿时冲动，不少人惊呼："哇，这是钱吗？""这么多钱！"同吕总斗富的男人气鼓鼓地盯着那黑衣人，其中的矮个子不快地说："林老板，你包几个工程啊，这么显摆！赚多少钱啊？"黑衣人嘿嘿一笑说："别管，有种斗一斗，谁同我斗！这一百万就扔这儿。"

　　主持人傻了，忙抱住黑衣人说："老板，老板，没这么玩的。真的，我们夜总会开业这么久，还是第一次见到！"黑衣人说："开眼界是吧，我倒要让你们这些穷鬼看看，什么是钱，什么叫有钱！"

　　他将大哥大塞进衣服口袋，另一只手从口袋掏出一只打火机，让小伙将手里的钱放到舞台，然后揿动打火机，打火机立即冒出一股火苗点燃了面前的人民币。很快，钱被烧着，起了火苗，接着往上冒火，同吕总斗富的老板开始害怕，站起说："行，姓林的，不就一百万吗，赌场见。"姓林的黑衣人哈哈大笑说："行，赌场见就赌场见，以为我怕你？！"说着一脚踏灭钱上的火苗，从中抓起一大沓，对女歌手说："咪咪过来，都是你的。以后不要在这儿唱了，跟大哥享福去。"

　　女歌手犹豫一下，后退说："林老板，谢谢您。您的钱不能要，我还是要凭自己劳动吃饭。"林老板不悦，对身后的小伙说："把钱装好，给咪咪小姐送去。"女歌手依然说："林大哥，我真不能要。"林老板干脆拽住女歌手胳膊说："怎么不听话？走，你不觉得猪狗一样咿咿呀呀丢脸吗？"说完强拽着女歌手走了。这时看客喊："哎，怎么走了呢？"主持人圆场说："没事，没事，她是我们的客串歌手，我们的歌手多得是。小丫，上！"很快又走出一个女歌手。

显然，刚才那一幕也把吕总震住了，只见他直勾勾地看着那个黑衣人牵走了女歌手，竟然不敢作声。这情景也把秦川震住了，坐他们后面的卢尧等更是哑口无言。

回来路上，秦川说："这种地方，我们不敢演，太乱了。我们演出一般是商家和政府搞活动，出场费不很高但安全。"

几天后，卢尧听小李说，经过秦川和伊明、蔡莉莉商量，说服他们模特队一个叫萱萱的女孩做吕总的女友，由吕总每月给她提供五千元生活费。萱萱依然跟模特队演出，收入归她自己，只是晚上到吕总房间同居。

模特队一共七个女子。大家闲聊时都不知道秦川何以这么高的本事，竟能笼络这么多好看的女孩。后来听吕总说，这秦川之前是西安一家剧团的，专演丑角，因剧团倒闭，才寻思成立一支模特队，专招女生。他利用自己的资源，给女孩培训。那时模特还是全新的职业，女孩不排斥。培训一段时间，便在当地一些活动演出。后听人说中国现在最火是海南经济特区，便带着七个姑娘千里迢迢来到海南岛。实事求是地说，萱萱是七个模特中最不起眼的，不过年龄最小，才十九岁，身体没发育成熟，但五官较清纯。吕总同秦川达成协议第二天，就同萱萱同房。秦川开始还有些犹豫，后来说服了自己。吕总虽是单间，但因空间敞开，那晚吕总睡萱萱时的动静通过天花板传到员工房间。第二天，吕总毫不忌讳地告诉卢尧、小李、小王说："妈的，还是个处女！"那一刻，卢尧脑门血一涌，真想拿把刀杀了这王八蛋。

员工中学历最高的是卢尧，他开始受不了这种环境下的生活方式。一天，他终于忍不住对吕总说："吕总，我想辞职。"吕总看他半天才说："有更好的地方？"

他不作声，吕总又一挥手说："对！这才像男人！男人没钱，女孩子瞧不起你！尤其你们几个，都没结婚，有的恋爱都没谈。赶紧赚钱！要知道，这世界上只有钱，才能办到一切！"

卢尧没作声，嘴里却哼起："少林少林，有多少英雄豪杰都来把你敬仰……"

吕总看看他，不知他哼的什么，因为他没看过电影《少林寺》。

时间很快来到一九九一年。

洋浦的土地成片出让给香港人开发的行为得到中央高层肯定。小平同志发表南巡讲话，提出"社会主义也有市场""发展才是硬道理"的著名论断。小平同志强调，三中全会以来党的路线方针政策是正确的。改革开放的步子不但不能小，还要更大一些，看准了就大胆试大胆闯。判断姓"社"姓"资"，标准主要看是否有利于发展社会主义生产力，是否有利于增强社会主义国家的综合国力，是否有利于提高人民的生活水平；计划和市场都是经济手段，不是社会主义与资本主义的本质区别；中国要警惕右，但主要是防"左"。

于是，海南经济特区很快又进入了新一轮改革发展的大潮中。

二月的一天，高总又从老家调来两车土特产，让郭磊去秀英码头等司机和货车。回来时，郭磊看到高总满脸忧郁坐在沙发上一言不发。

郭磊看了看高总，不敢说话，只好走进自己的房间，拿杯子找水。出来时，高总才说："小郭，办事处汪主任出事了，国家安全局将他带走了。假如汪主任真出事，我们公司可能没法开了。"郭磊试着问："国家安全局为啥带走他？"高总说："他想出逃。当然不是他一人，还有老家那边的。你知道就行，不要乱传。办事处由小余暂管，徽州那边很快来人。"

小梅除了做饭，还承担起高总和高美霞住处的环境卫生。

吃饭时，郭磊发现每个人都知道了这个消息，因为他看到每个人的脸上都比较郁闷。首先是高美霞问："咱们是不是要打道回府？"高总说："上午跟我爸通了个电话，市纪检组成立了专门调查组来查办事处账目。你想他从老家拉来那么多金融机构，光炒地皮，就达五千万，还有他朋友的公司，你知道猫腻多大？"

高美霞说："你这公司同他有关系吗？"高总脸红了，说："他同我爸是朋友。公司成立，二楼中餐厅租金给了我一定的照顾。"高美霞说："开不了就回去，省得我整天同家里那个人吵架。"高总说："你急什么，是调查他，又不是调查我。即便这儿不搞，还可以上别处。比如徽州，比如深圳。我爸说，他同深圳朋友说了，让我去深圳，同样搞中餐厅。"

高美霞说："你真想我离婚啊？"

高总冷笑不语。

十天后的一个上午，高总被调查组找去谈了两个小时。程康回来告诉大家，经查，汪主任任办事处主任四年多，贪污挪用办事处资金五千万，参与海口市多处土地炒卖获利九百万，与徽州多家证券信托公司合作炒卖地皮，获利一亿八千万，汪主任个人分到二千一百万，加上办事处账面四百多万，他准备全部卷走逃往加拿大。事情从一家信托公司老总办移民加拿大被安全部门觉察，信托公司老总供出了汪主任，说他们打算一起逃往加拿大。

高总天天同汪主任在二楼喝茶，调查组告诉他的这些事，他真是第一次听说，如雷轰顶！

在强大攻势下，高总交代了自己向汪主任行贿了八十万的事实。就在高总结束海南所有事务那一刻，郭磊就知道，自己又将面临失业！

不过，高总带他的人离开时，也征求了郭磊的意见："小郭你愿不愿意跟我去深圳？"郭磊咬着牙关说出一句："高总，当初我是奔海南来，我不想走！"

徐丽媛在白石中学备课，看到《海南日报》上登载了一则招聘启事。海口市一家香港出租车租赁公司招聘秘书，要求女性，大专毕业，身高一米六五以上，气质高雅。这些条件徐丽媛都够，于是就照着上头电话打过去。对方有点像广东人说普通话，特别拗口，徐丽媛还是听懂了，就问是不是招聘，那人说是。他说："你明天来面试，我们老板亲自面试你。"

朱福祥、徐丽媛以同学身份来海南的，可能因环境特殊，成了恋人。可每当朱福祥要同她亲热，她却推三阻四找借口，这让朱福祥分外沮丧。

徐丽媛知道自己离开白石中学朱福祥肯定不乐意，但她实在不喜欢现在的工作，假如在一个县级中学当老师，她当初就不会来海南。她谎称身体不适，要看医生，请朱福祥替她代课，她便背着朱福祥从琼海来到海口。

徐丽媛当晚没回去。第二天，回到学校，竟说要辞职。朱福祥问她怎么了，她将情况说了一点。朱福祥是爱她的，听说那家公司待遇很好，又是港资企业，便问是做什么的，徐丽媛就笼统地说了一句："搞出租车的。"

此后，徐丽媛就办了离职手续，去了海口，进了那家香港人开的"出租车公司"。

徐丽媛走后第一个周末，朱福祥坐公共汽车上海口，找到徐丽媛工作的公司。这是在海口海秀路二十二号的一个院子，院门上竟挂着一块"海南民族歌舞团"的招牌，吓了他一跳。走进去，院子较大，右边一条甬道通到里头。进去一看，后头排着三栋房，那个民族歌舞团就在后头。徐丽媛所在的出租车公司在进门第一栋左侧一层，办公室对着院门，可看到海秀大道街上过往的车和行人。

他一眼看到徐丽媛正同一个肚皮凸起男人对坐两张简易沙发上，对视着不知说什么，那男的好像一脸诡笑。徐丽媛一扭头，发现朱福祥，脸上剧变，对那男人说句什么，然后出来说："你怎么来了？"朱福祥说："今天休息，看看你。"徐丽媛说："跟你说了，不要上这儿来，我是工作。"朱福祥有些尴尬地说："今天星期天。"徐丽媛说："星期天可以上公园或海边转转啊。"朱福祥指着里头说："你在干吗？"徐丽媛说："那是我们老板。"朱福祥说："就那香港人？"徐丽媛点头。

朱福祥说："中午一起吃顿饭吧？"徐丽媛说："不用了，公司有规定，不能随便出去。"朱福祥说："哪有这样的规定？"徐丽媛说："你以为学校啊，这是私人企业。"朱福祥说："莫非卖给他？"徐丽媛说："否则哪有那么高工资啊！"之前倒听徐丽媛说，她每月可以拿两三千元工资，而他在白石中学教书，每月只有三百元，就问："香港人有钱吧？"徐丽媛说："那还用说。"朱福祥说："你就让我白跑一趟？"徐丽媛不悦地说："我又没让你来。"朱福祥眼泪差点儿流出来，说："自讨没趣，下次不来了。今天吃顿饭不行吗？"徐丽媛犹豫一下说："你等等，我同老板说一声。"

二人就在徐丽媛公司对面农机大厦一楼一家私人小餐馆吃了顿快餐。徐丽媛不点菜，说节约点，正好那家餐馆有快餐，一共花了二十元。完后，徐丽媛说："回去吧。有事打电话，不要跑。"朱福祥点头。徐丽媛看着别处说："你放心，我在这儿很好，没事的。"朱福祥点头说："知道了，那我走了。"

徐丽媛倒送了他一段，问道："学校的陈老师、邢老师都好吧？"朱福祥说："嗯，挺好的。她们总说，你走了，不习惯了。"徐丽媛就笑。

徐丽媛上班的这家公司确是港资，老板是正宗香港人，叫陈宗祥。他告诉徐丽媛，他家住香港九龙，之前开出租车。香港的工资高，一月赚的比内地人一年赚的还多。他说之前去过深圳，听说海南经济特区比深圳政策更好，便来海南注册了出租车经营公司。

公司地址海秀大道二十二号，隔壁是海口九中。进门有个院，院墙围着。

总在文学作品中见到描写难看的男人长得像猪头，如猪八戒，就以为生活中绝对不会有这样的人。不想徐丽媛第一眼看到陈宗祥，"猪八戒""猪头"这样的字眼就像水龙头被扯掉了塞子，顿时喷进她脑海。真想笑，但不敢。因为应聘，先以为男子不是老板，是工作人员，不想旁边男的证实："这是我们老板，你喊陈总吧。"徐丽媛喊声："陈总。"那男人的目光从她进门就没离开过她的胸。实事求是地说，徐丽媛的胸比一般姑娘大。她曾发现不少男生竟非常直接地盯着她那儿看，毫不掩饰，她为此很苦恼。为使胸前隐蔽些，徐丽媛从中学就开始学低头走路，上身略略前倾，目的就是掩饰自己的大胸，让它收敛一些。可惜，男人的眼睛总那么毒，依然一眼能看到她衣服底下那两只"巨球"。

哪有什么考试！就是陈宗祥微笑着同她闲聊了一会儿，最后说："行，你明天来上班。"几天后，又说除了工资，每月还给她四百元伙食补贴。这时海口的职员月工资平均二三百，不想陈宗祥给她开了几倍。她发现陈宗祥对钱真的不很在意，说完就径自出门："我喝茶去了。"

徐丽媛的老板不但像"猪头"，还大腹便便。站起来那一瞬，肚子慢半拍才拖起。腿并不短，但被突出的腹部遮挡了视线，便显得有点短。徐丽媛本想送上一句什么祝福，不想陈宗祥领着身边那个男子，径自出门了，压根儿没管她，反让她对这个男人产生一丝宽容般的好感。

　　徐丽媛打算租房，因为她的工资很高。公司一个男人告诉她："陈总说，假如你没地方住，可以住公司。公司后头租了一层楼有七间，你可以住一间。"

　　出于礼貌，徐丽媛问那人贵姓。他说："我是陈总的助理，叫李向东。"徐丽媛问："你也是香港人？"他说："算是吧。"

　　后来才知道，李向东是中山人。只因有个叔叔在香港，与陈宗祥是朋友。

　　一星期过去，陈宗祥出去喝茶或谈生意，却不带着她。偶尔，要起草一个什么合同文件或其他临时性公文，才让她动手。徐丽媛动手写的公文或文件，陈宗祥总是看了又看，最后感叹："哇！你的字写得好好喔！"他始终将"字"的发音念成"记"。估计香港人就这么说话，听多了，也就习惯了。

　　两个月过去了，陈宗祥对她不错，没给她什么压力，工资奖金从来不少。开始两个月，徐丽媛还愧疚，觉得自己没干什么，有些不配工资，可时间长了，也就没这种感觉了。

　　两个月后的一天，陈宗祥忽然对她说："徐小姐，今天我带你去谈生意。"

　　见生意上的朋友，或喝茶朋友，就给别人介绍："我的助理，徐小姐。"

　　听人喊小姐，开始不大接受，但听多了，就不再介意。徐丽媛待在这儿，觉得挺惬意，让她懊恼的是朱福祥。自她到这家公司上班，朱福祥几乎每隔几天就一个电话问她情况。每次问得很细，细到每天工作八小时每个时段干什么，尤其晚上安排。问几次无所谓，问多了，徐丽媛不高兴，便在电话里打嘴仗。时间一久，徐丽媛就懒得理他了。

　　这天，同陈宗祥去会一个生意上客人回来，陈宗祥开着公司的出租车，边开边说："徐小姐，有男朋友没？"徐丽媛故作淡淡地说："怎么说呢，大学的同学，一起从内地过来的。"陈宗祥问："他在哪儿？"徐丽媛说："找不到合适工作，口袋没钱，就在琼海一中学应聘，当老师。我上您这儿来，他还在那儿。"陈宗祥长长地噢一声，却没再说。

　　徐丽媛此时倒很想听他的看法，可他却没再作声。

　　三个月后，是五一节。陈宗祥拉肚子，起不了身，徐丽媛替他到医院拿药，刚出门，就见朱福祥从一辆风采车上下来。看到徐丽媛一手挽着陈宗祥，朱福祥脸色立即变了。徐丽媛知道他想什么，也没理他，径自送陈宗祥到隔壁的门诊部去了。

等她回来时，朱福祥不见了。此后，她给朱福祥打了一个电话，解释说："那天，我们老板闹肚子。药治不了，就送他去隔壁的门诊部。"朱福祥在电话里冷笑说："是，看到了。那人的胳膊都顶到你的胸了。"徐丽嫒气得将电话扔了。

旅途上认识的都属萍水相逢，但此时的郭磊就像溺水的人连稻草也想抓，将从广州到海口轮船上结识的几个闯海南的朋友在脑子里认真地过滤一遍，可过滤来过滤去，脑壳想痛，还是全放弃了。他知道，此时待在海南的，除了上岛就很快找到体制内工作，有固定工资固定住房的幸运人，走在市场路上的人，几乎个个举步维艰。最后，他还是决定自己想办法，不求别人，何况开口求人未必有结果。

就在高文军的租房待到最后一刻，熊天刚忽然给他来电话："嘿，兄弟，你运气来了。就在我上班的鹿场隔壁，有家重庆老板开的毛巾厂，昨天碰到他们老板说，他们的会计生孩子回了重庆，没了会计，你不是做会计的嘛，你愿不愿上这儿干？"

郭磊大喜过望，当即说愿意。

毛巾厂的老板是一个年逾五十的老大妈，气色好，说话中气足，笑起来爽朗，身材微胖，下巴略显富态。只是一开口就是浓浓的重庆普通话。她盯着郭磊看好久才呵呵一笑问："你做过会计？"

不等熊天刚帮腔，郭磊马上回答："我在老家就做。到海南后又当了三年。"老大妈很懂行："你学的商业会计还是工业会计？"郭磊说："我在老家时就是市医药公司财会科的。"老大妈点头说："行，我们到对面茶店喝个茶，学学海南人。"郭磊以为对方还要考验自己，只好点头说："好。"一个二十多岁丰满肥胖的姑娘从二楼办公室窗口探出头问："姑，去哪儿？"

老大妈说："去喝茶，你去吗？"那姑娘说："算了，我不去。"

郭磊发现厂办公楼原来是一栋养猪场，隔壁就是一座废弃猪圈，二楼墙壁用石灰水写着"养猪场"三个字。办公区显然被改造过，门口是水泥走廊，三层台阶，门侧有楼梯上二楼，一共二层。

从厂房往公路走十来米，就看到对面有家茶店。郭磊想，厂房怎么开这么远？老大妈似乎看透他的心事，边走边说："这儿离市区虽然远点，但租金便宜。我们从重庆来，实力还不雄厚，各方面成本不能太高。"

熊天刚忽然脸红问："谭厂长，小谭是您侄女？"老大妈说："对，我哥的孩子。他有四个孩子，她是老幺。之前在重庆一家集体企业上班，效益不好，就跟我来了。"

老大妈像是猜透了熊天刚的心思，笑起来说："不过，她结婚了，丈夫是她原单位的同事。"熊天刚有些失望地问："为何不一起来？"老大妈说："人家嫌海南太远。"

说着话三个人就一起穿过了公路，路过一个简陋的农贸集市，隔壁便是铁皮土砖搭建的茶店，一个男人牛一样吼叫声从里头传出。仔细听，不是吼叫，是唱歌，那唱腔也跑调得厉害，好像是歌星那英唱过的《山不转水转》。直到唱完，也没搞清他唱的什么。老大妈笑说："海南这一年到处都是卡拉OK，各大歌舞厅，哪个茶店，哪个餐厅，进门就是一块幕布音响。"熊天刚说："赚不到钱，唱唱歌也消愁。"

茶店门口有一行椰子树，墙角好像是一间简陋厕所，用木柴棍搭建，一块油毛毡垂落，用红漆写着"厕所"二字。一阵风吹过来，闻到一股尿臊味。茶店大门口什么招牌都没有，直接进去才看到里头很大，可容纳二三百人。里头桌椅板凳都是粗制滥造的白木，还没进就被一股辛辣的香烟味呛得没法走。郭磊来海南也好几年，对海南的茶店还是了解的，眼前这种茶店是当地传统的老爸茶店，特点是人多。本地男人大多穿裤衩赤膊，高谈阔论无所顾忌，喜吸烟，喜闲聊，不少人还爱将脚丫搁桌凳上，一边喝茶一边用手抠脚丫。

海南天气热，当地人不穿袜，鞋也多是拖凉鞋，将脚丫架桌凳上边抠边喝，成了一种习惯。这种店与高总开的那种中式早茶是不一样的，高总那种早茶同香港广州的餐厅早茶规格档次差不多，而这种老爸茶店属市井乃至农村村民聚集饮茶的地方。因为档次低，环境脏乱差，价格也就低。

谭大妈说："小熊，你让服务员搬两条凳一张桌到门口坐，空气好，里头乌烟瘴气。"

服务员很快送来一张小木桌架在门口一侧，正好被一棵椰子树的枝丫挡住阳光。

野风轻轻，特别凉爽。谭大妈从服务员手里接过点单，点了一壶乌龙红茶，问郭磊、熊天刚吃什么。熊天刚点了一碟猪血、两只油炸馒头，郭磊点了个面包。这店有相当多小吃，如馒头、包子、糕点、粥、油条、猪血、猪肚、煎鱼、牛百叶等，炖品有凉粉、椰子羹、糯米羹、芝麻糊等。想来海南这么久，直到第三年，才在大英村和白坡里处看到北方的大馒头和胡辣汤。一次为喝胡辣汤，郭磊特从高总住处骑车到白坡里，喝了一碗来自北方的胡辣汤，当时那舒坦啊，无法形容。问本地人爱不爱，本地人却捏着鼻子说："不喜欢。"这就叫一方水土养一方人吧。

"第一次来这种店，蛮讨厌，可小吃蛮丰富便宜，所以只好忍受这乱糟糟臭烘烘的环境。"谭大妈边坐边说。

服务员送来一筒卷纸放在桌上，这是免费的。熊天刚、郭磊来海南这么久，自然知道。熊天刚伸手扯了一段擦嘴说："别说，海南的茶店就这好处，卫生纸免费的。"谭大妈说："对，别小看这小店。"郭磊看着谭大妈问："谭厂长是重庆人吗？"谭厂长说："我是万县的。"郭磊说："万县出过一个最会做生意的，叫牟……"谭厂长说："牟其中，国内第一个以货换飞机的。那人在我们重庆是个传奇人物，脑洞大，想法神，可惜只做成功倒飞机这一件。"郭磊说："您是不是受他启发才走出重庆？"谭厂长说："不是，我之前就是毛巾厂车间主任。万县毕竟只是个县，海南办经济特区，很多人来。"

茶很快送来。熊天刚又扯一段纸擦鼻子。郭磊不由得看他一眼，原来他刚擤了一把鼻涕，竟扯了近一尺长的纸卷塞进口袋。郭磊看见笑了，幸好谭厂长没看见，否则一定骂他太贪小便宜。

谭厂长端起茶喝一口，看着郭磊说："小郭，第一次见面，别客气。"郭磊说："谭厂长，请放心，假如我上班了，一定尽职尽责，空余还可以帮厂里做事。"谭厂长说："我们虽是小厂，但我做过调查，海口目前没毛巾厂，海南市场毛巾都从潮汕一带进来。"郭磊问："原料呢？"谭厂长说："重庆购，但成本高。想到广东看看，假如能行，就多个选择。"郭磊说："企业一定要控制成本。"谭厂长说："工资待遇，小熊都告诉你了吧？"郭磊点头。谭厂长说："工人按定额，超额有奖。我们有个制度，一会儿到厂里给你。"

喝茶期间，熊天刚透露他喜欢谭厂长的侄女谭思梅即四妹："我一直喜欢重庆女孩的泼辣爽朗，四妹也是心直口快，爱吃辣椒，你看她那脸，整天红通通、热辣辣的。"但他又说："可惜她已婚。"谭厂长听了就笑。

熊天刚所在的鹿场是一家国营农场转产的。场长姓麦，琼山人，之前是农场副场长。建省前这里只有少量的梅花鹿，建省后随着海口市新建了两家鹿龟酒厂和药厂，鹿场便扩大了养殖，从外地进了两倍的鹿苗。

熊天刚说他学历不够，能在鹿场当场长助理，已是相当惬意。郭磊忽然看着熊天刚问："谭厂长你们住哪儿？"谭厂长马上朝公路对面指说："村里租的。我和侄女都住那儿。"郭磊还不放心，便试着问："这么说，我明天来上班吗？"谭厂长点头说："好啊。"

上班第一天，谭厂长领着郭磊到财会办公室，不想四妹就坐在他的对面。四妹是厂里的出纳，全厂的现金支出都由她掌握，一般是一个月同郭磊交流一次做一次账。出纳将所有发票交给他，由他登账。郭磊上班后，看了肖会计的账目，发现肖会计钢笔字写得很好，就懊悔在学校没好好练字。四妹爽朗畅快，说话也是嗓门响亮，一口饱满整齐的牙齿，看得郭磊出神。一天，谭厂长又邀他去对面喝茶。这次，四妹也去了。

喝着茶，谭厂长忽然轻叹说："小郭啊，海南情况看来有点问题。"郭磊吓了一跳，问："什么问题？"谭厂长说："最近，我们重庆公司老总老让我回去。老总是五十年代的老厂长，说国家号召去浦东，重庆不少人往浦东跑，浦东要建成世界一流开发区。你没见，中央领导都是从上海调去的。"

四妹说："那海南特区也是中央搞的啊？"谭厂长说："对呀，最近好像没再听人说起封岛一词！"郭磊气馁地说："我今早接到一朋友电话，说他打算去深圳。谭厂长，您的厂不会撤吧？"谭厂长叹说："厂子才建，老本没回，至少让我赚点钱。问题是重庆的金融信托都纷纷回撤，他们一走，我们上哪儿贷款？当初建厂也是一家金融信托支持的。"

郭磊心里嘀咕：谭厂长同他说这种话，是不是意味她的厂要撤回重庆呢？

谭厂长马上换上和蔼笑容说："小郭，你不要多想，厂子暂时是不可能撤的，毕竟我们才刚刚办。"郭磊问："不是办了两年吗？"谭厂长说："一个厂搞两年，才是开始，好戏还在后头呢。"

这是灵山镇往海口市一个名叫旧石的村子，约百来户。进村五十米，有栋两层灰瓦石墙砌屋，门口是小院，院内堆放杂物，还有个简易洗澡房。海南天气热，当地人称洗澡为"冲凉"，据说本地人每天至少冲两次凉。旁边是一排晒衣杆，还有农具。那天谭厂长和四妹领他到住地，还说一句："这些农具让房东搬走。万一被拿，还怪我们。"四妹说："我明天去找房东。"

谭厂长和四妹住二楼，肖会计和车间负责人外加内勤员工住楼下。肖会计是女的，只因生孩子才住楼下。楼上有两间空房，一间是客房，一间是谭厂长堆放贵重物资的地方，没人时锁着。

郭磊第一次上二楼就注意到，能进入谭厂长房间的只有四妹。毛巾厂有一辆小货车，是运货用的。平时，连谭厂长外出都打出租车。一到晚上，荒僻孤寂，连市区的喧闹和行人、行驶都听不到，完全就是一个农村。之前没事时候，郭磊就推出那辆二手自行车满街转，现在不行了。一天实在无聊，他拨通卢尧所在办事处的电话。

不想一个不认识的男的在电话里说:"他辞职了!"郭磊吓一跳,便问:"能告诉我,他上哪儿了吗?"那人说:"他在南航西路海口晚报社门口自己搞了一个铁皮屋,当老板。"

这天,谭厂长带四妹出去催账了。郭磊想起卢莞,便骑自行车来到市区,想谭厂长晚上不回,便放心到海府大道。经省人才交流中心时,忽然想,经过两年沉淀,到处是大学生摆地摊、卖饭、卖报纸找工作的现象真不多了。省人才交流中心楼前尽管还有各地的人,但比过去安静。这两年,他对省人才交流中心基本上绝望。当初说十万人才下海南,不知道真正有多少被安置。当然不全怪政府,经济特区也希望多一些稳定点的单位。经过省政府门口,郭磊看到走出两个人,一个清瘦,操北京口音——想起他叫邹景龙,另一个肥头大耳,边走边说什么。看到他,邹景龙愣了一下说:"哎,你不是徽州中餐厅的小郭吗?"郭磊忙说:"邹总,忙呢?"邹景龙指着胖子说:"我和范总到省文化厅申批项目,刚批。唉,忙了半年。"郭磊问:"邹总,有什么好项目,可以说说吗?"

邹景龙指着范总说:"我和范总合作搞了个项目,开张那天欢迎光临,有朋友只管带,我会优惠。"邹景龙在他耳边悄悄说:"我们投资了中国城。"郭磊听蔡功臣说过,龙昆南路要建全亚洲最大的娱乐城。莫不是眼前的好汉干的?郭磊顿时肃然起敬地说:"我的天,据说那可是亚洲最大的娱乐城,是你们搞的?"范总笑眯着眼睛说:"兄弟,我就这脾气,不搞则罢,一搞就是全亚洲、全球第一,否则玷污我范建国一世英名!"

范建国一口重庆普通话,郭磊想恭维对方,可他显然等不及了,说:"我们有事走了,再会。"

郭磊往南航西路骑了一段,很快来到海口晚报社门口,这儿果然有一排铁皮屋,算算有十四间,有卖水果、卖杂志、卖杂货、做裁缝的,本钱有限,但好处就是自己能当老板。此时的海南,普通人想当老板的愿望都非常强烈。

海口晚报社地处南航西路的南侧,周围有几口枯塘,长些茅草,周边开始建高楼大厦。一次卢莞骑车路过海口晚报社,发现了这儿,便有动念,一问租金不贵。此后,他就辞掉了吕财东那狗屁办公室主任,来到这儿开起了小卖部,经销日常副食品类。他利用开小铺的闲暇,写写东西,弥补上岛这么久没摸笔的缺憾。当然,在吕财东那儿也可以写,但那样的环境,他压根儿没法构思,写作这玩意儿还是要清静和独处。

这天,卢莞正坐在铁皮铺内看书,看得投入,有人来到他的铺门口,他都没感觉。直到对方敲响他的柜台,他才问:"要什么?"郭磊说:"您大人真会享福,躲到这儿来了，不在山西老板那儿干了？"卢莞见是郭磊，不由得笑着说："你不是上铝厂找我了吧？"郭磊打量一下铺面问："租的？"卢莞说："不租还送你？"郭磊又问："赚钱不？"卢莞说："第一月持平，这个月赚了三百块。这叫经济实体懂不懂？在海南，大钱办公司。咱没钱只能搞这种经济小实体，也算下海吧。长这么大没经过商，再说我这人并不看重钱。"

郭磊说："那你来海南做什么？"

卢莞从小店拿了一条矮凳递给郭磊："给，坐。"他指着前头主干道接着说："总编说，这路很快打通，从这儿过去三百米到南海大道。省电视台市电视台都在附近建设，这儿将是海口市最热闹的地方。目前是有点荒凉。"郭磊说："你说都建好，至少有个三年五年。"

卢莞从冰柜拿出一盒菊花茶饮料递给郭磊，他接过问："你刚才说，你打算做什么？"

卢莞说："不瞒你说，我是作家。当年考交通学院是我爸报的，我喜欢文学。我在学校就参与墙报，写过散文，我最高成就是在我们家乡省刊发表了一个短篇小说。我来海南，就想找一个自由创作空间写作，可失望了。"说着他拿过一本很旧的杂志递给郭磊。

郭磊接过一看，果真是一本《芙蓉》，就问："你写的？"翻开杂志，上面果然有卢莞写的一篇短文《同窗》。他笑着说："不错，还上过杂志。对，海南省作协主席不就是你们湖南人吗？"卢莞说："他们已成名，我还要走很长路。所以，必须扎稳基本功。目前，就那小短篇，别人看不起。"郭磊说："你还有这想法。想不到。"卢莞说："我搞这小店，就是为了我的梦想。比如，一、它在晚报社门口；二、能对付日常开支，饿不死冻不死，就不管它。"郭磊说："原先你在铝厂办事处一月多少工资？"

卢莞说："三百。老板高兴或许给你一红包。"郭磊说："其实你在那儿，也可以写作啊？"卢莞头摇得像拨浪鼓："绝对不行，老板什么事都推给我，妈的整天谈生意玩女孩子，过着资本主义腐朽罪恶生活，我实在看不下去。"

卢莞越说越气愤，最后竟愤怒地说："妈的，还弄个糟老头和他的狗屁模特队，七个貌美如花的队员，一个年龄最小当他的姘头，同他睡第一个晚上，竟发现她是处女。老子要长期待那儿，会郁闷死！"

郭磊问："做什么，那么赚钱？"

卢莞说："铝厂，将产品拿到海南销，海南云集了全国的贸易公司。不想那铝锭竟那么赚钱，我去！一次看他发货，不过两车皮，竟赚了四十万。"

郭磊点头说："人比人，气死人，学历没用。这儿讲钱，谁有钱谁是爷。"

卢尧说："你没见他们上夜总会烧钱啊，那可是银行取出来的现金啊，就两个人端着，上百万，掏出打火机，就那么点着烧。"

郭磊说："烧人民币犯法！"卢尧说："就那么干，没人管。"郭磊被震撼了，问道："烧多少？"卢尧说："烧一会儿，对手被震才一脚踩灭。听人说，一堆一百万，现金啊！"

郭磊叹息道："作孽呀。对了，你们湖南人为何特喜欢舞文弄墨呢？"

卢尧说："现在全国文人墨客都喜欢来海南岛。下半年云南有一位女作家来海南，叫张曼玲，她写过一篇蛮出名小说《有一个美丽的地方》；再就是四川、贵州、甘肃、宁夏、江西等几个省的作家、艺术家都往海南跑，这就很说明问题。"

郭磊说："搞文化吗？你可以找你老乡切磋，提高快。"卢尧摇摇头说："不认识，咱又不是什么名人。"郭磊从口袋掏出一张名片递给卢尧，他接过看了看，问："你在那儿如何？"

郭磊说："我失业了。我们老板所在的办事处出事了，不干了。我给你地址，很快就离开。唉，一会儿这儿一会儿那儿，这两年海南好消息不少，可最后总是看不到结果。时间不早了，知道你在这儿，有空再来。祝你写出更多更好作品，到时拜读。"

卢尧就笑。

第七章

这天郭磊想到刘荣和刚国强那儿看看。一打听，刚国强走了几个月，警方正追捕他。

郭磊大吃一惊，那人说，刚国强卷走公司八十万，公司报案了。他找到刘荣电话，接电话的女人说，刘老师在市商业学校当老师，可以直接到学校找他。

郭磊从邮政黄页上找到商业学校电话打过去，对方告诉他另一个电话。打过去终于听到刘荣的声音："妈的，那公司不是人。小刚帮他们炒地、炒房赚了几千万，可老总只给他五千元奖金。你知道吗？那段时间小刚天天泡在玉沙村，同税务银行搞关系。小刚有营销天分，五天倒腾了十宗土地，为公司赚了二千八百万，可……"

郭磊打断问："他如何卷走公司八十万呢？"刘荣说："公司炒地皮赚的钱都经过他手，假如没良心，几千万都可以打到他私人账号。"郭磊说："公司说已报案。"

刘荣说："小刚过几天就回来，他不怕。当初炒地皮岂止他们，有万亨、高隆等公司。你没听说，炒房炒地出了个'万亨六君子''天涯三剑客''江湖四浪子'吗？后来万亨六君子去了北京，天涯三剑客去了上海，江湖四浪子去了深圳。"

郭磊不解地说："既然赚到钱，为何离开呢？"刘荣说："闻到风声，说北京、上海的市场更火爆，北京是首都，上海是魔都呢。"

郭磊想，玩转经济特区的，看来还是那些有"组织"有背景的人！

真是"屋漏又遭连夜雨"。几个月，政策效应开始显现。这时的海南无论高层还是郭磊这样的无名之辈，都看到海南第一次开发潮迅猛退潮。首先是玉沙村和滨海大道瞬间成了空城，当地人称之"鬼城"。人们将正在建、建了一半或建好未装修的一栋栋高楼称为"烂尾楼"，一家家金融信托投资公司、房地产公司纷纷撤资。

一天，谭厂长将郭磊喊到她的办公室，语气郑重地说："小郭啊，我们老总又来电话，让我一定离开海南。我今天特别问你，你愿不愿意同我去重庆？"郭磊惊恐地问："为什么？"谭厂长轻叹说："不是我不搞，是海南情况不妙，包括重庆来的信托金融公司都撤走了。我现在回重庆，还可以从头再来，而海南远离内地，运输成本、生产成本都高。"

郭磊差点儿哭出来。这天，郭磊走到茶店前的公路上，公路上空无一人。他像一头被击伤的困兽，跛着腿，站在路中间，对着空旷天空，歇斯底里地喊道："海南岛，你是天堂，也是地狱！我爱你！也恨你！"

谭厂长说撤不是当天，她告诉郭磊，退租结算欠款，也需一两个月。

这两年，郭磊省吃俭用，也积攒了两万元，即使两个月不工作，也饿不死，可是，他来海南的目的，却不是只解决吃饭。假如只解决吃饭，他为何要来海南？再说海南吃饭不贵，就街头路边吃一顿只要三四块钱。只要不是住宾馆，一二十元小旅馆很多，找城中村租个月一二百的也有。对谭厂长的善意，他微笑说："没事，谭厂长，我来海南几年了，生活不是问题。"

支撑了两天，郭磊起床就找熊天刚去了。他说："天刚，低潮往往是高潮的起点，你手里有多少钱？"熊天刚问："你什么意思？"郭磊问："蔡功臣来不来？"熊天刚说："功臣同我打过几次电话，说无限思念海南。他在老家一个商场搞销售，说非常不喜欢那工作。""他学什么？""能学什么，学商品销售。"

郭磊沉吟着说："他能不能筹点钱。假如可以，你我他三人合伙开一家公司！"熊天刚听了这话很激动地说："郭磊，认识你这么久，这才像个男人！行，你想办什么公司？"郭磊说："我想办旅游公司。"熊天刚说："旅游公司不好批，说要经过主管部门同意。"

郭磊说："以前只能挂靠中旅、国旅、青旅三家旅行社，海南还有地方旅游总公司也挂不少人，但海南毕竟是经济特区，先走一步，放开了。我打听到，只要通过工商部门注册就行。当然，开展旅游业务，必须有导游证，就像司机有驾驶证一样。这个我们倒要好好学习一下，通过考试。"

熊天刚问："好考吗？"郭磊说："我打听了，不难，主要是政策法规和导游基础知识什么的。有的人甚至连小学没毕业都能考过，我们是大学生，还能考不过？"熊天刚说："旅游公司注册资金起码上百万吧？"

郭磊说："这个我也了解了。工商局有一批专门代办工商注册的柜台，只要交几千块钱，多少资金证明都给你办下来，没事的。我打听了，像我们这样的私人公司，五十万起点就行了，还有三十万、二十万的。为了好看些，我们注册一百万。当然，五十万也可以。"

熊天刚说:"这样,我们找时间到对面茶店坐坐,具体商量一下。"

郭磊说:"那就下午两点准吧,不要拖,能快就快。"

下午两点,二人到马路对面的老爸茶店,要了笼小馒头、一根油条、一碗猪血,花六元钱,还要了一块钱一壶的乌龙茶。熊天刚给郭磊倒了杯茶说:"主管部门审核很严格,开旅游公司难度不小。"

郭磊说:"我们抓紧赶在第一拨开公司,海南的发展,旅游有优势。为什么要搞旅游公司?我看到内地来客到海南后总要环岛一圈,尤其是要去三亚。我曾跟高总去过三亚,那里旅游资源的确丰富,除了天涯海角,已经在搞南山观音寺、大小洞天道教文化区和亚龙湾国家旅游区等,有个领导人说亚龙湾'不是夏威夷,胜似夏威夷',听说要建造数十家五星级宾馆。"

熊天刚喝口茶说:"我知道,亚龙湾之前不叫亚龙,叫牙龙。建省后改的,意味着亚洲龙的腾飞。"

郭磊边给熊天刚倒茶边说:"我打听到海南的旅行社多是国企,一个环岛游就往三亚转一圈,三天人均三五百,利润百分之六七十。假如一次接十到二十人,你想,多少钱?国企摊子大,那么大摊子能维持,证明效益不错。我想我们成立旅游公司,租个场所,招几个人。你和蔡功臣加入,自己对付。海南好就好在私人可注册,这在别的地方是做不到的。"

熊天刚问:"客源呢?"郭磊说:"国企是通过内地旅行社对接,我们主动出击。你是江西,小蔡是陕西,我负责安徽。客源是接洽一批就熟悉一批,通过他们再认识更多,发展壮大。"熊天刚露出一丝笑说:"你何时琢磨出这个?"郭磊说:"置之死地而后生!都来几年了,再不总结经验,只怕再过六七年还是蹬自行车满街要饭的叫花子!"

熊天刚说:"对!人都是逼出来的。别看我是场长助理,其实很烦。你干得再好,不可能给你涨点工资,再说就那点工资,将来不娶老婆不成家?""你给蔡功臣打电话,问问他?""那小子上星期就说来。这样,我下午打,他一般下午在商场。"

晚上,郭磊收到熊天刚的 BP 机信息,说蔡功臣赞成他的计划,可以出五千元入股。郭磊打电话过去问:"他什么时候过来?这两天我到市工商局了解一下,然后到旅游局找资料,赶紧考导游证。"熊天刚问:"你有多少钱?"郭磊说:"两万,我给家里打电话,请他们再支持我点儿。"熊天刚说:"我有万把块,不过可以向我姐再借几千块钱。"

人生不乏戏剧。就在郭磊同熊天刚筹划旅游公司第二天，谭厂长坐着一辆货车回来说："小郭啊，文昌经销商不错，给了我银行支票，让我对海南市场有点信心了。"

郭磊掏出一张《海南日报》递给谭厂长看："海南省委二届四次全会确定海南的发展战略为'一省两地'，即'新兴工业省''热带高效农业基地'和'热带海岛旅游胜地'。按这个方针，您的毛巾厂就是新兴工业，会有很多好政策。您还是不要走。"

谭厂长没有接报纸，却笑着说："省委的会我晓得。其实不用晓得，不管打造什么，我对海南的未来都不抱太大期望。就这么个地方，连双袜子都要进口，还打造工业省？让他打造好了，我走。"

郭磊想，省委决定都挽留不了她，看来她对海南真的没信心了。谭厂长大概看到他的情绪，露出笑容说："小郭，我想，你在海南蛮可怜的。我们走后，你又要找工作，你愿意接我的毛巾厂，自己当老板吗？打工太可怜，要有当老板的想法。"

见郭磊愁眉苦脸，谭厂长一笑说："我们的机器运回重庆也麻烦，假如你愿意搞，我将机器卖给你。我来海南这么多年，据我了解，只要好好干，生存没问题。你年轻，能吃苦，再拓展下市场也是可以的。""我没搞过毛巾厂啊？""谁也不是天生搞毛巾厂对吧？我给你十天考虑。我还在催账，等你。""谭厂长，你打算卖多少钱呢？""你是会计，机器当初三十多万买的，用了几年，至少七折吧。""二十几万？""差不多二十七万。""我哪有那么多钱？""你可以分两次付给我。"

郭磊想了想说："掂中，十五万行不行，我真的拿不出那么多钱。"谭厂长说："你来海南不是一年两年，总认识些人唦。"

郭磊将在海南认识的人捋了一遍，想起北京来的丁松。他们曾在海口街上碰过一次，像刚国强一样，见到就大侃在国贸炒楼、炒地皮的大好形势，说砖厂不如炒楼花、炒地皮挣钱。他曾得意地伸出五个手指说："短短六个月，赚这么多？怎样？"得知他半年赚了五百万，郭磊惊得目瞪口呆，五百万对他来说，如同天文数字！

没有丁松的电话，找了一番却找到邹景龙的名片。邹景龙说，丁总这两个月没联系，他搬到义龙路去了。

丁松和邹景龙在海口西郊开了一年多砖厂，趁海南刚兴起的房地产热潮，毅然决然地将所赚的钱投进去，又大赚一笔。接着二人改行，丁松在义龙路租了铺面，开起了典当行，而邹景龙则同那个重庆袍哥去搞中国城了。

郭磊骑着自行车找到丁松的典当行时，他已经在这儿开了三个多月了，据说生意不错。

义龙路是海秀大道北侧与龙昆路交界的一条小街，街不长，但是人气很旺。尤其是内地来的，最爱在这一带租房，不但住宿，还开公司。郭磊没来过，这是第一次。找了一会儿，终于找到，看到一家铺面门口挂着一个"当"字，就停下来。里头正好走出一人，手里拿一只茶壶，正往垃圾桶倒茶叶渣，竟然就是丁松。丁松抬头看到他，不觉笑说："哎，小郭，你怎么在这儿？"

郭磊指着门额上的"当"字问："您开的？厉害，才多久，砖厂不搞，楼花不炒，又搞起典当行。"他只在老电影中看过旧社会的当铺，接着说："丁总，典当行就是过去的当铺吧？我真不懂。"

走进去，前间是个尺子柜台，确像旧社会的当柜，上头放些样品。右侧摆一只巨大茶案，六条小板凳，茶案上放七八只洗干净的小杯子，看样子招呼客人喝茶的。丁松招呼郭磊在凳前坐下，然后去冲了一壶茶，过来说："今天没事，出来转转？"

怕丁松瞧不起，郭磊没敢说自己失业，就含笑点点头，他好奇地问："丁总，您不炒楼花了？"丁松说："海南就这样，什么来钱搞什么。当然，炒楼花是最快的，可是那样的好日子一去不复返了。""为什么？""你没看到，金融机构都撤了。国家批评海南炒楼的做法，国贸滨海大道那边已经出现很多烂尾楼。""怎么会这样？""炒来炒去，需要接盘侠啊！没有接盘，楼市就死。懂不懂什么叫击鼓传花？一堆人传一束花，鼓声起，传；鼓声停，落。炒楼就像击鼓传花，可谁想过一旦停了是怎样的结局？所以，见好就收吧。"

"哪有那么多钱呢？""后台硬的是国家银行，狗日的看到有大油水，也不管国家损失，只顾捞，赚到归自己，损失算国家的，人的思想很坏。""那些人捞不少啊？""我和邹景龙算小炒，不过千儿八百万，大炒可能都赚到几亿几十亿。钱最后都成一堆烂尾楼，看到了吗，国贸那边开始空了。"

郭磊点头说："看到了。"丁松幽默一笑说："怎么说我也是天大毕业的大学生，不可能老炒楼花吧，我想做点实业。""开当铺要多少钱？""五百万吧。""那么多人炒楼肯定要加价吧，别人是傻子吗？"丁松比画说："邹景龙参股中国城，我劝他放弃。"

郭磊忽然不知如何开口了，只是笑。丁松问："找我有事吗？"郭磊摸着脑壳将谭厂长要撤，建议他接手那些机器的事儿，对丁松说了。

丁松沉思说："那厂长的建议自然对，你来海南这么久，必须自己当老板，不能老打工。来这么久，一点积蓄没有？""打工每月不过三百，老板高兴时，给个一百二百。""不认识别的朋友？"郭磊脸红了，说："我的朋友，都是穷朋友。"丁松问："你自己有多少钱？"

郭磊说："不超过三万。"

丁松想了想说："那不成，典当很现实，你没一点抵押物，白借你？不成，不成。"郭磊的脸顿时红得像猴腚："丁总，我也学您炒地皮击鼓传花，将十多万的机器倒出去，行不？"

丁松点点头说："哎，这思路正确。在海南有钱投资，没钱投机。我们从毛泽东时代过来，对投机倒把排斥。但在国外和港澳台，投机倒把合法，法律允许收取商业佣金，倒买倒卖获取一定利润是合法的。"

郭磊笑说："来海南这么久，我才知道有这么个秘密。"丁松说："不是秘密。国外奉行的规则，只是我们过去不懂。"他从柜台抓过一张名片看看说："上星期，金盘工业区有个开服装厂的江苏老板，说要在信用社贷点款，扩大生产线。我一会儿问问他要不要，服装、毛巾差不多。"郭磊说："您的意思，将这批机器设备倒给他？"

丁松笑说："你不要什么都用一个'倒'字，一说倒，很容易联想到投机倒把，就是卖吧。一旦成交，我们从中赚点佣金。"郭磊说："差价吧，行。我那头再压压谭厂长的价，您这头抬高他的机器价，赚了钱，咱对半开。"

丁松笑说："嘿，开窍了。对嘛，搞经济就要这么干，要善于判断市场，抓住机会。行，我一会儿给他打电话，说好了就告诉你。"

郭磊将自己BP机号留给了丁松，这BP机还是高总当时发的，职员每人一个，免费的。

第二天，丁松发信息给郭磊，说那个老板答应去看他的机器设备。

因为谭厂长这些天都在外头催账，连她的侄女都去了。厂里停了产，该走的都走了，所以没有人，郭磊这才放心让那老板过来看产品。那是一位来自江苏的老板，他开着辆农用皮卡车过来。他告诉郭磊，他一九八八年和朋友来海南开服装厂，效益还不错，目前没有离开的意思。郭磊领江苏老板到车间验看设备，他看得仔细，用手摸说："行，我给你十八万。"

晚上郭磊将谭厂长和四妹请到对面老爸茶店喝茶，开始哭穷说："谭厂长，我这次下决心当老板。同家人筹借了十万，加上自己在海南储蓄三万，多一分都没有。恳求谭厂长看在我是您的会计，将价降到十三万，我一次性付款，省得到时催款。"

谭厂长听他的叙述，没有表态，只是说："我明天回答你。"

次日早起，郭磊在门口碰到四妹，她心直口快地说："小郭，你放心，我姑已经答应你了。"

上午，郭磊果真被谭厂长喊到办公室，说可以十三万成交，但必须一次性付现金。郭磊很惬意，但还是哭穷说："我尽力吧。"

他马上打电话给丁松，与谭厂长以十五万成交。他没说是十三万，是想"贪吃"其中两万元差价。丁松也没多问说："行，我马上告诉吴老板。"

第二天吴老板就给丁松送来十八万支票，丁松马上告诉郭磊。

当郭磊将十三万现金递给谭厂长时，谭厂长后悔地说："小郭啊，这就是你，换了别人，我肯定不卖的。"

郭磊付给谭厂长十三万后，巴不得她当天就走，她却说还有事要待几天。这几天就成了郭磊的心病。他担心丁松到灵山找谭厂长，或姓吴的厂长直接同谭厂长打电话。

还好直到谭厂长离开，丁松和吴厂长都没到毛巾厂来，更没有同谭厂长联系。

走前一天，郭磊请谭厂长和四妹到对面茶店吃了一顿饭，茶店也可以炒菜喝酒。郭磊给四妹点了她喜欢吃的鸡腿，他听厂里人说，四妹在这次成交中发挥了作用，是她说服了谭厂长。此后谭厂长和四妹离开海南，回万县去了。

翌日，郭磊将三万元差价送到了丁松的手里，不想被丁松推还说："兄弟，你费这么大劲赚三万块，我就不分你的了。拿去开个小公司，或做点别的，看能不能赚点，好吗？"

郭磊很愧疚，没想丁总如此大度！本来说好生意做成，一人一半，各一万五。郭磊想，丁松是否有意试探自己，就问："丁总，说好一人一半，这一万五是您的！"

丁松说："真不用，你留着。你不想自己当老板吗，正要钱。"

郭磊感动地说："那我请您吃饭，听歌？晚上到海龙王门口大排档，那儿宵夜很出名。"

丁松想了想说："去中国城吧，我让老邹打个折，那儿有坐台小姐。"

郭磊有点怕，因为他早听说，找一次坐台小姐，没有几百块下不来。

高总在时，中国城没正式开张。高总走后，他知道那是高消费，哪敢光顾。

丁松还算按时来到中国城，见到郭磊，便指着那些机子问他："你知道那是干什么的吗？"郭磊说："老虎机吧。"丁松说："这在内地不可能的。那玩意儿赌博，你可不要去碰，没准儿你那三万元一会儿就打了水漂。"郭磊笑说："杀了我也不会去碰。"

中国城一楼是游戏机的天地，从中间的腰门上楼梯，来到二楼。二楼整个是个敞开的很大的椭圆形舞厅，简直是望海楼歌舞厅的四五倍。靠墙一圈是卡座，像火车座对坐。卡座下是观摩座，从高到低有六排，圆形排开，任一角度都能看到场上的演唱和歌舞。

最让人刺激的是夜总会的圆形吊顶，那超大的鎏金水银吊灯，一共十八盏，环形排开，将舞台和环座的每一个位置普照得淋漓尽致。

郭磊长这么大没见过这么悦耳动听的音响和音乐，还没进就听到里头像歌剧院一样的热闹喧哗和动人的演唱。其实正式节目还没开始，只是观众在唱歌。

借助丁松的力量，他完成了一次"倒爷"行动，赚到五万，他瞒报了两万。这是他来海南第一次一次性赚这么多钱，就想普通人真可怜，只知打工，打工多可怜，只有像丁松、邹景龙这样倒腾、炒，才赚钱。可惜自己没本钱，家人都普普通通，借不到钱，只能慢慢折腾。这次瞒报了差价，看到丁松，总有一种愧疚，觉得做了一次贼似的。丁松依然那么大度，是否丁松早知道他瞒差价？看着又不像。抑或是丁松看到他可怜，明知他瞒报，故作不知？唉，人穷心眼儿也多，不想了，就当丁松不知道他瞒价。瞒都瞒了，再承认就是傻×。

郭磊问："丁总，我们坐哪儿？"丁松说："这样吧，我给老邹打个电话。"五分钟后，邹景龙手拿着手机从腰门过来说："谁叫你不提前招呼，包厢都满了。坐卡座吧。卡座也不错。"

一位身穿旗袍的姑娘从侧门内出来，很快走到邹景龙跟前，同他说了几句什么。

丁松问邹景龙："我同事小郭。小郭还记得吗？"邹景龙没回答，直接同郭磊握手。丁松说："恭喜你啊，听说生意非常好。开张包厢没空过，百分之九十前三天被订购。"

邹景龙说："月底还要搞夜宵，到时吃喝玩一条龙，全国，不，全亚洲只有中国城！"丁松笑说："你小子够狂！"邹景龙说："不，是我那几个股东狂。要不不开口，开口就是全球，那种雄心，让人恐惧！"丁松说："亚洲不算，还要全球！"

邹景龙说："你知道我们的口号吗？'只有想不到，没有做不到；只要想到，就一定做到！'"丁松说："好了，好了，人家姑娘等着你呢。"邹景龙这才说："小杨，记住，这桌打五折，到时我签字。"

穿旗袍的姑娘便点头说："好的，邹总，我去了。"

邹景龙刚要走，丁松拽住他说："你整天泡在这花花世界里，家里我弟媳知不知道？"邹景龙脸一红，笑说："我给她打电话，让她来，她不肯来。"

丁松说："我看青山多妩媚，青山看我应如是。兄弟，我叮嘱你，这种地方，切记自律！"

邹景龙一笑说："放心吧，我是那种人吗？"

穿旗袍姑娘很快又过来问："二位要什么饮料茶水和小吃？"丁松说："红枣桂圆茶，果盘中等。对，你喝酒吗？"他问郭磊。郭磊摇头说："不喝酒。"

丁松说："给我来一杯英国威士忌。这时间，我喜欢来一小杯热热身。"郭磊问："威士忌是洋酒？"丁松说："对，你也来一小杯？"郭磊说："我真不要。"

姑娘还是送来了两杯，不喝也不行。郭磊觉得姑娘挺操蛋的，又不好说，只好硬着头皮看一眼，用鼻子闻闻说："好像有辣味。"

丁松笑说："哪会呢。"说着喊住送酒姑娘，"有没有漂亮的，找两位。坐台，不出台。"穿旗袍姑娘说："好，我去喊。"

很快她领了两位穿白色连衣裙的姑娘过来，安排她们坐在丁松和郭磊身边，然后在她们耳边悄悄说了两句什么，姑娘们点点头，她就走了。

郭磊忽然有些害怕。丁松将嘴巴贴到他耳边说："没事，台费最多每人二百，共四百块。"郭磊的心事被丁松看破，脸红着摇头说："没事，没事。"丁松又将嘴巴贴到他耳边说："出台也可以，楼上有个宾馆，玩一次三百。玩得高兴，五百也行。"郭磊红着脸连连摇头说："没，我……我可能不会。"

丁松见他那样，就哈哈笑起来，然后同身边的坐台小姐交谈起来。郭磊听丁松问那姑娘是哪里人，来海南多久。那姑娘竟不紧张，问一句，答一句，落落大方。

丁松见郭磊盯他，便说："小郭，你可以同身边的姑娘聊天，她就是陪咱聊天的。"郭磊身边的姑娘主动为他斟了一杯茶，他感到失礼，赶紧为姑娘斟一杯说："请喝茶。"

郭磊问姑娘来自哪儿，她说贵州黔东南，来海南不到一个月，是跟村里姐妹一起来的。郭磊又问她住哪儿，她说集体租房，住面前坡。

丁松端起威士忌呷一口，问郭磊："兄弟，味道怎样，你觉得？"郭磊忘了喝，于是端起抿一口说："味道蛮浓。"丁松说："威士忌就这样，味道重，我喜欢。"

丁松又集中精力同身边的姑娘聊天，声音越来越小，抑或场上的歌舞和音响太喧嚣。郭磊只看到丁松同姑娘说话，时不时将嘴巴贴在她耳边。郭磊身边的姑娘盯着场上的节目看，郭磊不找她说话，她就看节目。郭磊也不时往场上瞅几眼。这种情况下，好像无法静下心。

他忽然发现丁松将嘴唇贴到身边姑娘的左脸吻了一口，姑娘竟露出笑容轻轻一笑，没有骂他。

这动作蛮刺激人，郭磊甚至也有类似的冲动，但他还是不敢。

郭磊到卫生间小便回来时，丁松和他身边的那位姑娘不见了，便问："他们呢？"姑娘笑起来说，他们可能上楼去了。半小时后，丁松和那姑娘回来了。只见丁松满脸红光、满脸笑容地说："哎呀，太热，出去透会儿风。"郭磊说："有空调，我觉得不热。"丁松说："没见我出汗吗？我这人怕热。"

丁松转移话题斟茶说："小曼，你这名字好听。重庆女孩喜欢优雅点的名字吧？"小曼微笑说："不见得，我们姐妹中还有叫死猪、瘟狗的呢。"丁松说："开玩笑吧。"小曼就笑。"重庆好不好玩？找时间去走走。""好啊，你何时去，我陪你。"

丁松掏出一张名片递给小曼说："来，有空上我公司。聊聊天，吃吃饭。"小曼满面笑容地收下了。丁松见郭磊和身边姑娘只坐着，就说："哎，小郭，你可以请小姐跳一支舞哕！"郭磊说："我真不会。"姑娘说："我也不会。"

丁松说："三楼有客房，你们要不要休息一下？要去随时，一小时收费三十元。"

郭磊第一次来这种地方，完全是为报答丁松，只要对方玩开心就行。他一摇头，身边的姑娘也摇头，把丁松逗笑了。

很快就到了十一点半。丁松打了几声哈欠说："小郭，时间不早了，我们走吧。再美好的良宵也有结束的时候。"话一说完，两个姑娘就看丁松。

郭磊明白，忙从口袋掏出四百元，一人二百，塞给二人。二人接过，道了声谢谢。

来到一楼，郭磊忍不住走到一台老虎机前观察。丁松说："兄弟要少碰，这可不是楼上。"

生意真好，都十二点了，全场的老虎机前依然坐得满满的。

四人在门口分手。丁松说："小郭，谢谢你，让你破费了。"

丁松喊了一辆出租车，然后同那个小曼握过手就上了车。郭磊依然不忘感激丁松说："谢谢，以后可能还要麻烦丁总呢！"丁松说："没事，有什么事，随时同我打电话。"

两个姑娘一起喊了一辆摩托走，郭磊则搭了一辆摩托直奔灵山镇。那一刻，他忽然觉得谭厂长的侄女四妹更迷人。

这天，卢莞将一篇散文润色完毕，送到报社副刊部编辑王翔手里。卢莞想通过王翔进入报社工作，王翔说："那个怕很困难。"

　　卢莞不是学中文的，就凭他在刊物发表过一篇千字短小说，很难进入报社。不指望专业就边开店边写吧，正好结识了王翔这样的编辑。

　　王翔鼓励说："你们湖南文人多，有好些著名作家，你可以通过他们提高写作水平。"

　　王翔从兰州调到海南，在兰州时他就是编辑。妻子同他一起来的，在省医院海府门诊部当护士，有个孩子八岁。所以每次见到王翔，卢莞都很羡慕。

　　一转眼，卢莞二十六岁了，却一事无成。小卖部不温不火，就这么下去？可是小卖部的好处就是工作简单，只要一个电话，厂家就送货，有些商品需要自己进货，那也只一会儿。写作不容易，费尽气力写一篇投出去，还可能打水漂。他将小卖部选在海口晚报社门口，就是想借此认识报社编辑。认识王翔后发现，远不是自己想的那么简单。稿件能否通过编辑的法眼，要看质量，最后还有主编把关。卢莞记得先后给过王翔两篇小短文，都是在主编手里毙掉的。

　　终于有一天，卢莞发现这样的日子无法再继续！就在他内心极大焦虑之际，父亲来了一个电话，说："你堂哥开餐馆蛮成功，最近要上长沙。问我你在海南如何，我说不清楚。他说，混不下去，就去他那儿。"

　　堂哥卢东宝初中没读完，同人学杀猪，后来向亲戚借钱开餐馆。卢莞当时考上湖南交通学院，还在堂哥的餐馆吃了一顿。那天堂哥做东，将卢莞的父母亲都请到。堂哥的父母死得早，他开餐馆的钱，都是向父亲借的，滴水之恩泉涌相报吧。

　　听说堂哥去了长沙，就知道堂哥干大了。但卢莞还是放不下身段，就说："爸，我什么学历，他什么学历？"父亲说："你不要总学历学历的，只要赚钱就牛气。家乡发展很快，沿海能做，家里也能做。"卢莞吓了一跳：才几年，家乡就发展那么快？父亲说："改天，我让你堂哥给你打。他脑子活，在经商上，他比你强。"卢莞笑说："可能吧。他要来，打电话告诉我，我去码头接他。"

　　几天后，就从电话里听到堂哥牛犊一样的声音："莞啊，你在哪儿？我打算去看你，可能是下个月，你看如何？"卢莞问："你不开店吗？"堂哥说："开店不用我管，有人。我想去看看你。"卢莞呵呵一笑说："欢迎啊。"

　　堂哥说："你那小卖部行不行，不行就算，另想办法。你去海南那么久，听伯说，你并不想进国家单位，要自己干。自己干可以，那做生意，开餐馆呗。"

　　卢莞每听父亲盘问，就推说不想进国家单位，其实是他的简历放在人才交流中心就没有一家单位找过他。或者是自己太被动，不去找。或许海南这地方也要找关系请客送礼，假如那样，海南就白来了。他搞不清海南是不是这样，觉得经济特区，就不应该有内地机关的那些弊病。

卢尧问："像你一样，开餐馆？"堂哥说："尧啊，如今讲钱。莫看你上过大学，你的思想不一定比我先进。你看我，在家乡成功，县城开，又成功，接着要去长沙。看来，我思想是对的呢！"

卢尧发现堂哥很像之前的吕财东，开口闭口就是钱，但又无法反驳，就说："堂哥，你哪天动身？坐什么车，我去接你。"堂哥问："你有 BP 机不？"卢尧脸一红说："这是我店里的座机。"堂哥说："如今流行 BP 机，连我们镇都开始用，你怎么不买一个？你座机能通不？我打算明天去长沙，在长沙顶多待几天，然后坐火车到湛江，从湛江过海。"卢尧说："这样吧，你把 BP 机号码告诉我。我给你发信息。"堂哥说："那也要得。"

第七天下午，卢尧接到堂哥电话，说后天下午到湛江。接到堂哥的信息，就在心里盘算堂哥到达时间。他将小店整理一下，自然不能在小店接待堂哥；堂哥是小老板，自然要给他找旅馆。

三天后的下午，卢尧在秀英码头接到从老家来的堂哥。堂哥没吕财东高，但肥胖度差不多，而且皮肤一样黑黝黝。堂哥一眼认出码头上站着的卢尧，竟兴奋地扑上前，拥抱了他一下。

此后一连三天，卢尧领着堂哥考察海南的市场。

堂哥上岛第一直观就是海南的阳光比内地强，但只要不站太阳底下就不热，而且海南会定期下雨。当地人称"调节雨"，下过，整个天空都凉，刚上岛的人是不知道的。

逛了一天，堂哥总结说："尧啊，开餐馆不错。你想，海南是经济特区，人流量本来就大，有人就要吃饭，所以开餐馆是最正确的选择。"卢尧问："开什么餐馆呢？"堂哥说："我知道你对这没兴趣，但是人必须生存，至少比你那小卖部强。这样，先开火锅店试试。我看了一下，火锅店不多，少有特色。火锅是每个省的人都可接受。"

卢尧说："这儿天气热，有人吃？"堂哥说："中低端人群，高档的自然上高档酒店。我们针对市民和外来流动人员。"卢尧说："天气这么热，有人吃吗？"堂哥说："听说没，'冬吃萝卜夏吃姜'。姜是什么，热的，为何夏天吃？想想这道理。"

卢尧笑说："堂哥，这么久没见你，你好像懂得更多了。"堂哥笑说："开饭店学的。各样人来饭店吃饭，就长知识。"卢尧说："行，开个火锅店试试。"堂哥说："别看不起火锅店，经营好不容易，要当成大事，明白吗？"卢尧点点头："明白。"

当晚，堂哥就给他策划火锅店的方案，说："先找几家火锅店吃吃看，看人家是如何搞的，然后找师傅，再讨论对策。"堂哥问他有多少钱，他脸红说："两三万。"堂哥说："不够，我支持你几万。"卢尧顿时感动地说："那算借，等我赚了钱就还你。"

找了三家火锅店吃，堂哥肯定地说："尧啊，不吹，我们开，肯定比他们强。"

又找店面。他不懂店面，堂哥懂，堂哥说："最好找有火锅店的地方，这叫大树底下好乘凉。"

找了三天，在南航东路找到，正好是大英村西路口，离姓吕的公司不远，有两家火锅店开着。卢尧以为这地方不宜开，不想堂哥大手一挥说："就在旁边开，沾它人气。味道价格强过它，生意就好。"

报刊登一则招聘火锅店师傅广告，不到两天，就来五个，其中有个四川的。堂哥说："四川火锅正宗，就录四川那个。"他们又招聘了五个服务员，堂哥亲自培训，用他开餐馆的那套东西训导他们，那些人看去蛮服气。

开张后，生意不错，堂哥惬意地说："尧啊，就按这路子走，好好干，二回我再来看你。希望二回来，你的火锅店不是一家，而是三家、四家乃至连锁店。"说完哈哈大笑。

卢尧在海口晚报社门口的小卖部租期没满，晚上还回那儿睡觉，只是白天不开而已。

真要全身心做生意？不做生意真不行，你看初中没读的吕高七（他看过吕总身份证），竟豢养了一支模特队，结婚多年，年超四十，却能睡十九岁的处女娃！妈的，这世界简直乱套，改革开放前不这样的。

晚餐后，海南的气候就是太阳一下山，整个城市就阴凉了，微风中夹带着一股凉风清爽，懂行的说其中是氧气，一度新华社记者还报道说："生活在海口就像生活在氧吧。"

门口驶来一辆农夫车，载着七八个工人，刚停，又驶来一辆面包车。两辆车共下来十来人，领头的是位二十多岁高大小伙，大步走进店问："给我们搞四个桌，二十多人。"服务员高兴地说："好，我安排。"卢尧看到门口驶来一辆轿车，车门打开，走下一个三十出头、器宇轩昂、戴副墨镜的男人，他身穿条纹短袖衫、蓝裤子，对最先来的二十多岁高大小伙说："大贵，有位没？"大贵说："有，师傅，安排了。"那人说："生意不错，连走三家，竟没得位。"

卢尧断定器宇轩昂的男人肯定是老板，赶紧迎上说："欢迎光临，一回生二回熟，我们一定以最好价格、最好质量服务老板。"那人问："老板吗？"卢尧说："卢尧。"说着掏出一张名片递给他。那人不错，马上也递给他一张名片。他看到对方的名片上写着：海南首力工程装潢公司总经理董中伟。

服务员为他们收拾好桌子，卢尧陪着他们走过去，在桌子前坐下，一下子坐了四桌。

卢尧从服务员手里接过菜单递给董中伟，说："所有菜都在，请老板点。请坐，我给你们送茶。"说着赶紧去忙，三个服务员分别端茶壶茶杯放在四张桌子上。

董中伟将菜单递给大贵说："大贵，你点，只要兄弟们满意。"

大贵接过菜单点，其他人在一旁开始闲聊起来。

卢尧好像有意结识董中伟似的，就满面笑容说："请问董总的生意一定做得大吧，你看，吃饭的人这么多。"

董中伟含笑说："每天赶工，十多天没吃顿好饭，今天聚一下。哎，卢老板你哪儿人？"卢尧赶紧说："我湖南人，叫卢尧。"大贵吼叫说："哎，卢老板，汤料放足，味道好，下次再来。"卢尧赶紧说："放心，您这么看得起我，我哪能不尽力呢。"

一个三十岁左右的女服务员过来，卢尧马上说："易姐，你告诉厨房，汤料放足些，这是董老板，我的朋友。下次无论我在不在，只要董老板来，一定招待好。"易姐答应一声赶紧去了。

董中伟掏出一整条香烟扔给大贵说："大贵，刚买的，你给大家分发，每人一包。"

大贵赶紧接过，每人一包去发。

卢尧凑到董中伟身边问："董老板哪人？"董中伟说："安徽，安徽知道不？"卢尧说："知道，哪能不知道。我认识一朋友，也是安徽的，亳州人，叫郭磊。"董中伟问："刚来吗？"卢尧说："不，八八年上岛，是个大学生，学财会的。"

董中伟笑起来说："你也是大学生吧，怎么开起火锅店？"卢尧笑说："要吃饭，要生存！"董中伟说："对，生存第一位的。我之前在深圳，八九年过来，就没走。""深圳比海南好搞钱吧？""不好说，要看各人。比如，九二九三年那会儿炒地皮楼花，你要抓住，你就发了。"

卢尧想，这位主子估计也参与了国贸的炒楼花，就说："董总也炒地皮炒楼花？"董中伟说："资金不大。跟着炒了一点点。"

这时，大贵走到董中伟跟前说："来点啤酒吧，师傅？"董中伟说："新加坡老板在海南新建一家啤酒厂，取名力加对吧？"一个工人说："对对，刚上市，我喝过两次，味道蛮不错。"董中伟说："那就上力加吧，有吗？"他问卢荛。卢荛说："有，我们也刚进货。"

服务员搬来两箱力加啤酒，放在董中伟他们的桌前。

这一顿，董总在卢荛火锅店消费了一千一。卢荛去掉一百，实收一千元。卢荛将名字和座机写给董中伟，说："董总下次提前来电话，我给您准备好。"董中伟说："你最好搞两个包厢。"卢荛说："下次就有，就在后头靠窗搞。"

火锅店生意不错，卢荛一高兴，给堂哥打电话汇报。

堂哥说："荛啊，你先搞，搞一年半年，假如生意一般般，我再来给你想办法。"

此后不久，董中伟和公司员工又来吃了一次。卢荛又给他打七折。可是董中伟这回婉拒说："都是做生意的，别了。正常支付吧。"让卢荛很感动。

第八章

上市工商局注册找办公地址，上旅游局备案，又要了一堆导游学习资料看。郭磊找办公地址时颇有戏剧性，转来转去，最后竟然找到当年符有贵搞的《工商时报》广告部那排低库房。这是省工商局的出租房，《工商时报》停了刊，这房子就出租给别人。一排十五间，有开打字店的、开广告部的、做美术室的、搞槟榔加工的等。郭磊租的这家正好在符有贵广告部的隔壁，他签了一年合同，付了定金。郭磊看好这儿地处海府大道北侧，西侧是省府，再过去是省委。东侧五百米即刚国强的房地产开发公司，也是他丢失二手自行车的地方。虽然他们公司既小又私，但是周围都是党政机关，就有种"找到组织"的感觉。蔡功臣在电话里问公司叫什么名字，熊天刚说："叫三友吧。"郭磊、蔡功臣都同意，就按这名字注册。

蔡功臣看上去比之前胖些，他笑说："我老婆不同意我来，我告诉她说我去奋斗，她说要奋斗就有牺牲。我说'宝塔山高延河水长革命传统放光芒'。她送我一句'爱拼才会赢'。我说我一定发大财，就来了。"

海口市内的城中村建筑模式差不多，正好他们离对面的龙舌坡村比较近，便上那儿租了一间。他们租的这院内，竟摆放着十来盆花卉盆景，只是郭磊、熊天刚等都喊不出盆景的名字。

三个人住一间房，房子蛮大，放四张床，每月房租只需二百元。

郭磊刚赚到五万块，蛮有底气。

开张第一天，郭磊发现，眼下最需要的就是一张海南省地图，于是赶紧到新华书店买。

三人白天对着地图分析旅游路线，晚上就着灯光复习导游考试资料。

办公室墙壁满是青苔，熊天刚提议花点钱请装修队装修下。可一打听，简装也需两千元，大家便吓倒了。于是，熊天刚提议，找些旧报纸将墙面遮盖住，大家同意了。接着，三人到市邮政门市部申请固定电话安装。

郭磊说："我们三个人忙，把最重要一件事忘了。都是股东，投入差不多，但必须有个职务对不，直接说谁当总经理？"熊天刚说："事是你挑起的，你当吧。"蔡功臣说："谁董事长呢？"郭磊说："虾米大公司要啥董事长？"蔡功臣问："那怎么称呼？"熊天刚说："小郭总经理，我们二人称副总。"蔡功臣又问："会计出纳呢？"

熊天刚说："会计肯定小郭兼，至于出纳嘛，我这人不爱管钱，功臣干吧。都合作了，不可能每次收钱三一三十一吧？"郭磊说："亲兄弟明算账，还是要说一下。"蔡功臣说："天刚的意思不是每次分，一月或一星期小结一次，是不是，天刚？"熊天刚点点头说："对嘛。"

蔡功臣发现办公室没热水瓶和茶杯，就从口袋掏出一张十元票子递给熊天刚说："给，买只热水壶和茶杯吧。"

热水瓶和茶杯买来，熊天刚又自掏腰包到隔壁小店买了三盒菊花茶过来给大家喝。接着，大家坐下来谈工作。

郭磊说："我的想法先难后易。易，通过亲戚朋友联系一些客人过来，海南毕竟是特区，内地人还蛮向往的，去年就听说不少人想来海南看看。你想，中国就一个海南。人传人，留电话、地址，通过他们，再联系更多的人。帮我们联系的人，给好处。"

熊天刚眼睛眨巴说："你说行贿？"郭磊说："商业佣金。先分头打电话，街上安装不少邮政电话亭。插张卡，费用便宜。一会儿我给我大哥打，他属市商业局，光局长副局长七八个。让他怂恿局长，带几个家属过来旅旅游。"熊天刚说："那叫考察，旅游报销不得。"

最后，郭磊又到新华书店买了一张中国地图和一张世界地图贴墙上。

一个星期过去了，郭磊这边毫无起色，倒是蔡功臣传来喜讯，说他妈所在地区统计局要来旅游。行程是：海口两天，三亚三天，来去共七天。要他们的"三友旅游公司"全程接待。

熊天刚问："没有导游证怎么带团？"郭磊说："没事，我同青旅社一位导游说好。开始时借，等我们导游证考下来就自己带。"蔡功臣问："贵吗？"郭磊说："别人多少，他多少，这个有规矩。"蔡功臣说："我给我妈报价，七天每人每天两百，便是一千四百元，七个人九千八百元。"

听到九千八百元这数字，郭磊第一反应就是手脚发紧。他马不停蹄开始联系海口市各宾馆酒店，熊天刚则往三亚联系宾馆酒店用餐等，蔡功臣在家守候延安方面的信息。

拖了十天，蔡功臣母亲领着六位同事乘飞机降落在海口大英山机场。大英山机场位于市区内的南航东路，从他们公司步行过去，也不过二十分钟。蔡功臣母亲是地区统计局工会干部，据说她找了分管副局长，同意她将几个先进工作者安排到海南旅游一趟。

三人很是紧张。不过他们知道，只要熟悉路线，热心陪同好，让大家吃好睡香，就可以。

鞍前马后忙了七天，三人一起将蔡功臣母亲等人送到机场。通过安检，看到一行人走进候机大厅那一刻，蔡功臣忽然晕倒在大厅，他醒过来第一句话是："我个大呀，总算把他们送走，我真怕把我妈害了！"

除酒店宾馆住宿、吃饭、坐车和门票费用，"三友旅游公司"这次赚到了第一笔钱是五千八百多元。总结了一下，在三亚和海口宾馆的用餐和旅游用车，每个环节因事先没同有关部门签订合作协议，没拿到优惠折扣，据说如果事先签订了合作协议的可打七折甚至更低。当务之急，就是赶紧找一批合适单位签订合作协议，国有旅行社就是这么做的。

办公室月租三百元，住宿月租三百元。五千八百元假如三个人分作月薪的话，每人可分一千多元，抵得给人打半年工。

这天接到旅游局的消息，下个月导游考试，他们很兴奋。

接下来三个月，除了顺利地拿到了导游证，他们没接到一个游客，一直吃那次的老本。

一天吃快餐时，熊天刚说："这样吧，我回去同老家那边的旅行社联系，找省会合作伙伴。搞经济就是竞争，我们比海南国旅接团价格低，我不信对方不把客源交给咱们？"

几天后，熊天刚真回了趟江西，走前连"三友旅游公司"的公章都带去了。十天后，他揣着三份合同回到海南。接着，郭磊和蔡功臣也准备将公司公章和空白合同带去老家，假如有合作就当场签署。

经过半年运作，一个小小的旅游合作网初步形成。

新一届省委领导提出将海南省建成"生态省"。即使经济总量上不去，也要先保护好海南的绿水青山，不让它被破坏。

从一九九三年底"三友旅游公司"初建到一九九七年，近四年时间，期间只有一年三个人各自回了趟老家，其余时间大家都在海南。四年不短，也不长。经过近四年努力，"三友旅游公司"不但没做强做大，反而面临着解散！

原因是，一个地方政策热度不高、经济总量不大，旅游的人就不向往。

一九九三年冬，为响应省委建"生态省"的号召，海口市委在海口市滨海大道建了一个千亩城市大公园"万绿园"。市民有钱出钱有力出力，从一九九三年冬到一九九六年元月，建成了这座被誉为亚洲最大城市公园的海口人民的城市客厅。万绿园面积达一千多亩，以公共绿地为主，上千亩草坪一眼望不到边；在沿海更有近万以椰子树为主的热带树木婆娑起舞、郁郁葱葱，独具热带滨海特色的生态园林与蓝天、碧水、现代化高楼融为一体，成为都市中一道迷人的风景线。它的北边恰濒临碧波万顷的琼州海峡，像个大氧吧，被称作海口市的"肺叶"。万绿园建成后，入园均不收费，有不少内地省会和城市为此来考察学习。

这天，"三友旅游公司"三位创建者一起打了辆风采摩托三轮来到万绿园，挑中间最浓密的草地，三人心事重重地坐下去，然后一起呆呆地注视着蓝天。

万绿园每天有不少大人带孩子在放风筝，晚霞灿烂，放风筝的仍不少。

他们的心情却异常沉重，坐在草地，仰望头上天空，各自发蒙，似乎都知道，总嗟叹过去已没任何意义。

熊天刚忽然昂起头愤愤骂一声："捣他祖宗！当初说封岛，封毛。你看，周边就一座死城！真愧对了这大片绿油油青葱葱碧绿的草地，你看这草地多鲜嫩多可爱，我的海南，你能像这草地一样鲜嫩鲜活吗？"说着，两颗泪水从他眼里滚落了下来。

海南基础建设太陈旧、太落后，历史欠账太多，尽管建省时热炒了一阵房地产，但同国内外历史名城比，还是有很大差距，甚至同最初的经济特区深圳也拉开了距离。所以"三友公司"三位创始人经常听到某某"闯海人"离开的消息，让他们更加沮丧。

自然，海南也是神奇的地方，当年的闯海人走了很多，却又有不少人慕名而来。如云南女作家不久前拍的二十集电视连续剧《天涯丽人》，融资极难，在省有关部门支持下还是坚持拍完，才离开海南岛。

身在异乡为异客，获得与他们的预期有很大差距，加上熊天刚在老家谈了对象，蔡功臣妻子更是生了对双胞胎要他回去。

三人对面坐着，你看着我，我看着你，一起情不自禁地流下了热泪。熊天刚爽快地说："不是我们不努力，确是机不逢时。"郭磊说："废话，说怎么分，怎么散？"

散伙是熊天刚提出的，蔡功臣留恋，舍不得，但经不住熊天刚怂恿。不用看账本，账目都清楚明晰。目前，账上剩一万八千块钱。这四年，年终每人都分了几千到一万的红利，这是公司的流动资金。不散伙，可作本金；散伙，除了一万八千多，找不到可分的物件。办公室租的，住宿租的，还好没有债务。

熊天刚说："不管怎么说，我们是兄弟。郭磊，你什么想法？当初你提议鼓捣起来，是让它垮，还是让它继续存在？"

郭磊说："二位的心情我理解，一个回去结婚，一个回去团聚。但是，我明确告诉二位，公司我想保留，该分的钱，我都给你们，保留我自己那份继续前行，这是我的初衷、理想和人生目标。尽管我快三十岁，但我依然年轻。人生能有几回搏，我不想回去。真的！"

熊天刚盯着郭磊问："你真的打算干下去？"郭磊说："我这样子，能回去吗？"熊天刚说："不就是面子吗，把这个看开点儿，什么事都没了。"见郭磊不吱声，他又说："这样，我那份不带走，留给你继续干吧。"蔡功臣见熊天刚这么说，也硬着头皮说："我一半也留给你。"

郭磊含泪说："莫说一半，一分都不用，当初我身揣三百块钱来海南，不但没饿死，还创办了公司。二位好兄弟，谢谢你们的好意。你们放心，我一定会活下去，而且一定活好，越来越好！"

熊天刚起身拥抱了他。接着，蔡功臣端起手里的饮料，看着熊天刚说："俗话说，人不辞路，虎不辞山。天刚，要不我们的股份都留给郭磊吧？"

郭磊摇头说："别，小蔡，我实话告诉你们，我手上还有几万。我这两三年分红一分没动，家里不管我。尤其我爸说，你真想待海南，早晚要买个房。我记住我爸的话，打算买一间哪怕二十平方米的房，可找遍海口市，都没见那么小的，年前听说面前坡有个公司开发了一个宾馆式公寓，可等我跑去，早卖完了。"

熊天刚说："伙计，你那几万还是别动，你爸说得对，真不走一定想法买个房。至于公司，就按照功臣说的，我们把股份留给你，等你发展壮大再还。我们回去不差那几千块钱。"

郭磊被感动，说："真不用。兄弟，你们的好心我记心里。钱还要分，否则我不安。当初公司我鼓捣的，几年下来，没给大家带来利益，连本都吃，不义气。你们放心，还是那话，我会活得很好。那么艰难都过来，莫非过不了明天？"

熊天刚说："买房的钱莫动。即使万难，只动账上的。我怕你最后连回家路费都赔掉。"

郭磊笑说："放心，我郭磊不至于那么窝囊吧？"

熊天刚提议晚上吃一顿四川火锅，说他知道机场一横路的小竹楼有家麻辣兔肉火锅。

次日，郭磊到银行将熊天刚、蔡功臣的份额取出来给了他们。由于他俩的退股，他只能继续待在之前的办公室里，因为这儿租金很低廉。

因父母都在电话里催促，所以第二天熊天刚和蔡功臣就订票打算回程。三人在小竹楼吃了顿火锅，又到被誉为海口城市客厅的万绿园合了一张影，做最后告别。

郭磊亲自送二位"战友"到大英山机场上飞机。

从机场回来，郭磊竟然没掉泪。当晚，他独往海龙王歌舞厅唱了一次歌，还找了个陪舞女跳了回舞。

郭磊从来用质疑的目光看那些娱乐场所的女子，消费对象基本属吃饱喝足思淫欲那种。这些女子真会纹丝不动吗？

自从高总离开，他感谢丁松那次去过一次中国城，之后就再没去过这种地方。

今晚竟花二十块钱买门票，花五十元小费请了位自称四川涪陵的姑娘跳了一回舞。灯光下这姑娘真不错，身材也可以。尤其跳舞时闻到她身上的香水和胭脂味，有些冲动。但想到她们每天这么陪男人跳舞，心里马上产生一种抗体。

当晚在龙舌坡租房睡，快天亮了，他竟然遗了一次精。

创办"三友旅游公司"前，郭磊曾往义龙东路看望了一次丁松，还买了兜水果。

来到丁总的典当行门口，让他大吃了一惊！昔日的典当行哪里找得到，出现在他面前的竟是一家山西人开的"山西面馆"。

问这家面馆丁松的去向是不可能的，但他还是上前问服务员："这店是何时开的？"服务员说，开几个月了。郭磊翻出丁总的名片，找了一家私人出租电话拨过去，听筒里传来一个女人的声音："丁总上卫生间了，您稍等。"

稍顷，就听到丁总的声音："小郭啊，你是不是上典当行去了？哈哈，我把典当行卖了。我现在红城湖一片荒地开发一家高尔夫练习场。"郭磊顿时冲动说："具体在哪儿，我真想看看，高尔夫练习场是什么东西？"

他拦了一辆摩托，到了红城湖北，司机问一行人，那人往北侧一指说："上头。"上一个缓坡，看到一座巨大的库房似的房子，门口挂一块油漆写的招牌"海南室内高尔夫练习馆"。

里头有一排摆设，他不认识那是什么，在摆设两侧站着几个人，正挥一根一米左右长的杆子，好像在挥杆。这时，丁松手里拿着一本画册似的书从一旁过来，听到有人喊，马上转过头笑了，原来是郭磊。

丁松看了看他，郭磊便摸着脑壳说："丁总，您总是先人一步。"丁松指了指身后几间小房说："来，到我办公室坐会儿。"

郭磊见几个挥杆的人正在打球，他们把球朝前头一片开阔绿茵草地打去，却不去捡，仔细看才发现每个人身边都有个盒子，里面装了很多的白色小球。再看绿茵场上，被打出去的小白球到处都是，他笑问："打出去那么多谁捡啊？"丁松说："没事。有专门的球童。"

来到丁松办公室，里面有两张办公桌，两把椅子，靠墙一只电热水壶，插电烧水那种。丁松走到水壶前，为郭磊倒了一杯水，说："你的旅游公司搞得怎么样？"

郭磊就笑。丁松问："效益好吗？"郭磊说："这不，向您取经来了。我们三个人搞了三四年，刚散伙。海南市场本身不大，加上国有旅行社竞争激烈。"

丁松说："我告诉你，海口新机场马上建成通航，名叫美兰国际机场。新机场启动，国内往海南的游客就会大大增加。你想，不管特不特区，你来这么久，海南岛的风光是别处没法比的，领导人曾称它是'东方夏威夷'，是有道理的。而且，海南岛气候宜人，天生就是休闲度假的好地方。省委做出不但建新兴工业省，还建生态岛的想法是正确的。所以，你不要半途而废，坚持就是胜利。"

郭磊问："您转行做高尔夫练习馆，是不是也为配合旅游？"

丁松说："高尔夫的原意是'在绿地和新鲜空气中的美好生活'，四个关键词——一、绿色；二、氧气；三、阳光；四、脚部活动。将呼吸新鲜空气和享受绿色大自然和运动娱乐结合一体，这项运动二百多年前就有，发源于苏格兰，后来西方很多国家将之列入运动比赛。中国目前只有香港有高尔夫，深圳好像也开始了。海南岛规划从北到南建五个户外高尔夫球场，届时，那么多人要打，你说我这高尔夫练习馆是不是恰逢其时？"

郭磊笑说："丁总厉害，每一次都踩在形势的点子上。"

丁松说："我当年搞典当行是海口第一家，搞高尔夫练习馆也是第一。海南被称为东方夏威夷，虽然目前基础设施还很落后，但我敢保证，你从事的绝对是朝阳产业。竞争其实不怕，关键做好自己。你刚说市场被国有占据，在我看，海南就是以民营经济著称，民营兴起才有希望，海南被人称作'中国民营经济的黄埔军校'。一定要充实完善这个市场，不要损耗和破坏这个市场。"

郭磊点头说："我又学到一招。"

丁松自己也倒了杯茶喝着说："听说了吗，中国城被封了。"

郭磊吃惊地说："那么大个场，盛况空前，是不是海南经济特区要关闭？当初十万人才闯海南，不知道还有多少人在？"

丁松说："十万人才闯海南，倒还有不少人在，如海秀路的商业大厦、乐普生商厦等都是内地人搞。海南毕竟是省，不管怎么低潮，还会按省级水平建设。"

郭磊说："都说这几年中国的热点转移到了上海浦东。"

丁松说："坚持就是胜利。毕竟，今日的海南还是积淀了一批来自内地的中高端人才。这是最宝贵的，也是它的希望。"

丁松拿出一张报纸递给郭磊说："你看，昨天的报，登载兰州七个大学生，不怕艰苦，在东方县租了几十亩地，搞现代农业，竟将新疆的哈密瓜引种海南。三年辛苦，今年结出了硕果。"

郭磊接过，见头版是《第一个将哈密瓜引入海南的三位大学生》，马上哈哈大笑说："那天他们跳海我就在海安码头，正好看到。"

丁松又指着报纸第二版说："看到没，来自贵州的运动员冯建黔，在三亚创办一座奥林匹克实弹射击场。他之前是摩托车运动员，最近在海口投资建奥林匹克大厦，开始搞房地产。"

郭磊说："海南还是有人才啊！"

丁松打气说："所以你不要沮丧。坚持就是胜利！"

也是郭磊的运气来了！

这年，全国总工会组织各条战线职工劳模到海南度假，首先是山东省总工会、老干部局组织了一次退休干部职工往海南度假，这两趟旅游被称为"夕阳红"。两次跨省旅游经媒体报道在社会引起强烈反响，让民众认识到中国还有个四季如春的美丽海南。尤其没见过大海的内地人，一到海口、三亚，心情大好。于是一传十，十传百，海南的旅游资源、宜人气候和温暖阳光，尤其是在一年中多半天寒地冻的东三省和大西北地区广为传诵。此后又有东三省和西北数省有关部门组织了数批干部职工往海南旅游度假，也叫"夕阳红"。可能就自这几次行动，吹响了海南作为中国一个风情独特的旅游目的地的号角。

竞争开始激烈！首先是海口、三亚两市私营旅游公司如雨后春笋般诞生。"三友旅游公司"这几年虽没赚多少钱，但与主管部门建立了良好关系，和三家国有旅行社也建立了联系。

一天，郭磊正在看传真，门口走进一个三十多岁男子，脸颊通红像刚喝过酒，朝他招手，郭磊认出是中旅的导游莫青教。说起两人的认识，纯属偶然。一次郭磊送客人去三亚，二人在茶馆闲聊，谁知竟然是同行。不想一年后的今天，他竟主动来到自己的公司。

莫青教从口袋掏出一包烟，抽一支给郭磊，他摆摆手说："谢谢，我不吸。"

莫青教便自己点火吸了起来，趁他吸烟这工夫，郭磊快步走到门外买了一盒菊花茶递给他。

莫青教微微点头说："谢谢，太谢谢了！郭经理，你的名片我还留着呢，我们搞个合作如何？"郭磊问："怎么合作？"莫青教压低声音说："我将我们公司的客户悄悄转给你，你给我回扣，行不？"

郭磊犹豫着微笑说："你公司知道了不开除你？"莫青教强调说："他们肯定不知道。就是知道，我也不怕。"郭磊说："你说，怎么个合作，佣金？"莫青教用手比画说："地接客，一人一百五。或者我收客人，直接卖给你。"郭磊说："一百五贵了，别人给我一百呢。"莫青教说："一百二行吗？你想，做这事要冒一定风险。我毕竟是中旅的职工，我工资福利都在那边。"

郭磊说："既然知道，还敢干？"莫青教说："旅行社工资奖金少，我带一个团去三亚，赚多少都是公司的，个人得不到好处。客源都我联系的。"郭磊说："你联系，单位应给奖励吧？"

莫青教说："不够两包烟。"郭磊笑说："伙计，万一被你单位知道，他们会迁怒于我！"

莫青教摆手说："你不要怕。我敢说，照这样下去，国企长不了，你没见市面上那么多私营旅游公司兴起吗？私人老板不像我们，屁大事要总经理、副总经理七个人讨论，还要经过党委、工会等。你说，不就一旅游公司吗，养那么多人干什么？最后还不是要我们养着！""照你这口气，你要下海？""目前还没这个打算，至少我现在住单位的房子。怎么样，我元旦给你一个千人团！""假如万无一失，我答应你，一百二就一百二。只是兄弟，那么大的团，一旦旅游协会知道，会吊销我营业执照呢！""怕什么，人多才赚钱，你赚我也赚。既然你怕，那给你一个百人的团，如何？"

郭磊想了想说："好吧。兄弟，只是你一定不能让你领导知道！"莫青教说："哎呀，你胆子太小。你以为我们领导不吃回扣？公司效益越来越差，导游都怀疑领导将客人给了别人。"

郭磊吃惊地说："不可能吧？"莫青教摇头说："什么不可能？老总他堂弟做私营旅游公司，最初挂在我们旅行社，向我们交管理费。后来独立干，你想去吧。"郭磊说："这样，一百人团给我。你联系好，随时通知我。卖给我也行，我给你回扣，好吧？"

莫青教环视室内说："怎么就你一个人，不是光杆儿司令吧？"郭磊说："还有两个回家了，我昨天又招了两个，我让他们去三亚了。过几天还要招。"莫青教说:"没搞错吧?几个客不会卖给别人?"他起身告辞,"我走了,电话联系。"

郭磊依然租住龙舌坡村六十八号。他招聘的几个人分别是:广西的陈小弓,据说在柳州旅行社做过;他个子较矮小,脸庞却大,眼睛不大,却有个福气盈盈的肉下巴,笑起来两腮的肉堆砌成一团。他告诉郭磊,他能吃苦,曾三天三夜不睡觉;江苏高邮的鄢庆桐,也说在老家的旅游公司干过,他个子较高,皮肤粗黑,头发粗硬,话不多,好像也能吃苦。郭磊问他们有没有导游证,他们说考过,不难。郭磊便将他们留下。接着,他还招聘了一位来自山西临汾的旅游专科大学生洪丹,二十二岁,是个姑娘。让郭磊最满意的是,她不但毕业于河北职业学院旅游学院,还有导游实习证。

正好江西来了三个客人,郭磊让洪丹领着熟悉一下线路和环境。

招聘了三个人,他将隔壁两间屋也租下来,一间给洪丹住,一间给陈小弓、鄢庆桐合住,他还住以前的。房东一高兴,答应他们在小院搭一个临时厨房。住地不远就是龙舌坡菜市场,之前天天在外头吃,此后开始自己做。

洪丹身高一米六四,不胖不瘦,两肩平整,胸脯微丰,背脊板直,皮肤不算很白,但也不黑,鼻子微隆,嘴唇腮帮饱满微凸,牙齿整齐。她不算是美女,但耐看。

郭磊第一眼见到洪丹的印象不错,这是个蛮能干的姑娘,性格直爽,说话干脆。

郭磊也坦诚,初次见面就将公司的实际情况告诉她,她听后表态:"放心,郭经理,不管公司如何艰难,我会坚持到底。毕竟,我们都是从内地来!"

洪丹上班后,从不问老板多少工资,也不提奖金,只是工作。郭磊问她:"你怎么不问工资的事情?"洪丹说:"只要干好,相信你不会亏待我。"

不提报酬,洪丹算是第一个。陈小弓、鄢庆桐面试当天就向郭磊了解了公司的待遇报酬。

于是,郭磊让洪丹做一些先导性工作,如接待、宣传、服务、熟悉线路等。熟悉后,再干计调。计调事无巨细,吃、住、行、游、购、娱各个环节都要对接好,还要把握成本控制如机票、酒店、用车等。不忙的时候,郭磊便安排她带团当导游。郭磊发现洪丹不但细心还有计调能力,这两项能力在她身上很明显。

郭磊感到找到了知音,开始观察洪丹。一次,洪丹接到老家山西一个会议团,共四十人。从计调开始到导游,一人承担。整整忙了七天,为公司创造了近两万元经济收入。

那晚,郭磊失眠了。

次日，他走进洪丹房间，鼓起勇气表白："小洪，假如你不介意，我想做你的男朋友，乃至结婚。"洪丹鼓着微丰的腮帮笑了，继而点了点头，点着爱火的两个年轻人决定在一起。

半年后的一个晚上，郭磊敲开洪丹的房门，洪丹没有拒绝他。

不久后，公司来了一位河南商丘的小伙蔡驰骋。商丘紧挨着亳州，加上饮食文化差不多，郭磊幽默地说："你虽不是学旅游专业，但你是我半个老乡。"

蔡驰骋很勤快，将所有卫生都包了。他会开车，有空还练拳，他常说："谁受侵犯，我用拳头战胜。"他没当兵，但读煤炭学校时练过武，被学校警告。后来认为读书没用，找工作时听说海南好，于是从姥姥那要了四百元。不住旅馆，就在市人民公园石板凳上过夜。饿了到白坡里一个河南人开的白馍店买两个馍和一碗胡辣汤。就这样，在海南待了四个月。期间到建筑工地做工，帮人搬家，替人送快餐，发现都不是长久之计，最后看到"三友旅游公司"的招聘决定试一试。

私营旅游公司越来越多，僧多粥少，客源不足，给三友旅游公司经营带来困难。一天，郭磊召集大家开会，让大家出主意，如何提高公司的经营效益。

洪丹与蔡驰骋的意见惊人的一致：兄弟公司前往码头直接拉客，在码头放一张小桌子，竖一面小红旗，上书某旅行社或旅游公司，表明优惠接待旅游散客等。

"两个码头不够。直接过海，到海安码头，拦截全国各地来的散客。"洪丹这个大胆的建议立即获得陈小弓、鄢庆桐异口同声的赞同。

陈小弓说："小洪说得不错，从内地来的人大多坐火车，而坐火车必须通过琼州海峡。我们先人一步，直接到海峡对面接人。"

郭磊考虑了一个晚上，决定批准洪丹他们的方案。洪丹当天就给郭磊来电话："经理，情况不大妙，已有两家公司设点。不过，两强相遇勇者胜。我们有蔡驰骋，即使打架，我们也要把客人抢过来。"

郭磊说："打架不行。你一定负责看住小蔡，不让他打架。凭我们耐心细致的工作，打出我们的服务质量、价格，只要省钱、安全，旅客总要选择一家旅游公司。"洪丹说："明白！你放心，我们一定会做好！"

郭磊坐镇，鄢庆桐负责计调，配合海峡对面的"前线"工作。来来回回，洪丹等人在琼州海峡对岸的海安码头设点四十八天，接到散客达二百多人。

人多组团，人少就卖给关系好的兄弟旅游公司（别人也卖给他们）。这一措施为淡季对策，旺季即过年过节，则在本地迎接来自各省的旅游团队。

第九章

卢尧的火锅店开张后，生意不错，可经营了两个月，隔壁又插塞似的开了两家。每月除员工工资，盈利不多，又不好向堂哥叫苦。毕竟，堂哥是好心，加上堂哥又远在湖南。

一天，卢尧在门口溜达，易姐在厨房里忙。卢尧看到两辆机动摩托风采车一先一后驶过来。街头最普遍的交通工具——脚踏风采车已逐渐被淘汰，如今改成机动摩托风采车，因为行驶起来砰砰响，人们称它为"砰砰车"。

第一辆车上是两个小伙子，有些冷峻，他差点儿不敢招呼；转而一看，第二辆车上竟然是郭磊，身边还有一个女的，顿时激动地喊道："郭磊，怎么是你？"

这几个都是郭磊公司的人，鄢庆桐、陈小弓和洪丹。卢尧见郭磊手里拿着翻盖的摩托罗拉手机，顿时惊羡地说："兄弟，上哪儿发财了？买手机了，这种手机好贵的啊！"

郭磊自开旅游公司就一直没找卢尧，不是不想找，是没时间，毕竟都在谋生。不想今天在这儿碰到，就说："兄弟，在这儿干吗？"卢尧指着火锅店说："这是我开的火锅店啊，正好，请，请。"

郭磊边走边扭头看，说："一排好几家，哪家是你的？"卢尧说："那儿，隔壁第三家。"郭磊说："那你怎么站人家门口，不在自己店门口？"卢尧笑了，压低声音说："这叫营销策略。你看，假如我不喊你，你不就上他家去了吗？"郭磊拍了他一下说："行，我们公司有四个人，搞一张桌子。祝贺你啊，卢老板。"

然后，就将洪丹和鄢庆桐、陈小弓介绍给卢尧。卢尧说："兄弟，你先告诉我，你在哪儿发财？你好像口气蛮大呢。"

郭磊笑了，从口袋掏出一张名片递给他说："以后出去旅游，买票坐车、坐飞机，都可以找我。我开了一家旅游公司。"

卢尧见上头写着"三友旅游公司"，就问："不是三友吗，你怎么四个人？"郭磊说："这是以前打印的，现在是四个人。不，是五个，还有一个去三亚了。"

卢尧说："坐坐，先坐，点了菜再说。对，吃什么锅？"

洪丹说："鸳鸯锅吧，一边辣一边不辣。"卢尧瞅洪丹一眼问："四川的？"郭磊说："忘了给你介绍，我女朋友，洪丹，山西人。"

卢尧不认识似的看着郭磊说："你老兄太不够朋友，办公司，娶老婆，两件大事都不告诉，是不是太不够意思？"郭磊忙道歉说："对不起。怎么说呢，别看我开公司什么的，其实还属创业，还相当苦。"卢尧问："租房还是买房？"郭磊笑说："口气真大！哪有钱买？徒有虚名。"

卢尧点头说："慢慢来，有了开头，就好好走。我想，天无绝人之路。"郭磊说："是，你看才几年，美兰新机场就建成了。据说政府好多项目在搞，海南还是有希望的。"卢尧说："今天这顿饭，算兄弟请你，给你和爱人接风洗尘。不，不叫接风洗尘，叫什么，算我给你们结婚送的礼，如何？"

郭磊说："别这样，我们是朋友，又都做生意，不讲那么多。再说我们还没结婚，不能送礼，以后吧。"卢尧就笑着说："那我给你打五折，不，四折。"

郭磊不是那种占朋友便宜的人，坚决不同意四折，经过一番讨价还价，这段饭的折扣定在六折。郭磊不好再讲啥，只能连声道谢。

服务员送来四碟小菜，花生米、泡菜、萝卜干、小鱼干。鄢庆桐将四个小碟摆正，说："没想到，还碰到一个熟人，最好是免单。"郭磊说："不要这么说，谁都不容易。你知道吗，就刚才那老板，八八年与我同时上岛，转眼七八年过去，依然孑然一身，好不容易看到他开火锅店我真替他高兴。"

这时卢尧拿着碗筷走过来说："什么高兴？"郭磊笑问："开张几个月，赚钱吗？"卢尧说："同你一样，对付吃饭。""多少员工？""店小，六七个吧。""刚才说高兴，是我终于看到朋友开了店。至少，不至于饿死。"卢尧强笑说："毕竟，这是我们的海南梦。即使这个梦全碎，也是活该，谁让你来呢？"

鄢庆桐说："我听说九三、九四、九五那几年非常火，随便炒块地都能赚几百万？"卢尧苦笑说："是，不过那种事轮不到咱，炒地需要有一定的经济实力或背景。"

服务员很快端了鸳鸯锅上来，放在桌子中间的明火炉上。另一个服务员推着小餐车过来，车上摆放着他们刚才点的菜。卢尧跟着过来说："你们慢吃，需要什么随时喊。那边来了几个朋友，我照应一下。"说着就去了。

"他姓卢？"洪丹看着郭磊突然问，又问鄢庆桐他们是否喝酒。鄢庆桐说想尝尝金虎牌和力加牌，说完脸一红，笑了笑。陈小弓说，金虎属高档，力加才大众化。鄢庆桐问："多少钱？"服务员说："三块一瓶。"鄢庆桐说："本地产的南宝牌啤酒才一块五。"陈小弓说:"那个不好喝。"郭磊说:"拿四瓶,另外来一罐椰子汁。"

服务员去了,不大会儿就送来四瓶啤酒、一罐椰子汁。郭磊抓过椰子汁看了看说:"椰树牌椰汁,无污染,不放香精,油水分离,得到中央领导高度评价。说领导人接待外宾都喝这个。"鄢庆桐说:"是,海南就这个牛。"洪丹说:"之前有个椰风挡不住芒果汁,这两年没听说。"郭磊说:"是,请香港的黎明和李嘉欣做广告,央视一播风靡全国,后来不知出什么事,可惜了。"

这时火锅的汤开了,郭磊揭开盖说:"吃吧。"大家将放一旁的菜分别放到锅里涮。

卢莞走过来在郭磊耳边小声说:"小郭,我给你介绍个朋友,来一下。"

郭磊不知何事,跟卢莞朝里头走。原来火锅店已经设了两个包厢,卢莞领他走到靠窗一门,就看到里头坐两个男人,一个三十七八,平头,浓眉大眼,器宇轩昂,正微笑看着他们;另一位年轻些,较瘦,正吃火锅。卢莞对那浓眉大眼的男子说:"董哥,这是郭磊,您老乡,他现在开旅游公司。"

郭磊摸脑壳说:"董总好!"董中伟起身说:"姓郭是吧,你家安徽哪儿?""亳州。"

"我徽州。"董中伟说完紧紧握了一下郭磊的手。

卢莞说:"小郭啊,董哥真能帮你。他之前在深圳,赚了很多钱。这不,打算将海秀路望海商场盘下来。假如成功,董哥就是海口的大企业家了。"

董中伟笑说:"小卢过奖了,在海南十年,老天眷顾,积累了一定资产。不过,毕竟没组织,没贵人,事事靠自己。我正盘一个资产,国有的,假如盘到,估计很不错。"

郭磊掏出自己的名片递给董中伟:"董哥,我开了一个小得不能再小的旅游公司,在董哥面前见笑了。"董中伟说:"别那么说,谁都不容易,能坚持就不错。"说着从口袋掏一张名片递给郭磊。

郭磊见上头写着"首力装饰工程总公司总经理董中伟",就高兴地说:"太好了,他乡遇老乡,今后望董哥多多关照。"董中伟:"听说安徽来不少人,留下的万能可贵。有位没,要不,一起吃?"郭磊说:"我公司的人在外头,有空到董总公司拜访。您慢吃,我去了。"

卢莞走过来问洪丹:"味道如何?"洪丹说:"不错,卢老板,多谢你。"卢莞笑问:"妹子哪儿人?"洪丹说:"山西临汾,知道临汾吗?"她见卢莞迟疑就又说:"去壶口瀑布看黄河,可以同我说。"

真是三句话不离本行，大家哈哈笑起来。

卢尧问郭磊，何时吃他的喜糖。郭磊说："结婚先得改变居住条件，还租房呢。"卢尧说："慢慢来吧，有这么好的女友陪着，来海南值了！"

鄢庆桐在出外联系业务中认识了一位来自贵州的女孩，胖乎乎、皮肤很白，是一家宾馆的收银员，此后就借联系业务常去，一来二往就同女孩熟了。得知女孩的父母是贵州某大山的农民，海南建省时，她叔从贵阳调海南省电力局。后来是她叔叔给她找了一份工作她才来了海南。女孩没读书，做事细心，名字叫王细珠。

在一次吃饭时，喝了点酒的鄢庆桐吼叫道："此生娶不到王细珠，我就跳海！"

旅游公司为了搞竞争，将各自的旅游线路、收费标准等做成宣传单，到人流密集处发给行人，尤其给内地来探亲访友的人，即便不成交，也等于做了广告。

这天，其他人都去拉业务，郭磊在家守电话。这个座机对他来说就是钱，从建办始，发给各地游客的名片，留的都是这个电话。话机旁还有一部传真机，无论同哪个省接洽，都用这部传真机。

夸张地说，电话一响，金钱万两。到近两年，郭磊有了手机，还是无法放弃这部座机。

一天，洪丹上街散发传单回来说："鄢庆桐一天到晚都叨念王细珠、王细珠，今天我特意到水电宾馆看了一下，除皮肤白，我看也就是那样。"

鄢庆桐吼叫说："丹姐，您知道吗，她对我来说，什么问题都不是问题，我来海南就是为了王细珠。"可是，王细珠的叔叔至今不松口，还吓唬细珠，再与那姓鄢的来往就将她送回贵州大山。

一天，郭磊在一家报纸上看到一则消息，海南热岛文化体育有限公司将组织一次横渡琼州海峡大赛。去年这家公司好像组织过一次，那次丁松参加了，可是他的心情不好没去。事后想想，作为闯海人不参加横渡琼州海峡真窝囊。他读中学时学会游泳，在家还经常下河，来海南后被生存压得抬不起头。只有一次，因怀念王静，才独往白沙门海游了一次。他发现海水同江河湖水不一样，海水咸。那天心态好，眼前老出现王静飘逸的长发，端庄略嫌妩媚的白皙的脸。王静其实很漂亮，只可惜那么早就确定了男朋友，而且还是本科生。

中午，郭磊把想报名参加第二届横渡琼州海峡赛事的想法告诉洪丹。洪丹说："据说全程有海警保护，即使游不过去也没事，会被人拉上船。"陈小弓笑说："游不过去也游，否则被人笑话。"郭磊说："不求名次，重在参与。"

真到报名那天，郭磊又犹豫了，结果还是没报。

一天，郭磊去省旅游局办事，见两个小伙骑自行车有说有笑。每辆自行车后绑着一纸箱，蛮沉。其中一个认出他，急刹车；另一位见状也刹住车，两人几乎一起喊："郭磊！"

郭磊一拍脑壳说："陈敏，江苏，没记错吧；苟志强，河南，中！"他幽默地学河南人说了一个"中"字。

当初他到海南，住在工商时报广告部的宿舍里，陈敏和苟志强没住几天就走了。没想到这么多年，他们还在海南。郭磊问："还在海南啊，干吗呢？"陈敏指着后座上的纸箱说："看，卖药，在一家医药公司做医药代表。"郭磊问："什么叫医药代表？"陈敏笑说："卖药，同商家的销售代表差不多。"郭磊好奇地问："来钱不？"

苟志强说："我实话告诉你，离开符有贵的工商广告部，我们在金盘找了工作，干了三年，不行。后来遇一位制药厂老板，让我们帮他搞销售。我们拿着他的药找医院销售。厂家为我们注册了销售部，陈敏是销售部经理，我是副经理，干一年了。"

郭磊问收入如何，苟志强让陈敏说。陈敏比苟志强长得文秀，也更有主意，他说正常不出问题的话，一年挣十万块左右不在话下。

郭磊听了差点儿没跳起来，说："挣这么多？哎，你们也介绍我做做？"陈敏笑着说："算了吧，这一行不那么好做。其中的艰苦和困难，说出来，会吓死你。"他打量着郭磊说："你也还在海南啊，还在那广告部？"郭磊说："早不在了，我搞了个小小的公司。"说着给他们一人一张名片。

苟志强接过名片看，顿时瞪大眼睛说："自己当老板啊，你看我们忙乎这多年，还给人打工！"郭磊说："打工也要看赚不赚钱。我倒要听听，卖药怎么个艰苦。你们能做，我为何不能做？"苟志强说："你不是做公司当老板了吗？"郭磊说："我做的是旅游公司。那种辛苦，也是外人不可知的。"苟志强说："再不可知，也没有我们艰辛。"郭磊说："无非日夜奔跑，缺乏休息睡觉的时间？"苟志强说："只缺乏休息睡觉的时间倒也罢，唉……"他长长地叹了口气，"你读过美国畅销书《世界上最伟大的推销员》没，我们做的就是中国最伟大的推销员。"

郭磊看他们身后来来去去的自行车、摩托车，就将他们拽到人行道说："不就推销吗，有什么难？"苟志强笑笑说："充满智慧和猫腻，或称黑腹，不可告人，你懂吗？"陈敏给他使了一个眼色，苟志强意识到，马上说："好了，好了，以后再聊。我们还要送药。"

郭磊问："你们住哪儿？"苟志强说："金盘开发区出来的城西村，那儿房租便宜。"

苟志强、陈敏各自掏出一张名片递给郭磊，骑车离去。

快过五一节了，洪丹他们在节前就到海安对岸拉游客去了，郭磊独自在家。这天下班，郭磊在家待着无聊，就骑自行车往城西村驶。

很容易找到苟志强、陈敏二人的住处，一看二人正赤膊坐在房间吃饭喝酒。一见郭磊，二人忙热情让座。他说："都三点多了，才吃饭?"陈敏说："结了一笔账，回来晚了一点，随便吃点儿。"他给郭磊拿了一瓶矿泉水说："最新出的椰树矿泉水，口感不错。"

郭磊说："真不用，我吃过了，你们自己做饭吗?"苟志强说："想做就做，不想做，外头买一点。这些东西就是门口快餐店买的。"

三室两间住人，一间堆满了药品。郭磊走进摆放药品的房间问："这些是药品吗? 上次话没说完，我想听听，你们到底做什么，那么神秘?"苟志强看陈敏一眼，咧嘴一笑说："你真想知道?"郭磊点头。苟志强说："让陈敏告诉你，说出来吓死你。"

郭磊说："不是违法吧?"苟志强说："介乎违法与不违法之间。"郭磊笑说："什么玩意儿，越说越玄乎。"陈敏说："江浙一家制药公司发明的一种药品推销法，这么跟你说，你将药品送到医院，同医院签订销售协议。药品销多少，你是控制不了的，而医生可以。一种药你想进医院销售，就要从医生身上打主意，给医师提成，通过主任医师，让他部下的医生开你的药，开得越多回扣越多。有的贪财医生，为多拿回扣，便开大处方，药厂趁机抬高进价，经济负担就落到病人身上。"

郭磊一听开窍了说："我明白了，让医生多开你的药，然后按处方量提成。不过，这是药啊，哪能多开? 多开也不能多吃啊，多吃会死人。"苟志强说："不管，有的不吃，就拿回去。反正只要开出去了，就算数。"

郭磊说："原来销药同销商品确不一样，真是中国最伟大的推销员。"苟志强说："除了医生开药，医疗器械也通过医生的手大量销售，如心脏支架等。听说一个支架医生提成几千元，一月开十个，月收入几万。"

郭磊问："这是海南先行先试?"苟志强说："江浙传来的，这玩意儿仿效快。我们开始时，海南还没人这么做。"郭磊又问："实话说，一年赚多少? 估计一月一万不止!"

苟志强、陈敏二人对视一笑，陈敏透出小得意，伸出手指，比画了一个数字。郭磊惊叫："五万?"苟志强说："陈敏做两家三甲医院，做市县，按这路子年收入可达五十万。"

郭磊惊得站起来说："那还骑破单车？"陈敏再次与苟志强对视而笑说："创业时期，还是节约些。等赚到一定的本钱，再像你一样开公司。"

郭磊说："我那是什么公司，哪能同你们比，你们一年几十万。对了，不能自己注册一家医药公司吗？"陈敏说："海南其他公司好注册，就是医药公司难。据说批一家医药公司得几十万，还要送礼请客。"郭磊说："花几十万不如搞别的。"陈敏说："真批下来可赚钱啊，海南有的医药公司，挂靠一百多个市场部，仅收管理费，每月收十几万。"郭磊点头说："长见识，在海南什么都能学会。"

苟志强和陈敏听了就笑。郭磊问："没偷税漏税吧？"陈敏说："那不可能的！"

海口市此时建好了三个公园。一是建省前就有的人民公园；二是海秀西金牛岭公园，引进了一批动物，开辟了动物园；再就是九三年动工建成的万绿园。政府规划未来要建十座城市公园，如海甸岛的"白沙门公园"，龙昆南路的"红城湖公园"，地处西海岸的"五源河公园"等。

洪丹最喜欢万绿园，她说每当看到大块大块的绿地，会醉！说没事空着肚子坐在绿地上也是享受！为此拍了很多照片寄给她父母和弟弟看，家人都很赞美。

来这么久，郭磊发现海南的夜特别宜人，首先是天空湛蓝且星光明亮，再是微微的海风轻拂城市每一处角落，加上满眼的绿色，适中的温度。不管白天多么热，一到晚上，所有热气和热量都跑干净了，给你一个舒适凉爽清甜的梦一样的环境。虽然海南基础还薄弱了些，但生活在世界少有的椰风海韵的诗意中，不啻是一种福气。

临走时，洪丹竟然有些留恋说："真想在草地上睡一晚。"

可是，草地虽美，还是有蚊子的。

一九九七年春节，妹妹郭妮来电话，说她快生孩子了。

妹妹毕业后在徽州一家宾馆销售部工作，期间认识了包河区统计局的一位年轻公务员，此后就成了郭磊的妹夫。郭磊此时正是困境，没法回去，也只能是在电话里祝贺一番。

父母之前来海南看望了一次儿媳洪丹，给了洪丹一千块钱。当时他们还在龙舌坡城中村租房。自然不能让父母住他们的租房，于是将父母安排在附近的水电宾馆。郭磊的父母看过洪丹照片，见到本人，觉得很不错。于是住了两天，就要回去。最后郭磊领他们在海口市区转了一天，本来还要领他们去三亚玩，可他们说不想玩，要回去。加上郭磊、洪丹春节真的很忙，只好将父母送到湛江上车。

那头又是大哥到郑州接他们。

郭磊同洪丹早就同居，公司的人都知道，所谓结婚只是走个程序。父母走后，他们就召集公司的人一起吃了顿饭，后来还是蔡驰骋、鄢庆桐提出去唱一次卡拉 OK，否则太对不起嫂子。于是便去龙舌坡附近一家卡拉 OK 店，唱了几首歌，就算结婚，以致郭磊一直觉得欠妻子的。

一天，郭磊决定去董中伟的公司看看，听卢莞说，董哥是个相当好的人。

按董中伟名片提示，他骑着自行车来到南航西路金牛新村。

这是天津一家公司九二年开发的一个小区，进门是个院，绿化做得不错，里头有十多栋住宅楼，楼层都不高，没电梯。他来到 A 栋，发现单元弹子铁门被关，没法开。将自行车放好，等一会儿，正好有人出来。

郭磊进去后直接上二楼，看到一块两尺见方的招牌上写着："首力装饰工程公司"。门开着，被一块正方形屏风挡住，屏风上一幅《迎客松》画，绕过屏风，董中伟坐在里头一间办公室看文件，客厅有沙发茶几电视机还有一只鱼缸。顾不上欣赏，走进董中伟的办公室。董中伟听到脚步声，马上抬起头，露出笑容说："哎，小郭？你怎么来了？"郭磊说："我正好路过。"

董中伟将文件扔桌上，领郭磊来到客厅坐。他从茶几上拿起一包香烟，递一支给郭磊。郭磊摇头说："我不吸。"董中伟朝厨房喊："小张啊，倒杯茶。"一个小姑娘回应道："知道了。"

郭磊说："那天没同您细聊，其实我是八八年建省后不久来的。转眼八年过去，依然窝囊。"董中伟看看他，不由一笑问："搞不下去了吗？"

郭磊就将自己先后打几次工，遭老板离开或出事等一一告诉了董中伟。

董中伟寻思着说："不管怎么说，坚持就不错。海南刚开发，热度还是有，虽说资本都转去了浦东，但也不是都走了，留在海南的还有不少英雄豪杰。"郭磊不解地问："英雄豪杰？"

董中伟点点头说："对，听说过海南航空吗？陈佛八八年受命组建海南航空，资金只有一千万，买一架飞机翅膀都不够，短短十年就成为国内首屈一指的航空公司。前不久还接管了海口美兰机场和三亚凤凰机场，资产由最初一千万达到今天的上百个亿。"

郭磊说："他们怎么做到的呢？"董中伟说："当然政府支持是其一，还是要本身素质。古来成大事者，必先磨其志。海南航空最初融资就具有传奇性，听说陈佛去美国游说金融资本，开启了海航崭新的一页。"郭磊说："董总，您上次说盘望海商厦，盘得怎样呢？"

董中伟进去将文件拿给郭磊说："看，签字了。能盘活这资产，我花了九牛二虎之力，差点儿吃官司。""为什么？"董中伟说："地方商业养了不少员工，都是国企，不管效益怎样，政府都会养。听说盘给私人，职工告状，主管部门顶不住。有人竟到检察机关举报说我搞金融诈骗，最后闹到省政府，政协、人大都派工作组调查，总算摆平了这场风波。"

郭磊说："那商场挺大的，我看过，估计要几千万吧？"董中伟说："协商价是两千万。"郭磊感叹说："董总您胆真大！""在海南就要敢想敢试。""那意味着，商场主人就是您了？"

"国家这几年有个政策，叫'抓大放小'，涉及国计民生的，国家把握；活不下去的国营中小企业，可改制拍卖。大方向没有错。"

"您觉得商场能营利吗？""要像以前那样经营肯定不行，我打算将商场装修成海口市最高档的商业业态。海口目前的商业业态不行，与日益增长的人口和生活质量不配称，所以我对它很有信心。""之前的员工怎么办？""符合条件的留着，年纪大或病残人员劳动关系转社保，退休了直接到社保领退休金。海南岛这一点是全国没有的，就是它率先在全国实行了社会保障。"

"董总您太厉害了，您刚才说，海南岛上还有很多英雄豪杰，我看您就是。"

董中伟像想起什么说："八八年来的，除了陈佛等人，琼海还有个姓蒋的上海人，他母亲是著名影星，他在博鳌创建了一个类似世界经济论坛的'亚洲论坛'。国家已批复，估计论坛首届年会马上开。届时，海南会再一次热起来。"

"别说，海南还真来了人才！对，那天看报纸上说，横渡琼州海峡大赛就是一位来自重庆的闯海人组织的。"

"我认识她，邢增凤，祖籍文昌，去年我们在政协开会。她认为海南此时太需要提振人气，所以策划了这次横渡琼州海峡赛事。报名的真不少，厉害不厉害？说十万人才下海南，到底多少人闯海没有统计，来来去去，我看可不止十万。"

郭磊说："是啊，一个地方缺人才，是发展不了的。"

董中伟要留郭磊吃饭，他婉拒了。董中伟拍拍他的肩说："不要灰心丧气，坚持就是胜利，海南的明天一定会好！"

朱福祥最后一次到海秀路二十二号找徐丽媛，那公司的人竟说她已辞职了。本想直接找那"臭猪头"老板，又说老板回了香港。朱福祥怀疑徐丽媛跟那人去了香港，就在海口等了三天。谁知到第四天，他们依然没回来。第二个周末又去找，那"臭猪头"在，却不见徐丽媛。他知道徐丽媛住后院的二层楼，直接进去发现那门锁着。他敲一下，没人，也不知是不是走了。再回到前头问"臭猪头"，"臭猪头"睥睨地看他一眼说："徐丽媛回老家了，你上老家找她吧。"

朱福祥是个犟人，莫说回老家，就是上了天，也要打听到她的下落。于是，他真的一纸电报发给了徐丽媛老家的父亲。徐丽媛家的地址和她父亲的姓名，是徐丽媛亲口告诉他的。第二天，竟收到她父亲的电报："她没回家。"

"莫非她真的躲我？"朱福祥开始反省自己。莫非自己频繁找她，不断埋怨她、责备她，引起她极大厌恶吗？老实说，他第一个恋人就是徐丽媛，他们之间曾越过了男女之间的那道防线。在他心目中，她就是他的人。可是，徐丽媛太理性，即使同他"那个"了，依然看不到她要依附于他的感觉。他以为女人一旦同自己有那种关系，大都不离不弃，而徐丽媛是另类。真的，那天同他"那个"后，第二天她就显出悔意，说大家还是这种状态，不该做那事。一旦陷入情网，就无法自拔。目前，他们虽有饭吃有衣穿，但要谈婚论嫁，他们现在都不配！

现在不配！是啊，当初跨过琼州海峡，来到这个美丽的小岛，确是怀有一番宏伟梦想的。两人曾共同眺望未来，徐丽媛说，她想当一个文物专家，业余再学画。她在学校参加过业余美术比赛，成绩还不错；而朱福祥的理想是教授和海洋专家，因为他是学海洋生物的。

动身来海南前，徐丽媛曾单独回了一次家，她家在湖北孝感。当时朱福祥要同她一起去，被她拒绝，很不痛快，觉得徐丽媛还留一手。于是朱福祥差不多每隔一星期就上一次海口，其实是到"臭猪头"公司打探徐丽媛。他开始学"地下党"的手法，不直接去她公司，只是守在外头，有时一守一天，看徐丽媛是否进出，结果让他失望。慢慢地他去的次数少了，最后就不去了。

倒是他所在的白石中学，有个叫邢玲的女数学老师，本地人，长得还可以，只是肤色有些暗，身材有点单薄，主动给他送水果，请他吃饭，甚至邀请他一起看电影。邢玲的热情和主动，虽然对他的情绪有一些缓解，但是他大多时间里，还是想着徐丽媛。

此时的徐丽媛，其实还在"臭猪头"公司。当她发现朱福祥神经有些不正常，便主动向老板提出搬到和平南建山里，那是她刚上岛同朱福祥住过的地方。陈老板好像是特别顺从她，只要她提出要求就满足她。陈宗祥依然不知道如何得到她，她多次告诉陈宗祥："你是老板，我是助理，我们就是这种关系，你不要拿你香港那套对待我，否则我立马走人。"

陈宗祥似乎很有耐心，他想通过对徐丽媛的言听计从感化她。徐丽媛到底是徐丽媛，她可不是那么好感化的。除偶尔陪陈宗祥出去谈业务，从不单独同他一起。为了防止万一，她还在身上放了一把短匕首。一次在外头喝咖啡时，陈宗祥色眯眯地看着徐丽媛说："阿媛啊，你不要太提心吊胆了，我陈宗祥不是老虎，不会吃你的。我知道你们大陆人很穷，我陈宗祥也是个有爱心的人。我曾答应过你，除了工资，年底一次性给你十万元奖金，说到做到。"可是一年过去了，陈宗祥并没有给她，她又不好要。她担心自己要奖金，他趁机提出非分要求。所以，她记住这句话，但却不敢开口。谁不喜欢钱呢，尤其处在她目前这种状态，假如有一笔钱，自己会立马离开"臭猪头"的公司。

一九九七年岁末，卢莞的堂哥又来到海口，再次考察了海口餐饮市场，说："莞啊，你的火锅店不要搞了，搞湘菜，我们家乡的菜。我反复看了一下，海口市湘菜馆子少，即使打着湖南菜的名号，也压根儿不正宗。""就我火锅店基础改吗？""那不行，另找铺面，找人流多的地方。我还打听到，海南省政府要从我们湖南调一批干部过来。有干部就有家属，加上你上次说，海南已有不少湖南人。所以，搞湘菜正当其时。"

卢莞问："具体怎么搞呢？"堂哥说："海口毕竟是特区省会，名字要取好听，厨师请高级些，至于菜肴，我从我餐馆选十几种过来。另外，再创几项作为招牌菜。""我搞火锅店这么久，搞湘菜应该问题不大。""错，火锅怎能同湘菜馆比？你要有充分的思想准备。届时，铺面大多了，人也多，一旦红火，还可以搞连锁店，全市连锁，全省连锁，全国连锁。"

卢莞闻言笑说："堂哥，才多久没见，你都胸怀全球了。"堂哥说："不是胸怀全球，即使做餐饮，也要有国际思维。""那要很多钱。""放心，据我考察，你搞湘菜，绝对不会赔，所以你不要怕投入。"

卢莞又问："具体要投多少？"堂哥说："第一个店，规模稍大些，七八十万吧！"卢莞差点儿跳起来："堂哥，你太高看我了，我就搞了几年火锅，也赚不到七八十万啊！"堂哥笑问："你手里有多少钱？"卢莞说："顶多顶多，也就十多万吧。""搞不到七八十万，三四十万也可以。我给你十万，你再找朋友借一点。""最怕跟别人借钱，如何能借到？""试试，实在不行，堂哥给你，可以吧？"

转了转，最后选择海口市机场东路西侧一家要转让的铺面，转让费不多。之前是间服装店，搞不下去，堂哥让卢莞拍下，找人装修。他想起董中伟的公司，尽管他现在投入更大事业，看在朋友的情面上这小活儿一定会接。给董中伟打电话，果然董中伟痛快地说："祝贺你。这样，我的装修公司已经交给我徒弟管理，工程队也在他手里。一会儿我同他说一下，让他给你海口市最优惠的装修价格。"

第十章

　　堂哥走后，卢茏就开始招聘湘菜馆的新员工。此时他的火锅店还没关。这天吃客中有对湖南的中年夫妻，男的忽然问："哎，卢老板，你火锅店开得好好的，干吗转让？"卢茏认出他，就说："我打算在机场东路开湘菜馆，名字都想好了，湘风阁。正宗湘菜。厨师从湖南搞来。"男的说："是吗？那你真可以。鸟枪换炮呢，祝贺。"卢茏说："你是湖南哪儿的人？"男的说："我是娄底。"卢茏说："噢，我邵阳的。"男的说："邵阳出人才，不错。"

　　两人越聊越近，这男人告诉卢茏，他是从湖南调过来，在省劳动人事厅培训中心工作。卢茏说："劳动人事厅，厉害，处级？"中年男人摆摆手说："只是副处，不能骄傲。"卢茏给了他一张名片，开张时欢迎他们去捧场。得知卢茏八八年来海南岛，不仅留了下来，还能坚持到现在，事业小有所成，夫妻俩夸他了不起。卢茏一高兴，从柜台取了两罐椰子汁饮料递给他们，说是免费送的。

　　中年男人从包里取出纸和笔给卢茏写了联系人、地址及电话，原来他是省劳动人事厅培训中心副主任谭力荣。卢茏连声说："厉害，厉害！"

　　谭力荣说："我有个侄女，在我家住了几个月。因为文化程度不高，读初中就辍学，所以很难找事。我想你这湘菜馆开业，要服务员的话，能否上你的店打工？"卢茏边点头边考虑问："多大？"谭力荣说："今年十九岁。"卢茏说："湘菜馆不同这火锅店，档次要高一些，服务员也要形象好些。"谭妻接话："假如说形象，你就放心吧。我侄女别的不敢说，走在路上回头率蛮高的。"谭力荣说："她个子一米六九，人高马大，形象不错，只是年纪小，还像个小孩子。"卢茏点头说："行，届时给您打电话，让她过来。"

　　半个月后，卢茏的火锅店转出去了。拿到转让费，他便一心经营机场东路的湘风阁。他亲自参与了湘风阁装修设计，二楼还搞了五个包厢。他见过中国城的娱乐包厢，包厢一般都标写什么阁什么厅，于是打算按那样子搞。后来一想，自己到底写过作品，必须文雅点，便搜集脑子里的文化积累，最后为五个包厢命名

"玉堂春""相思树""花满楼""蝶恋花""中秋月"。董中伟的徒弟叶大贵见了夸奖说："果然是有文化的人，取个厢名还这么讲究。"卢尧便有些得意。

卢尧命易姐为湘风阁餐馆店长，按堂哥的想法，这个店开好，接着开第二家、第三家，所以，卢尧对这个店寄托了很多愿望和理想。

湘风阁装修差不多收尾，谭力荣又给他打了个电话，问新店装修好没，他说："下星期，你让你侄女过来吧。"谭力荣非常感谢地说："卢老板，你真好，还记得。我一会儿就告诉她。"

转眼一周过去。这天是周一，上午九点，卢尧正在机场东路的湘风阁店忙。忽见一辆砰砰车驶到，他看到一个女孩从车上下来，还以为过路的，不想那女孩直接走到他跟前，问："这是湘风阁吗？"

这女孩衣着素朴，却有一头浓密的黑发，像瀑布一样，中间还起了几个大波浪，像歌星烫发，仔细看又没烫，是天生的自来卷，个子一米六九，身高块大，更让卢尧惊讶的是她长了一张好看的鸭蛋脸，白里透红。她嘴唇很性感，眼睛也大，鼻梁隆直。搜尽大学四年记忆，都没见过这么美貌的同窗。

易姐正好出来，看到这女孩，直接问："来应聘吗？"卢尧正要说易姐唐突，那女孩竟落落大方地说："我找卢老板。"易姐指了指一旁的卢尧说："他就是卢老板。"女孩扑哧笑起来说："卢老板，您怎么不作声啊，我叔让我来找您应聘。我都看见您的眼睛一直盯着我。"

卢尧笑说："我哪晓得你是应聘的。"女孩说："我叔让我来找，说同您说好了。""你叔呢，他没来？""他开会，让我自己来。""做服务员，你能吃得这种苦？""再找不到工作，我都打算给人当保姆去了。""上楼吧。"

女孩前头走，卢尧想起什么却转身走到隔壁的杂货店买了两罐饮料，一罐给易姐，一罐给女孩。女孩接过说："哦，我还没自我介绍，我姓谭，叫谭香竹。"

卢尧的眼睛几乎没离开过谭香竹的脸蛋，不由得想，这么美貌的姑娘，当服务员真太可惜了，不如给我当老婆。对，发展发展她，以后就当湘风阁的老板娘。想到这儿，他不禁自个儿笑了起来，有些惬意。

湘风阁装修完，依然是董中伟给叶大贵打电话，说装修费可由卢尧的餐馆开张后，从每天营业额中扣。因为装修工程队都是董中伟的，叶大贵是董中伟的徒弟，他只能答应。

湘风阁开张那天，有一半顾客是火锅店的老吃客或熟人，包括董中伟和叶大贵。不知是忙还是怎么，卢尧竟将老朋友郭磊忘了。

湘风阁开张，店长是易姐。卢尧私下里和谭香竹说："香竹啊，好好干，等我的店赢利了，再开一家，那时让你当店长。"谭香竹含笑说："那就谢谢老板了。"

次日，卢尧给郭磊打电话，告诉他，自己在机场东路开了家湘菜馆，取名湘风阁，请郭磊有空上他店里吃湘菜。郭磊竟然在手机里吼叫说，是不是叫鸟枪换炮？

郭磊利用上班时间，特地过来了一趟。看到卢尧的店面装修，十分赞叹说："好好，不错，你的事业越做越大了。祝贺！"卢尧搔搔脑壳笑问："你的公司如何呢？"郭磊说："进行得比较艰难，但是再难也要搞啊，对不对？活人还能让尿憋死不成。"

二人哈哈大笑。聊了一会儿，郭磊说有事，就走了。

几个回合下来，易姐就发现老板盯上了漂亮的谭香竹。一天下班，大家一起吃饭，谭香竹要回家。易姐替代卢尧喊住她："香竹，一起吃饭吧，让厨房搞几个菜，我们喝杯酒。"谭香竹微笑说："我叔让我下班就回去，不能在外头逗留。"卢尧说："嘿，这是我请你啊，你叔又不是不认识我。"谭香竹犹豫一下问："易姐在吗？"卢尧说："当然。"

卢尧让厨房搞几个腊菜，言谈中听说谭香竹喜欢吃腊菜，又到柜台取了一瓶孔府家酒。易姐喝酒，谭香竹见状吓住，忙说："我不喝酒。"卢尧说："易姐喝，我给你拿一罐啤酒吧。"

加上厨师一共四人，在大厅里吃了起来。厨师姓丁，是卢尧的堂哥从湖南请来的，湘风阁的主菜都靠他。大家喊他丁师傅，也有喊他丁哥。丁师傅胖胖乎乎的，身上的衣服一直油腻着。两杯酒下肚，丁师傅就盯着谭香竹说："香竹啊，你结婚没？"谭香竹顿时脸红说："我才多大，结什么婚。"丁师傅说："正好，我们老板单身，配对。"

卢尧看到谭香竹脸上不惬意，马上说："丁师傅，你莫开玩笑，香竹是我的妹妹。"丁师傅说："香竹啊，别嫌哥嘴巴贱。我认识老板这么久，我觉得他是好人，还是个大学生，有知识、有文化。"卢尧看着谭香竹说："我有空就写作，曾在《芙蓉》上发表过一篇短小说。"谭香竹没吭气，稍停一会儿，问："什么是小说？"

卢尧知道话送错了人，就说："海口有四个宾馆外商投资，其中三个都开了保龄球。吃过饭，我们一起打球吧。"易姐问："什么是保龄球？"卢尧说："香港电影中出现过，一条溜道，终点放一排棒子，将球丢过去，顺着溜道前冲，能将一排棒子都击落，就是最好成绩，只击落一两个，就是差成绩。"

谭香竹笑说："什么球？我只晓得投篮球，还有台球，不，叫乒乓球吧。"卢尧笑说："看来你对球蛮感兴趣。一会儿我们就去玩玩？"易姐说："地点在哪儿?"卢莞说:"四个地方,一是泰华酒店,一是机场西路的南天大酒店,一是海口宾馆,一是温泉大酒店。我们去泰华酒店,那个是新开的,设备和球都是新的。"丁师傅问:"泰华酒店在哪儿?"卢莞说:"在滨海东路往北去的海边,那儿有两个宾馆,一个是泰华,一个是华侨宾馆。"

饭后,拦了一辆夏利出租车来到泰华大酒店。果然,走进大门,就看到右侧有一个保龄球室。一对小夫妻正在玩,球道很宽,一共有四道,他们便在左侧的两个球道停下。卢莞到柜台交了费,大家就开始玩。卢莞和易姐先来,连续出了三次球,都没能击落一排棒子。谭香竹很惬意,结果是一出手就将一排棒子全"灭"。易姐吃惊地说:"竹啊,你是不是练过?"谭香竹笑得不能自制说:"我哪里练过,我只觉得好玩,要将那几个棒子当成麻雀,把球当石子,狠狠扔过去。"

大家听了就笑。

卢莞第一次哄谭香竹一起玩耍一个多小时。打完保龄球后,谭香竹就急着走,说再不去,叔叔婶婶要到湘风阁找她了。卢莞就给她叫了辆车,付了车费,让她先回去了。

一个月下来,店里生意异常好。果如堂哥说,整个海口市的湖南籍人士,或单独,或全家,或和亲朋好友一道,都上他湘风阁吃了一次,味道不错,便又来,更有两家报纸记者采访了他。卢莞曾想向《海口晚报》投稿,偏偏他们没来采访,来的是两家不大出名的报纸。既然是报纸吧,传播力还是有的,就等于免费做广告吧。

这天,忙了一天,谭香竹要下班,易姐笑说:"老板,看上了我们的香竹,就要追,莫泄气。"卢莞摸着头说:"这么说不好吧。我是老板,她是员工。哪能以老板的名义,对员工下手呢?""这有什么。一个单身汉,一个单身女,一男配一女,世上大道理。""那你说,配得不?""别看谭香竹漂亮,但文化不高,比我念书还少,你至少是交通学院高才生,对吧。""高才生有什么用,我大学就遇到俩女生,说不喜欢学习尖子,就喜欢吊儿郎当的人。"

"我还是第一次听说。"

卢莞沉吟着说:"我发现,海南这地方,信奉金钱——咱不说金钱至上吧。总之,像谭香竹这样的女生,我担心她背后有大老板追捧。"易姐说:"你说的,背后有大老板,她还上我们这小店打工?"

卢莞忽然站起来,朝易姐肩膀拍了一下说:"嘿,易姐,我怎么发现,你越来越聪明,不像读高一辍学的。"易姐笑说:"女人,我比你懂,你不要没信心。莫看谭香竹漂亮,只要你对她好,她迟早是你的。"

"经验？"

"算是吧。"

"我让她干别的，不做服务员？"

易姐摇摇头说："这样太快了。你对她好，只是你的心事，暂时还不晓得人家怎么想。你这么快就照顾她，与别人不一样，或许会引起她的警觉。你对她好，只能慢慢来，莫太快。人是有感情的，慢慢地经过时间的积累，她懂了你，你懂了她，就水到渠成了。"

卢茏说："易姐，你可以当心理专家喽。"

易姐大笑说："老板你太夸我了，我只是根据人之常情说的。"

因父母离开前，父亲说了句："磊啊，无论如何打拼，只要搞到了一点钱，就先搞一个房子，哪怕是几十平方米，也算有个窝。"此后郭磊将父亲的话牢记在心里。

不久洪丹的父母也来了一趟，也说了同样的话，加上洪丹也经常这么说，正好，手头搞到了十来万。一天，他对洪丹说："我这几天去市区转转，看看有没有便宜处理的商品房，假如有，哪怕再贷一点，也买下一间。我真不想再租房。"洪丹说："是，猪窝狗窝哪怕再小，也总是自己的窝。你去跑吧。"

郭磊上午在公司待了一会儿，下午就让洪丹守在公司，自己骑着个自行车上街转。转了两天，发现有很多房产出售，但一问价格都贵。几天后洪丹说："海口好像有一种被处理的烂尾楼，不知能不能买。"郭磊想，烂尾楼一般在国贸那边，于是上国贸转一圈。倒是找到几家，但是人家都是整栋整栋出售，一栋楼再便宜也要上千万。

一天他去海甸岛北部的江南城发广告，回来经海达路鸭尾溪，看到溪北一带有一排无人居住的别墅，门前分别贴着一张大公告："资产清盘，大降价、大放血。"再一看，是云南一家金融信托公司。先不敢相信，因那价格将他吓到，一栋别墅只卖三十万！他的心怦怦怦狂跳起来！每栋都看了，标价确是三十万至三十二万，中间一栋门口坐着一个五十岁左右的男保安。

郭磊走过去问："这房子卖吗？"保安便朝楼上喊了一声："王经理，有人买房。"很快一个四十岁左右男子，一身简便西服，有些绅士地跑出来说："第一栋、第二栋三十万，那边三栋三十二万。要买抓紧，过几天可能没了。"郭磊问："为什么？"王经理说："你没看，便宜嘛，你想三十万上哪儿买别墅。伙计，这是别墅啊！""那为何要卖？""海南大开发热潮时建的，当初售价八千一平，每栋二百四十万。现在卖三十万，你说合不合算？"郭磊笑问："那不是大亏本？"王经理说："国有资产就这样，亏也是国家的。上头催着清理回笼资产，所以老总一着急三十万也卖。"

通过跑房子，他特别留意最近的报纸，才看到政府自去年起就连续出了几次通知，要处置一九九三年到一九九七年间建的楼，金融资本突然大量撤走，有的楼盘来不及盖完就烂尾了。想这鸭尾溪的别墅估计就是这种情况。

于是，他将看到的情况告诉了洪丹。洪丹想了想说："不会是骗人吧，哪里一栋别墅卖三十万呢？"郭磊说："真的，对方说要就抓紧，要不我下午就领你去看。"

下午，他们没去公司，而是直接来到郭磊看过的地处海甸岛鸭尾溪北侧的一排别墅，一排共有七栋。

当看到带小院的别墅时，洪丹还是傻了眼说："郭磊，不会是遇到骗子吧？"郭磊说："我见过他们的销售经理，让我赶紧买，三天内办过户。过了这个村就没那个店了。"洪丹说："好是好，只是三十万，我们也拿不出啊！"郭磊说："你要没意见，我晚上给我家里打电话，求他们支持一点。"洪丹说："我也给我爸妈打电话，请他们支持一点。"

晚上，郭磊、洪丹分别给家里打电话。郭磊的大哥听说了，当场表态："郭磊，你嫂子家要我帮，所以只能给你两万。"父亲告诉他，能拿出两万。郭磊给妹妹郭妮打电话，她说："你妹夫答应给你五万。"手头已有十五万，加上这九万，就是二十四万，还差六万。洪丹父母说他们只能拿两万。

当晚，郭磊去找董中伟。董中伟耐心听完他的讲述，竟然赞赏说："小郭，你做了一件你来海南后最正确的事，要知道，你手头拿到一栋别墅，尽管它是什么烂不烂尾楼，依然比其他资产优质、安全。你别犹豫，赶紧买下。不过实不相瞒，我的公司正运作，花钱地方多，我只能借你三万。"

三天后，郭磊用一只蛇皮袋装三十万现金和洪丹一道打出租车来到鸭尾溪七号。鸭尾溪七号的别墅一共有九栋。他们选择了左边的第二栋，也就是从海达路进来的第二栋。

鸭尾溪是一条内河，不宽，但穿过海甸岛注入南渡江。因缺乏治理，水流不畅，能闻到阻隔处产生的腐味，加上居民将不该丢的垃圾丢入水中，风一吹就飘散着一股难闻的气味。洪丹第一眼看到门口的鸭尾溪时，还是皱起了眉头。不过一想到这是别墅，也就不在乎了。

那天，那销售经理收过钱，就领他们到房产局过户办理房产证。当郭磊从房产局接过大红房产证时，夫妻二人当场抱着哭起来。

房子过户后第二天，郭磊宣布公司放假两天，大家都到鸭尾溪七号帮忙清扫房子。

院子四周长满不知名的杂草，围墙倒塌半边，压倒了地上的一大片植物，还有不少人屎狗屎。室内堆积着一层厚厚的灰尘，靠墙旮旯还长了一圈厚厚的青苔，窗子几块玻璃破损了，需要补洞，几处房门木板和木棱都长霉了。因为缺钱，他们连厨房的锅碗瓢盆都不想买了。最后还是鄢庆桐说："小弓，驰骋，我们每人给经理凑一百块钱，将厨房用具买齐。以后我们就在家做饭，不用看房东脸色。"当场几人各掏出一百元递给洪丹。

郭磊忍不住笑说："行。先借你们的。"

将厨房锅碗瓢盆买来，又租了一套煤气罐灶，当晚就在新买的房子里做饭。

经过打扫清洗，别墅尽管破损依旧，但比龙舌坡的租房不知要好多少倍，所有人都搬过来住了。

简易的单人木床、粗制被盖，摆放在富人才有的别墅房间内，显得不大配称。但是，大家知道，这已相当不错了。睡的依然是龙舌坡搬过来的床，望着宽大的天花板，损坏的吊灯，郭磊哭笑不得地说："用三到七年，赚钱还债，否则对不起你我！"

所有现金都支付了房款，郭磊手里真没钱了。

住着别墅却没钱装修，这是最难堪的，但是他们的事业不能停，必须继续。他们将龙舌坡的租房退掉，将里面所有的旧家具搬到别墅。所谓的别墅其实很难看，首先是门外一团糟，屋内也是，墙壁上涂料剥落，地面砖缝里还长出了野草和一层厚厚的青苔。别墅内什么设备都没有，只是一个空壳，他们没有钱买新家具，只能将租房中的破旧家具凑合用。

这时，整个海南的旅游公司都在抢客源，抢生意。

没过多久，郭磊在《海南日报》上看到一则消息：海南发展银行破产倒闭。他心里顿时凉一大截，马上找到董中伟。董中伟却安慰他说："别紧张，海发行是海南建省时办的地方性商业银行，主要是房地产信贷太多。房卖不出去，银行无法兑付，留下一堆烂尾楼，所以倒闭。你是什么意思？"

郭磊说："我买那房，将所有的钱都扔进去了，还借了一身的债。万一海南没前程了，我要离开海南岛，想卖都卖不掉，岂不是完了？"

董中伟摇头说："否极泰来，物极必反，你不要担心。虽然现在是海南最低潮的时候，但你买的这栋资产绝对合算。你不要急，海南会好的，毕竟是经济特区，上头不会不管。我相信它肯定会振作、会继续发展的。"

海南发展银行倒闭在社会上传得沸沸扬扬，什么难听话都出来，真让人有点担心。然而，别墅已经买了，还有什么后悔呢？加上董中伟是他信赖的人，他信他的话。

几天后，董中伟亲自上郭磊家的别墅看了一次，说："还是那话，你买下这房，比你做什么都正确，比你办公司还正确。"

郭磊被董中伟夸得晕乎了，说："董哥，这是赌啊，假如几年后海南房贬值，我就惨大了！"董中伟说："那也不怕，你就当自己住又如何？"

一个月后，洪丹的父母又来了趟海南，看到女儿女婿买的"别墅"，还是很高兴，只是看到门口的鸭尾溪提出批评。洪丹笑说："我想政府迟早会治理的。"

他们在这儿待了十天就回去了，说洪丹的弟弟在家没人照顾，不能久留。

这天，郭磊在新阜岛桥买了几条鲜鱼。陈小弓回来，有点垂头丧气。洪丹在客厅扫地问："小鄢呢？"陈小弓耷拉着脑袋说："丹姐，小鄢可能不回来了。"

洪丹替郭磊做饭去了。陈小弓看看郭磊，压低声说："哥，你发现小鄢这几晚都深夜回来吗？"郭磊说："他不是在万绿园看风景吗？"陈小弓说："骗你的。其实……其实他是去了一个地方，你知道红城湖吗？好像有几家理发店。""什么理发店，就是站街女被清扫后，归到那'鸡窝'。'鸡'知道吗？之前野生，现在关进了'鸡厩'。"

郭磊盯着陈小弓，在他耳边悄悄说："站街女，你不懂？就是暗娼，妓女。"

蔡驰骋进来，郭磊瞪着他问："怎么回来这么晚？"蔡驰骋脸红着说："我上秀英码头看能不能拉到客。不信，我有公交车票呢。"他说着找出一张一元的公交车票。

郭磊警告说："我告诉你们，你们要像鄢庆桐那样，就是死路一条！"蔡驰骋吓一跳问："桐哥怎么了？"陈小弓将他拉到一旁小声说了一遍。蔡驰骋瞪大眼睛说："不会吧，桐哥蛮正经的！"洪丹在厨房说："郭磊，鱼煎好了，准备吃饭，摆桌拿碗筷。"

郭磊、陈小弓、蔡驰骋走进厨房将小方桌和碗筷等一起拿出来。

临睡，郭磊将鄢庆桐嫖娼的事儿告诉了洪丹，洪丹说："我在报纸上看到，警方抓了好几次。"

第三天，鄢庆桐来电话，让陈小弓将他在郭磊处的衣服和物件送到他所在的府城一处。陈小弓征求郭磊的意见，郭磊说："你给他送去吧，替我祝他好运。"

下午，陈小弓按鄢庆桐给的地址，将他的衣服鞋袜送过去。他回来告诉郭磊，鄢庆桐在府城得胜街十七号，那是一家私人福利彩票门店。郭磊问："他没说啥？"

陈小弓说："他抓着我的手问，磊哥丹姐生气没？我说没。他说，向磊哥、丹姐谢罪，没脸见你们。他现在一家私彩老板那干，老板是天津的，通过关系办了这家私彩店。高潮一天进几千块，说是一人太累，想招聘个人，正好他路过，同他闲聊，竟然录用了他。"

在海南，尤其是一九九七年后，不论你经过哪条街哪条巷，只要有茶店，几乎所有人都在谈彩票，包括私彩。本地人对合法非法不多想，只想能中奖。据说一家私彩，几个月没人中奖，老板赚了几十万。仅有一次，被一个人中二十万，老板不想兑付，跑了，这才引起警方注意，把那人抓回来。可他卷走的钱被挥霍掉了，最后只能坐牢。

鄢庆桐不是本地人，没有社会关系，一旦出事，必死无疑。既然要走，随他自己选择。

不久，陈小弓上鄢庆桐那儿玩。他回来时说："小鄢又不在那儿干了。"郭磊问："去哪儿了？"

陈小弓说："老板被公安局抓了，私彩点儿关了，小鄢一看情况不对跑了。"

国庆节，公司接到五十个来自新疆、黑龙江、内蒙古、宁夏、甘肃五省的散客。陈小弓等个人也提成了几千元，加上洪丹在秀英码头拉的客，郭磊凑齐了三万元准备还给董中伟。

董总已经不住南航西路金牛新村。三个月前，他搬到金融贸易区（即玉沙村）"金海大厦"的三十层。北京一家贸易集团一九九三年建的，楼卖了一半，董总果断买了半层，每平方米三千，董总说："太合算了。"

郭磊骑自行车来到金海大厦楼下，发现这楼在整个金融贸易区都鹤立鸡群。董总的办公室很漂亮，而且是半层，除办公，住宿、厨房都在这儿。董总问郭磊公司情况如何，他将三万元还给了董总说："目前还不容乐观。"

董总告诉他，他的商厦装修后，成为海秀东路最热闹的商业场所，盈利可观。郭磊说，那天他路过，特意进去看了一下，每层都装了电梯，很豪华，真不错。

年底，公司生意忽然红火，包括之前来海南旅游的各省市旅游机构同郭磊的三友公司有协作，隔三岔五就送些客源过来。郭磊也要求员工不断同内地各省市旅游部门打电话寻求客源。

这天，一早起来，洪丹上卫生间，发现卫生间的坐便器坏了，就让郭磊换一个。吃过早饭，郭磊用皮尺量好坐便器尺寸，用纸记下，直奔金盘建材城。

海口市此时的建材市场有四处，一是海府路塔山建材城，一是海秀西海秀建材城，一处是滨海东路建材城，最大的一处便是城西路这家金盘建材城。当摩托车驶进城西路时，郭磊发现两边都是建材铺面。一家一家找，走过两个店，忽然看到了苟志强同一个女顾客站在这家店门口。先以为苟志强也在买什么，却看到他朝自己挥手："哎，哥们儿，这儿！"

郭磊将摩托车停好，不解地问："你怎么在这儿？"苟志强说："这是我开的店啊！"郭磊大为吃惊："你不是做药品，年赚五十万吗？"苟志强忙拽住他笑说："里头坐。"

这时门口的女顾客喊："哎，你来一下。我看好这一款，你将它给我绑好，是不是包送货？"苟志强忙过去说："当然。"那女的要买浴缸，浴缸有几种颜色，她在几种颜色前走来走去，可能挑花了眼，最后选中一款紫罗兰色。苟志强赶紧喊工人取下绑扎。那女的掏现金给苟志强，苟志强数了数，找她二十多元，给她开了一张收据说："质量有问题的话，凭这张收据来找我。"女人说："好。"那女人是开了一辆工具车来的。工人将浴缸抬上她的车斗，然后坐她的车一起走了。

苟志强歉意地说："对不住，来来，里头坐。我给你泡茶。"郭磊说："我还是不明白，你和陈敏药做得好好的，为何突然放弃？"苟志强笑说："晚上躺床上，一边数钞票，内心一边不安！""冤枉钱？""作为供货人，每拿到一分钱，内心就产生一种自责和不安。""有什么不安？"

苟志强解释说："你不知道，一盒药成本只有一两块甚至几毛钱，可经过医生医院的手到病人手里几十块。你想，病人正承受痛苦，还要支付高昂药费，一旦知道是我们同医生搞的鬼把戏，会疯的！"

郭磊说："难怪老百姓对医院的看法一天天变，媒体也经常登载百姓看病难、看病贵的文章。可怜的老百姓，哪知道这样的猫腻。祝贺你，能悔过自省，这步走对了！"

苟志强笑了。郭磊问："陈敏呢？"苟志强说："他去佛山进货了，厂家邀请我们。我们每年要为他们汇上千万货款。""代销吗？""开始代销。第一次押一批货，此后源源不断。已经两年，关系不错了。""生意怎样？""马马虎虎。"

郭磊从口袋掏出一张纸递给苟志强，他接过看了看说："坐便器各种型号都有，自己挑。你公司如何？""唉，怎么说呢，如今做什么都难，主要是没有本钱。""慢慢来呗，你还是可以的。当年上岛的，很多都打道回府了，你还坚持干，首先是勇气可嘉。""你觉得这店，能办长吗？"苟志强果决地说："我和陈敏都说，只要市场有需求，就一直做这个，不改了。"

门口又走进一对夫妻看产品。郭磊忙说："志强，你给我挑个坐便器，按我写的尺寸，质量好一些。"苟志强拿过一个坐便器，压低声音说："五五折，最低最低了，基本不赚你钱。"

郭磊说:"适当利润还是要的,否则你吃什么。"苟志强笑说:"我靠你一个坐便器?行了,你喝茶,我让工人给你打包。""只有一种颜色?""坐便器都一个色,鹅黄色,整个建材城都这样。中午在这儿吃饭,到隔壁餐馆。""你这么忙,等哪个节假日,都有了空再聚吧。"

苟志强看到郭磊驾了一辆摩托车,就问:"自己买的?"郭磊说:"之前一直骑二手自行车,那天我老婆说,借钱也要买辆摩托车,否则哪像一个公司的经理!"

苟志强看了看他的摩托车牌说:"好像是新大洲,本地产的。""嗯,也要四五千元。""行,不错,毕竟不同于当年了。祝你取得更大的成功。""你也是!"

苟志强派工人骑摩托车将郭磊的坐便器送到家安装好后再走。

一九九九年春节,郭磊的公司打了个翻身仗。仅春节就赚到一年的钱,董总的钱还了,妹妹的五万还了四万,接着将大哥的钱还完,便可以大大松一口气。

春节公司又招聘了两名新成员:李鑫和付子皓。李鑫是黑龙江方正县人,会日语,老家为日本开拓民的安置地,至今还有日本人上那儿探亲;另一位叫付子皓,山东淄博人,会韩语,在大学修韩语,打算去韩国打工。让郭磊惬意的是,李鑫和付子皓在老家都考过导游证,便接受了他们。郭磊向主管部门申请日韩线路,日韩游客到海南岛打高尔夫,来回机票包住宿吃饭,还不及在日韩本国消费一次费用高。

郭磊的父母、大哥大嫂本想上海南过年,可被郭磊一个电话辞掉。郭磊在电话里说:"爸妈,春节很忙,我和洪丹没空。你们过年后再来吧。"

父母和大哥想看看郭磊的别墅,大哥更是一次没来。春节不能来,大哥年后没时间。于是,大家约好第二年中秋上海南团聚。

一天,洪丹忽然说:"郭磊,咱要有辆车该多好,哪怕二手的。"

上岛十年了,还骑自行车和摩托车,的确够辛苦。妻子跟自己没日没夜吃苦,包括婚前婚后,没向郭磊提过吃一顿奢侈饭,买两件好看衣服。海南岛四季如春,不像内地,没有秋寒冬冻。洪丹也是一年四季就两套单衣,所以她说:"海南很省衣服。"

此时的郭磊,对妻子每一句话都很重视,他很感激妻子对他事业的帮助。

郭磊到二手车行转了一圈,回来说:"丹啊,我们毕竟还在谋生,要不买辆二手车,两三万或三四万的。一是有车方便,二是接点儿散客用。"

洪丹说:"自己养车不划算,还要请司机。送散客不够养辆车,还是旧车。干脆再熬两年,等把所有债还了,再做考虑。"

第十一章

卢尧曾经有"作家梦"，他办的湘风阁，先不说装修，单是招牌就与众不同，显然有艺术气息，还找了专业美工设计。二楼被装修成六个小包厢外加一个大包厢，称作"七星望月"，其包厢名字分别是"玉堂春""相思树""花满楼""蝶恋花""中秋月""合欢树"和"众星拱月"。

装修队是董中伟的徒弟叶大贵带人干的，还差人家一点钱，老家的堂哥又借给了他几万。恰好这时，从湖南调到海南的一批干部中，有一个来自他的邵阳老家卢家镇的副乡长，名叫桂铁，担任海口市城郊工商行政管理所副所长。他从老家出发前就得知家乡有个卢尧在海南，于是找到他父母问情况。一到海南，桂铁就来拜访。卢尧情急之下，道出自己的困境。桂铁很义气，当场掏出存折借他五万，让他不要急着还。

桂铁相信卢尧的湘菜馆有前途，当看到卢尧餐馆取名"湘风阁"三个字，还很为自己的老乡自豪。当卢尧向他展示发表在湖南《芙蓉》上的那个小短篇时，桂铁好像不屑一顾。

这天，卢尧正在大厅忙，听到门口一个人喊他。转头一看，认出是多年没见的赵世德。他上身穿一件白灰色短衬衫，皱巴巴，颜色旧了，竟分不出白色灰色，下身一条灰色短裤衩，蹬着一辆二手自行车，脸对着他的店，咧着嘴笑。假如不是长相粗俗，头发被风吹得凌乱，那造型还有几分别致。卢尧差点儿认不出他，走出去打量他问："好久不见，在哪儿发财？"

赵世德用手往后捋捋落在眼睛上的头发说："我做了一个跳蚤市场。"卢尧不解地问："跳蚤，什么跳蚤？"赵世德说："从欧美国家引进的概念，比如美国曼哈顿、法国巴黎，就有很多这样的市场。"卢尧有些蒙："你直接说，到底干吗的？"

赵世德从自行车上下来说："我通俗点说吧，经营二手商品，再通俗点，就是旧货商品。"卢尧恍然大悟："懂了，就是旧货地摊吧，比如旧衣服旧家具旧鞋袜旧电视机冰箱等。"赵世德露出笑容说:"不,我们有店面。"卢莞说:"那就是旧货店呗!你怎么不用英文同我说,还欧美发达国家引进概念。你的店在哪儿?""新港一条小巷,那是居民区,租金便宜,流动人口也多。""生意呢?"

赵世德呵呵一笑说:"毕竟旧货,对吧,你想想,售价便宜,所以利润微薄。"卢莞又问:"面积多大?""就二十来个平方吧。不过,环境很宽松,可以摆到人行道甚至街上。只要经过那巷口,就可看到我店里的货。"

卢莞念叨着说:"跳蚤市场,人家老外叫跳蚤市场。我真没见过跳蚤市场,走,看看去,跳蚤市场是怎样的。"

赵世德却一动不动,瞅着他身后的店问:"你在这儿吃饭?"卢莞笑着说:"哥,我开的。"赵世德大惊失色,说:"你开的?你开这么大店?"卢莞说:"怎么,我不能开这么大店?我之前还在南航东路开火锅店呢。"

"你不是在白坡里摆玩具套吗?那玩意儿那么赚钱,你发了?""大哥,你想想都多久了,我还在白坡里搞玩具套,我这大学岂不白念了!""可以啊,只是你从哪里搞来这么多本钱,开店需要本钱的呢。""都借的,然后看自己本事。好了,不扯,正好有点空,同你去看跳蚤市场。"

卢莞从门口停着的几辆自行车中打开一辆,边推边说:"你带路。"赵世德问:"真要去啊?"他说完,只好上车,头前带路,卢莞跟着他。

经过海秀天桥,到大同路,再到滨海东路,然后从新港路进去,不过二百米,西侧有一条巷,果然刚到巷口,就看到不远处有一家小店门口,摆放着一排衣架,上头挂满了旧衣服,一旁还有旧电器,如黑白电视、彩电、电风扇等。来到门口,往里看,里头还有旧家具如桌椅板凳,甚至炊具如吃饭的碗筷等。

卢莞问:"这些破东西要钱吗?"赵世德说:"我引进了典当行的经营理念,有的直接付钱,有的则是放在我这儿代销,销完,本钱给他,我赚一点差价。所以,我这大部分商品是别人放在这儿卖的,不需要我垫钱。"

卢莞扭头看看里头,前头第四个店,也同赵世德经营一样的旧货产品,问道:"这么说,不需要多少本钱,对不对?"赵世德说:"本钱还是要的,比如租房、水电费等。""你比我大吧?""那次不是说过了吗,我比你大五岁。""还一个人?"

赵世德笑说:"我有一个女老乡,在饭店打工。不过,最后能不能成,还不一定。"卢莞说:"不错,同是天涯沦落人。看到老兄成就事业,还是蛮高兴的。跳蚤市场毕竟从欧美发达国家引进的呢。那好,走了。有空再聊。"

赵世德喊住他说:"哎,兄弟,吃了饭走?"卢莞说:"我开饭店,在你这儿吃饭？谢谢，改天有空，上我店坐坐，喝两杯。拜拜！"

下午，卢尧忽然想起了郭磊，便拨通了他的电话。卢尧邀请郭磊携妻来饭店吃饭，郭磊爽快地答应了。

下午五点半，卢尧就在店门口守候，他知道郭磊是个说话算数的人。果然，五点四十分，郭磊骑着摩托车带着洪丹一起驶来。

郭磊看到一旁有家银行储蓄所，便过去取了一千元塞给卢尧说："开张没来，这是兄弟送你的一点意思，开张大吉嘛！"卢尧脸红了，说："兄弟，你太客气了，这礼太重了，真不好意思。"他看到易姐，忙说："易姐，赶紧通知厨房，按开张那天规模搞十个菜，招待我这个最好的朋友，我们一同上岛的。"

一位身穿红色制服的女子走出来，她是谭香竹。郭磊一见，不由得留意了两眼。卢尧说："嫂子，最近都好吧？"洪丹说："托您的福，马马虎虎吧。"

第一层是大厅，经过收银台，来到楼梯，直接上二楼。郭磊问："生意可以吧？"卢尧说："天意，老天知道我姓卢的穷途末路，开张至今，竟天天满座。尤其让我兴奋的是都说菜好吃，价便宜，加上宣传，估计有几万湖南人在海口，你想想市场多大。"

郭磊击掌说："牛，兄弟为你高兴，你一定会发大财。"卢尧说："略赚小钱，娶个老婆成家，再买个小房，就足了。"郭磊压低声音问："门口碰到那个？"卢尧说："易姐，她有老公的，开火锅店她就在。易姐工作认真负责，这次搞湘风阁成了我的店长。"

郭磊说："不是，我是说那个。"说着朝身后的谭香竹指了指，卢尧马上明白了，笑说："噢，你说她啊，好眼力。不过，她是我的员工。员工就是员工，同老板没关系。"

来到包厢，卢尧喊来服务员，让她们赶紧上茶。郭磊说："你这儿服务员都长得蛮漂亮。"卢尧玩笑说："作家的眼光，你说呢。"郭磊问："工资高吗？"卢尧说："差不多，我这人仁慈，只要赚钱，随时给红包，激励一下对吧。"

郭磊感慨地说："没想到兄弟的湘风阁真闹起来了，太好了。老卢，你大还是我大？"卢尧说："我比你大几个月吧。嘿，全乱套了，一直喊你嫂子，应该喊弟妹。"洪丹闻言便笑说："一样，一样。不过，卢老板显得蛮年轻的。"

一个男胖子喊："卢尧，卢尧，你在哪儿，快出来迎接客人。"

卢尧匆匆下楼，一会儿上来说："刚才喊我的是个老乡。从湖南过来旅游，帮我开张，蛮讲义气。"

郭磊跟卢尧来到楼下，见大厅坐满，真是食客满盈。粗粗听去，多半说湖南话。郭磊不由得笑说："看来兄弟的战略走对了。"

这时，易姐拿了一摞报纸上来散发说："刚到的报纸，今天出的，没事浏览一下。"

郭磊接过翻阅，忽然指着一则报道说："哇，他不是明星吗？喏，名字忘了。"洪丹看了看说："这不是演电影《庐山恋》的男主角嘛，还演过电影《小街》，他在海南？"郭磊说："读书时关注，来海南整天忙生活，哪有空。"洪丹说："哦，这是在拍电视剧，到底还是走了。"郭磊说："我听说光头陈也来海南注册公司，没搞多久就走了，可能同炒房差不多。"

郭磊忽然被一则"湖北籍琼海中学老师朱福祥跳海自杀未遂"的消息震撼了。看到朱福祥三个字，他马上想起轮船上认识的那对男女大学生。跳海的男老师是不是这个朱福祥？姓名一模一样。报纸说他为情所困，同他一起闯海南的女友抛弃了他。对，他女友姓徐——徐丽媛，报上没直接写他女友的名字，郭磊估计是。

郭磊将朱福祥和徐丽媛的情况说了一下，洪丹听后不解地说："这男的没骨气，为了一个女人，想不开也不能跳海。你跳海，一条命送在那儿，家里父母怎么办？"

卢莞走上来说："兄弟，你坐，我喊易姐给你们点菜。不，菜已点好，给你们看一下，看还有哪些增补。我去一下，有点忙。"

易姐送来菜单，他们看了看，洪丹说："太丰盛了吧。"易姐说："卢老板交代，你们是他的贵客，一定要吃好。二位喝什么酒？这位小姐喝饮料吧，店里榨的。"洪丹对郭磊说："你喝啤酒吧，再来杯芒果汁。"

这时，进来一个人，是以前同刚国强一起的刘荣，他到市商业学校当老师了。郭磊连忙上前同他握手，刘荣递给他一张名片说："我调到省师范学院当老师了。"名片上印着"海南师范大学刘荣副教授"，郭磊也掏了一张名片给刘荣。他笑着说："不错，自己搞了公司，如今海南就这样，最后都是自己搞公司。"

郭磊问："有小刚的消息吗？他的八十万还得如何了？"刘荣说："他来了一次，住了三天就走了。八十万分文不差给了单位，老总一高兴，到公安局撤案，还奖励他十万。小刚是个硬脾气，根本没要那十万块钱。在小刚眼里那不算事。那天，小刚和我，还有两个朋友在海府路吃了顿饭，谈到了你。因为有别的朋友，就没通知你。之后，小刚就回北京了。"

郭磊说："有位没，一起吃？"刘荣说："我在隔壁，有朋友。""我记得你是河北人，也吃湘菜？""系主任是湖南人，爱吃，所以陪他一起来。"又闲聊了几句，刘荣告辞。

十个菜，一个汤，酒足饭饱，郭磊很是满足。他响响地打着饱嗝说："行，结账去。"卢尧过来说："满意啵，兄弟？"郭磊夸道："太好吃了。以后有客人，就上你这儿。"卢尧高兴地说："毕竟才开张，需要多宣传。"

见郭磊掏钱包，卢尧立即拉下脸说："哎，你这样我就不惬意了，不如直接给我两拳！"

洪丹笑说："卢老板，你是在做生意。"卢尧说："这顿饭我特地请你。当初开张你没来，今天我赔礼赎罪。你掏钱，不是骂我？"

郭磊收起钱包说："那就谢谢了，这顿饭是我上岛后吃的最满意的一顿。"卢尧说："不是恭维我吧？"郭磊说："真的，不信问我老婆。"洪丹说："真的卢老板，真不错。"卢尧说："我就要这话，这样我信心就更大了。"

郭磊笑说："有志气，祝你成功。"卢尧说："这样一来，就没有时间做别的了！"郭磊说："十万人才闯海南，简历放人才中心从没收到过通知，往后看来只能自食其力了。所以，摆在我们面前的第一要事，就是赚钱，赚钱，再赚钱。"卢尧点点头说："只能这样。莫非，还能当一个饿着肚子的作家？"

聊了几句夫妻俩就告辞走了。

二〇〇一年二月十六日。

博鳌亚洲论坛首届年会在琼海博鳌镇临时搭建的钢结构棚内举行。这天，海南省各大小报纸、电视等媒体举全力报道这一新闻。党和国家领导人莅临致辞，亚洲不少国家领导人也参加了这天的启动仪式。

郭磊早起上龙舌坡菜场买菜时，从一旁的报摊买了一张当天的《海南日报》。博鳌亚洲论坛开不开，与他没多大关系。但是，他现在是地道的海南人了，特别关心它。

睡觉的时候，郭磊跟老婆又谈起之前借董中伟的三万元。说董哥这人真不错，真老乡。否则一个萍水相逢的人，哪敢借他几万元。

郭磊试着给丁松打电话。不料丁松电话是一个工作人员接的："对不起，丁总去西海岸了。"

问去西海岸做什么，工作人员说，丁总在西海岸开发了高尔夫球场，占地几百亩，正在建，下月建成开业，地址在西海岸假日海滩过去一点。

次日，郭磊将事情安排了一下，然后骑摩托车直奔西海岸。

假日海滩几年前就开发，是政府开辟的一个公共海水浴场。遍看绵长的海岸线唯有假日海滩海面开阔沙滩洁白。过去半里，就看到开拓的路直通一片开阔地。摩托车驶到假日海滩近前一处，发现七八头黄牛散漫地横过马路，他被迫停下了。等着黄牛经过，才继续前走。心想，这是哪个村子的牛，竟然没人管。

几个身穿保安服装的男人正站在一扇木门前，看到郭磊，其中一人说："前面不能通行。"郭磊说："我找丁总。"那保安愣了一下说："丁总下午才来。"郭磊说："我是丁总的朋友，能随便看看吗？"保安犹豫了一下说："门口瞧瞧吧。"

郭磊放好摩托车，经值班人员允许，才走了过去。不到两米远，他停下了，一座硕大的高尔夫球场便出现在眼前。假如不是实地所见，真像是在梦中。

这时，他的手机响了，竟然是丁总。他以为是值班的保安给丁总打了电话。

丁总在手机那头呵呵笑着说："小郭，还是叫你郭总吧。是这样，你昨天给我打电话了？"郭磊说："对，我往您练习馆打了电话。""我听工作人员说了。怎么样，你的公司？""对付吃饭吧。""慢慢来，你找我有事？""我现在就在您西海岸的球场门口。"

丁总笑起来说："是吗，我的车去接你？"郭磊说："不用，我骑车。""那我们坐一下，约在国宾好吗？海秀东路四十号，西侧海口狮子楼中餐馆，右边建筑公司，国宾是香港人开的三星级宾馆。我们到国宾二楼咖啡厅坐一下。""好，我马上过去。"

郭磊到时，丁总已在二楼靠窗位置坐下。那是火车座，中间一个茶几桌。桌上已摆好了一壶咖啡，旁边放着两个杯子，一杯已经倒满，丁总在喝。

丁总同他握下手，然后给他倒一杯咖啡说："我经常在这儿同朋友喝咖啡，聊聊事。这儿安静，价格不是很贵。"

郭磊坐下，丁总看着他笑笑说："怎么忽然跑到我的球场去了？"郭磊说："我真是第一次见到那么漂亮的高尔夫球场，可能在中国也是一流吧。"丁总说："仅投资就花一个亿，当然是跟人合伙。就我个人，哪投得起。"

郭磊想，融资也是本事啊。丁松从黑皮包里取出一份文件递给郭磊说："你看这文件。"

郭磊看了看，是省政府某部门批复的文件，大意是同意丁总的西海岸高尔夫球场立项。他将文件还给丁总说："太好了，打算什么时候开业？"

丁松说："下月八号。我今天找你来，就是跟你谈合作的事情。你不是有旅游公司吗，高尔夫是健康环保运动，在国外都同旅游公司合作。我已上报省旅游局了。我的意思是，你们公司可以将我的高尔夫球场列入旅游线路，我们将在门票上给游客折扣优惠。"

郭磊说："丁总，哪怕没有折扣，我也要做，我正找不到感激丁总的机会。"丁松说："过去的事不提了，同是天涯闯海人。对啦，你的公司做得怎样？"郭磊说："淡季差些，旺季还可以。"

丁松从黑皮包里又抽出一沓资料递给郭磊。郭磊接过看了看说："这个给我吧？"丁松说："就是给你的。"

郭磊下午回到公司，召集大家开会，将丁总送来的资料让众人轮看一回，说："我同丁总是同时上岛的，只是他的事业做得大，是大老板，而且他帮助过我。所以，丁总的事，我们一定要想办法帮助。"

几天后，报纸上登载的第三届横渡琼州海峡大赛又开始报名，丁松给他来电话："小郭啊，你参加横渡琼州海峡吗？你要报名，我跟你报，一起游。"他说："非常遗憾，公司有一些事，没时间。"

下班时，郭磊接到刘荣的电话："小刚来了，请你一起坐坐。"

晚餐，郭磊和刘荣、刚国强三人在海府路一家琼菜馆小聚。刚国强每次来都喜欢住在海府路的海南大酒店，估计是他之前工作的地方就在附近，比较熟，而那家琼菜馆就在海南大酒店斜对面。

这晚是刘荣请客，所以菜都是他点的。刚国强让他不要点海鲜，说他不是很喜欢。刘荣又问郭磊，郭磊说："就点海南菜吧。"点了一个文昌鸡、加积鸭，炒了两三个素菜，最后还点了一瓶海口大曲低度白酒，刚国强爱喝白酒。刚国强问："小郭，你公司做得怎么样？"

郭磊喝了一口酒说："海南的情况不大好。至少与上岛时比，差太多，主要是当地工业上不去。"刘荣说："你做旅游的怕什么？"

刚国强说："最来钱的是房地产，可是经过九二、九三年那波冲击，不知要多少年才恢复。从海南离开的朋友，几乎都不想回来了。你想，连海南发展银行都倒闭，国内银行把海南比作金融重灾区。"

郭磊问："你不打算回海南吗？"刚国强说："暂时不回。我在北京成立了公司，做房地产的上下游，工程装修，蛮不错。"

郭磊说："凡是沾到工程二字，都不会差。"刚国强说："工程体量大，哪怕最小的，投入至少都是几十万、几百万。只需要百分之十利润，就很可观。你做小商店，一年都赚不到人家一个零头。"

刘荣看着郭磊说："旅游应该可以吧，好像空手套白狼。"说完笑一下。郭磊说："还是要投入的。再说，我们公司也养了几个人。这些人要吃要喝要住，要工资，也很难。"

刚国强这次来，主要是他原来的单位还有些财务手续没理清，单位老总要他来一趟，给他报差旅费。刚国强在海口待了三天，就走了。

这天，郭磊和洪丹送几个游客去三亚。三亚凤凰机场通航后，从内地来的客人很多就直飞三亚。这天，大巴车路过琼海，他想起报纸上登的朱福祥的消息，想证实一下，于是中途下了车。洪丹独自带人去三亚了。

按报纸上所说，郭磊找到琼海市白石中学。进门是个院子，直接进去，问一行人，得知教师办公室在第二栋。一间间地找，终于在第三间教研室看到一个阔脸小伙坐在办公桌前，好像在发呆，他一眼认出就是当初在轮船上认识的朱福祥。

郭磊试着走进去，让他不解的是，朱福祥打量他半天，竟想不起来。经郭磊再三提醒，他才说："噢，你姓郭。"

朱福祥略微思忖一下，起身说："我们到隔壁办公室坐。"

隔壁办公室没人，朱福祥还给郭磊倒了一杯开水。郭磊从口袋里掏出登载朱福祥跳海自杀的报纸。朱福祥一见脸色顿变，接着两行泪水从他的圆眼睛里流出来。

郭磊长叹说："兄弟啊，再如何想不开，也不能轻生啊。"朱福祥半天没吭声，然后淡淡一笑，说："是，当时要不是两个老师发现，我已是九泉下的鬼了。"郭磊问："你到底为什么？"

朱福祥苦笑说："你是最先知道我们之间关系的。徐丽媛和我是同班同学，一起来的海南。上岛时你也看到我们成双成对、亲密无间。唉，她开始说她父亲有个战友在这儿，可找了半天没找到，后来就自己找工作。找啊找，你知道，海南的工作好找吗？我和徐丽媛的简历表放在人才交流中心八年，没得反应。我们又不肯回去，最后在白石中学应聘了老师。"

这些事情郭磊都知道，他的脑子有点走神。他望向窗外，发现院子蛮大，只是房屋破旧，建筑风格是五十年代的。进门时看到教学楼墙上还保留着一条七十年代用石灰水写的标语："抓纲治国，大干快上"。

朱福祥继续说："我老家是咸宁，她老家是孝感。不料一天，她从一张报纸上看到海口市一家公司招聘总经理助理，就打电话过去，对方听她介绍完，让她面试，结果一去即中。"

郭磊说："什么单位？"

朱福祥说："香港人开的汽车租赁公司，就在海秀大道二十二号，右侧是民族歌舞团。有一天，我上海口找徐丽媛，来到她应聘的公司。香港老板租的房子挺大，里头摆设豪华。我进去看到她同老板坐沙发上聊天，那个黏糊劲儿，一看就不对。她看到我，脸色马上变了，然后拽着我到门口说，没见我在工作吗？我说，那是你老板？长得洋猪头似的，眼睛小得睁不开，脸上肉多得堆不下。她说，同你有关系吗？我劝她离开那家公司。她说，我能每月给她六千元工资她就回去。我吃了一惊，我们在白石中学上班一月不到六百。我说，这哪是工作。她问我什么意思。我只生气，说不出话。"

郭磊说："后来呢？"

朱福祥说："她一定要在那儿，我怎么阻拦都没用。此后，我依然没找到合适的工作，只能待在琼海。眼看一年过去，再去找她，她竟取笑我说：朱福祥，现在社会认钱。人家香港就这么过，你不要再找我。我一气之下，打了她。此后再找，就找不到她人了。我问香港老板，说她辞职了。此后到处找，海口那么大，我上哪儿找她？"

郭磊说："所以你就跳海？"

朱福祥说："一次，我和学校老师去海口。经过海秀大道，发现徐丽嫒同香港老板从乐普生商场出来，手里提一摞高档衣服，全身上下珠光宝气的，她看到我，装作不认识。香港男人更是一个电话喊来两个马仔。那男人在香港有老婆、有孩子，都四十多了。我第二天给她打过电话去，她给我解释：朱福祥，他是我老板，发我工资，我陪他进出是工作。我说，那叫工作吗，手挽手光天化日之下，房间里还不知如何！她说，朱福祥，时间将证明我是什么人！"

郭磊说："后来呢？"

朱福祥说："半年后的一天，那香港老板忽然来找我，还带两个马仔将我掳出去，我当时在上课。校长闻讯赶来，香港人却指着我说，这王八蛋和姓徐的勾结骗我的钱。我对他说，学校老师可作证，我这半年没去过海口。他说，没去不等于你没参与。校长说，你有什么证据说朱老师陷害你？他说徐丽嫒卷走他二十万后，不辞而别，就怀疑徐丽嫒的男友，找到我这儿来了。"

郭磊问："徐丽嫒卷走他二十万？"朱福祥说："不知道，这是他们的事。""后来呢？""后来校长作证，那人只能走了。""从此你再没见过她？""半年后，她来找我。没进学校，约我到外头。我才知道，她的确拿了香港人二十万，说那是香港人招聘时答应的工资加奖金。对方不兑现，她才趁对方不在，自己填了现金支票，支走二十万，不辞而别。"

郭磊又问："香港人为何答应她二十万？"朱福祥说："香港人招聘她时说，在他们香港，二十万是小数字，只要员工听话都有。他承诺徐丽嫒好好工作，一定会给。时间过去那么久，从来都没见提，有次还要跟她上床。此后，更不断提无理要求。因此激怒了徐丽媛，才卷走他二十万。""香港人还找她吗？""那男人估计有把柄落在她手里，找了一阵就没再找，这事就平息了。"

郭磊说："那你为何做这样的事呢？"

朱福祥说："听说她离开了香港人，我就去找她，她在三亚开了一家珠宝店。后来，她答应与我复合。我们之前有过一次亲密接触，可是再找到她，怎么都不同我亲热，还让我辞掉白石中学的工作，自己开创事业。你知道，我这种人是普通家庭出身，如何开创事业？我还是按她意思忙活了几个月，但一无所获。徐丽媛来海南后接触到很多有钱人，眼界高了视野开了，想的不一样了，对我要求也更高。"

郭磊说："你们好像是大学同学？"

朱福祥说："大三恋爱时正逢海南建省，学校掀起一股海南热，我们就约定上这儿干一番事业。实话告诉你，来海南后的一晚，她躺我怀里说：福祥，来海南我们要拼搏，花三五年时间，赚好多好多钱。然后你上班，我为你生一个儿子，共度余生。"

郭磊说："既然这样，你还是别放弃。我觉得徐丽媛面相和善，不是你说的那种很坏的女孩。你要经常去看她，告诉她你的方向，她肯定还在乎你。"朱福祥摇摇头说："去，她越发冷淡，我才觉得活在世上没意思，才让你看到我最落魄的一面。"

郭磊说："别再干那样的事了。想想吧，如何对得起生你养你的父母？当教师不挺好吗，尽管不能一夜暴富，但至少生活不成问题，再说教师这个职业不难听啊。"

朱福祥灰着脸说："不是这样。你想，十万人才闯海南，豪情万丈一腔热血，谁不希望达到一个理想高度。淘金也罢，闯荡也罢，只像在内地一样仅仅解决了就业，那来这儿干吗？我在家也可当老师，各方面比这儿好，是不是？"

"当老板的大有人在，你可以干呢！""再三打击，早已失去信心。不瞒您说，我打算再待一年半载，就打道回府。""回老家？""对呀，我老家咸宁是非常美丽的山城。我回去也可当老师，还可以同我父母天天在一起，你说对吧？""你放得下徐丽媛？""有什么放不下，就当我们从来没认识，一场梦罢了。"

郭磊将名片留给朱福祥，让他去海口时，到自己的公司做客。朱福祥惊讶地说："你可以啊，自己搞了公司？"

回到海口，郭磊将朱福祥与徐丽媛的故事告诉了洪丹。洪丹差点儿落泪，说："想不到，十万人才闯海南，还有这么凄惨的故事！"

一天，洪丹要带一批客人去三亚，郭磊正好没事，就跟她一起去。

三亚只有一条主街，来回走一趟，要不了半小时，却没见哪一家珠宝店是徐丽媛开的。郭磊忽然想到三亚河的商铺街，那是三亚一个旧城区，居民人口密集。这条街从街口到街尾，全是商店。于是坐了辆砰砰车来到商铺街，从头至尾一间一间地找。一直往前，终于在一家中型珠宝店门口看到那个熟悉的身影，一个女子身穿露臂黑色薄裙，脖子上戴着一条精致的项链，正站在服务员身后看一个买主挑项链。郭磊差点儿没喊出声，便轻步过去，站在那女人一侧。她终于抬起头，看到了他，这女子就是徐丽媛。她比之前富态，皮肤依然很好，但也松弛了一些。忆想中徐丽媛的眼睛很大，现在可能肌肉松弛了一些，让她的眼睛看去略小了一些。

见是郭磊，徐丽媛不禁一愣说："哎，你还在海南？"郭磊说："半年前我在报纸上看到朱福祥的事，才知你们还在海南。"闻此，徐丽媛表情开始凝重，说："走，我们到隔壁茶店坐一下。"说着，她对店员姑娘小声说了句什么，就领着郭磊来到隔壁一家咖啡店。

这个店看去比本地人开的老爸茶店环境好，至少装修了。店内桌椅也是正规家具店的。只是海南的茶店总少不了男顾客吸烟，有的不但吸烟还将光脚搁在桌上，用手抠脚丫。这种行为政府认为要唾弃，不文明，可是茶店老板为盈利，不敢得罪客人。进门就被一股浓烟味呛得倒退两步，徐丽媛皱眉说："讨厌，这种店就是吸烟的人太多。"郭磊朝里望一下说："有包厢吧，我们找个包厢。"

来到一个包厢前，服务员赶紧过来说："几位？"徐丽媛说："赶紧把空调打开。"服务员说："好。"边说边开空调。

二人分别坐下。徐丽媛说："来两杯咖啡，加方糖。"服务员去了。徐丽媛问道："你在哪儿做事？"郭磊谦虚地说："不瞒你说，我做了一家旅游公司，很小很小，不好意思说。"

"小也是老板，对吧。做多久了？""好几年了。""公司多少人？""四五个人，加上我妻子。"

"你结婚了？""开公司遇到的，山西人。"

徐丽媛一边说"祝贺"，一边指挥女服务员："小姐，有红枣龙眼茶吧，那个美容，换那个。"服务员问："咖啡呢？"徐丽媛看着郭磊说："我不喝，过敏。"

服务员离开了。徐丽媛微笑着说："那话怎么说？同是天涯沦落人，相逢何必曾相识！哈哈，我们算是天涯沦落人吧。"她忽然又打量着郭磊，"哎，你好像没变呀。"

郭磊自嘲说："老了吧，我老婆说我看上去都四十了。"徐丽媛说："还不至于。""我见到朱福祥，很瘦，看上去蛮可怜的。""他把我骂了个狗血淋头。你说他可怜？他才不可怜。你不是为他当说客吧？""不是，我真的是来三亚出差，想当初咱们是一起上岛的，找你聊聊。"

徐丽媛嫣然一笑，点了点头。稍停片刻，她才说："我同朱福祥是初恋。那时候，我们感情相当稳定，可是人会变的。比如他，大学时挺能干的一个人，来海南后，就像从没出过门的小姑娘，什么事都要我出面，我成了他的开路先锋。我们在海口找过不少单位。因为我们的专业，不好找，一次上琼海参观红色娘子军遗迹，看到白石中学招聘，于是去试试，不想被录取。在那儿干不到半年，我看到一家港资企业招文员，因为我在学校语文不错，就给那公司打电话，对方听了我情况，便让我去面试。那主考老板姓陈，香港人，问了几句就录取了我。那儿包吃住。我是他助理。朱福祥就不信，咬定我同他有不可告人的关系。我解释不清。"

郭磊笑说："情况他都说了。"

徐丽媛说："我为何搞姓陈的二十万呢？一半是我的工资奖金，只是他扣押不给，担心我走，把我身份证扣押。他香港有老婆，四个孩子。说香港人笑贫不笑娼，说男人干那事司空见惯。说假如我同意做他女友，可以给我很多钱。去后不久就要与我同居。所以，我早知那不可留。"

郭磊说："朱福祥可能误解了你。"

徐丽媛说："严重误解！他认为我绝对不干净，认为有钱人都不是好东西。我告诉他，你不要错杀，有钱人有本事。他们之所以有钱，说明他们成功。他就是不同意我观点，所以我们经常吵架。"郭磊说："你不知道，男人能力再差，也有自尊的。"徐丽媛摇头说："这是闯海南，不是在校园。出发前豪情万丈，说什么'我朱福祥十年不成李嘉诚，无颜见江东父老'！"

郭磊笑说："刚来都那样。"徐丽媛说："争吵中，我发现他不是我心中的男人。所以，我决定离开他。"郭磊问："没有复合的可能吗？"

徐丽媛叹了一口气，转移话题说："我曾想做广告，可广告公司太多，想开服装店，还打算去广州学服装设计。但是人家说，在海南，最适合你的是珠宝店，况且你这么年轻漂亮。我这人特喜欢珍珠，就来三亚考察，还接触泰国销售珠宝的客商；后来还去了趟缅甸，考察缅甸的玉石。我将钱都投了进去，抱着不成功便成仁的想法。"

郭磊说:"生意好像可以。"徐丽媛笑说:"开张后,生意不错。我打算明年再开一家连锁。""可以让朱福祥一起干啊?""不提他。他那人,死要面子。我同他,永远不可能!"

"一点儿可能都没有吗?""我说了,这辈子就是独身也不同他好,他太让我失望了。"

包厢没第三个人,服务员送了茶就走了。包厢灯是亮的,但不刺眼,正好照着徐丽媛雪白的颈胸,她又穿得露,那晶莹剔透的珍珠悬挂在雪白的脖颈上,让人产生联想。以致郭磊隔一会儿就会朝那儿瞟一眼,却不敢停留。郭磊说:"单身?不可能。你这么年轻。"徐丽媛说:"随缘,能遇到,是好事;实在遇不到,只要有钱,单身也未必不好。"

郭磊笑了笑。徐丽媛问:"你有孩子了吗?"郭磊说:"不敢要,毕竟还属创业期。""是,都挺不容易的。""我最艰难的时候已过去,不管如何说,我对海南的明天还是有信心的。"

"好好做吧,海南旅游业是朝阳产业。你搞这个,应该是走对了路子。""下次有游客,我可以向他们推荐你的产品,能帮帮一下。""凡旅行社带来的,我们都有提成,放心!""有价目表吗?""一会儿上店里拿给你。"

聊得差不多了,徐丽媛就起身结账,相互递了名片,然后又到店里给郭磊拿了一张价目表。

第十二章

十二月的夜，皓月当空，偶尔吹过一阵海风，这在北方是不可思议的，海南却很平常！

这天，郭磊接到妹妹郭妮的电话："哥啊，我和小邱元旦上你那儿玩，有问题吗？"

两天后，郭妮领着丈夫邱小隆和儿子邱小合从徽州飞海口。一下飞机，邱小隆就被窗外浓郁的海南风光迷住，一个劲儿地夸："太美，太美了，长这么大没见过这种植物。"因为郭磊家别墅没装修，路上他再三说明。妹妹说："没事，自己人，还讲什么面子！"洪丹提前将卫生搞好，再在小院栽上几棵三角梅、木棉等。

当出租车来到别墅门口，邱小隆被鸭尾溪里的臭水呛得捂起鼻子："这河不卫生，看到没，死老鼠都有，政府怎么不清理？"郭磊说："当初买房时环境就这样，便宜没好货。三十万一栋的别墅，环境又好，不可能。"邱小隆说："责任在政府，应治理，还它一条干净清澈的河。"郭磊说："唉，财政收入少，钱都不够发工资。"妹妹的儿子已两岁多，郭磊和洪丹却还没孩子。下车时，郭妮在哥哥耳边小声说："哥，你怎么不让嫂子生一个呢？"郭磊没作声。

洪丹领妹妹和外甥去卫生间洗脸，郭磊领妹夫在门口转了转，妹夫说："三十万买一个别墅，还是赚了。"

洗完脸，洪丹说："吃饭去吧。"郭妮问："上哪儿吃？"郭磊说："第一顿，肯定要带你们去吃海鲜。"

妹夫邱小隆毕业于徽州工业大学，考上徽州市包河区统计局公务员。上半年，邱小隆调综合统计科任主办科员，入了党。他一直欠妻子一个承诺，好歹挤出时间陪妻子上海南。可正要动身，国内突发大面积"非典"疫情，不敢出门。郭磊告诉妹妹，海南没有"非典"，你大胆来。

妹夫的发际线高，宽阔一片，妹妹在电话里多次说："你妹夫天门长得开阔呢。"这额头据说有智慧、性格好。妹妹说："小邱的性格就非常好，从不发脾气。"郭磊一见，果然如此。

洪丹问郭磊上哪儿吃，郭磊说去新阜岛吧。

海口新阜桥头新开了两家海鲜店，据说那儿的海鲜都是当天打回来的。

走到海达路，拦了一辆出租车，直接到新阜桥，果然看到新开三家海鲜店。上前一问，可自买加工，路边摆满刚打来的海鲜。郭妮和小邱第一次看到这么新鲜的海鲜十分惊喜，有些郭磊、洪丹也叫不上名。经导购员导购，买了五只大红蟹、一斤基围虾、一斤花螺、八只生蚝、一条鳗鱼、一条石斑鱼、一条带鱼、一斤海参、半斤青椒、四个鸭蛋、半斤韭黄，外加两斤西洋菜，一起交给第一家加工店加工。店主除了加工海鲜，还加工各种炒菜，卖米饭、卖酒。

小邱说："路上有点累，来点酒。"郭磊说："没有古井贡，给你来瓶海口大曲。"洪丹说："还是鹿龟酒好，老少适宜。"小邱马上说："行，照嫂子说的，鹿龟酒。"

小邱、郭妮都是第一次吃海南的海鲜，尤其郭妮不住地说："大开眼界，长这么大没吃过这么新鲜的海鲜。"小邱说："基围虾我吃过，但都从沿海运去的，经过冷冻。"

所点的菜一扫而光，一瓶酒也到瓶底。

离元旦还有两天，洪丹说："去玩抓紧，别拖到元旦，游客多。"

十二月的夜晚坐在阳台上闲聊，这在北方不可想象。顶层被洪丹收拾得干干净净，摆好几把凳子和桌子。

洪丹泡了一壶茶，端到顶层桌旁，为每人斟一杯，然后坐着闲聊。郭妮首先谈感受说："从下飞机那刻，我就开始兴奋。"小邱说："我也是。不过，最感兴趣的还是哥领我们吃的海鲜。"郭妮闻到鸭尾溪飘过来的臭味说："说来道去，还是那道溪，政府要赶紧治理。"

大家听了就笑。

次日，洪丹去机场接人，郭磊则领妹妹一家坐大巴车去三亚，转了几个主要景点，如天涯海角、大小洞天、南山寺、大东海、亚龙湾等。此时的亚龙湾五星级宾馆已建了十座，成了规模。加上国家会议不少开，环境美，尤其绿化、花化、美化做得很好，让每个来过的人，都惊叹南国滨海城市的独特美景和魅力。

洪丹给郭磊打电话问："我回海口了，你们还要待多久？"郭磊说："我们明天回去。"

回到海口，他们又领妹妹、妹夫在海口周边如火山口、东寨港红树林、五公祠、海瑞墓等景点转了一天，才知历史上的海瑞是海南人。郭磊本想领妹妹去儋州参观苏东坡书院和千年古盐田，可来回要两三天，有一百多里，就没去；妹妹、妹夫上万绿园拍了很多照片。他们前后待了七天。

这时，传来消息，北京的"非典"疫情已扩散，徽州和亳州一样开始布防。

二〇〇三年的"非典"，成了国人谈虎色变的瘟疫。机场封查，行人戴口罩。疫情结束后，惊爆一串数字，全国几乎所有省份都有"非典"疫情，只有海南省是无疫岛。

走前，郭磊在博爱南东门市场买了不少海鲜干货，花了一千多元，给妹妹带回去。临走，妹妹再次提醒说："哥，让嫂子赶紧生一个吧。"郭磊说："不都在打拼吗，生孩子，会耽误多少事。"郭妮问："你还欠多少钱？""欠你五千，爸和大哥还有一点儿。"郭妮说："我的钱就不用你还了。"郭磊说："不行，我还有外债。不过没事，很快会还清的。"

一天，郭磊看到省旅游主管部门在《海南日报》刊登了一个征集旅游宣传口号的广告。最后经过千万条筛选，确定了"椰风海韵醉游人"为宣传口号，还推出了一首欢迎游客的歌曲《永远的邀请》，表达了海南人民永远欢迎四海游客的热情愿望。

省旅游部门还通过各级政府，在海南岛全岛布局具有海南岛屿特色和黎苗民族特色的旅游景点设施，以适应外地游客的多样选择。

二〇〇三年十二月，海南岛举办了第五十三届世界小姐全球总决赛，赛场在三亚，使海南成为中国首家举办世界小姐大赛的地区，赛事被世界发达国家电视台转播。赛前，夫妻二人决定前往三亚看世界小姐花车巡展盛况。大赛看不到，要半月后，但世界小姐花车巡游让他们大饱眼福。"世姐花车"巡游那天，三亚人拥上街头，将街道挤得水泄不通。政府通知市民文明观看，但依然挡不住市民的火爆热情，有的还突破警察防卫上前为"世姐"喝彩献花，有的还直接吻"世姐"的手背。"世姐"也是亲民，竟伸出手给激动而疯狂的市民亲吻。国内各大报都能看到海南岛举办这届世界小姐大赛的消息，与一年前召开的首届亚洲博鳌论坛会议一样，引起全世界的瞩目，海南是"东方夏威夷"的说法再一次被全球媒体提及。

第五十三届世界小姐大赛后，郭磊的父母和大哥大嫂来了一趟海南。父亲和大哥在家居住时，反复说应该尽快把别墅装修一下，否则太不配称。

父亲甚至答应凑钱给郭磊，却被他婉拒："肯定会装修的，只是时间问题。"

郭磊通过专业机构评估了一下自己的房产，竟然翻了一倍多，可以卖到四千一平方米。别墅一共三百多平方米，价值一百三十万，这让夫妻二人精神大振！

郭磊的公司是较早成立的私人公司，经过几年的历练，接待能力相对成熟。随着海南旅游新形势，夫妻二人决定学一门外语，同时再招聘几个有素质的新员工。

大年初八，卢尧给郭磊打电话说："兄弟，我在南航西又开了一家湘风阁。往省电视台东三百米，南侧一栋五层楼，第一、二层被我租了。之前我告诉过你，你一直没来。哪天上这儿看看如何？"

郭磊知道他开店要客源，就说："这样吧，过年最忙，没时间。等到元宵节，我带公司的人全去？"

卢尧乐了，说："行，我给你留一个包厢。"

元宵节中午，郭磊果真带着洪丹、李鑫、付子皓等公司所有人一起来到卢尧的南航西新店。卢尧在店门口正同一位年轻貌美姑娘说话，姑娘穿湘风阁特制的服装，卢尧在开第二个店就想到所有湘风阁都统一服务员服装。这姑娘是谁呢？郭磊想起曾在机场东路的店见过。

洪丹第一个下车，卢尧逐一同他们握手，说："二楼泰山包厢。"看到那个年轻貌美的姑娘，郭磊便在卢尧耳边小声说："好像之前在你机场路店？"卢尧说："对，新店建立，我让她当店长。谭香竹，我老乡。小谭，你在楼下招呼，我领朋友上楼。"

卢尧边走边说："现在才明白，搞餐馆也要有文化，以前总以为不就搞个餐馆嘛。"郭磊问："还写小说不？"卢尧笑说："目前不行，全心全意赚钱。买房，再娶个堂客，对吧？"

郭磊扭头看谭香竹一眼，说："这姑娘挺不错嘛。"卢尧说："扯，她是我员工，员工间不好谈私事。"郭磊就笑。

来到泰山包厢，郭磊说："今天元宵节，你肯定忙，就不聊了，有空再聊。"卢尧说："没事，搞第一个店我惶恐，主要没搞过，经过第一个店的历练，老实说再开它八个十个都不在话下。"

郭磊说："厉害，你要开八个十个店，就成海南省名人了。"卢尧想到什么说："对，你要接到湖南团，直接带到这儿，旅游团也吃饭对吧？"郭磊说："吃湘菜的客人都上你这儿来？但你要搞好质量，价格还要实惠。"卢尧拍郭磊肩头说："放心，我一个作家开店，肯定同纯粹商人不同，放心！"

服务员送来茶水，接着给他们菜单点菜。郭磊让大家每人点一个，最后自己也点了一个。

菜上齐，卢尧又上来说："兄弟，这桌一起五百块，我给你打六折，三百，够意思吧？"

郭磊说："太客气了。你是做生意，不是做慈善。"卢尧拍拍郭磊的肩说："尽在不言中。"

吃了一会儿，卢尧又来为郭磊和所有人敬了一杯酒。

同上岛的，有好奇心，郭磊问卢尧买房了吗？直到快吃完，卢尧才对他说："暂时租房，就在我这个店的后头。"

郭磊走到楼下小便，碰到卢尧，便将他拉一边问："兄弟，你实话告诉我，两个店每月赚多少？"卢尧呵呵笑说："毛利应该有十万。""比我厉害。""你不买别墅了吗，你牛！"

郭磊摇摇头说："我那烂尾楼，不值钱。"卢尧说："伙计我跟你说，海南马上要掀起新一轮房地产热潮。那天，政府一个厅级官员在我这儿吃饭，说当初从海南离开的不少人要持巨款来收购烂尾楼，一栋百万，经他们一包装，出手千万上亿，十倍赚。你要干，将你别墅包装卖，能赚二百万。"郭磊说："打死我也不卖。那是我上岛后的第一份资产，是我的海南梦。"

卢尧笑问："你不是要赚钱吗？师范大学那个刘讲师，你记得吗？"郭磊说："刘荣，河北人。""他和系主任上这儿吃饭，说北京一批人马上要来海南收购房产，什么万亨六君子、天涯三剑客、江湖四浪子等，都要来倒腾。"

郭磊说："这些人厉害，第一拨赚到钱，跑了；第二拨又来了。"卢尧说："所以说，兄弟，搞旅游和开这破餐馆，不及人家搞几平方米的楼。""没办法，咱就一草民，没那么多本钱。"

"贷款啊。""贷款要抵押。"

卢尧压低声音说："听那厅官说，上个月，一个温州炒房团进入海南，手持巨款主要收购烂尾楼。江浙沪那边人，妈的，都很富。"

郭磊发现谭香竹有点像谭厂长的侄女四妹，便在卢尧耳边说："伙计，你那个助理……真不错，攻下她。"卢尧脸红了，说："兄弟，这话不要被她听到。她是店长，感情方面非常严肃，玩笑都不能开。""什么毕业？""小时学过花鼓戏，她一个叔在什么厅当副处长，带她过来的。""怎么认识的？""湖南人嘛，来我店里吃饭。""兄弟，多赚钱，就能拿下她。"

卢尧捶了郭磊一拳，又拍了拍他的肩膀说："还记得我摆玩具套的时候，有个妹子主动找我吧？"郭磊想了想说："好像姓毕，对吧？怎么，后来没听到消息。"卢尧深叹说："唉，你知道她干啥？在海秀路与大同路交界的岔街口站街。我找到她臭骂她一顿，从此不见了，估计是回去了。"

郭磊问："你没阻止？"卢尧狠吸一口气说："如何阻止？连看都不敢看，只是发现后，痛苦得不得了，赶紧跑。我同事都不知我发什么病，说那么好看的姑娘都不看。""后来呢？"

"后来在一个茶店找到她，说跟同村一个小伙子来的。两个人都没得钱，那小伙子太坏了，让她去干那种事。"

卢尧在郭磊肩头拍一下说："是不是像我们这种人，都因为贫穷限制了想象，你看干糟糕事的个个腰缠万贯。比如我之前待的那家办事处，那个叫吕财东的，除了有两个钱，其他一窍不通，玩人家黄花闺女。""他还在？""去深圳了。"

这时，洪丹出现在楼梯口。郭磊马上笑说："聊天呢。"洪丹说："我以为你掉厕所了呢。"

卢尧说："快去，快去。找时间再聊，先吃饭。"

吃完，同卢尧告别。来到楼下，楼上走过几个人，其中一人停下来，朝郭磊挥手说："小郭，先走了，你慢吃。"他一见是刘荣，就说："好的，有事联系。"刘荣说："好嘞。"

送走郭磊夫妻，谭香竹从门口进来。卢尧被郭磊的话触动，便走到她跟前说："刚才那对夫妻你知道是谁吗？"谭香竹说："不是同你一同上岛的吗？"卢尧在她肩头拍了一下说："有进步，之前连小说都不知道，现在连闯海人都知道，所以说你要跟有文化的人在一起。"

谭香竹抿嘴笑说："你一直把我当傻子。"卢尧说："哪个说的？我把你当傻子，你能当我新店的店长？哪有傻子当店长的。"

这时里头有服务员喊店长，卢尧忙说："那你快去。"谭香竹赶紧进去了。

同上岛的，为何别人成双成对，自己却至今单身？谭香竹是不是他人生的必然选择？

谭香竹虽然文化不高，但未必能拿下她！看她平时对自己很尊敬，一到关键时候就留分寸，是不是那鬼叔鬼婶教好的！这么说，要拿下她，要先从她鬼叔鬼婶那儿下手，但他不敢。她叔虽只是副处级，但看着像厅级，自谭香竹来这儿打工反而一次都不来吃饭。一次问谭香竹，谭香竹竟然说："他们很少吃湘菜。"卢尧吃惊地问："湖南人不吃湘菜？"谭香竹说："他们喜欢吃海鲜。"

卢尧想，我是否应该适当增加海鲜呢？但堂哥没交代，他不敢。

一天，郭磊骑摩托车经过和平大桥，迎面遇到一辆摩托，车上的人突然喊："郭经理！"他认出是中旅的莫青教。莫青教气不打一处来地说："郭经理啊，这旅游不是人干的，你听说零团费吗？就是一分钱不要，这什么逻辑？嗯？这不是自杀式营销吗？对，就是自杀。这样搞，不但他，整个海南旅游业都要垮！"

郭磊听他唠唠叨叨说了一通，终于听明白，问："谁呀？"莫青教用手拭了拭额头的汗说："你这经理当的，莫非你公司没有？"郭磊摇摇头说："没有。""奇怪，海南公司都这么干，就为抢客源。可分文不收，将所有客人都给你，也是零团费啊！""那叫竭泽而渔，你说的是真的？""当然，我都要向省旅游局投诉了。你们公司如何？""不好搞。"

莫青教又问："你的公司还在海府路？"郭磊说："对呀。""旅游业不好做，朋友邀我养鱼。海南搞旅游没希望，我打算去乡间养鱼。""手上有客，还是给我，给你提成。"莫青教笑着说："放心，一定给你。谁同钱过不去呢，对不？"说完挥手走了。

郭磊在机场接到七位东北客人，他们都是身穿大棉袄、大棉裤、高筒皮靴，到达海南机场热得浑身是汗，赶紧手忙脚乱乱脱一通，因为气温一下子相差十几度。

这时，刚国强肩挎一包，手拉行李箱，行李箱上放着刚脱的滑雪衫，边走边和同伴说话，冷不丁看到郭磊，眼睛眨巴几下，露出笑容喊："小郭！"郭磊"刚"字还没喊出，忽觉不对忙改口："刚总……"刚国强对身边的同事说了句什么，然后上来同郭磊握了一下手。

郭磊笑说："一晃几年，去了'皇城根'，我猜，您是回来收购房地产的吧？"

刚国强递给他一张名片，上面印着"北京刚强房地产开发公司总经理"。郭磊也回了一张自己的名片，说："不好意思，小巫见大巫。您这次来是什么使命？""一批朋友分析，海南情况有好转，经济在回升。为处置海南之前留下的烂尾楼，政府正在出台相关政策，要大幅降低税费，大家觉得有钱赚，就杀了回来。"

郭磊感慨地说："终于又在海南岛看到八八年上岛的了。"刚国强哈哈大笑说："改天吃个饭，我还欠你一辆自行车的情，没忘吧？"郭磊想起那次上他办公室丢一辆自行车，就笑说："您记性好，还记得呢。"

几天后，郭磊果真接到刚国强的电话，请他到卢莐在机场东路的湘风阁一聚。原来不想去，但对方一片诚恳，就答应了。

刚国强谈了自己这几年在北京的经历，感慨地说："北京就是北京，做任何事，到北京才成功。小郭，你不信转北京试试，中国没有第二个地方比北京机会多。北京的官员、知识分子多，都经管国家大事，至于商业、商界的事，不很精通，所以才便宜我们这些埋头经商的人。"

　　郭磊说："最近听到一个段子，说万亨那帮人离开海南时，给海南同伙写下六个字'人傻，钱多，速来'。"刚国强笑说："不是写，是拍电报，电报的字越精简越好。"

　　大家一起笑。

　　刚国强又说："去北京后，他们同一家香港公司合作，开发新世界楼盘，从此一发不可收，成就了六个亿万富翁。"郭磊问："你有亿万了吧？""严格说，我只是职业经理人，我的钱都是别人的。""什么叫职业经理人？""资本聘请的执行者，也叫操盘手，国外叫职业经理人。香港有个打工皇帝，个人资产接近老板。这样的打工者，不是一般人能比的。"

　　郭磊站起来，十分恭敬地敬了刚国强一杯酒。刚国强马上说："哎，小郭小郭，别客气。老朋友了，不用这样。"

　　刚国强接到一个电话马上起来说："范爷！对，刚到，住在国贸。这次来，主要受几个朋友委托，购买一批二手房包装出售。不是我的眼光，老板都看好海南第二次机会。我劝您也收购一些，海南市场还是不错的。再说我们这些人，离开房地产，对别的都不感兴趣。好好，我现在吃饭，明天拜访您！"

　　"范爷？"郭磊很快想起曾经参与中国城投资的范建国。

　　"对，就是范建国，重庆袍哥。"刚国强笑了笑说，"不知听谁说我来海南了。他是海南最讲义气、够哥们儿的朋友之一，谁找他都慷慨解囊、不计回报。他在海甸岛开发了第一家匹斯克射击场，很多客人去打枪，很热闹；后来他还闯荡欧洲，要收购足球队。他身上有袍哥精神、魔鬼般的笑声、艺术家的个性，豪迈不羁。他是非常真实自我的人，不断追求真实生活体验，不断激发生命潜能，填补了海南很多空白。"

　　郭磊问："填补海南很多空白？我还真不知道。"

　　刚国强越说越来劲："他除了搞匹斯克，搞世界第一高楼，还搞了中国第一家民间银行，尽管没实现，但他追求自由的个性、挑战极限的态度，都体现了闯海人的精神。这就是敢闯、敢试，敢为人先。"

　　八年后重逢，同刚国强交谈，发现对方比之前更成熟，理论一套一套的。看来人真要前往北京才能进步，否则怎称首都呢？

吃完饭，郭磊抢着买单，可刚国强的同事已经抢先了。分手时，刚国强说："我在海南可能待一段，有机会再聚吧。"郭磊很感动，觉得人与人之间确有感情的。

果然，刚国强到海南没多久，海南省委在之前"一省两地"战略上增加了"大企业进入、大项目带动"思想。十年前海南在全国率先提出建"生态省"决定，成了历届省委的共识。

为缩短海南与发达地区的差距，实现"十一五"期间综合经济指标，达到全国中等偏上水平，海南积极创造条件，吸引大公司来投资搞项目。大公司大项目带来巨额投资，成为拉动海南投资总量快速增长的重要力量。

而大企业进入、大项目带动，使海南经济迅速进入快车道，全省 GDP 第二年就增加到 903.6 亿元，比上年增长 10.1%，人均生产总值突破万元大关，合 1357 美元。依据国际标准衡量一个国家或地区的发展，海南从低收入地区跨入了中等偏下收入地区行列。

这天，郭磊吃过中饭，骑摩托车前往大同一横路。十天前，他报名一家英语培训中心短训班，每周一三五下午去一次。

经过大同一横路，他发现一家餐馆门口站着的男人似曾相识，离近了才认出是中旅的莫青教。自那次在和平桥遇到，一晃几个月过去。郭磊不由刹住车问："小莫，你怎么在这儿？"

莫青教指着招牌露出笑容说："我开的，文昌鸡饭店，想吃文昌鸡上我这儿。"郭磊有些发蒙地说："你不是养鱼去了吗？"莫青教过来同他握手说："那是开玩笑，我一个大学生哪会去养鱼呢。旅行社我早料到不行，你想国企能干过私人？一九九四年我们旅行社对外发包，我就知道有这一天。""倒闭了吗？""已宣布让大家各找出路，否则我怎么开饭店？"

郭磊打量这家"鸡饭店"，海南四大名菜，第一就是文昌鸡，海南本地人最爱吃文昌鸡。他问："生意好吗？""马马虎虎，对付吃饭吧。""你干旅游那么多年积累，放弃不可惜吗？"

"私人公司太多，我不想挤在那条路上。干脆，另找出路。""有客人给我，我照样给你提成。"

"有些老客户偶尔也会给我打电话，我骗他们说，还在旅行社干。"

郭磊说："我在这儿学外语，每周一三五下午来上课。"莫青教感慨地说："你们内地人就是能吃苦，我看到好多人都像你一样拼命。""不管情况如何，你们的房在这儿、家在这儿，我们赤手空拳，不打拼如何生存？""对，本地人从来是赚一二十万就OK，你们不成亿万富翁不罢休。"

有人喊莫老板，莫青教让郭磊等等，急急进去一会儿，手里捏着一只熟鸡腿跑出来，直接塞到郭磊嘴里说："尝尝，尝尝，看我店里的鸡腿好不好吃。"郭磊边吃边说："好吃，太好吃了，我下次一定来。"

此后，只要经过莫青教的"文昌鸡饭店"，郭磊总要往里头瞅一眼。

郭磊的外语培训学习班很快结束了一期，第二期要到七月份。

洪丹生日这天，郭磊想起同莫青教的约定，于是带着洪丹和公司的人到他店里庆祝生日。

莫青教很不错，饭钱不但打了七折，还送了他们一个大西瓜。

年前，在洪丹坚持下，公司买了一辆别人转让的二手面包车。这车是董中伟徒弟叶大贵的，叶大贵新买了一辆小轿车，董中伟就推荐卖给郭磊。叶大贵这些年做装修赚了点钱，经过董中伟斡旋，最后成交价是十二万。

十二万本准备装修别墅的，夫妻俩觉得还是应以事业为重。郭磊和洪丹先后错开时间学驾驶，后来都拿到了驾驶执照。拿驾照前，车子便由蔡驰骋开，他在老家就会开车。

一度，因为地区旅游特色，郭磊同海口市旅游局副局长产生了争论。副局长认为旅游公司要引导游客到海口市几个景点如五公祠、海瑞墓游览参观，可郭磊告诉那个副局长，国内游客来海南基本上为放松，不想去历史厚重的地方学习。海南岛最珍贵的就是大海、沙滩、椰林、阳光，椰风海韵。副局长说，不参观五公祠是浪费海口资源。郭磊拗不过他，试领了几次，游客对他们的安排不满意，便出现游客在海口住一晚，然后直奔三亚的现象，海口成了"旅游过道"。三亚滨海度假设施日益完善，尤其是大东海、亚龙湾等处大量高级酒店已建成；后来三亚附近的陵水、万宁等县也陆续开辟旅游景点，旅游线路便普遍向三亚周边延伸开。

一天，省旅游部门召集各旅游公司负责人开会，严肃讲到一件事：个别旅游公司导游违反导游工作纪律，为游客介绍红色景点时胡说八道，这不但是导游人员的业务素质问题，更是政治问题。针对这起事件，主管部门严肃提醒大家，要对这个导游严肃处理，责令其向主管部门写出深刻检查，半年内不得上岗带团。假如半年中表现不好，直接吊销其导游资格，永远清除出导游队伍。

这事发生在洪生旅游公司导游哈罗身上，他带团到琼海红色娘子军景点参观，为游客讲解红色娘子军身世时，无端说出一句"一个女战士后来当了国民党官员的姨太太"。

郭磊将此事在公司内部做了通报，提醒大家引以为戒，事关个人的前途命运。

几天后，是周末，郭磊打算去美兰机场接人。正要走，手机响了，拿起一看号码较陌生，女的："喂，小郭，知道我是谁吗？"竟然是王静，郭磊便笑说："王大记者，有何指示？"

王静说："小郭，我好不容易找到你手机号。不错，几年了，号还没变。"郭磊说："做旅游的，哪敢变，靠它吃饭呢。""我不做记者了，现在金盘工业区开工厂，生产海南岛岛服。"

"岛服？你生产的？""你不是搞旅游吗，可能的话，帮我销服装，我给你提成。"

郭磊婚后，有一次和洪丹在海秀东路的"明珠广场"购物碰到王静。王静当时说她还在《海南特区报》，郭磊将洪丹介绍给她。王静知道他开了一家旅游公司，向他表示祝贺。

郭磊笑问："你何时改做服装了？"王静说："什么时候有空，上我厂里来一趟。""明天吧，没特殊情况，我直接去找你。你在金盘几号？""好不好记，我用短信发到你的手机上。"

洪丹可能累了，一上床就睡着了。洪丹睡觉咬牙齿，不怎么打呼。婚后，他们每周要两次夫妻生活。想想两天没过了，于是拍醒洪丹。她看到郭磊坏笑，于是把枕头垫高些。完事后，郭磊将电风扇关小一些说："别感冒了。"

同妻子做爱时，郭磊第一次满脑子想的却是王静。应该说，洪丹的容貌没法同王静和徐丽媛比。洪丹属不难看型，身材不错，双肩平整，腰肢挺拔，假如穿上女警或军装，一定英姿飒爽。今晚怎么了，躺在妻子身边，竟然想别的女人，是不是道德出了问题？

次日打算出门，郭磊竟然有不大情愿的感觉，觉得特地为王静跑一趟，似乎是浪费时间。不管怎么说，他还是推出摩托车，往金盘工业区出发。

从南航西路穿过去到刚开发的南海大道，穿过南海大道，便是金盘工业区。驶进金盘开发区的地界，问一个行人，说笔直上去，穿过金盘大道，往南尽头便是郭磊要去的地址：金盘工业区 F 区四号偏楼五号。

来到王静说的厂房门口。他抬头看牌号，有个保安过来收费说："五毛。"他掏五毛给对方问："岛服厂是不是在二楼？"那人说："对，厂长刚上去。"

走上二楼，正对着一间车间大门。里头摆满了机器，坐着二十多名生产工人，女的多。王静正站在一位女工身后，好像在看她做一件岛服。郭磊用手在铁门上敲了两下，王静听到响声，转过头见是他，马上微笑着走出来说："正好，我今天没出去。"郭磊问："就是这儿吗？""这是车间，里头还有设计室，一个仓库，基本上都在这儿。""一层还是半层？""就一个单元。你没见，这厂房很大哦，这一层就可以安排四家厂。"

郭磊四下打量着说："蛮正规，我当初见一家重庆阿姨办的毛巾厂，就在灵山一个废弃养猪场。"王静笑说："那怎么行，要搞就正规。人家来考察参观也像个工厂，对吧。""光生产岛服吗？其他服装呢？""莫小看岛服，量大，当初没想太多，就昨天一天，三亚两公司拉了两车去，都是现金。""销量好，何苦要我来？"

王静笑说："销量不大，这几个月找报社同事帮忙宣传造舆论。省府办公厅刚还同我打电话让安排一千件，要召开一个什么会，每人发一件。"郭磊问："价格呢？""发货都是批发价，像你这类朋友，再打一个折。目前岛上生产岛服就两家，一家我们，一家省民族歌舞团一个服装师，可能这个来钱。""搞旅游公司的越来越多，竞争激烈。我可以给你做广告，让朋友都上你这儿买。对了，别人多少？""一样折。""祝贺你，连厂房都有了，我那个公司才一百平方米。""混成你这样也不错，好多那会儿来的都打道回府了，祝贺你。"

接着，郭磊跟王静走进她的办公室。一旁设计室里坐着两个设计师，比比画画着什么。王静将他领到隔壁，看到标着"厂长室"，郭磊就说："有本事，一个记者，说办厂就办。本钱哪儿来的？"王静指着单人沙发说："坐，我给你拿饮料。"

屋里除了一张办公桌，一把转椅，一只木柜，再就是桌上一台电脑。旁边有个侧门，好像卫生间，还有一个小厨房。王静从那小厨房拿了一罐饮料出来，递给他。郭磊说："还做饭？"王静说："工业区办食堂，工人在那儿吃。我和设计师不想去就自己做，图方便。"郭磊看是芒果汁，便说："别说，海南产芒果汁真好喝。喝这么多年，百喝不厌。"

王静给了郭磊一根吸管，吸了一口芒果汁，他问："你能不能拿两件样品我看看？""好啊。"王静答应着直接出去，拿来两件样品递给郭磊。郭磊看了看问："男式还是女式？都是花花绿绿的，分男女吗？""男的是这种领，女的是那种领。""售价三十，利润如何？""价太高人家不要，再说做衣服又不高端，只要抓住机会。"王静所答非所问，似有保留。

郭磊说："很好奇。你哪儿来的本钱？"王静说："贷款啊！""贷款要抵押，谁给你担保？"

"一个老板，她从事建筑行业。前年开始收购海口国贸几栋房，在秀英那边买地，开发了两个商品楼。你说这海南岛也怪，前两年说海南房地产全军覆灭。没想到，就在人们不注意的情况下，又悄悄回走，逐步回暖了。"

郭磊乐了，说："看来，我购买的那栋房，真是万千正确，无比正确。"王静问："你买房子了？"郭磊说："对呀，九七年底，正是海南低潮，一家信托公司处置海口资产，将房子贱卖。我四处借钱，凑了三十万，买了一栋。"王静吃惊地问："一栋？"郭磊说："是呀，别墅。""呀，你真可以！三十万买一栋别墅！""当时说烂尾楼，我这人有点犟。既然来了，就赌一把。一半钱是借的。""位置在哪里？""海甸鸭尾溪。"

王静想了想说："好像一个深圳老板在和平大道开发了一个江南城，卖得不错。"郭磊说："海甸岛垂直两条大道，横穿六条街，四方四正，道路笔直，我很喜欢。""海甸岛是建省后开发的，老城区是建省前留下的。如金盘这边新开发，道路都是笔直的。海甸岛环境不错，好像建了两家五星级大酒店。""一度流行一句话，海甸岛居住，国贸区上班，是身份的标志。"

王静笑起来说："不错，不错，你厉害。真想不到。同上岛的，你竟有了房子。"郭磊说："你更厉害，都有自己的工厂了。"

王静听了就笑。郭磊喝着饮料，王静听到有人喊，便出去了，一会儿进来问："你结婚了吧？上次好像碰到过，她哪儿的？""山西人，办旅游公司时认识的。哎，他还在三亚？"

王静苦笑说："我们分手了。他在三亚，我在海口，两地分居。一次，我上三亚，发现他房间住了一个女孩。若不是女孩问我，我还不肯定是他出轨了。""你们不是一直挺好吗？""是啊，是他出了问题，我是忠诚的。我没想到，他竟然背叛我。"

郭磊问："很久了吗？"王静说："五年了。"郭磊迟疑着问："那支持你办厂的……"

王静哈哈笑说："你想象力真丰富，给我担保的是个女老板，广东电白人。她几岁就跟父亲在建筑工地干活儿。电白那地方怪，大多搞建筑工程，不少包工头都用电白工人。"

"这么说，你还单身？"王静笑而不语。"笑什么？我猜，像你这样的，不可能闲着。你不动嘴，男人也蜜蜂采花一样地追。""你说得很对。这两年，至少十几个男人追我。"

郭磊问："你同前夫有孩子吗？"王静立马说："什么前夫，我又没同他结婚，只是同居，我这样像有孩子的吗？"说着她还故意摆弄了一下身姿体态。郭磊笑说："嗯，跟以前差不多，更美。""你们有孩子了吗？""快了。哎，中午了，我请你吃饭吧。""来这儿，我请你。"

"那下次找时间吧，我最近也挺忙，你给我两件样品吧。"

王静发现郭磊老是看她，像是动了什么心思，就扭开脸出去拿了两件样品过来递给郭磊。

郭磊失态地说："好，好。为你推销，也方便我，游客对海南的岛服还是蛮有兴趣的。"说完，他将两件样品用塑料袋装起来，说："我给你钱吧。""不用，那是宣传品。""那好，先告辞，有空再聚。"

王静送郭磊到电梯口说："有事随时跟我打电话。"

郭磊回到公司，陈小弓、蔡驰骋在。陈小弓说："磊哥，你想不想知道鄢庆桐的消息？他结婚了。女的家是在府城开老爸茶店的，是不是捡到一个大便宜？"蔡驰骋说："小鄢蛮帅的，当初不是看上那贵州女孩王什么珠吗，大概没追上，受了刺激。"

洪丹正好进来，问："什么地方，哪天我看看？"蔡驰骋说："我怀疑鄢庆桐这家伙是权宜之计。他眼界很高，可惜时运不济。他曾对我说，他的初恋是一位副市长的女儿，而且长相不错，气质高雅。"付子皓说："吹的吧？"李鑫说："可能是个县级市。"

陈小弓说："找本地人，至少可以解决吃住。小鄢找的那姑娘，个子不矮，至少一米六。"付子皓说："人家为何看上他穷光蛋？"郭磊说："不管怎样，碰到都要祝福，别伤人家自尊心。"

第十三章

　　一天，李鑫送游客回来说："经理，我有个建议，公司办公地点太偏，应将公司办公室挪至海口大街临街房，甚至临街铺面。尽管房租高，但是也合算。只要多捡几个客，房租就回来了，舍不得孩子套不着狼。"

　　郭磊说："你说的我想过。我们现在办公地点，最坏的是前头有一栋楼屏蔽。我同意李鑫的建议，挪到临街。"付子皓说："做旅游的，当然要别人知道，临街比现在好。"洪丹说："临街是好，就怕找不到合适的房子。"

　　陈小弓举手说："有。我经过三角池，看到省电视台旧办公楼改装，一层隔成一间间铺面。当时就想，假如我们公司挪到这儿多好。那位置属海口市人流量最多，对面是海口宾馆，右侧是园林酒店，斜对面是望海楼国际大酒店和商场，过去是乐普生商厦、明珠广场，再过去是海秀人行天桥、海航南航大厦，之前散发传单也多在这一带。"

　　郭磊说："位置是好，估计租金相当贵。这样吧，小弓去问问，然后给我电话，假如价格合适，我们要两间，直接搬过去。"洪丹说："还有一事，郭磊，我想好久了，我们公司的名字也该改改，不能还叫三友。"郭磊问："你觉得叫什么好？"付子皓说："我觉得，海南简称是琼，我们就叫琼岛，挺好。"洪丹说："琼岛旅游？可以呀，小付。"郭磊说："行，搬家那天，将名字一块改了。"

　　第二天，陈小弓回来说："磊哥，问了，月租四千，一间相当现在办公室的一倍，两间就是两倍。"郭磊说："你找对方要合同，我们下午去看。"

　　下午，郭磊开那辆二手面包车过去，找租房的协商降点价，对方说台里定的。郭磊问："一次能签多久？"那人说："两年、三年都可以。"

　　经过请示，郭磊同对方签了三年，并承诺第二天交付定金。

　　三天后，郭磊就将办公地址搬到三角池的公园这边，又到工商局将原来的"三友"改为"琼岛"公司。大家觉得琼岛便于记忆，于是都赞成。

　　正像陈小弓说的，每个来海口的都会上主街逛。他们将公司的宣传服务等印成小册子，一个月竟有四十多人主动报名环岛三日游或五日游。仅这四十多人的费用，就赚到一年的铺租。

搬来第十天，郭磊召集全公司人开会，商量到几家公园调查外省来度假的"候鸟"。原来这两年，发现在海口街上及万绿园、人民公园等，来了不少内地老人，其中以东北、新疆的居多。后一打听，这些老人，大都是退休或病退后来海南度假的。

洪丹说："鑫啊，改天我们挨公园调查。那些人肯定不止在海口，还会去三亚、琼海等地。自己去不合算，就找旅游团。我们不如主动出击，找他们联系。"

此后，他们各自出去接触了一百多个"候鸟"，发现他们多是退休职工，退休金少，除了租房，消费很低，尤其像高尔夫那样的高消费，压根儿不能。正好海口市区的所有公园均免门票，环境又优美，连上厕所都免费。于是到公园跳广场舞、拉二胡、吹笛子、吹萨克斯、唱京剧等成了他们的首选。

随着来海南的"候鸟"越来越多，一部分有条件的，开始寻思买房。海南房价此时都还不高，平均每平方米两到三千。三亚临海商品房相对高些，也没超过一万。

一天，李鑫上万绿园找了几个黑龙江"候鸟"，提出建一个黑龙江候鸟联谊会。有了联谊会，不管来没，都由"候鸟联谊会"联络。这联谊会设在郭磊的琼岛旅游公司，使用琼岛公司专门电话。李鑫同郭磊商量，觉得可以。于是找到黑龙江候鸟老人中一位副厅级离休干部，他叫舒起同，请他任联谊会长，李鑫任执行副会长。

舒起同当过黑龙江省公安厅副厅长，一次来海南旅游，非常喜欢这儿，退休后就直接来当"候鸟"。舒起同交际广，人脉多，凭着他的关系，琼岛公司一年就接待了不少黑龙江客人。

这两年，海口街头还出现了不少韩国客人。韩国客人喜欢打高尔夫、吃泡菜，于是海口街头出现了不少韩国菜馆，仅海甸岛就新开两家。随着世界小姐大赛连续在三亚举办了四届，三亚的知名度和美誉度迅速在世界扩开，加上博鳌亚洲论坛每年召开一次年会，不少外国政要来海南开会，逐步了解了海南。而且，从去年开始，三亚的海滩上又出现了大量的俄罗斯客人。俄罗斯客人除了喜欢在海滩晒太阳，再就是中医针灸、医疗养生护理等。二〇〇四年九月俄罗斯别斯兰发生人质事件，中国政府诚邀十名俄罗斯小朋友到三亚治疗康养。孩子刚来时精神高度疲惫恐惧紧张，经过一段治疗，全部复原了之前的活泼快乐的天性。

这年底，哈萨克斯坦总统纳扎尔巴耶夫还亲率六千人的旅游团到访三亚，此后上海合作组织多国领导人将三亚当作每年度假疗养地。随着俄罗斯等上海合作组织多国游客进入，海南的旅游市场便出现了一个小高潮，带动了国内游客往海南度假休闲，如海口美兰机场二○○二年旅客吞吐量由四百万增加到现在的八百万，而且还在增长。

二○○五年元旦上午，洪丹在海口市妇幼保健院产下他们的第一个儿子，取名郭小磊。

妻子产下儿子的当天，郭磊独自走到医院外的草地上，对着天空号啕大哭。不是难过，不是悲伤，而是被这一伟大的幸福裹挟得喜极而泣。

回想自己二十三岁时，怀揣父亲给的三百块钱和自己的二百元，来到千里之外这个海岛。不但艰难谋生，辛苦打拼，如今还结婚生子，这是他永生难忘的。

感谢命运给他送来洪丹这个兢兢业业克勤克俭的女人。之前缺失女人的孤独感、悲伤感，一直是郭磊最坚强处的柔软。今天，这个女人又给他带来人生中最重要的生命——儿子。

分娩前一个月，洪丹父母从山西飞了过来。洪丹的父亲退休，母亲也办了病退。洪丹的弟弟洪林考上大学读书，没来。即便郭磊的父母一起来，房子也足够住。

公司业务明显好转，海南的旅游寒冬终于过去，公司的寒冬也过去了。

月底，郭磊开着二手面包车，到和平北家具市场买了十套单人、双人席梦思，购置一个衣柜、一个书柜、一套吃饭桌凳，还买了两套沙发，阳台一套，客厅一套。之前从龙舌坡带过来的旧桌椅板凳，一起扔掉了。洪父说："这些家具，以后装修好房子，该用还可以用。"

一天，李鑫送几个东北客人去三亚说："磊哥，我看上海合作组织国家的游客增加，我们是否申请往俄罗斯线路？三亚有一家公司做俄罗斯市场，生意不错。适当的时候，我看我们也可以做。"郭磊说："你回去跑一趟开拓一下，黑龙江潜力很大。"

李鑫本来不打算回去过年，但听了郭磊的话，便说："好，我过年回去一趟。"

郭小磊满月，岳父母说为外孙做满月，到外头摆一桌。郭磊说："干脆到我朋友店里吃，不过是湘菜，湘菜相对辣。"

郭磊给卢尧打电话。这晚就在卢尧机场东路的第一家店吃，卢尧给易姐打电话，给他打七折。陈小弓问洪父，山西那边为小孩子过满月搞什么节目，洪父笑着说："山西还是老传统，随着改革开放，也像这样，邀亲戚朋友坐一坐。"付子皓问："放爆竹吗？"洪父说："放。"

琼岛旅游公司对从业者包吃包住，基本工资靠本人赚。所以，合作分红是本事。

一天，付子皓和陈小弓带团去三亚。付子皓先斩获一个团，他老家的。这得益于他同山东济南、青岛、淄博的旅游企业签订了合作，但这种团毛利率低，该扣除都扣除，对方还要分享海南境内的利润，为扩大市场，郭磊让他签。做这么久的旅游，付子皓也算有经验。开始在海南境内找利益点，如同琼岛旅游公司签订合作协议的岛内宾馆酒店和旅游景点，包括餐饮店和购物店，同他们细分利润，有的店为了琼岛公司给他们输送游客，只能割血答应。

这天，郭磊在办公室守电话。一上午接到甘肃、宁夏两个电话，说有两个会议团。

此时海南新一轮房地产开发再次打响。从最近的报纸载，首先是国内著名的地产公司如万科、华侨城、碧桂园等布局海南，更有山东鲁能在三亚搞成片开发。

郭磊在海口街头转，明显觉得海口各处的楼盘开始涨价。海南毕竟有几百万人口，即使不像一九九三年那般热炒房炒地，百姓还是要住，海口老城区的楼普遍被卖完。那天路过龙昆南夏威夷花园，发现刚推出的第一期、二期开盘就被抢光，证明买者还是大有人在。海南航空因大英山机场迁到美兰新机场，原址便由他们开发打造成海口市商业贸易中心，省委省府办公楼都将迁至这条大道。逐渐地，他发现好些刚国强那样的商人，二度来到海南，收购二手房装修好再出售，更有部分东北、西北"候鸟"也在海南买房。

他在路边遇到一个游客，他是东北的，说："今年春节估计有十万东北人进海南。"

下班时，郭磊接到一个陌生电话，对方是个男的，说他是猴岛一个海鲜大排档的老板。他向郭磊告状，说郭磊公司一个姓付的敲他竹杠，要高回扣。原来付子皓带团上他那儿吃海鲜，按游客量与老板分成，付子皓要四成。郭磊同他签合同时是八二扣。郭磊说："你是不是另外答应过他？"那老板说："没有，他就向我要。说否则下次客人不给我，给别的海鲜排档。"

付子皓是他公司的骨干之一，为公司做出不少贡献，但这种破坏规则的事，也是不能有的。他马上给付子皓打电话。付子皓承认那天敲诈了那老板，但是强调说："那天人多，我想一次性给他那么多人，就不能多提成吗？他就不肯，气死我了。"郭磊说："规则就是规则，否则我们公司信誉就失去了。别看海鲜排档那么多，但吴老板那个人还是蛮实在的。"

付子皓接受了郭磊的批评，表示改正。

郭磊喜欢会议团，会议团不存在瓜分利润，通常买点礼物就行。

数届世界小姐大赛在三亚举办。国内兄弟省份将许多行业专题年会等放到海南来开，他想假如同海口市建立长期合作关系，将他们的会议团接过来，那将会为公司增添不少客源。

于是他想到了董中伟。他知道前不久董中伟当上了海口市政协委员、常委。

吃饭前，董总电话打过来说："小郭吗，我下午在卫健委开会。你还好吗？"郭磊问："打算找您帮忙一个事。董总，您同市委市府办熟悉吗？""你说吧，什么事？"他就将希望通过董总熟悉市委市府机关的有关人员直接告诉了董中伟。董中伟说："我将他们的电话给你，你自己打，就说我介绍的，应该没问题。""商务局呢？""也可以。""太好了。您怎么上卫健委开会了？"董中伟笑说："我在西海岸投资了一座癌症医院，海南的第一家。"郭磊震惊道："董哥啊，海南首家癌症医院是您投资的？"董中伟笑说："对呀，你不知道？""董哥太神了，您的公司好像刚上市？""对啊。"郭磊钦佩地说："您总是第一个吃螃蟹，真不愧是首力公司啊！"董中伟笑说："我这个人同别人不一样。不少人投房地产，也有领导让我进军。可我想了很久，觉得我是名政协委员，要尽到自己的社会责任。海南目前医疗教育水平很差，房地产改变不了海南的发展，所以，再三思考，决定投资海南教育医疗短板，为海南一省两地战略出份力吧。""我每天都向您学习，可惜才华太少，学不到。""不要急，形势比过去好多了，你当初成立旅游公司是对的。尽管竞争激烈，关键要在竞争中找到自己的位置和优势，做行业中的精英，你就成功了。"

同董总聊天，总会得到一些收获，这次也是。

几天后的一个下午，董中伟给他发来短信，是他要的几个部门负责人手机号。

郭磊打过去电话，说是董总介绍的，对方果然都客气，表示可以找时间接待他。

经过一个月，分别请他们吃饭，花了几千块，还是很值得。最后，郭磊将公司情况和接待能力以书面形式报告过去。

又一个月过去，包括他们的琼岛旅游公司在内，共有三家被市府指定为会议接待团队旅游单位。

这天，郭磊召集公司人员开会说："公司业务不断增长，我决定成立旅游一部、二部、三部，一部李鑫任部长，负责东北三省、内蒙古、山西、陕西、宁夏、甘肃、新疆；二部付子皓任部长，负责河北、河南、山东、上海、江苏、浙江等；三部陈小弓任部长，负责广东、广西、四川、贵州、云南、湖南、湖北一带。三个部可以自己招聘一到两个人员，由公司统一安排吃住。三个旅游部须同公司签订利润指标，完不成部长奖金要扣，随着情况变化而修改，大家可以提出不同意见。总之，想公司做大就必须这么干，这是第一步。等到公司壮大，我将考虑主要或全体员工入股。大家明白吗？"

听说员工入股，在座的眼睛都亮了，尤其是李鑫，他问："磊哥，您当初不是白搞了吗？"

郭磊说："过几天，我打算用我家的房产抵押贷款，买一辆空调大巴。过去我们接客都租人家的，落在手里的钱不多，以后我们要将每个环节的盈利抓到自己手里。"付子皓激动地说："磊哥，这说明我们琼岛旅游公司是一个具备实力的公司。"

郭磊笑说："购车，我算破釜沉舟。你想，我全部身家就是那栋房。现在由买时每平方米一千涨到现在六千，增长五倍。我做好失败的准备，大不了最后打包走人。"付子皓说："磊哥，不会失败的。这又不是投资别的，是车，即使车出什么事，有保险，没事的。"李鑫说："经理这是明智之举，想公司做大，必须这么做。"郭磊笑说："我说将房子抵押贷款，你丹姐吓得两晚没睡。最后说'大不了从头再来'！"

陈小弓问："磊哥，一个部招聘多少人合适？"郭磊说："先试试，三个到顶。"李鑫说："三个部招人，由我们部长自己决定吗？"郭磊说："权力下沉，既要你们工作，又不给权限，那不行。"陈小弓笑说："磊哥越来越像老板了。"

蔡驰骋脸色不好地说："磊哥，我呢？我可是最早来的！"郭磊笑说："你替我看好车。下一步，我将组建汽车租赁车队。目标是十辆豪华旅游大巴车和豪华轿车，到时你当队长。"李鑫说："可以啊，蔡兄弟，你将来是公司的半壁江山呢。"郭磊说："我认识的朋友，个个都在进步和发展，我不能老在原地踏步吧。既然来到海南，还要坚持当初的理念，这就是敢为人先，敢想敢干。海达路有家居民一楼出租，一层四间房，我让你丹姐去问问。假如合适，把它租下来。"

在购车贷款的问题上，郭磊再次找到董中伟。董中伟正好之前同城市信用社主任有业务联系，于是将那主任介绍给郭磊。第二天郭磊就直接见到了那位信用社主任，并请他在一家大酒店二楼咖啡厅喝了咖啡，谈信贷。郭磊是第一次见他，肯定抬出董哥的面子，可是主任还犹豫。

接着郭磊请主任吃晚饭，地点在板桥路新开的海鲜市场。饭后，郭磊给了他一个红包。他才点头说："行，我明天通知信贷员去你家。"

信贷员上郭磊家评估房子，价值二百六十万。拿到信贷，郭磊到宇通大巴驻海南办事处选购了一辆宇通牌豪华大巴车，不想分期付款。郭磊用现金一次性支付，求对方优惠。结果打了九折，省了一万多。

经过调查，知道省内已有两家私人旅游公司购置了豪华大巴，郭磊的公司是第三家。在充分调研了海南的豪华大巴市场后，郭磊决定再分期付款购一辆。于是，琼岛旅游公司就有了两辆豪华大巴。

这天，他又同海口市某机关签订了三个协议，即给对方提供会议旅游团租赁大巴。两辆豪华大巴车当年的收入就可以再购买一辆大巴，这让郭磊夫妻的精神大振。购进豪华大巴后，车子的管理和调派便交给蔡驰骋。

洪丹的父母在郭磊这儿住了一段时间，说她弟弟来电话，要他们回去。洪父说："你弟说他要参加家乡的公务员报考，我们得回去。哎，海南的太阳真不热，走到树荫下，就不热，反凉快。这是什么鬼？"洪丹一听乐了，知道父母喜欢上了海南，就说："等弟弟那搞好了，你们再来呗。"郭磊则说："海南岛四面环海，尽管热，但有海风，所以凉爽。"郭磊又问："真要回去？"洪丹说："也行，等到冬天家里冷了，你们再来。"

走那天，洪丹发现父亲有点舍不得，就笑说："爸退休了，妈也是，没事你们就过来唦。"

父亲说："不是你弟，我和你妈真的不走了。"

郭磊上班来到公司，接到卢尧的电话："兄弟，下个月七月七，中国的情人节，我结婚。"郭磊叫起来："新娘子是谁，不是那个……谭什么竹吧？"卢尧声音变了调："不瞒兄弟，我追求她一年多，就不答应。开始说没朋友，半路冒出在老家，说马上过来。""她男友做什么？""老师。我说，我还是作家呢，气人！你说作家穷，可我如今是老板啊，我是两家连锁店老板，资产百万，难道配不上她？"

郭磊又问："她男友老家的？"卢尧说："娄底的嘛，说她爸同他爸是老朋友，而且来海口，还是她叔帮着联系的单位，第九中学。"郭磊笑说："那就忘了吧，那女的长得很好，可她不是你的菜啊。你现在对象是谁？""吕天娥，就是个子不如谭香竹，脸蛋我看比她好，在海甸岛金海岸大酒店当领班。她是仙桃人，你晓得仙桃不，仙桃出美女呢！"

郭磊说："满意就行，七月七那天，再忙我也要去贺喜！""你最近上我三东路那家店没？我在三东路新开了一家店。""祝贺，我还不知道，店长叫什么？""姓孙，一个东北小伙。""改天去看看。不瞒兄弟，我最近贷款买了两部大巴，花了一百万。"

卢莞叫起来说："不错，我以为我出类拔萃，你更牛。""贷款呢，牛啥，还了贷款再说吧。""我总想，像我们那批人，怎么都要闯出个名堂。否则真对不起当初的理想信念！""对，青春热血都洒在这儿。这么多年，假如没得回报，连自己都对不住！好，七月七见。"

一天，蔡驰骋打来电话："磊哥，司机阿粽用公车捞钱被我逮着。我早上起来，发现阿粽不见了。有人告诉我，他在一家加油站加油。我想昨晚吃晚饭时油已加满，为何又加？我跑到加油站找，他果真在。看到我，手脚不稳。我喊他，他马上低下头。我正要开口，他哭起来说：'阿蔡啊，你不要告诉郭经理，我错了。我把钱上交。'"

郭磊问："怎么回事？"蔡驰骋说："他说昨晚十一点接到海口大致坡一亲戚电话，让他去接五十个人到三亚旅游。当时我睡了，他悄悄出去，将车开到大致坡一农场，接了五十人到三亚。车票每人四十，阿粽只收二十五，五十人收一千二百五十元，私吞了。""他怎么知道那客源？""他一个妹嫁到农场，每年军坡节上那儿做军坡，同场长熟。这次场里组织员工去三亚旅游，他妹给他电话，让他行个方便，说可以每人出二十五元车费。""你什么时候回？"

"明晚。"

郭磊说，不要惊动他，等他回来再说。蔡驰骋告诉郭磊，一千二百块钱已交他了。郭磊让他先拿着，什么事都等回公司处理。

次日，司机阿粽跟蔡驰骋走进郭磊的家，一进门就哭诉："经理啊，我不是故意的，真是帮我妹妹一个忙。"蔡驰骋一旁冷笑说："还是想捞钱。"郭磊说："既然是给你妹妹帮忙，你为何不同公司说呢？这样的事要请示公司，公司也不是不讲人情，你每人收二十五元，公司会按人头提成，也有几百块钱收入。可是你悄悄开车拉客，是不是违规？"

阿粽呜呜哭着说："经理你不要开除我啊，我还有老人孩子要过生活，就靠我一点工资。"郭磊问："你能改吗？""真是我妹要我帮忙。""我问，你能改正吗？""真是我妹给我打电话。""你能听懂我的话吗？""听得懂。""能改正吗？"

阿粽反复说："我真是我妹妹打电话。"郭磊说："你用公车干私活。"阿粽再次哭着重复那句话，郭磊看看蔡驰骋叹气说："你替我问他，能不能改正错误？"

蔡驰骋对阿粽说："郭经理问你，能不能改正错误？"阿粽说："我的钱不是交给你了吗？"

蔡驰骋说："经理问你，是不是能改正错误？"阿粽说："那好，我可以走了吗？"蔡驰骋无奈地看着郭磊说："不知是否听得懂，应该懂了，平时同我说话也懂的。"

郭磊说："故意的吧。"蔡驰骋说："可能见到你紧张，本地人普通话本来就不好。""原谅他一次。你告诉他，下次再犯，那不客气。去吧！"

蔡驰骋就同阿粽走了。

次日，郭磊问蔡驰骋："怎么回事，能不能改，就是不回答？"蔡驰骋说："出门就问他，他说回答你了。"郭磊说："问题是答非所问。"蔡驰骋说："他压根儿不知道什么叫答非所问。"

在海达路租房，又来了几个新员工，就让蔡驰骋过去。陈小弓、李鑫、付子皓依然住郭磊家别墅。上班前，蔡驰骋等阿粽半天，不见人，便打他手机。阿粽说："经理不是开除我了吗？"蔡驰骋说："你搞什么，郭经理说了，这是第一次，下次不要犯。"阿粽说："那我还去上班？"蔡驰骋说："上啊，你搞什么鬼，赶紧啊。"

蔡驰骋站在公交站台前，看到阿粽坐公交车过来，他露出笑容说："蔡部长你真好。"

蔡驰骋说："经理说，两家旅游公司租我们车，你去夏天公司，阿福去和贵公司。夏天知道吗？"阿粽说："知道。"蔡驰骋说："记住，不管为谁跑，不要吃里爬外，一旦被公司发现，我真救不了你。"阿粽点头说："我记住了，蔡部长。"

阿粽开了车走。阿福没来，因为他昨天送人去三亚很晚才回。两部大巴车自购置后，基本没闲着，给公司创造了可观的收入。

跑一趟三亚，蔡驰骋发现阿粽又不按时上班。打电话过去，还是担心郭经理处分他。蔡驰骋觉得阿粽很奇怪，就对郭磊说："这个傻×，没处分，自己先尿。随他，万一不来另聘。我手上预留了四个备用司机，三个东北的，一个西北的，我随时让他们上。"

蔡驰骋要另找司机，阿粽又来电话说："蔡部长，我能上班吗？"蔡驰骋哭笑不得地说："阿粽你搞什么鬼，糊里糊涂的，让你上班，你担心郭经理处分。我告诉你，迟了，我已找人了。"阿粽便响响地答应一声"好"，就挂了。

蔡驰骋找了两位司机，一个姓史，来海南先替一个私人老板开车，接着跑长途，正好接到朋友电话说琼岛旅游公司要旅游大巴司机，便一口答应；另一司机姓宁，陕西汉中人。他是一次帮人运货来海南待了一星期，竟爱上这儿，原因是他患有严重的气管炎，在老家长年咳，到海南就好。他告诉妻子，等赚到钱要在海南买房，将家人接过来。

大巴车不但自用，还被别的旅游公司租用。郭磊担心司机干私活，赚外快。有了阿粽一次，便叮嘱蔡驰骋，严肃纪律。两位新司机上岗，蔡驰骋给约法三章随呼随接，统一加油。

一天临睡，郭磊说："老婆，我觉得，随着一批酒店建起，国内大会议相继落户三亚。三亚的酒店是黄金产业，投多少钱都不亏。所以我想，我们要能在三亚哪家酒店搭上股，我们又做旅游，公司利益就能持久。"洪丹说："你的心真大，先办公司，说搞两台车，又想参股三亚酒店。我给你说，三亚酒店不是那么好参，几乎家家盈利。"

郭磊说："我看好三亚东方巨人酒店，里头有国企。我同他们老总见过，还一起在旅游局开过会，我问过三亚旅游局吴处长说东方巨人酒店三分之一是国企。随着时间推移，这三分之一迟早退出。假如退出的这部分能转到我们公司，那可是好。"洪丹说："即使能做到，那钱从哪儿来？""董哥说，中国人头世没一分私有财产，都靠信贷实现理想。""三亚别的我不敢说，旅馆业我看好。只是有多大的把握，你自己拿。"

翌日，郭磊给董中伟打电话，将自己的这个想法报告给他。董中伟当即回答："对，就应该这么干。事业就像雪球，越滚越大，看来你开窍了。"郭磊说："主要是两台车，竟然很快还清了贷款，让我的信心大增。"董中伟说："胆是吓大的，商海也一样，不冒几次险，失败一两回，你就没法进步。"

放下电话，郭磊发现董总真是他生命中的贵人。一次偶遇认识，此后不但借给他钱，还总是给他指点迷津，他本身事业做得很不错，短短几年，竟将公司做上了市。他发现，公司一上市，情况大不同，董哥开始大刀阔斧地投资。他就想，哪天自己能做到董哥那样，那真谢天谢地！

第二天是五一劳动节，他给三亚市旅游局吴处长打电话，约他喝酒。之前同郭磊熟了，一听说琼岛旅游公司有这样实力，于是点头。东方巨人酒店国企牵涉到国资委，郭磊又通过吴处长找国资委副主任吃饭。那位副主任依然没松口，而是说："市里没有将国有资产转让的意思。"

郭磊请二位主任留意，一旦东方巨人国有资产转让，一定告诉他，必有重谢。对方答应了。

郭磊随大巴车到三亚，正打算请东方巨人执行董事坐坐，接到一个电话说：

"请问是郭总经理吗？"郭磊说："是我。贵姓？"对方扑哧笑起来说："小郭啊，听不出来我的声音吗？"声音好像变了，就说："哦，你的珠宝店经营得不错吧？"徐丽媛笑说："我在海口搞房地产，有空上我公司坐，你要买房我给你打折。对了，有亲戚朋友买房子，我都可以打折。"

郭磊吓了一大跳，说："你在海口搞房地产？"徐丽媛笑说："奇怪吗？有空聊聊，就不奇怪了。"对呀，哪个闯海人不富有传奇呢，于是他说："我现在三亚。我刚还说，上你珠宝店看看，你的珠宝店呢？""转了。""那你现在海口？""对呀，不过我在三亚还有住所。产业在海口，估计一时半会儿都在海口。""海口什么地方？""西海岸。"

当山东鲁能将三亚成片开发，将三亚海岸带打造得十分优美，海口市也不甘示弱，大手笔打造了海口市西海岸带状公园。西海岸属于滨海大道西沿线，这条大道从海口市秀英区西出，至澄迈县盈滨半岛将近二十里。沿途风光旖旎，椰树婆娑，天海一色，沙滩洁白，属于海口市的黄金海岸带。

早在海南建省初期，西海岸就被政府规划为高档住宅区。经过了十多年的沉寂，它总算被吹响开发的号角。其实在徐丽媛前，郭磊就知道丁在西海岸高尔夫球场西侧开发房地产，说那儿的房子全部被内地人买走。这便给当地政府一个启示，海南的阳光、空气、大海、沙滩、椰林吸引了全国人民来买房。于是，房地产开发再次受到政府的青睐。

郭磊说："可以啊，珠宝不搞，掉头搞房地产。哪里那么多钱呢，珠宝店赚的？"徐丽媛笑说："这个问题待以后再告诉，你怎么样？""还搞旅游公司啊。""我问你搞得如何？""比以前好。至少，我购置了两台旅游专用豪华大巴车。""那不错，你还蛮能干。"

郭磊不知道为何总忘不了朱福祥，便笑一下说："能问一句，朱福祥怎样吗？"徐丽媛："他呀，好像去了海南大学。海大成立了一个海洋学院，他学海洋生物的，之前没这专科。去年振兴海大，设置了海洋学院，他就去了。""海大离我家不远，可一次没见过他。""他结婚了，女的就是白石中学认识的老师邢玲，本地人，长得蛮不错的。"

郭磊笑说："你是不是参加了他的婚礼，这么清楚。""他给我发了请柬。我那会儿真没空，否则肯定去。人生本来就极富戏剧性，何况还在海南。""你个人问题呢？"徐丽媛笑得有些勉强说："唉，这个先不说。以后再聊吧。"

这天，付子皓接到一个韩国团，告诉郭磊，说对方想打一次高尔夫。郭磊说："太好了。我朋友就干这个的。"不想打电话过去，丁总在那头哈哈大笑起来说："小郭啊，我的高尔夫球场转让了，我现在在西海岸搞房地产。"

郭磊不解地说："丁总，高尔夫是朝阳产业啊！"

丁总说："不错，高尔夫是朝阳产业，但国人消费水平还不高，仅高端消费，市场小。所以这两年，经营艰难。正好天津有家集团愿接手，开价低，但我还是答应了。"

郭磊舒了一口气，自那次同丁总签订了给他们输送客人的协议，郭磊只给丁总输过两回，主要没这方面需求，由于执行得不好，郭磊一度不好意思同丁总打电话。

郭磊说："搞房地产，是不是海南房地产市场真的回暖了？"

丁总说："总理上次不是来海南了吗，大家很期待。总理为海南解决了一大堆实际问题。海南房地产自九三、九四年戛然停止，经过若干年消化，差不多了。国家正好取消了福利分房，海南住房是刚需。昨天我同几个朋友吃饭，都看好海南房地产，觉得海南房地产的第二个春天来了。"

郭磊说："总理好像说，把热带农业、旅游业这两项抓好，就富甲一方了。"丁总说："热带农业、旅游业周期长见效慢。你看，当初政府号召开发旅游新业态即高尔夫，结果惨败。"郭磊问："拿到地了吗？"丁总说："我搞高尔夫球场，政府补偿了一块地。这几年西海岸开发，也是运气，就是光卖地都大赚。"

此后过去一个月。一天，外头下起瓢泼大雨。雨后，徐丽媛来电话说："郭磊，在海口吗？""是。""过来吃中饭，我住在秀英街西侧的金龙王大酒店。哎，我来海南最喜欢吃的就是龟。知道吗，龟汤养颜美容。""那好，金龙王酒店我知道，一会儿见。"

骑摩托车，有损旅游公司经理形象，尤其是徐丽媛这种暴发户。开那辆旧面包车，这车打算卖，可是来人看几次，还没谈妥价格。

徐丽媛没约郭磊上她住地，他也不便问，于是直接来到金龙王大酒店门口。金龙王大酒店有客房，他怀疑徐丽媛住这儿。这酒店档次不高，徐丽媛是房地产开发商，可能不会住这种房。

手机响了，一看是徐丽媛的，她问："到没？"郭磊说："到门口了。""你穿过大堂往里有个厅，厅右一排八个包厢，其中最里头的富贵包厢就是。"

郭磊穿堂而过，找到最里端那包厢，敲了敲，里头传出徐丽媛温润的声音："请进。"

推开门，看到包厢一角沙发上，徐丽媛正端着一杯茶在品。

可以说这是郭磊见徐丽媛穿得最时髦、最富丽的一次：上身一件皓白蚕丝印花裸肩短袖衫，下身一条牛仔裤，头发高绾，雪颈上系一根闪闪发光的黄金项链，项链中间有一个扇坠。性感的嘴唇上涂了口红，脸上敷了一层薄薄的粉，随着门开对流风里闻到一股浓郁的香水味，再看她脚上是一双较高的高跟皮鞋。

徐丽媛个子有一米六七，比王静稍矮点，但她体态丰腴，皮肤白皙，很容易让男人产生非分之想。郭磊在轮船初识并没觉得她妩媚漂亮，经过多年越变越勾人，就想，这女人是不是会逆生长？

徐丽媛见他发愣，不由得笑说："怎么，不认识？请坐吧。"然后拿起手机说："喂，客人到齐了，让服务员进来吧。"

一会儿，进来一位服务员，徐丽媛将桌上的菜单递给她，又转对郭磊说："来，再看看。我已点了几个。"

郭磊接过看，徐丽媛在他来前就勾了几个，都是他能接受的，于是说："就这个。挺好。"

徐丽媛说："那我下单了？"郭磊说："下吧。"徐丽媛将单递给服务员吩咐说："另外，龟汤多放点白胡椒。"服务员点头去了。

郭磊说："很熟嘛。"徐丽媛说："经常在这儿用餐，经理认识我。"徐丽媛给郭磊倒一杯茶，他端起茶杯喝了一口，看了看她说："哎，我还是不明白，你为何突然搞房地产？"他特将房地产三字说得很重。

徐丽媛笑说："我知道你会问。不过，这是秘密，一般人不能告诉。"郭磊说："不都是闯海的吗，别只顾自己发财，就不给指点指点？"徐丽媛端起茶，呷一口说："这秘诀，一般人来没法学。""为何？""运气。""是不是遇到贵人？"

徐丽媛抿嘴笑着点头说："可以这么理解。"郭磊说："能透露点儿吗？"徐丽媛笑了笑。"其实我也认识一搞房地产的，他告诉我，搞房地产只要认识两个人，就能成功。""说说看。"

"一是能给你土地的人，一定有权势；一是能给你资金的人，一定是银行行长。"

徐丽媛笑得像朵花似的说："小郭啊，都是闯海人，我就不瞒你。像我们这种出身的，一般说是不可能搞房地产的，可我有运气。我在三亚开珠宝店时，遇到一个大哥，认识后，经常一起喝茶。一次，他突然问我：小徐啊，你想不想搞房地产？当时吓了我一大跳，他却笑眯眯地说：你不要紧张，房地产没那么神秘，只要具备两个条件，阿猫阿狗都能搞。我问哪两个条件，他说了你刚说的话，一是地，二是钱。我说，这两样对我来说都比上天还难。他说，小徐啊，只要你肯做，我一定帮你。老实说，莫说搞房地产，就是搞那个珠宝小店，我都是提心吊胆。经他那么一说，我的好奇心和野心很快上来。我做梦都没想过，我搞那店一年到头忙死不过十来万。可他说，小徐我实话告诉你，你只要答应搞，这一辈子都吃不愁穿不愁享福一生。"

郭磊好奇地笑问："谁啊，那绝对不是一般人？"徐丽媛神秘地说："我只能告诉你，他有职务，他十多岁参加革命，从基层一步步干上来。"

那人是三亚的市长、书记、人大主任还是国土局长？郭磊问了半天，徐丽媛都摇头否认。她告诉郭磊，他是猜不到的，不要多问，只当一个故事听就好了。来海口前，她在三亚已经成功开发了一个项目，叫海天吉祥，动工就售罄。因三亚的地被拿得差不多，那位大哥让她将目光投向海口，海口毕竟省会嘛。

郭磊又问："你公司的人都过来了吗？"徐丽媛说："技术人员、办公室人员都来了。""公司在秀英？""对。"

郭磊没问位置，他觉得对方不往下说，等于就是不想告诉你。他端起茶慢慢喝一口："牛，像你这么个弱女子，别人不过指点一二，就成了房地产公司老总，真是奇迹！"

徐丽媛笑说："小郭，你接触后就会发现，很多事并非高不可及，相反倒极其简单低级，甚至还不如办珠宝店。我告诉你，搞房地产太容易了！只要你能拿到地，接着向银行贷款，然后将信贷一部分支付地款，房子没建就卖，资金就会源源不断进来。做房地产你根本不用自己懂，雇请专业规划师、设计师，找有素质技术施工人员，想万无一失，请一家监理公司，你就安心当你的老板吧。"

郭磊笑着说："价值亿万的房地产，经你嘴这么说出来，竟像做小商贩似的容易。"徐丽媛笑了，然后说："别听那些搞房地产的整天在电视报纸上瞎吹，什么规划啊，容积率啊，其实屁都不是，包括我。你说我懂什么房地产？我一学广告的，连生意都没做过。"

郭磊说："问题是，拿地须支付土地款，你能不付？"徐丽媛哈哈一笑说："就这个理。只要有人给地，你就不要担心余下的事情。我从一珠宝店小老板成地产开发商，只用了短短的一年。"郭磊笑问："不能告诉我，他是谁吗？"徐丽媛斩钉截铁地说："那不可能！"

门开了，服务员手里端一锅热腾腾的龟汤放在桌子中间，另一个服务员将一只火炉放底下，再将龟汤放在火炉上。徐丽媛一看那沸腾的龟汤，眼睛顿时发亮了。她不等招呼客人，抓过勺子从锅里舀一勺龟汤，放到鼻前闻了闻，然后舔了舔笑说："天，这就是天堂美食啊，我估计这辈子都没法离开它！"

不就是龟汤吗？郭磊在海南待这么多年，也跟人吃过。当然这玩意儿挺贵，自己不舍得，记得一次同朋友去，是朋友做东。朋友说："我们吃龟。"问服务员，结果一锅龟汤价五百多。除了龟，里头还放海蛇和果子狸，熬出来的汤简直是人间最上等膏汤。那天天气不热，吃了龟汤，身体强烈升温。那晚与洪丹同房，洪丹说他疯了。洪丹后来也知道了龟汤对男人独特的作用。

徐丽媛哈哈一笑说："小郭，不，郭总，我们吃。哎，你喝不喝酒？"郭磊问："这么爱龟汤？""不懂？儿时睡觉老遗尿，邻居说买只龟在炉灶里煨熟吃，结果孩童第二天就不遗尿。遗尿就是肾虚啊。""喝酒要伴儿。""对不起，我不能喝。我给你拿一小瓶鹿鞭酒，男人喝了好。大约二两装，我给你要一瓶如何？"郭磊想了想说："好吧。"

徐丽媛喊服务员要一瓶鹿鞭酒，给郭磊舀了碗龟汤，自己也舀一碗说："我不等你，我先喝。"说着大口大口喝起来，那种气势，简直像渴了很久似的。

郭磊笑说："是喜欢口感，还是……"徐丽媛说："你不知道，我第一次喝就被它迷倒了。当时喝下去，浑身热乎乎、暖洋洋，比按摩一小时都管用。"郭磊说："蛮暖性。"

徐丽媛喝完一碗又舀一碗。这时进来三个服务员，手里各端两个菜放在桌上，然后说："齐了，请慢用。"然后就掩上门出去了。郭磊像想起什么问："你没有助理吗？"徐丽媛说："有啊，女的，怎么？"郭磊说没什么。

徐丽媛忽然说："对，你帮我做件事，行不？我听说，朱福祥婚后常同老婆吵架，还闹离婚。我想都是从内地来的，你能不能找个空去劝劝他，好好过，不要胡思乱想。男人结了婚，就要承担责任。"郭磊说："你到底是让我买房，还是让我去找朱福祥？"徐丽媛笑说："实话对你说，房子好卖得很。我让你帮卖房？开玩笑吧。其实我真不想理他，可他的事总传到我耳朵里。白石中学教导主任，怎么说呢，人是好人，就是有点婆婆妈妈。你住海甸岛是吧？"郭磊点头。徐丽媛说："找个空，上那儿看看。"

这时手机响了，徐丽媛拿起看了看，挂断了，可刚放下，铃声又响起来，只好接听，然后说："什么事？知道了，下午再说。"她放下手机，"助理说规划院的王总要来我公司。"

郭磊说："谢谢，你那么忙，还请我吃饭。""我这人不像人家，有空唱歌、跳舞、爬山、冲浪什么的，我就喜欢吃美食。""不怕胖？""我家就没得胖子，我爸妈都不胖不瘦。"

郭磊想了想，劝说道："我觉得个人的事还要考虑。年轻什么都好，一旦年纪大，身边有个人，毕竟好些。"徐丽媛不以为然地说："发达国家很多人不结婚，结婚也不育。""毕竟我们是中国人。""可是，找一个好男人多难啊，听天由命吧！"

郭磊就笑。

第十四章

七月七，中国情人节。上午十一点，郭磊换上不久前买的新衬衫，洪丹也换上春节买的时装，打扮一下，双双打出租车前往金海岸大酒店，这是一家五星级酒店。

虽在异乡，卢茏与吕天娥的婚礼还是办得蛮热闹。卢茏的父亲特地从湖南赶来，还有他的不少湖南老乡、亲戚朋友，加上湘风阁的店员。

湘风阁店正常营业，每个店只能派两三个代表来为老板庆贺。

自听说卢茏的女友吕天娥在金海岸大酒店上班，出于好奇，郭磊路过金海岸大酒店时，特意进去看。正巧吕天娥手拿对讲机出来，郭磊问一个服务员，服务员指着不远处的吕天娥说："她就是。"吕天娥个不高，估计只一米五几，与谭香竹比差一大截。但吕天娥美在丰满的脸盘，恰到好处的五官，白里透红的皮肤，皓白的牙齿，透出未婚姑娘特有的纯情。他看了吕天娥两眼就走了，吕天娥至今都不知道郭磊偷看过她。

出租车直接驶到金海岸大酒店门口，车子未停，郭磊就看到卢茏和吕天娥穿着新郎新娘装站在门口迎接客人。

郭磊和洪丹赶紧下车过去，卢茏向吕天娥介绍郭磊夫妻。听说是八八年上岛的，吕天娥露出笑容说："那真难得，小卢认得的大多是闯海人。"

郭磊掏红包塞到卢茏手中，这时一辆自行车载着一个女子飞快驶来。骑车的男子看去四十岁左右，身后坐的女子年龄差不多，他一边停车，一边喊："小卢，祝贺，祝贺啊！"卢茏担心慢待客人，便对来人说："老赵，你上去吧。一会儿再聊。"

来人便是赵世德，卢茏对郭磊介绍他："赵世德，山西洪洞人，也是八八年上岛的。"又将郭磊介绍给赵世德。赵世德听说郭磊做旅游的马上伸出双手："有幸，有幸，郭总好。"郭磊指着洪丹说："我爱人也是山西人。"赵世德就看洪丹问："山西哪儿？"洪丹说："临汾。"赵世德噢了一声："临汾啊，我是洪洞的。"

见赵世德领着老婆进去了，卢荛便告诉郭磊："老赵刚来时，我们同在东湖路批发报纸，他还在路边擦过皮鞋，后来在新港搞了一家跳蚤市场。"郭磊说："旧货店吧。""对，就是旧货店。这小子第一次同我说，从欧美引进的概念。最近好像不搞了，跑到白坡里开了一家茶店。""我发现，闯海南的就是能折腾，你说呢？""可不是嘛。小郭、弟妹，你们上二楼，名字都写好的。"

　　郭磊刚要走，又回头感慨地说："兄弟，看到闯海南的兄弟结婚，我真是打心里高兴。想起我们刚上岛时那副窝囊样儿，好在天道酬勤，真是老天的恩赐。"

　　卢荛热泪滚下，说："兄弟，大婚的时候不提那些，我对之前不后悔。真的，无怨无悔！"

　　郭磊洪丹夫妻来到楼上，见大厅内摆有六桌，先他们上来的赵世德和他老婆坐在靠窗一桌。他找到写有自己名字的位子，桌上摆放着各种糖果和水果，已经坐下的两位客人主动请他们吃糖。大厅里比较喧哗，即使一桌之内说话，声音也必须很高，他们干脆不说话。

　　十分钟后，卢荛、吕天娥上来，身后跟着一位穿红色礼服的主持人，看来他们为婚礼请了专业婚庆公司。司仪是个挺帅的小伙，上着礼服，下身是条猩红裤子，胸前戴着贺花。这会儿，郭磊想起一个人，想问卢荛，可卢荛哪有空。直到他来敬酒才问："你没告诉董哥？"

　　卢荛用手指了一下："董嫂，董哥出差了。"郭磊顺着他手指方向看去，只见一位温婉可人的女子，四十岁左右，美容过，不漂亮，但很有风度。郭磊尽管同董中伟熟，但没见过董嫂。董哥不在，又在别人婚礼，就不好上前打扰。

　　坐在郭磊一桌的是卢荛老家的几个老乡，其中一个便是现任城西镇工商所所长桂铁。郭磊递上自己的名片，桂铁就热情地说："不错，不错，自己的公司吧？"

　　郭磊曾听卢荛说，政府从湖南调了不少人来充实海南的干部队伍，就问："从湖南过来多少干部？"桂铁说："估计好几百。"

　　这时，赵世德端着一杯酒走到郭磊面前说："郭经理，来，一回生二回熟，借花献佛，我敬您一杯！"

　　尽管郭磊不大喜欢赵世德那巧言令色的样子，但还是热情地端起杯同他碰后喝了。赵世德喝完酒回自己的桌去了。郭磊端起酒杯看着桂铁，恭恭敬敬敬地说："桂所长，我敬您一杯！"桂铁笑起来说："闲聊闲聊，莫当真。"

　　见卢荛和吕天娥还在敬酒，郭磊便问："您和小卢是老乡？"桂铁说："对，我们一个乡的。小卢能走到今天，我替他高兴，毕竟他是第一个将湘菜引入海南的人。"郭磊说："他还是作家。"桂铁笑着说："作家就算了，来这么久，没见他写过一篇东西。"

酒席结束，郭磊知道卢莞要送的客人多，就对桂铁说："桂所长，我公司在海口宾馆对面，有空去坐坐。"桂铁说："好的，好的，祝你发大财！"

从金海岸到他们家不远，散步就能回去。洪丹说："菜的确很丰富，卢总要赔钱。"郭磊说："估计老乡亲戚朋友送礼都不轻，不会赔。""新娘子看去满脸是笑，好像很幸福。""这辈子我还欠你一个这样的婚礼，等公司再发展一阵，我一定给你补。""如何补，再请一次客？"

走到海甸五中路和人民大道交界，郭磊想起了什么，说："对了，我忘了一个朋友的委托。就是那曾经自杀未遂的朱福祥，他前女友让我劝他过好日子，不要离婚。他现在海大当老师。"

一个周末，郭磊路过海南大学，就开着面包车进去。海南大学北门开放，打听海洋学院在最西头。巧的是，偌大一个海洋学院，有两个办公室门开着，其中一间里头就坐着朱福祥。朱福祥看了郭磊半天，方想起他，脸上露出一丝冰冷的笑。郭磊问："怎么，不认识了？"朱福祥说："有事？"郭磊说："听一朋友说，你从琼海调到海大，我就住海甸岛。"朱福祥说："今天没烧开水，对不住。"郭磊说："我马上走，只是来看看你。"

郭磊在他对面坐下，打量了一下办公室问："办公室有几个老师？"朱福祥说："六个。"郭磊说："厉害，一下就当上了海大的老师。""早就可以，只是那时没有这个专业。""徐丽媛的情况你听说了吗？""过去不指望，现在更不指望。我现在很好，不希望别人打扰。""别这样，毕竟一起来的。"

朱福祥说："她伤我太深。你想，一个男人用死表达爱恋，你说我对她感情假吗？只是她不接受，一直不接受。"郭磊说："大家都难。你知道，那时候别说事业，连吃住都解决不了，你要理解她。""我就是太理解、太宽容，才被她一次又一次伤害。好了，不说了，没意思。"

郭磊见朱福祥完全排斥徐丽媛，就看看手表说："那好，同在海甸岛，另找时间坐坐，我请你。"朱福祥说："我结婚了，我现在全副精力就是如何照顾我妻子。""你妻子是……白石中学老师？""她纯洁单纯，自从遇到她，我才知道世上的女人有很多种，有的是真爱，有的阴险毒辣，充满算计。""结婚多久？""三年。""有孩子吗？""怀孕了，之前我没要。你结婚了吗？""我儿子都有了。"

郭磊掏出一张名片给朱福祥，他接过看了看说："我没有名片。"于是，掏出一支笔写了自己的电话递给郭磊。

几天后，他给徐丽媛打了个电话，将见到朱福祥的情况告诉了她。郭磊说：

"你放心，他过得很好。"徐丽媛说："我只是顺便问问，也是自然。既然他们夫妻恩爱，那我深深地祝福他。麻烦你了，有空再聊。"

郭磊正在公司上班，手机响了，拿起一看，是蔡驰骋。蔡驰骋说："磊哥，我们从三亚回来，好些游客问有没有岛服，五十人，每人两件。你赶紧同你朋友联系，送一百件到海口机场，我们直接到机场。"

郭磊按下座机免提问："统一号吗？"蔡驰骋说："男的大号，女的中号。"郭磊立马打电话给王静，王静一听马上开心地说："好，我马上派员工送到机场，你在吗？"

下午，郭磊在家吃饭，蔡驰骋进来说："磊哥，我回来了。"说完，自己动手泡茶，又拿了两个干净杯子，一个给郭磊，一个自己倒满。他在简易沙发上坐下说："磊哥，跟你说个事，不知合不合适。"郭磊说："说呗，有什么不合适？"蔡驰骋脸红了，说："你朋友送一百件岛服过去，我收了，钱当场就给你朋友的员工了。"郭磊说："那不结了。"蔡驰骋再次脸红说："磊哥，那个……送岛服的女孩，我看上她了，你和丹姐能不能替我保荐一下？"

郭磊没听清楚："保荐？"洪丹在一旁笑说："你这人，肯定是小蔡看上王静公司一个女员工，让你介绍一下，对吧小蔡？"蔡驰骋害羞地低下头说："对，她叫汪芳，是湖南人。"

郭磊说："湖南人一般不找北方男人。"蔡驰骋说："我是河南人，我们商丘也算豫东南。"

郭磊笑问："长得如何？"蔡驰骋说："漂亮谈不上，不知怎么搞的，看着就是上心。磊哥，我是真心的。""公司几个骨干就你没对象，我和你嫂子也挺急。假如可以，这个忙我们一定帮，放心吧。""哎，一百件衣服公司能提成多少？"

郭磊说："放心，提成来了，你同公司四六开。"蔡驰骋说："我不是那意思，我真是想着公司的利益。""岛服价格不贵，王老板是为了与同行竞争才压低价的。""五十块一件真不贵。那好，磊哥，我去洗澡了。"

次日，李鑫、付子皓、陈小弓三人都一齐来到公司。李鑫进门就说："磊哥，我请电信营业部的主任吃饭，您能不能出席？"郭磊问："电信营业部？"李鑫说："对呀，磨了半年，主任终于答应，让我女朋友到他营业部上班。"郭磊惬意地问："敲定了吗？"李鑫说："我通过黑龙江在海南的一位前辈，他有点职务，省电力总公司一位处长。呼兰的，离我们家很近。"

郭磊说："那行，将你媳妇弄来，你工作也安心。"他转头看付子皓，"小付你呢？你的女友情况？"付子皓说："我朋友是公办老师，必须通过正式调动手续，否则来不了。"李鑫说："找教育局吧。"付子皓说："教育局说，我在海南没正式户口，所以得自己找学校接收，才可商调。"

郭磊问："跑了吗？"付子皓说："琼山不是划海口了吗，连琼山我都去了。听说南海大道要建一小学，那天我将资料给了学校校长，校长让我过一阵子听消息。"郭磊说："海口人口一天天增加。我想，你朋友是师范毕业，又是正规老师，肯定能找到，可能要送礼请客花点代价。海南越来越像之前的内地了，办事要靠关系。"付子皓点头说："只要能办过来，再大的代价我也愿意。"郭磊说："对，要有这方面的思想准备，在海南办个小事都不容易。"

陈小弓问："小蔡呢？"郭磊说："加油去了。"陈小弓说："磊哥，三亚一家接待俄罗斯游客的公司生意非常好。他们还从莫斯科聘了一位俄籍职员，长得像欧洲猛牛似的。"郭磊说："李鑫，你能联系俄语导游吗？"李鑫说："既想马儿好，又想马儿不吃草，找价格便宜点的差不多。"郭磊说："竞争有时也不能图便宜。"李鑫说："从俄罗斯聘，那个价格真的很贵。"

郭磊说："逐步展开吧，下面我们讨论年底工作。从政府职能局了解到，年底来海南开会的非常多，海南要成为全国第一个吃螃蟹即第一个组建政府会展局的地区。"付子皓问："专门管理开会？"郭磊点点头说："对。"李鑫说："只要从职能局接到活，我们一定能接待好。"

郭磊说："据说，江浙的会多。"李鑫说："公司两部车够不够？"付子皓说："不够租，公司不可能为这再买车。"李鑫说："我看可以，既然那么多团，为何向别人租？该赚还自己赚。"郭磊笑说："大巴车又涨价了。"付子皓说："水涨船高啊，我觉得再贷款买两辆，有四辆，车子不会白养的。"

陈小弓说："磊哥，我觉得小付说得行。你看啊，尽管那么多旅游公司，我们达到四辆，名气影响都更上一层楼。"郭磊笑说："容我想想。"付子皓说："磊哥，果断些。当初你那么果断，为何现在不果断呢？"郭磊说："兄弟，两台车一百多万啊。"付子皓说："一百万就一百万，弄不好，一个冬天就赚回来。"陈小弓说："那不可能。"郭磊说："让我想想。"

吃晚饭时，郭磊同洪丹商量贷款再买两辆大巴。洪丹说："士气这么高，我看可以。别墅值三百万，要不同信用社主任聊聊，将两台旧车抵押？"郭磊说："我们的房刚抵押，车又要抵进去，心里有点堵。""舍不得孩子套不住狼，你一个大老爷们儿还不如我一女的？""过去赤手空拳能豁出去，如今我可是有老婆孩子。自然要稳当一些。""没事，大不了赔掉这房，我们租房去。""真的再次抵押？""你去哪儿能找到钱？""行，我改天找找信用社的符主任。"

上次请符主任吃饭是在板桥路海鲜城。几天后，二人同时到达板桥路海鲜城。找座位，点海鲜，要了一瓶红酒，二人坐下来慢聊。郭磊说："上次合作很愉快，我们也讲信用。所以，再次找到您。"符主任叫符气壮，他说道："旅游产业符合我们省的一省两地战略，只是你那两台旧车用很多年了吧？"郭磊说："我那别墅市值三百万，刚从您那儿抽回，莫非又要押？"符气壮笑说："只要你经营对路，能盈利，你怕什么。""我学会计出身，公司的盈利能力，您尽管放心。您可以到我公司看看。""我当然相信。只是有些事还要按程序来，好吗？"

这晚同符主任商谈的结果，郭磊回去后就告诉了洪丹。

至于车子类型，郭磊不想再买宇通的，而是看好苏州产的大巴。外观比宇通的花哨，同样每台花了六十万，两台共花了一百二十万。

两辆新车一到，一个月订单订满，都是海口有关部门这个月的会议，一共有十个，都要环岛游用车。郭磊信心大增，又向王静订一批岛服后，便问："你公司的汪芳在不在？"王静说："在呀。""我公司一个中层管理者看上她，能否成人之美？""汪芳啊，她好像有男朋友。这丫头这几个周末都出去，以前不出去。""莫非我们晚了一步？""假如自己联系更好，毕竟好事嘛，这同我这老板没关系。"

晚上郭磊给蔡驰骋打电话，问他是不是同汪芳接上了头。蔡驰骋说："磊哥，是，我约了汪芳几次，她也出来了。我请她喝咖啡、吃饭，她蛮高兴。最后一次，她说她哥可能不同意。"郭磊有些诧异："她哥？""是，她有个哥在海南当兵退伍，分在儋州市公安消防队。""那她蛮重视你，你亲自去趟儋州找她哥。""你让我去找她哥？""对啊，部队退伍在消防，你就当汪芳的朋友，征求他的意见，没准儿会赞赏你。"

蔡驰骋笑着问："可以吗？"郭磊说："这点勇气都没有，谈啥恋爱。""鄢庆桐的影子老在我面前晃，我总觉得一个外地人找爱情，不容易！""凡事要争取，别人掺和反不好。我想你自己走一趟更好，要树立信心。"蔡驰骋拍腿说："行，明天……不，后天去，后天是星期六，我直接去消防支队找他。""记住，买水果不能太多，也不能太少，要合适。""谢磊哥。"

次日到公司，正好蔡驰骋到。郭磊从口袋掏出二百元递给他："你这身行头也要换，第一次见人家哥，要穿件像样的衣服，做哥的都会替妹的未来着想。"蔡驰骋说："我这衣服不便宜，花了二百多。"郭磊说："我没时间上街，你自己到望海商城买一件。"蔡驰骋犹豫一下接过说："谢谢磊哥。"

两天后，蔡驰骋去了一趟儋州回来，郭磊正好在办公室。他抹着额头的汗说："磊哥，我成功了。她哥看上去蛮开通，说他妹找的，他不反对。他只有这个妹妹，又在他乡，要对他妹不好，小心捶扁我。"郭磊笑说："傻瓜，这就是答应你了。"

　　这时，付子皓进来说："磊哥，你喜欢打枪不？海甸五西路那家实弹射击馆停了一段时间，最近又开了。"郭磊说："射击馆股东我认识，天津人，后来退出了。大股东老板是重庆的范爷。"

　　郭磊忽然想起了丁总。丁总开发房地产后，郭磊一直没去看他。他想，哪天请他到金龙王大酒店吃龟汤。

　　郭磊见蔡驰骋同汪芳的事很顺利，见他们高高兴兴的，便放了心。于是，同丁松打电话，请他吃饭。丁松说："你最近如何？"郭磊说："向您汇报，当年不是您助我，我哪能成为万元户？""今天不行，改天吧。对，后天周末。""那后天晚上，我们在秀英金龙王大酒店吃晚饭，喝龟汤。"丁松愉快地答应了。

　　第三天晚六点，郭磊打车来到金龙王大酒店。依然是一楼，除了丁松还有他的朋友邹景龙也一起来了。丁松问邹景龙："小郭，你还记得吧？"邹景龙说："怎么不记得，不是搞旅游公司的吗？你的公司搞得如何了？"郭磊说："贷款买了四台大巴，业务壮大，收入还不错。"邹景龙说："豪华大巴不少钱啊。你小子不错，搞旅游算高人一筹。"

　　丁松说："他来海南做的最正确的一件事，就是在最低潮时三十万买了一栋别墅，去年估值达到三百多万。"邹景龙说："时间很重要，迟了不行，早了不行，就那节点抓住，你就成功了。"

　　邹景龙看去比以前憔悴些。郭磊盯着他问："邹总，不是说，您去了美国吗？"丁松说："噢，他从洛杉矶回来了，还是喜欢海南。"郭磊笑着问："好像有故事。"丁松说："那个女的叫简洁，是吧，他被简洁耍了一下。最开始，是打算同对方结婚的。可是去后，那女的要他将全部积蓄交给她管。老邹不同意，她就不高兴。"邹景龙说："吃一堑长一智，好在我留了心眼。最后，来来去去，赔了二百多万，其他钱我还是带回来了。"

　　郭磊说："像丁总，搞房地产很好吧。"邹景龙说："我打算收购一家夜总会，当然房地产是我的主业，业余搞点别的。"丁松对郭磊说："我们邹总一直就是个花心大萝卜，离开了女人没法活。"邹景龙笑着捶了丁松一拳。

　　服务员进来，丁松一口气点了龟汤和几个菜，其中有三个海鲜。邹景龙说："好了，好了，三个人多了吃不完。"郭磊说："丁总，这顿饭我请。"丁总说：

"谁请都一样，没事，这饭由我们邹总买单。他的事业比你做得大，所以要他请客。"

让郭磊没想到的是，丁总和邹景龙竟高度一致地提到这儿的龟汤。服务员端一锅冒热气的菜进来，郭磊一看就知道是龟汤。服务员将锅放好，又将他们的碗放好，然后给每人舀了一碗，说："慢用。"

邹景龙对郭磊说："来，小郭，喝汤。"丁松说："人家是郭总。"邹景龙喝了几口，起身说："我去要小装鹿龟酒，补的，喝了好。"

邹景龙一会儿手拿三小瓶鹿龟酒进来，给丁总、郭磊各一瓶，自己打开一瓶，往口里倒，说："口感不错。"丁总说："海南水好，包括饮料酒系列，一做就红。"郭磊喝了一口说："的确不错。"

又进来两个服务员，各自端着两盘菜，放在桌上，说了声慢用，就出去了。郭磊喝了几口汤，又喝一口酒，笑容可掬地说："二位老总，尤其是丁总，是我的救命恩人。"丁总挥手说："小郭，这话以后莫说了。不就那丁点儿事吗，你这么说，我倍感惭愧。"郭磊说："滴水之恩当涌泉相报，只要我郭磊发达，我一辈子不忘丁总。"

邹景龙问丁松："什么事这么严重？"丁松说："当初我开典当行，替他找了个下家，将他十几台机器倒腾出去了。"郭磊说："本来赚的钱我们对半分，可丁总分文没要，全给了我。"

邹景龙说："没事，丁总是瘦死骆驼比马大，你别在意。"

丁松说："小郭啊，这话以后真别说。总之，大家都是从内地来的，最早闯海南，你能发展，我很高兴，假如需要帮忙，只要我老丁有，一定鼎力相助。"郭磊端起酒杯恭恭敬敬给丁松鞠了一躬说："丁总，您就是我的贵人，我敬您！"

丁松笑着摇头，端起酒杯，同他碰了一下，喝干了。

邹景龙问："想做大，需要多少钱？"郭磊说："我盯上三亚东方巨人大酒店了，其中的产权一部分国有。东方巨人酒店位置好，在大东海特别适合做旅游。假如能拿到部分股权，我们在海南旅游界就是前五甲了。""估计多少钱？""起码要一两千万。""你能自筹多少？""我的别墅值三百万，另有四台车，值二三百万。"邹景龙沉吟着说："差几百万是不是？丁总你知道东方巨人酒店吗？"丁松说："位置不错，不少人打它主意。"

郭磊说："我找了国资委、旅游局以及产权所在公司，三方都答应考虑，可是至今没消息。"邹景龙面授机宜说："商机，商机，既然做，就盯紧，再是攻关。如今就这样，你久久不找，别人以为你无所谓。"丁松说："邹总所言极是，常找三方坐坐。创业不但要闯还要磨，直到最后拿下它。"

郭磊说："丁总，您知道海南首力投资集团董事长董中伟吗？他的公司上市了。他最早就是看好海口一家国企，获得政府支持，上市了。"丁松说："东方巨人与其他酒店比，不是最好，但老牌，估计客人很多。"郭磊说："相当不错，我们公司的中高端客人都往那儿送。"

邹景龙说："需要钱的话，我看我们都尽量帮助你一点。"郭磊兴奋地说："太好了。只要能将东方巨人的股份拿下，我们公司就一路顺风了。"邹景龙说："海南目前的房地产市场，销路还是很好，就是价上不去。我们一个项目，卖三千一平，与建省初炒房地产价比，真是下跌了百分之七十。"

丁松说："老邹知道，当时我一个楼花转给西安一家公司，房产证都没办，就净赚一千万。"邹景龙笑说："那时的盛况可能永远也不会有喽。"丁松摇头说："自海南开放，各省都开始开放。尤其以浦东为代表的长江三角洲，以广州为首的珠江三角洲，其势压海南。"郭磊说："后来居上吧。"丁松含笑说："海南开局好，但命运多舛。"邹景龙说："我有种预感，海南还有东山再起的时候。"郭磊说："几乎每个闯海者都有愿望，可惜只是愿望。"

邹景龙说："海南的基建一直在进步。我们刚上岛时，记得吧，街上连红绿灯都没有，最高层除了中银大厦，就是四层的华侨宾馆。现在你看，城市一天天长高，至少国贸、滨海大道、海甸岛建了很多高楼。"

郭磊再次端起酒杯，同邹景龙碰了碰，然后一口干了说："我就住海甸岛。"

借口小解，郭磊经服务台时将这顿饭的钱结了，一共七百多。

第十五章

开店至今，尤其自从认识了吕天娥，并火速结婚，卢莞离开海南的愿望就更加渺茫了。加上湘风阁生意不错，他和吕天娥的家都在农村，回家更不可能。海南这些年的经济发展好像又上来了。一次他同人去深圳，发现深圳不一定比海口漂亮。老实说，当初登岛他特别喜欢海南的椰子树，那椰树看去有一种异国情调，好像到了外国，让他着迷。此后观赏这么多年百看不厌，多个原因促使他在海南买房。

从金牛岭公园往南航西建了几个房地产项目，卢莞去看了几次，最后同吕天娥商量。吕天娥对这些不大上心，就说："你自己决定吧。"卢莞说："那好，我看好就下单了。"

最后，卢莞在一家叫"碧海蓝天"的公寓订了一套，当天付定金，拿到房号。公寓楼差不多完工了，正在搞环境。海南商品房对环境越来越重视，只不过一栋普通公寓楼，周边两米硬做成了一条绿化带，种着齐腰高的观赏植物，靠墙还种绿色草皮。小区共六栋，最让人惬意的是，后头还建一个游泳池，虽然不大，但有格调。卢莞来海南这么多年，只在一家星级酒店游泳池游过一次，即使不游，住宅区有个游泳池也是身份的标志。再是公寓价格不贵，每平方米三千九。他挑了一套一百二十平方米的，找人装修，一共花了五十万。

卢莞首先给城西工商所当所长的桂铁打电话，告诉他自己买了房。桂铁刚升书记，有些兴奋，马上祝贺他。然后，他想到董中伟和郭磊。董中伟此时的身份是省政协常委，所以小事不好打扰他，于是给郭磊打了个电话。郭磊听说他买房了，自然表示祝贺。卢莞向他讨教如何办迁移户口。郭磊说："最好有关系。没有就打点一下。海南经济特区体制，已不是我们当初想象中的，基本恢复同内地一样。"卢莞说："只要能办，出血就出血。"

不久，南航西店店长谭香竹说她的男朋友从老家调来了，在海口市第九中学教书。九中地处海秀大道二十号，蛮热闹的地方。好像只要上街，就要经过九中门口。

谭香竹刺激卢尧的自然是美貌。首先是身材高大，双腿修长，皮肤白皙，一张鸭蛋形圆脸白里透红。吕天娥的脸也白里透红，但生孩子后，气血不如前，而且吕天娥个子太矮。尽管结了婚，每天看到谭香竹，卢尧不免还是心动。

自从在海甸岛开了第三家店，成立了有限公司，卢尧自任总经理，他办公就在南航西店楼上。除在店里转悠，他就在公司待着。这天，卢尧从楼上下来，谭香竹有些羞涩地对他说："卢总，我这个月底请假。"卢尧问："做什么？""我……结婚。""香竹，我告诉你，你会后悔的，真的。"谭香竹惊愕地问："为什么？"卢尧板上钉钉地说："我实话告诉你，自古道，百无一用是书生，你等着瞧吧。"

谭香竹笑问："哥，您不是结过婚了吗？"卢尧说："就是没结，你肯嫁给我？""你当时也没说啊。""我怎么说？我多次约你吃饭、看电影，你一次不答应我，一个劲儿说你有男朋友。""那时有点糊涂。""如今结婚不像以前那样严肃，实在不行就离。""那不行，我一生只结一次婚。"

卢尧问："打算请几桌，找别的地方办还是到店里办？"谭香竹说："婚礼是我叔同他商量，好像说琼苑宾馆。""琼苑宾馆我晓得，环境一般。""我结婚那天，店里同事能去不？"

"看排班，假如没事当然去。"

谭香竹问："您呢？"卢尧反问："你想我去？""您是我老板，当然！""我这个人爱吃醋，你不知道吗？"谭香竹笑着说："您还是作家呢，作家应该有品位。"卢尧气哼哼地说："作家比不上一个拿粉笔的。""对，他喜欢写写画画，他的画还到县文化馆展览。"

卢尧不屑地喊了一声，说："县文化馆什么级别，我的作品在省级刊物发表，懂什么是省级不？"谭香竹摇头。卢尧气恼地说："跟你说不明白。行行，结吧，想结就结，反正我是轮不上了。"谭香竹笑说："是，我没文化嘛。"

卢尧问："具体哪天提前告诉，我给你准备份礼金。"谭香竹说："不收礼。""你又不是领导干部，怕什么？""您结婚我送了五十元，您也送我五十吧。""骂我？怎么说我也是老板，你别管。"

卢尧将同谭香竹要好的服务员找到一起说："小谭结婚那天，你们几个调班。"几个服务员一听乐了，差点儿要喊老板万岁。

卢尧一直没见到谭香竹的那个男友。直到结婚这天才发现，我个娘，还没自己高，长相一般，尤其长着鹰钩鼻子，让人厌恶。卢尧打小不喜欢鹰钩鼻的男人，顿时为谭香竹惋惜。谭香竹这天打扮得仙女似的，尤其那秀发被吹起一朵大浪花。平时没见袒肩露臂衣服,今天恰穿一件露臂的,让卢莞大跌眼镜。那男人含情脉脉地走到谭香竹跟前,将她的臂轻轻挽起,老实说,卢莞当时真想冲上去揍他一顿,将谭香竹抢走。

几个服务员看到谭香竹的打扮,不由羡慕得围了上去。卢莞站在一旁,默默看着她们,心里不是滋味。他想起山西某铝厂驻海南办事处的吕财东,那狗日的,那是什么文化水平,不过有两个臭钱,竟包养了六个模特。其中一个黄花闺女竟被他睡了。是啊,这么多年,再没见吕财东。吕财东身边的那几个小伙,也没见过。

谭香竹发现了卢莞此时的尴尬,马上将鹰钩鼻子男人拉了拉,走到卢莞跟前介绍说:"小宋,我给你介绍一下,这是我们老板卢总。"小宋便笑了笑,同卢莞握手。卢莞不情愿同他握手,可众目睽睽之下,只能忍了。

然后,司仪过来将他们安排到一张圆桌前坐下。婚礼也找了专门的婚庆公司,整个婚礼仪式还是像模像样。仪式完后,是吃酒。

席间,谭香竹领着她那个鹰钩鼻子老公来敬酒,卢莞不能不喝。

当晚吕天娥不在,卢莞真是燥热难安,真想找个妓女过夜。听说妓女也有清纯的,当然只是听说。谭香竹结婚后,卢莞指定海甸三东路代理店长小马替代谭香竹。

不久前,三东路那个姓孙的店长从电脑里偷窃店里的现金,被小马发现,报告了卢莞,他当即将姓孙的炒了,提拔小马当店长。小马是湖北人,念的是中专药材专业,但毕业后不肯去药店上班。其实她比谭香竹脑子好使,谭香竹记忆力不强,小马记忆力特好,谭香竹在工作上都曾征求她的意见。卢莞想让小马当店长,又怕谭香竹不高兴。所以营业好,就私下里塞给小马一两个"红包",让她高兴一下。

新房子装修卢莞包给了一家工程队,协议包工不包料,装修材料还是需要自己买。从南航西到城西路建材城近,他几乎每两三天去一次。

这天卢莞从建材城购买完几根墙角料装上摩托车,从龙昆路转弯,发现拐角处新开了一家山西面馆。里头走出一个人,有些面熟,不由停下来看。这一看不打紧,他差点儿没叫出声,此人竟是吕财东办事处的大金。大金小金两兄弟是江西人,吕财东离开海南据说去了深圳。为何他在这儿呢?不知出于什么心理,他朝大金挥手:"大金,还认得我吗?"

此时的卢莞双腮长了两道微黑的"挂面胡",脸形比以前长,还是被大金认出来,笑说:"这不是卢哥?你怎么在这儿?"卢莞哈哈一笑说:"正要问你,你怎么在这儿？"大金朝身后看了看说："你不记得吕总了吗？"卢荛震惊地问："你说吕财东？"大金点头说："是。"卢荛说："他在这儿开餐馆？"大金点点头。卢荛说："他人呢？"大金说："刚出去。"

卢荛说："怎回事，不搞铝锭吗？那么来钱，简直让我们羡慕得流口水。"大金轻叹说："唉，天有不测风云，人有旦夕祸福！"

卢荛从口袋掏出十元钱，到隔壁小卖部买了两罐饮料，递一罐给大金，自己拿一罐。大金接了，将吕财东这些年的情况讲述给他。

原来，当初闯海南的纷纷转去了深圳，吕财东就是其中一个。吕财东到深圳依然注册了一家山西某铝厂驻深圳办事处，同样从山西调铝锭卖给需求方。那时海南低潮，深圳成为国内贸易热点。吕财东刚去生意还红火，可不久所在铝厂被老家的纪委查封，书记、厂长被查贪污受贿，而行贿的正是远在深圳海南的吕财东。吕财东从铝厂调铝锭，比市场价低百分之四十卖给别人，这百分之四十差价全落到书记、厂长和吕财东嘴里。几年下来，吕财东和书记、厂长大肆侵吞国有资产。

他们关系好得像兄弟。吕财东在海南时，厂长、书记去过；吕财东到深圳，他们又去，几年间销售的铝锭达几亿元。事发后，书记、厂长被逮捕，吕财东被押回山西坐了半年牢。吕财东垮台后，当初跟他去深圳的模特队长、队员树倒猢狲散。小李、小王、大金、小金四人也自然散伙，小李、小王回了老家，大金、小金则在深圳打工。不料半年后，吕财东又出现在深圳，将大金、小金找到，说要在深圳开面馆。正好大金上班单位不稳定，于是便跟吕财东干。吕财东在深圳搞办事处期间，因被社会上一帮烂仔盯上。他有些怕那帮烂仔，听说海南的经济形势开始回暖，便带大金一道又回到海南，在这儿开了这家面馆。

卢荛在心里骂了一声"报应"，脸上却笑呵呵说："这么说我们的吕大老板，现在只是小面馆老板？那六个模特呢？对，还有那秃子秦川呢？"大金叹说："唉，那些人就是谁有钱跟谁走，吕哥被查第二天就走了。"卢荛说："老吕有房有车吗？"大金犹豫着说："没。"

没说完，他就发现卢荛脸上流露出一丝鄙夷的笑，就问："卢哥你如今做什么事？"卢荛说："违法乱纪的不干，老子开湘菜馆。在海口市有三家连锁店，叫湘风阁。"他意犹未尽，"除了湘菜馆，还购买了一套一百二十平方米的公寓楼，正在装修。过几天，价值二十万的日本进口小轿车马上到手。"

卢荛说着从口袋掏出一张名片递给大金："给，有空上我店里消费。"大金看了半天，才缓过神说："天哪，湘风阁在海口市是很有名的饭店啊，你开的吗?"卢茏说:"你不信,改天上我三个店走走,问问老板是不是姓卢!"

大金说:"卢哥,我哪不信呢。我早知道,几个人就你学历高嘛!"卢茏说:"卵子学历!学历同钱不成正比。吕财东什么学历,狗日的,竟包养六个女模特。狗日的,我就知道他有今日!"

远处一个粗黑脸膛的男人骑着辆旧自行车徐徐而来。大金忙说:"吕哥回来了。"卢茏都不敢认,吕财东过去吹得油光锃亮的头发,如今是乱糟糟一团;再看一双长满黑毛的大腿,穿着大裤衩和一双破旧拖鞋,只是那铁锤般的肉坨脸,同以前没有改变。

大金喊了一声:"吕哥,你看谁来了?"吕东财终于看清眼前是谁,吃惊地说:"小卢!你还在海南?"又嘿嘿一笑,"这么多年,我以为你离开了呢!"卢茏说:"连你走了都回来,我为何不在呢?"吕财东古怪地一笑说:"兄弟,你还记得我姓啥叫啥不?"卢茏冷冷地瞟了他一眼,鄙夷地说:"吕财东!你化了灰我都认识你!"

吕财东哈哈一笑,点点头说:"不错,还记得我。小卢啊,当时我真希望你跟我走,因为你学历最高。可是……唉,亏得没去。否则……大金,我的情况,都给小卢汇报了吗?"

大金笑了笑,没作声。

吕财东长叹说:"人就是这样,靠身体赚钱的女人就是畜生,看到老子出事,没等第二天全跑。连那秦川口口声声跟我一辈子,比几个女的跑得还快!"卢茏问:"他们呢,还做那个?"吕财东说:"这么多年,我也没去深圳。"

大金说:"我在东莞见过一次,六个女的中有两个给香港和台湾人做二奶,一个姓王,一个姓陈,各为他们生了两个崽。据说那个台湾人在东莞开塑料厂。"卢茏问:"跟台湾人、香港人生的吗?"大金说:"肯定呢。"卢茏感叹说:"我在一份报纸上看到,改革开放以来,仅珠三角就有六万内地年轻女性沦为港澳台商人的二奶、三奶甚至四奶,中华文明传统道德被摧毁得一塌糊涂。"

吕财东呵呵笑着说:"小卢,你现在做什么?来,坐会儿,喝茶。"卢茏说:"具体情况让大金告诉你,我正装修,还有事,有空再聊吧。"吕财东忙说:"那你留个电话。"卢茏一笑,骑着摩托车扬长而去说:"你问大金。"

白沙门是一个自然海滩。建省初,有两家开发商想承包开发成一个海滨浴场,后经水文部门勘察,不宜建海滨浴场。因为这是海口的母亲河南渡江出海口之一,海河交汇出现大片激流险滩,尤其白沙门海域沙砾流动,有回流。据有关部门记载，每年都要淹死一两个人，但是依然有人上那儿游泳。政府便在海滩上安插了四块公示牌：白沙门海域不宜游泳。让大家相互告诫。

也许白沙门的海水太漂亮，也许这儿的沙滩太洁白，人是经不住诱惑的，尽管政府三令五申，但是还有人下去游泳。

洪丹之前喜欢万绿园，自海甸岛白沙门公园开建后，便改往白沙门公园。

那时从人民大道往白沙门要穿过两华里荒滩草丛，如今政府将它打造成类似万绿园的公园，让海甸岛居民欢欣、雀跃。公园一期动工，年底建好，二期接着建，估计明年全部完成。现在去白沙门不用从以前的荒滩乱草穿过，而是在东侧开辟了一条水泥路，汽车、摩托车、自行车等都可过。这会儿，郭磊就是用摩托车载着洪丹和儿子一道来到白沙门海滩。

郭磊在老家会游泳，可老家的小河汊哪能同海比。洪丹完全是旱鸭子，每次来，只能欣赏大海。

去年夏天，白沙门淹死了一个人。污水处理厂工人下海埋管子，不小心淹死一个。海口有个海牛游泳队队员几乎每天在白沙门海域游泳，这就给人一种错觉，这儿还是可以游泳，只要会游。

骄阳暴晒了一天，一到傍晚，整个城市便凉下来，海风吹拂着周围的树木和房屋。海南岛只要太阳一落山，整个岛就清凉。而内地，如郭磊的老家，夏天太阳一落山，大地依然烫热，不到半夜凉不下来。海南还有个特点，即使艳阳高照，总会下一场雷电大雨，将天空洗个凉水澡似的。还有，海南的天只要不站在太阳下晒，其实不热。因为有海风，而内地就不一样，只要太阳当空，不但不能站太阳下，即便在屋内都感到蒸笼般闷热难熬。

这是他同王静来过的地方。

洪丹背着儿子，坐在郭磊的摩托车后座。三人很快来到白沙门海滩。海口市两个公共海滩，一是西海岸假日海滩，那是政府为市民开辟的，保护设施齐全；二是白沙门海滩，因为政府不让游泳，基本上没保护设施和救护人员。海水是咸的，只要下海游泳，总要找个有淡水的地方冲洗。于是靠沙滩内侧被谁搭了几个临时冲洗房，供游泳的冲洗和换衣服，收费三元，租带锁木箱加两块，共五块。郭磊夫妻不游泳，只吹风，看看风景。来前准备了两张报纸，垫放沙滩上坐。沙滩上很多男女老少，操着不同地方的口音。从长相看，有一对新疆男女，年近半百，男的脱光上衣，走向大海，女的蹲在沙滩同他扮鬼脸。

海滩上大多是夫妻带一个小孩。所以，儿子一见别人的孩子，显得很兴奋。洪丹把报纸垫好，忽听人喊："下雨了！下雨了！"一语未了，果然飞来一朵乌云。身后出现了两个赤膊打算下海的本地男人，抬头看看天说："没事，下不来的，被风吹走了。"果然，乌云被一股力量推着走似的，很快往西去了，天空依然蔚蓝如初。

这时郭磊的手机响了，他抱好儿子，一只手掏出手机接听，原来是蔡驰骋打来的。他说："磊哥，三亚一家公司开年会，要租用我们两台大巴车环岛游，每台包汽油每天三千，租不租？"郭磊说："你问问李鑫、付子皓，这几天我们有没有团？"蔡驰骋说："问了，有一个广西团才十几个人。届时租一辆中巴，不过几百元，合算。"郭磊说："假如他们没意见，你就去。"

洪丹将儿子安置好，脱掉鞋子，到海里蹚水说："有个事早想说，就是我们该请个会计。廖会计不要兼，让她来公司上班，我们也不在乎她的工资。廖会计来了，你就不用在财务上费时间。毕竟，公司人多，不能老坐家里。"

一番交涉，廖会计答应了，下周来公司上班。廖会计兼他们会计，基本上是一个月来四天，即一周一天，帮着做账，理理单据等。

洪丹说："公司现有三个部，除了三个部长老员工，你看是不是在新员工中发展一个副部长。这样，部长外出，副部长顶。有副部长，也可以协调制衡一下部长。"郭磊笑了说："你还会权谋，你觉得三个部长的提成少吗？""不少，我知道别的公司，不比我们高。""李鑫、陈小弓没事，付子皓那小子心思蛮重。你同他说，他从来都好好好，背地里不一定。所以，我觉得要搞懂他。""小付这一年的业绩最高，有些骄傲。其实人还是可以的，不坏。"

"三个人都是最困难时候来的，不管如何还要厚待他们。钱赚不完，所以给他们红利，人家才会卖力干。""行，你多关注就是。"

海滩上有几个男人像是第一次下海，不敢往深处去。有一个竟在靠岸两米远的地方狗刨式游水，逗得岸上观看的人哈哈大笑。

大海的天空，开始沉静，天色渐渐暗下来。西边大片的晚霞却越发灿烂，晚霞将西边大块海水烧红了半边，也开始退温褪色。

沙滩上出现一个卖甘蔗的小姑娘，一看就是本地姑娘，个子小巧，脸色菜黑，肩上搭着一个布兜，布兜里装着切成段的甘蔗。郭磊马上指着说："给你来根甘蔗。"洪丹笑了。郭磊走过去，买了两根。这时，他发现一个卖槟榔的小个子男人挑着槟榔担子走过来，边走边看着他们。郭磊问："洪丹，你吃槟榔不？"洪丹马上摇头说："不习惯，不习惯，上岛这么多年，我没尝试过。"那男子听了，笑说："槟榔好好吃咧！"郭磊说："谢谢你，不懂吃。"海南人总将不会、不能、不知道等词统统称作"不懂"，郭磊很久才搞懂。那男子就挑着走了。

洪丹咬着甘蔗说："不是不懂，看别人吃槟榔时吐地上的槟榔水就像血浆红漆，洗都洗不掉，心里不舒服。那天在家门口，不知谁吐几口槟榔水，我用水洗都没洗干净。"郭磊见洪丹吃甘蔗，儿子眼巴巴地看着，就说："你咬不动。"洪丹便使劲咬一口，挤出汁，送进儿子嘴里问："甜不甜？"儿子吸两口咂咂嘴，露出笑容。洪丹说："下次买个榨汁机，在家榨果汁，比外头的好。"

一对男女青年一人手拉一个风筝跑来，一个白色，一个黑色，暮色中看不清楚是什么形状。郭磊辨别了一会儿，说："是两只鹰。"

天慢慢黑下来，沙滩上却还有很多人。郭磊起身说："那些人可能是内地来的，不知道海边晚上蚊子多。"洪丹就笑说："政府要狠狠搞一场爱国卫生，将所有的蚊子都消灭掉。"

三个部长分工后，李鑫组招了两个新员工，一个叫李庚，吉林人；一个叫陈小波，河北人。陈小波干两个月就回了老家，只剩李庚。不过，按目前工作量，人手够了。李鑫本人身兼多职，既是计调，又是外联，谁接的团谁负责带。李鑫为部长，给部下制定了劳动定额和奖励办法，只不过作为部长，可从员工效益中提取一些奖金。付子皓组三个人，一个叫程高宏，河北人；一个叫黎明亮，山东人；一个叫葛三平，也是河北人。这三个人，只有程高宏是职业旅游学院毕业，其他二位在老家接触过旅游，都是来海南旅游爱上这儿的。陈小弓组三个人，都是他的广西老乡。

从白沙门回家后，郭磊见时间还早，于是往李鑫、付子皓租房的地方看望。不想他们正在打扑克。一见郭磊，李鑫说："磊哥，要不申请俄罗斯线路吧。我们部两个人，接待国内游客够了，接待俄罗斯方面，我再招聘一两个人。"

郭磊说："开俄罗斯线路，是不是一定要到三亚设点？"李鑫说："从俄罗斯来的游客，按目前情况越来越多。俄罗斯人喜欢三亚，最爱大东海。"郭磊说："对，我要是同东方巨人大酒店谈成功，那时我们是东方巨人大酒店股东，岂不很好？"付子皓说："这个创意相当棒。"

李鑫说："磊哥，你说的是真话？那我就联系老家的朋友，开始物色语言人才。"郭磊说："可以，先物色好，等我们这边都运作好，再请他们来。""人家那么远，关心的是待遇。""待遇一样，只是特别聘请的给外驻补助。每个月除工资奖金提成，另外住宿吃饭给一定的补偿，年终给年终奖。"

李鑫说："最好给他们提成高一点。"郭磊说："设计几个等级，达多少额度提成多少，额度完成多提成高，起到激励作用。"付子皓说："可以。如今都采取基本工资加提成，提成也要有度，不能过高也不能过低，否则其他部门怎么看。"李鑫说："话不能那么说，人家属特殊人才。"

李鑫和女友曾小凡谈了快三年，因为李鑫不想回东北。曾小凡听说海南暖和，也同意来。于是经过半年多运作，李鑫为她找到了一份工作，她之前在哈尔滨电信营业厅当销售员。郭磊看他女友个子至少一米七，不禁笑说："李鑫啊，你女朋友比你高。"李鑫笑说："我们那边人都高。"

一周后的下午，李鑫从机场将女友曾小凡接着，领到郭磊家，说："我同营业厅主任谈好，安排在海甸三东路营业厅。不是吹的，那天我特地往海甸三东路营业厅看了一下，全一米六以下，我女友在那帮营业员中绝对鹤立鸡群。"郭磊说："晚上，你嫂子要给你女友接风，地方你定。"李鑫说："不要太破费，我女朋友吃辣，就到你朋友开的湘风阁吧，可打折。"

电信营业厅不解决住，外头租房要花钱，郭磊同洪丹商量，就让她暂时住他们家。他们家是别墅，楼上有几间空房。郭磊让李鑫自己收拾出一间。

李鑫的女友曾小凡身材高挑颀长，长着一张棱角分明又诚恳的方脸盘，布满丁点大的青春痘，痘面熠熠发红似的。一下飞机，她就被窗外特有的南国植物和旖旎风光醉晕，说在老家根本看不到。她之前在电视中见过海南，但实地比电视中更迷人。

二人认识快三年，一直通讯联系，只有春节才回去。加上李鑫老家在方正县，离哈尔滨百多里，每次见面半小时就走了。李鑫有两个同学在哈尔滨，其中一个已婚，对李鑫说："兄弟，谈这么久，要么领她去，要么睡了她。"另一个未婚，却提醒说："兄弟你不能睡，一旦睡了她，隔那么远，不常回来，她一定找别的男人。"把李鑫吓个半死。

李鑫还是童男，听了同学的话，便着急让女友过来。快三年了，他们的恋情一直稳定。直到这次，她终于来到他身边。

郭磊是过来人，吃饭时候，将李鑫悄悄拉到一边说："你干脆搬来和她一起住吧。"李鑫吓了一跳说："不行，我是清白的。"

作为老板，郭磊希望他们的爱情稳固，就说："既然来了，一起住吧。时代不同了，同居不是什么事，或先领证，把婚结了，婚礼以后补。"

李鑫将这话转告曾小凡，她笑说："其实我准备和你住，可你说另有地方。"

李鑫将这消息告诉郭磊，郭磊说："你智商不错，可情商就不咋地。记住，与女友一起，一定要戴安全套。"

见李鑫的女友来了，付子皓开始着急了。一连几天，他同老家的女友打电话，好像商量什么。大家知道他的女友名叫袁小梅，是一个小学的正式在编老师。

陈小弓的女友则还在广西某卫生学院读书，年底毕业。闻之，付子皓更有压力。

这天，他们在卢莞海甸岛分店吃饭。因为他们认识店长小马，就没有同卢莞打电话。吃饭时，李鑫说："磊哥，那个哈尔滨的'候鸟'，省公安厅的副厅长舒大叔，我给你介绍认识后，你还没请他吃饭吧？"郭磊说："打过几次电话，说他忙。""是，那人喜欢交际，不少来海南的黑龙江人都知道他，他的确挺忙，要不你再打。只要同他交上了朋友，他还是可以帮到我们一些的。""那行，他喜欢吃什么？""他喜欢吃海鲜。磊哥，记住，请东北男人吃饭，饭桌上答应的事，你必须当场请他写或打电话落实，过了，可能就变。""为什么？""没听说，东北男人三冲天，一是豪气冲天，二是酒气冲天，三是牛皮冲天。调门吹得高，最后不一定实现。"郭磊笑着点头："记住了。"

舒大叔就是那个黑龙江省公安厅原副厅长舒起同。

听说郭磊要请他吃饭，舒厅长还是客气了一番，最后便说："行，我听你的！"郭磊说："那下午五点半，我在板桥路海鲜大市场门口等您，请您和大婶一起来。"

海口市近年出现不少海鲜大排档，这种大排档特点是价廉物美，将海鲜产品集中一块，在旁边配置海鲜加工店，顾客随买随送到店加工，收点加工费。所以，开在新阜岛和白龙南板桥路的海鲜大排档，每到吃饭时人山人海，有时位子都抢不到，要等别人吃完再坐。新阜岛的海鲜大排档还发展成水里行走的船叫"海鲜舫"，顾客坐在舫上一边吃一边欣赏南渡江的美丽风光，而且价格还一样。白龙南板桥路海鲜大排档则越做越大，整一条街扩容，高潮时坐这儿吃海鲜的达几千人。

郭磊提前十五分钟到，选了一家加工店，找个圆桌，同加工店老板说好，老板出奇爽快地说："没问题没问题。"然后出去等候舒起同。等了一会儿，一辆红色出租车拐进来，在海鲜大市场门口停下。

再见舒起同，几乎没变。那次看到他穿皮衣，那是冬天，今天红日高照，舒起同穿一件淡灰棉绸短衬衫、大裤衩，穿一双皮凉鞋，脚上套一双薄袜，张眼四望。

郭磊一眼看到他，一米八的大个子，国字脸，大嘴、短鼻、肉脸，额头有不少皱纹，两鬓斑白，边走边看。郭磊迎上去喊一声："叔！"舒起同马上咧开大嘴笑说："呵呵，你到了。"发现只来了一人，郭磊便问："婶子呢？"舒起同说：

"她吃海鲜过敏，吃不得，算了。"

来到后头，一溜摆着上百位海鲜贩子的海鲜，有的盆装，有的在缸里，有的玻璃箱里，叫不出名的应有尽有。舒起同告诉郭磊，第一次看到这么多五颜六色的海洋生物，真的惊呆了。在哈尔滨吃海鲜时，仅限几家高级酒店，哪有这多海鲜。他只能认出大虾和几种鱼，其他一概不认识。郭磊虽来这么多年，也只能叫出基围虾、花海螺、红花蟹、兰花蟹、鳗鱼、生蚝、石斑鱼、带鱼、金鲳鱼等，至今一到现场还眼花。

他让舒起同点，舒起同颇熟练地点了一斤基围虾、四只红花蟹、一条鳗鱼、一只石斑鱼、六只生蚝、一斤海参、半斤花螺，最后看了看游动的海蛇问摊主："这个怎么卖？"摊主说："八十块钱一斤。"舒起同说："来条小的，一斤左右的。"摊主马上抓一条，当场杀死，递给舒起同。舒起同显得很高兴，说："一般用这个炖龟，我们今天红烧吃吃，看味道如何。"

郭磊上岛这么多年，还没他熟练，就想他这段时间可能别人请他，吃多就熟嘛。花了六百多，来到那家加工店。加工店老板热情招呼他们坐，问他们喝什么酒。舒起同说："我这人喝惯了白酒，度数太低还不行。"郭磊说："海南有种海口大曲，口感不错。"舒起同说："行，那就海口大曲。"

郭磊让老板娘取海口大曲。老板娘又送来一壶茶水，说免费的。郭磊给舒起同倒酒说："不好意思，打扰叔的宝贵时间。"舒起同笑说："小李回去了吧，该说的我都对他说了。"郭磊激动地说："谢谢叔，我的公司呢虽办了多年，但总是做不大，主要是社会关系不广，要早遇到您这样有身份的人早发了。"

舒起同说："慢慢来，我听小李子说，你们还接日本和韩国团？"郭磊说："对。""小李子老家在方正，当年日本的开拓团就在那儿。九六年我接待了一个五十人的日本访问团，团里有一半人生在中国，后来跟父母去了日本。""这么说，您在日本警界有朋友？""当然，只要打个电话，这面子还是给我的。"他迟疑一下又说，"不过这两年我国同日本关系有点僵。你知道吗，日本首相老参拜靖国神社，搞得我很不高兴。"郭磊点头说："对，从新闻中有所了解。"

喝了几口酒，郭磊开始激动，说："叔，我们期待日本客人。您若能牵线，对整个海南旅游都有贡献。"舒起同说："你莫急，中日关系肯定会回暖。只要形势好，我给你找几个客人，一句话的事儿。"

郭磊真想拥抱舒起同，他想起李鑫的话，然后说："叔，您能将日本朋友电话地址告诉我吗？"舒起同皱眉说："你打没用，必须我打，或我写信。"郭磊跟上一句："您能不能马上给我写封信，我去寄，先将关系确定下来。您看您已退休，人不在东北，我有点担心。"

"你说人走茶凉，是吧，不可能。你问小李，他们在方正留下那么多种，每年过来扫墓，不可能忘了老朋友。"

郭磊忧虑地说："退休了，说话还能管用？"舒起同说："退休也没事。我退休了，部下还在，即使我的日本朋友退休，也有属下，对不对？"郭磊笑着点头说："也是，也是。"

舒起同口才好，讲这些丝毫没思考，不经意就说出来。然后他问了几句郭磊公司的运行情况，话题一转，说海南天气如何之好，接着便侃起他当公安厅副厅长时的政绩，谈到最出彩的一次眉飞色舞，他亲自督战抓了一个辽宁流窜犯罪团伙。说那团伙五个头都有枪，两个还是退伍军人，主要是人生坎坷，对社会不满，寻衅生事，破坏治安，最后沦落到强奸杀人。

郭磊还是第一次听一个厅级官员讲述自己的人生和工作经历，倍感兴奋。

一顿饭从五点三十分吃到七点三十分，整整两个小时。完后，舒起同余兴未尽。郭磊担心他滔滔不绝说话会耽误吃海鲜喝酒，没想到他可以一边说一边吃，竟然什么都没耽误。

郭磊给舒起同满上一杯海口大曲，说："叔，这不是高度酒。"舒起同喝了酒说热，将上身淡灰短衬衫脱了，只剩一条大裤衩。郭磊不由问："叔，您打算在海南住多久？"舒起同说："房子都买了。短时不可能离开。"

吃完喝完，都快八点，还有人迫不及待地接着坐他们那桌。结账时，舒起同吼叫说："小郭，我来，我来，要你付啥。"郭磊笑说："难得请您，哪能让您掏呢。"

舒起同与郭磊握手，说了几个感谢。郭磊送他上出租车，当着他的面掏钱给司机，舒起同似乎很感激地说："记得常联系。"郭磊说："好的，好的。"他就让司机开车走了。

第十六章

这一天，郭磊坐蔡驰骋开的大巴经过海口市和平北路，口渴便让蔡驰骋停车。他穿过马路来到一家杂货店，老板约三十岁，戴副眼镜，却不像近视，人长得白净，头发干净，衣着斯文，正捧着一本什么书看。他要了一罐椰子汁，掏了五块钱，老板从冰箱取出给他。看到老板手上是一本英语书，就吃惊地问："老板不错，还看英文？"老板说："瞎看。"郭磊说："本地人？"老板说："四川泸州的。"

郭磊问："闯海南的吗？"老板淡淡地说："八八年来的。"郭磊顿时心里一热说："这是你开的店？"老板说："这算什么店。饿不死而已。"郭磊知道他是有故事的人，就问："来后一直开店？""唉，怎么说，内因还是自己。我在家本有很好工作，我是泸州市广播电视台播音主持，台领导对我很好，就因为我不是播音学院毕业，被一个播音院校毕业的压着，台里就我们两个男播音。他业务比我差，可他是专业学校毕业，不论评级加工资都比我优先。我实在咽不下这口气，决定离职，台领导挽留我，说会改变。可看那比我业务差的人骑我头上，我走意已决。就这样，来到海南。"

郭磊的心被他触动，说："被海南的龙卷风卷着，一腔热血的人太多太多！"老板笑说："我来海南什么都做过，最狼狈时给人扫过厕所。我开过桌球店，搞过小游戏机厅，搞过时装店，都失败了，最后还是这小杂货店救了我。店虽小，效益还不错。就凭这小店，我去年贷款买了五十平方米房，首付十万，这是我的全部家当，总算有个落脚的地方。"郭磊说："学播音的？"老板说："我的声音是市台最好的，台领导器重，准备培养我，可我当时就发了疯。怎么留都留不住。"

不错，听他说话的声音，的确有一种磁性，郭磊含笑问："遗憾吗？"老板苦笑说："怎么说呢，开弓没有回头箭。再回去，要脸不？""房子买在哪儿？""城西。""听一个朋友说，机场东路有一个闯海人联络部，一位企业家搞的，说愿意帮至今困难的闯海人。"

老板摇摇头说:"同时上岛的,别人成功你不成功,你厚着脸皮找人家?"郭磊说:"话不能那么说,成功有多种因素。你是大学毕业吗?""对啊,我是学电子信息的。""你不开网吧或电子游戏厅?""开得太多,这杂货铺行至少能保证我生存。""那很不错。""光白天不行,我是二十四小时开。晚上比白天的收入多,只是人辛苦。赚钱就不能怕辛苦,对吧。"

郭磊递给老板一张名片说:"我姓郭,自己搞了一个小得不能再小的旅游公司,我家住海甸岛,我也一九八八年上岛的。谈不到成功,算有口饭吃。"老板脸红说:"老总,可以啊。不好意思我没名片。"郭磊问:"贵姓?"老板在便笺纸上写下姓名,邹巍,还留了座机号码。郭磊又买了一罐饮料带给蔡驰骋,他同邹巍打个招呼告辞了。

郭磊一路想,播音主持是一个多么让人羡慕的职业,就因为个人的性情,容不得委屈,便一气之下抛弃了本业,背井离乡,来到这千里之外的海南,宁可开一个这样的小杂货店,也不回去,这的确需要相当大的勇气和气魄!或许,这就是当年十万人才闯海南人的宿命吧!

赵世德从十年前开始迷上海南独创的"打彩票"。彩票本是国家发行的,一种是福利彩票,一种是体育彩票。海口不少人宁可少吃饭,每月也要买好几百,即使没中奖,也乐此不疲,目的就是中大奖。不知从哪天始,海口市开始出现大量的私彩,即开奖码借用国家体育或福利彩票码,开奖时间一样,只是私人想从中谋利。

这种私彩其实是违法的,它想钻国家的空子,窃取国家彩票的红利,因隐蔽在民间,分散在居民的家中,因此警方打击很困难。加上百姓对这类行为没多重视,以为只是赚点小钱。

然而不管公彩私彩,都要摇奖中奖。大约在国家公彩实行不久,海口街头便出现了一种"彩票中奖测算的数码",说国家公彩摇奖有规律可研究,比如那中奖号码其实可以通过一种算法测算出。为此街头出现了专门"研究"这种码子的"彩票测算数码",成捆放街头出售,竟有人相信!一度在海口大街小巷可见,三个一群五个一伙研究着"彩票测算数码",一度省市电视台栏目还配合这种"研究"播放"彩票中奖测算数码"。

卢尧很鄙视这种现象,认为国家的福利、体育彩票摇奖是经过现场公证的,不可能作假,中奖号完全随机。那些人整天研究"彩票中奖测算数码"纯属吃饱饭没事干。后来发现不但是社会上的闲散人员"研究",还有政府机关公务人员参与，就觉得这些人"智力低下，愚昧至极"，对电视台某栏目播放宣传更是"义愤填膺"！他觉得这样下去，海南很危险，都不搞发展，找项目，搞产业，都坐在茶店"研究"中奖彩票。

卢尧不知道赵世德最近也迷上了这行，当他看到赵世德同四个人坐在桌前手拿一沓街头巷尾见过的"彩票中奖测算数码"，你说一句我说一句正讨论，连他进来都没注意，就觉得恶心。可他今天不想上别的地方，于是停在门口，默默注视着他们，偶尔还出现争辩。一个服务员过来招呼："先生您好，请坐。"赵世德大概听到才抬起头，看到了卢尧，马上咦了一声说："你怎么来了？"卢尧进去冷笑说："很投入啊！"赵世德呵呵笑着说："没事，坐。小兰，这是我朋友，赶紧上壶绿茶，他喝绿茶。"

服务员答应着去了。赵世德好像不大情愿起身，陪卢尧来到一张空桌前坐下。卢尧盯着他手里的"彩票数码"说："兄弟，你真信？"赵世德呵呵笑说："试过，国家彩票开奖，虽都是科学摇奖，有人算中它的中奖号。"

见卢尧一脸不屑，赵世德呵呵笑说："兄弟，真的，就在上周，我道客村的一个朋友，就差最后一个数中奖，前五个数都对。他说当时测算失误，否则这次就中，奖金是五百万。"

卢尧问："每天研究，有人中吗？""府城一个朋友，中了一千元。""多久？""一年。"

卢尧追问："买多少彩票一年中一千元？"赵世德说："买了二十年，期间中几十元，此后就上个月中了一千元。"那几个人朝赵世德这边看，赵世德对卢尧说："兄弟，我过去一下，马上来。"卢尧朝那边看，露出鄙夷的目光。

洪洞人赵世德将新港的"跳蚤市场"倒腾出去，在白坡里开了这么一个茶店。据他说，他考察了海口大部分商业业态，觉得还是茶店受欢迎。他发现本地人开的老爸茶店环境不好，大多没空调，还吸烟。他搞的这家茶店，搞好环境，装上空调，进门铺地毯，即使大厅每个座位也用绿色植物隔成小方格，每个方格前放一桌四座。服务员一律穿制服，佩戴胸章，搞得像模像样。

赵世德总说洪洞是中国人的发源地，文化积淀深，做什么事必须有品位。赵世德茶店开张，生意一直算稳定。大钱赚不到，小钱还是可以。此后不久，他将之前积累的钱全掏出来，在龙昆南转盘买了一套五十平方米的二手房，算在海南安了家，接着将他之前认识的饭店服务员娶了，生了一个儿子。

赵世德很快回来说："不打也没事做啊，打发日子。"卢尧说："不能干点有意义的事？"

"钓鱼？不喜欢。哎，你懂'押大小'吗？""什么'押大小'？"

赵世德朝那几人挥挥手，示意他们别喊，又说："用碗盖或茶杯盖，底下押一张牌，或一只骰子，让别人猜。猜中拿去，没猜中，你输。金额不大，每次五毛，蛮好玩。"卢莞摇头说："赌博吧？""一次五毛，算什么赌，纯属好玩儿。""真是饱食终日无所用心啊！你也算一九八八年上岛，堕落成这样！"

赵世德不以为意地呵呵笑说："理想很丰满，现实很骨感。不搞这茶店，我至今可能要饭。"卢莞说："你就没想过把茶店搞成全岛连锁？""经营两年，不过对付吃饭，心就灰了。"

"能维持，你还不错。"

赵世德说："兄弟，莫说我。在海南，很多一九八八年上岛的至今连吃住都成问题。真的！你是富人不知穷人饥，我认识几个。一个姓阚，来自河南洛阳，女的，之前在文化站当副站长。我们喊她阚大姐，来海南后，一直落魄。陈维是哈尔滨人，来海南十多年。在家是小学老师，脾气硬，听说找单位要求人，宁可给人扛煤气罐。除了阚大姐、陈维，还有叫钱有福、张杰、潘宋国，一共五个，过得都穷困潦倒。"

卢莞皱眉说："是吗，好像没听说。"赵世德说："这样的人很多呢，不信，哪天我领你认识认识。"卢莞感叹道："我们都穷过。记得吧，你帮人送煤气罐；我呢，帮人卖报纸、摆玩具套。"这时，有人喊："测算出来了，赵哥！"赵世德看着卢莞尴尬一笑："我过去一下。"

卢莞看赵世德同那些人全神贯注的样子，不禁摇了摇头。坐了一会儿，赵世德回来了，连说几句对不起。卢莞告诉赵世德，他买了一套一百二十平方米的公寓房，位于南航西金牛岭公园附近，新的！赵世德说："海口不大，哪儿都可以。"卢莞说："海甸岛环境好。"

赵世德问："户口迁来没？"卢莞说："正在迁。""我刚办，老婆孩子都来了，以后是海南人了，但得花钱。""花了多少钱？""请客送礼，花了几千。"卢莞喝了一口茶，指了指那边几个人说："俗话说，劝赌不劝嫖。宁可看你嫖，也不愿看你赌。""兄弟，伤天害理的事咱不干。真的，我对天发誓。"

赵世德喊服务员端一碟葵花子来。卢莞说："发誓，你没去，谁还去是吗？""无论赌和嫖，都是不齿。""我担心，你刚脱贫，又沦落回去。""不会，都四十岁了，中年半载！"

"嫂子做什么？""有孩子，我不让她出来。"

卢莞又喝了一口茶，指了指那几个人问："那几个哪儿的？"赵世德笑说：

"打彩票认识的，两个府城的，一个定安的，都在海口打工。""打工还买彩票？""嗨，你真不知道，富人不买彩票，穷人才买。穷人总想赌一把。"

卢茇就笑一下。赵世德问："最近写作没？"卢茇说："毛，提笔忘词。""那玩意儿不来钱，还费脑子，别干了！""人总得有追求。""现在的人，见面就是钱，对别的不感兴趣。""海南这地方，对写作不重视。大家忙搞钱，太穷了。""夫人呢？""回家了。"

赵世德笑问："晚上不寂寞？"卢茇说："寂什么寞，以为十七八啊。"见赵世德笑，就看着他说："你笑什么？""老婆不在，晚上……中国城封了，秀英那边有个地方，有……不瞒你说，朋友请客，去过一次。一家重庆人开的洗脚店，蛮豪华，花了七十元。"

卢茇好奇地问："正规不正规？"赵世德模棱两可地说："可正规，也可非正规。""非正规？""都是男人，还用说！""那对不起老婆。""没事。"

几个男人都喊赵世德，卢茇说："去吧，我没事。"赵世德尴尬地一笑说："我一会儿过来。"

这一去就半小时，卢茇知道他"打彩票"入迷，只好随他，悄悄走了。

晚十点，卢茇担心吕天娥来电话，于是赶紧回到家。

刚到家。吕天娥就打来电话，问他在哪儿。他说，在家。吕天娥问："那么乖？"卢茇掏手机拍了一个视频发去，吕天娥在手机那头呵呵笑说："真乖！"卢茇说："你知道，你老公是作家。"吕天娥说："毛作家，这么多年没见你写东西。"卢茇呵呵一笑。

十天过去，谭香竹给卢茇打电话，说要来上班。卢茇说："谁还绑住你的脚？"

第二天，卢茇刚到公司，就见一出租车驶到店门口，下车的人果然是谭香竹。

谭香竹之前都坐摩托车，今天打的，让卢茇不由得一笑。谭香竹马上说："老板，假满了，我想上班。"卢茇不语，只是盯着她的臀部。谭香竹往店里走，发现卢茇盯着她看，问："老板，您往哪儿看呢？"卢茇说："我看你的身材是否变形。"谭香竹说："奇怪，结个婚怎么变形呢？"卢茇说："过去是白玉无瑕，现在是白玉有瑕。"谭香竹说："别文绉绉的，我听不懂。"

卢茇笑说："就是说，你过去是囫囵身，如今是残缺身。"谭香竹说："什么是囫囵身？"

卢茇气恼地说："跟你说话费劲，不说了，反正你听不懂。"谭香竹打量自己说："我还是我，哪里变形？"卢茇笑说："新婚之夜，你老公没穿透你的身体吗？"谭香竹顿时脸红说："哎呀，老板你太流氓了，这么下流的话也敢说。"

卢尧哈哈笑说："我流氓，我早就从你身体穿过了，还等你老公？"谭香竹脸红得像朵花，沉默片刻问："老板，我还是店长吗？""是啊。""谢老板。""属蜜月期，你老公舍得你来上班？""什么蜜不蜜的，我觉得同平时差不多。""新婚期，没卿卿我我？""什么卿卿我我？""亲密。""老板，你同吕天娥亲密吗？"

卢尧点头说："对啊。"谭香竹扑哧一笑说："你太骚！"卢尧不解地说："骚！我们合法夫妻，哪里骚。""我们也合法夫妻呢。""嘿，十几天没见，还会驳理呢！""就是，驳什么理。"

小马走出来，一眼看到谭香竹，马上惊喜地喊了一声："竹姐！"谭香竹说："小马，店里没什么事吧？"小马说："老板在这儿，一切正常。"谭香竹说："那好，我今天开始上班。"

小马说："太好了，我昨天还说，竹姐不知哪天上班呢。"

谭香竹看卢尧一眼说："老板，我去了。"卢尧说："小马，你来我办公室一下。"卢尧觉得小马越发可爱，不由得伸手在她脸蛋上摸了一下说："你这样子真好看。"小马没发火，只是小声问了一声："老板还有事吗？"卢尧问："找对象没？"小马说："还没。"卢尧说："好好干，有合适的，哥给你物色。"说完，从抽屉掏出一个红包塞到她口袋里。小马说了声谢谢，就走了。

下午，郭磊过来。卢尧看到郭磊开了一辆崭新的海南马自达轿车，顿时羡慕地说："刚买的？我后天买，什么车型好？"郭磊说："这车好，省钱、方便、海南产的。""之前那辆二手车呢？""老婆说不好看，不配公司经理的称号，所以卖了。"

卢尧请郭磊进去坐一会儿，他说："下次吧。我路过你这儿，马上去儋州。"

一周后。卢尧在公司上班，忽然接到赵世德的电话，说有急事找他。

不过几分钟，就见赵世德骑着一辆摩托车驶来。卢尧还没来得及打扫卫生，他就进来了。自己在凳子上坐下说："卢老板，找你有个事。就是上次对你说的，都是一九八八年上岛的，五个闯海人，其中的阚大姐遇到一件难事，女儿考上广东一所大学，急需钱到处借，找到我，可我的情况你知道，我咬紧牙关也只能给她五百，可是她还不够，我就想到你。"

"你如何认识他们的？"卢尧不大乐意。"不都同时闯海人吗？"卢尧知道赵世德这趟来不借点钱，肯定不走的，他知道自己开了三家连锁店，有点小钱，就说："你给她五百，那我也给五百。"赵世德嘿嘿一笑说："卢老板，你是大老板，您就多点吧！"最后，被赵世德磨了几番，卢尧就说："那我多给点，一千。"赵世德说："还不够。""你怎么就盯着我呢？""不是，兄弟，认得的人中，不就您混得好点吗？"最后卢尧答应给他两千，可是赵世德还不满意，说："兄弟，你看看，你还有认得的朋友老板不？对，上次你结婚碰到的，开旅游公司的老板？"卢尧本不想惊动郭磊，但被赵世德逼得没法儿，只好同郭磊打了个电话。

郭磊果然是个热心人，很好。马上说："这样，我也借她两千。"卢尧谎说自己借了两千，郭磊办事麻利，不到半小时就将两千块钱打入卢尧的银行卡。卢尧带着赵世德到银行柜台查，果然到了，说："郭老板开旅游公司，虽然规模不大，但他为人不错，我们是好朋友。只是，这钱给了那位朋友后，让她守信用，到时要还。"赵世德连连点头说："还，肯定还，阚大姐人相当好的，只因为生活所逼。我告诉你，没事时，她还到海口街头当志愿者呢。一次台风刮倒了公园的树，她花两个下午上公园当志愿者扶植树木，没有半分钱酬劳，白干的。"

卢尧问他："你同她这么熟悉？"赵世德说："兄弟，你莫用那种眼光看我，阚大姐比我大多了。再说我老婆还在身边呢。我真是念在同是天涯沦落人。""她没老公？""我也是听那五个人中的陈维说的。阚大姐当年同老公不和，便毅然决然辞掉了区文化站副站长，同她老公离婚，带着才一岁的女儿来到海南。没找到工作，一直给人打工，也是什么事都干。不过阚大姐这人好学上进，这些年一直自学英语。上次还参加什么考试。对，她还信佛教，不，信基督教。"

赵世德说话还算算数。果然不到两个月，那个借钱的阚大姐就将借他们的钱全还了。

不想这天，阚大姐，还有陈维、钱有福、张杰、潘宋国等四个一起再次来到他的茶店借钱。

阚大姐上次借赵世德的钱，其中赵世德五百，卢尧一千，郭磊两千，刚还清。还清那天，赵世德还很惬意地同卢尧吹牛说："我交的朋友都讲信用的。"不想今天一起来五人，众口一致地说，差不多十年没回老家。想去看看，没有路费，想向赵世德借路费。一人借一万，共五万。赵世德一听，脸都白了，连连摇头说："姐姐、兄弟，莫说一万，就是一千，我都拿不出。我这小店，一是不赚钱，只够吃饭；二是当初开这店我还借了钱没还清。"

听他这么一说，首先是个子最高的男人钱有福竟呜呜哭起来。长这么大还没见过一个四十多岁的男子汉当人面呜呜哭，那哭相很可怕。钱有福一哭，陈维双眼通红地说："这样，我不借了。赵哥能不能给他们四个一人借一万，他们确实想回去。我知道，尤其小张、阚大姐，父母写了很多信。"阚大姐抬起头拭泪说：

"行了，我不回去。小赵，要不你把钱借给小张、老钱吧。他们的父亲非常想念儿子，每到这时候就撒谎。"潘宋国说："我也不回了。赵老板，您借给老钱和小张吧，他们的确很困难。您放心，他们回去看一下就回来。借你的钱，我和阚大姐担保，一定还你。"

赵世德想哭，说："我刚才说了，我真的拿不出那么多钱。再说，我还想和老婆回去看看呢。可回一趟老家，我和她家没个几千一万下不来，我们都忍住不回去。"阚大姐忽然哭了起来说："真没想到，一晃快二十年。快二十年啊，混成这样，我……"她哽咽地说不下去，轻轻抽泣。

"从来就没有救世主，也不靠神仙皇帝。"这两句《国际歌》的歌词非常吻合他们闯海人的心境。赵世德和阚大姐等五个人认识，最初是在他的跳蚤市场。那时，阚大姐、陈维首先送过一件旧家具到他的市场卖，认识后，又介绍他认识了另外三个男人：钱有福、张杰和潘宋国。平时大家都各忙各，有时几个月见不到一面。后来赵世德在白坡里开了这个茶店，他们便以赵世德的茶店为中心，经常上那儿坐坐。赵世德还算讲义气，五人中不管谁来，都会请对方喝杯免费的茶。久而久之，五个人就觉得赵世德是好人。所以，不但常上他这儿坐坐，聊聊天，有心里话也对他说。

赵世德看着阚大姐问："你不是在考老师吗，考到没？"阚大姐说："考了一次，没过关。校长是内地来的，非常同情我，让我继续考，直到考上为止。""那你还有希望，你真行。英语对我来说，等于是天书，我想都不敢想。""你知道吗，我来海南前，对英语很感兴趣。那时学过一段，只是来海南后放弃了。直到前些年发现打工不行，还要找一个工作，而我对英语是有基础的。"

钱有福问："阚大姐，你还信基督教吗？"阚大姐笑了："你说，上帝能拯救我们吗？一切还要靠自己。"潘宋国说："我只是个居士，其实我从不去教堂做礼拜。"张杰说："信基督不如信佛。"钱有福说："我觉得我们现在最要紧的是赚钱，那些什么信仰，都别信了。"赵世德说："老钱说得对，先对付生存吧。连生存都不能保证，信什么这个教、那个教都是自欺欺人！"阚大姐说："赵老板，你真的挪不出一点钱吗？就一万，我过年后就还你。"赵世德连连摇头说："真没有，阚大姐，我刚不说了，莫说一万，一千都难。"

五人又坐了一会儿，见借不到钱，就走了。

不想晚上，陈维又来电话说："赵老板，我们五个人都商量好了，我们四个人都不回去，就让钱有福一个人去。您能不能给他一人找一万块钱呢？"

赵世德说："兄弟，上次借人家的钱刚还，哪里好意思再开口呢？"陈维就哭似的哽咽了一声："好吧，谢谢您了。"就挂了。

几天后，赵世德正好路过南航西，便拐到卢莞的店里坐了一会儿。

卢莞不想赵世德再次谈到阚大姐那五个闯海人，说前不久又找他借钱，他一口回绝了。卢莞不觉怜悯地说："总是阚大姐阚大姐，什么时候，将那五个人领来我见见。对，要不，大年三十，我做东，请他们上我的店吃顿年夜饭吧。也算是我这个闯海人对同是闯海人表示一点意思。"赵世德想想说："这个可以吧，我同他们说说。"卢莞说："你是怎么认识他们的？"赵世德就把当时的情况告诉了卢莞。

听说阚大姐来海南前是洛阳一个区文化站副站长，陈维是黑龙江省哈尔滨市某区小学教师，钱有福是江苏盐城人，学舞蹈的，张杰是江西景德镇人，在老家是一家陶瓷工艺公司产品设计师，还一个潘宋国，陕西勉县人，中专毕业分在一家煤矿。这五人都是八八年海南建省时闯海南的。只因都不是应届大学毕业生，所以到人才中心找工作。卢莞便说："假如不是你说，我真不知道还有这么多闯海人在海南！"赵世德说："混得好的才张扬，混得不好的，便低调。这几个平时都极少同外人联系。"

几天后，郭磊路过卢莞的公司，进来小坐，便将此事告诉了他。郭磊是个热心人，马上问："还有多少这样的人在岛上？"卢莞见他如此热心，急忙说："哎，兄弟，我只是随便一说，这种事你最好莫管，管不起。知道吗，你一旦管，将来讹上你，就麻烦了。"

郭磊笑了笑，问："那几个人都是哪儿的？"

卢莞便将赵世德告诉他的告诉了郭磊。

郭磊想起和平北路还有个开杂货店的邹巍，不觉感叹，看来当年闯海南留下的还真不少。

这年国庆，从内地到海南旅游的人特别多。除空中飞，陆上坐，竟出现数以万计的私家车。看那车牌，竟然涵盖了南北十几个省，后来还发现内蒙古、新疆、甘肃的车子，说明海南旅游的知名度越来越高。私家车过来完全是自发的，这些自驾游在海南除了住宿饮食和旅游景点门票，压根儿不用旅游公司。后来记者发现，私家车竟自带帐篷在路边或公园里搭住，连旅馆都不用。再后来，有人将跑长途的巴士自装房间、厨房等，称为"汽车家庭旅馆"，除像本地居民一样购买日用品蔬菜，其他根本不消费。一次郭磊路过白沙门公园，看到公园内开辟了一个外地家庭旅游车停放点，区内安设了几十个专门供家庭旅馆做饭炒菜的电插头。当时就想，"这下赚不到他们的钱了，除非收点电费。"

从空中飞海南依然占来海南旅游的大多数。这些人来往往预订旅游团，即便自由行，也多次往返。所以，在三亚兴起了家庭旅馆后，海南东线公路旁都出现了不少家庭旅馆。

全省旅游工作会上，郭磊代表公司提出，鉴于旅游资源被国内很多游客熟知，走过的线路都熟悉，不能反复走，想玩新线路。要开辟新景点，是海南旅游当务之急。

与此同时，在政府的指导下，社会资本也瞄上了海南旅游，不久便有大公司在三亚、保亭、陵水、万宁、琼海、乐东、东方、昌江、儋州一带开辟景点。琼北即海口、澄迈、文昌、定安、屯昌等则出现了海口市的观澜湖风景区、冯小刚电影公社、文昌宋氏家族、定安文笔峰道教园区、屯昌画坊一条街等。

这天，郭磊给王静打电话，订购一批岛服。一位不认识的姑娘接电话说："王总回家了。不过她交代了，琼岛旅游公司的岛服，一定保证会在第一时间送货。"

那姑娘告诉他，王静是回四川老家生孩子去了。郭磊吃惊地问："她结婚了？"姑娘笑说："你不知道，王总的爱人是省规划院的规划设计师。"

这一年元旦，公司三个部长即李鑫、付子皓、陈小弓的女友都先后来到海口。

元旦中午，郭磊让李鑫、付子皓喊上各自的女友（陈小弓的女友临时回广西了）开车在市内转一转，然后去卢苨在机场东路的分店吃饭。

自生下儿子，洪丹基本上不上班，在家打打电话或接电话，倒也处理过几个事，但她主要是照顾孩子。郭磊不让她上班，也是为了孩子。

郭磊清楚记得，海口世纪大桥是他购买别墅时建的，建了五年，二〇〇三年九月建成。世纪大桥是海口市第一大桥，横跨海甸河，南端和滨海立交桥相接，北引桥与海甸五西路相接，桥长二千六百多米，因雄伟壮观而成为了海口市的标志性建筑。开车经过心情大好，就是一种享受，果然曾小凡、袁小梅特别激动，说长这么大没见过这么浪漫的大桥。

付子皓的女友袁小梅是初五到的，南海小学过年开学，她同父母草草过个年就飞过来。

新年一过，郭磊接到省商会电话，说有个老板姓陈，一九八八年上岛，做房地产的，可能很有钱。他在机场路搞了个"闯海人联络处"，要网罗八八年上岛的闯海人，愿意去的都去登记一下。

真奇妙，"闯海人联络处"地点就在卢茏机场东路湘风阁隔壁。这条路人流量大，店铺林立，沿路大大小小有十家宾馆酒店。

趁上班不忙，郭磊徒步前往。走上楼，发现依然是之前的那家房地产公司，值班的依然是一个女同志。听了他的询问，告诉他已有二十位闯海人登了记。他看了看登记册，竟然没一个认识的。女人要郭磊留下电话地址，他说："我公司就在对面，几步路，有事可通知。"

二〇〇八年五月十二日，央视播报四川汶川发生八点六级的大地震，号召全国各地援助灾区。省旅游委第二天就通知各旅游企业开会向灾区捐款，郭磊报了两万。回到公司，他让廖会计将钱划到旅游委捐助办公室，接着召集公司的人开个短会让大家自愿捐款。蔡驰骋首先表态捐二百，其他人有的一百，有的五十；李鑫和付子皓在电话里答应捐五百。

三天后，陈小弓领着女友桂兰来到公司。桂兰落落大方，用手捋着被风吹散的额发爽快地说："郭总好，小弓说您对他不错，让我过来。我正办调动手续，想找一家医院。"

郭磊到隔壁拿几罐饮料递给他们说："我听小弓说你在医院工作，还上夜班是吧？"桂兰说："对，医院嘛。几年前来过。那时海南没这么多高楼，道路不宽，没这么漂亮。"郭磊说："政府加大城市基础建设，的确变了很多。"陈小弓问："你来时万绿园建好了吗？"桂兰说："好像还没，正在建。"

郭磊说："广西离海南不远，半天就可以到吧？"桂兰说："还可以，但是我们在桂林，要转车。"陈小弓说："从桂林到海口有大巴，只是她没找到。"桂兰说："别人说那个车不安全，路那么远。"郭磊说："中午我让丹姐给你们接风，我马上要去万宁，我给丹姐打电话。"

郭磊拨通洪丹手机，给她说了，然后将手机递给陈小弓："告诉丹姐，你女友喜欢吃什么菜？"陈小弓看着桂兰问："你说呢？"桂兰说："随便。"陈小弓说："要不到海南人菜馆吧，海甸岛有家琼菜馆，蛮好的，既便宜又实惠。"郭磊问："什么位置？"陈小弓说："海甸二东路。"

公司三个骨干的女友都来到海口，大家心往一处想，劲儿往一处使，事业颇有点蒸蒸日上的意思。这天，郭磊正在办公室，一个中俄混血的男子，在李鑫的带领下出现在他面前，这人高高的个子，霜白的皮肤。郭磊打量对方，胸口上蛮多胸毛，就想，真是俄罗斯品种呢。

李鑫介绍说："尤金思，父亲俄罗斯人，母亲哈尔滨人。他在哈尔滨出生，后上莫斯科读书，经常往返俄罗斯、哈尔滨之间。"郭磊说："尤金思，欢迎，欢迎，住下了吧？"李鑫说："住下了。"

郭磊看着尤金思问："会中文吗，如何沟通？"尤金思笑说："我会。"郭磊吃惊地说："你会啊，大学学的吗？"李鑫说："他在哈尔滨出生的，大学学的商务。""怎么认识的？""我跟踪他很久，他一直在俄罗斯。这次回娘家，被我朋友找到，在电话里视频通话。我把公司意图告诉他，他想了想，就答应了。"

郭磊说："李鑫啊，做俄罗斯游客的，我们肯定做不过三亚两个公司，但可以不同他们斗。我们采取逆向思维，派尤金思驻莫斯科，我们做从海南去俄罗斯的。等我们往俄罗斯路线做熟了，再做从俄罗斯往海南的。"尤金思问："你让我回莫斯科？我听很多朋友说，他们很喜欢海南。"刘鑫对尤金思说："兄弟，回莫斯科暂时的。等我们的线路稳定，密切可信，你就回海南。"

郭磊看着尤金思高高的鼻子尖，不由得笑问："来过海南吗？"尤金思说："来过一次。"郭磊哈哈一笑说："晚上，我请你到新阜岛海鲜舫吃饭，价格贵，但浪漫。"

新阜岛海鲜舫游船早中餐不开，只在晚上开。六点左右，吃客上船。郭磊开车，直接来到新阜岛海鲜舫。

那海鲜舫装修成五颜六色的舱，正舱放二十张大圆桌。看游船本身不要钱，但船上海鲜价比岸上贵。上船时天还有点亮，却彩灯齐照，音乐哕哕。去冬起，船上开辟了歌舞表演唱，客人边吃边听歌看舞、欣赏南渡江夜景。

看到这场景，尤金思十分兴奋，说："太美了，这场景只会出现在中国的海南岛。"

船从新阜岛桥头顺水行至南渡江口，在海边缘转一圈，再返程，前后约一小时。而一个小时，所有的客人正好用完餐。

晚餐后，李鑫安排尤金思住在海达路一私人宾馆，房价七十元。尤金思出校门才一年多，没有那么多讲究。郭磊让李鑫陪尤金思，带他熟悉中国国内的旅游接待服务等程序操作。最后，尤金思说："我一个人不行，还要招聘一个人。"

李鑫告诉尤金思，要按中国公司的章程。俄罗斯方面工作，就等于琼岛旅游公司驻俄机构，那儿的所有事，由尤金思全权负责。

李鑫问郭磊："磊哥，要注册吧？"郭磊说："我明天报告旅游委，让他们申报外事部门。"接下来，郭磊让李鑫带着尤金思，跟蔡驰骋的车环岛游了一圈。

从三亚回来，尤金思更有信心，他兴奋地说："没想到在大东海见到那么多俄罗斯人，还看到两个莫斯科姑娘，我用俄语跟她俩交谈，听说我要去莫斯科办旅游，还说要上我那儿打工。"

第二天，郭磊让李鑫带尤金思到秀英街浙江义乌小商品城买便宜衣服，最后买了两件T恤。在海口待了六天，该谈的都谈完，尤金思就回俄罗斯去了。

二〇〇八年五月，北京奥运圣火在海南三亚首传，成龙任第一火炬手，从天涯海角至三亚市区一圈。得知八八年闯海南的三亚市奥林匹克射击馆老板冯建黔参加了火炬传递，郭磊想，闯海人里藏龙卧虎，有的竟做得如此成功，可惜他不认识冯建黔。接下来省电视台举行的义演捐款活动上，郭磊代表琼岛旅游公司再向汶川灾区捐了一万元。

这天，郭磊接到大哥的电话："磊啊，我们商业局吴科长和老伴打算去海南旅游，听说你在海南开公司，特高兴。吴科长是我们局的政保科长，我的顶头上司，之前对我蛮照顾，他和老伴去年退休。这一年去了北京、上海、广州，就是没去海南，想去一趟。"郭磊说："没问题，我做的就是旅游公司。"大哥笑说："假如去你公司，比别处便宜不？"

"当然可以。""怎么说？""你的朋友，我给他减半价，或是一分不收？只是我住的别墅还没装修，还有门口臭水沟没治理，你别让他上我家就是。""万一他要去呢？""再说吧。"

五天后，大哥给郭磊发短信，说吴科长夫妻次天中午从徽州飞海口。郭磊亲自上机场接人，然后安排他们在一家酒店住，寒暄过，吴科长就提出上郭磊家看看。

吴科长好像是话唠："哎，你在海南办公司？你的别墅肯定贵气，还是让我们看看吧。"

郭磊推辞不过，忽想起隔壁一家正在装修，就一边答应他们，一边给洪丹打电话。洪丹站在邻居家别墅前装模作样，邻居家有七八个工人在忙。郭磊让出租车停在邻居家门口，吴科长和妻子下车，把别墅打量一番又进去看，说："假如装修好，更厉害。"离开邻居家别墅，吴科长赞叹说："厉害，厉害，住别墅呢。"游玩了三天，吴科长夫妻就走了。

三天后，大哥来电话说："郭磊啊，吴科长回来见人就说，你太了不得，自己开公司，资产几个亿，住几百万一套的别墅，真是家乡人的骄傲！"郭磊笑说："这趟旅游费用，我全给他免了。"大哥说："你可以收他一点费用。"郭磊说："这不都是看你的面子吗？"

二〇〇八年七月的一天，郭磊又接到老家来的一个电话。亳州市招商局长顾宏图自我介绍说："郭总，你大哥和我们局老黄是同学。你大哥说你在海南干得不错，什么时候请回乡投资，尽一份力哦！"郭磊笑说："感谢顾局长，不过我公司还是初创。等我的债还得差不多，肯定回家搞一两个项目。"顾局长说："改天我让工作人员给你寄两份招商项目书，你先看看。"

挂了顾局长的手机，郭磊马上给大哥打电话。大哥在那头笑说："那天，我经过招商局，不想我的同学一定要我见局长。局长一听说你在海南，还是旅游公司老板，那热乎劲儿没法同你形容。毕竟是亳州人，根在这儿。你回家乡投资，也是郭家的光荣。我们郭家从来还没这般扬眉吐气过呢。"郭磊笑说："他先将招商书发给我，我看看再说。大话不敢说，先看看吧。"

第十七章

尤金思回到莫斯科后不到一个月，就设了一个点，据说还安装了一部国际长途。电话安装后尤金思就给李鑫打手机，李鑫让他给郭磊汇报情况。

接下来两个月，尤金思在俄罗斯组织了第一个旅游团，共三十人。琼岛旅游公司同省公安部门签署合作协议，赴俄罗斯旅游游客的护照都由他们代办。

李庚会一点儿俄语，加上有尤金思，接待这个旅游团不成问题。听说，他有个姐姐嫁到了俄罗斯，可惜是在符拉迪沃斯托克，以前叫海参崴，属于俄罗斯的远东地区。

这天郭磊驾车上丁松处坐了一会儿，丁松在建筑工地忙碌，他们简单聊了几句。丁松比之前稍胖了些，气色很好，可能是事业有成的缘故，看去显得气定神闲。丁松问他公司的情况，郭磊自然不敢瞒，便将公司的情况一五一十告诉他。

丁松听后，建议他在三亚搞一个潜水基地配合旅游。郭磊说："我已经在考虑。"

人成功就容易怀旧。郭磊想起家乡那些老面孔，家人不必说，尤其他之前单位的同事，还有那位顾局长热情相邀回乡投资，可他现在真没到那个地步，再等等吧。接着又想起学院的同学李彬、温闽生，还有那个杜小兰。那女的绝对不是个好女人，好在她结婚成家了。这么多年也没打扰过他，就不提她了吧。

从西海岸驾车回，沿途风景蛮享受。首先是一望无际的白云蓝天，再就是碧蓝的大海，婆娑的椰子树，大块大块的绿地，让人有种域外的超脱和自由放松。郭磊将这一带风景拍了很多照片寄给家人，大嫂看后说："像澳大利亚。"大嫂从一部电视风光片上看到的澳大利亚，说二者很像。

郭磊忽然有一种难以言喻的幸福感和自豪感。是啊，想起当年上岛那光景，与现在比简直是天壤之别。没想到经过近二十年的艰难奋斗，不但有了公司，还有自己的房子和私家车，这可是他梦寐以求的啊！

车子驶进秀英街，在掉头那一瞬，他看到转盘一角有家小店，小得只能放两三张桌。门口摆着一只火炉，炉上搁置一铝盆，铝盆里不知装着什么正冒热气。刚来海南的人，一定不知道那铝盆装的什么，而郭磊一看就知道，绝对是猪脚，炖烂的猪脚，海南人叫猪脚饭。再看招牌，果然写着五个字"阿按猪脚店"。

一个熟悉的身影出现，小店走出一男人，就是郭磊上岛时求助过的吴多按。他不做工程了吗，这么多年，莫非失败了吗，还是没再搞，竟在这儿开猪脚饭店？吴多按比以前瘦了，一身衣服旧得不能再旧。当年给过他一千元广告费的阿按，沦落到这种地步？郭磊忽然想上前，买一碗猪脚饭，消费几块钱，他知道猪脚饭很便宜，一碗猪脚饭连饭带菜不过五六块钱。只是这么多年，不知涨没涨。郭磊有家后很少上街，所以对这种摊贩反而不了解。

一对乡村来的中年夫妻，肩挎一个黑包，脚上穿胶鞋，裤脚高高扎起，男的头上戴一顶椰叶草帽，闻到火炉上猪脚饭的香味，停下来看了看。这时吴多按热情地问他，那夫妻便说句什么，然后一前一后走进去，坐在最外头一张桌前。吴多按走到火炉前拿勺舀了两碗猪脚饭，送到他们桌上。男的马上掏钱，数现金给吴多按，吴多按接过就进去了。

看到这情景，不知怎么，郭磊的心里酸酸的，他决定上去打招呼。吴多按转过身，定定地盯了他半天，一点儿笑容没有，只是冷冷地问了声："你吃饭吗？"

郭磊一怔，说："阿按大哥，你不在国贸做工程了吗？一次我路过秀英村，却没见到你。这么多年，没搞工程吗？"吴多按神情黯淡，说："行了，没事你走吧，我忙呢。"

吴多按直接进去舀了一盆水，朝外倒，一些水竟然洒在了郭磊身上。

郭磊虽然离开了，但心里有疑问，于是掉头朝农垦路驶去，很快来到麦气咋当年待的海口办事处。办事处的牌子还在，工作人员却说麦气咋回农场了，他父亲生病，让他回去。

人与人之间，真的很难预料。当年，自己像个要饭的找吴多按；可是今天，自己开着小车，听着音乐，潇洒地驶过秀英大街，却看到当年的那个救济他的人，在靠一碗一碗地卖猪脚饭赚取生活费用。看他那穿戴和神情，绝对好不到哪儿去！

不多说了。他马上谢了那人，重新上车。踩下油门，挂挡，疾驰而去。

六月的一天，蔡驰骋对郭磊说："磊哥，我打算农历七月七结婚。我家就一个姥姥，跟我堂姐一起生活。我堂姐做裁缝，人好。我多次要姥姥来，姥姥不肯。她七十了，不肯出门。父母离婚后不管我。汪芳说，不搞隆重，就搞两桌饭，请同事坐坐就行。"

郭磊说："委托空姐，航空公司对上岁数老人都专门照顾。"蔡驰骋说："磊哥，婚礼我想让您同丹姐主持。"郭磊说："你负责老人和汪芳家父母。至于婚礼，我给你请专门的婚庆公司。"

那天，汪芳的父母和哥哥都来了，见到郭磊夫妻，都很高兴。

蔡驰骋、汪芳的婚礼举办地点为东湖酒店的二楼。蔡驰骋向姥姥介绍了郭磊夫妻，郭磊拉着姥姥的手说："老人家，来一趟不容易，我让公司安排车送您到三亚等地转一圈。"蔡驰骋马上笑说："不用，我姥姥没出过远门，就海口各景点走走就很满足。"

当天的酒席不太贵，也不算太便宜，属于中等标准。汪芳的哥哥竟给郭磊行个军礼说："郭总，谢谢你，以后我妹妹、妹夫就倚仗您了。"郭磊与汪芳的哥哥握手客套了一番。

王静本来回海南了，可汶川发生大地震，她一个舅舅在地震中去世，又返回去，至今没回。不过她在电话里祝福汪芳、蔡驰骋二人，还让公司为他们送了一千元结婚礼金。

回去的路上，郭磊忽然说："我们从龙华路绕一下，看我上岛时那大叔在不在。"

踏上龙华路，郭磊想起当年在徽州驻海南办事处高总手下当会计时的情景，不由自个儿笑了。来到当年住过的农垦旅社，发现旅社改成了一家医药批发公司，大门内堆满了药箱药品，进门是长长的销售柜台。郭磊打量了两眼说："旅社改成了医药公司呢。"对面的路还在，只是当年摆饭菜摊的邢道涯夫妻，已经见不到了。因为这儿的低矮民舍早被拆除，出现在眼前的是两栋二十层的高楼。

郭磊将车子停路边，让大家别动，自己步行进去。沿着小路边走边看，果然那民房不见了，摆放饭摊的地方，变成一个街边小公园，或称绿地。环视一圈，莫说私人饭摊，连个体店都没见，只好退出来。洪丹说："这么多年，情理之中。"

几天后，郭磊再次来到麦气咋大叔的办事处。老麦还没回来，但是听一个知情人说，他知道吴多按。当初因抢建私宅，被政府得知，抓去关了三个月。玉沙村里建的那些非法建筑全被政府强拆，吴多按不服遭拘留，后来还同弟弟把政府工作人员打伤了，被判了三个月。

这年十二月，为满足旅游的发展，郭磊又通过信贷买了两辆豪华大巴，这样，琼岛旅游公司便有了六辆豪华大巴，管理者依然是蔡驰骋。

旅游大巴购进一周，由亳州市招商局顾局长牵头，亳州市分管副市长领队，一行十二人的海南商务考察团从徽州飞到了海口。郭磊亲自到机场迎接，在望海楼大酒店二楼海鲜大厅摆了一桌，宴请家乡领导。望海楼二楼有海鲜临时点，来自亳州的乡亲长这么大没见过生猛活泼的海鲜，都很惊喜。郭磊按一桌一千五的价位点了，外加一瓶五粮液酒。吃完，副市长问："这么丰盛的海鲜，还有名酒，得好几千吧。"

次日，郭磊将他们安排到三亚转一圈，又在龙昆南文昌鸡饭店为家乡人饯行，同样消费了两千多，又点了一瓶五粮液白酒。

副市长和顾局长离开时，同郭磊握手拥抱说："郭总啊，您的大名已在家乡传唱。书记、市长指示像郭总这样的人才，一定要好好宣传，你是家乡的骄傲。"

几天后，大哥在电话里说得更具体："记者给你写了篇通讯叫《闯海南的皖籍企业家郭磊》。"接着，大哥又打来一个电话说："郭磊啊，你有个同学叫吴小燕是吧，她在社保局。那天我上社保局为员工办社保，她主动同我打招呼，问我是不是你的大哥。"

郭磊听李彬说过，吴小燕同"曹国舅"结婚后，有一段时间没上班，就待在家里。

郭磊问："她说什么？"大哥说："她问你如何出去的，在海南怎样。还说她看到报纸的报道，很为你高兴。"郭磊心里掠过一丝窃喜，说："她当时是我们的校花，很招人。""现在也有姿色，她老公好像是市组织部曹副部长的儿子。曹副部长好像退休了，他儿子长得蛮丑，但娶的媳妇挺漂亮。唉，谁让人家有权势呢，对不对？家乡就这样，官本位，没法改变的。"

"她还问啥？""问你在海南情况，说你有出息。"

郭磊心里泛起一股酸楚，他现是有家的人，不可能改变现状。只是想起来心里憋屈。

公司有了六台车，蔡驰骋更忙了。郭磊曾说给找个助手，他却婉拒："不用，磊哥，等我们再买两三辆再说，你曾说成立车队呢。"

蔡驰骋抓大巴车很有经验了，六部车开通后，公司的收入大幅增长。年底，海南就旅游大巴紧缺，淡季又有余。所以一到年底，各会务机构就提前同郭磊订约，保证他们的会务用车。郭磊便让蔡驰骋专门调两台车应付省市会务部门的需求。

这年底，从海口到莫斯科的旅游包机增加了三个班次，郭磊没想到报名的游客如此火爆。

尤金思在莫斯科驻扎了半年，他告诉郭磊："郭总，从明年起，你申请俄罗斯游客到海南旅游，我负责这边组团。"郭磊乐得差点儿没跳起来，他告诉尤金思："那条线路开通后，你个人提成上提百分之二十。"

海口会务机构陶经理给郭磊电话说："郭总，年底给你五千人的租车客源，能否按人头给我提点佣金？"说完还呵呵笑了一声。

郭磊同陶经理认识两年了，每次合作都会塞给对方红包，最少没少过一千。于是说："陶经理啊，企业需要大家的支持。你说的，我会交代部门经理办。"陶经理显然不高兴了，说："郭总，没那么官僚吧，多大的事啊！"郭磊马上说："行，行，我让部门经理直接向您汇报。"

晚上，郭磊将蔡驰骋找来，谈了陶经理的要求。蔡驰骋说："旧皇历不行，今年行情好，不搞最高，也不能落后，这就叫规则。"

三天后，蔡驰骋向郭磊汇报说："磊哥，我请姓陶的吃了早茶，谈得不错。他说，琼岛旅游公司既有原则性，又有灵活性，是个很棒的公司。"

春节前，尤金思来电话，说带一个五十人团从莫斯科飞海口。这是他第一次随团，让公司派导游辅助。郭磊点名派李庚去。

尤金思带团飞海口，当晚下榻在金海岸大酒店。听说给他个人提成上调百分之二十，尤金思将郭磊抱起来转圈："乌拉太俗，按中国礼仪，谢谢！"

次日，李庚和尤金思率五十位俄罗斯游客饱览海口的火山口公园、万绿园、世纪大桥和红树林风光，中午在红树林海边吃农家乐海鲜，晚上住琼海。次日参观博鳌亚洲论坛和三江入海口著名海滩，晚上住万宁兴隆。再往陵水猴岛，最后到三亚。在三亚住了两晚，共玩四天，然后从三亚乘机飞莫斯科。

为提高琼岛旅游公司的知名度和影响力，郭磊让蔡驰骋将"海南琼岛旅游"的标记涂在六辆豪华大巴车上，这是郭磊一年前请北京的一家广告公司设计的。那家公司刚好来海南设分公司，郭磊便去找他们。图标上是一座小岛，上头耸立着几棵椰子树，白云、大海、沙滩、海鸥相映成趣。这是郭磊的原意，经过广告公司设计师的设计调色，整个标记活了，栩栩如生。果然，标记一涂制在六辆大巴车上，效果立竿见影。由于大巴车每天在全省公路上驶来驶去，就成了琼岛旅游公司的流动广告牌。

葛三平从三亚回来，对郭磊说："郭总，我有个想法，不知成不成。"郭磊笑说："有想法只管说。""郭总，我想我们要在三亚搞一个潜水基地。每次带游客潜水，三亚现有的几家潜水不够用，出现排长队现象，价格越涨越高，游客不满意，潜水公司也不高兴。假如咱们自己开辟一个潜水基地，不但大大节省了时间，还可以让游客满意。"

丁松曾向自己提过这建议，郭磊一直在心里谋划着，就说："能潜水的地方都被人家捷足先登。"葛三平说："我发现一个地方正规划，还没人谈，我们去估计能成。""在哪儿？"

"亚龙湾往海棠湾的芳村，那儿浪平、沙白、水碧。据说村里找了专家论证，想包给别人。"

"那我明天去。假如能拿下，公司的旅游又拓展了一块。小葛，事成一定奖励你。"

下班后，郭磊同洪丹商量。洪丹说："凡事想复杂些，我估计就是能拿，也有条件。"

第二天，郭磊开车带着葛三平直奔三亚芳村。村委会赖主任热情接待，还留他们吃中饭。主任提出，琼岛旅游公司要承包他们的潜水基地，得付他们村五十万现金，供他们购一套农田喷灌设备。假如可以，潜水基地就给他们做。郭磊笑说："请给我三天时间，我想想。"

饭吃到一半，郭磊走到门口，给洪丹打了个电话。次日，他通知所有在家的到公司开会，洪丹也参加。经过一番热烈讨论，最后一致通过了在三亚搞一个潜水基地的决定。

大家你一言我一语，不但计算客源，还分析三亚的潜水现状。李鑫说："五十万啊，考虑五十万投进去，如何赚回来。"付子皓说："赚肯定，只是时间问题。"程高宏说："事肯定好事。我每次去三亚，游客一提出潜水我就头疼。想想三亚那几家搞潜水的，我就想骂人。"

廖会计说："先算一下我们的游客，按每天十人，一人收三百元。是三百元吧？"葛三平说："不止。"廖会计说："一人三百五，按我们公司的接待能力，一月最少十个团，一个团三十人，那也三百人。三百人乘三百五是十万零五千，一年有一百来万。"

洪丹问："成本呢？"郭磊说："我了解，一个潜水基地设备设施，第一次投入也就二十来万。"付子皓说："租金贵吧？"李鑫说："赶紧下手。竞争的特点是，谁设备好谁是赢家。再一个是地段，我们有自己的车队，加上自己的游客，我估计收入很可观。"

洪丹说："我听说三亚开的两家潜水，老板之前都是养鱼卖海鲜的。不想搞了两个基地，马上暴富。别墅都盖了，小车是奔驰。"李鑫说："别人都搞，咱连残羹余屑都吃不到。"郭磊问蔡驰骋："车队可提现吗？"蔡驰骋说："可以提四十万。"陈小波说："我看可以做。"

蔡驰骋说："我也觉得可以，加上六台车，那么多线，还有境外俄罗斯，就是集团公司了。"

这话说得大家笑起来。

五十万打给对方后，郭磊开始筹建潜水基地。

村委会不错，腾了一间办公室给他们，又在一村民家租了两间房给工作人员住。洪丹在海口登报招聘了两名潜水员，都是南海舰队的退伍军人，训练有素，一个姓解，叫解南山；一个姓陈，叫陈志。年纪二十八九岁，本身就有专业潜水员资质证书。二人竟没向郭磊提工资要求，说："公司看着办吧。"

七十万付出，公司的现金紧了，以致拖欠了司机和几个骨干两个月的工资。大家对未来满怀信心，所以都没计较。

李鑫从三亚回来，到郭磊办公室说："磊哥，我从三亚旅游委得知世界小姐大赛明年又将启动。海南好像又在搞一个什么眼镜模特大赛。"郭磊说："那是浙江一家企业搞的叫精工太阳镜模特赛，办几届了，今年第七届。今年好像去掉太阳镜三字，改为精工国际模特大赛。"李鑫说："办大赛可征询企业赞助吧？"郭磊说："不做那个，我哪知道。"

李鑫说："磊哥，你说三亚办世姐赛，我们从中能寻找什么商机？"郭磊说："第五十七届世姐大赛租了我们一台大巴。从二〇〇三年起，连续办三届，但旅游公司的大巴似乎没增加。"李鑫说："我们有六辆，给他们用四辆。各种赛事，尤其海口、三亚各种会议越来越多。会议一多，大巴车需求就多。当然，有的机构自己买，但那毕竟是少数，买得起养不起。哪像我们，可以自己养活。所以磊哥，我们赶紧将十台车买齐。"郭磊说："争取吧。"

第二天，精工海南公司办公室主任张峰就来公司租四台豪华大巴，说他们举办二〇〇九年精工模特总决赛。今年以国际模特赛标示去掉太阳镜，参报选手比往年素质高很多，他们准备将接待档次提高。郭磊说："我们一共六台，你们要四台，我们就不够了。"主任说："你们毕竟是旅游公司，自己克服一下。新车适当涨点行不行？"郭磊笑说："有个问题，你们的大赛广告语不能将我们琼岛旅游公司的车身标识遮盖掉，损害我们的宣传效应。"张峰笑着说："可以留一面你们，但车子前后我们要安排大赛广告，否则赛事没影响。"

这天，李鑫来找郭磊说："磊哥，我女友把工作扔了。营业部主任同一个小姑娘有亲戚关系，那小姑娘能力、学历无法同小凡比。小凡又是烈性之人，一气之下，不打算干了。"

郭磊说："芳村正好需要人，问你女朋友肯不肯去。假如肯，去芳村负责潜水基地，工资比电信营业厅高。可这样一来，你们小两口就不能天天腻在一起了。"

李鑫说："我不也三天两头跑三亚嘛，只要我去三亚，就去看她。我先问问她。"

吃中饭时，李鑫给郭磊打电话，说他女友答应了。晚上，曾小凡回来，郭磊将同李鑫说的同她重复说了一遍。曾小凡说："谢郭总，我真不想在那儿干，营业部主任就是个色狼。"

曾小凡的语言表达能力相当强，口齿清楚，用词得当。郭磊说："具体工资福利待遇，你直接问李鑫。"

曾小凡去芳村头天，李鑫来到郭磊处，有些沮丧地说："磊哥，我忽然想，潜水基地不是招聘人吗，另一位能否也是女的？"郭磊笑问："什么意思？"李鑫讪讪地脸红一下说："潜水基地都是些男的。"郭磊明白了，笑说："兄弟，我们招的潜水员都是部队退伍军人，带着家属呢，况且家属都在基地。另一位工作人员也有媳妇，是本地人。小凡过两天去，你为她准备一下，缺啥吉阳镇就有卖。"李鑫红着脸，笑说："明白。潜水新开，设备好，潜水员棒，收费优惠，人家肯定去我们那儿。"

一个月后，尤金思又送来一个团。尤金思自己没来，来的是贝达和拉尼娜。原来他在俄罗斯招聘了两人，一个叫贝达，是个小伙；一个叫拉尼娜，是个姑娘。

郭磊问："他们会汉语吗？"尤金思说："拉尼娜会一点儿，贝达正在学，可刻苦呢。"

贝达的中文勉强发音，拉尼娜比他强，能简单会话，但说起来还有点结结巴巴。

当天，郭磊让李鑫、李庚去机场接人，然后将他们安排在一家酒店吃饭。晚饭后，一行人到海南一家店里做中医理疗、针灸按摩等，十分惬意。其中一对夫妻对李鑫说："我们在俄罗斯就听说海南的中医理疗很有名。"

当晚，郭磊参加了公司为接待旅游团举行的晚宴，代表公司致辞。贝达能听懂一部分，李鑫给他翻译，当晚的致辞翻译让人啼笑皆非。不过，气氛热烈友好。郭磊让李鑫告诉贝达、拉尼娜，一定要学好中文，他们愉快地答应了。

这时芳村潜水基地还没建成，贝达告诉他的俄罗斯旅客，下次来可以参加琼岛旅游公司的潜水。

相对来说，从海南组团往俄罗斯的游客，每月保持在一个团左右。因为在他们实行这项业务后，三亚两家旅游公司和海口的一家旅游公司，都先后开展这种业务，形成竞争。所以郭磊对李鑫说："我们在竞争中能否取胜，关键看尤金思。"

几个月来，尤金思的工作效率非常显著，但他有一点不好：嗜酒。他在俄罗斯专喝伏特加，来中国专喝五十五度以上二锅头，经常喝醉。

郭磊便向李鑫打听贝达和拉尼娜。李鑫说："贝达那孩子善良，不酗酒，可以重点培养。拉尼娜是纯俄罗斯人，典型的苏格兰公主小妹妹。从长远发展来看，可重点培养拉尼娜和贝达。"

陈小弓为女友跑了很多三甲医院，可人家看了他女友的简历认为学历太低，最后在农垦海甸分院找到一份工作。虽然进不了省市三甲医院，但是农垦医院在本地也非常有名气，陈小弓和桂兰都很高兴。

至此，琼岛旅游公司三位骨干的后顾之忧基本都解决了。

随着公司业务不断扩大，郭磊让廖会计找电视台又租了两间房，一间还安装了国际长途，装了国际长途的房间自然给了李鑫、李庚。

曾小凡离开海口去芳村，郭磊家只剩付子皓的女友袁小梅住。袁小梅每天早出晚归，不在郭家吃饭，平时就早晚见，周末去付子皓租住的海达路。

袁小梅上班在南海大道，离家较远。付子皓在家的时候，会经常接她下班。郭磊说："我就不信，在海甸岛找不到一家学校？我一定帮小梅调到这边。"

郭磊说话算数，此后一连数月为小梅跑接受单位。恰逢恒大地产在海甸岛开发了万亩房地产，为刺激销售，通过教育部门在商品楼区建立了一个恒大子弟学校，从幼儿园到中学齐全，正好招聘师资。袁小梅有多年教龄，有教师上岗证，经过郭磊多次交涉，对方管理人员最终录取了袁小梅。

从恒大住宅区到海达路虽有一段，但同在海甸岛，即使晚上走，也是安全的。

郭磊觉得，公司的人员结构基本合理，大家便可一心一意地去干工作了。

芳村潜水基地开张，是二〇〇九年十二月，在海南尤其是三亚，依然暖和，白云蓝天，椰树婆娑，海水湛蓝。

三亚市旅游委张副主任参加了他们的开张剪彩，三亚七家兄弟旅游公司参加并送贺礼。三家潜水公司看了芳村潜水基地后赞叹："你们是三亚目前最好的潜水基地。"

付子皓到美兰机场接团，蔡驰骋带妻子汪芳参加了芳村潜水基地第一潜。第一潜名额给了三亚市旅游委副主任，郭磊第二潜，接着是公司的人接着潜。潜水

员是兄弟潜水公司极为羡慕的，他们的部队退伍背景，让好些人慨叹。

潜水员首先摸清了周围的海底状况，又加固了周边的防护设施，才对郭磊汇报说："郭总，您放心，我们的潜水基地一定会做到最好。"

一天，郭磊驾车经海南大学北门。这天下雨，他看到一熟悉的面孔，便揿喇叭，那人只是瞥他一眼就走了。他顿时觉得既尴尬又扫兴，心想我半年前到海大看你，现在你竟像不认识似的不理人，这不是鄙视我吗？我哪里触犯你，得罪你。这是怎么啦？

看着那张熟悉的面孔消失在海大门口，郭磊手握方向盘，一股莫名的火被点燃。朱福祥，你不就一个老师吗，牛什么，当初徐丽媛甩掉你，看来对的。你有钱吗，你比老子有钱吗？呸，朱福祥，我算认识你了。怎么说我们也一起上岛的，见面不主动热情，即使挥手打招呼也应该吧。我呸，这就是人性！捉摸不透！朱福祥，你以为我理你？永别了！

沮丧了一会儿，郭磊觉得为这小事生气不值得。于是一脚踩下油门，开走。

儿子郭小磊出生后，户口一直随洪丹挂在山西。

自一九八八年离家来到海南，转眼有二十年，但他们的人事劳动关系一直寄放在老家劳动人事局，后来又放在人才中心。海南的社会保障工作做得早，他同洪丹商量，将二人的劳动人事关系转到海口来。最让他高兴的是，海口市最近出台了一个政策，凡在海口购房十年的，可以将户口迁过来。廖会计说她认识人，可以少花钱。于是他就将资料一起交给廖会计，让她到海口市公安局申办。由于资料齐全，符合政策，办起来很快，比他们预想的成本少花了一半钱，最终拿到了户口迁移证。一个月后，他们的户口转到了海口市。

这期间，廖会计也为公司引进了一个旅游团。廖会计之前是郑州一家企业会计，八八年随丈夫来海南。丈夫在一家会计师事务所工作，她担任了两家私营公司的兼职会计，就是平时不到公司坐班，每月帮对方做做账，拿点劳务费，因为是两家，所以也抵得上一个人的工资。后来郭磊的公司要她放弃兼职，到公司上班。她才正式出来工作。

廖会计笑说："我之前不是在郑州一企业吗，那企业被私人老板收购后上市了。我姐妹是工会负责人，上次聊天，我让她组织员工上海南旅游，她答应了。"

几经交涉，谈成了一个百人团。事后，郭磊算了账，决定给廖会计重奖。廖会计一次性拿到一万元提成奖，乐得合不拢嘴。

付子皓接到一个韩国团，要到海口观澜湖黑石高尔夫球场打球。黑石球场是香港观澜湖集团修建的，球场采用了海口的黑色火山岩建筑，特别漂亮，被国际组织评为全球十佳高尔夫球场第二名。有香港、日本的球员来打球后感慨地说："就像在月球上打球。"韩国旅游团报价较高，所以郭磊叮嘱付子皓，一定要以最好的接待服务。当晚，郭磊特地参加了付子皓在一家韩国菜馆举行的招待晚宴。

自海口观澜湖黑石球场建立，丁松的高尔夫球场受到打击，竟然难以为继。幸好他未雨绸缪，开创了房地产。

一天，郭磊想起了刚国强，便给刘荣打了个电话。刘荣笑说："可能九三、九四那两年炒房地产、楼花、地皮炒习惯了，小刚他们这次来，又搞了两栋烂尾楼，包装一下，正在装修时就卖掉了，赚了几百万。"郭磊吃惊地问："走了？""走了。恰好有个温州炒房团看到他们干，也跟着这么干。他收手后，就回了北京。""不来了吗？""他和朋友都看好海南，估计只要有商机，就会杀回来。"

郭磊感慨地说："这人与人之间啊，的确不同，你看我，如此拼命都不行，搞了一二十年，不如人家杀过来炒一把。才多久就赚到几百万。"刘荣笑说："这没办法，这年头都这样，关键是你没小刚他们那么多的资金。我告诉你，小刚不是一个人，他背后有一个财团，他背靠一家非常有实力的信托公司。那家公司老总曾在国家部委当处长，后来下海，创办了自己的公司，身家据说几十亿。小刚上次来，其实是为他干。你没听小刚说，他其实是职业经理人吗？"

郭磊点头说："是，有'组织'嘛。我们这些人，一辈子都别想遇到那种好事。好了，打扰了，你还在师大？"刘荣说："我的性格不喜欢折腾，就喜欢现在的状态。在大学里当个老师，我已经相当惬意了。有空再聊。我还有点事。"

经济条件好了一些，郭磊想找一个保姆。正好廖会计邻居是一对来自天津的老夫妻，打算退掉海南房子回去，家里有一个保姆叫阿英，海南定安人，今年才二十一岁，说十六岁就开始当保姆。郭磊让洪丹去见她，觉得满意，就领进了门。洪丹安排她住一楼靠厨房一间，隔壁是杂物室，取东西方便。

阿英很勤快，到的第一天就将地板拖干净，客厅、厨房包括郭磊、洪丹的卧室都拖得干干净净。第三天又开始整理花园，要将空地翻耕，问郭磊、洪丹要不要种花卉树木。郭磊很忙哪有闲，洪丹也是粗线条女子，别墅外空间杂乱无章。现在阿英说种花种草，不觉笑说："不要吧，种了要打理，等我们房子装修后再搞吧。"阿英说："那多可惜啊！"

一星期过去，小磊开始接受了阿英。阿英陪他到院子抓蜻蜓、抓蝴蝶，还趁买菜时给他买一种本地人做的糯米糕，小磊很爱吃。阿英不知从哪儿买来两小盅芝麻糊。海南人有一种传统习惯，做一些小吃上街卖，街边路口经常能看到卖小吃的，或挑个担子，或固定在菜市场或居民区，用一辆三轮车推着卖，有芝麻糊、糯米丸、八宝粥、红豆粥、薏米粥、绿豆汤、银耳枸杞汤等，大约十几样，而且价格低廉。郭磊问价，一盅一块五毛钱。洪丹见阿英主动为小磊买吃的，就说："英啊，花多少钱，告诉姐，姐给你钱。"洪丹过意不去，有时就一次性塞给她三五十元，阿英也收。

国庆节一过，旅游委发了一个文，严禁黑导游、黑车扰乱市场，不许载客、抢客、拉客、诒客，还规定旅游公司的大巴车统一归旅游委调度统一发车和载客，虽有些平均主义，但避免了弱肉强食恶性竞争。如此一来，郭磊的琼岛旅游公司就有些吃亏。因为他们车况好，质量好，外观又漂亮，车子载客率相当高。划归旅游委统一调度，就像排队一样，只能按次序。郭磊马上找蔡驰骋，蔡驰骋一头愠火地说："哪能这么搞，明明是嫉妒我们嘛。以后谁还买车？我看六辆到头。"没办法，在旅游委开会时，郭磊反映情况，领导就说，市场发展到一定时候，必须有一只看不见的手调节，否则就乱了。

车载客量减少，公司利益就减，蔡驰骋个人提成也减，所以发火。发火归发火，还得按规矩做。几天后，除叹气消愁，别无他法。

一天，郭磊正在办公室，手机响起来，一看是陌生号码，但他还是接了。一个女人说："请问是郭总吗？请问您公司有个叫程高宏的导游吗？他提出过分要求，还威胁我说，我不答应他就不给我送客人。郭总，这导游是他个人行为，还是你们公司行为？我叫陈乃莲，陵水付坡珍珠养殖场老板。"郭磊说："陈老板，珍珠场新开的吧。"陈乃莲说："一年了。郭总，我是广西人。来海南开了这家珍珠场，还有一半贷款没还。所以请郭总体谅，等我贷款还清，到时我主动给琼岛旅游公司最高待遇，好吗？"郭磊说："陈老板客气，都是做生意的，肯定能理解。至于小程对你说那些，等他回来，我一定追问他。假如真的，我要批评他。您刚才说的情况我要查一下，我们没要求导游这么做。假如他那么说，你可以拒绝。"陈乃莲说："可他说，让公司游客都不来我这儿。"郭磊说："回头我问问是什么情况。"

程高宏是陈小弓一个部的，也是广西人，于是拨通陈小弓的电话。陈小弓在儋州，接听后说："磊哥，对不起，是我告诉她您的手机号。小程的事她告诉我，可我不好多说。"郭磊说："公司的事是大家的事，相互监督，错了要改，否则损害公司形象。"陈小弓："我是两个月前认识陈老板的，她主动联系我说是老乡，希望我带团上她那儿购物。头两次提成高，怀有感激之情，时间长了就要恢复正常。程高宏可能认为提成下降，就不高兴了。"郭磊说："知道了，你忙吧。"

两天后程高宏回到公司，郭磊将陈乃莲说的情况告诉他。程高宏开始很紧张，最后脸红了，头低下了。郭磊问："陈乃莲那个购物点是谁联系的？"程高宏说："陈小弓部长。"郭磊说："陈部长与陈乃莲是老乡，陈乃莲给你打电话不到半小时，我就给小弓打电话，他说不知如何处理。""其实我没责难她，我只是问，为何上两次那么高，这次这么少。"程高宏解释说，"小弓说，第一、第二次人家有感恩心理，多给我们点提成。毕竟做生意，都不容易。她也说，欠银行一半贷款，等贷款还清，会优惠一些。"

郭磊说："下次过去向她道个歉，我们没有她的产业链，赚钱也不顺利。"程高宏点头说："好，我知道了。"

郭磊忽然接到一个陌生电话，在电话里跟那人扯了半天，才想起他是海南红海旅游公司总经理符放。符放曾说有亲戚在东南亚几个国家如马来西亚、印尼、泰国、新加坡等，成立旅游公司后，他通过亲戚，开辟了东南亚五个国家的旅游线路，也算国际线路。

符放要请郭磊吃饭，说他发现北欧国家青睐海南的旅游市场，所以要向郭磊取经。郭磊本着为人向善的心态说了公司进军俄罗斯市场的做法，符放听了很感激。

不久，李鑫告诉他说："磊哥，李庚最近常说红海公司奖金提成比我们高。"

郭磊便将李庚找到办公室问，李庚脸红说："没有啊。"郭磊说："之前有旅游公司老总请我吃饭，向我打听俄罗斯市场。我直截了当告诉他，我们公司主要是李庚做。"李庚不好意思地说："郭总，我实话告诉您，红海公司的符放四次请我吃海鲜，我都没去。他说假如我到他公司开发俄罗斯市场，愿给我副总待遇，我当场拒绝。我说俄罗斯市场不是我一个人在做，公司有一个部，最早是部长。"

郭磊说："公司形成了一个很好的团队，产业配套逐步完善。我告诉你，三亚东方巨人部分股权，我一定要拿下来，等着瞧吧。"李庚兴奋地说："是吗，太好了，那里接待俄罗斯客人最好。"

李鑫再次对郭磊说："磊哥，红海公司的符总打电话找我，说如果我愿意去他们公司，给我副总待遇。这可能吗？我来海南时那么困难，不是您，我哪有今天。"郭磊说："磊哥不是无情无义的人。红海公司的老总我清楚，他先后招聘过六名副总，走了六名副总。你想，那副总是什么玩意儿。琼岛旅游公司不设副总，但我待你们如同副总。""什么都不说了，磊哥，我连这简单道理都不明白，我还在海南混？""当然，红海在东南亚做得不错，我们要学习，但想扩展不容易。""知道了，磊哥。您放心，我知道如何回答他们。"

郭磊从家里出门，正要上车去公司，手机响了，竟又是红海旅游公司总经理符放。他操着海南普通话说："郭总吗，这两天有空吗，我约您谈点儿事。"郭磊说："不急的话，等我从芳村回来，接着在三亚待一天。"符放说："行，我等您。"两天后，符放再次打来电话，郭磊便不好推托："你定时间地点吧。"符放说："中午到望海楼咖啡厅，那里卖套餐，聊一聊？"

突然手机又响了，是李鑫打来的："磊哥，我和小付希望买一套小户型，劳您打听一下。"郭磊答应着，坐进驾驶位，发动车，很快来到望海楼大酒店。

来到望海楼二楼，符放和一个不认识的男人坐在靠窗的桌前，朝他挥一下手，说："郭总，咱们来个打边炉好不好，我要了两斤羊肉，炒几个菜，边吃边聊。"郭磊说："套餐吗？"符放说："新添打边炉，价格蛮合算。再喝点酒，不更舒服吗？"郭磊说："行，听你的。"

符放将身边男人介绍给郭磊说："这是我的副总，也姓符。"郭磊问："这么急，有事？"符放说："郭总，咱们是老朋友了，就开门见山吧。我想将公司卖掉，想来想去，没有合适人接，只有您郭总有能力。"郭磊吃惊地问："为啥？"

符放说："你知道，我之前教书的，老家要我回去当校长。再说我在海口开公司，老婆孩子都在文昌。"郭磊说："可以接来啊！"符放说："她父母不想她离开。"郭磊说："开公司不容易，你舍得？"符放说："唉，怎么说呢，竞争太激烈。"

服务员送来一壶茶，给他们分别斟一杯，就走了。符放说："郭总，假如您愿接，我只要一百万。你知道，这些年我一直经营东南亚线路。"郭磊说："我真不知道你这些年，建立多少东南亚关系？"符放给郭磊的茶杯添了茶说："泰国、新加坡、马来西亚、印尼，我的客源主要是这四个国家的海南华侨。"郭磊说："没了解，海南有多少华侨在东南亚？"副总插话："统计有三百多万。"

郭磊说："华侨探亲，需要旅行社吗？"符放说："我们做去东南亚的，我们在东南亚建立了旅游合作关系。假如你接受，四个国家的线路现成的，不用再开发。"郭磊说："这不是小事，我要召开公司会讨论一下。"符放说："我保证，您接受后，每年收入不少于百万。听说您还想参股三亚东方巨人酒店，还做潜水基地，组建车队。您接过去就赚钱，我可以将公司年报给你看。"

回到家，郭磊将符放找他的事同洪丹说了。

次日上班，他到大同路找莫青教。当初认识符放，就是莫青教介绍的。莫青教哈哈大笑说："天啊，我还以为你转让走人了呢。"郭磊含笑说："生意可以，我就不想挪动了。"

莫青教将他请进去，找了个位子，让服务员斟茶，然后问什么事。郭磊把符放找他的经过一五一十告诉了莫青教。

莫青教沉吟片刻说："郭老板，好事，接。我实话告诉你，符放不是回去当校长。那家伙不是娘养的崽，这两年沾上赌博，输掉很多钱，欠七八十万。另外这王八蛋还好色，家有老婆孩子，还在外头包二奶。一个贵州的、一个湖南的，我都见过，长得真水灵。你说，又赌博，又包二奶，要不要钱花？"郭磊嘘一口气说："原来这样，编得挺圆。"

莫青教说："人毕竟要脸。说回去当校长好听，还能说赌博输钱包二奶？"郭磊笑起来说："值吗？""没办法，有人好这口。你说那些贪官，但凡好色的，都贪财。""那为何转掉公司呢？""要钱啊。你注意，假如他真转给你，你要调查，是不是同时转了别人，否则你就上当了。""提醒得好，谢谢。"

莫青教说："狗急了还跳墙，他正需要钱，什么事都做得出来。"郭磊端起茶杯说："谢谢青教兄弟，你是个正直之人。""我同他是老乡，但我不能看朋友骗另一个朋友吧。"

郭磊感动地说："青教，我再问你，假如他真将公司转给我，你说我能接吗？"莫青教说："假如真转给你，你大胆接。我实话告诉你，他公司大部分员工都是国企转去。很多人带着老国企工作作风和素质，十分敬业。假如他不乱来，公司还可以做的。""你认识他公司员工？""过去我们一个单位，只是我出来了。"

郭磊环视店内说："饭店开得不错。"莫青教笑说："没见你带人来吃饭。"郭磊说："不好意思，以后来，支持你。"

几天后，郭磊又来找了一次莫青教，请他约符放公司的员工出来谈谈。来的都是符放公司的骨干：麦金福、陈细妹、冯七贵。经过交谈，得知他们公司的真实情况。在价格上，莫青教让郭磊同符放讨价，最后以五十万成交。

此后，符放公司的几个主要员工便随着公司转让成了郭磊公司的一员。

第十八章

　　卢尧近期身体发福，一发福两腮就丰满了，之前的脸瘦削，气色也不好，如今竟然红润起来，他笑起来眼睛比以前更小。前不久，他凑满十八万到南海大道某车行买了辆海南产的323型马自达轿车，提前学了一个月车拿到驾照。这天，他亲自开回来，带着吕天娥在海口兜风。吕天娥嫁给他不到一年，就为他生了一个儿子，让他很惬意。想当初要娶了谭香竹，没准儿达不到这种效果。在他们邵阳农村，传宗接代的观念还是很浓厚的，所以，他很感激吕天娥。

　　卢尧将三个店分别取名机场东店、海甸岛店和南航西总店。因为家在附近，平时他大多在南航西总店上班。刚到办公室，就接到赵世德的一个电话，说他老婆老家来了亲戚，打算晚上到他的总店订一桌饭，六个人，包括赵世德夫妻。卢尧知道赵世德的意思，就说："明白，七折行吗？"赵世德呵呵一笑。卢尧又说："六折可以吧。"赵世德这才惬意地说："谢谢兄弟。"

　　赵世德虽然是茶店的老板，但手里拿的还是好多年前用的老款手机，只能接听电话，不能上微信，也没有其他功能。卢尧问："怎么不买一个新款的？"赵世德笑说："还不是没钱。为拉扯大孩子，能省就省，别看我开了那个店。"

　　下午五点半，赵世德和他的客人果然来到。卢尧让服务员将他们领到二楼包厢，然后叮嘱服务员，首先上的几个小碟凉菜如花生米、藠头、酸菜等，不收他们的钱。赵世德见了，马上同他妻子的亲戚吹："这饭店老板是我最好的朋友。"

　　正好店里不忙，卢尧就不时到他包厢转转，同赵世德聊几句。赵世德先问卢尧三个店的生意如何，接着话题一转说："别看我们混得不怎么样，其实八八年上岛的，还有不少人至今连温饱都难维持。"

　　卢尧问："谁啊？"赵世德苦笑说："你这人记性真差。你忘了，谁找你借钱？""那他们年夜饭怎么办？""什么年夜饭啊，就我知道的，他们几个每年过年，便凑在一起，最多买一瓶五块钱的二锅头，买一斤花生米，一点儿凉菜，一点儿卤菜。我们说卤菜不新鲜，可对他们就是宝。平时吃得最奢侈的就是小店里卖的卤菜，比如卤猪耳朵、卤猪肠、卤猪脚、卤鸭头等等，所有便宜的，都受他们欢迎。"

卢莞说："不可能吧，都上岛这么多年了。"赵世德哧地一笑说："你是饱汉不知饿汉饥，哪天我将他们几个领到你那儿，你问问他们。"卢莞忽然动了恻隐之心说："哎呀，假如这样，今年大年三十，你让他们几个上我这儿吃一顿饭，我不收他们一分钱，行吗？""问题是他们那些人，还特要面子，你要不收钱，白请他们吃，他们可能还不会接受。""不会吧？""怎么不会，他们几个我是太了解了。我从开跳蚤市场就认识他们，这么多年了。"

卢莞问："他们住在哪儿？"

赵世德说："陈维在海秀东望海商厦当保安，主管见他工作不错，现在仓库当保管；钱有福学舞蹈，你说一个学舞蹈的能干什么？张杰更逗，景德镇陶瓷学院学美术，最后自己开了个印名片的小店，一盒卖十块二十块；潘宋国那孙子最差，经常吃了上顿没下顿，最困难时都是另外几个帮他，当然我也支持过他。唉，同是天涯沦落人嘛。潘宋国是煤矿学校毕业，之前在老家一家煤矿上班，结果一来海南，就回不去了。他找了个广西女子同居，那女子离婚的，身边带一个五岁孩子。老潘在家有女朋友的，就因为来海南，女友同他分了，他就同这个广西女人一起。问题是老潘的身体总不好，不是这病就是那病，加上他的工作不固定，偶尔到务工市场找临时工。广西女人看上一个在西线承包土地种西瓜的浙江男人，后来跟那个男人跑了。"

卢莞叹息说："之前总以为我是八八年闯海中最惨的，不想还有比我更惨的。万一到讨饭要饭地步，怎么办？"赵世德说："放心，即使那样，也不会回去，这就是人性！""明白了。赵老板，今年大年三十，你一定请他们几个，上我这儿吃年夜饭。口气态度好一点，就说我这人喜欢结交朋友。""就不怕他们讹上你？比如，借钱什么的？""没事，真的到了那地步，该借还是要借，只是看情况。"

转眼就快到春节了。卢莞担心赵世德忘记，就给他打电话。赵世德说："放心，我那天回来就同阚大姐说了。阚大姐说，卢老板真是好人。""她答应没？""她说同那几个人商量一下。"

第二天，赵世德给卢莞打电话说："恭喜，他们答应了。大年三十一定上你那儿聚会。"卢莞说："届时你要领他们来。""当然，否则你也不认识他们啊。我不一定吃饭啊，我老婆家的弟弟、妹妹、弟媳、妹夫要来，我怕没时间。""你送他们来，有事你走。""不用搞多丰盛，弄几个菜，再搞瓶酒，就齐活儿。阚大姐是洛阳人，能喝酒。"

卢尧问："他们几个合住吗？"赵世德说："不，各住各的。老潘最远，住在南海大道水头村。""行，届时你给我电话，就这么定了。"

大年二十九，卢尧想起之前答应赵世德的事，又给他打了个电话。赵世德说："落实了。你放心吧。"

年三十那天，卢尧给郭磊打电话，请他过来团聚。郭磊说，实在对不起，过年正是最忙的时候。卢尧说："大年三十我打算请五位八八年上岛的朋友吃饭，你上次说有个泸州电视台的主持人开了家杂货店，让他一起来凑个热闹。我是开餐馆的，不在乎多一个人，对吧。""你说的是邹巍吧。我给你电话，你直接同他打，那样显得热情。""问题是我不认识他啊。""你就说我介绍的，是请他吃饭，又不是让他干坏事，怕啥。""那你把他电话号码告诉我。"

郭磊便将邹巍的电话号码报给卢尧。让卢尧失望的是，他给邹巍打了两次电话，对方都以有事来不了推掉了。

生意真忙，不但包厢，连一楼大厅都坐满，而且门口还有人站着等位。卢尧正等得焦急，只见门口驶来一辆蓝色出租车。车门打开，赵世德先出来，还有五个，除了阚大姐，其他四个他都没见过。赵世德呵呵笑地将四个人介绍给他，阚大姐看去比以前疲惫，眼睑微肿，眼珠有红血丝似的。赵世德说："阚大姐就不用我介绍了，其他几位我介绍一下。"

赵世德先指着身材干瘦，脸色焦黄，满嘴胡子茬的男人说："陈维，哈尔滨的，之前是小学教师，来海南后什么都干，现在一家商场当保管员。"接着他一指较矮微胖、脸色不好、皮肤黯淡的男人说："潘宋国。哦，宋国，你老家哪儿的？"潘宋国红着脸说："陕南勉县。"赵世德又指着高瘦的男人说："张杰，江西人，学陶艺的，来海南找不到对口工作，改行了。"

钱有福个子比张杰高，主动介绍自己："我在老家学舞蹈，找不到对口的工作，什么都干，现在一所幼儿园当老师。"

二话不说，卢尧热情地请他们进去上楼，边走边说："早安排好了，二楼包厢。"

几个人脸上挂不住似的，尤其是阚大姐边走边说："卢老板，你看同是八八年上岛，你开了这么多店，成了大老板，还请我们吃饭，真是过意不去。"

来到二楼包厢，卢尧对赵世德说："准备了红酒、白酒、啤酒，你问问各位喝哪种酒？"

赵世德就问阚大姐："阚大姐，卢老板准备了三种酒，你看喝哪一种？"

阚大姐将手里一个鼓鼓的塑料袋递给卢尧说："卢老板，实在不好意思。您这么客气，我们也没什么好送的，这是我们几个在春光食品店买的一包春光椰子糖，小孩子一般都蛮喜欢吃。给您小孩子尝尝。"

卢尧摸着头说："哎呀，来就是，买东西干吗啊？"陈维说："没事，给小孩子。"钱有福也说："是，是，一点小意思。"卢尧看了看赵世德，笑说："你看，这么客气。那好，我收下，替孩子谢谢你们。"赵世德问："你太太呢？"

吕天娥因为生孩子不会带，就依赖父母，她又恋家，带孩子回娘家了，临走叮嘱卢尧自己过年。卢尧本要跟着去，因为是过年，几个店走不开。

卢尧问阚大姐："阚大姐，你看看喝什么酒？"阚大姐看服务员送上三种酒说："天气稍凉了，就留下这瓶海口大曲吧，其他都撤了。"陈维笑说："我只要一杯啤酒。"潘宋国说："小张，老钱，我们都喝啤酒如何？"阚大姐说："你们喝啤酒，那我也喝啤酒呀，为何我一个人喝白酒呢。"卢尧说："都放这儿，想喝什么喝什么。今天过年，图的就是痛快。"

卢尧让服务员开啤酒和白酒，这时一个服务员又送上一瓶红酒。钱有福说："这个不要，这是有钱人喝的，我不喝。"赵世德说："哎，没事，没喝过才想尝尝呢。"卢尧笑说："全开，自己挑。怎么说今天也是过年，就这样吧。"

阚大姐先抓起白酒，给自己倒了一杯说："我还是来白的。"卢尧说："阚大姐能喝，这儿没外人，赵老板一会儿又要走。"阚大姐说："小赵，怎么搞的，要我们来，自己却走？"陈维也说："是啊，赵老板，一起吃呗。"赵世德说："不是，我老婆家真来很多人，我差点儿出不了门。"

卢尧说："先前不说，干脆让他们一起上这儿吃年夜饭。"赵世德笑说："我老婆说，弟妹想吃海鲜。"卢尧说："海鲜我也有啊。"赵世德说："毕竟不是专门做海鲜的，他们可能去新阜岛了。"钱有福说："赵哥，一起吃呗。"

赵世德说："我真有事，卢老板是相当讲义气的人。我再给你们介绍一下，卢老板还是作家呢，在省级刊物发表过作品。"张杰问："发表过什么作品，哥？"卢尧脸红说："听他扯，就是一篇很短小的小说。我今天最忙，我敬大家一杯酒就下去。"说完，他倒了杯啤酒同阚大姐、陈维等五人一一碰过饮尽，"好，慢吃，我一会儿再上来。"

卢尧一转身，赵世德也跟着出去。卢尧就干脆陪着他来到门口。

店长和小马都忙不停，卢尧通知公司办公室的人一起下来帮忙。忙了一阵，卢尧想起包厢里的阚大姐他们，又上去看看。

老实说，这四人都有中国人的面子情结"不衣锦不还乡"。上岛前都认为好，来后反不如家乡。令人心酸的是他们至今还在租房，阚大姐好一些，实验学校提供免费住房。五人中最让人同情是钱有福，四十七岁，竟没结婚。阚大姐是离异，陈维上岛同一个广西女推销员结婚生了女儿，一年后女儿被女方抱走；潘宋国、张杰二人也是在海南找的媳妇，由于条件艰苦，妻子无法忍受，最后都离开了他们。

这天的年夜饭，大家还蛮开心。尤其是阚大姐，席间高歌一曲《山丹丹开花红艳艳》。据说她在老家就是民歌合唱队的，来海南后，认识一位女企业家组建的女子合唱团，经常去客串一把。约一小时，阚大姐从楼上下来，满面笑容。卢尧便说："阚大姐，实在不好意思，不能陪你们。怎么样，菜还好吃？"阚大姐说："太满意了，这是我十年来吃得最丰盛的一顿年夜饭。大家说真得谢谢你。"卢尧笑说："我让人送茶，吃完，唱唱歌，再走不迟。"

阚大姐说："是，边吃边唱，蛮开心。只是大家有一个心事，过意不去。"卢尧说："嗨，这话别说。我刚不说了吗，同是天涯沦落人！"

这时陈维和潘宋国也从楼上下来。卢尧说："阚大姐，上去吧，我让人送茶。"阚大姐就对陈维、潘宋国说了什么，他们二人同时停步转身。

一会儿，卢尧来到包厢，看见他们正打扑克。阚大姐看到卢尧，笑说："老潘说没事，打两把。"潘宋国脸上贴满了纸条，估计是输了认罚。一见卢尧，潘宋国顺势将纸条抹掉说："卢老板，您还在忙，可我们已经是酒足饭饱。"

卢尧问："菜的味道可口吧？"陈维等人异口同声说："可口。"卢尧说："那就好，我就担心菜不可口。"陈维说："以前没发现湘菜好吃。你看，这一盘盘基本被扫光。"卢尧说："不嫌弃，以后每年大年三十，都上我这儿来吃顿年夜饭，算团个圆。"

潘宋国眼内滚落两滴泪说："卢老板，好人！"张杰、钱有福也一起作揖言是。卢尧触动感情，说："千万莫那么说，同是八八年登岛的！命运让我开了这个店，混得比你们好些。再说我也只有这能力。假如我搞房地产是大老板，可能会给每位送套房。"

听了这话，大家不由得哈哈大笑起来。

钱有福说："房啊，下辈子吧，这辈子就不敢想了。"卢尧说："得想，毕竟幸福是奋斗来的。"钱有福流泪说："卢老板啊，不瞒你说，现在莫说房子，就是能吃饱喝足，就够了。"

阚大姐对卢尧说："老钱在一私人培训中心教儿童跳舞。你想，私人培训哪有什么油水，能发工资就不错。"卢尧问："工资多少？"阚大姐说："刚去一千，去年涨到一千五，老板说今年看能不能再涨点儿。"钱有福连连点头。

陈维说："他打了两份工，晚上在一家歌舞厅伴舞，通常一晚赚几十块。"卢莞问："看不出年龄吗？"钱有福说："化装，戴面具。"阚大姐说："小张、小潘都打工，靠打工买房子，真不可能。"陈维说："我们几个混得最好的是阚大姐，最先脱离苦海，学校提供吃住。校长说市府准备在秀英建解困房，就是经济适用房，解决贫困家庭住房问题。"

卢莞问："你们户口迁过来了吗？"阚大姐说："谢天谢地，我们就是前几年将社保转过来。我们在家有工龄，将来海口退休，可拿退休金。"卢莞说："社保最重要。至少年轻没赚钱，老了有保障，也算没白来。不过据我所知，办这事很不容易。"阚大姐说："对。不过，在海南，只要肯花钱，就没有办不了的事。"

卢莞说："办了吗？"阚大姐说："办了，正像你说的，花了不少钱。对我们没钱的人，就是灾难。"卢莞问："花了多少？"阚大姐说："花不算，变着法子让你为难。潘宋国在老家名叫潘小黑，来海南前为开辟新起点改为潘宋国。不想办户口那会儿，工作人员不给他办，说他名字不对。其实，按我们老百姓理解，电脑都是全国联网，你到网上查一下不就清楚了吗？就是不肯查，非得老潘花几千块回去打证明。如今老百姓办点事儿，你说难不难？"

卢莞说："听说上机关办事四个字'吃拿卡要'。党的纪律不错，可到基层执行就走样。尤其有的办事员，第一关就卡你，连情况都到不了领导那儿。"阚大姐冷笑说："流传一句话，大鬼不怕，怕的是小鬼。基层办事员比真正的领导难求，大玩意儿捞不到，专卡老百姓，最苦的就是老百姓。"

又坐了一会儿，五个人提出走。卢莞从楼上下来送他们，说："有空再来。"阚大姐说："谢谢卢老板！谢谢您的大餐！"陈维说："是啊，卢老板，店里有事，或家里有事，需要帮忙，吩咐一声。我们除了上班，下班就没什么事。"张杰和钱有福都点头。

卢莞说："当然，有事一定通知各位。"说着他从口袋掏出二十元递给司机说："送他们几个回去。"阚大姐挡住他的手说："卢老板，不用。"卢莞笑说："没事。"他硬是把钱塞给司机，司机犹豫着接过。

四个人上车后，一起朝卢莞挥手说再见。卢莞看他们驶去一段路，才转身回店。

房子装修好，吕天娥在新房待一天不下楼，抹着、捡着、打扫着没找小工，就她自己整理得干干净净、井井有条。家具是卢莞到家具市场买的，吕天娥对家具没有明确的要求，只要是新的，看着上眼的。住进新房的第一个晚上，从不大撒娇的妻子竟然同他撒娇，尤其是上床后，在宽大而柔软的席梦思床上打了几个滚，然后直接将衣服脱掉，躺倒在卢莞的怀里。这一晚夫妻二人竟然做了三次爱，睡时一次，半夜一次，次早还一次。完后，整个人不但不疲倦，反精神大振，觉得四肢特别有力。

卢莞便对妻子有了依赖，而妻子吕天娥却是个长不大的性格，自生育后，经常嚷着想爸妈。她老家还有弟弟、妹妹，爸妈不可能来这儿，于是想回去。卢莞想，妻子当年跟人来海南打工，不想遇到了自己，也算同是天涯沦落人呢，决定好好珍惜这段感情。年前，吕天娥带孩子回娘家，卢莞就独自待着。白天在店里忙不觉得，晚上面对空房，强制自己看电视，其他时间倍加寂寞。看着看着电视，就会倒沙发上睡着。

这天，在公司忙一天，回到家，又那感觉，想起很久没摸笔。一晃几年过去，这几年就没摸过笔，不是不摸，完全是开店当老板没时间。有时间就想如何搞好店，还有三个店每天采购和货源进价等他必须亲自过问检查。尽管严加管理，可还是出了姓孙的盗营业额的事。即使身子空闲一会儿，脑子也不会空闲下来。

开火锅店那会儿不很忙，他还经常在晚上拿起笔，构思一两个小短文，尽管不成功，但保持了创作的延续性。而这几年就没构思，笔都没摸，这是要毁灭我的作家梦想吗？有时想挺恼火，可恼火有什么用，你要赚钱，要维持体面，因为一个人首先要有吃喝，才能谈别的。当有能力保证吃喝，有基本的体面，问题又来了，当初的梦呢，老子当初的梦想是当作家！

我个爷，照这么下去，莫说作家，就是个合格作者都做不到。最后真成个三个餐饮店的老板，而小老板和个体商人不是他的梦想。在他心中，小老板或个体商人，离他的梦想太远太远！他觉得小老板和个体商人只是食物链上寻找食物的动物，而他是有崇高理想的人，是追求崇高精神境界的上等人。他不能混同于一个普通小老板和个体商人，他要向梦想努力！

这一晚，他是多年之后第一次从桌抽屉里找出钢笔和稿纸，因久没摸笔，那钢笔帽螺丝竟扭不动，费很大劲。文具店出现一种自来水炭笔，一块钱一支，他觉得那是小老板、个体商人记菜单的玩意儿，不能称作"笔"，而笔是书写作品的。他这笔还是在海口晚报门口铁皮小店买的，花了十块钱。上海产的黑色钢笔，这种笔需要买墨水，用完自己补墨水。在他脑海里只有这种笔才配称写作工具。

笔胆墨水干了，又找出一瓶蓝墨水，吸上墨水，然后铺开稿纸，提起笔，却发现脑子里空荡荡。只有这时，他才强烈意识到，自己是否已不具备写作能力了？因为他一想到开始写作，脑子里竟找不到一个词汇，出现一片盲区。先想好了一个题目，可到了下笔时就是想不出第二个词，强迫自己想，想了半天，脑壳想得疼。刚写一个"短"字，再搜索如何写，却发现连"短篇小说"四个字都写不好，脖子发硬，胸口憋闷，咬牙坚持写，拿笔的手却不听他使唤。他有了一种空前的紧张害怕，莫非自己真的失去了写作功能或能力了？这可要让理想精神信念崩溃啊。他的眼睛忽然模糊了，迟疑一下用手去摸，竟发现眼睛热乎乎的，指头上有水渍，原来自己流泪了。

卢荛啊，你完蛋了，你来海南，可是想当一名伟大的作家啊。不想，现在竟连一个标题都写不出。报应吗？对，之前也想过，等我赚了钱，再来写，可是现在解决了温饱，竟然不是当初所想，竟然写不出字！这样下去，当一个只解决温饱的小老板或个体商人吗？那不是我卢荛的初衷理想啊！

想着悔着，卢荛竟然趴在桌子上睡着了。醒来发现天都快亮了，他忽然号哭起来。

吕天娥不在，无法对人倾诉；吕天娥在家，倒是他最好的听众。怎么办，他也不可能停下三个店的生意，坐下来写作吧？只能再过几年，等自己拥有千万资产，不靠开店养家糊口，再坐下来一心一意地写作。

天终于亮了，他从床上爬起，到卫生间洗脸漱口，接着去店里吃早点。吕天娥走后，他都在店里吃一日三餐。早上是厨师做的瘦肉粥，再到门口手推车上买点心或两个包子一只蛋糕。海口市区有一种推着的早餐车，当地居民自己手工做的面包、包子、馒头、蛋糕等，也有粥，但那个粥显然比不上他店里厨师做的。

一天的工作又开始了，暂时只能按这样的节奏生活。

二○○○年国家启动神州世纪游，海南岛欢乐节应运而生。作为世纪游压轴，海南省政府认为，世界上知名的节庆有很多，如德国慕尼黑的啤酒节、巴西里约热内卢的狂欢节、西班牙马德里的斗牛节等。一个节庆办得好坏，对一个地区经济知名度都有影响。所以海南岛每年办欢乐节，被定位吸引国内外游客到海南旅游，促进海南对外开放和经济发展的抓手。广告语是"欢乐海南，度假天堂"。今年是第九届欢乐节了，但是社会上对此有不同声音，认为海南经济总量小，办节花钱，只是纯粹的"欢乐"，节庆主题单一如"旅游""生态"或"文化"等，是一种"穷开心"。

拉尼娜正好带一个俄罗斯旅游团过来，被邀请参加了本届欢乐节开幕式。这一届欢乐节上海合作组织来了个副总统。拉尼娜在开幕式上跳了一段俄罗斯舞蹈，受到游客和观众的热烈欢迎。拉尼娜的中文越来越娴熟，飞海南的次数也越来越多。拉尼娜越长越漂亮，那双深蓝色的水汪汪大眼睛，直接刺激着琼岛旅游公司几位未婚小伙，如李鑫组的李庚、陈小波，付子皓组的程高宏、葛三平，陈小弓组的黎新周，蔡驰骋车组的周大平等。一次闲聊，付子皓竟说："能娶到拉尼娜这样的美女，我马上跳海都行。"自然，拉尼娜的到来，成了琼岛旅游公司一张名片。旅游委和兄弟旅游公司的朋友向郭磊打听拉尼娜，郭磊笑说："你们怎么都那么关心她啊！"

听尤金思说："拉尼娜父亲是银行职员，母亲是工厂女工，她还有个姐姐，比她更漂亮。"

郭磊曾以为尤金思是拉尼娜的男友，至少是追求者，可尤金思说："郭总你懂不懂心理学？表面看我和贝达都不追求她，但我们都知道，我们同时喜欢她。假如拉尼娜答应了我，贝达痛苦；要是拉尼娜答应了他，我痛苦。所以我们都保持沉默。"

郭磊哈哈一笑说："爱情可以谦让吗？"尤金思说："暂时都不想伤害对方感情。那个小淘气，还不知道我们同时暗恋着她。"

每年到国庆节，外地游客猛增，加上俄罗斯方面也在组团，这年的八、九、十月，竟组到三个团，让郭磊十分兴奋。

郭磊在家上卫生间，手机放桌上。洪丹正在看杂志，手机响个不停。于是她拿起来接，那边是个女孩子，喂了一声问："郭总在吗？"洪丹说："我是他妻子。"对方直接挂了。郭磊出来看了看手机说："是三亚一个家庭旅馆的老板，叫杨秀香，我给她留了名片，李鑫也留了，她可能是跟我们要客源。"洪丹说："编得挺溜。"郭磊说："你问李鑫。"洪丹说："这种事他能知道？"郭磊说："你一口咬定怀疑我？"洪丹说："男人有钱就变坏。老实招来，到什么程度？"郭磊说："什么意思？这么多年，你不放心我？"洪丹说："因为你开始有钱了。不开玩笑，哪天将那女的领来我看看。我不看到，心里没法安静。"郭磊说："问题是你老公不好这口，她的家庭旅馆在三亚商品街东侧，你自己去看。"

郭磊干脆将杨秀香旅馆的地址和电话都写给洪丹。洪丹看说："还春来旅馆，不如叫第二春旅馆呢，男人就盼第二春。"

几天后，在家吃饭，洪丹说："哎，你那个杨情妹给你打电话没？"

郭磊说："下次遇到开家庭旅馆的小白脸，我一定让你去。"

二人哈哈大笑。

这天，郭磊从报纸上看到，一辆旅游大巴在东线高速行驶与一辆运瓜菜大挂车相撞，车翻到水沟，当场死三人。一打听，是旅游调度中心统一调度的车。原来旅游大巴车被旅游委整合后，不少私人车子抢客，以低廉价格、低俗娱乐拉客，被旅游组织批为"黑车"。黑车往往同管理人熟，有的甚至同管理部门个别人关系密切。再一了解，分布在海南的黑车多达百辆。于是经过旅游委反复调查，最后决定取缔黑车，重新恢复之前的旅游用车制度。因这次一口气整顿淘汰了五十多台黑车，琼岛旅游公司的六辆豪华大巴出勤率开始上升，收入增加。

从直觉说，洪丹对丈夫是放心的。结婚这么多年，社会真同儿时见的不一样。一次看报纸说，越发达的城市离婚率越高。还有专家说，离婚多与男人有钱有关。

一天，郭磊给洪丹讲了一个故事，说他经过红城湖半边街。越不要看，越看到发廊门口站着三个歪脑袋的男人，三间店内围坐一堆如花似玉的姑娘，有浓妆艳抹，有花枝招展。一个放牛老汉牵着一头黄牛，将牛拴在路边树上，上身是皱皱巴巴的破衣服，下身穿短裤，光着腿，肤色像晒干的僵尸皮，秃头。这时，里头竟跑出六七个如花似玉的姑娘争相拉他说："老公我想死你了，赶紧。"此时二楼下来两个男人，其中一个边走边系裤带。两个姑娘一个头发凌乱，一个衣服没穿好。郭磊那一刻觉得整个世界都要改写。无论教科书还是普通读物都说，爱情是婚姻的基础，最美好的爱情是走进婚姻殿堂。而眼前这就是猪狗混杂，尤其那女孩，竟对一个陌生老男人一口一个老公，老汉看去至少六十岁，爱也属乱伦。很快看到姑娘领着那放牛老汉上楼。走进一间房，将房门关上。那一刻，他真想报警。

这是郭磊来海南看到的唯一一次最恶心的丑事，每次一想就恶心。洪丹是他最信任的妻子，他不可能背叛她。尽管说财务开始好转，假如要做"坏事"，养一个小三的钱也能挤出，但他不能干这种令人不齿之事，那完全是靠男人的道德自觉来约束。一天，洪丹问郭磊："我老了吗？"郭磊说还是那样。

问别人，洪丹不好意思，便经常去美容化妆品店购买化妆品，时不时也问销售小姐。销售小姐说："姐我看您才二十岁。"洪丹不大相信这话，即使不说四五十，也不至于停留在二十岁吧。

这天，昌江县长邀请郭磊去棋子湾考察。棋子湾属昌江县境，十里银滩，那洁白的沙滩，漂亮的海水，让人惊叹天造。不错，海南建省前是国防前哨，基本没开发，海水原生态。建省后集中在海口和三亚东线一带。让人兴奋的是，二〇〇七年开建的东环高铁马上建成，估计年底通车。东环高铁通车后接着会开建西环高铁，届时东西闭环，全岛走一圈用不了三小时。因这个原因，西线县市开始布局滨海资源如建大酒店、高档公寓、公园等。昌江县长一次上省里开会，得知琼岛旅游是全省十大旅游公司之一，于是两次邀请郭磊到他们县看看。

在昌江县长陪同下，郭磊看了棋子湾，说："县里最好请国内数一数二的大公司做规划。他们能投入，只要投入，一年就有成效。所以，我们有信心与你们一起成长。"

从昌江回来的路上，郭磊接到一个电话，号码似曾相识，但记不起是谁。那人笑说："郭总啊，我是三亚旅游局苗处长。我受三亚市商贸总公司邢总委托，邀请您来趟三亚有要事商量。"郭磊纳闷，商贸总公司的邢总是副总，二把手，找自己什么事？

突然，他打了一个激灵，差点儿叫出声："莫非谈东方巨人转让？"他很快否决了这一想法，假如是转让，为何让旅游局苗处长联系呢？郭磊将苗处长打电话的事告诉了洪丹，她说："那你赶紧去，看看到底怎么回事。"

次日，郭磊到公司安排一下，就直接奔三亚。

东线高速隔离带不知何时栽上了好看的热带植物，其中有三角梅等珍稀品种。新建东环高铁延绵，有时穿过山峦，有时穿过涵洞，有时又从高速公路上空越过。想想即将建成的东环高铁，海南的发展总的说还是飞跃性的。自己上岛时跟人去三亚，公路狭窄，坑洼不平，绕绕弯弯，公路两侧没有任何树木和热带植物修饰带。那时的三亚像是一个乡镇规模，最好的宾馆就是市委招待所和鹿回头宾馆。建筑都是单层，呈园林状，与今日众多国际豪华星级大酒店相比，简直天壤之别。

车子十点半到达三亚市区，郭磊直接将苗处长约到一家咖啡厅。苗处长告诉他："你到东方巨人二楼吧，邢总在那儿等你。"他同苗处长见过，邢总好像陪同苗处长一起，也算见过，然而邢总只是商贸总公司的副总，能当家做主吗？来到咖啡厅，郭磊看到一个中年男人坐在咖啡厅靠窗一张桌旁。一张清瘦的脸，尖下巴，面容蛮慈祥，约五十岁。他马上认出是邢总，邢总马上满面笑容起身说："郭总您好！"郭磊说："邢总好，黄总呢？"邢总说："我全权代表。"

郭磊在邢总对面坐下来，邢总开门见山说："郭总，你能为东方巨人解决一千万元装修款吗？假如可以，我们的协议这星期就可以签，我们将其中的股权转让给你。"郭磊问："东方巨人缺这一千万？""郭总，股份制就这样，各有各的利益。东方巨人共三家股东，另两家到时就分红。""这么说，商贸总公司确定退出吗？""否则为何这么急请你来呢？""文件颁布了吗？"

邢总从包里取出一个文件递给郭磊，他接过来看，果然是市商业局的红头文件，里面谈到东方巨人的股份转让，商贸总公司的国有资产不再保留，所卖资金用于员工安置和企业的转型。

郭磊不解地问："企业为何卖掉？"邢总说："国有资产是太公的卵子，人人有份，我们几个总经理这两年被员工吵死了。这个说我们贪污，那个说我们腐败。干脆卖了，就自在了。"

"一千万是底线吗？""黄总说，找一千万并不难，可朋友要讲信誉。你郭总为了东方巨人先后来无数次，综合考虑，你们优先。一千万是底线，假如你拿不出一千万，我们只能找别人。""一千万装修费，还是我们的股份？""既是装修，又是股份，可从中抵扣。""就是说，我出一千万，按股份比例，另外再补足多少钱？"

邢总点头说："对。"郭磊问："还要补多少钱呢？""急的就是一千万，找银行人家不贷。另两家股东也不答应，他们出资装修过一次。""可以签合同吗？""没问题，不过我还要同黄总确认一下。""你同黄总确认吧，我回去筹款。"

不想，此刻邢总却盯着郭磊，只是不说话。看他的眼神好像有话要说，可又不开口。

郭磊就问："有事吗？"邢总忽然将嘴巴凑到郭磊耳边小声嘀咕了几句。

果然，郭磊的疑惑是对的，邢总说的是他同黄总等人的佣金。将东方巨人股权转让给他，他们私人要好处。郭磊脸上的笑容很快消失，沉吟说："事可以办，只是须履行一个手续。"

郭磊脑子一转，改口说："算了，不要手续，我直接办。"邢总马上笑说："郭总真是干大事的人。如今就这样，太认真别人不同你做生意。"

半小时后，邢总跟咖啡厅收银台借了纸笔，起草好一份协议书递给郭磊。

当晚，郭磊将四个部长找到家里，包括洪丹，讨论同商贸总公司的协议。洪丹问："早不来，晚不来，偏偏这个时候？"蔡驰骋说："是不是三亚酒店越来越多，那么多家庭旅馆兴建，使得东方巨人生意不好？"

郭磊说："邢总谈的我也考虑了，迟不来早不来，偏在这时候？小蔡说得不无道理，现在宾馆生意不好做。他们为何转给我们呢，我想有三个理由，一是我们这些年一直为东方巨人输送游客，除商贸总公司，其他两位股东一直主张我们加入他们阵营；二是我在很多年前就同他们打过招呼；三是海南的旅游市场饱和。他们可能认为，蛋糕做不大。再说他们是国有企业，员工闲话很多，当老总的抵抗力差，就不想做了。"

蔡驰骋说："我同意磊哥的分析。"洪丹说："装修费一千万，总出资一千万？"郭磊说："一千万是装修费。回来的路上我在想，股份转给我们，黄总等人可能要点好处。这事不但要办，还要快，否则夜长梦多。"

李鑫问："会不会是什么阴谋？"郭磊说："邢总同苗处长是亲戚，苗处长肯定少不了一份好处，他们这些人没有好处不做事。"蔡驰骋问："东方巨人那么重要？"

郭磊说："我太了解东方巨人了。目前，它的外观内饰不如许多酒店，但位置好，可以说每个来三亚的都希望在这里住一次。我同其他两个股东沟通过，他们说只要商贸总公司愿意将股份转给我们，他们一定大力支持。到时候我们三家联手，将东方巨人做得更好。之前他们就很讨厌同国企合作。"

李鑫说："我听东方巨人经理说，商贸公司那帮人很操蛋，很不喜欢同他们合作。"郭磊说："国企主要是员工不好管。好了，是大家的；不好，大家骂。大家还有什么想法？"

蔡驰骋说："主要是钱，筹到就干呗。"

次日，郭磊拨通董中伟的电话，谈了自己的境况。他好久没同董中伟打电话了，董中伟听后很高兴地说："小郭，假如你这件事做成了，就又做了一件上岛后最成功、最理想的事，甚至比你当初买那栋烂尾楼还好，我支持你。我只能借你二百万，多了不行。不足的部分，你自己想办法。"

郭磊其实没想向董总借钱，听了这话兴奋地说："太谢谢了，董总，真的谢谢您。"郭磊找到徐丽媛，她说："我两个项目资金还没回笼，最多借你一百万。"

信用社主任符气壮因琼岛旅游公司一直在他那儿开户，加上公司有自主资金。于是，他答应支持郭磊一百万。郭磊便想到了丁松，又一想，借钱总不是好事，自己对付吧。

也是郭磊的运气到了！就在同商贸总公司签完合同第二个月，从北京传来一重磅消息，国务院公布了《国务院推进海南国际旅游岛建设发展的若干意见》，强调这是国家战略。国家将在二〇二〇年将海南建成国际旅游岛，即世界一流海岛休闲度假旅游胜地，使之成为开发之岛，绿色之岛，文明之岛，和谐之岛。国家对海南政策的大力倾斜，使海南的经济提速成为可能。

商贸总公司简直后悔死了，可是他们无法挽回。他们已将东方巨人的股权转给了郭磊的琼岛旅游公司。况且琼岛旅游公司将一千万已汇入东方巨人股份公司账户，已准备装修。

二〇一〇年元旦国家颁布的这个重大战略，最兴奋的莫过于琼岛旅游公司的员工。当时郭磊那么快决定同商贸总公司草签协议，洪丹还很担心呢，可短短两个月，证明郭磊的决策极其正确而且超前，甚至像是神算！

这年的春节又是个丰收节，琼岛旅游公司现金收入就达三十万。春节过去了，游客热度竟不减，据说为避免春节高峰，一直忙到三月。为应付旅游高峰，公司三个部又分别招聘了三个员工。

在国家宣布海南国际旅游岛为国家战略后，整个海南岛房价一夜之间上涨了两倍。如之前的商品住宅均价三千每平方米一下子飙到一万至一万二每平方米。

郭磊十年前买的别墅，每平方米达到一万三，脱手便可狠赚一笔。这是他最落魄时买的房产，对它产生了感情，更让他一步步起死回生走向辉煌，所以他决不会卖！

第十九章

　　很快，东方巨人大酒店开始装修。虽然儿子还小，为了事业，夫妻忍痛作出决定，让洪丹作为股东去东方巨人待一段时间。郭磊知道洪丹有这个能力，保姆阿英带着儿子一起去。

　　郭磊给洪丹的时间是三个月，过渡期一完就换廖会计去。

　　东方巨人大酒店员工住在商贸总公司的一栋旧楼里，六十年代建的。酒店修理一下，租了两层。洪丹是股东，酒店安排了一个单间外加一个小厨房，保姆阿英和孩子都住这儿。长方形房间中间拉条塑料布，洪丹住里头，阿英住外头，厨房卫生间在左边，很简陋。但是为了事业，只能暂时克服。

　　傍晚七点，郭磊来到三亚，洪丹和阿英都吃过饭。于是，他就到楼下的小街吃米粉。回来时，接到邢总的电话，他声音有些沙哑："郭总啊，你在海口还是在三亚？"郭磊说："我刚到三亚，下楼吃碗粉。"邢总说："太好了，明天一起吃早茶。我有事找你。"

　　次日一早洗漱完，郭磊便来到东方巨人大酒店。海南人有喝早茶的传统，所以中餐厅开张，一度是三亚市民的最爱。前三年上这儿喝早茶基本找不到空位，不到六点就坐满了。直到三年后，三亚有多家大酒店开了早茶，才分流掉了一部分顾客。

　　郭磊找了一个较安静的位置，向服务员点了一杯菊花茶，来海南后他爱上菊花茶。海南的菊花其实是从内地运来的。邢总胁下夹着个黑皮包东张西望地快步走来，老远伸手说："早，郭总。"

　　握手后，邢总在郭磊对面坐下，他说："老三亚的，都喜欢上这儿喝茶。"郭磊将点单递给他说："我点了菊花茶，您再点。""点东西吃吧？""点吧，我请您。"

　　邢总看了看周围，忽然轻嘘一声说："郭总啊，我们黄总后悔了！"郭磊惊问："为什么？"

　　邢总说："股份转给你们后，哪知道中央突然宣布海南建国际旅游岛！你真有运气，否则我们怎么也要拖过那月，报价肯定高多啦。"

郭磊一听就笑了。邢总说："不过，君子一言驷马难追。我不是反悔，郭总运气真是好。"

郭磊哈哈大笑说："邢总既然给我捡一个便宜，我郭磊绝不会忘记朋友。假如我赚了钱，一定不忘记三位老总。"邢总点头笑说："谢谢。"

餐车过来，二人各端了一碟鸡翅膀。邢总问："郭总来海南很多年吧？"郭磊说："八八年上岛，转眼二十年。"邢总点头说："老海南了，我们海南人非常感谢你们，海南的建设没你们发展绝对没这么快。""邢总哪里人？""我万宁的。""黄总、苗处哪里人呢？""不瞒你说，苗处是我的亲家，我女儿嫁给他儿子了。"

郭磊恍然大悟，说："原来亲家啊，太好了。我说呢，听口气是有点亲戚关系。"

服务员端了一壶茶过来，给他们各自斟满一杯，说声"慢用"就走了。又有两个服务员一前一后推餐车过来，他们挑选了几项，在签卡上扣一个价目记号。郭磊点了一个凤爪、一个猪肚、一碟青菜、一个排骨；邢总点了凤爪、猪肚、排骨、牛百叶和生鱼片，一齐摆放桌上。郭磊说："来，边吃边聊。"邢总点头说："好。"

郭磊拿起筷子先吃，邢总接着也开始吃。吃了一会儿，邢总说："郭总，我有个事，黄总和我亲家想了很久，打算放弃你承诺的那个干股。"郭磊惊问："为什么？"邢总古怪一笑，期期艾艾说："郭总，我经过反复考虑后，觉得我们都是中共党员，又是中层干部，毕竟有违规之嫌。"

郭磊说："没事，我同三位的事没任何人知道。将来分红，我将钱直接打到三位的账上，没事儿。"邢总笑说："谢谢郭总。只是……尤其是黄总，仍然很担心。"郭磊说："我说了，我是私人企业，只要我不说，谁知道？""黄总主要担心出事，毕竟不义之财吧。""国家宣布重大战略让我捡到一大便宜，我终生不忘你们的恩德。所以，你突然说不要了，我良心何安！"

邢总笑说："郭总的心意我们领了。不瞒你说，当初要你干股，其中有我的部分，我同他们想法差不多。毕竟入党多年，受党教育多年。"郭磊说："放心吧，我不说没人知道，我郭磊知恩图报。再说这是特区，之前有很多经营，采用佣金制度。"

邢总咬了一口鸡翅膀点头说："是。谢谢郭总，郭总好意我理解，但是……唉，怎么说呢，人还要想开些。我亲家和黄总，其实都有国家工资，我们七十年代参加工作，又是副处级，工资不低，子女都大了，不需要什么费用。家里就我和老太婆，吃喝花用不愁，总是要看开些。"

郭磊说："这样吧，每年分红，我以现金方式给，不要任何收据。"邢总端起茶盅同他碰盅，说："谢谢郭总。"

没别的事，很快就吃完了。邢总争着付账，被郭磊拽住。邢总紧紧握住郭磊的手说："那就谢谢郭总了。"

中午在洪丹住处吃饭，阿英做的，郭磊将见邢总的经过告诉了她。他在洪丹床上休息了半个小时，然后亲了亲儿子，对儿子说："小磊，爸爸回海口，过几天再来看你。"儿子说："爸爸，你给我买红毛丹。"

阿英从厨房出来说："郭总，您去吧，我会买。丹姐昨天还给他买了呢。"郭磊说："儿子，再好吃的也不能贪吃。昨天吃了，过一两天再买吧。"见儿子撇嘴想哭，郭磊笑说："那我给你妈打电话，让她下班给你买。"儿子听了才笑起来。

郭磊果真给洪丹打个电话，就走了。一过三亚桥，手机响了。一看，就知道是三亚杨氏家庭旅馆的杨秀香，心想，又要让安排客人吧。郭磊真安排过几次客人到杨秀香的家庭旅馆。杨秀香家庭旅馆有三层，共十八间房，适合一家三口的旅客住。杨秀香二十六七岁，个子比洪丹矮，但很性感，尤其一对胸极为丰满。洪丹自生过儿子再没以前"蓬勃"，当然这只是男人的玩笑话。他绝不想勾搭杨秀香，同洪丹这多年无论从感情还是从工作上的默契度，都是无法分开的。他认定这辈子就只能和洪丹在一起。

听说郭磊从三亚回海口，杨秀香竟吼叫起来："哎，哥，你太不够意思吧，来三亚都不上我这儿，像你这样安分守己的老板太少了。"郭磊问："少吗？"杨秀香说："拉拉手、说说笑、逗逗情啊，想做脏事，来几口也行啊。"说罢她哈哈大笑。郭磊说："打情骂俏我不会。"

杨秀香说："所以说你是好男人。你真离开三亚了？"

郭磊对着自己和车拍一张自拍照过去说："看到了吗？"郭磊不想将洪丹在三亚的情况告诉她，怕她去找洪丹。杨秀香说："谢谢，哥，下次来，一定提前给我打电话哦。我要出去一下。"

郭磊绕到芳村潜水基地，看了看员工，听说潜水的不少，就叮嘱说："过些天再来看你们。"

经过琼海，看到旁边有条村路，于是顺着村路一直开到博鳌镇南边一个村子，整个村都在装修。行人告诉他："镇政府要求家家打造家庭旅馆，接待来博鳌的客人。家庭不行，镇政府帮贷款。"

走了十来户，他发现各个家庭旅馆的装修风格都不一样，再问一装修主人，主人说："镇政府要求一户一风格，还专门派了两个设计师来指导我们。"

郭磊想到有一次，接待一个韩国旅游团，一个会中文的导游说："郭总，你们海南可以搞民宿，我们韩国就有很多民宿，便宜又干净，装成多种风格。至少我们韩国人就很愿意住。"

眼前这一片乡村家庭旅馆，不就是民宿吗？

绕到东线高速公路已是四点。他想，晚上没人做饭，干脆到公司对面的私人小店吃点再回家。他来到公司，见李鑫、付子皓正给新聘员工上课。新聘三位员工一个叫闵小严，福建人；一个叫季吉平，广东人；一个叫熊远浩，湖北人。通过多年摸索，郭磊觉得员工不一定非得旅游专科生，只要本人肯吃苦，能跑路，能辨别是非，就可以。

三个员工除熊远浩是大专，其他两个均为高中生。别看他们只是高中，相对于熊远浩更精明，将公司报酬制度了解得清清楚楚，尤其季吉平再三声明："我加入贵公司就是来赚钱的，假如赚不到钱，我是不会干的。"

看到郭磊，李鑫马上说："磊哥，您做做指示吧。"郭磊拉过一条凳，在他们对面坐下，说："你们三位对刚才部长讲的有什么意见？"

三个人你看看我，我看看你，最后还是熊远浩说："郭总，李部长为我们描绘了公司美好蓝图，让我们看到公司的未来。我想，我们刚来，没有理由和资格向公司提什么要求。我们只想按照部长安排，先把工作做好。"

季吉平发言说："郭总，我们广东人讲实际。我觉得公司提出两个月试用期太长了，我觉得一个月就够。从第二个月开始，就实行定额提成分配制度。"

郭磊爽快地说："好啊。说两个月，是想你们熟悉工作流程，假如你不用那么长，当然更好。那从第二个月，只要你有能力，公司配合你，支持你。"

闵小严说："郭总，我有个小小的请求，就是我们刚来，头两个月提高点标准，因为我们不像老员工，基础好，我们连租房的钱都出不起。"

郭磊说："提成制度，是公司讨论的。不过你说的，公司可为你们解决三个月房租。如何？"闵小严、季吉平对视点头说："可以。"

接着，郭磊问了他们的年纪和家庭情况，就散了。中午不想回家，他就想到对面的东湖里买点吃的。经过这么多年发展，海口路边的饭摊看不到了，几块钱的快餐也找不到了，不如吃一碗米线或米粉。

卢莞的湘风阁做到第三个店就停止扩张了，大多时候他待在南航西路总店。郭磊每次经过机场东路都会禁不住地往他的店里瞅一眼，东湖里是从机场东路到海府路的一个居民区。临街第一层被辟成各种卖水果、卖奶茶、卖咖啡的小店，最多是抱罗粉、陵水酸粉、万宁猪脚饭、桂林米线等。洪丹爱吃抱罗粉，抱罗粉是文昌抱罗镇的名吃。抱罗粉粗根软润，拌杂猪肚丝、花生米、瘦肉丝、酸菜丝、椰蓉丝等，用一种芡粉调匀，汤很香很浓，差不多放到口里就吞没。郭磊吃过几次，也觉得好吃。

郭磊来到那家抱罗粉饮食店，老板是一对文昌夫妻，五十岁左右，十年前来海口开抱罗粉店。东湖里是海秀路到机场东路的过道，摩托车、自行车多从这儿抄近。郭磊刚进门，就看到卢尧机场东路店的店长易姐坐在里头吃抱罗粉，不由得笑说："易店长，你也在？"

易姐自然认得他，就笑："郭总，您也吃抱罗粉？"郭磊说："对，我经常吃，这家店的抱罗粉好像特别好吃。"

易姐身边是一个年轻同事，身上穿着湘风阁服务员的衣服。郭磊便在她们斜对面空桌坐下说："你们也爱吃抱罗粉？"易姐说："我们觉得这家的挺好吃。"郭磊问："卢老板呢，他在南航西？"易姐笑说："上他爱人老家了，他爱人回去坐月子，一直没来。卢老板父母没来，所以爱人回了娘家。"

抱罗粉有两种做法，一种腌，一种汤。腌的料是干的，汤的粉和料都浸泡汤里，但腌的也有汤，只是这汤不在粉本身，是另外烧的，或猪骨头，或海螺汤。腌制的太干，要边吃边喝汤，腌制的明显比汤制的味道香。郭磊之前吃汤制，是因为洪丹爱吃汤制。洪丹吃饭，就爱喝汤汤水水。店老板娘从里头出来，看到郭磊说："郭老板，您吃腌还是汤的？"郭磊说："腌的，不要汤的。"老板娘说："知道了。"

老板娘送来一碗腌制抱罗粉，一碗猪骨头汤。汤是包含粉的，不另外收钱，一共七元钱，特实惠。易姐吃完，同郭磊打招呼说："郭总，您慢吃，我们先走了。"

社会上流传着一句话：吃在海口，住在琼海，玩在三亚。海口的特点是人客众多，特别来经商做生意的人，只要上街转转，就可以看到全国各地的餐厅或菜馆，如陕西菜馆、山西面馆、淮菜馆、川菜馆、云南菜馆、广西餐厅、河南烩面、新疆羊肉串、兰州拉面、东北杂炖、内蒙古羊肉、江西瓦罐、湖南粉蒸肉、湖北热干面、扬州炒饭，等等。海口近年还有一个特色，售楼处特别多。在郭磊居住的海达路，售楼处就有三家。一打听，都是这几年从内地来没找到工作的闲散人员开的。他们要吃饭，要赚钱，没别的好做，正好海南楼市空前繁荣。

晚八点，郭磊感到肚子饿，到五中路一家烧烤店买了几串烧烤吃。

郭磊正在公司忙，卢尧忽然出现在他门口说："有个闯海人钱有福，老母亲去世急着回去，却没钱。我借他五千，不知你愿不愿出力？"郭磊说："就是大年三十你请他们吃饭的那几个？他要多少？"卢尧说："他十五年没回去。母亲去世，肯定还要看望一下亲戚朋友。阚大姐他们凑了几千，我给五千，估计还缺五千。"郭磊点头问："借还是给？"卢尧说："借。"

郭磊点点头，到附近的建设银行取了五千元递给卢尧。卢尧不接，说："别，你不要给我，我喊他过来。"说完，拿起手机打了一个电话。很快，一个四十多岁瘦瘦的男人坐着摩托车疾驰而来。

卢尧介绍了郭磊，将情况告诉钱有福，他竟扑通一声跪倒在郭磊跟前说："郭老板，谢谢您的大恩大德！"

郭磊赶紧将钱有福扶起来，却见他满面泪水，他哽咽着说："对不起，郭老板。您看，换作别人，就是求他祖宗，都不会借的。"郭磊说："还是那句话，同是天涯沦落人，相逢何必曾相识。"

郭磊本想给钱有福一张名片，但又犹豫了。不是不想给，他真的担心从此后，这人再找他借钱。同穷人打交道，的确不是件轻松的事。

郭磊安慰他说："慢慢来吧。我相信，海南的明天总会好的。"

卢尧担心钱有福内心有顾虑，就说："老钱，你去吧。拿到钱后，赶紧买票回去，替我们向你家人问好。你打算什么时候回来？"

钱有福说："顶多一个月。时间长了，我担心我上课的培训中心不要我。"说完，就走了。

卢尧将钱有福的情况简单告诉郭磊，说："谢谢你兄弟，给我这么大的面子。"郭磊说："假如几个人同时向你借，你怎么办？"卢尧笑说："没这么倒霉吧。"郭磊就擂了他一拳说："我有事。哎，你哪天回的？""昨天，一回来就接到阚大姐的电话，就碰到这个事，倒霉不。""夫人来了吗？""她那人就是个小孩子性格，恋娘家，说过了五一回来。"

少年夫妻老来伴，和妻子一起时不觉得，离开几天了，就有点想。可是，妻子回家是带孩子，他也没办法。晚上，他给赵世德打个电话说："老赵，老钱，你介绍我认识的钱有福，这次向你借多少钱？"赵世德愕然说："借钱？借什么钱？""他老娘去世，没向你借钱？"

"噢，那个啊，知道，知道。他找过我，可是我最近真没钱。""幸好，我又找我一个朋友，给了他五千。是你让他找我的吧？"

赵世德嘿嘿一笑说："我只是提示了一下，没想到他真找你了。"卢尧说："假如他们同时找我借钱怎么办？""卢老板，他们都是非常要强的人，不是山穷水尽，绝不会开口了。你放心，他很快就还你的钱。""不是很快，我是说，唉，不说了，就这样吧。"

赵世德抢着说："哎，你都回来了，我以为你还在老婆家呢。有空过来喝茶，我这会儿有客人。"

卢尧送妻子回娘家前，南航西店的店长谭香竹向他辞职，说老公不让她上班。据说她有了孕。卢尧对谭香竹不听自己的话一直不惬意，就说："行，行，你辞吧。"

谭香竹辞职，他将海甸岛店的小马调到南航西当店长，海甸岛店另外任命了一名店长。

一天晚上，卢尧从店里下班，回到家。赵世德忽然给他来电话，说："伙计，在哪儿呢？老婆不在，寂寞不？""什么意思？""寂寞我带你去个地方，也不是多高雅。你晓不晓得红城湖，湖边有条半边街，一排开着十几间发廊。里头有些小姐，还是蛮漂亮的。"

卢尧当即挂断了他的电话。不想，赵世德电话又打过来，他没接。赵世德一连打了四次，见他不接，才没再打。他想，妈的，赵世德越来越不像个人。之前看你对阚大姐几个人的态度，还以为你有人性，才多久，就变了味儿。从离开吕财东那到今天，卢尧只要一想到站街女就倒胃口，所以对赵世德的话特别恶感。

郭磊还是二〇〇九年在符放的邀请下，去了趟泰国和新加坡。打算去韩国，可有事没去。进入五、六、七月，一般来海南岛旅游的人会减少。因这是国家宣布建设海南国际旅游岛的头一年，五月来海南旅游的不但没减反而增加了。这不是官方统计数字，从他公司接纳的旅游团人数就能看出。新聘的三名员工赶上这一重大利好，加上本人努力，他们回到自己的省份组团，联络到一批单位，成了琼岛旅游公司的合作者，这一成绩得到公司上下的好评。

好事成双，曾小凡在电话里向郭磊汇报工作，目前芳村潜水基地接待人数逐月上升，三亚的报纸还采访了她。这期间，他们做了件轰动三亚的好事，辽宁一个游客在基地潜水突发心脏病，曾小凡亲自施救，同时呼叫120救护车将病患送往医院。事后，郭磊奖励了芳村潜水基地每人奖金三百元，曾小凡个人五百。三亚的报纸对此事进行了报道。

一天，尤金思给郭磊打电话："郭总，您和太太来趟俄罗斯吧，您还没来过。"

第二天吃早饭，郭磊对洪丹说："老婆，去不去俄罗斯？"此时洪丹已从东方巨人大酒店回来，她问："什么意思？""尤金思让我们去俄罗斯散散心，签证估计五天。下周有俄罗斯包机，我们正好可以坐那趟航班。""行啊，你准备吧。"

俄罗斯签证办好，郭磊给尤金思打电话，问包机是否准时。尤金思说，没接到航空公司拖延或改期的通知。收拾了一天东西，洪丹说俄罗斯冷，要带冬天的衣服。于是，便到乐普生商厦买了两件羊毛衫。

七天后的中午，满载俄罗斯旅客的包机降落在海口美兰机场。这架飞机在海口停留五小时后返回俄罗斯，李庚正好送二十名海南游客上飞机。李庚看了看郭磊的行李问："磊哥，就一只箱子？"郭磊说："不打算买什么。"

坐了一会儿，广播通知登机。郭磊同李庚握手说："你去吧，我们进去了。"李庚说："一路顺风。"

郭磊将所有行李提上，洪丹牵着儿子，一起走向登机口。

机上全是俄罗斯空姐，看到这么多俄罗斯空姐，洪丹乐了，说："我可能色盲，看着全是美女。"郭磊说："人家本来就是美女。"乘务员熟谙中文，等大家坐好，便用中文向大家问好。

二十多个小时的飞行，飞机于次日上午十点抵达莫斯科谢列梅捷沃国际机场。中途停北京，从北京又上十几个客人。在飞机上基本打盹，连聊天都少。

飞机停下，取行李，正要走，尤金思、贝达、拉尼娜三人朝他们走来。拉尼娜哈哈大笑说："郭总好，我们又见面了。"

贝达见过郭磊后，就赶紧迎接旅游团："从中国来的客人请出示你们的旅游证件。"

刚取了行李的旅游团纷纷取出自己的旅行单递给他，贝达清点一下说："没错，共二十六人，跟我走。"尤金思对郭磊、洪丹说："旅游团交给贝达。我开了车，先去酒店，将行李放好，洗把脸，然后去吃大餐。"洪丹笑说："什么大餐？"尤金思摸了一下郭小磊的小脸说："当然是俄罗斯美食，你以为只有海南岛才有？"

拉尼娜跟上来说："郭总，尤金思说他请客。你们先住下，然后去吃饭。"郭磊说："拉尼娜，这么久不去海南，把公司的帅哥等急了。"拉尼娜笑说："我那么吸引人？"郭磊说："你问我太太，见过你的，没一个不为你倾倒。"拉尼娜大概没懂，问："倾倒？"郭磊说："就是吸引。"拉尼娜哈哈一笑说："我明白了。"

飞机上穿上了羊毛衫，莫斯科的气候真的不同于海南，一下子下降了二十摄氏度似的。

拉尼娜说："我就喜欢海南岛的大海、椰林、沙滩。"郭磊说："去吧，尤金思不是说，要派一个人去吗？"拉尼娜说："他很坏，不让我去，他让贝达去。"

　　郭磊与洪丹对视，不由得笑了。贝达走过来说："郭总，我带团去了。您跟尤金思那坏小子去，他会安排您吃好喝好。"郭磊笑说："尤金思不坏吧？"贝达摇头说："您不知道，他很坏。"

　　尤金思扮了个鬼脸。贝达转身小跑，边跑边同郭磊挥手。郭磊也朝他挥了挥手，然后和洪丹上了尤金思的车。

　　拉尼娜在郭小磊小脸上亲了一口说："小宝贝多大？"洪丹说："明年送他上学。"郭磊上车打开车窗，往外瞧说："这儿到市区多远？"尤金思说："二十里。"

　　郭磊从洪丹手里接过儿子揣在怀里说："儿子，看到没有，这叫俄罗斯。你才多大，就出国了。"儿子指外头说："妈妈，好多鸽子。"洪丹瞧外头说："我们家也有。"儿子说："妈妈，我们家怎么不养？"洪丹说："以后吧。"儿子："阿英姨不可以养吗？"洪丹说："她上班，给我们做饭洗衣服。"儿子才没再作声。旅游接待车从他们身边驶过，贝达从窗口伸出一只手，朝他们挥挥，郭磊也伸手朝他挥了挥。

　　洪丹说："尤金思，海南来的旅游团，你给他们安排玩几天？"尤金思说："七天。"洪丹问："莫斯科？"尤金思说："还去圣彼得堡。"郭磊说："圣彼得堡是总统普京的故乡？"

　　拉尼娜说："还有列宁。"郭磊说："中国老一代领导人，对列宁非常崇敬。"拉尼娜说："我到中国就感受到了。"

　　郭磊说："中俄目前是最好的时期。"尤金思说："郭总，俄罗斯很多城市人学中文。商家也在广告贴中文标识，尤其酒店宾馆，有的还请中文翻译。"洪丹说："去不去红场？我要在红场下拍一张照片。我妈听说我来莫斯科，特叮嘱我拍照给她看。"拉尼娜说："中国挺大，俄罗斯虽大，但人口不算多。"郭磊说："俄罗斯是东西两头长。你想，从莫斯科到东边的远东，几千里吧。"

　　尤金思说："俄罗斯最著名小吃是奶酪包，中国叫烤面包。在我妈妈家，满洲里、黑河的俄罗斯餐馆都卖这种包，很好吃。"

　　郭磊说："听说俄罗斯菜味道重。"尤金思说："俄罗斯气候冷，人们需要肉食和油脂来增加热量。"洪丹说："可刚来的中国人，不会习惯。"郭磊说："我不忌口，比如我去海南，当地人喜欢吃海产品，我开始一点儿不会，后来慢慢学会了。"洪丹说："海南菜讲究清淡。"

　　拉尼娜说："是，我去过几趟就知道了。"

拉尼娜身子前倾拍尤金思肩说："尤金思，请郭总上哪儿吃？"尤金思说："不吃莫斯科大餐还行？牛排、烤肉、基辅炸鸡、鹅肝等。"洪丹说："太油腻。"尤金思说："你们在莫斯科住两天，自然就会想吃。"洪丹说："为什么？"尤金思说："冷啊。"

拉尼娜说："尤金思，上斯特里特美食街吧，奥勃洛莫夫餐馆值得去。"尤金思说："先去奥勃洛莫夫，再去赛维杨。"郭磊说："三亚有两家俄罗斯餐厅，我特地同我们东方巨人老总打电话，建议下步开俄罗斯餐厅，服务俄罗斯去的客人。"尤金思说："这就对了！我去几次，客人住东方巨人，就是吃不到俄罗斯食物。当然不是全部，个别游客告诉我，应该改进。"

郭磊说："一定改进。我回去就去三亚，同老总商量一下。"尤金思建议说："应该把东方巨人的老总请到俄罗斯来玩一趟。"

前头出现了大片屋宇。在海南看惯了白云蓝天，发现俄罗斯的天空云层那么厚。毕竟到了一个新的国家，心情还是蛮畅快。尤金思揿响音乐，是前苏联革命名曲《喀秋莎》。

郭磊发现拉尼娜注意他，不由得笑说："拉尼娜知道哪些中国歌曲？"拉尼娜不假思索地说："《茉莉花》《半个月亮爬上来》。"尤金思说："郭总，听说公司又增加好些人是吧？"郭磊说："自拿下东方巨人大酒店部分股权，我就想，我们有酒店、有潜水基地、有车队，下一步该有什么？将产业搞齐全，再搞些民俗和旅游景点参股。"尤金思说："东方巨人股权，公司的利益是不是大大增加？"郭磊说："目前主要还债，把债还了，就开始第二次奔跑。"

尤金思说："一千多万，不要多长时间。"郭磊说："我太太老家有个昔阳县，昔阳县有个大寨大队，曾流传一句话，先治坡，后治窝。我们就是依据那个传统，先治坡，后治窝。"

洪丹说："扯什么大寨，他哪儿听得懂。"郭磊说："先干事再享受，我家房子十年前就想装修，至今没装，就是把钱先投到事业。"

郭磊、洪丹忽然朝窗外看，一排排具有欧洲风情的古老房子在眼前一一掠过。车在大街上穿行，儿子看到街上奇装异服的俄罗斯行人，不由专注地看。

洪丹问："打算住哪儿？"尤金思说："阿尔巴特大街后街，我们在莫斯科国立大学左侧一条街，约七分钟车程。"洪丹笑着对儿子说："记住儿子，这儿叫俄罗斯。"

车子在一条小街放慢速度，在一栋欧式建筑门口停下。郭磊看一眼，是家酒店，不由得笑着说："洪丹，你看，汉字。"洪丹扭头，酒店果然写着"巴特尔夫酒店"六个字。尤金思停车说："好了，郭总，你们先下车吧。"大家下车。拉尼娜帮洪丹提包，郭磊依然提行李箱，尤金思锁好车接过郭磊的行李箱。大家跟尤金思走进去。

尤金思说房子已订好，让郭磊、洪丹将护照递上去。办好手续，大家跟尤金思到电梯上四楼，然后走进一间卧室。与中国的宾馆房间不一样，这是套房，里头大间有小间，共三间。郭磊说："尤金思，要这么多房间干什么？"

尤金思说："没事儿，我这两天陪你，我住的地方远。"郭磊想起什么说："刚才开的那车，是你的？"尤金思说："跟一个朋友借的。郭总，您和嫂子洗洗，然后我们去吃饭。飞机上的饭不可口。"郭磊说："好。只是也该吃饭了。"拉尼娜说："郭总，吃饭费用你一定不能同我们争，否则我们会惭愧死的。"接着她盯着尤金思，"尤金思，你赚那么多钱做什么，租车、租房还要郭总出？"郭磊笑说："别这样，拉尼娜，我们是一家人。"拉尼娜说："就是一家人，才要他出。"尤金思马上一个立正说："听拉尼娜公主的！"

洗过，郭磊夫妻跟着尤金思和拉尼娜出门。出门横过马路，竟发现一个来自中国浙江的旅游团。洪丹马上笑说："你看，到处都能看到中国人。"马路对面是一家很大的餐馆，尤金思说："郭总，这家餐馆在莫斯科蛮有名。"郭磊："没中文。"尤金思说："菜单食谱配有专门的中文。"拉尼娜边走边说："尤金思，贝达过不过来？"尤金思顿时不惬意地说："哎，他带团了，你那么关心他？"拉尼娜说："问问不行吗？"尤金思说："你整天关心他，什么时候也关心我一下？"

拉尼娜见郭磊、洪丹笑，便红着脸说："郭总看到没，尤金思就这么对我的。"

尤金思碍于郭磊夫妻，还是将话压了回去。

一个穿着白兜肚服装的小伙子走了过来，对尤金思说了句俄语。尤金思用俄语回道："中国客人，我老板，安排一个舒适位置。"小伙子领他们到二楼一个窗前，从这里可以看到街道，一张桌上摆放着几盆塑料花束。小伙子用俄语对尤金思说着什么，尤金思便对郭磊夫妻说："郭总，就是这儿。"

拉尼娜请郭磊夫妻坐，郭磊夫妻坐靠里头一边，尤金思、拉尼娜在他们对面。尤金思看看拉尼娜问："你点还是我点？"拉尼娜说："当然你。"尤金思便拿起桌上菜单看起来问郭磊："郭总，有中文对照，您点吧？"郭磊说："你点，你们喜欢吃的，我们都喜欢。"尤金思说："既然来俄罗斯，就尝尝俄罗斯有名的美食。好，我点。"他一口气点了五个。

拉尼娜接过去看看说："再来几个冷盘和一个罗宋汤。"洪丹问："什么是罗宋汤？"拉尼娜说："俄罗斯很有名的汤，很好喝。"

尤金思点好，喊刚才那小伙，递给他，又转头问郭磊："喝什么酒？"郭磊说："酒啊，来杯低度酒。"尤金思说："鸡尾酒行不行？"郭磊说："一杯就行。"尤金思对小伙说："来瓶白俄罗斯。"

郭磊好奇地问："白俄罗斯？"尤金思说："伏尔加配上咖啡香甜酒、鲜奶油制作，这鸡尾酒因咖啡或牛奶都渗入到酒里香味会原封不动体现出来，无论感观和味道都很好。"洪丹说："入乡随俗吧。"郭磊说："对，入乡随俗。"

拉尼娜看着小磊问："给小宝贝来点什么喝吧？"洪丹说："他不喝酒。"尤金思说："来杯牛奶行吗？很香的牛奶。"郭磊说："是吗，尝尝也行。"尤金思起身走出去，一会儿回来说："马上好。"

很快，女服务员端来五个冷盘：一盘沙拉、一盘杂拌、一盘肉冻、一盘鱼冻、一盘青菜酱放在桌上。小伙则手拿一瓶调好的鸡尾酒和几个杯子放在每个人跟前，郭磊马上闻到一股什么味儿，便让洪丹闻。洪丹闻了一下，露出笑容说："奶油味。"拉尼娜马上说："这种酒喝着很舒服。"

郭磊正要端酒杯，又有两个女服务员送来四盘热菜，是鸡肉、牛肉、羊肉，另一个是杂炒似的，叫不上名。尤金思说："郭总，这是牛排，这是烤肉，这是基辅炸鸡，这个是鹅肝。"郭磊点头说："牛排我看出来了。"尤金思说："我在三亚中国人开的俄罗斯餐厅吃，那牛排不正宗。郭总，嫂子，尝尝，保证赞不绝口。"

郭磊、洪丹相互看看，分别拿起刀叉，叉了一块牛排放碟子里。尤金思、拉尼娜又给他们各叉一块烤肉。这时一个女服务员又端一盘菜过来。

拉尼娜在尤金思耳边小声说什么，不想尤金思脖子红了，冷冷地看着她说："你什么意思？你心疼就替他去？"拉尼娜说："你不让。"尤金思狠狠地瞪着她说："拉尼娜你这没良心的，我这么照顾你，可你的心就在贝达身上。"拉尼娜马上不快地说："尤金思，你不要自作多情，你我他都是好朋友，为什么我不能关心他？他是男孩，你也是男孩。"尤金思说："我不理解，我不理解，我就是不理解！"拉尼娜说："不理解也要理解！这不是工作决定的。"尤金思说："你干脆说，你喜欢他不就得了？"拉尼娜说："喜欢又怎么样？他没有女朋友，我没有男朋友，那就可以。"尤金思将手里的刀叉狠狠地往桌上一掷说："这饭我没法吃了！"拉尼娜叫喊起来说："尤金思，你有没有礼貌，这里坐着郭总和他的妻子，他们是客人。"

郭磊这才意识到他们好像在吵架似的，因为他们都说俄语。郭磊马上说："怎么回事？用中国话说。"拉尼娜改用中文说："郭总，嫂子，请你们见证，我对上帝起誓，我喜欢贝达！"

尤金思差点儿将手里刀叉扔上天去。郭磊发现情况不对，赶紧拦着他说："尤金思你这是干什么？"尤金思脸色很难看，僵持了片刻，然后端起酒杯喝了一大口，起身走到窗口。

郭磊担心出事，马上想过去问，却被拉尼娜拽住，说："郭总，他过会儿就好了，你不要过去。他就那脾气，一会儿就好了。"

仅过了几十秒钟，尤金思转过脸，冲郭磊、洪丹一笑说："对不起郭总，让您受惊了。实话对您说，我喜欢拉尼娜，她偏偏不喜欢我。"郭磊说："别动不动发脾气，女孩最不喜欢动情绪的男人。"尤金思说："可是天生。"

拉尼娜将尤金思拽到座位上说："你认识那么多女孩，为什么偏盯上我？"尤金思说："这该我问你。""为什么问我？""可以说，从懂事起，我就希望有你这样的姑娘。可惜，之前遇到的都不是。""你不要以为自己有几斤力气，真的格斗，贝达能胜你。"

尤金思瞪大眼睛问："你同意我同贝达格斗？"拉尼娜说："这你问贝达。"尤金思说："我不知道为什么，你无论何时何地都站在他一边。"

郭磊听不懂，洪丹也眨巴两下眼睛，显然也没听懂。郭磊笑说："好了，好了，我猜你们可能陷入三角恋吧。尤金思喜欢你，你却喜欢贝达？"

拉尼娜就笑，尤金思也笑。郭磊说："拉尼娜再好，只有一个，你们有两个，还是要理智冷静。"尤金思说："她逼我发疯。"

尤金思的手机响了，却被拉尼娜一把抢过去，问："贝达，你在哪儿？"

尤金思看着拉尼娜脸上露出笑容，不由得深深叹了口气，把郭磊夫妻逗笑了。

用半天时间上尤金思办公地看了看。房子不大，但收拾得很干净，装有两部座机。问了些情况，接下来，便是尤金思和贝达轮流陪郭磊夫妻和小磊。期间，他们去了红场，去了教堂等莫斯科所有著名景点。最后一天，尤金思领了一位莫斯科国企旅行社老总来同郭磊见面。这老总叫兹娃娜雅，近五十岁，说她的公司在做中国线路，主要在北京、上海，说打算开发海南，想同郭磊合作。郭磊同兹娃娜雅说话都是尤金思翻译。谈得很好，对方还要请郭磊夫妻吃饭。尤金思说还要带他们一家游览，下次吧。

尤金思领他们游遍莫斯科，又由拉尼娜领着去了一趟圣彼得堡。从莫斯科飞回中国海口的飞机上，洪丹想到什么，说："郭总，公司这么多事，建议你聘一个副总，或一个助理。否则，你会累死的。以前还有我帮你，现在我不出去，你一个人，岂不要累死！"

郭磊说："好啊。有合适的，可以试试。"

第二十章

刚国强的公司设在北京顺义区的一个小区。在海口收购了一批烂尾楼装修后就转手卖掉，他就回了北京。

一天，顶头上司又找他说："小刚啊，最近很多人又看好海南，尤其是海南博鳌的地产。我想你在海南那么多年，熟悉情况，有经验，不如再去博鳌开发一个项目。"

老总姓郎，最早是国家开发银行下属一个金融公司副总，后来下海，赶上海南炒房地产，便在海南认识了刚国强。刚国强当时所在的教育房地产公司对他不好，只给他一点奖金，赚了钱全是公司的，引起他不满。就是那时，他认识了郎总，离开教育房地产加入了郎总的团队，后期基本上为郎总打工，为郎总赚了很多钱。郎总在海南炒完地皮、楼花，回北京去，他也跟去了。郎总出于感激，给他注册了一家装潢工程公司，注入了五百万启动资金。此后刚国强很努力，在北京、河北一带，连续接工程，几年后也是千万资产的老总了。但是他离不开郎总，因为郎总的人脉资源丰厚、个人资产已经达到了二十个亿。

一下飞机，刚国强就给刘荣打电话。刘荣此时是海师大教授，从个人财富上来说，刘荣还是穷人，没有产业，只有月薪。他和刘荣同时闯海南，刘荣留在海南没走，甘于书斋的寂寞，两人走的是截然不同的道路。

刚国强请刘荣在海府路一家海鲜馆吃饭。吃饭期间，刘荣谈到郭磊，说："那小子自己办了旅游公司，很多旅游公司做垮了，他的公司却一天天壮大，小子运气不错。"

刘荣告诉刚国强，他的系主任是湖南人，非常喜欢吃湘菜，多次跟他到卢荛的湘风阁吃饭，才知道郭磊同卢荛也是好朋友。

刚国强笑了笑，掏出手机，要了郭磊的手机号，拨过去。因刚国强换了手机号，郭磊问道："请问哪位？"刚国强说："猜猜，我是谁？"郭磊略微停顿了一下，说："刚总，您在海南？""那次我将项目搞完，就回北京了。这次，老总又派我来，打算在博鳌搞一个项目，开发五十栋海滨别墅，名字叫'蔚蓝海岸'，投资十个亿。""那琼海市委市政府要谢谢您了。""等我从博鳌回来，咱俩还有刘教授聚一下。"

五天后，刚国强给郭磊电话，说他住在海府路海南大酒店，这儿离省委省府机关近。他邀请郭磊到海府路一家海鲜馆吃饭。刘荣据说要参加一个什么会，没来，当晚只有郭磊和刚国强二人。

他们回忆第一次来海南时在船上认识，都笑了。刚国强说："人生难料。南下时，都才二十郎当岁，转眼竟二十年过去，都四十多了。"

郭磊同刚国强毕竟不是一个地方的人，又只是一般友谊，自然不了解他的婚姻，就问："刚总结婚了吗？"刚国强笑说："肯定结了！我爱人是石家庄的，在北京工作，就是不肯来海南。否则会像你一样，待在海南。""与二十年前比，海南真发生了翻天覆地的变化。想当年来，街上连红绿灯都没有，偶尔上街还碰到一两头猪、黄牛，竟没人管。"

刚国强笑说："第一轮房地产热后，离开海南、跑得最快的是万亨六君子和天涯三剑客、江湖四浪子等人，他们才是真正的投机客，到海南淘金。"郭磊感慨地说："后来才知道，海南还是留下了大批英雄豪杰，他们在各条战线各个领域为海南改革开放做出了贡献。""你说的是海航的陈佛、海马的景鼎吧，是啊，一个海航，一个海马，还是很叫得响的。他们是十万人才闯海南中的佼佼者，就如你说的，是英雄豪杰。""我们这些人，命里注定只能是一个小老板，做不大。"

刚国强说："你现在不是做得很好吗？只是靠自己，上头没人，没有广泛的人脉，想做大是相当困难的。你在海南都认识谁？"郭磊说："哪里能认识谁，我认识的最了不起的人是董总，他是我的安徽老乡。一九八七年从深圳来海南，他是一位高人。像你一样做装修起家，后来购买了望海商厦，又在海口西海岸开发癌症医院，听说还要到博鳌去开发一个什么超级医院。""我听说过这个人，蛮顽强的一个人，好像是政协委员？"

郭磊问："你博鳌项目谈得如何？"刚国强说："下周合同一签，我要在博鳌待一段。对，你结婚了吗？""儿子都有了。"刚国强说了句让郭磊很暖心的话："小郭，毕竟都是八八年闯海南的，事业上发生了什么困难，需要调剂，同我说，我会尽最大的能力。"

郭磊差点儿想拥抱他。

一转眼，汪芳快生了。因父母不能来，她只能自己和蔡驰骋商量生娃带娃的事。

他们暂住在郭磊家。这天，她在床上睡腻了，便抓过手机，同蔡驰骋打电话，却听到电话那头一个女孩子扑到谁怀里抢他钞票的尖叫声："给我！你快给我！是我的钱！"声音直接传进了蔡驰骋的手机。蔡驰骋急了，赶紧喊司机史师傅圆场。汪芳不信，生气了："蔡驰骋，你就死在外头，不要回来了！"

其实，蔡驰骋自娶到汪芳，真把她当宝贝。汪芳怀孕，三个月不让蔡驰骋碰她。蔡驰骋开始感到燥热。那天他在三亚一家咖啡厅，遇到一个叫汤有贵的朋友，他是琼海人。汤有贵领着一个女孩进来，女孩好像是贵州人。汤有贵一见蔡驰骋，马上说："兄弟，想不想玩？喏，就这样的，酒吧女。"蔡驰骋打量着女孩说："你在外头搞，不怕你老婆知道？"汤有贵说："嘿，亏你是内地人。这不是向你们内地人学的吗？"蔡驰骋说："放屁，内地人好的你不学，这些猪狗不如的事你学得倒是很快。"正好汪芳同他打电话，那女孩从汤有贵口袋抽出两张百元大钞，被汤有贵拿住，她就叫。

当晚十点，郭磊夫妻回到家。因为蔡驰骋没回来，汪芳就在窗口喊一声："郭总，丹姐！"说完呜呜哭起来。洪丹忙抱住她说："到底发生了什么事？"听她说完，洪丹说："你别急哟。等明天小蔡回来，问清楚再说哟。"汪芳才没再哭。

第二天，郭磊上班去了，洪丹带小磊在家。汪芳下楼，问："丹姐，俄罗斯好玩吧？"

阿英看到汪芳，马上说："嘿，才起床，懒虫。"

洪丹和小磊已吃过，洪丹说："阿英，你给小汪舀碗汤圆，还有吧？"

阿英很快舀一碗出来递给汪芳，汪芳脸红说："姐，住你这儿，还经常吃你免费的东西。"

洪丹说："千万别那么说。进了这扇门，就是一家人，何况你家蔡驰骋还在公司。"汪芳开心地说："主要是你和郭总人好，不是你们，我们可能很难活得自在。"

下午，蔡驰骋回来了，汪芳正好睡午觉，暂时相安无事。

蔡驰骋月薪涨了不少，效益提成稳定，一月能拿六七千元。小两口暗暗使劲，省吃省用，攒钱贷款买房。一个外乡人，没有自己的住房是非常艰苦的。房租年年涨，月月涨，蔡驰骋刚上岛租过一小房，月租才五十元，可这两年竟然涨到五百至七百，还是普通民居。要是公寓或高等级商品房，同样的面积要达八九百元。

郭磊自然知道这些。所以，他对住在他家别墅的员工，从没半句闲话。相反总要他们勤俭节约，好好积蓄，早日买一套属于自己的房子。作为员工，住老板家的还有付子皓夫妻，李鑫因曾小凡去了芳村，才搬回海达路租房。蔡驰骋说："这些年省吃俭用，银行存了十二万。等存到二十万，就去首付。"蔡驰骋从外头买来一只西瓜，到厨房切了，给洪丹和小磊留下几块，便上了楼。

汪芳醒了，蔡驰骋将西瓜递给她。汪芳说："等等，我小便。"蔡驰骋便扶她去洗手间，回来汪芳说："电话里那女的你给我说清楚。"蔡驰骋说："我骗你就死。那女的真是旁边桌上的。"汪芳说："不是你在外头养一个货，正好在你怀里撒娇吧？"蔡驰骋说："越描越黑呢。唉，我当时要拍个视频就好了。"汪芳说："拍视频也没用，视频可以做手脚的。你挪个位就没事了。"蔡驰骋说："那你如何相信我？"汪芳说："就是不相信你才……"蔡驰骋委屈地说："我们是夫妻，怎么能不信任呢？你马上就是我孩子的母亲了。"汪芳在蔡驰骋大腿上掐一把，痛得蔡驰骋大声喊叫说："要死啊！"

汪芳见蔡驰骋泪水出来了，才定定地注视他说："你让我相信吗？"她口气忽然柔软，"老公啊，其实我也晓得，现在什么年代，男人在外花两下其实也没事。男人嘛，都说脑子同卵子不同步。"蔡驰骋扑哧笑起来问："什么意思？"

汪芳说："我们厂一个大姐说的，说男人偶尔在外花两下，心里不一定没你。男人性重，女人心重。所以女人对这事总纠缠，男人却转眼就忘。""老婆，我明白你的意思，可我真没在外头花，我对天发誓。""老公，假如你实在忍不住了，又有合适的，偶尔花一下也可以的。只是一定记住，要戴安全套。"

蔡驰骋定定地看着汪芳说："老婆，你什么都别说了，我不会的，就是憋成只骚狗，都不会。"

汪芳笑说："都憋成骚狗了，还不会？""那是打比方。""我估计还有两个月就生了，我感觉到肚子里动静不同，估计是男孩。"蔡驰骋顿时两眼放光说："假如是儿子，我老蔡家祖宗十八辈都要感谢你。"

郭磊下班，将蔡驰骋喊到跟前问："你没事吧？"蔡驰骋发誓说："磊哥，没事，我可以发誓！"郭磊说："中央宣布建国际旅游岛后，房价一夜见涨。我昨天看到一楼盘，海甸二东路，竟要一万一平。我听说来了几拨炒房团，将二手房收了，稍修饰，高价抛。房子就这么炒上去。我算了算，就你的收入，大的买不了，小的一定要买。否则，孩子出生后怎么办？"蔡驰骋差点儿要哭了，说："磊哥，您说到我心里去了。我和汪芳都这么想的，我最近还真在找房源呢。"郭磊说："以现在价格，六十平六十万，以后还会涨，所以我建议你赶紧首付一套。你们这些年的社保，公司都缴了。把房子买了，将户口迁来，现在的政策还是可以的。"

吃晚饭时，阿英给汪芳煮了一碗米线，汪芳爱吃米线。因为蔡驰骋还有工作，经郭磊解释清楚，两人误会消除，汪芳还是很支持丈夫的。她在家里，有洪丹和保姆阿英帮着照顾。

郭磊下班回来，汪芳扶着墙壁走下楼来说："郭总，我下午同我们厂打电话，说我们老板将服装厂转让了。"

很久没见到王静，郭磊不由拿起手机，给她拨过去。王静笑呵呵地说："郭大人，生意怎样啊？"郭磊装作不知道，说："你先告诉我，你的厂子如何？"王静说："老公不让搞，说太辛苦，不赚钱。""老公？老公哪儿的，说来听听。""告诉过你吧，省规划设计院总工程师，湖北人。他让我到国贸开咖啡店，我刚看了店，打算最近开，届时上我店喝咖啡。"

郭磊夸道："厉害，能在那儿开咖啡店不是一般的资本。"王静笑说："老公出的钱，没花我一分钱，真的。""行，有空瞧瞧。""公司做得怎么样？""我最大的成功就是入股了三亚东方巨人大酒店的股份。"

王静由衷地吃惊说："你入股了三亚东方巨人？八八年上岛的，你已经很牛很牛了。我发现，你勤奋、努力。"郭磊说："不努力，谁给你吃，谁给你穿。再说我不像你，我除自己，还要养老婆孩子。""女同志嘛，自然不能同男同志比，对吧。幸好，我先生大度，很包容我。""总是你先生你先生的，什么时候认识一下，也算朋友嘛。""他很忙，省里的大规划基本上他做。领导定调，方案细节，都是他提出。""海南的未来，就靠你老公他们好好规划一下啦。"郭磊说着笑起来。

中午，付子皓、袁小梅一道来，说他们打算农历七月初七结婚；正好李鑫同小凡商量，也打算结婚。郭磊说："干脆由公司统一找一家婚庆公司。"问他们两对的意见，都同意。

第二天，曾小凡来电话说："郭总，有个事向您汇报。那天您离开后，芳村的赖主任来说想同咱公司新一轮合作。他们村有片地，长年缺水，种不了庄稼，又种不了蔬菜，荒在那儿。他听人说，三亚有人建玫瑰农庄，他想芳村也可以，但村里没钱。想来想去，就想到我们了。"郭磊说："玫瑰农庄？你告诉赖主任，就说我过几天去一趟，见面细谈。"

他忽然想到曾小凡和李鑫的婚事，就说："小凡啊，你和李鑫的婚事怎么办？"曾小凡说："既然公司厚爱，我和李鑫一定配合。主要考虑我们的父母一起来。""国庆也行，我告诉小弓、小付，让他们改在国庆节。""七月七吧，不要因为我们而耽误他们。郭总，谢谢您啊。"

两天后，郭磊同洪丹打过招呼，就开车去了芳村。

从三亚到海口，或从海口到三亚，这条路称东线。东线从最初的坑坑洼洼，到现在平坦畅通，经历了十年。不管路况如何，窗外风景是不变的。自然这条路郭磊南来北往地不知跑了多少遍。

初登海南时最觉怪的是到处盛长的热带植物，来海南前没见过，那些植物大多叫不出名字。在众多的热带植物中，他最喜欢的是袅袅婷婷的椰子树：除有好看的树冠，还能结果，果里头竟包藏着一窝水，那水清甜若仙水。他第一次喝是在路边一个老妇人手里买的，不知道怎么喝，老妇人就用一把砍刀将果壳直接砍开，保留一个小洞，递给他一支吸管。记得当时只要一元钱，如今一只椰子市价涨到七元，翻了七倍！

东线好像修了一次，路平整得多，路边绿树成荫，芳草萋萋，隔离带种植着不少姹紫嫣红叫不上名的热带植物，他只认得一种三角梅。

郭磊的心情不由得好起来，车速也就快了，一个小时到分界洲。分界洲被称为海南岛南北气温分界线，海南岛长夏无冬。通常海口居民前往三亚，总说晒一身黑，三亚的太阳的确比海口厉害。在海口晒一天，晒不黑，只添点红；在三亚晒一天，肯定晒黑，所以防晒霜在海南很好卖。

海边不知什么时候建起一栋栋商品楼，看那山坡上是一栋栋别墅。看商品房广告上写着"雅居乐地产"，知道这一片住宅是雅居乐地产开发。来海南这么多年，总听当地人说，本地人不愿意住海边，原因是海边太潮湿，房子里的家具、衣服等物件都会滴水进而霉烂。

给曾小凡打电话，小凡说："郭总，我同赖主任说了，他说在村里等。"郭磊说："你在镇上找个地方，请赖主任过去，我们上那儿吃饭，边吃边聊。"

当郭磊的车接近芳村时，曾小凡打电话来说："赖主任到了一家加积鸭饭店，您直接去，我也直接去。"

郭磊将车停在吉阳镇加积鸭饭店门前，见曾小凡骑摩托车疾驰而来。然后，她领着郭磊走进饭店，老板是本地人，个子矮。赖主任独自坐在一张桌前，朝他们招手。

赖主任说："郭总，海南四大名菜最好吃的是加积鸭。我们今天吃鸭。"说着喊老板，"阿弟啊，来只加积鸭，再来个韭黄炒沙虫、酸菜炒猪肚，要个山龟汤，人少。"老板响亮回答："好，好，马上。"赖主任又说："郭总，每人来二两装鹿龟药酒好不好？本地的，很畅销。"郭磊说："行，我听你的。"

赖主任惬意地说："阿弟，听到没，就那个二两装鹿龟酒，来两瓶，赶紧。"

赖主任交代完，含笑看着曾小凡说："郭总，你们的曾主任非常能干，你让她当负责人，选对了人。"郭磊笑说："当然。"曾小凡说："赖主任过奖，还是村委会支持啊。"

郭磊端起茶杯喝了一口茶问："赖主任，您找我有事？"赖主任停了一下说："郭总，我们村有片地，种水稻不行，种其他没收成。我上三亚看他们建玫瑰谷，也想建，可我们没得实力，就想我们已合作过，不如将地租给你，估计能赚钱。"

郭磊为赖主任斟茶说："具体在什么位置？"曾小凡说："狗跳上？"赖主任说："那是俗名，老辈传下的。"郭磊说："吃过饭去看看，我这次专门为这事来。"赖主任高兴地说："太好了，这顿饭我请您，郭总。"

赖主任打开酒瓶，先给郭磊斟酒，曾小凡看着他说："要不我也来一瓶？"赖主任说："好，小曾也来一瓶。"老板赶紧再送来一瓶，直接递给曾小凡。

门口驶过来一辆黑色奔驰 600 豪华轿车，郭磊正奇怪这豪车怎么停在门口，只见车门打开，副驾驶走下一位穿戴珠光宝气的女子，看去顶多三十多，脖子上戴一条锃亮的珍珠项链，短袖上衣，皮肉特别嫩白，一举手一投足显出贵妇之态。司机是一位二十出头的小伙子，接着，这女人从后座扶下一位六旬左右的大妈，那大妈的背微微有点驼。

郭磊看了一眼，立刻认出贵妇竟是徐丽媛！"尊敬的徐老板！您怎么在这儿？"他在心里喊一声，马上起身直接走过去。

徐丽媛见到郭磊，先是惊诧，旋即呵呵笑起来说："小郭，你怎么在这儿？"郭磊说："我还想问你呢，你怎么在这儿？"徐丽媛说："噢，我去海口房地产协会开会，顺便炒两个菜，买点饭，打包。"说着对身边的大妈介绍："妈，这是郭总，我的朋友，当年一块儿上岛的。"

徐丽媛告诉郭磊，她老妈从老家来，没去过海口，顺便带她去转转。郭磊忙喊一声："阿姨好！"大妈微笑点头。郭磊说："你还在海口开发？"徐丽媛说："海口的项目差不多了，武汉那边有朋友邀我去搞一两个项目，假如谈妥，我下半年可能去武汉。你的公司怎样？"郭磊说："这不，同村主任吃饭，想搞玫瑰庄园。"徐丽媛说："听说你在这一带搞了个潜水基地是吧？"郭磊含笑说："是，有空去玩，全免。"徐丽媛笑着对一旁的司机说："小刘，你去叫老板炒几个菜，要两个饭，打包，我们在车上等你。"司机便答应着进去了。郭磊说："一起吃吧？"徐丽媛说："不用，我还要赶路呢。"郭磊说："在海口住哪儿？我明天回去。"徐丽媛说："那行，届时电话联系吧。"

郭磊回到饭店，像是想起什么，对赖主任说："吉阳镇之前不叫吉阳是吧？"

赖主任说："解放以来一直叫藤桥，亚龙湾也不叫亚龙湾，叫牙龙湾，牙齿的牙。"

郭磊喝了一杯酒，顿感身上热乎乎。

吃过饭，赖主任抢着结账。郭磊不肯，赖主任更不肯，只好随他。

一起来到芳村村委会，然后就到"狗跳上"勘察。上下看了三遍，再次回到村委会。

司机点好饭菜，将菜单递给徐丽媛看过。徐丽媛看看点头说："行，让他们快点。"

司机拎着打包的饭菜出来，车子重新启动前往海口。行驶了一会儿，徐丽媛说："小刘，先吃饭吧。"三人吃完盒饭，车子继续行驶。

徐母忽然问女儿："那个是你的朋友？"徐丽媛解释说："当时一起上岛。他在海口开旅游公司。""我来这么久，你总说有个男的对你很好，怎么不让我见一面？"徐丽媛笑说："妈，那只是朋友，不过他帮了我很大很大的忙。不是他，我今天无从谈起。"徐母说："你爸那天打电话，让我问你，都四十了，哪能这么拖？"

母亲的问话，让徐丽媛心情起伏激荡。

不错，她的事业做得很好，可至今依然单身，去年底她的银行存款已达九位数。余下时光，本应好好地找一个男人。曾以为那个帮她的大哥会娶她，可这么多年，除了在睡她的时候，不断肉麻地说爱她，一直都没离婚。至今，他还在领导岗位上，冠冕堂皇地作报告、视察、强调廉政条例。偶尔听到他和妻子如何恩爱的消息，看到他在电视里慷慨激昂的样子，她想哭，又想笑。应该说，他是她生命中非常重要的一个男人。

回想起来，她和他，不明不白已经走过了十二年。人生能有多少个十二年？那一年徐丽媛二十九岁，那男人五十岁。终于有一天，他给她打电话："徐老板吗，我想请你喝咖啡，不知你有没有时间？"他们是在徐丽媛的珠宝小店门口认识的。后来才听人说，他是市里的一位实权派。能认识实权派，这当然是她很乐意的事。于是，答应了他，此后，在一个周末和他在三亚的一家五星级酒店咖啡厅见面。徐丽媛最讨厌男人吸烟，但她此刻却显然不敢流露对对方的讨厌。他进来手拿一支烟，竟当着她的面狠狠吸一口，将烟屁股扔掉。点了两杯咖啡，他很绅士地问她："还要点什么，尽量点。"她说："谢谢，就这个吧。"他端起咖啡喝了一口，看了看一旁，忽然迅速掉过头来，看着徐丽媛说："徐小姐，你敢不敢搞房地产？"她当时就被问蒙了，但她反应很快，便微笑地回答："我哪里有本钱。"他回答得很笃定："这不是你考虑的。"她含笑问："谁考虑？"他说："只要你敢，我帮你。"徐丽媛试探地问："您怎么帮？"男人孩子般一笑说："首先你要有地，有了地，就找银行贷，成立地产公司；然后找设计师规划设计，就在报纸上登广告卖房，成功的地产商都这么干。"

徐丽媛问："拿地不要钱吗？"那男人说："别人要，你可以不要。""为什么？""房子开始卖，大量房款进账，将其中一部分支付地款。你进了钱，须先付，这样别人就抓不到你的把柄。至于银行贷款，只要你支付利息，本金不那么急。"

徐丽媛此时整个心都悬着的，不问清楚不踏实，就问："然后呢？"那男人说："别人拿地要付款，你可以等贷款再付。就是这个时间差，让你一夜成亿万富翁。""您做过？""我想的话，那是分分钟的事儿，问题是没遇到合适的人。""我怎么称呼您，称职务，太俗。""叫名字也行，按年龄，你叫我大哥。"

徐丽媛脸一红，笑着说："我还有点叫不出口。"男人说："慢慢就习惯了，你真名就叫徐丽媛？""名字还假？""你不介意我约你出来吗？"徐丽媛露出笑容，摇摇头。那男人说："第一次经过你的店，我惊呆了。站你店门口看半天，你没注意，我越看越入神，有些面熟，又好像在哪出戏里看到。"徐丽媛扑哧笑说："您太高抬我了，我能比得上戏台上的花旦？""你们女的，不懂男人对女人的心理评价。""您说，我哪儿值得您看半天？"男人盯着徐丽媛，脸红着说："那我直接说啊？""说吧，没事。""知道一句广告词吗，椰树牌椰汁的广告词。""怎么说？"徐丽媛立即明白了，当初朱福祥有一次趴在她身上，直接用嘴舔她，伸舌头舔她圆润肥硕的胸，就说了一句："椰树牌椰汁，白白嫩嫩。"她马上微微脸红了。一个男人第一次约她，竟然当着她的面，用一句产品广告词夸奖他，这还是第一次，就忍不住笑了。

其实徐丽媛从中学开始就知道自己的胸大，其实她挺讨厌的，上大学后，她发现自己的胸行走都是负担，衣服穿少了，男人喜欢盯着看。她是美女更是才女，中学时就优秀。来海南经过岁月磨砺，她更知道生活的残酷。与朱福祥不一样，她来海南后，觉得既然来了，就要通过自己的努力过上高人一等的生活。那时，徐丽媛执意到香港人公司打工，就是那老板答应她优越条件。等她的财富积累到二百万，觉得当初拿走香港人二十万很渺小很可笑，就为区区二十万，受了那么多委屈。不过话说回来，不是那二十万，就没有后来。今日，坐她对面这个男人，真像二十年前那一幕的重演。不过，现在的徐丽媛没了那时的骄傲本钱。即使这男人大她二十岁，即使直接说她"白白嫩嫩"，她也没勇气厌恶他，这男人太了解她的心思。她不过开了个小珠宝店，在有钱人眼中算什么。假如她通过这男人获取到更大利益，那么，她可能会通过"白白嫩嫩"让这个男人直接拜倒在她的石榴裙下。

她知道，这是一个肮脏的交易，二人都心知肚明。此后他们在一个月内连约四次，四次都是周末。第四次的周末，同样在一家五星级大酒店咖啡厅，不过是包厢。那男人还点了一瓶鸡尾酒。徐丽媛预感到可能要发生什么。两杯酒下肚，那男人就色眯眯挪近她说："丽媛，我们这辈子能在一起吗？假如可以，我会将我的一切都给你。"徐丽媛淡淡一笑说："哥，理智些，我们才认识多久，以后日子长呢。"那男人说："男人有时确实不争气。你知道吗，自从认识你，我经常在开会、在办公室里想你。""瞎说。你晚上睡觉，身边不躺着一个人吗？""那是形式，她与我两性关系早已多余。""你对我仅是那事？""当然不，你谈男朋友没？"徐丽媛从容地摇了摇头。

那男人满脸狂奋，差点儿站起身："这么说，你还……没谈过男朋友？"

徐丽媛想，要装就装像些。于是，扭头看身后，冲那男人说："你对认识的女人，是不是都很轻狂？"那男人摇头说："不能那么说，我还没遇过像你这样能让我轻狂的女子。""我漂亮？你眼睛出毛病吧？"

那男人端起鸡尾酒喝一口，说了句英文："No、no、no，我的眼睛怎么可能出毛病？！当然男人的审美观千差万别，至少像我，就喜欢你这种。"徐丽媛不以为然地说："我想减肥。"

那男人直接跳到她身边，手飞快地按在她肩上说："莫，千万莫要减肥，我就喜欢你这肥硕硕的，你要减，我就不喜欢。"徐丽媛笑起来说："真遇到怪人。"那男人笑起来说："对，百人百味，我就好这口，这下明白我审美观了吧？你放心，我已给你准备了一块地，地点不错。"

徐丽媛问："多大？"那男人说："五十亩。""五十亩能盖多少房？""做一个项目，建一个小区四五栋，不说亿万富翁，至少是几千万富翁。""什么时候我将珠宝店转掉，搞房地产，珠宝店肯定顾不上了。""等我将地搞好，就给你电话。不就个珠宝店吗，值几个钱？"

"不行，那是我多年的心血。""你在报纸上登广告，几天就有人接盘，你那位置还是不错的。"

那天，徐丽媛硬是没敢正面端详那男人的五官，印象只是：长长的瘦脸，皮肤黯淡，偏黄黑，头发好像染了，特别黑且亮，尖尖的鼻子，开阔的前额，高高的个子，初看不苟言笑，熟悉后常谈笑风生。徐丽媛之所以没正面看他，是感到这个人非常机警，当你的眼睛一落到他脸上，他会很快反应，而徐丽媛也是个心智满满的人，不说机警，也很敏锐，所以，相互做了抵消。一直到今天，似乎很熟悉了——因为对方公开给她搞地。所以不能再像之前若无其事或漠不关心。当她十分认真看清楚那副容颜后,身上的鸡皮疙瘩还是起了一层,心想,假如这么个老男人脱光抱自己,或压在自己身上,那感受一定不好。老实说当年那香港老板尽管丑陋,但毕竟年轻,脸上色泽鲜艳,而眼前这男人明显像入秋的黄叶。她甚至想,这样的男人在床上不知何种风情。不过她很快骂自己流氓,这种事能想吗?

还好,那天喝完咖啡喝完鸡尾酒,那男人并没向她提出非分的要求。此后,徐丽媛按那男人的指点,将珠宝店转掉了,沈阳一对小夫妻接了盘。

两星期后,那男人来电话指点她:"阿媛,你到国土局办土地手续,拿到土地证后赶紧去银行贷款。贷款要在交行,我已同行长打了招呼。你是不是不信?我答应你的,肯定算数。明天你直接找国土局安副局长,说你是徐丽媛,他就会给你办。"徐丽媛说:"是否要带身份证?"那男人说:"当然。"徐丽媛说:"其他呢?"那男人说:"你在海南缴纳社保吗?"徐丽媛说:"对呀,两年前将社保转海南来了。"那男人说:"太好了。不过这也没关系,就这样吧。你明天上班就去。办完给我发个短信。然后我们找时间坐一坐,我再教你操作下一步。"

徐丽媛忽然感到对方不在三亚,就问:"你在哪儿?"那男人说:"我在北京开会。"

晚上躺床上辗转反侧,睡着就做梦,梦里尽是他狂吻自己。她没有叫,没有喊,大概感激他吧,大概认为应该的吧。结果醒来,身边什么都没有。

第二天,果然安副局长一见她,就说:"噢,你是徐丽媛小姐吧?你等一下,我让人办。你将身份证给我。"徐丽媛将身份证递给他。

安副局长身材瘦小,长相猥琐,但满面红光,体质很好。徐丽媛同他寒暄,得知他是广东人,一九八九年从广东调来海南工作。徐丽媛很想提一下给他办地的那个男人,可安副局长自始至终都没提那人半个字。

前后花了半小时,徐丽媛就拿到了土地证,她不知道自己该不该走,还是安副局长主动说:"徐小姐,那就这样吧。手续都办好了,祝你事业顺利。"

徐丽媛感到对方在下逐客令,当然这"逐客令"是带引号的。她同安副局长握手,发现对方的手掌那么小,便说:"谢谢您安副局长,等我的事成了,您是我的座上宾。"安副局长说:"不客气,不客气。为您办事,应该的。"

次日,徐丽媛接到那男人的短信:"找文副行长办贷款。"

天啊!与办土地手续一样顺利,是文副行长亲自办的。办好后,文副行长将手续资料递给她说:"你将户头开在我们行吧,将来房子销售对你我都有好处。"

徐丽媛想，连贷款都为我办，我哪有不开在你行的理由！她正要同那男人打电话，又接到他的手机短信"招聘人员，公司运作起来"。她忍不住给他打电话："你在哪儿？"他说："三亚啊。""那你为何不请我喝茶？""特别忙，你没见电视，我每天在开会。"

周六晚上七点四十分，徐丽媛来到喜来登大酒店二楼，不想他已经先来了。

他上身穿一件一定刚买的高级 T 恤衫，下身白裤子，花花公子品牌红色皮鞋，头发焗过油，灯光下显得熠熠发光。徐丽媛看到他老远伸手要同她握手，就说："谢谢您，我还以为您不来呢。"男人比任何时候都绅士地坐在离她较远的距离。

徐丽媛忽觉对方见外，还没给她办事时离得近，就觉得男人的心理真是太奇怪。男人坐下说："点吧，想喝什么？"徐丽媛说："随便。""老树咖啡吧。"徐丽媛点头。男人赶紧招呼服务员，又问："喝不喝鸡尾酒？"徐丽媛微微一笑。男人说："天气热，就喝咖啡。"徐丽媛说："您要喝您点吧，您喝，我陪你喝一杯。"男人顿时兴奋地说："服务员，来两杯现调鸡尾酒，再拿一个水果拼盘。"服务员听命而去。

服务员端咖啡过来，将第一杯端放到徐丽媛跟前，徐丽媛马上让服务员先给对面的男人。男人说："你先，你先。"徐丽媛恭恭敬敬带点撒娇煽情地说："请，其大人，您的咖啡来了，小人伺候，请！"因对方名字中有一个"其"字。男人哈哈笑起来，用手指徐丽媛说："小调皮鬼！好，我接受，你也喝。"服务员将那杯放在她跟前，她端起来，忍不住笑说："这是咖啡，不能说敬吧？"男人说："可以，来，阿媛，我敬你。"徐丽媛按住他手说："哥，您坐。我敬您！"她替男人端起咖啡，走到他跟前，亲自送他嘴巴前，抿嘴一笑说："请。"男人再次哈哈笑，张嘴接了。徐丽媛像母亲给婴儿喂奶似的将咖啡送进他嘴里。正想说什么，服务员端鸡尾酒进来，吓得她倒退一步。男人哈哈笑着说："没事，没事，来。"服务员便笑着过来。

又来一个服务员，手里托着一大大果盘，有苹果、雪梨、西瓜、猕猴桃、红毛丹、火龙果等。徐丽媛说："给包牙签。"服务员说："有叉子。"徐丽媛便取出看，点头说："好。"

见服务员出去，徐丽媛忽然低下眼睛，温柔地说："哥，你让我怎么谢你？"男人脸突然红了，说："嗨，小事一桩。我说过，你的事，我一帮到底。你现在只拿到土地证和贷款，等你房子建了卖出去，大量的钱进账，你就有成就感了。"

徐丽媛想，这大佬是否想从我账上分一杯羹呢？假如要钱，那好办。其实所有的事都是他办的，自己是梦里捡到个金元宝，即使全部报酬都归他，都不为过。

徐丽媛叉了一块火龙果送进男人嘴里说："奴婢献果。"男人呵呵笑着说："待遇太高，把我当皇上了。"徐丽媛说："比皇上管用。"男人再次哈哈大笑。男人饮一口酒，吃块水果，就听徐丽媛说："这么晚出来，你家里那位……"男人说："我哪会怕她呢，只是在我这位置，不想搞出什么事，女人最不能得罪，一得罪，就会变得百倍疯狂。哎，不包括你，不包括你。"徐丽媛就笑。男人又哈哈一笑说："你是不是觉得我很没用？"

徐丽媛说："没有，我反倒觉得您很可靠。"男人说："阿媛啊，实话对你说，我同她真没感情。我们在一起完全是给外界看的，我是有职位的人，假如品德不端，绝对影响我的前程。"

徐丽媛说："那您为我办这么多事，会影响您吗？"男人说："这个不担心，所有环节我都打理好了，除非天要灭我。不过我也提醒你一下，拿到地和贷款，好好做工程，将事做漂亮，让消费者满意，我们就万无一失。你懂我的意思吗？"徐丽媛说："放心吧，哥，我办事您放心。"

徐丽媛沉吟片刻，再次感激地说："谢谢哥，今晚我才真正认识您。真的，这是我的心里话。从今以后，别说喝咖啡，你让我做什么，我都不会拒绝。"男人流出两行热泪说："阿媛，谢谢你，我终于听到你这句话。看来我的眼睛没看错。往后，你的事包在哥身上，你就闭着眼睛数钱吧。"这一晚，二人坐到十一点四十才离开。男人说第二天要开会，临走望着她说："我能吻你吗？"徐丽媛迟疑片刻，点点头，但男人只在她左颊上轻轻碰了一下就满足地走了。

徐丽媛用一个月招聘员工，同三家建筑设计院谈，最后确定上海一家设计院承担设计。不过两个月，当地三家报纸上便出现了徐丽媛公司登载的售楼公告。

徐丽媛到海口后，住在和平大道一家五星级大酒店即寰岛泰大酒店，这酒店在海甸岛。次日她参加了房地产理事会，主要是理事会向会员通报全国的房地产情况，根据海南省情研究如何加快海南休闲度假型商业地产的开发。徐丽媛谈了自己的计划，得到大家的肯定。

事后，她就回三亚了。其实，这些年也不是没有男人盯她，反倒是她没正眼瞧过谁。其中一个是她公司的售楼部经理，二十八岁，福建漳州人，广州某商学院毕业，学投资的，但他太巧言令色，她不喜欢。另一个是省规划院一个年轻设计师，那家伙明显冲着她的钱来，也被她淘汰了。接着是一个律师，三十多岁，未婚，长相也不错。可一打听，这人生活作风非常乱，虽没结婚，但交过的女友据说有一打。这种情场老手，不是她喜欢的。背后还有那"潜伏"的男人。其实这时候，她希望他能娶她，同他的前妻离婚，可是他一直不敢。

第二十一章

自从海口西海岸开发了两个项目，应朋友的邀请，丁松又到天津考察了一个项目。也是一个小区，六栋楼，通过朋友的朋友拿地。据说那朋友的朋友同分管副市长关系很好，此后丁松就在天津与海南来回跑。

这天，他从天津回来，给郭磊打了个电话。郭磊拿下东方巨人酒店股权时，借了他的钱，还没清。听到丁总电话，郭磊紧张地解释："丁总，您的钱可能还要过两个月。您放心，我一定按时还清。"丁松笑说："没事，我只是问问你最近如何。"

丁松五十出头了，二十年不长不短。回头看，他是八八年闯海人中最幸运的人之一。上岛不到五年，就拥有了千万资产，那运气来自一九九三年发生的炒地皮、炒楼花。无数次听到，那批炒家中真正运气的只有一二百家。政府将那次炒地、炒楼花的比作"击鼓传花"，传到是赢者，失去只过了一次手瘾。丁松既是赢者又过了手瘾，成功开发了两个房产项目后，省市工商联先后找他，政协也找他参政议政，他欣然答应。现在他已是海口市政协常委和工商联常委了。

妻是丁松的大学同学，因不肯来海南，两人于七年前离婚了。在他炒地赚到第一桶金后，在中国城消费时认识了一位来自重庆的姑娘邱娜，二人同居了三年；搞高尔夫球场又认识一位来自辽宁锦州的姑娘谢一叶。这姑娘是车模，丁松在一次车展时搭讪认识。认识当天，他就请谢一叶吃饭，并送了她一辆五十万的轿车，在一起三年又分手。此后他又一个人过四年，寂寞了就到中国城夜总会找陪酒女。二〇〇八年他五十岁，猛然觉得该有个家和子女，毕竟中国人啊。于是留意起能成为"妻子"的女人。

这一找就是两年。直到去年的一天，到国贸一家美容院染头发，这个名叫娜荟美容院的老板竟是他十多年前遇到的第一个女友邱娜。那天，二人都不敢认，还是邱娜喊："这不是丁先生吗？"邱娜一直喊他丁先生。丁松见状激动得说不出话："娜娜，你怎么在这儿？"邱娜说："这是我开的美容院啊。"丁松顿时浑身发热，这么多年，她不但没变，而且当了老板。当下兴奋地说："没想到你就在我眼皮底下开美容院。"邱娜说："眼皮底下？"丁松说："对呀，我住在国贸。"邱娜说："是吗，我记得我们认识在中国城。"丁松说："走，找个地方坐坐。隔壁有家老树咖啡，我们上那儿。"

二人来到老树咖啡馆。服务员将他们领到包厢，点过咖啡，丁松急不可待地说："娜娜，我太高兴了，真的。"邱娜似乎有些羞涩，低头笑说："我也是。"丁松说："这些年，你去哪儿了，我怎么一次都没碰到你？"邱娜说："当时总找你要钱，有原因的。我爸生病，还有我外婆生病，家里急需钱，又不想将家事告诉你，我怕你瞧不起我。"丁松说："当时我没要你走，你现在还一个人？"邱娜说："对呀。我这人本事不大，还不喜欢看人家脸色。我觉得，别人的再好，毕竟还是别人的。"

丁松说："娜娜，不瞒你，我至今还单身一人。"邱娜露出惊讶神情含笑说："不能吧。""真的。""你条件那么好，又那么会哄女孩子，差不多的女孩，都没法逃脱你的手心。"丁松呵呵笑起来说："看你说的，好像我就是个情种似的。"邱娜就笑。

服务员送来咖啡放在他们桌上走了。丁松说："这些年也遇到两个，有一车模，从外在气质和内在修养看，只是一个花瓶。"邱娜笑说："这么说，还是遇过嘛。"丁松说："实话实说，不瞒你。男人嘛你懂，远在天涯，寂寞难耐。"邱娜说："理解。"丁松说："你美容院开多久了？"邱娜说："去年过年转接装修，以前是发廊。"丁松拍拍脑袋说："想起来了，好像一对甘肃夫妻开的，后来做不下去。你之前在哪儿？"邱娜说："去了一段三亚，后来在万宁当了半年大堂经理。"丁松笑起来说："厉害啊，做经理了。"

邱娜说："都是很简单的工作，你现在做什么？"丁松："我放弃了典当行，搞高尔夫不成功，进入房地产，现在主要做房地产。"邱娜瞪大眼睛说："那是大老板！"丁松笑眯眯地说："还行吧，去年资产达亿万。"邱娜说："我知道你行，果然成功了。"丁松说："你真是一个人？"邱娜说："我父亲去世，母亲来海南跟着我。外婆去世后，母亲更没有回去的念头。"丁松："你住哪儿？"邱娜说："国贸一横路金龙公寓。"丁松说："买的还是租的？"邱娜说："一个朋友离开，低价转让，分期付款，我就买下来。房子不大，只有六十平方米。"丁松说："娜娜，假如你原谅我，我们能不能重新一起？我今年五十多了，特想有个家，有个美丽温柔的太太，然后生一孩子，白头到老。"邱娜笑说："遇到你，本来就突然，又让我猝不及防。这样吧，你容我考虑一下。"

丁松问："多久？"邱娜说："两个月。"丁松摇摇头："不要吧。一个月，不，一星期。"邱娜抿嘴一笑："这么久都等了，还在乎一个月。你真一个人？""怎么不信？""不是不信。你这么有钱，又是亿万老板，身后的女孩子还不排着队扑身上？""你今年应该三十七了吧？"邱娜点头。丁松说："我就喜欢成熟的女人。"邱娜盯着他调皮地一笑说："是不是玩儿够了，想安静？"丁松说："什么叫玩儿够。你认为我这些年在玩儿？"邱娜说："那么多钱，不玩儿怎么花？"

丁松说："人有三级需求。初级是肉体，饱暖思物欲；中级是亲朋好友、琴棋书画；高级是你离不开我、我离不开你，灵魂伴侣。娜娜，我刚说了，我都五十多了，想要婚姻，假如你原谅我，我一定不让你失望的。我们可以白头到老。"

邱娜沉默了。这样的沉默，持续了两分钟，包厢的气氛都凝固了似的。邱娜终于抬起头说："你好像结过婚。"丁松说："是的，结过婚。她不肯来海南，我们分手了。""一直没找？""你不也是吗？"

邱娜抿嘴说："好。你容我想想。"丁松说："请不要想得太长。""我要同母亲商量下。"

"这样吧，明晚我在国贸大酒店二楼中餐厅设宴，请你和你母亲？"

邱娜没作声，只是轻轻一笑。

聊完后，二人出门，走时丁松叮嘱邱娜别忘了时间，她点了点头。接着，他便试着吻了邱娜，她竟然脸红了一下。

次日下午六点，他们在国贸大酒店二楼中餐厅相聚。丁松特意装饰一番，穿一套白色西服、领带、进口皮鞋，头发焗了油，身上洒了香水。邱娜和头天穿戴没什么区别，看到丁松如此打扮，顿感到他好像年轻许多似的，心里更愉悦了。点了很多菜肴，丁松还当着邱娜母亲面送给邱娜一枚钻石戒指。邱娜在珠宝店见过这种钻戒，怎么也得两万元。丁松还给了邱娜母亲一个红包。邱娜母亲死活不要，邱娜却接过打开，里头竟有五万元。邱娜替母亲收下说："妈，没事的，我替你收了。"

翌日，邱娜母女又被丁松请到他的住宅。别说邱娜母亲吃惊，连邱娜本人都被震惊了：三十层的最高层，复式结构，上下二层。因为高，顶层装了个小阁楼，站在阁楼眺望万绿园那是绝世风景。据说丁松在西海岸和国兴大道还分别有一套房子。国贸临海口湾，海口湾是海口的城市客厅，可称海口市最繁华的地段。

丁松老家是河北省保定，前靠天津后倚北京。他来海南后一度为人少郁闷，终于海南岛一天天好起来，城市人流增长。二十年前那个小县城似的海口一去不复返，尤其近年，随着建立海南国际旅游岛，尤其北京、上海、天津这样的大城市很多人都过来买房，这让他感觉特别惬意，似乎看到一九八八年的热度再现。他曾怀疑自己是否不该留在这儿，现在看来这种想法是错误的，至少片面的。

钱不算什么，但没钱无法证明一个男人是成功的。在丁松家里，邱娜看到一个成功男人所具备的物质基础。丁松领着她们母女参观到卧室说："阿姨，假如我同娜娜结婚，您一个人住底下，我找个保姆照顾您。"邱娜母亲连连摇头说："用不着，用不着。我身体很好。"

邱娜悄悄告诉丁松："我母亲只比你大三岁。"

第二天，二人到龙华区民政局领了结婚证。领证当晚，邱娜就睡在丁松的床上。

如胶似漆的日子过得很快。一天晚上，邱娜在丁松耳边悄声说："老公，我有了。"丁松趴到妻子肚皮上听，问："真的吗？"邱娜笑说："傻瓜，我停经了，我明天再到医院检查一下。"

一查邱娜真的怀孕了，这让丁松比打了鸡血还兴奋。

"人生五十二岁得子，你说我能不高兴吗？"这是丁松见到郭磊说的第一句话。

两人约在老树咖啡馆一个包厢里见面。郭磊从黑包里掏出一张银行卡递给丁松："丁总，您大婚我一点儿不知道，作为朋友很惭愧。这两万块钱，莫嫌少，是我的一点儿心意。"丁松挡回去说："傻兄弟，我要你的钱做什么，我比你缺钱不是？"

郭磊呵呵笑说："作为兄弟，您大婚我袖手旁观，让我情何以堪？"丁松说："所有朋友都没告诉，我太太说不希望太多人知道。""正式结婚吗？""肯定啊。"

接着，郭磊将自己替公司员工打听购房的诉求告诉了丁松，还特意提醒道："必须是小户型，价廉。"

他这是在帮公司三个骨干即李鑫、付子皓、陈小弓找房。他同洪丹商量，一定要想办法为他们找到一套合适的房子，让他们死心塌地在公司干。当然，三人为买房准备了很久，积累了一些资金，加上各自父母的支持，购买一套价格不昂贵的房子还是可以的。于是，他想到丁松，想请他打听一下海口市内最便宜的廉价房。

郭磊又想起上次去俄罗斯时，尤金思介绍的那个旅行社女老总也想在海南买一套房。于是说："我还有个俄罗斯朋友想在海南买套房，面积七十到一百平方米，买了就可以住，每年过来住两三个月，当候鸟。"丁松笑说："为了中俄友谊，我给她准备一套海边的，就是我开发的碧海苑，明年五一交房。价格嘛，中俄友谊，打九折如何？"

郭磊说："她同您年纪差不多，俄罗斯一个国企老总，丈夫是政府官员，我们喊她大姐。"

至于郭磊提出的小户型、价廉，丁松又说："这种房我公司开发的项目不可能。不过我替你打听一下。最近恒大在海南开发精装房，我听说，九几年遗留的烂尾楼，还有没处理完，通过政府减税包装出售。那种房较便宜，不知你公司员工愿不愿买那种房？"

郭磊说："可以啊，我不也是住着九几年遗留的烂尾楼吗？这没什么，一栋房产权七十年，九几年到现在不过十多年。只要好好装修一下，还是可以的。您能帮我打听吗？"丁松说："容我几天，我到房地产协会了解一下，然后给你信。"

这天，刚国强给刘荣打电话，让他下班过来吃饭。刘荣带一个毕业班，说很忙过不来。刚国强就给郭磊打手机，他正好从芳村回来，便说："刚总，我请您吧。"刚国强说："没事，过来吹吹吧。"

刚国强每次来都住海府大酒店，说方便。他刚住下，郭磊就直接开车到大酒店二楼中餐厅。二人找个靠窗位置，点了一瓶红酒，炒四个菜，一钵汤。刚国强告诉郭磊，博鳌项目很顺利，协议已签订。郎总也来看了，很满意。他将和副总在这儿待到项目搞完。他说这项目完他个人可以获得百分之五的分红，而所有投资都是郎总的。

喝着酒，郭磊忽然想到一个问题，试着问："哎，刚总，有一个事我总不明白，亨通六君子、天涯三剑客、江湖四浪子这些人，都在海南赚了那么多钱。海南至今文化、教育、医疗、卫生基础薄弱，他们就不能为海南投点资，捐助一两个医院学校什么的？"

刚国强微笑说："你说到一个敏感话题。不错，他们当时是在海南赚到第一桶金，但是不等于是海南成就了他们。商人的原则永远是逐利，从不认为他赚钱的地方是被成就，反而认为是他成就了这个地方。当然遇到汶川、唐山地震那样的灾情，他们捐点钱是可以的，但好端端让他们捐钱不可能，这是商人的本质决定的。"

郭磊脸红一笑说："您老板，就是您说的郎总，当年也在国贸炒地皮、炒楼花吗？"刚国强说："对，他当时从北京调三个亿过来，否则哪能赚那么多。""这次投资又赚不少吧？"

"当然。所以你说，捐款什么是有讲究的，假如政府让他们做点什么无话可说，为政府做事，将来就有条件拿到政府的优惠资源，钱自然就赚回来了。商人钱再多都不会无目的地捐，当然少数人除外。""海南有的大企业就捐。""本地企业，动机不一样。"

郭磊呷了一口酒，问："刘教授结婚没？"刚国强说："早结了，他老婆是本地人，文昌的。你别说，海南女人还是很厉害。你想宋氏三姐妹是海南文昌的，红色娘子军也是大名鼎鼎！不久前又听说出了个琼中女足，将足球踢到世界拿到世界冠军。记得我们上岛那会儿，街上踩车的全是女人。刘荣多次说，他老婆勤勤恳恳，任劳任怨，是他这辈子最满意的。曾听到一句话：没有文昌人不成机关，没有定安人不成剧团。就在海南，机关里文昌人特多，唱戏多是定安人。"

郭磊笑说："你还蛮懂呢。"刚国强哈哈大笑说："可不是，本地人都这么说嘛。""他老婆做什么？""一家中学的美术老师。长得蛮文静的，那次领着来见了一面，看着蛮腼腆的。""刘教授好像不爱折腾。来海南这么多年，没听说他做什么生意，一心埋头教书。""错！他十年前就开始做生意。不过是小玩意儿，如替人倒腾点服装、土特产什么。从前年起，两家药厂找到他，请他做技术顾问开发新药。刘荣不是学生物的嘛，他生物系老师据说都在药厂挂职。据说老板一高兴，每年都给一两个大红包。""收入虽少，但工作稳定，而且旱涝保收。不像我们，一天不出去，一天就没得饭吃。"二人就笑了。

吃得差不多，郭磊问他晚上做什么。刚国强说："打算去看场电影。好久没看了。"郭磊说："有钱人喜欢上夜总会。"刚国强笑说："郎总喜欢，我不喜欢，真的。""夜总会消费高，一般人消费不起。您就打算当职业经理人，不自己干？""拿别人的钱做事，那不是很好嘛，无非就是赚得少一些。""你还没上我公司去呢，哪天上我那儿坐坐。""以后吧，我明天就要赶回去。协议一签，老板也过来看过，项目马上就要动工了，一动工，就忙了。"

郭磊召集红海旅游公司转来的员工座谈，这天大家主要谈了泰国的线路，有人将三亚称作中国芭提雅，但三亚毕竟是三亚。旅游康体度假休闲设施都健康，具有社会主义制度特色。除在大东海能看到一些漂亮外籍"美眉"裸露的大腿，更不能有什么"人妖"。员工冯七贵和陈细妹往返泰国多，据说每年来回十次，他们把同泰国签订的旅游合同底稿和其他文书拿出来给郭磊看。郭磊十分满意，心想，这样的员工要好好珍惜。在给他们提计划任务时，又对他们的效益进行了分割。郭磊给他们分割的利益高过红海公司，他们很高兴。说知道这样，早应该投奔琼岛旅游公司。

快下班的时候，郭磊请六位新员工到东湖里吃抱罗粉。陈细妹扑哧笑说："没想到郭总喜欢吃我们海南的抱罗粉。"

陈细妹是海口府城人，上学时就听说十万人才闯海南，所以对郭磊这样的闯海人，特尊重。六个人都去了，麦金福和陈细妹竟抢着买单。想到一碗粉不过七八块钱，郭磊就随他们了。

陈小弓从老家来电话，说同桂兰明天回海口。他特意问郭磊房子的事打听得如何，这次回去他向父母争取到十万元。郭磊说："认识多年的朋友答应帮找，再等等吧。"

七月七很快来到，郭磊为三对新人在望海楼酒店二楼办婚礼。郭磊承诺婚礼费用公司报销。那天，郭磊当着全体员工的面宣布这一决定，让员工们充满温暖。自然，李鑫、付子皓、陈小弓三人也在婚礼上表态，忠诚于琼岛旅游公司，永远不离开，其他员工深受鼓舞。

婚礼过后，陈小弓和桂兰又请假回了趟广西，在老家补办一次酒席。

认识陈细妹不久，郭磊发现这是一个非常能吃苦的海南女人，今年四十。据麦金福说，她在红海旅游公司业绩最好。这时郭磊同芳村合同签了，假如开发玫瑰庄园，必须要有个人负责。想来想去，他打算委任陈细妹去芳村负责玫瑰庄园。这天，郭磊将陈细妹找到办公室，同她说了自己的想法。

陈细妹沉吟说："假如公司需要我，我肯定不推辞。只是……"她微微一笑，"我要同我老公商量一下。"陈细妹第二天回复郭磊说："郭总，我老公说只要公司委派就服从，我去。"

陈小弓、桂兰回来，提着大包小包，把其中一个递给洪丹。洪丹接过来看是广西产的月柿饼、博白桂圆干，还有一条珍珠项链，一只卤熟的钦州麻鸭，不由得笑说："这都给我吗？"桂兰将项链拿出来，直接戴在洪丹脖子上说："这是我们广西的合浦南珠，质量很好的。我看过您戴的两条项链，我想都不如这个好。"洪丹看了又看说："谢谢你桂兰，你太有心了，姐谢谢你。"

桂兰说："我和小弓得到你和磊哥帮助太多。要说感谢，简直无语。"陈小弓说："这麻鸭晚上吃吧，很好吃的。"洪丹说："好，我让阿英拿去做了，一起吃。"

郭磊开车去公司，蔡驰骋给他打手机："郭总，最早买的车可能要大修，做个预算。"郭磊说："你做吧，然后给我看。"

汪芳生孩子后，郭磊批准蔡驰骋请假陪她回娘家。蔡驰骋走后，郭磊指定史师傅兼顾一下管理。为此经常得到郭磊的额外奖励，自然十分惬意。这天，郭磊将史师傅喊到办公室说："史师傅，您是老司机，你打听一下，有没有一种较轻便的面包车，公司增加这么多人，平时工作也需要，我打算买一台面包车，主要是公司公务用。"史师傅想了想说："郭总，有一款本地产普力马商务车，有句广告词'五座加两座，工作加生活'。工作生活一起包，最适合做公务车。""多少钱？""上次见一朋友买，不贵，二十万左右。"

郭磊派李鑫陪同陈细妹去芳村见赖主任和曾小凡。陈细妹回来汇报说："郭总，我看了，地也考察了。我看周边还有空地，可以种薰衣草。"郭磊蒙了，问："什么，薰衣草？""对呀，我有个堂哥、堂嫂在海口金牛岭公园当营林工。堂哥技术一流，他早想在金牛岭试种薰衣草。""海南气候条件不适宜吧，否则别人不种？""可你想，谁将新疆哈密瓜引到海南的？""你的意思，海南可种薰衣草？""既然能将哈密瓜改良，我想薰衣草也可以。"

郭磊赞赏地说："看不出，你才去两天，就看出这么大商机。"陈细妹说："具体情况我找我堂哥堂嫂了解一下，他们种植花卉草木二十多年。我们开发玫瑰庄园，我向他们请教了很多东西。万一需要，可请他们现场指导。"郭磊感叹一声说："细妹啊，这太好了。我正打算找园林公司呢。"陈细妹说："实在耽误他们的时间，适当给些补助就行。"

第二天，陈细妹就将堂哥堂嫂领到公司同郭磊见面。郭磊请他们吃饭，饭桌上，陈细妹堂哥谈自己对芳村的看法，他说："在那建玫瑰庄园肯定没问题，但是种薰衣草还得研究。薰衣草是草本植物，玫瑰是木本植物。假如种薰衣草，可采取钵种；薰衣草害怕水，要干燥，最好搭一个大棚，像种冬季大棚瓜菜一样。"郭磊考虑成本，问："那成本是否很高？"

陈细妹堂哥说："先建玫瑰庄园，等玫瑰庄园开业，再种薰衣草，到时真成了海南一个旅游打卡地。"陈细妹说："公司目的是建造独一无二的旅游景区，正好有我们的潜水基地在那儿。"

郭磊一个劲儿地为陈细妹的堂哥堂嫂敬酒，让他俩很感动。郭磊要陈细妹尽快做一个玫瑰庄园的详细项目报告。

不到一周，陈细妹委托金牛岭公园陈总工程师做的项目报告就送到郭磊桌上。郭磊召集在家员工讨论，大家觉得报告做得不错。接着，郭磊给徐丽媛打电话，送她项目报告看看，再向她借点钱。徐丽媛在电话里回答他："我的现金流不多，只能借你六十万，而且必须半年内还。"

东方巨人分红一年一次，郭磊当初装修投入一千万，所以没法分红，基本上在还款。

这天，郭磊开车来到假日海滩。海口假日海滩作为市民公共海滨浴场，是与万绿园前后时间建成，每天很多市民上这儿游泳。他没有游，而是一个人坐在海边沙滩上，静静眺望着海面，回忆当初来时各种遭遇经历。当初不知借了多少钱，竟都还了。仔细算算，最艰难的一次是一千万。假如还掉一千万，就意味着他的公司进入起飞状态了。连一千万都还了，还有什么能难倒他？

这么一想，他就为自己今天的成绩格外兴奋！毕竟，他现在是千万富翁的级别了！

陈细妹将玫瑰庄园设计方案、细则等送到郭磊的办公桌上，这时曾小凡来电话说："郭总，赖主任问我，规划怎样了？"郭磊说："让他别急，月底有结果。对，你那儿情况如何？""潜水员小陈忙不赢，我从别的潜水基地找人帮忙，可小陈说他一个人能顶，这几天累得够呛。""按天给奖金，两个潜水员，不搞歪门邪道，作为公司，不能亏待他们。""知道了，郭总，我会的。""你的奖金这个月附加到工资上，报给我。""知道了。"

郭磊问："李鑫催你了吗？"曾小凡说："催我什么？"郭磊笑说："要小孩啊。"曾小凡笑了，说："哪能不催，昨天还打电话给我，说想要个小子。我说急什么，明年是羊年，羊年生孩子喜洋洋。郭总，您属啥？"

下班时，丁松来电话说："小郭啊，你不是要买房子吗？正好，我有个朋友在海甸五西路收购了三栋烂尾楼，九几年建的，质量其实还不错，那天我也去看了。朋友把它重新装修，从外观看，像新的，价格六千一平。每栋十二层，一部电梯，电梯新的，质量没问题。"郭磊说："您的意思从一楼起价六千？"丁松说："限最高价，不超过八千，这是政府的减税房。"郭磊说："挺好的，几个员工来海南很长时间，不打算走了。"丁松说："放心，我们是好朋友。"

郭磊立刻给李鑫、付子皓、陈小弓三人打手机说："务必三天内拿着首付款去五西路。"

次日，李鑫、付子皓坐摩托车先到。一会儿，陈小弓也到了。陈小弓手里拿着一张银行卡说："里头二十万。假如可以，当场付给他们。"李鑫叫了声糟糕，说："钱都在我媳妇手里。"

郭磊让他们上车，然后开车驶向海秀大道，再拐龙昆北路，上世纪大桥。经过世纪大桥，三位心旷神怡，尤其付子皓，竟掏手机连拍几张大桥风光说："一会儿发给我爸妈看。"

车子驶过世纪大桥，发现前头十字路口停很多车，是有辆车坏了，堵在路中间，其他车只好绕着行。郭磊放慢速度，经过那车时，看到司机正同一名维修工钻在车底下作业。

过了十字路口，朝东到海大北门掉头，驶往海甸五西路万福路口。往前走三百米，往右走一横路，进去不远，就到了丁松说的"甸华公寓"。郭磊将车停好，左右看看说："哎，那家私人射击馆好像在附近？"前走不到二百米，就看到有栋建好的楼，门口站个保安。

付子皓说："是这儿吗？"保安说："一字排进，后头还有两栋。"这才发现两侧还有一条甬道通里头。付子皓对郭磊说："磊哥，门口这栋进出方便些。"看相不错，外墙饰以近十年海南流行的涂料。海南的房子从十年前就开始采用涂料粉饰，说是学习新加坡的经验。不管新房还是旧房改造，基本上涂料，一改过去热衷的马赛克条块状白瓷砖。眼前这栋楼的墙面，上半层是鹅黄色，下半层是淡灰色，分出层次。

郭磊掏手机给高国强老板打电话。这是头天丁松给他的电话号码。高老板倒是及时接听了他的电话，但说他今天不过来，说已叮嘱售楼部经理小朱，让他们直接去。果然，走进第一栋第一层，便看到一间房门上贴着售楼部三字，一位姑娘出来倒水。郭磊问："朱经理在吗？"姑娘喊："小朱，有人找。"

一个三十岁左右的男子一身黑西服出来，看见郭磊等，马上露出笑说："旅游公司郭总吧，高总给我打电话了，请。"在男子引领下，他们走了进去，在一排凳子前站定。朱经理说："先看模型吧。"说完，领他们走到里头一个沙盘前说："就这几栋，后天发售，明天见报。高总让我领你们先看。户型有几种，最大一百五十平方米，最小五十平方米。你们看哪种适合？"付子皓与李鑫对视一眼说："我腰包不够，可能选择五六十平方米的。"朱经理问付子皓说："你们一共需要几套？"郭磊指着他们说："就他们三个，三套。"陈小弓说："先看户型吧。假如户型好，即使大一二十平，我能接受。"付子皓笑说："这趟回家，是不是掠了点钱来了？"陈小弓嘿嘿一笑。

郭磊说："朱经理，我们上楼看吧。"朱经理领他们朝外走，郭磊边走边问："可以银行按揭吧。"来到电梯口，朱经理说："实话告诉您，我们这房政府指定是减税让利，所以不卖那么贵。"郭磊说："这种房好像不多了。"朱经理说："是的，这几年来了很多炒房客，专门收购烂尾楼盘，甚至不怕房子有多破。高总之前包工程的，哪儿的房质量好坏，他一清二楚。"郭磊说："与新开发的比哪个好？"朱经理笑着说："这个真不好说。"

坐电梯来到九楼，朱经理掏钥匙打开一间让大家看。他们挨户看了一百四十、一百、五十五和七十平方米四个户型。看完，付子皓、李鑫站一旁议论。陈小弓走到朱经理跟前说："朱经理，我想要七十平方米的。"朱经理掏钢笔在房号纸页上划一道。李鑫说："朱经理，我也要七十平的，有吗？"朱经理说："有，不过不在一层。七八九层各一套，按上下结构分的。"郭磊说："行，不一定都在一层。"付子皓说："电梯虽然新的，但不是日立。"朱经理说："这电梯中日合资，厂在广州，质量挺好。"陈小弓到卫生间看了看说："卫生间坐便器、洗脸池，简陋了一些。"

他们分头转了转，便来到门口。朱经理笑着说："当然，与新开发楼盘比，无论位置环境，肯定有一些劣势。"郭磊说："门口绿化好像不多。"朱经理说："老板说，最多在停车场和后头甬道两边种些树木，其余没空间了。"

大家跟朱经理重新来到售楼部办公室。朱经理从桌抽屉掏出一份合同稿样递给郭磊，郭磊转递给李鑫，李鑫看过又递给付子皓。朱经理又从抽屉拿出两份递给李鑫、陈小弓说："来，一人一份，按揭办在中行。"

郭磊说："这样吧，我晚上给朋友打电话，请他找你们老板，看能否再便宜些。"朱经理说："草签合同上头没有面积和房款，只是预定，三天之内有效。"郭磊问："物业费多少？"

朱经理说："物业费合算，每平方米九毛，估计是海口市最低的。"

朱经理送他们到门口，相互握手道别。

快下班的时候，郭磊想起洪丹说的话，喊来马会计说："马会计，麻烦你个事。"廖会计到东方巨人任股东代表后，公司就从人才市场招聘来这个马会计，吉林人，除做账还兼顾公司办公室事务。

郭磊说："公司几个项目需要增加人，你这两天拟个广告，送到省人才中心，招聘两个男的，我让他们到刚开发的玫瑰庄园协助陈细妹。另外，再聘一名总经理助理，也就是我的助理。必须大学本科，最好是旅游专业，假如能在旅游工作岗位上有一到两年从业经验更好。"

马会计飞快地用笔记下了。广告拟好，郭磊又从抽屉里拿出公章印泥在上头盖章，然后让马会计直接送往人才交流中心公告。

第二天中午，马会计从人才交流中心回来说："郭总，我昨天去了一趟。正好有五个大学生想应聘，其中两个应聘总经理助理，是我先看，还是您亲自去看？"郭磊说："你将情况先了解好，然后我来定。"

下午，马会计回来向郭磊报告："郭总，我共接待了五个人，四男一女，都符合您说的条件。"郭磊说："你觉得有合适做助理的吗？"马会计说："我觉得其中那个女的特别合适。符合当今的潮流。""什么潮流？""一般说，当老总的，身边总得有个漂亮年轻的女秘书对吧！"

郭磊不解地说："马会计，别瞎说，我是招助理。将来公司的事，助理要负责一半。"

马会计说："对啊，男性太多，有个女助理，对调动员工积极性更好。"郭磊说："老马，你没事吧？"马会计呵呵一笑说："郭总，我挺正常。您放心，这是白天，我清醒着呢。五个应聘者，就那女的在我看来，能力、魄力、魅力最强。""老马，这不是选美。""我知道。您有时间，亲自上人才中心。我昨天叮嘱他们，说您明天去。假如行，当场拍板。"

郭磊说："我明天去芳村呢。"马会计说："您不催我快吗，我快您又磨蹭。""行，明天先去你那儿，再去芳村。""那好，我们明天上午去。他们五个人都留了电话，我给他们打。"

第二十二章

次日吃过早餐，郭磊从家里开车先直接去省人才交流中心大厅。马会计看见郭磊的车，便朝他挥了挥手，他手里拿着手机，正同谁通话。郭磊来到他身边问："怎么样？"马会计说："三个一道来，另两个单独来。""我们的位子呢？""六号柜台，有桌椅，钱我付过了。"

六号柜台其实是一个办公单元隔出的一片独立区域。桌上放着一只大玻璃杯，一看就是马会计平时喝茶的；还有一张《南国都市报》。郭磊走过去坐下，看起报来。大概十多分钟后，马会计进来说："五个人马上到。"

马会计似乎连眉毛都在笑，他说："郭总，你别说，那姑娘我觉得真的很合适您。首先是可爱，再者口齿伶俐，然后是她的简历，我看了心里不由一动。正宗旅游学院专业毕业，大学四年，本科生。"郭磊问："哪个大学？"马会计说："中山大学旅游学院。"

郭磊心里咯噔一下，中大旅游学院很厉害，据说国家旅游机关都很重视他们的毕业生，就说："你看了她的毕业证？"马会计说："当然，那女孩叫翟笠。另外四个都不是旅游专业，其中一个是广东经贸的，两个是福建师范的，还一个是海南经贸学院的。""你如何判断其他四个不如她呢？""谈吐不凡。"

郭磊又问："多大？"马会计说："毕业两年了，之前在广州白云机场，后被三亚一家公司聘去当副总。那家公司因老总涉嫌经济问题被检察院带走，她看到我们的招聘启事就来应聘了。她英语很强，打算出国，不知为何没去。""哪儿的人？"马会计想了想说："好像是江苏镇江的。"郭磊忍不住笑说："马会计你很感性啊。"马会计说："郭总，我是为您找助理，又不是为我自己找，对吧？要是舒服也是您舒服呢。"

郭磊抿嘴笑问："她会来吗？"马会计说："我让其他四个先来。你接触后，让她再来，就知道谁强谁弱。我到门口看看。"

不大一会儿，马会计领着三个小伙进来。马会计介绍说："陈平和周晓是福建的，这位高个子叫韦福卫，毕业于广东经贸大学。"郭磊点点头说："大家请坐。"

陈平和周晓挨着坐，韦福卫独坐。马会计站在一旁，注视郭磊的表情。郭磊从抽屉里拿出三人的基本资料，问韦福卫："毕业多久？"韦福卫说："不到半年。"郭磊又问："工作过？"韦福卫点头。

郭磊问陈平和周晓："二位是同学？"他们点头。郭磊问："来海南多久？"周晓说："陈平一个堂哥在经贸学院，我们向他打听海南工作好不好找，他让我们自己来试试。"陈平说："找了几个单位，让我们教书，我不喜欢。我们的师范属中专学校。"

郭磊点点头。马会计手机响了，他接听着出去。一会儿，又领一小伙子进来。郭磊问："贵姓？"小伙子说："江德胜。""哪儿人？""江西。""海南经贸职业学院毕业的，应该熟悉海南吧？"

江德胜笑着点头，郭磊接着问："听说过我们吗？"江德胜先是摇头，又点点头。郭磊说："我们的主营很多，如潜水、酒店、玫瑰庄园等，下一步还要开发民宿，对这些感兴趣吗？"

江德胜说："可以。"郭磊说："假如让你到三亚乡村做玫瑰庄园，而且是一般职员，你愿意吗？"江德胜想了想："可以。"郭磊说："回答不响亮。不过，你才毕业，凡事不能一步登天，打基础也为将来升职。"江德胜说："老板，您没问我学习成绩呢？"马会计忙说："简历上都有。"

马会计手机再次响起，他拿起看了看说："翟笠。"

郭磊看了看马会计。马会计便对几个人说："你们几个的资料放在这儿，让郭总考虑。回去听消息，好吧。"

那几人就慢吞吞地起身看了看郭磊，出去了。马会计跟着出去。江德胜突然转身对郭磊说："郭总，那我也先去了？"郭磊说："去吧，在家等消息。"

不一会儿，马会计领着一个美貌逼人的姑娘进来。说美貌逼人是因她一米六八的个子，一张恰到好处的瓜子脸，光洁的皮肤，湿润的嘴唇，神采飞扬的眼眸，一闪一闪的；她五官精巧，肤色白皙，头发蓬松，气质高雅。因为距离有点近，郭磊感觉有些不自在，竭力让自己松弛些，便点头说："请坐。"姑娘主动说："我叫翟笠，老家在江苏镇江。"郭磊说："我老家亳州的，虽隔个省，但地理风俗民情应该差不多。"

翟笠笑了笑。郭磊说："中山大学旅游学院的？"翟笠说："管理专业。""听说你在三亚一家公司当副总？"翟笠点点头说："对。""听说过我们公司吗？""听马会计说了。""请坐。"翟笠看了马会计一眼，然后坐了下去。

郭磊说："你的情况马会计说了。我们公司经过这么多年发展，包括旅游相关产品较为完善，如开发了潜水基地，马上要做玫瑰庄园，还打算开发民宿，事情蛮多。因为是私人公司，之前一直是我和我爱人负责管理。后来我爱人生孩子，孩子还小，她不能到公司帮我，就建议我聘一个副总，或一个助理。"

翟笠又淡淡一笑。

郭磊想了想说："你的专业肯定是我们渴望的。只是，你毕竟实践不够，还是从助理做起吧。"翟笠说："我就是应聘助理。""我们公司有一个最大野心，就是冲刺上市。你觉得如何？""郭总有这个雄心，如果我有幸成为助理，肯定为这个目标努力奋斗！""工资待遇马会计同你谈过吗？试用期两个月，合格按总经理助理工资。外出有补助，年底有奖金，公司业绩提升，临时发红包。"翟笠点头一笑。郭磊问："你住哪儿？"翟笠说："我有地方。"

郭磊心里动了一下，但很快冷静地说："意思是说你住宿不需公司解决？"翟笠说："是。""公司其他员工，有的租房，有的买房。马会计看好你，见到你之前，反复谈你的气质和才能。"翟笠轻轻一笑说："过早了吧。气质和才干只能在实际中检验。"

郭磊说："好，快刀斩乱麻。"下面正要说"就你了"，脑海里突然出现洪丹的身影，便说："这样吧，你回去等消息，最迟后天，你会接到通知。"翟笠说："没接到电话通知前，就不用来，是吗？"郭磊笑说："应该不会有问题。"马会计马上走到翟笠耳边小声说："小翟，你放心，郭总看好你。"翟笠淡淡一笑，起身说："那我先告辞。"

郭磊说："翟笠，中午一起吃饭吧。"翟笠说："不是最迟后天吗？"郭磊说："我改主意了。"马会计笑说："我说了，郭总看好你，只是刚认识。"翟笠犹豫着说："后天吧。您说呢，郭总？"郭磊说："行，我会给你电话。"

郭磊将马会计拉到一边。翟笠一见，自觉地走出去了。

郭磊说："我来这么久，除了接触我爱人这个异性，其他异性真少接触。相比之下，翟笠优势大。你想，你领来五人，我为避嫌录取其他人，别人不说我瞎眼吗？"

马会计呵呵一笑说："郭总，就是翟笠了，她绝对能帮您。古话说，相由心生，我看她第一眼，就觉得她是个很能干的女孩子。"郭磊说："可惜太年轻了。""郭总，你这话就差了，如今就是二三十岁的年轻人打天下。"

郭磊点点头说："行，马会计，中午请你吃抱罗粉。"马会计笑说："我不爱吃那玩意儿。""那找家东北菜馆喝两盅？""不用，郭总，这点小事还用得着吗？""哪天有时间再聚。那好，你跟我走吗？""我去人才中心结下一账，然后骑摩托车去。您先走吧。"

郭磊说声好，就径自出去了。出门后，没看到翟笠，他就上车走了。

当晚，李鑫、付子皓、陈小弓都来到郭磊家。郭磊让他们赶紧把房子手续办好，他们答应了。临走，郭磊才告诉他们，自己打算招聘一个总经理助理。陈小弓倒是很认真地问了一句："男助理还是女助理？"付子皓说："助理嘛，一般都女的，女的以柔克刚。"李鑫说："磊哥，早该如此了，你看你整天忙得狗样。挺心疼你的。"郭磊笑了。

次日上午，郭磊刚到办公室，手机忽然响了，竟然是董哥打来的。

董中伟说："那天我上政协开会，碰到农垦总公司的一个老总，说他们有个农场招待所在大英村，管理不善没钱装修，每况愈下。最近经总公司同意，打算卖掉。他问我买不买，我马上想到你做旅游，而招待所正是你的业务。你告诉我，你现在有能力吃下这个招待所吗？"

郭磊问："需要多少钱？"

董中伟说："你不说东方巨人一千万还掉了吗？这个招待所开价一千万，我再同他杀杀价，那位置我挺看好，就在大英村北口往海秀路不到三百米。你接过去，然后装成宾馆，换部电梯，如今党政干部出差住宿都不超标，改成一二星级，国内来出差的公务员都可接待，客源就不成问题。那位置离乐普生商厦和明珠广场近，属闹市区。再说你公司不是一直在外头租房吗，这个宾馆建好后，你还可以将公司整体搬到那儿办公，都妥帖。"

郭磊犹豫着说："董总，理想很好。可是我现在还在还债，手头相当紧。"董中伟问："还差多少？"他不想让董中伟失望，就说："差一点点吧。"董中伟果断地说："做企业要敢于负债，不用怕。海航负债率高达百分七十九你知道吗？能借，就吃下它，加上你在三亚的物业和其他项目，下一步就可申报上市。别把上市看得那么神圣，就是一家公司而已，看你如何运作。"

郭磊说："谢董哥，我斟酌一下。两天内回您信。"

郭磊将这事告诉了洪丹，她对上市感兴趣，便瞪大眼睛说："董哥鼓励我们接？""可不是。""行，反正借了这么多年，至今房子没装修。再等几年又何妨？借！""上次向徐老板借二百万，她只给五十万。向董哥借不好开口，要不卖掉两部大巴车。不行的话，别墅再抵押。"

洪丹笑说："别说，这别墅真是多灾多难。我们能有今天，最原始的资本积累就靠它啊。"

郭磊说："几百万还可以拿，只是要过几年紧日子。"洪丹说："舍不得孩子套不住狼，紧就紧点吧。总比创业初期好得多吧？"

第二天郭磊到车库开车，马会计忽然来电话说："郭总，我看今天就通知翟笠吧，还等什么呢。"

郭磊想，明天也是来，不如让她来，就说："那你通知她。我今天去三亚，后天回。我不在，你接待她一下，中午请她到隔壁餐馆吃顿饭，算为她接风。对，她的简历和身份证复印一份留下。"马会计说："好咧。"又说，"郭总，我代表公司接风不妥吧？"郭磊说："吃顿便饭吧。你可以解释，我回来后，再请她。"马会计说："知道了。"

郭磊快到万宁时，接到董中伟的电话："小郭啊，农垦总公司老总来找我，连农场场长都来了。我告诉他，我一个朋友接。我将你的手机号给了他们，场长姓倪，他可能直接给你打。但是……"董中伟略停一下，压低声音说，"价格可压到八百万，只是要意思意思，你明白吗？"

郭磊开公司以来，这种情况一路上就没少遇到，就说："明白，如今都这样。只是他们要多少，让他们开个价。"董中伟说："即使底下交易，也讲游戏规则，估计不敢多要。你同他见面时，摊开谈，先满足他，下面环节就好办。至于买过来后装修呢，我让我徒弟叶大贵帮你。没钱让他先装，等你宾馆开业每月营业额给他。我会说服他。"郭磊差点儿掉泪说："谢您董哥，总在我关键时刻帮我，我真的很谢谢您。"董中伟笑说："客气话不讲，就这样吧，赶紧筹钱。"说完就挂了。

上午下班前，郭磊接到姓倪的场长电话，说是董总介绍的。郭磊热情地说："倪场长，您好，我们约个时间，见面吧？"倪场长说："你知道大英村北面有个海航会馆吗？下午三点，我们在二楼咖啡厅见面。不见不散。"郭磊答应了。

郭磊给马会计打电话，让他通知江德胜来报到，打算将他安排到陈细妹的玫瑰庄园上班，协助陈细妹。接着又问翟笠怎么办了。

马会计说："翟笠昨天来了，我请她吃了顿便饭。她说，她已经做好准备了。"郭磊想了想说："你通知她下午三点到海秀路大英村对面海航会馆二楼咖啡厅，一道同倪场长见面。"

马会计很乐意地答应了。

海秀路大英村进口对面，是海南航空的一栋物业"海航会馆"，后改成海航大酒店和海航超级商场。别看倪场长农工出身，每月来几次，每次都上这个会馆吃喝住玩。

郭磊开车到海航会馆门口，见一辆出租车刚好驶到跟前。定睛一看，走下气质一流的翟笠，手拎一个精致皮包，穿着高跟鞋，抬头挺胸走来。他不由一笑说："小翟！"翟笠微微一笑说："这么巧。"郭磊将车锁好，转身说："我们上二楼咖啡厅。我们今天的任务就是谈收购招待所一事。再到那家招待所看一看。"翟笠点头说："好吧。"

郭磊边走边将昨天董中伟同他说的那件事告诉了翟笠，翟笠一听，点头说："那不错。"

来到电梯口，按电梯上到二楼，他们找了个宽大靠窗的桌子坐下，然后边闲聊边等候倪场长。

郭磊发现翟笠今天穿一套浅蓝色女式西服，领子贴着一朵蓝色的小绒花，头发绾了一个发髻，裸露出光洁的脖子。再看看自己今天匆匆出门，竟还是昨天去三亚穿的衣服，显然有点脏，不由得脸红了一下。翟笠似乎注意到了，便将头轻轻扭向窗外，问："约了几点？"郭磊说："说上班时间，应该到了。"翟笠问："您喝什么？"郭磊说："来两杯咖啡吧，他来了再点。"

咖啡上了，门口匆匆走进一个中年男子，胁下夹一较大的黄麂皮包，头发凌乱，裤子起皱，脚上是一双廉价球鞋，边走边朝里打探。那男人竟先开口问："请问是旅游公司郭总吗？"郭磊起身说："倪场长吗？"倪场长伸出手同郭磊握，又同翟笠握了一下。翟笠说："请坐，倪场长，我姓翟。"郭磊从包里掏出一张名片给他，他也回赠名片给郭磊和翟笠。

倪场长看着翟笠问："翟小姐有名片吗？"郭磊说："她没带，下次吧。"倪场长脸红一下，尴尬地笑了笑坐下说："我们的招待所看过吗？"郭磊说："在外头看了看。董总说，你国营农场吧，价格可以再少点吗？"

倪场长摇头说："董总已将价压到八百万，不能再少，就这个价还有支委不同意。"郭磊笑说："我向董总表过态，您和总公司老总个人的部分，我会在招待所过户时，分期付给你们。"倪场长将嘴巴凑到郭磊耳边小声说了什么，郭磊边听边点头说："对，可以吗？可以就好，毕竟这是市场行情。多了不好，少了说不过去。游戏规则吧。"倪场长立即笑说："那就谢谢郭总啦！"

服务员跟着翟笠端咖啡过来，在倪场长跟前放一杯，又将其他两杯放在郭磊和翟笠面前。

郭磊问："有协议吗？"倪场长从包里掏出两份，一份递给郭磊，一份递给翟笠。郭磊说："协议我带去看，假如没问题，明天依然在这儿草签，行吗？"倪场长犹豫了一下，点头说："可以。"郭磊端起咖啡喝一口问："倪场长哪儿人？"倪场长喝着咖啡说："我是海南琼中县人。"郭磊说："农场在琼中？"倪场长说："你可能知道农垦，建省前海南最大的国企就是农垦。"

翟笠问："农垦是农工吧？"倪场长说："也是企业，建省后听从上级安排。五年前划归了地方，之前太分散。归地方管更好。"郭磊说："招待所也是农场的资产？"倪场长说："刚建省时，几个场长脑子发热，说来海口搞多种经营。借钱投资二百万，建了这栋楼。"

郭磊说："二十年过去，卖八百万，应该合算呢。"倪场长呵呵笑着说："上头说清理资产，只是我们不肯卖，拖到现在。"郭磊："改宾馆，假如要员工，优先安排你们农场的农工。"倪场长笑说："那太好了。"

服务员将一盅方糖放在倪场长跟前，他用勺子挑几颗放入咖啡内，猛喝了一口，喝出了响。郭磊问："卖这个资产，意见统一吗？"倪场长说："当然，否则哪敢卖。"

闲聊一会儿，看看差不多，郭磊便让翟笠去结账，然后跟倪场长去他的招待所。

看了一通，到处破破烂烂，估计对方没钱装修。国营企业的钱随赚随花不积累，成今天这样。看完，郭磊同倪场长告辞："我明天给你电话。"

回去时，翟笠坐郭磊的车，她说："假如把这招待所接过来，装修好，可以将公司搬到这儿。"郭磊脑子都在协议上，点头说："是。"

回到家，郭磊想起招聘助理的事，对洪丹说："老婆，你让我招聘的副总，不，是助理，马会计已经给我找了。"洪丹问："男的女的？"郭磊犹豫着说："女的。"洪丹眨巴一下眼睛又问："多大？""大学毕业两年，是旅游学院毕业的，很正规。""见过了？""马会计一定要我见。""你感觉人怎样？""还行。"

洪丹扑哧笑着说："心里肯定乐开花了吧？"郭磊脸红了，说："你这话听着挺可怕。"

"怕什么？""好像要走一条不归路。""放心，我一点儿问题没有。对了，漂不漂亮？"郭磊摸着脑壳说："总算问了个敏感问题，我觉得可以。"

洪丹说："这么说，还保留几分余地？"郭磊说："每个人审美观不一样。改天你亲自看吧。""我就不看了，我去看，人家以为我醋劲上来。没事，我支持你。""真的假的？""不支持你，我会让你招副总？""其实也没什么。""她有住处吗？""她说有地方住。"洪丹沉吟着说："这么说，她有主了？""那不好吗，省得别人胡猜乱想。""有主不要紧，稍了解一下，社会关系太复杂不好。""估计有男朋友，那也正常。"

翌日中午，郭磊请翟笠在办公室附近的海南菜馆吃海南菜。她笑说："马会计昨天已给我接过风。"

海南菜馆建在人民公园的大门侧，离公司很近。郭磊边走边说："小翟，你觉得那协议如何？"翟笠说："我看了，协议文本不规范，真要形成协议，最好规范，将来法律上不会有问题。""公司以前的协议都是我起草，没请过律师。""一般情况可以，但涉及大额度的，最好请律师看一下。"

郭磊点点头说："这建议好，看来我们要补课。"翟笠说："我在三亚时间不长，但我主要衔接法律。那个公司也想上市，搜罗了很多文件，可惜老总临时出事。他是一家经贸地产公司，法人代表是东北的，在东北犯的事，东北警方将他带走的。""你放心，我们公司是我和我爱人白手起家。除涉及一些借贷，没任何问题。你看今天的协议，我们将付给对方八百万，一半是我们的自有资金。""我听马会计说了。"

郭磊问："马会计不知道招待所的事吧？"翟笠答非所问："马会计说了你们夫妻创业的过程。我从报纸上看过十万人才闯海南，没想到老板您就是其中一个。""转眼二十年，由一个青葱少年变成了中年大叔。""郭总的小孩好大了吧？""小学四年级，我爱人基本在家照顾他。"

第一次一起吃饭，郭磊不敢太丰盛，就让翟笠点。翟笠只点了一荤一素，就不点了。郭磊加了一个文昌鸡和一个鱼丸汤。等候上菜的间隙，郭磊问："你住哪儿？"翟笠说："我姑家。"郭磊盯着翟笠又问："你姑是……""我姑和姑父一九九二年从老家干部交流来海南，我姑父在省新闻出版局，我姑在新华书店。""新华书店，哪个门店？""我姑在总部，不在门店。"

郭磊点点头，想起什么似的说："你是女孩子，我不问你是否喝酒，来杯果汁如何？"翟笠说："行吧。"

郭磊喊服务员，翟笠点了一杯西瓜汁，问："郭总，您来点酒吧？"郭磊说："不要，一个人很少喝，除非有客人。"翟笠没再说什么。

服务员很快上菜，郭磊倒上白开水同翟笠碰一下说："不瞒你说，公司女员工很少，我是第一次单独同女员工吃饭。"翟笠笑说："不说您爱人在公司吗？""那是以前，公司为了让员工安心，前不久我帮助公司几个骨干员工购了房。""公司出钱吗？"郭磊脸一红说："他们自己掏钱，不过这些年他们都在公司赚了钱。""说明公司对员工不错啊。"

郭磊坦诚地说："我和我爱人认为，事业靠大家，钱也是大家赚，下一步我们考虑让员工持股。"翟笠吃惊地问:"私人公司吗?""员工入股,才能将公司当成自己的家。""想不到,琼岛旅游公司如此豪壮!"郭磊笑了说:"谈不上豪壮吧。"

郭磊忽然来了兴致想喝酒,便让服务员给他拿了一小瓶二两装的枸杞酒。

二两酒下肚,郭磊才第一次正面打量翟笠,他感慨地说:"真没想到,我一个闯海南的穷小子,能把公司做得这么大,还能招到这知性的助理!"翟笠微笑说:"郭总,没醉吧?"

郭磊摇头说:"没,才二两,我平时真不喝。我像我爸,年轻能喝点。现在最多二三两,到顶了。""听说,您创建公司时,还没您爱人?""我爱人是我办公司后认识的。"

翟笠话里有话说:"那是患难夫妻,可一定要珍惜。"郭磊借着酒劲痛说革命家史:"你知道吗,我们结婚时在外头租房。租的是城中村民房,条件很差,连卫生间都没有,要到楼下公共洗澡间洗澡。""听说嫂子很能干。""泼辣,敢想敢干。当初海南市场不是冷清吗,没有游客,她便带几个人跑到琼州海峡对面的徐闻海安码头设点拉客。那段时间,就她能拉到一些客,帮公司渡过了最困难期。""到海峡那边,怎么回来?""没钱租房,就在别人的瓜棚架下用塑料布披身上,就那么睡。"

翟笠感慨地说:"太不容易了!"郭磊说:"可不是嘛,这个公司就像一首歌里唱的,有我的一半,也有她的一半。"翟笠感动得直点头。郭磊轻轻叹口气说:"这辈子遇到她是我的福气。连我父母都说,洪丹这孩子,真的很好,能干又孝敬父母,对双方父母都很好。有时我忘记给家里寄钱,她比我还积极,让我感动。"翟笠不住地点头。

郭磊说:"我大嫂从不夸人的,可是对她,总是一个劲儿地夸。"翟笠笑了说:"改天拜访嫂子。""她送完孩子,就没事了。哪天我让她过来,你们认识一下。你可能不知道,让我聘副总、助理,就是她的主意。"翟笠有些吃惊地说:"是吗?那真是了不得!"郭磊吩咐说:"你是学管理的,收购招待所的事,就由你来负责,关键在于签订合同条款,一定慎之又慎。"

当晚,郭磊将相关情况告诉了洪丹。郭磊说:"你明天去趟公司吧。助理聘了,你怎么着也得见见吧,那女孩叫翟笠。"洪丹说:"名字蛮好听。""能力也行,我带她见农场场长,她看过协议就给我提了建议,尽管小,但我觉得很有用。""什么建议?""规范文本,将来一旦有事,寻求法律帮助。我们又不是律师,从没想过太多,有文件自己起草随手就签了。"

洪丹点点头说:"她说得对。毕竟公司已经不是过去的小作坊,下面有这么多部门，都要规范。"郭磊笑说："看来这个助理找对了。""中山大学是重点名牌大学，哪像我们这样的学历，简直上不了台面。""不能那么说。学历只是参考，马云的学历也不高，硬是做出那么大的事业。""有总比没有强。好了，小磊去房里了，我看看，他是不是睡了。"

"他们三对搬没搬啊？""小付、小弓搬了，李鑫要等小凡。小弓这下有了动力，说他争取业绩做到一百万。"

次日，郭磊到公司，一个熟悉的面孔出现在跟前，吓他一跳。原来不是别人，竟是拉尼娜。拉尼娜说："郭总，我想离开尤金思。再待在那儿，他们两个人会决斗。你不知道尤金思的脾气，他脾气一发起来，真的很可怕！"郭磊说："那你来海南……""我喜欢海南，尤金思上次说那位大姐打算来海南，我请求做她公司的工作人员，她答应了。郭总，我到别的公司工作，您不怪我吧？""成不了同事，至少是朋友，对吧。"

拉尼娜说："郭总，我中午请您吃饭，吃海鲜。您最好接受，因为我吃了这顿饭，就要去大姐公司了，她的公司在三亚。"郭磊说："是兹娃娜雅吧？我知道，我还帮她订了套海景房。等她下半年来，就可以看房。""海口还是三亚？""长住海口，度假选三亚。我今天事儿多，一会儿，我让我的助理陪你吃顿饭？"拉尼娜一愣："助理？"

正好一辆出租车驶到跟前，从车内走出翟笠。郭磊给拉尼娜和小翟分别介绍过，翟笠同她握手问："怎么离开呢？"拉尼娜指了指郭磊说："请郭总告诉你。"

郭磊听了就笑。

拉尼娜说："你忙，我去三亚了，到三亚再见吧。"郭磊说："高铁刚通了，来回两小时。中午我让翟小姐陪你吃饭，你没别的事吧？"拉尼娜笑说："郭总，你这个助理好漂亮啊！"

"名牌大学毕业，能力蛮强。""很好啊，我下午走。"

上午接到旅游主管部门的一个文件，鼓励各旅游企业做大做强，有条件的甚至争取上市，文件还说："海南的资本市场不发达，需要一批好企业，让海南企业在股市上大放异彩。"

中午，郭磊回家，吃完饭，就在沙发上靠着给李鑫打电话，说："阿鑫，给你说个事，公司聘了助理。你这两天不在公司，小付和小弓都见过了，现在同你说一下。"

来海南久了，偶尔也学着海南人，将姓名称作"阿"什么。李鑫来海南也很多年了，所以不奇怪，便说："磊哥，我以为你提拔我当副总呢。"

当了副总，就不会带团领客。郭磊知道李鑫是玩笑话，就说："你丹姐说，让员工逐步参股，如在公司工作达到五年以上。公司的目的是让所有员工持股。"李鑫在电话里叫："磊哥，你不是逗我吧？丹姐肯定读过《道德经》，讲平衡。美国贫富分化最严重时，据说是罗斯福的社会保障挽救了美国。丹姐同员工同生死共患难，铁定懂得这个道理。"郭磊说："这个问题一下说不完，等到上市那天，人人持股，你说呢？"李鑫吼叫："磊哥，向您致敬！"

下午，郭磊没去公司，而是直接去了董中伟的公司。

董中伟说："想法好！规划好！你一步一个脚印硬是闯出了自己的路，祝贺你。还是那话，咬紧牙关，将这关挺过去，你就成功了。"郭磊说："我还没见过嫂子呢。""你嫂子低调，从不见朋友。我来海南五年她才从安徽过来，她原是一家中学的老师。我成立自己的公司，让她辞掉，在家带孩子，照顾我。""太好了。一般像您这么大老板，都难免绯闻什么的。"

董中伟神情严肃，笑了笑说："人最低层次吃喝拉撒，除此，还应该有更高的追求。比如我，更因为是一名政协委员，因此每规划一件事，都要先想到作为政协委员的社会责任。比如我投资望海商厦、投资西海岸癌症医院以及目前的博鳌超级医院等，都是应政府的需求。我要将这些钱拿去盖房子，一定能赚更多钱，可我没有。我觉得一个企业家应承担社会责任。你看看，我之前跟你说过的英雄豪杰，如海航的陈佛、海马的景鼎都是为海南的产业振兴，耗费了毕生的精力和时间。我董中伟能力虽不及他们，但也要尽到一个新海南人应尽的责任。"

董中伟的一番话令郭磊肃然起敬，又闲聊了一会儿，他起身告辞。下到电梯一层楼口，手机响了，拿起一看，是翟笠的号码。翟笠语气里流露出不悦："郭总，那个姓倪的很流氓。"郭磊顿时皱眉问："他怎么了？""协议谈好，同意签字，事后却色眯眯地盯着我，说晚上请我跳舞。""你如何回答？"

翟笠语气果断地说："我怎么可能答应他，只是我担心，他不会不签合同吧？"郭磊说："没事儿，是他在求我们。你现在哪儿？""刚从海航会馆出来，准备打车。""小翟，你直接到我家，见见你嫂子。""您不说她来公司吗？""我马上去三亚，她在家里，省得她跑。"

"那好，我马上过去。""公司的人都喊她丹姐，你也喊丹姐吧。你顺便告诉她，我去三亚今天不回去，我已动身了。"

翟笠问："需要我陪您去吗？"郭磊说："你在公司坐镇吧，认识一下公司骨干，公司一部部长叫李鑫，二部部长是付子皓，三部部长陈小弓，他们下午可能去公司。还一个管车队的叫蔡驰骋，这几天在三亚。""行，马会计已给了我花名册，我一个一个去认识。"

当晚郭磊住在三亚东方巨人大酒店。

东方巨人另外两位股东人不错，说好借他钱，都没推托。他一到，就问他是不是马上要。再找廖会计，廖会计听说公司要买一家招待所也很高兴地说："郭总，看来公司真要上市呢。"

次日一早，郭磊又赶到芳村同赖主任见面。这时，江德胜已到芳村工作。郭磊同他谈了会儿，说五个人中，就他同翟笠被聘用。郭磊肯定了他们的能力。江德胜自然很高兴，说："郭总放心，我会很好工作的。"

下午，开车往回走，途经琼海，将车子拐进琼海市区，直接开到琼海市旅游局门口。

一年一届的博鳌亚洲论坛影响力很大，凭借这个论坛，琼海市委打造了相适应的旅游设施，使琼海的知名度不断提升。近年在海南流传了一句话"吃在海口，玩在三亚，住在琼海"，因这种趋势，郭磊便考虑在博鳌亚洲论坛附近的乡村建民宿，游客到琼海旅游就可以住他们的民宿，公司又可以扩增一项产业。这想法在他脑海里转，一直没找到合适机会。

之前在省旅游委开会，郭磊认识了琼海旅游局郝副局长。他给郝副局长打了个电话，郝副局长正好在办公室，请他过去坐坐。

见面，寒暄两句，郭磊便直入主题，说他想在博鳌亚洲论坛附近搞民宿。郝副局长来劲了，说："民宿目前有两种合作方式，一种是协助村民建，如北仍村等，二是租他们房或土地开发，租期二十年。"

郝副局长领郭磊到会议室看地图，说："理想的民宿建设应是鳌头等村，鳌头村经济比较落后，不过上次在市里开会，村主任说他想做民宿，可缺资金，你可以同他们合作。"郭磊问："村主任姓啥？今天能约吗？"郝副局长说："姓符，我打电话试试。"

拨通电话，郝副局长跟符主任聊了一会儿。郝副局长告诉郭磊，他们村委会开了会，有搞民宿这想法，一是可以同他合作；二是租他们土地或房子。

郭磊问："符主任现在村里吗？"郝副局长说："他一个堂弟娶亲，在潭门喝喜酒。改天吧，改天我约好，你和符主任直接见面谈一下。"郭磊说："太好了，定了告诉我。"

下午四点，回到海口，时间还早，郭磊将车子直接开到公司。

翟笠同付子皓、陈小弓在办公室闲聊，见到郭磊，付子皓说："磊哥，你去三亚了？"郭磊问："你们两个搬了吗？"付子皓说："搬了。"陈小弓说："桂兰说，这几天没空，过几天搬。"郭磊说："李鑫说他下星期搬。小翟，李鑫见过了吗？"翟笠笑说："一部长吗，黑龙江人。"陈小弓说："磊哥，翟助理好有文化，一连考我几个问题，没一个答得上。"付子皓说："那是脑筋急转弯。"翟笠笑说："郭总，同倪场长协议签好了，您看一下，没问题就签字，成了。"

郭磊走到自己桌前，看了看说："很好，你是不是修改了？"翟笠说："我规范了文字，尤其是里面的措辞，这样任何时候都不怕律师钻空子。"郭磊点头说："很好。我经过琼海，想在亚洲论坛附近搞民宿，你们觉得如何？"陈小弓说："郭总，到处扩张，有这么多钱吗？"

郭磊说："这你别管。"

付子皓说："上次接一个韩国团，就有人问，为何不搞民宿。民宿价廉物美，很受欢迎。"郭磊说："等大英村招待所改造好，琼海民宿一建，各位看好戏吧。"付子皓敏感地问："上市？"翟笠说："理想很丰满，现实很骨感，还是一步步来吧。"

付子皓解释说："你才来，不了解公司，郭总这个想法不是一天两天了。"翟笠说："也要脚踏实地呀。"郭磊点头说："小翟说得没错。我这个人吃了半辈子苦，就想让大家高兴，喜欢吼两嗓子。"陈小弓说："刚来时不敢想，经这么多年拼搏，终于看到曙光。"

郭磊说："好，你们聊，我先走了。"翟笠忽然说："郭总，我见过丹姐了。"

郭磊不由得停住步，翟笠含笑说："丹姐不但能说，还特关心人。我去不到十分钟，包括我家父母兄弟姊妹都问个遍。"陈小弓笑着问："没问你有男朋友吗？"翟笠微笑说："你管呢。"

郭磊说："好，明天见。走了。"

第二十三章

　　王静开的"静雅咖啡店"位置在国贸区一横路二十号，之前是家小超市。王静的丈夫樊香平是上海同济建筑系毕业的，先在上海市政府一家建筑设计事务所工作。一九八八年海南办经济特区，他毅然决然挤上这趟车，来不久就被海南省建筑规划设计院录用。此后他的户口和人事关系从上海直接调来，属人才调动，至今已有二十年。樊香平当时三十多岁，结过婚。妻子是他大学校友，叫宋春萍，是一位电力工程师。樊香平工作关系和户口迁来海南，宋春萍也跟着办过来，在海南省电力总公司当工程师。因为正式调动，是体制内，二人都分到房。樊香平那边房屋面积大一些，夫妻俩便一直住樊香平单位的房，此后生了个儿子。儿子长到十岁，夫妻闹离婚。此后，儿子跟着妻子，他便过上单身生活。

　　单身第二年，认识了王静。那时王静在海南特区报社当记者。王静同男朋友分手后，虽有人追，但择偶非常慎重。毕竟这是海南，婚姻不是儿戏。她必须挑一个经济条件比较好又道德素养好的男人。一次省规划设计院做公共项目，领导让王静去采访。就那样，她同樊香平认识了。听说王静是单身，樊香平便开始猛烈地追求。

　　因樊香平结过婚，还有一个儿子，王静开始拒绝了他，可是樊香平不依不饶，继续追。

　　直到三年后，征得老家父母和哥哥的意见后，她决定答应樊香平。那一年，王静三十五岁，而樊香平已经五十岁了。

　　婚后生活还是很幸福的，没想到这个大她十五岁的老男人竟比她前男友还疼她爱她宠她。家务事基本不用她插手，请了个保姆。樊香平不但工资高，奖金也高，每搞一个项目提成更高。他一个月收入抵得上王静在报社半年甚至一年的收入，所以樊香平多次提出让她不工作，就待在家里，可她不同意。就这样，她将岛服工厂转给了别人，接着策划开了这家咖啡店。

　　严格地说，樊香平也算十万人才闯海南之一员，只是他"闯"得很幸运。不像其他人，一张简历送到人才交流中心从此"泥牛入海无消息"。因为是体制内调动，他的规划设计师还带级别。他当省规划设计院设计师时是副处级，后来晋升正处级，房子用车都是公家分配的。据说来海南后，有一年，省委组织部领导考察樊香平，打算让他到下面当副市长，可他坚辞不就，组织部门只好作罢。

樊香平离婚后，前妻带着儿子，一直没再婚，他们都在海南。因惦记儿子，樊香平每个月会去接儿子吃顿饭。前妻不错，每次去接儿子时都让他如愿。他至今不知道自己为何同前妻离婚，前妻年龄比他大一岁。前妻老家是浙江余杭，樊香平老家在上海松江。前妻在大学时追的人不少，樊香平与她不是一个系，可两人就是有缘分，只是这缘分后来走到了尽头。

樊香平再婚后去接儿子时，前妻的眉目脸嘴就不同之前了，总会找种种理由婉拒，如"儿子要上学"或"要复习"。王静认识樊香平后，不听他的婚姻故事，尤其是不想与他前妻和儿子有什么瓜葛。同在一个城市，王静担心宋春萍借故找她麻烦，甚至辱骂她。她是记者出身，曾报道过社会上好些第三者插足。她不是第三者，是在樊香平离婚后，两人才认识的。她有时很矛盾，又很懊恼。

樊香平每月工资和收入都按时交王静手里。后来，他索性将自己的积蓄存款都交给了王静。看到那么多的钱，王静才想到人与人之间真是不一样。想想当初自己的前男友，为了找份工作，竟然舍弃了同她一起的机会，只身去了三亚，造成他们"两地分居"。她一直觉得她和前男友之间的裂隙，多半是"两地分居"造成的。她至今都认为前男友对她是相当不错的。唉！真是时光不能回味！

咖啡店的选择和室内装修设计，都是樊香平亲自操刀，资金也是他的，为此他投入了三百万。樊香平和王静都是有品位的人，二人想法一致，就是这个店必须高雅别致，与众不同。甚至区别和美过外来品牌"星巴克"。

两个月的装修，一家漂亮的咖啡店出现在国贸一横路的那条街上。然而这时，她发现自己怀孕了。

二〇一二年四月的一天，早晨，湛蓝的天空飘来一层清雾，仅十几秒钟，就被一只无形的手撸去，大块的棉花团云出现在天际。"春暖花开"这个词对海南岛，只要不下雨刮台风，天天都是，它长夏无冬。

在海秀东路的望海商厦后头的仓库间，一个四十多岁的男人，头发凌乱，身穿工作服正在收拾库内的商品包。这时手机响了，他拿起一看，惊得手机差点儿掉落。电话是妹妹打来的，说："哥，爸住院了。恐怕过不去，你能不能赶紧回来。"他发现自己的嘴巴僵住了，竭力张开说："好，我……"妹妹又说："最好快一点，爸这次情况非常不好。"

此人就是之前两次和阚大姐等人一起上卢荛店里吃年夜饭的陈维。在望海商厦，他是先进工作者。虽工资只够勉强糊口，至今还是租房。因为收入对付吃住行，钱基本上花光了。他平时最怕接到的就是家里的电话，不论家里是谁，都会问他过得如何，实在没法回答。父亲身体非常不好，而他恰好已有十二年没回去了，家里人不知他在这儿到底好不好，看来这次无论如何都没法逃避。

回一趟哈尔滨，光来回机票就得两三千元，坐火车来回要十多天。他的银行存折上只有一千多块钱，还是刚发的一个月工资。

他没向上班的公司借钱，因为公司规定，凡聘用人员不得向公司借钱。这规定看去很苛刻，但是私人企业，老板这么规定，财务也没办法。

平时交往多的便是阚大姐、钱有福、张杰、潘宋国等几人，可是这几人没一个比他更有钱，有的甚至不如自己。于是，他便想到了大年三十晚上请他们吃饭的卢荛。

毕竟是借钱啊，哪里开得了这口。可是，听妹妹的口气，父亲危在旦夕。自己十二年没回去，再不回去还叫人吗？这都不是孝不孝的问题了。

情况紧急，陈维拿出口袋里的老款手机，地摊上买的，才二百块钱。找到卢荛的名片，按上头号码拨过去，很快就听到卢荛那亲切的声音。

陈维的声音沙哑，还干咳两下，像要消除尴尬似的，说："卢……老板，我是陈维，不知您还记不记得？大年三十，上您店里吃年夜饭的五个人之一。"卢荛爽快地说："记得，记得，我听出来了。""卢老板，您现在店里吗？""在呀，有事？""找您有点事儿，想过来一趟。""好，南航西店。你直接来吧，我在二楼办公室。"

中午要不回去，卢荛就在办公室放了一张长条简易沙发。既可以坐，也可以睡。

陈维出现在卢荛办公室门口时，头发凌乱，有些气喘，看样子挺着急，眼窝两个乌黑的眼圈深深陷下去。卢荛心里一惊，就想，出什么事了吗？

陈维低着头，果然哽咽一声说："卢老板，我求您，能借我一万块钱急用吗？"卢荛没准备，神情有些窘，但很快镇定下来问："做什么用？"

陈维带着哭腔说："我十二年没回家。妹妹昨天来电话，说我父亲癌症。估计时间不多了，让我赶紧回去见一面。我想，该以什么姿态见父母？可是您知道，我能有什么姿态……"

卢荛问："一万？"陈维哽咽说："我手里有一千，回去总得买点什么，再给母亲一点钱，否则我脸皮往哪儿放！""你还一个人？"陈维低下头说："找过一女子，她有个儿子。你想，不是这情况，谁愿意跟你？一起住了三年，她走了。"

见卢尧不作声，陈维脸红得站不住，强忍着拱手说："卢老板，卢老板，请您相信我，我顶多一个月就回来，我每月还您一千、一千五，几个月还清。"卢尧转开视线说："那……我让店长来，给你数一万现金。""我打个借条。"

陈维说着从口袋拿出纸和笔，原来他是有准备的。写好看了看，递给卢尧。

卢尧还在犹豫，问："老父亲真是癌症？"陈维要哭了，说："卢老板，我们认识也不是一天两天，我要是撒谎，出去被车撞死！"卢尧马上抓住他的胳膊说："哎，哎，不能那么咒的。没事，我给店长打电话。"

卢尧掏出手机，拨通小马的电话，大约几分钟，小马就过来了。他让小马数一万现金送上来。卢尧接过小马递上的钱转递给陈维说："你数数。"陈维接过说："不用。"卢尧摇头说："数数，钱不怕数。"

陈维便当着卢尧的面数完，分文不差，他后退两步，毕恭毕敬地给卢尧鞠了一个九十度的深躬。卢尧拦住说："哎，别这么客气，都是八八年上岛的，没事儿。"

陈维激动地说："我们五个人，都是硬撑着。您过年请我们吃年夜饭，我们很感动。您看，同是八八年上岛，您这么成功，有房有车，可我们呢，还是一无所有的流浪汉。""哎，别这么说，阚大姐自学英语成功当上老师了，是吧？""阚大姐最先脱离苦难，现在是海口市外国语实验学校的英语老师。卢老板，您不知啊，阚大姐这些年一直悄悄学英语啊。""不是说她入基督教吗？"

陈维不以为然地说："是潘宋国、张杰、钱有福三个人入了基督教。完全都是扯淡，中国人哪会信上帝呢？对吧，连饭都没得吃，还信基督教。谁信呀！是给人看的。""虚荣心吧，会英语？""阚大姐的英语说得过去，偏偏她不信上帝，她信佛。"

卢尧说："精神寄托，既然没钱，就有信仰吧，反正世界上的宗教就基督教洋气些。"陈维说："是，你连国门都没出，连港澳通行证都没有，信啥基督教，搞笑嘛！""你户口迁来了吗？""这就是我要向您汇报的。我们五个人，虽没赚到钱，但是唯一让我们欣慰的，五年前将户口迁海口来了，而且连同社保、医保手续都转过来了。"

卢尧点头说："花不少钱吧？"陈维说："我们哪有钱，只能是三天两头哭求，人家看我们可怜，又好像很爱海南的样子，就给我们办了。""那好，以后老了，就有保障了。"

卢荛沉吟片刻，脸色凝重地说："不要懊悔，不要悲伤，人生有成功也有失败。即使失败也不要叹息。努力过，奋斗过，就无怨无悔！"陈维露出一丝笑容说："卢老板说得对，我就这么想的。"卢荛想起什么，问："海口成立了闯海人联络机构，有管事的，你们要不要参加下？"陈维说："没大老板，参加有什么用，又不能为我们解决什么问题。"

　　卢荛说："八八年上岛的，肯定有企业家，有政府官员。一旦得知你们境况，没准儿伸出救助之手。"陈维说："假如有海南航空的陈佛、海马的景鼎，可能解决点问题，否则有什么用。"说完，他看卢荛一眼，再次深深鞠躬说："卢老板，多谢，我顶多半个月回来，我走了。"

　　卢荛不知是否要送他。他就那么走了，好像多余的话没有。当时一个危险信号冒出，这家伙不是骗子吧？他有些后悔，就陈维这种情况，能还自己的钱吗？他又想，不可能，毕竟是一九八八年闯海南的，那些人大都有点骨气的。

　　下午，午睡刚起，卢荛接到省师大教授刘荣的电话。药厂老总晚上来吃饭，订个大包厢。来来去去吃饭，彼此相当熟了，卢荛就笑问："很忙？"刘荣说："最近课多，下了班又总在药厂。"卢荛说："你上药厂做么子？"刘荣说："我兼了药厂的技术顾问，帮他们搞新药开发。这不，晚上就是药厂老板请客。问我上哪儿，我立马想到你。"卢荛赶紧说："谢谢，到底是兄弟，第一个就想到我。太感谢了。多少人？两个包厢？不，一个包厢两桌？那好，我早早安排。"

　　五点半，一辆进口面包车和一辆轿车载着十多人到了。卢荛将他们领到二楼包厢，边走边说："教授下海，不错！"刘荣说："这年头，不沾点经济，都不好意思说自己在经济特区。"卢荛边走边问："油水大不？"刘荣说："假如这个产品开发成功，我每年可从药厂拿到专利分红十万，连续拿五年。"卢荛激动地说："可以啊，抵得我开一个饭店。"

　　卢荛又问刘荣，当年闯海南的还有多少人没走？刘荣说："那个不好说。总之，听说还有不少人。"聊了几句，卢荛赶紧让店长和服务员为他们服务，他则到厨房切了一只大西瓜亲自送到刘荣的包厢，说免费送的。

　　一转眼，两个月过去了。这天卢荛刚到机场路分店，陈维来电话。有些激动地说："卢老板，您在店里吗，我先还您两千，我今天发工资。"卢荛说："我在机场东路店，你直接过来吧。"

　　十分钟左右，陈维骑着一辆旧自行车过来，边骑边朝他挥手，颇有些风度似的。他将自行车停好，将车柄上一个鼓鼓的塑料袋取下走过来说："卢老板，不成敬意。这是我们老家哈尔滨的秋林红肠，和两瓶哈尔滨产农家蜂蜜，请您笑纳。"卢莞说："哎呀，你太客气了。对了，老爷子身体如何？""唉，老爷子想我，电话里说不行了，其实一点儿事没有。"

卢莞就哈哈笑起来说："值！钱算什么，能回去看下老人家，就是积德。"陈维笑说："老爷子这一逗，我几个月工资泡汤啦。"卢莞用手掂掂红肠说："多少，这么沉。""一点意思吧。"

"自己拿点去？""没事，我还有。"

卢莞说了声谢谢，陈维将信封里装的两千元递给他。卢莞问："阚大姐他们好吧？"陈维不答，却说："您数数。"卢莞说："不用了。"陈维打量卢莞的神色微笑说："多久没见，卢老板的气色好多了，是不是最近又发大财？""发什么大财。机场东路这个店，政府马上拆迁。我今天过来，就是接洽这事。这店不搞了，我想在海府路重搞一个，正谈着呢。""那您忙，不打扰您了。"

卢莞问："你将钱给我，自己呢？"陈维说："没事，我留了吃饭的钱。除了吃饭，其他都可以不花。""要不，你留下五百，零花吧，比如吃个宵夜、看个电影什么的。"

陈维忽然落泪又笑着说："卢老板，不瞒您说，我快十五年没看过电影了。"卢莞问："为什么？""一张电影票几十块，舍不得啊。""明白了，那你好走。我还有点事。"

卢莞发现陈维骑的那辆车，有点像自己刚来海南时骑的二手车。二十年过去了，他竟然还同自己当年一样！

这天，海口市下了一场大雨。雨一停，卢莞就接到妻子电话："老公啊，我打算过些天过来。我晓得你每天上班，老实赚钱，我放心。"卢莞说："老实，老实得你就不怕我出去胡搞？"吕天娥说："你那么老实，我才不信你胡搞。""结婚这么久，你还不了解我？""我打算五一或端阳过来。""不在家多住？""多住怕你耐不住寂寞。"

卢莞说："把我说得那么没品位。"吕天娥说："不是品位，是生理问题。""向谁学的，还生理问题！""老实说，想我没？""这话问得，不想你想谁？""好，顶多五一或端阳我带毛毛过来。""家里冷吧？""冷，穿毛衣。""来前给信息，我到机场接你。"

挂了电话，他不禁笑了起来，嘴角似乎留有妻子的一丝温存。

自古道："公不离婆，秤不离砣，扁担不离篾丝箩。"说的就这个道理吧。

这段时间，谭香竹辞职了。走了谭香竹，总觉得少了点什么，可是他又很清醒，谭香竹毕竟不是自己的。

这天，卢尧正在办公室忙，谭香竹忽然来电话，半天不作声。卢尧知道是她，喂半天，才蹦出一个字"我"又挂了。他赶紧打过去，谭香竹才哭着说："哥，我要同他离婚！"

谭香竹是实诚人，将前后发生的事一股脑告诉了卢尧。

原来，谭香竹同男友结婚后，发现他对她的好逐渐不见。婚前说可养家，让她回家相夫教子。可在家待了一段，又让她上班。丈夫每月限制给她钱，一月给一千，说每月工资才四千。总听到别人丈夫能干，疼妻子，便开始后悔。女人一后悔，就是丈夫的忌日。先埋怨，接着抗议，最后呵斥，一次吵几句，丈夫竟要动手，彻底伤了她的心。她肚里有了，生了个女孩，丈夫更不高兴。这次，二人因一件小事吵几句，男方竟让她滚，谭香竹的高傲已经荡然无存。

卢尧拍案而起："香竹啊，香竹，当时哥劝你，你不听。为了嫁他不但辞职，连手机号都换了，怕我找你。你反复说，他是国家教师，对你好。现在为他生了崽都不怜惜，你这是自找，活该！"谭香竹说："哥，过去的事不说了，好不？人家闹矛盾你还看笑话。"卢尧气呼呼地说："矛盾？你老公不是国家教师吗，怎么动手打人？"

他这天特来气，一连骂了谭香竹三个活该。

谭香竹说："哥，你骂得好，你觉得痛快，就骂，我就是贱人，该骂！"卢尧心又软了，说："香竹啊，哥不是骂，哥是看到你那么好一个人，却遭到渣男糟蹋，哥心痛。想当初，哥那么待你，爱你，劝你，只待你回头，可你就是一头牛，哪肯回头？"谭香竹笑起来说："哥，我就是头牛，一头拉不回的牛。现在好，这牛醒了，要回头！"

卢尧笑了，嘴里却像嚼了一坨炭，又苦又咸，心想，你被人搞成残花败柳，现在找我？可又想，毕竟是男人，不能这么苛求，女人天生就是傻牛，不走到悬崖不晓得回头。唉，这就是命！

于是，卢尧问："你打算同他离？"谭香竹说："是。""离吧，离了来上班。机场东路搞城中村改造，我可能要到海府路另开一家。新店你当店长，好不好？"谭香竹说："哥，我怎么谢你？"

到底是男人，尽管结婚，而且有儿子，依然怜香惜玉。他每天同谭香竹打一个电话，不知是否想安慰她。

半月后，那熟悉的声音在电话那头哭起来，谭香竹对卢尧说的第一句话就是，"哥，我来上班，您同意吗？"他说："死鬼，前几天我给你打手机，你手机竟然欠费，我刚给你交一百块钱，你收到没？""原来你交的呀，你太好了，哥。

我哪里不交，是没钱交。"

卢尧吃惊地说："你竟然混到了这地步？"谭香竹说："他早想离，否则不会那么抠。""香竹啊，我实话告诉你，天娥对我不错，还为我生了儿子，我不能怠慢她。你这头呢，我不能见死不救；不管我怎么帮你，你都不能告诉天娥。""放心，哥，我哪会那么糊涂呢。""那你愿不愿跟我逛一次街呢？比如，府城那什么换香节，听说蛮热闹。"

谭香竹顿时笑说："哥，你真糊涂，换香节是过元宵那晚。如今元宵节早过了。再说那换香节也早改成了换花节，每人手拿一支香变成每人手拿一枝花，找朋友，结交爱情。"

谭香竹是听她叔叔说的，据说从唐朝起，古琼州就流传一民俗"换香"，即每年元宵节，男女老少手持炷香，借助香气祈祷神灵，祝来年风调雨顺五谷丰登，这传统延续几百年。海南建省后政府考虑到持香不安全，倡导换花，于是每年的正月十五元宵节晚上，换香换成了鲜花。那天晚上，府城人山人海，人头攒动，热闹非凡，胜过过年。

除了换香节，海南还有两个古老民俗，一是琼剧，因琼语与广东话闽南语差别大，与普通话更远，从内地来的都学不会。卢尧上岛这么多年，不但不会，连听都听不懂。另一个民俗是公期，公期据说是几百年前有个女将军叫冼太夫人率部征南，从广东来到海南新坡，发现这儿水草肥沃，于是下令安营扎寨。于是每年这个日子，当地人会云集到海口市新坡一带，凡冼太夫人部队驻扎的地方，这天肯定杀猪宰羊大吃大喝，一个村五十户人家，吃五十顿。除祭祀冼太夫人，还有祭祀佛爷和土地公的民俗。但很奇怪，海南不同于广东福建，不怎么祭祀妈祖，岛上的妈祖庙显然没佛爷和土地公的祖庙多。

卢尧来海南这么久了，其实也知道那些风俗。只是刚才一高兴，就出口乱说。他嘻嘻笑着说："现在离过年还早，五一节那天，我请你看场电影，街上转转如何？"谭香竹说："五一节再说吧。"

下午，火山镇一个果园农场场长于森生来电话，问卢尧想不想吃荔枝。于森生是两年前上他的店里吃饭，同他认识的。此后每到海口推销荔枝就上他店吃饭还送他荔枝，他们成了朋友。于森生是徐闻人，早年到海南承包果园。卢尧来海南多年，发现海南农业有几个产品了得，如于森生生产的妃子笑荔枝，再就是琼中绿橙，每年上市就被香港、北京、上海三地抢空。本地人反吃不到。还有昌江芒果，建省前好像没听说，这些年被媒体一吹，无人不知无人不晓。特别是琼中绿橙，更是神奇，之前吃的橙子皮为红色，绿的被认为没熟；偏偏海南的橙子是绿皮的甜，口感超过任何红橙，一经推出，牛气冲天，据说香港、上海、北京等大城市人最爱吃这款绿橙。

荔枝拉回来，卢尧送一箱到董中伟公司。

今年荔枝没去年多，所以他没有送给郭磊。

中午休息，谭香竹打了电话，只是问问，让他颇为惬意，问："晚上能出来吗？"谭香竹说："能。"卢尧说："那晚上一起吃饭，吃完饭，上街转转，好像望海楼要搞一个商品推销节。"

下午三点，谭香竹回电话来说："哥，晚饭不吃，我叔婶说买了菜，一定在家吃。"卢尧背上一冷说："那晚上出不出来？""吃完饭我来，直接打车去，你也直接去。""怕别人看见不是？""没有，不是。"

晚饭后，卢尧再次同谭香竹通过电话，就出门了。他开车到望海门口广场，先停好车，就见谭香竹手牵着一个一岁多的孩童东张西望。

卢尧不满，心想，我约你，你却带个孩童出来？

正不解，收费员拿张票据要他缴费。交了五元钱，看到谭香竹站在榕树下频频向他招手。海南除椰子树，大叶榕也有名。这种树枝叶非常放纵。假如谭香竹不是个子高大，差不多被垂掉树藤遮住。他快步走到谭香竹跟前，先看孩童问："你的？"谭香竹点头。卢尧说："你带她来做什么？"谭香竹说："怎么办？我不带她，没人照看。"卢尧差点儿要骂人，但还是强压了回去。

他转头看见有个卖冰激凌的，过去买了一个递给孩子。孩子接过，津津有味地吃起来。

卢尧再看四周好像没人，便将谭香竹拉到榕树后头，然后一把将她推到榕树干上按住强吻。谭香竹拒绝两下，最后反伸手抱住他，二人在榕树后阴暗处吻了许久。同时抬头，发现都流出了哈喇子，这时孩子还在津津有味地吃冰激凌。

卢尧顿时惬意地说："我现在想要你。"谭香竹摇头说："你再胡说，我都不敢见你了。"卢尧跺脚说："气我！"谭香竹笑说："你不是有情怀的人吗，总盯那个事儿。"卢尧反问："我什么时候求过你？"谭香竹说："你那时候总约我出去，不是想那个事儿？"卢尧顿时来火说："还说，那个时候要答应我，你就不会……"他硬是将"残花败柳"四个字强吞回去。他知道，这四个字一旦说出来，谭香竹没准儿掉头就走。卢尧看着街的方向说："你以为我真想逛街？"谭香竹说："那你约我来？"

卢尧从口袋里掏出一沓人民币塞给谭香竹说："这是两千块钱，你拿着。机场路拆迁下个月。"谭香竹紧张地说："我一下子不能上班。"卢尧说："怕什么，还能饿死你？"谭香竹微微一笑说："哥，我知道你疼我，可我毕竟还要靠自己的劳动吃饭。"卢尧说："什么叫人生没有后悔药！"谭香竹泪水唰地掉下来。卢尧慌忙说："哎哎，你做什么，我不过说说。"谭香竹拭眼泪说："没事儿，哥，我是自找，活该！"卢尧笑说："好了，说你两句，你就掉眼泪，以后我一概不提了。"谭香竹说："哥，我要回你店上班，你那位不会有看法吧？"

卢尧说："你以前不也是我的店长吗？"谭香竹说："知道了。""那好，既然来了，我们到街上转转吧。""要得。"

谭香竹牵着小孩，二人往街后小巷走。走了几步，卢尧嫌孩子慢，干脆抱起来。往前没走几步，小孩指着一旁卖气球的嚷着说："爸爸，爸爸，我要！"卢尧说："这伢崽疯了。"还是买给她。谭香竹笑得不能自抑说："我没想到她喊你爸。"卢尧说："这就是命！"

天色完全黑下来。他们走到一个没人的地方。卢尧靠近谭香竹，将一只手伸向她的腰肢。谭香竹便推他手说："爪子老实点，你这样搞，我都不敢出来。"卢尧笑说："好，我们文明逛街。"这晚逛到十点才分手。卢尧有点饿，就在路边的烧烤摊买了几串烧烤吃了才送她回家。回到家，他也感到有点累了。

吕天娥还是没回来。这天下班，卢尧又给谭香竹打电话说："晚上做么事？"谭香竹身边有孩子叫，她说："在家。"卢尧说："告诉你，海府路湘风阁店下月就装修好，离开张最多十来天，你安排好。"谭香竹说："我同我那个人谈判成功，他答应每月给孩子生活费三百块，可请保姆。"卢尧喊了一声，笑说："三百块请得到保姆？我补你三百。"

谭香竹笑说："我婶说，从老家请一个女孩，不做别的，只看一下小孩。"卢尧问："能请到？""我们村里的人已带信给我爸妈。""你爸妈为何不来？""他们在省城打工，偶尔才回去。早点儿休息吧，吕天娥不在，照顾好自己。好，我挂了。"

卢尧挂了手机，还沉浸在谭香竹最后那两句话，想入非非。

两天后，卢尧正上班，堂哥打来电话聊天。

堂哥长沙的店不赚钱，便又回老家去。回到老家，生意就特别好。堂哥有两个孩子，大儿子卢寿生前年考上北京大学，这事在老家闹得沸沸扬扬，说卢家要发达，因为老家从新中国成立后就没一人考上北大。堂哥说："尧啊，你侄子寿生五一放假，说去海南旅游，给你打电话没？"卢尧说："没有啊。""这孩子，我跟他说自己的叔，你怕么。""寿生哪年毕业？""还有一年多，他学国际传媒。我和他妈的意思，毕业了就留北京，不要回来。""中国的事，不上北京不灵。长好

299

高了吧，我很多年没见他了。""莫说你，上次回来，亲戚没一个认出的，说长那么高。"说罢哈哈笑起来。

完后，堂哥就将他儿子的手机号报给了卢尧。

卢尧办公室在南航西路湘风阁店二楼。二楼除他的经理室，还有财会室、办公室，又招聘了两个职员。卢尧平时很少在办公室，基本上是三个店轮流转，特别是节假日。他还没进门，就收到堂哥发来的短信。再过两周，就五一节。

正要上楼，手机响，是赵世德，他说："我刚到公司。"赵世德说："有个事，干脆你来我的店，大不了中午请你吃羊肉泡馍。"

小马和两个服务员正在厨房忙，卢尧看没什么事，就开车来到南大桥白坡里，在赵世德的"绿谷茶庄"店门口停下。赵世德听见车响，迎出来热情地拽住他的手说："我们的大老板到了，请！"

海南一年中凉冷与酷热交割时，一般到五一，才开始热，这样一直到十月。卢尧来海南这么多年，基本掌握了这种天气节奏。天不热，空调没开。

卢尧酸了赵世德一句："真会做生意，这种天就不开空调。"赵世德笑说："你要开，就马上开，哪少那几度电呢。喝什么，大老板？"卢尧说："来壶红枣龙眼茶。"

赵世德便同服务员吩咐了。卢尧将手包往桌上一放问："找我干吗？"赵世德说："有个朋友是市个协的，最近搞了个闯海人联络站，将八八年上岛的联络一下。"卢尧喊一声说："就这事？上月联系了不少人。我以为什么要紧的事，还有什么事？"赵世德慢吞吞地说："别急，喝茶，慢慢说。"卢尧只好重新坐下，服务员送茶来了。

赵世德给他斟一杯，然后慢条斯理地说："喝茶，喝茶，这红枣是今年的新枣，特香，你试试。"卢尧喝一口说："嗯，说吧，什么事？"赵世德看着卢尧，阴阳怪气地笑说："伙计，你泡妞不？"卢尧顿时瞪大眼睛盯着他。赵世德说："莫那么看我，我是说，你老婆不在家，你又是老板，手头有闲钱。"卢尧要走被他拽住，"兄弟那是艳福。艳福，懂吗？"卢尧说："这么说，你试过？"赵世德嘿嘿笑，说："一次，朋友请吃饭，可能喝了点，被他拉拉扯扯，去了一次。那时在红城湖，后来被整顿，所有发廊都被清掉。搞到秀英街去了，秀英街郊外的一个村子，那儿偏僻。"

卢尧冷笑："哼，你吃饱撑的，叫我来扯这个！"说着端起茶杯喝一大口，起身说，"你自己玩吧，不陪！"赵世德赶紧拦住他："哎，兄弟，你装什么正人君子，也不看看这是什么社会。就允许贪官污吏找情妇、玩女人，就不允许我们平头百姓找两个小妹玩个乐子？""小妹，那是小妹？那是娼妓！""莫说那么难听，娼妓也是为吃口饭。知道吗，我了解过，那些妹子都是清白人，只因生活所逼，才走上那条路。""一般都那么说。"

赵世德严肃地说："真的。我实话对你说，那次我跟朋友去红城湖遇到一小妹，她告诉我，她干这完全为她妈治病。她妈患子宫病多年治不好，吃药需要钱。她爸不管她妈，她还有一个弟弟，真很可怜。"卢尧说："我要第一次认识你，也会说我家多惨多惨，就你信！""我敢断定，那小妹没有骗我。""你给她多少钱？""按规矩一百，那天我给她四百。"卢尧冷笑说："真慷慨，拜拜！"

赵世德拉住卢尧说："你坐吵，店里哪要你管啊。"卢尧只好停步说："你到底有什么事？"

"哎，你请阚大姐他们几个吃饭，他们都挺感谢你的。""废话，我走了。"

卢尧想过两天请谭香竹转转，为她买两件衣服，假如妻子回来，这事就不好办了。

想了就办，卢尧还真给谭香竹打电话说："香竹，这两天有空没？不是上班吗，我见你身上穿的还是几年前的衣服，太寒碜。我想为你买两套。"谭香竹笑说："我去工作，又不是去卖相，上班不是有制服吗？"

卢尧无言，怎么忘记这茬儿，就笑说："你真幽默，就不能含蓄点，非要道破？"谭香竹说："卢哥，我现在的情况有点复杂。对了，天娥什么时候回来？""说是过两天。""她回来，你如何同她说，我又去上班？""你是来上班，又不是相亲，你怕什么？""这就对嘛，就因为去上班，所以卢哥您就别考虑我穿什么。"

卢尧笑着说："蛮鬼头，这两天真没时间？"谭香竹说："一起坐坐喝个茶，聊个天可以，买衣服就算了。""那后天吧，我们在海口宾馆二楼咖啡厅见，那儿是你我到达的中线。喝完茶，一起到海府路看看进展。""能带伢崽吗？""不要带了吧。"

约好的日子到了，卢尧开车直接来到海口宾馆，先到二楼。二楼中间是咖啡厅，旁边还有桌球厅。看时间还早，卢尧先到桌球厅玩一会儿，才见谭香竹亭亭玉立地站在桌球厅门口。那一刻，他兴奋得丢下球杆说："蛮准时。"谭香竹说："打呗。"卢尧说："又不是细伢子。"谭香竹笑说："我看你就是个细伢子。"

座位靠窗，蛮安静。服务员过来，卢尧问："喝咖啡还是茶？"谭香竹说："红枣茶。""你也喜欢红枣茶？""那个补气。""对，加龙眼枸杞，不但补气还补肾。"

服务员见他们只点一壶红枣龙眼茶，就问："吃点什么？"卢尧看着谭香竹说："先喝茶，再找地方小吃。"谭香竹说："别那么麻烦，就随便吃点吧。我早上吃得晚，还不大饿。"卢尧便对服务员说："这儿好像有套餐吧？"服务员从桌上取过一张菜单，递给卢尧说："上头二十多种套餐，任选。"卢尧接过看了看，又递给谭香竹。

谭香竹选了一份鸡腿套餐，卢尧选了一份煲仔饭。谭香竹问："你喜欢吃煲仔饭？"卢尧说："来海南学会的。"卢尧又对服务员说："来一包餐巾纸。"服务员回答一声好去了。卢尧盯着谭香竹说："哎，怪了，今天见到的你年轻了一些，见鬼啵？"谭香竹笑说："见什么鬼。最近下雨，晚上睡得着。"卢尧说："同你那个，理清没？"谭香竹说："理不清，理还乱。"又笑说，"分手那天，竟连当初我花钱买的电视机都不肯给我。""我想那家伙压根儿就没钱。估计每月赚多少花多少，是不是？""之前工资倒是每月都交给我，我怀疑他外头有人，否则不会这么果断。"

卢尧摇摇头说："放着你这样的天仙不要，还去外头找？"谭香竹说："他说他要找一个城市的，我是不是很没品位？""这男人我看就是狗屎，自己没能耐，想吃软饭。""我叔婶很生气，他们觉得好像对不起我，当初毕竟是他们看好的。""我跟你说，香竹，自古有训'百无一用是书生'，你记住这话。"谭香竹点头说："嗯。记住了。"

服务员端着茶过来，接着问："套餐现在上，还是一会儿？"卢尧指了指服务员说："哎，你不错，这样服务质量很好。"见服务员笑，他看着谭香竹说："我同你家那个不一样，我是作家，他是老师。之前你可能小看我，我是有梦想的人。"

卢尧给谭香竹倒了一杯茶说："白坡里有家茶店的红枣枸杞茶特别好喝，好像有特别的做法，比这个香浓。"

谭香竹端起喝一口。卢尧给自己倒了一杯，也喝一口说："这个也马马虎虎。"他忽然盯着谭香竹，"我堂哥上礼拜给我发来了一个新菜，让我加上去。"谭香竹问："什么新菜？""啤酒鸭，衡阳一个师傅研制的。不知他加了什么配料，吃起来比别的啤酒鸭好吃。""上架没？""我让师傅在调制。"

谭香竹发现卢尧总盯着自己，便有些不好意思，微微低头说："你眼睛往哪儿看。"卢尧脸红说："假如我是一只猫，你想……想干什么？"谭香竹说："假如你是一只猫，捉老鼠啊。""假如我是一只馋猫呢？""馋猫，肯定饿了呗。"

卢尧往谭香竹身边凑了凑，小声说："我想做那天做的事。"谭香竹顿时脸红说："哥，你真不要这样。吕姐很快回来，那时你就不寂寞了，你最近肯定寂寞。""就是你吕姐回来，不等于我就不想你。"

谭香竹用勺子搅着杯中茶末说："卢哥，不要那样。我们就以兄妹相称，好不好？"卢尧说："假如我不答应呢。""那……我就不去你店上班了。"卢尧摇头叹气说："搞了半天，你还是那句话。""哥，我们都是接近中年人了，不要那么浪漫吧。""我浪漫吗？你吕姐说我从来不浪漫。""那她是没看到你真实的一面。""真实的一面？""你在我面前表现的一面。"

　　卢尧笑起来说："你越来越会说话了。从哪儿学的，你那个教书的老公？"谭香竹嗔怪说："你有病吧，我们都分手了。"卢尧呵呵笑说："你现在是一个人了，难道就不寂寞？""感觉不到，我每天看到孩子，身上就有使不完的劲。你不是吗？""女人都为孩子活。""那是责任。"

　　卢尧说："分手了，孩子可以给他啊！"谭香竹说："我身上掉下的肉，不可能给他。""他是孩子亲爸啊。""亲爸也不行。至少，我不想让孩子没长大前受委屈。"

　　卢尧点头说："对，这就是女人。我忽然有了创作冲动。"谭香竹说："创作？""就是写作。""你饿没，让他们上套餐吧？""我忽然想起你蛮喜欢吃鸡腿，给你上一条鸡腿。""够了，够了。"

　　卢尧还是喊服务员加了一条油炸鸡腿。见服务员端来油炸鸡腿，谭香竹有些不好意思地说："哥，你太客气了。"卢尧边吃边说："我就奇怪，吕天娥生了小孩，身体变形，你除了腿粗了点，都没变，按摩了？""毛，我每天带小孩，再说我舍不得那个钱。""按摩吗，今天我请你。""那个没一点儿意思。""不是给我省钱吧？"

　　谭香竹听了就笑。吃完饭，谭香竹说："哥，谢谢你的饭菜，我们回去吧。"卢尧上前扶住谭香竹问："回去还是逛街？"谭香竹用手挡开他说："我衣服很差？"卢尧说："你说呢。"谭香竹就看看自己。卢尧说："我想吻你。"

　　电梯开了，走出来一男一女。二人走进电梯，等电梯门关上，谭香竹用双手将自己的嘴唇紧紧捂住。卢尧说："自我保护？"谭香竹说："哥，不合适。"卢尧说："就像那天，一次。"谭香竹正要将自己的左脸颊给他，电梯却到了底，门开了，看到电梯门外几个人站着，他们只好走了出去。

第二十四章

刚国强开发的琼海蔚蓝海岸项目，在博鳌亚洲论坛会址即东屿岛南侧，跨过万泉河约四华里一处临坡荒滩，约二百亩。当初他找海南省规划院的一个设计师，再找琼海市规划局，又由琼海市规划局出面找分管土地副市长。通过土地招标拍卖，拍得这二百亩地。

按照郎总的意思，首期开发五十栋海边豪华别墅。郎总还说，五十栋别墅的概念刚发布，就有三十个富豪向他订购，还有富豪说要打预付款的。郎总本人也是富豪，加上是地道的北京人，在京城有很多社会关系；京城有钱人多，花千万买个豪华别墅不是难事。刚国强受命开发这个项目，充满着信心。郎总说，项目成功，可给他百分之五的分红。把土地征下，规划做好，人员招聘完毕，每隔两天就去督促施工。他们在附近的博鳌镇租房办公和居住，没事时还到万泉河边去钓鱼。

郎总执意开发这项目，作为商人，首先是赚钱，其次想在海南地产界打出知名度。毕竟当年在海南炒楼花，只待了一年半，海南给他带来第一桶金。朋友圈里一旦有人提到海南，他还总以为海南做出贡献而自居。郎总特迷恋海南的海鲜，说吃辽宁、山东、浙江沿海的海鲜，总没有海南的海鲜口感好。有朋友去海南，他总让人家带点或买点干鲜海鲜回来。

郎总时常问刚国强项目搞得如何。他汇报后，将报告传真给郎总。几天后，郎总亲自来了一趟，看了看项目图纸和施工现场，做了一番指示，住了一天，就走了。

郭磊打来电话，问刚国强项目的进展。郭磊说："你在南边，我在北边；你在万泉河南搞别墅，我打算在河北边的鳌头村搞民宿。"刚国强说："民宿？不错，我挺看好民宿。"郭磊说："你是销售，我是住宿。你是一竿子买卖，我是长期经营，还要同当地村民签合同，估计有十年二十年。"刚国强说："什么时候上你民宿项目看看。"

乡镇待腻，怀念都市。刚国强开车到海口市住两天，他不认识太多人，之前待过的教育房地产公司那帮人，把他气坏了，不再同他们联系。闯海南的朋友，只有刘荣和在船上认识的郭磊等人。

刚国强喜欢住海府路海南大酒店，住这儿往市内各处都方便。下午四点，他到就给刘荣打电话，说晚上聚。刘荣说："我今天请你吧。"刚国强说："海口变化蛮大，我都快认不出啦。"刘荣说："你不是喜欢吃海鲜吗，太大场面我请不起，请你到板桥路平价海鲜市场。"刚国强笑说："能上板桥路也不错，还有谁?"刘荣说："我太太有事，就我们两个人。"刚国强说："要不，你给小郭打个电话吧，看他有没有空。"

在板桥路平价海鲜市场见面时，刚国强只看到刘荣一个人。刘荣说："我给郭磊打了电话，他说最近忙得团团转。"刚国强问："你没说请我吗?"刘荣笑说："小郭说了，等哪天有空，他请咱俩。"

吃饭的时候，刚国强感慨海口的变化日新月异，最近他来了两次，到处走一下，发现国贸那一块全建满了，都是三四十层的高楼，很有点香港中环和纽约曼哈顿的味道。刘荣说海甸岛更大，他们刚来还是一片滩涂，记得那时去海南大学，南门好像还是庄稼地，如今已是现代化校园，整个海甸岛高楼林立，别墅一栋连着一栋。和平大道、人民大道两条大道就像城市的两条经络，将整个海甸岛连串。不说海口，下面各市县变化也很大，如琼海、万宁、乐东、儋州，尤其是三亚，那变化简直翻天覆地。

刚国强就笑着点头。刘荣意犹未尽地说："建省初期三亚什么样，记得吗?沿海都是野生椰林，哪有什么楼房。现在就是一个现代化的都市。还有亚龙湾、天涯海角、南山观音风景区等，都成了现代化的景区，连外国人都点赞。"

刚国强说："海南的弱点是工业不足，没什么制造业。经济总量小，农业比重大。你想种一百亩庄稼，抵得上人家生产一台机器吗?"刘荣说："这个事，领导不是不知道。但是，可能是孤悬海外的交通吧，加上海南九三年提出建设生态省，凡是污染的项目不让上，即使赚钱。""那海南的税收肯定可怜。"刘荣苦笑摇头说："那可不，一个省甚至不如广东的一个地级市。一个地方的发展也有蝴蝶效应，建省初期经济要是上去了，也就上去了;可就是那么一阵风炒作，闹腾了一下，政策人才资金马上涌向了浦东，你想想能行吗?"

刚国强说："其实可大力招商引资啊。"刘荣说："要肯来才行啊!"刚国强夹起一只螃蟹腿，送到刘荣碗里说："多吃点，我看你这教授蛮寒酸，工资加了没?"刘荣笑说："加毛，还那么多。不过，比上不足比下有余。十万人才闯海南，我们属于幸运者。我就听说八八年来的，有的至今温饱都没解决。我的专业帮了忙，刚拿到一笔专利分红，九万。"

刚国强点头说："药厂新产品开发的分红吧？不错，来到经济特区，不搞点经济实在说不过去。"刘荣说："是，我们系里的老师，几乎个个都有外快。""海南就业不行。我听说，一等人才去了北上广，留下的估计是二三等人才。""所以，领导急也没办法。""照你这么说，我当初离开还是对的？""对错不好说。留下来的，也有非凡成绩的，比如海航、海马等几个企业负责人，还有一个清华研究生，好像姓陈，在金盘搞了个过滤水设备实验，拿到世界专利，事业做起来了，财富也达到了千万亿万。还有一个在三亚生产摩托车起家的，后来搞房地产，也蛮成功。有个姓刘的贵州人，搞了个文化地产公司，也很牛。省委曾提出发展新兴工业，不知为何就是做不起来。"

刚国强喝一口酒说："反正我了解到的基本上都是靠房地产发财，进不了房地产，像你一样进体制，拿一份固定工资。海南当年在全国率先提出小政府大社会，我看基本上失败了。""是，可能还是缺人才。"刘荣喝了一口酒笑说，"要不，你来开个厂？为当地解决部分就业，创造点税利？""难。郎总认为，海南搞工业没前景，不如房地产来得快。""都抱着捞一把的心态，所以大家都觉得难。"

刚国强说："不是捞一把，而是只能捞一把。比如这次，郎总交代，也是速战速决，盖好卖掉就离开。海南的房地产也奇怪，比如我们这次的项目，刚出了一个概念，广告还没登就被抢光，有地的话再来五十栋也没问题。海南的优势是气候，我从国家环境报告看到，海南空气质量长期居全国榜首。所以有人说，海南卖什么都不如卖空气。"刘荣说："海南近两年出现大批的北方'候鸟'。尤其东北的，一到冬天，就飞过来。有的习惯了，就买房，成了一种趋势。"刚国强笑说："所以我们郎总说，到海南搞任何项目都没有房地产来得快。"

这天，郭磊来到公司，见翟笠在，正要问招待所的事情，翟笠却先说："郭总，姓倪的让我们三天内打款。"郭磊说："打吧。一会儿马会计来，我签字。"

"东方巨人"分红，给琼岛旅游公司打了二百万。上半年现金流不错，还掉了东方巨人二位股东的钱。他想，等"海之南"开业，现金流又会增加。四台豪华大巴中两台进入维修期，如果有人买，干脆卖掉。于是，他同蔡驰骋商量，蔡驰骋说："我考虑一下。"

蔡驰骋在海口三亚某车行挂牌，到洪丹离开那天竟全部卖掉，还清了借徐丽媛的款，还购买了一辆"普力马"。贷，还；再贷，再还，早期借一万都胆战心惊，现在借百万、千万压根儿不怕。去年一千万还清后，他长舒一口气，一个公司不借贷不可能发展。

快到端午节，因父母想看看孙子，郭磊就让洪丹带儿子去亳州过节。

洪丹走了，郭磊让翟笠镇守公司，顺便监督"海之南"宾馆的装修。

人到中年条件好了，保健专家说中年人不可太油腻，郭磊便专挑素食或简餐对付。有时买大量的水果，肚子饿了就吃水果。郭磊至今没有严格意义上的锻炼，最多到白沙门海边那条空道走走或小跑一阵，仅此而已。洪丹说要买一套健身器材，郭磊认为锻炼还是在大自然中好。于是，洪丹平时便在附近公园的健身器材上练练。

翟笠到底是大学本科的质素，不过三个多月时间，对公司的所有业务都摸清楚了。

这天，郭磊打算去芳村，突然，洪丹打来电话："郭磊，你赶紧回来。"他心里一慌，预感到什么。果然，洪丹说："你妈昏迷，昨天爸和大哥将她送进医院，医生说要做最坏打算。"郭磊问："医生说什么病吗？"洪丹说："老人家最近总是喊肚子痛，送到医院做肠道检查，医生说是肠道癌。爸和大哥没告诉她，我回到家后，爸悄悄告诉我的。"

郭磊从手机搜索，晚上十点有一趟航班从海口飞往徽州。他将公司的工作交代给了翟笠。翟笠说："放心，郭总，公司我会照顾好。您抓紧去吧，时间紧迫。"

郭磊同琼海市旅游局郝副局长打电话，解释了这两天去不了琼海的原因。

晚十点，郭磊准时到达海口美兰机场候机大厅。凌晨一点到徽州机场，下机后，找了一辆出租车直接驶亳州。行驶两个多小时，到达家里，已是凌晨四点。

洪丹在家陪孩子，她说父亲和大哥守在医院。郭磊丝毫不敢耽搁，打车前往医院。

郭磊找到母亲的病房，见大哥和父亲一左一右坐母亲床边，头歪在一旁的床边。他轻轻走到母亲床前，母亲睡着了。郭磊没作声，或许是母子连心，他看到母亲的身子往前倾了倾，母亲忽然睁开眼，像是看到了什么，竟然从牙缝里挤出了五个字："磊啊，你来了！"病房的灯很暗，郭磊听到母亲的呼唤，百感交集，不知是喜是悲。被母亲喊声惊醒，大哥、父亲同时抬起头。郭磊将母亲的头和身子紧抱怀里哽咽说："妈，对不住，您都病这么久，我却在外头。"母亲微笑说："傻孩子，别那么说。我没什么病，可能年纪大了，身体不听使唤。"

郭磊不由得看看大哥和父亲，只见大哥朝他使眼色。于是，他便跟大哥走了出去，问："大哥，有事？"大哥说："你怎么这么晚？"郭磊说："昨晚十点多的飞机，到徽州已凌晨一点。正好有出租车，我是连夜赶回家的。"

大哥将郭磊拉到没人的地方，哽咽了一下说："郭磊啊，妈得的癌症，肠道癌，医生宣布了。我希望你这些天哪儿都不要走，陪着妈妈。"郭磊点头说："我明白了。"大哥说："去吧，我去小便一下。"

父亲见郭磊走进病房，问："没吃吧？"郭磊说："飞机上吃了，不饿。"父亲压低声音说："来医院第五次，医生才建议我们住院。"

郭磊见母亲眼睛闭着，便示意父亲别说，然后在父亲耳边小声说："哥已告诉我了。"

母亲看着比之前苍老些，其他真没看出病危迹象，所以他无法理解人患病时的状况。母亲睁开眼睛，看了看他，露出一丝微笑说："你饿不？"郭磊摇摇头。母亲说："孙子长得不错，像你，虎头虎脑的，我看了真高兴。"

郭磊泪水差点儿流出来，点了点头。母亲说："上小学吧？"郭磊又是点点头。母亲说："长得真快，要不了十年就长大了，就要娶老婆了。"

郭磊含着泪水笑了笑。

母亲说："你的事做得咋样？"郭磊自责说："妈，儿子不孝，总忙忙忙。您看，您都病成这样……"说到这儿，他终于哽咽得再说不出话了。

大哥走进来说："郭磊，你去睡会儿吧，天亮再过来。我和爸在这儿，没事。"郭磊说："你们回去，我在这儿陪妈。"父亲说："也行，让郭磊陪妈。他平时不在家，多待一会儿也好。"父亲说完便起身，郭磊一见，忙上前搀扶父亲。

大哥说："门口有三轮车。"郭磊说："那好。"说着便送父亲和大哥出门。大哥边走边说："郭磊啊，妈特别想你，你同她多唠会儿。将你在海南的情况告诉她，她一定高兴。"郭磊说："嗯，我知道了。"

郭磊回到母亲身边，母亲眼睛微闭，他痴痴地注视着母亲。这一刻，他想起很多，尤其小时候，母亲是很疼他的，好像胜过疼大哥和妹妹，可惜自己一走就是二十多年。母亲虽去过海南，但那时条件差。他总想等条件好了，再接父母哪怕住半年，也算尽了儿子的一点孝心。怎么也没想到，母亲竟患了癌症，中国人听到癌症大都认为活不了。想到董哥的癌症医院，不知开业没有。明天一定问董哥，假如亳州医院不能治，就转到海南董哥开的癌症医院去。

母亲忽然睁开眼睛，露出一丝笑容说："磊啊，你去睡会儿。"郭磊摇头说："妈，我没事，真的。"母亲含笑问："你工作做得咋样呢？"郭磊说："努力两年，看能不能上市，就是将公司上到股票市场。"

母亲不懂，但点了点头。片刻后，她又问："那次在电视看到海南刮台风，是不是？"郭磊说："海南四面环海，每年都有一两次台风。""大吗？""大多数是小风，吹几小时就过去。我到海南这么多年，遇到最厉害的一次台风叫'达维'。那是二〇〇五年，全省停水停电，整个海口市区出现海水倒灌。"

母亲担心地问："台风来时，人能站住吗？"郭磊说："十多级台风很难站住，不过那样的情况很少，一般多是狂风暴雨。""儿子啊，差不多就回来。外头再好，总是外头。"

郭磊凝视母亲说："妈，您感觉如何？"母亲说："你爸身体比我好。我这几年，经常这病那病的，大病没有，小病不断，你爸却少这样。""妈，我这次让洪丹带了几万块钱来。您和爸两万，妹妹一万，大哥一万。如今改革开放，亳州发展很快。您和爸都不要太省，有钱就吃。"母亲点头。

郭磊接着说："最困难的时期过去了，我的公司发展不错。我很快把家里那栋房装修好，就接您和爸过去。与家里比，海南空气好，气候暖和，适应年纪大的老人住。这几年各省的老人退休都往海南买房子养老。"母亲说："是，听你大哥说了，他们商业局也有人往海南买房。"

郭磊见母亲又微微闭上眼，好像睡着了，就不敢再问。看着母亲慈祥的面容，他内心五味杂陈。

郭磊又困又累，竟然打起盹来。不知过多久，他被人推一下说："郭磊，郭磊，我给你买了包子豆浆，你赶紧吃了。"他睁眼一看，是大哥，天已大亮了。

郭磊问："你没上班？"大哥说："单位知道家里的情况。你大嫂在家熬小米粥，一会儿送过来。这个你先吃。""洪丹和小磊会过来吧？""他们头两天都在这儿，我让他们别来了，尤其是带着小磊不方便。"

郭磊说："我到洗手间洗把脸。"大哥从口袋扯出一条毛巾一套牙具递给郭磊。

郭磊在洗手间洗漱完毕，回到病房，见护士正在为母亲量血压。郭磊轻声问大哥："药品都齐全吗？"

大哥将郭磊拉到一边说："主治医师告诉我，妈的病很麻烦，不能做化疗。"郭磊问："为什么不能做呢，不就是钱吗？""年纪大了，身体受不了那个折磨。再说即使做化疗，也不一定保证好。""大哥，我有个朋友在海口西海岸开了一家癌症医院，我一会儿给他打电话，看他那儿如何？""是吗，那倒可以试试。""现在太早，过一会儿再打电话吧。""你把豆浆包子吃了。"

郭磊站在门口吃包子的时候，见大嫂提着一只保温桶大步走来。看见郭磊，大嫂笑了笑，用手挥了一下。郭磊也回了她一个手势，大嫂说："昨晚到的？"他点点头。

大嫂说："我给妈熬了点小米粥。"说着就进病房了。

郭磊吃完包子、豆浆，将垃圾扔进了垃圾桶，回到病房，见大嫂正在喂母亲喝粥。郭磊问："能吃完吗？"大嫂说："也就喝小半碗吧。"

大哥走到门口，点上了一支香烟。郭磊说："大哥，你这烟要戒掉，别抽了。"大哥一笑说："争取吧。"

郭磊提出要为母亲喂粥，大嫂说，妈喝得差不多了。大嫂为母亲喂完最后一口，将碗放好，用纸巾给母亲拭着嘴角说："郭磊，你陪妈说说话，妈就盼你回来。"

大哥忽然咳了两声说："郭妮说明晚到，她孩子这几天生病，等病情稳定点就过来。"郭磊说："家里气温低，这时候的海南，还穿单衣单裤。"大嫂笑说："你冷不，一会儿给你拿棉衣。"郭磊说："我带了衣服，只是没穿，不想家里真冷。"大哥说："你是海南待惯了。"

母亲轻轻咳两声，郭磊忙看着她问："妈，想吃啥，您只管说。"母亲轻轻摇头。郭磊说："我从海南带了芒果，临时在超市买的，一会儿让洪丹送过来。"大哥说："你在这儿，我去去就来。"郭磊说："让爸别过来，让他休息。"大哥说："知道。"

郭磊手机短信响了，他掏出看，是翟笠发的："郭总，你那辆旧轿车若卖，定个价。"郭磊回了几个字："开价十万，成交八万，你去办。"翟笠马上回了一个字："好。"郭磊想起什么，又发了一条短信过去："装修队进场没？"翟笠回信："进场了。"

看着母亲闭着眼睛躺着，他上前轻轻问了句："妈，我喂您喝点热水吧？"母亲睁开眼，回了一句："刚吃完粥，不要。"

郭磊看母亲一眼，没再问，就回到座位上坐着，一时不知做什么好。

郭磊重新起身，走到门口，掏出手机给陈细妹拨："细妹，假如图纸出来，直接发到我邮箱，我在这儿可以看。另外，预算抓紧做，我好安排资金。"陈细妹说声好，然后问："老人家如何？"郭磊说："病得很严重。"陈细妹说："郭总您放心，这边的工作，我们会做好。"郭磊说："那就谢谢你了。"

放下陈细妹电话，郭磊找出董中伟的手机号，犹豫一下，试着拨过去。董中伟本人接了，问："小郭吗？"

郭磊把情况一一告诉了董中伟，他却说："小郭啊，我建议你去上海。毕竟上海医学发达，底子厚，人才多，我们医院刚建，人才不那么到位，估计还要两三年完善。"郭磊说："谢谢董总，那先这样吧。"董中伟说："尽尽孝吧。闯海南的，有几个不是这样。人生就这样，有得有失。多陪陪老母亲，替我问老人家好。"

放下手机，想起鳌头村的事，本想同翟笠打电话，让她去鳌头村初步谈一下。但想到马上过节，人家也要过节，尤其农村，就没打。

大哥进来，一股芒果芳香进入他的鼻子。他问："都拿来了吗？"大哥说："拿了三分之一，洪丹说，吃了再拿，拿多了放在医院不好。"

郭磊见母亲依然闭着眼睛。停了停，他凑近母亲说："妈，大哥拿芒果来了。"

母亲微微睁开眼睛，大哥剥了一只，然后用刀切成小块，然后扎起一小块送进母亲嘴里。

母亲张嘴吃了一小块，点点头。

大哥用毛巾为母亲拭了拭嘴角，又扎起一小块芒果说："郭磊从海南带来的，我刚吃了，很香甜。"母亲却摇头。护士端药进来说："给老人家吃药吧。"大哥问："护士，赵医生呢？"护士说："他在办公室。"

郭磊将大哥拉一旁，将同董总打电话的情况说了，大哥听后说："我问问赵医生。"

不一会儿，哥哥回来示意郭磊到走廊说话。他说："赵医生说，不管到哪儿都要化疗，去美国也一样。妈年纪大，他建议我们回家静养。"郭磊说："跟我去海南？"大哥犹豫说："毕竟是故乡，万一支撑不住，还是家里方便。"

郭磊不好再说什么，转头看床上的母亲，发现母亲比以前瘦了很多，尤其脸颊，心里不禁一阵疼痛。这时，父亲和洪丹牵着小磊进来了。洪丹边进门边问："妈好些了吧？"

一个中年男医生穿着白大褂走了进来说："郭先生，你们可以办出院了，不用等到明天。"

郭磊想说什么，被大哥拦住，他说："赵医生，再住一星期如何？"赵医生说："没必要，已经住这么久，该做的方案我们已经做过了。"大哥说："那药呢？"赵医生说："药几天来开一次，找我就行。"

大哥无奈地点头说："那好吧。"郭磊问："住多久了？"大哥说："先后来了两次，一共有半个月。"父亲说："办出院吧，老大，你去。"

大哥跟赵医生去了。郭磊问父亲："这么急着出院？"父亲说："你妈一直是他负责，赵医生是从上海医学院毕业的，经验很丰富的。"

小磊轻轻喊声爸爸，郭磊抱了儿子一下。

父亲走到母亲身边，轻轻问："你感觉如何？"母亲点头说："回去吧，不住了。"

父亲扭头对郭磊说："医生开了五种药。"郭磊走到床头看了看母亲没吃完的药，既没听说过，也不认识。洪丹看着郭磊问："暂时不走吧？"郭磊没作声，父亲也没言语。

父亲对小磊说："孙子，你吃芒果，你爸买的。"说着给孙子拿芒果。洪丹说："爸，你吃吧，我们在海南还能少吃吗，我给您和妈剥一个。"

郭磊便替父亲剥一个，送进父亲嘴里。父亲边吃边点头说："亳州也有卖，只是没这么新鲜。"

郭磊同父亲一左一右将母亲扶坐起来，他又给母亲背后放了一只枕头。大哥进来了说："妈，我们今天出院。医生说，基本没问题，回去边吃药边疗养。"

洪丹将郭磊拉到一边，轻声而难过地说："郭磊，大哥对你说了吗，妈的病可能没法治。"郭磊没作声，用手安抚了一下洪丹。

大哥正要出去，郭磊将大哥拉到一旁说："大哥，我们去上海吧，哪怕只有一线希望。"

大哥犹豫了。郭磊说："不就花钱吗？后悔还来得及，只能找最好的医院。"大哥说："不是钱，而是妈的病去不去都差不多。"

看到郭磊的眼圈红了，大哥叹说："症状不明显，妈偶尔才说，肚子不舒服，好久了，谁会注意。只以为吃了什么不干净东西，直到上个月，说痛得厉害，爸才紧张了。"

父亲过来说："老大，去办出院吧。早点儿回去，还自在些。"大哥马上说："那好，郭磊照看妈，我去办。"

郭磊知道母亲没有职工医疗保险，作为一个家庭妇女，只是在街道居委会申办了每年一保的医疗保险，那种保险报销比例不多，可报销百分之五十。于是赶紧从口袋掏出一把钞票递给大哥，说："这儿有一万。"

郭磊将儿子喊过来，让他到奶奶跟前说："喊奶奶。"郭磊将儿子的小手放到母亲的手心，儿子喊了一声奶奶。母亲说："孙子，你要多吃，你看你，总长不胖。小孩子正是长身体，要多吃。"洪丹说："哪节制过他，只要想吃就买。想吃什么，买什么。"

父亲说："有点黑，海南的太阳厉害。"洪丹笑说："太阳不厉害，只是整天到太阳底下晒。"郭磊含笑说："喜欢踢球，总到门口小溪捉鱼虾。"父亲问："那条沟清了没？"郭磊说："方案出来了，顶多两年内清理。海口市开始搞双创，店门口乱摆乱放状况都要改变，还有街头路口立面广告都要清理。"父亲说："亳州也在搞。"

洪丹凑到母亲跟前说:"妈,海南房子装修好,您和爸去住,享受享受我们的胜利成果。"父亲说:"你那房确实不错,就是没装修,地方也大。"郭磊说:"面积三百多平方米。上次我到评估机构评估,值四百多万。宣布国际旅游岛后,一平方米顶多三千,如今达到一万多。"

父亲说:"厉害。"

大哥办完手续,拿着一堆单据走进来说:"好了,准备出院吧。"郭磊问大哥:"怎么走,有车吗?"大哥说:"你和爸将妈扶到门口,我喊出租车。"郭磊说:"我来背吧。"

他上前将母亲扶起,然后弓下身子让母亲趴他背上说:"妈,您趴我背上。"

郭磊背起母亲,对洪丹说:"你赶紧去看一下车子。"

洪丹让儿子等会儿,自己快步出去。郭磊站着等候,等了会儿,洪丹进来说:"好了。"

这时赵医生和一位护士过来。大哥说:"赵医生,以后还要麻烦您。"赵医生说:"没事,没事,及时吃药,有事给我打手机。"

这时大哥看见护士转身,猛地从口袋掏出一个鼓鼓的信封塞到赵医生口袋里。赵医生吓得一激灵,大哥在他耳边悄声说了声什么。赵医生莞尔一笑说:"谢谢啊。"

车直接开到家门口,依然是几十年前的单位宿舍,只是数年前装修了一下。卧室在二楼,郭磊将母亲扶下车背上楼,送到父母的卧室,然后小心地扶母亲坐靠在床榻上。

大哥到厨房提了瓶开水,给母亲倒了杯开水,将从医院拿来的药,喂母亲吃了。

郭磊走到外头阳台上,掏出手机想打,又犹豫。想了片刻,便在走廊踱动。走廊有一排栏杆,栏杆上摆放几钵盆栽,有一盆雏菊,一盆绿钻。他在两盆花卉前看了看,用一旁的小铲刀,将里头土松了松,然后到厨房加点水进去。加了两次,感觉眼前的花卉变成了芳村的玫瑰庄园,出现了一大片红彤彤的玫瑰花似的。他想,是啊,芳村的玫瑰庄园要建成了,公司就又增加了一个旅游景点,这样他们在省内旅游企业中,又有了一块招牌。

他站在走廊上,痴痴地注视着远处的小街,认出是他儿时经常走的小街,多少回忆瞬间涌上。真不敢想,那么熟悉的地方,竟变得如此陌生了。儿时感觉小街好像蛮宽的,这次回来却发现很窄,是自己待的地方大了,还是小街的旧迹真狭窄？想起他小学和中学的同学，接着是大专的同学，这么多年，竟没有一个人同他保持联系。即便那个李彬和温闽生，也很久很久没联系了。过了年，他们都四十六了，都步入了中年，他们是否都结婚生子家庭幸福，自己真一点儿不知道。这次回来，要不要找他们侃侃呢，好像没有那种兴趣。他满脑子都是海南和海南遇见的人和事，对故乡的人和事早已陌生了。

不远的路上忽然出现两个女子，看样子像来他家的。其中一个同自己年龄差不多，另一个大概只二十多岁。同自己年龄差不多的那个手里提着什么保健品。郭磊看着她们走近，终于认出来，同自己年龄差不多的女子竟是他的同窗吴小燕！时隔多年，个子容貌没变，只是皮肤气血不如往日红润有光泽，头发换了发型，也没过去乌黑油亮。

郭磊无法确定吴小燕是否来他家，正在犹疑间，吴小燕发现了他，响响地喊了一声："郭磊，你回来啦？"郭磊微笑说："这不是吴小燕嘛。你……"没等他下楼，吴小燕就进来了，将手里塑料袋递给他说："听你大哥说，老人家住院，早想来看看。"郭磊说："哎呀，太客气了，怎么还买东西。"吴小燕说："一点儿保健品而已，不算啥。"郭磊收不是，不收不是。大哥出来了说："小燕，你怎么来了？"吴小燕显然同大哥很熟，说："老人家住院，听说后早该来看看，这不刚好郭磊也回来了。"大哥说："你们是同学，不要这么多礼，还买什么东西。"吴小燕说："唉，我是听王姐说的。"大哥对郭磊说："市招商局的方继平是我同学，方继平的爱人同小燕在一个单位，方继平和他爱人经常上我们家。"吴小燕说："我看看老人家怎样了。"说着，便跟大哥走进门去。

郭磊不知吴小燕到底因为大哥还是因为自己而来。片刻后，大哥就陪吴小燕出来了。大哥说："郭磊，你和小燕是同学，你们聊聊吧。"郭磊看着吴小燕，问："你还在社保局？"吴小燕却说："你几时到的？""昨晚，接到消息就马上赶回来了。""我以前在劳动局，后来调到社保局。""家里好吧？对了，'曹国舅'好吗？""饱食终日，无所用心。""他在什么单位？""卫生局。"

郭磊说："一个在卫生局，一个在社保局，收入应可以。你和班上的同学有联系吗？"吴小燕摇头，忽然眼睛发亮说："听说海南很漂亮？""有一种异国情调。""什么时候去看看。""行啊，去时给我打电话，我是做旅游的。""旅游公司吗？"郭磊点头。"行，我们每年有假，下次去找你。""没问题。"

见又有客人来，吴小燕便说："郭磊，你多陪陪老人家，我们走了。"

郭磊从口袋掏出一张名片递给了吴小燕，她接过来看了看，说了声谢谢。

就在郭磊离开海南第三天，董中伟的徒弟叶大贵带着工程队进入了"海之南"，即倪场长转让的那个旧招待所。名字是翟笠取的，意思是大海之南。郭磊曾在一电视节目中看过这个名字，便同意了，公司的人都喊大英村的这个项目为"海之南"。因为装修好后，公司要整体搬到这儿上班。

叶大贵是董中伟最得意的徒弟，董中伟创业成功，成立了投资公司，就将装修公司给了他，什么费用也没要。这个恩德，叶大贵永远还不了。装修本要打预付款，可董中伟要他装完后结账，甚至等对方项目开业后，以每月营业额支付，等于为郭磊支付了一笔工程款利息。

工程队自己在大英村吃快餐。翟笠每天去一两个小时，下午不去。中午晚了，她跟工程队员到快餐店吃快餐，一来二往，就同叶大贵很熟。

这天中午，叶大贵邀翟笠到大英村一家私人菜馆吃炒菜。叶大贵是安徽人，当然知道男请女吃饭，通常不能让女人掏钱。叶大贵很绅士，问她吃川菜不，她说："可以。"叶大贵说："我老婆四川的，所以我喜欢川菜。"

四个菜，一个汤，汤是冬瓜海螺汤，海南的川菜入乡随俗，冬瓜海螺汤本是海南菜。

叶大贵问翟笠喝不喝酒，她摇头，他便为她要了一罐椰汁。叶大贵自己要了一瓶冰镇啤酒，打开同翟笠碰一下杯，说："郭老板啥时候回？其实，你应该到董总那样的大公司工作。你看你名牌大学，人又这么标致，只有董总那样的大公司配你。"翟笠说："话不能那么说，琼岛旅游公司虽然规模不大，但我能看到它的前景。""什么前景？""我是学旅游的，喜欢做本专业，即使它暂时弱小，但只要有前景，就愿为之奋斗。"

叶大贵端酒杯说："有境界，是叫境界吧，我文化低，不大懂。"翟笠说："还有一点，公司员工团结。尤其是郭总本人，善良热情，既勤奋又节俭，按他目前的资产，完全可以享受生活，可他依然不断地扩增，努力将企业做大，最终上市。""上市？""对，琼岛这两年不断扩张，先拿下东方巨人百分之二十股权，又搞潜水基地、玫瑰庄园、投资民宿，本身还有车队，又吃下这个招待所，所以现在资金紧张。诶，您不是郭总老乡吗？"

叶大贵笑起来说："翟小姐，我只随便说说，您不要将这话告诉郭总。"翟笠说："郭总给的薪酬肯定没我之前那家公司高，但不能只看薪酬，要看事业。""你之前在哪儿？""三亚一家公司。"叶大贵笑着说："郭总既然盘下这么大的资产，每月给你两万，应不是问题。"说着，他请翟笠吃菜。

回到公司，翟笠正打算去琼海，李庚进来说："翟助理，我想二月十四日结婚，公司能不能借一万块钱？当然，我不是部长级别，但手头实在不够，女友又催得急。"翟笠说："稍等，我问问郭总。"

翟笠没发短信，而是直接打电话。好一会儿，郭磊回答："要有还款计划，比如每月还多少。他是公司的功臣之一，本要为他办婚礼，只是公司资金暂时有点紧。借吧，打个借条，让他去找马会计。"翟笠说："知道了。"

蔡驰骋听说史师傅的大巴车在陵水坏了，要他去。他不想打车，就来公司要那辆新买的"普力马"。"普力马"买来一直在翟笠手里，公司有什么事，她都开这辆车。

蔡驰骋以为翟笠不敢不借，不想翟笠说："这是公务车，你开去陵水，两三天回不来，自己打车去吧。"

蔡驰骋是公司最早的员工之一，自老婆生子，他就搬到海达路去住了。蔡驰骋有点摆老资格，对翟笠当助理不太习惯，便说："怎么，公司的车不是归我管吗？别说这辆公务车，公司六部豪华大巴都我管。"翟笠平静地说："我知道你是功臣，可是蔡部长，普力马真是郭总交代，只用于公司一般性事务。你拿去，就成你们车队独占了。""我没独占，是我们一辆大巴路上坏了，需要我去处理。""你打车去不行吗？我给你报销。"

蔡驰骋感到没面子，较真儿说："公司明明有现成的车，为何不给我用，偏要我打车，浪费公司的钱？"翟笠解释说："蔡部长，真是郭总交代的。不信，你自己同他说。""你怎么这么固执？就凭我最早跟郭总打拼，你也要给我这个面子吧！""公司制度是这么规定的，我必须严格执行。""公司制度？这是你的私家专车吧，你每天开着上下班，跑这儿跑那儿的，怎么解释？""我每天开它是工作，假如不是公司有事，我从不开车。不信你问马会计。"

马会计在隔壁听到，便冲着蔡驰骋客气一笑说："是啊，蔡部长，翟助理非常自律，因私从不开车。"

蔡驰骋气咻咻地走了。

三天后，蔡驰骋走进翟笠办公室，抱歉地说："翟助理，对不起，那天我不该发火耍态度。郭总狠骂了我一顿，说我不支持你工作。我估计郭总不信我已赔礼道歉，改天你能不能同郭总解释一下？"

一听这话，翟笠就知道郭磊批评了他，就说："郭总要给我打电话，我同他解释。"蔡驰骋说："之前只知道你是花瓶，没想到你是中山大学高才生，佩服，请翟助理多多包涵。"翟笠说："客气话不说了，都是一个公司的人，相互理解吧。"

这天，翟笠给叶大贵打了个电话，说出去两天。于是，她开车直奔琼海。

边开车，她边给郝副局长打电话。之前只是在手机里同郝副局长通过话，郭磊已经告诉过郝副局长，翟笠是他的助理。所以郝副局长约她一家叫万泉河的咖啡厅见面。郝副局长亲自点单，望了望翟笠，微微一笑说："翟助理，我已同鳌头村符主任说多次。据他说，春节后就同村民谈了两次，其中十二户人家，同意将房拿出来，同琼岛旅游公司签十年合约，十年内你们经营。十年后房还给他们，但装修不能拆。另外得保证他们每户有一人就业，月薪三千。这两个条件答应，那可以谈。"

翟笠说："郭总授权我同他们谈。您刚才说的两个条件，我现在回答您，没有一点儿问题。"郝副局长笑说："为做这个工作，我和符主任是一家家上门。人心都是肉做的，你让他们十二户坐一起，你心事我心事，一家不同意，都不同意，所以只能一家一家攻克。""当然，局长是前辈，肯定有经验。""同村民谈判，我有经验，我二十多岁开始扶贫，做了二十年都在基层。"

翟笠问："郝副局长是本地人吗？"郝副局长说："我是湖南人，二十年前被派往海南万宁谈槟榔种植。此后海南到湖南引进干部，引进几百人，我是其中一个，我来时只有三十多，今年五十了。""这么说，您来海南十多年了？""对。"

郝副局长打量着翟笠说："琼岛旅游公司的郭总经理助理气质高雅。"说完，他掏出手机拨打，"我给符主任打个电话。"

翟笠耳朵尖，清晰地听到手机那头传过来一声"好"。她知道，事情进展顺利，起身为郝副局长添咖啡，问："什么时候安排我们见面？"郝副局长说："这几天他们村选村民小组长。你在海口哟？会后我约他，然后通知你。"

中午，翟笠要请郝副局长吃饭。郝副局长说："免了，下次吧。"

翟笠手机忽然响了，是旅游二部负责人付子皓打来的，他说："翟助理，后天有个韩国团五十人，要我们安排高尔夫，指定海口观澜湖高尔夫球场。"翟笠说："海口观澜湖高尔夫球场同琼岛旅游公司签订了战略合作，我明天联系，一定不误对方的行程。""另外，我明天没时间找菜馆，请翟助理安排人找一家韩国菜馆，最迟明天中午告诉我。郭总何时回？""不知道。"付子皓挂了电话。

翟笠的姑姑住白龙南路省新闻出版局宿舍，姑父是副处长，他们住的宿舍三室一厅，约一百三十平，翟笠住一间小卧室。姑姑只一个儿子，在华侨中学念书。堂弟听到翟笠接电话，便在客厅说："姐，我知道哪儿有韩国菜馆，就我们中学旁边二百米。"翟笠说："海秀西？"堂弟说："对。"

翟笠径自在网上搜，手机又响，她以为又是公司某个员工，不想是密友余小曼。中学时期二人关系特好，大学时翟笠去了广州，余小曼上南京师大，毕业后留在南京。余小曼问："笠，海口有免税店吗？"翟笠说："有啊。""听人说，免税店东西便宜，我想买化妆品。""傻妹妹，我这儿买不了，免税商品全称是离岛免税，必须离岛才能买。""你在海南工作不能买？"翟笠说："可以啊，可必须出差或离开，然后从机场提货。"

余小曼又问："假如我去海南可以吗？"翟笠说："离岛免税就是为来海南旅游的人开的。""那好，我找个时间去一次。""男朋友找了没？""有几个追我的。""悠着点儿，别太自大。""还说我，你呢？""没。""还是回南京找吧？""我在一家公司立足后，干一阵再说吧。""那好，有空再聊，先这样吧。"

翟笠挂了电话，从床头拿起一本上周末买的《宋词三百首》。她从高三起喜欢"宋词"，因为宋词中许多词句曾深深地打动了她，她最爱的词人是李清照。

姑姑家宿舍外围是美舍河。据说解放初河水清澈，历经几十年，居民越住越多，河水变脏。建省初财力不够，直到海南宣布建国际旅游岛，政府加大城内河流改造才好一些。堂弟到房间做作业，姑姑在厨房洗碗筷。翟笠住姑姑家，总抢着干活，可姑姑从不让她干。她偶尔帮着拖拖地板、擦擦窗台。姑姑家有个阳台，翟笠第一次来就发现廊上摆放着七八盆盆景植物，叫不上名字，也懒得问。

"海之南"现场工人一派繁忙，有的锯木料，有的钉钉，有的移拆下水设备，有的调搅水泥浆，叶大贵则在电梯门口指挥搬运工搬地面砖。大批的地面砖运来，一点点地运上电梯到每层，真有点忙。因只有一部电梯，所以每次运输，其他人没法进，工人干脆爬楼。工程在十层楼同时进行，每天干活工人有上百人。叶大贵有一辆漂亮的小轿车，好像是别克，车价高过翟笠开的"普力马"。男人有钱说话都大声，这会儿看到翟笠过来了，便大声嗨了一声："翟小姐好！"

翟笠对叶大贵印象不错。记得第一次见他时，他手里拿着一支香烟，可能因为翟笠将头扭向一边，叶大贵敏感地意识到，这个美女不喜欢烟味儿。此后见面，翟笠就很少见到叶大贵吸烟了。她就想，这男人还不错。

以前叶大贵每次见到翟笠，总一副嬉皮笑脸的神态。翟笠严肃了几次后，他好像收敛多了。翟笠从没问他的家庭和小孩，但叶大贵总想套近乎，问道："吃早餐没？要是没吃，我请你喝茶！"翟笠点头说："谢谢，我吃过了。""现场乱糟糟，要不，我们到隔壁坐坐。""我看看进度，心里有数。"

叶大贵说："你每天就在公司待着，我电话向你汇报。"翟笠摇摇头说："那不行，每天上现场看看，是我的工作。"叶大贵呵呵笑说："反正没事，上楼巡视一下，然后我开车领你兜兜风？""我没车是吧？""自己开和别人开，感觉不一样。""自己开还方便些，想哪儿停就哪儿停。"

叶大贵一点儿不在乎碰了软钉子，继续说："我中午请你吃海鲜吧。不瞒你说，我老婆土包子，没文化，不了解世上的事情，也没兴趣。她认为，人只要顿顿有好饭吃，不用干活，不用上班，多买几件好衣服，就行了。"翟笠问："你老婆是你老乡？""你这人，记性不好，那天不是告诉过你吗，她是四川人。""怎么认识的？""她在一家饭店当服务员，被我看到，觉得不错就勾搭上了。我家在县城，她家是小镇上的。"

翟笠有一搭没一搭地问："你妻子哪一年来的海南？"叶大贵说："晚我几年。""幸运，如今有房有车，还有自己的公司，不管怎么说是个老板。"叶大贵嘿嘿一笑说："在有文化人面前，总感觉低人一等，抬不起头。""很多有文化的，却没法像你会赚钱。房子买在哪儿？""在秀英小街，是普通住宅，一百平方米左右。"

翟笠回到公司，打开电脑，发现邮箱里有一封邮件。打开看，是陈细妹发给郭总的玫瑰庄园项目效果图。郭磊留言说："小翟，我看了，不错，你再看看。假如没意见，直接发给细妹，让他们就按这个搞。"

翟笠回一个邮件："知道了。郭总。"

翟笠审视陈细妹发来的效果图，觉得有需要补正地方，又说不出。她仔细看看陈细妹做的项目书，看到造价很高，心里咯噔一下：需要这么多钱吗？她想了一下午，想不到更好办法，决定去一趟芳村。另外，几天过去，估计鳌头村委会选举也有结果了……

吃饭时只有翟笠和姑姑、堂弟三人。堂弟个子蛮高，翟笠问他成绩，他说："班上前十。"

姑姑说："好好读，将来考南京大学，南京富裕。"

次日，翟笠来到公司。不到八点，见一楼两间办公室的门开了。以为是马会计，走进去却发现一个熟悉身影从总经理办公桌前站起来。她吃惊地喊了一声："郭总！"

郭磊面无表情地点一下头，翟笠马上看到他右袖管上缠着一圈黑纱，便露出悲情："老人……"郭磊点头说："周四不行了，处理完后事，在家陪了我爸五天。我爸知道我放不下公司，一个劲儿催我回。""嫂子回了吗？""她要过些天，等孩子开学吧。""怎么不请父亲一起来？海南气候好。""我妈刚走，我爸心里肯定难受，过一阵再接他来。""公司的事都正常。您现在心情如何？是我去琼海，还是……""我来拿个东西。我想在家静静地待几天，公司的事你继续负责吧。"

翟笠端详着郭磊的脸，多日不见瘦多了，尤其一对眼窝，明显凹陷下去，周围有了黑眼圈，就说："您好好休息几天，等周一我再向您汇报。"郭磊点头，想起什么问："车子卖给谁了？"翟笠说："老倪，倪场长。"郭磊"哦"一声说："你那天发短信，我压根儿没看。当时我妈病情反复，没心情做事。""您要车吗，普力马钥匙给您？""不用，你开吧。""那我送您？""你忙吧，我打的。"

郭磊取走一份什么资料，锁上抽屉说："我走了。"

第二十五章

二〇一四年的元旦快到了。从国庆始,靠旅游吃饭的公司就进入大忙。头天,郭磊给每个部长发短信,让他们元月三号到五号在海口和三亚两地集中开会。白天忙,各有各的事,只有晚上有点时间。这两晚上,讨论春节的旅游安排,同时宣布纪律和奖惩。五日,郭磊又赶到三亚,召集三部、蔡驰骋车队员工还有潜水基地、玫瑰庄园员工开会,地点在郭磊下榻的私人旅馆。这旅馆正是之前三亚河杨氏家庭老板杨秀香的。杨秀香经营不善,两年前将旅馆转了,现在老板姓肖,是东北人。当他看到郭磊递过来的名片时,马上惊喜地叫起来:"哦,我的金主!"

到三亚开会,翟笠没来。谈完工作,郭磊请大家到外头吃夜宵。

可能是天气的原因,晚上的夜空特别美丽和深邃,海风轻轻吹,找一个大排档,坐着吃点海鲜,或来几串烧烤,是很美的事。

这晚,在肖老板家庭旅馆外头的河畔烧烤园,大家要了一打啤酒,几十串烧烤,边吃边聊。心情好,又喝了点酒,有人难免想说点八卦,比如曾小凡。她见到翟笠是两个月后,翟笠第一次跟郭磊到潜水基地,曾小凡一见心里便咯噔一下,常人说"饱暖思淫欲",她很快联想到郭磊的妻子洪丹,她怎么会让丈夫找这么一个漂亮年轻的助理呢?

恰巧曾小凡坐在郭磊旁边,在座又是公司熟悉的同事,她便笑说:"郭总,您招聘那么年轻漂亮的女助理,丹姐什么看法?"郭磊脱口而出:"她让我招的。"陈细妹看到郭磊耳根发烧,便解围说:"哎,你们怎么了,公司发展到现在,都往上市冲刺,老板找助理不很正常吗?"曾小凡说:"是正常,但这么年轻漂亮……"她忽然不说了,自个儿呵呵笑起来。郭磊一脸严肃地说:"你们是不了解小翟,她不是你们想象的花瓶,我聘她,是看上她的才华。她大学本科,又学旅游管理专业,像她这种经历,一般都到政府部门,能屈就我们公司,是我们的福气。"曾小凡说:"中山大学旅游学院——那么厉害?"郭磊说:"是,那学校很有名气。"

坐陈细妹身边的江德胜说："郭总，我觉得陈姐说的薰衣草可以同时搞。"陈细妹就用手碰了碰他，郭磊瞥了他一眼说："现在不谈工作。喝酒。"

江德胜就笑，马上端起酒杯，喝了一大口。

陈小弓看肖老板旅馆门额装了一道炫灯，一闪一闪将"春花旅馆"四个字映衬得非常显目，便说："郭总，杨秀香怎么不干了？"郭磊说："我听肖老板说，旅馆转给他时，光转让费就付了十七万。"陈小弓指着郭磊说："那时，只要郭总一来三亚，杨秀香就缠着郭总，要他吃住在这儿全免费，有一次还要郭总同她一起下海洗澡。"陈细妹说："游泳吧？"陈小弓说："对，游泳。"郭磊笑着说："你看你，这就叫文化差距。本来是游泳，你却说洗澡。洗澡多难听，好像两个人泡池子里似的。"大家一起哈哈大笑。

江德胜问："郭总，大东海的东方巨人大酒店，我们公司有股份？"陈小弓说："才知道啊。"郭磊说："忘了喊廖会计，不过她睡得早。"曾小凡说："海南的夜，包括三亚和海口，就是舒服。小江，你家江西哪儿？"江德胜说："九江，去过吗？"

曾小凡说："那是江边，好地方。"陈小弓说："怎么来海南？"江德胜说："海南不是建国际旅游岛吗，身边人都说将来发展好，所以我报考了海南。"郭磊说："别小看职业学院，学历真不是标准，好多名人的学历都不高。"

郭磊看了看陈小弓身边的员工黎新周问："小华呢？"陈小弓部有两个员工，一个黎新周，一个邓小华。陈小弓便说："我派他到桂林驻点了。"黎新周说："小华是桂林人。"

郭磊说："你们部业绩比小付他们强。"陈小弓说："对方条件越来越苛刻，钱真是越来越不好赚。"郭磊说："西南片还可以，没听小付说吗，他们那几省，对手贼精，不但要地接费，还要分红。"曾小凡说："李鑫说东三省不苛刻，只是他们越来越多的人自己买房，不找旅游公司。"

大家一阵哄笑。

郭磊说："是，情况不妙。不过，潜力还有，东三省那么大。"他喝一口啤酒，"拉尼娜在三亚，刚才忘了喊她喝酒，俄罗斯人能喝。"陈小弓说："现在才九点。"郭磊说："算了，晚上喊女孩子出来喝酒不大好。"

不知不觉，十一点了。

曾小凡说："郭总，我们走吧，太晚了不行。"郭磊说："对了，你们住地增加一台空调，公司报销。"陈细妹笑说："老板太好了。"

陈小弓喊服务员结账。郭磊说："小凡，我送你们回去。"曾小凡说："不用，我们打的。"郭磊说："没事，不过半个小时。睡觉没超过十二点，我习惯了，走。"

于是曾小凡、陈细妹、江德胜等人一起跟郭磊走到他的车子前。

十二点差七分，肖老板还在收银台玩电脑，见郭磊进来，忙热情地说："还不休息。"郭磊说："忙啥？"肖老板说："玩游戏。"郭磊说："那好，我上楼了。"

王静的"静雅咖啡店"开张第五个月，就委托给她在报社认识的一位好姐妹，然后独自飞回四川父母家生孩子。她生了个女孩，然后拼命减肥，两个月，恢复到生孩子前的样子，才放心出门会客。丈夫樊香平快退休了，他比王静大十六岁，副厅级待遇。尽管面临退休，因身体强壮，还有自己的私营设计公司，他依然忙得不行。王静生孩子回来，不指望她咖啡店赚多少钱，可回来一看，月月盈余，甚至不亚于她驻店，顿时对她的那位朋友刮目相看。

回来后，干脆聘朋友任经理，正式管理咖啡店，而自己一边照看孩子，一边兼顾。一转眼，孩子一岁。加上家里有保姆，于是，轻松外出。

一天，王静来到店里，看看生意。她掏出手机，查看通讯录，看到郭磊，犹豫一下，拨了过去。以为对方换了手机，毕竟这么久了，可还是如愿听到了郭磊的声音。但声音好像显得很憔悴。

王静笑说："我以为你换了手机呢，在哪儿呢？"郭磊说："家。"声音有气无力。"还在海秀路吗？三亚东方巨人都入了股，怎么不换个地方？""下半年搬到海秀路大英村入口的'海之南'。大英村入口有个招待所，往里是菜市场，政府正搞旧城改造，我把那家招待所买了下来，将来就是我们公司总部。改造成星级宾馆，取名海之南。"王静吃惊地说："你把它买下来了？厉害了你！怎么样，啥时来我这儿坐坐？"郭磊说："下午吧，下午我先到海之南，再去你那儿。"

中午在家吃了点面食，阿英本想做饭，郭磊说没胃口，让下点面条。

他随便吃了点，到房间休息一下，就打车来到海之南。叶大贵猛看到郭磊臂上的黑纱，露出同情说："老人家……"郭磊点点头。叶大贵说："先休息吧，这儿的事您放心，再说还有翟助理。"

郭磊进去看了一下，见装修的人正忙，于是同叶大贵打了个招呼，走了。

郭磊打出租车不到十分钟就到了国贸一横路的"静雅咖啡店"。见车子停下，王静从门内出来说："看到你了。"她马上看到他袖子上的黑纱，不由一怔。郭磊低沉着说："我母亲刚过世。"王静说："那……"郭磊说："癌。没办法。"王静叹了一声说："唉，老人家高寿？"

郭磊说："七十五。"

王静的咖啡店空间比一般的店高，面积也较大，典雅、素净、简朴、温馨，是王静的风格，还能闻到一股淡淡的玫香味儿。郭磊说："好温馨。长短高低凳桌设计，有点像'星巴克'。"王静说："设计时我跑遍海口市所有咖啡厅，尤其是几大国际品牌店，综合各家才形成了自己的风格，星巴克才没我的温馨呢。你看，我的服务员怎样？"

店内服务员都是小美女，一个个白皙肤色，小巧个子，一色的猩红服装，还配小帽，看过去怪可爱。郭磊便笑说："到底是文化人当老板，散发着文化气息。"王静说："别看我老公是省设计院的，在小店设计上，一点儿没少花心思。"说着指着左侧靠窗沙发，"我们那边坐吧。"

二人坐下，王静将咖啡单递给郭磊。他见单上一竖十几种价格不同，便点了款中等价格的。王静将单递给服务员说："两杯，再来两块我们店的特色蛋糕。"服务员点头去了。

郭磊打量店内问："生意如何？"王静说："前段我回家生孩子，朋友管理。每月收入一两万。""纯收入？""老公让我待在家，可那是我的风格吗？""闯海南的人，都是闲不住的。"

服务员端上咖啡、蛋糕等放茶几上。

王静说："尝尝我们的咖啡吧。"郭磊端起品一口说："挺香。""你看我们还特地开辟了书屋，喝咖啡可看时尚杂志报纸。""挺好。""孩子好大了吧？""上小学了。""妻子上班还是在家？""孩子小，我让她在家照顾。"

王静喝着咖啡问："四月十三号是海南建省纪念日，我原报社的宁总想搞个闯海人联络处，看到没？"郭磊说："什么时候？""春节吧，不知道八八年上岛的还有多少留在海南。他去年就开始策划，最近通过省民政部门注册，正式成立了一个闯海人俱乐部。""我听说以前有人在机场东路搞了一个。""我知道，那是一个房地产老板搞的。后来整个公司搬到儋州去了。"

郭磊说："八八年上岛的，都已届中年。据我一个朋友说，还有不少没房没车，甚至工作都不稳定，想想我们自己，努力奋斗才算混成这样，否则都没法儿活。"

王静从包里掏出一张纸说："你自己看，上头有四十多人开始登记。你要有兴趣，你也登一个。"郭磊接过说："我看看，都有些谁。"看了半天，他摇头说："这些人我一个都不认识。"他将自己的情况在纸上写了，交给王静。

王静指着蛋糕说："来，尝尝，这是意大利做法蛋糕。"郭磊用叉子叉一块吃点头说："嗯，不错。"

郭磊沉浸在母亲病逝的悲痛中，还没完全恢复，他看了看手机说："五点，我走了。"王静理解他的心情，就起身说："我还没请你吃过饭呢。""请也是我请，等我的海之南开业，找时间我请你。""这次回去多久？""接到电话就去了，在家前后待了二十来天，母亲还是走了。"王静叮嘱郭磊节哀，保重身体。

回到公司，翟笠对郭磊汇报说："鳌头村协议谈下来了，对方希望我们尽快实施。"郭磊说："好，我一个朋友的老公是省设计院设计师。鳌头村民宿要做成全省样板，必须请最好的设计师。他爱人王静八八年上岛的，我们共过事。这个忙，我想她一定会帮。""不免单吧？""人家也要吃饭。同等情况，适当优惠一些，他是同济大学毕业的。"

郭磊到办公室清理一下桌上的资料，发现有一份没看的文件，便说："旅游委来的吗？"翟笠说："对，上周来的。""每年这时候都会发文。行，我带回去看，明天见。不，你明天去琼海吧。""车子给你。""不用，你开去吧。"

次日，翟笠去了琼海，同鳌头村符主任将协议草签，就回来了。

吃过饭，郭磊在客厅的沙发上坐了一会儿，就起身出门，来到门口站站。平时也这样，没事喜欢到小院走走，他总说："小院啊，你放心，我很快将房装修，然后还你们一个美丽的容颜。"房不装修，就没心情布置小院，还是买时遗留的树和草。有的断枝脱叶，有的连根死掉依然长着。他想，我迟早要改变你们。

他刚五十，儿时总觉得五十遥不可及，感觉那是苍老迟暮的年龄。当自己到了五十，一点儿都没感到多苍老迟暮，反而越活越精神。尤其两腿迈动时虎虎生风，双臀依然饱满敦实，像一座山压都压不垮。他这半辈子就接触过洪丹一个女人，之前曾说在海南找一个大学同学中的女生，那只是南柯一梦式的剧情。最有意思的是，这个女助理竟是洪丹怂恿他找的。他到底找助理还是找异性？找那会儿不明确，随着同翟笠相处增多，似乎越来越迷糊。现在，他必须明白自己同翟笠的关系，他是老板，她只是助理而已。况且，翟笠对他的尊敬和忠诚，除了是工作职务上的态度外，还能有什么？

他对自己曾经有过的恍惚和想入非非感到羞愧，狠狠给了自己一拳头，在心里骂了自己一句："王八蛋，你怎么这么邪恶！"

郭磊在家里待两天，发现一坐下来，眼前晃动的就是母亲的影子，还不如上班。是啊，人生为何这么多痛苦！他憋不住给翟笠打了个电话。果然，翟笠已到公司，她说："郭总，鳌头村的事办好了。"

吃过早餐，他打车来到公司。

翟笠到了，他看到普力马停在公司门口。那辆车身上沾着不少泥浆，就听见翟笠在办公室说："郭总来了？"郭磊走进去说："鳌头村是不是下了雨？"翟笠说："您说车子脏了，是吧。我回来遇到一场大雨，路上泥泞，溅了不少泥浆。我一会儿去洗。"郭磊没再作声，径自进去，在翟笠对面坐下来。

翟笠将鳌头村的协议递给他。他接过看了看，点了点头。翟笠笑了一下。就在这一刻，她发现郭磊看她的眼光有些异常。她心想，那是什么意思？感激她吗？总之，那眼神好像带点深情。

翟笠说："我将我们对民宿的规划构思告诉了符主任，他很高兴，说非常感谢我们。"郭磊说："鳌头村还是个贫困村。我们在那儿搞民宿，其实也是一种扶贫。""是，我看到村民各家各户，情况都不是很好。""不过，凭着靠近博鳌亚洲论坛，将来肯定会好的，再说还有政府呢。"

停了停，郭磊忽然问："你姑姑和姑父都好吧？"翟笠说："挺好的。""他们对你在琼岛旅游公司上班，有看法吗？""那有什么看法，工作我自己找的。同他们没关系。"

正说着话，李庚进来了，吃惊地问："哎，郭总，您哪天回来的？家里事都处理好了吧？"

郭磊点点头。李庚说："郭总，李哥他们搬到自己房里，十分开心。下一步，就是我们了。"

郭磊说："付出就会有收获，李鑫他们来这么多年付出了很多。"

李庚说："我昨天同三平说，我们能在琼岛旅游公司工作还是很幸运。你看多少旅游公司被淘汰，我们却越做越大。"郭磊笑说："大家的努力很重要，以后就看你了。"翟笠起身说："我去洗车。"郭磊说："我去吧，这儿还有两张洗车票快过期了。"

洗车场在大同路靠人民公园入口。郭磊曾上这儿洗过两次，同这儿的老板熟悉。老板当时就给了他几张优待券，说以后洗车打七折。

老板看到他，特别注意看了他袖子上的黑纱一眼，但没作声，笑说："郭老板来了。"

郭磊将车子开进车库，然后就看见两个工人过来开始清洗。

看着这辆普力马，郭磊不由笑了。旧车竟被翟笠卖十一万，那姓倪的真不懂车还是讨好翟笠？不好猜测。

在门口转了转，回到洗车场，工人已用抹布擦干净车。他看着他们干，觉得他们也辛苦。洗车场他不止一次来，老板姓金，是一个山东男人。每次见到总那句话："出门不容易，请照顾下生意。"

洗完了车，付过费，开车来到公司。翟笠不在办公室，可能先走了，果然桌上留了一纸条："郭总，我回去洗个澡。"

郭磊回家吃了午饭，他对阿英说："你丹姐过几天回，你将床单、被子、枕头拆下来洗了，我明天去三亚。"阿英说："好。"

最近全国开什么会，省领导都上北京开会，新闻里也都是北京的会议报道。

郭磊开始不满身上的衣服，他的衣服都是洪丹买的，当时还算时尚，可同翟笠的衣着比就土了。于是，他打算到三亚后买两套比较年轻点的衣服。不过，他又担心，自己穿新买的衣服，洪丹回来看到，会不会起疑心？据说女人的心思是最细的，往往能从一些生活的细节上看到男人内心的变化！

人活着真累！没条件时，走在街上，好看的女子连看一眼都觉多余；有条件了，又担心这顾忌那。以自己目前的财务状况，完全有能力养一个像翟笠这样的年轻女子，社会上称这行为是"养小三"。当然，翟笠不是小三，她是独立女性。一般男人她绝对看不上，包括自己。所以，赶紧打消这个念头吧。

打开车内音响，一首流行曲《等你我等了这么久》深情演唱，这首歌的传唱度蛮高的。

不大一会儿，就出海口市，上了东线高速。他先到芳村，同陈细妹讨论玫瑰庄园项目；接着又到潜水基地看了看。看到一切正常，他心里很感激。

中午，他请陈细妹和江德胜吃馆子，边吃边问："你们对这项目未来的构想如何？"陈细妹说："翟助理来后，帮我修正了一下规划。她说现在旅游主力军为年轻人，我们这项目不但做实体，还得做创意。比如我们将项目取名'五洲情人牵手玫瑰苑'，比单纯玫瑰庄园好得多。"

郭磊沉吟着说："五洲情人牵手玫瑰苑？好，一个既浪漫又有创意的名字。"陈细妹说："她还说，要吸引结婚或正恋爱的青年，来寻芳拍照留影游玩。正好我们潜水基地在这儿，中间建一个美食苑，租给当地一些需要就业的居民，让他们在这儿摆摊卖吃的。"

郭磊问："小吃街已经考虑进去了吧？"陈细妹说："对。""时间上，大概什么时候开工？""我将图纸和设计书论证一下，就可以。""十天够不够？""设计师反复说，这个项目做好，不亚于三亚之前那个玫瑰园。"

郭磊说："最好搞出特色，否则不搞。"陈细妹说："翟助理也是这个意思。所以我想，在玫瑰园两边斜坡上种薰衣草，届时，鲜红的玫瑰被深紫的薰衣草掩映成辉，那是何等壮丽！那时我们多收几块钱，游客也是愿意的。""好，翟助理想法不错，你的工作也不错，我很满意。"

郭磊当晚住在肖老板的私人旅馆，住这儿基本免费。他其实不是想省钱，想什么，他自己也说不清楚。

次日，到海口已是上午十点半。郭磊没有回家，直接来到公司。马会计正好陪同一位中年男子从办公室走出来，他没仔细看，那人先喊他："我的天，你到底回来了！"

卢尧看到他袖子上的黑纱，神情马上黯淡地说："节哀顺变，节哀顺变。哪个都有一次，一定节哀顺变。"郭磊点头说："谢谢。"卢尧说："找了你两次，都说你没回。那天又打电话，接电话的说是你的助理。你招聘了助理，女的？"

郭磊正要回答，门口驶来一辆出租车，翟笠正好从车上下来。郭磊指了指，卢尧转头一看翟笠，僵住了。看了十几秒钟，才露出笑容说："气质形象，都很好，不错。"郭磊说："介绍一下，这是卢老板，一九八八年上岛的闯海人，现在开了三家湘菜馆。"翟笠想起来说："好像听您说过，那天，他打电话找您。"

郭磊问："找我有事？"卢尧说："我机场东路的店拆了，政府搞旧城改造，我在海府路找新址另开。在装修，很快装好。路过你这儿，就进来看一下。"

卢尧朝翟笠点头笑了笑说："姓翟，这个姓挺少。"翟笠说："拥有三家连锁餐馆，那很不错哦。"卢尧说："第一次认识，中午上我店里坐坐吗？"翟笠说："您问郭总吧？"郭磊说："你那儿不是正拆迁吗，先忙吧。"

卢尧说："我自己不吃饭吗？就今天中午，到我南航西店吃。搞几个菜，吹一吹，正好翟助理一起。我先去，你们十二点到。不见不散，好吧？"

这时马会计走过来说："倪场长的钱都给他了，没问题吧？"翟笠说："给吧，郭总答应的。"

十一点五十七分，翟笠开车同郭磊直接来到卢尧的南航西店，见卢尧站在店门口打手机。翟笠停好车，同郭磊下车，卢尧走过来热情握手，还拥抱了郭磊一下。

卢尧领着他们走上二楼，来到最里头的一间包厢，然后推开门，说："二位请。"翟笠说："厉害，开了这么多店。"卢尧笑说："一般一般，海口第三。"

因为七月，天气较热，便开了冷气。服务员进来，卢尧说："把菜单给郭总和翟助理。"

服务员将菜单递给翟笠，郭磊说："我点个萝卜排骨汤，其他你们点。"

翟笠点了个剁椒鱼头，一个家乡腊肉，一个豆角炒香肠。

卢莞说："补一下，写一个清炖鸡。老郭，看你都瘦成什么样。"

郭磊摸自己脸，轻叹一声。翟笠点完，将菜单交给服务员。卢莞叮嘱服务员稍微快些。

卢莞问："老人家多大年纪？"郭磊感叹说："七十五。唉，我真后悔得不行，八八年来海南，其间只回去四次，我父母来两次，其余时间都在海南。一门心思就是赚钱——钱钱钱，因为钱，让我失去了我最亲爱的母亲！你说，我要那么多钱干什么？！母亲走了，我……就永远见不到了！"说到这里，郭磊眼圈红了，热泪盈眶。

卢莞知道他还在母亲病逝的悲痛中，就赶紧劝慰："是人都有一次遗憾的，节哀顺变吧。"

郭磊的黑袖纱给现场平添了一种肃穆和凄凉的气氛，他扯了纸巾拭擦眼睛和鼻子说："感冒了。昨天到今天睡了差不多十多个小时，才觉好一些。"卢莞说："我让服务员搞一杯姜茶喝喝？"郭磊说："不要，我有药。"卢莞说："姜茶与药不矛盾。"

卢莞出去一会儿，回来说："我让他们搞得浓点，多放些姜。"翟笠说："我姑说，生姜吃多烂肺。"卢莞笑说："没事，这不是治感冒吗？"

翟笠看了看周围的环境说："卢老板，您能在海南开三家连锁店，真的很不错哦。"卢莞说："嗨，我同小郭八八年同时上岛，从广州到海南的轮船上认识。这么多年，唯一保持联系的，就是他。"翟笠说："这证明你们的人品性格都合得来。"

卢莞说："他比我稳重，我这人风风火火，就是我们湖南人的性格，辣！我不像他，他凡事镇得住，我是一触即炸！忍不住！"郭磊含笑说："他是作家，其实很有内涵的。"翟笠惊叫起来，"噢，作家啊！写过什么作品？"

卢莞摆手说："见笑了，二十年前在老家一个刊物发表了一篇千字短小说。"翟笠说："是吗，是穿越小说，还是玄幻、修仙之类？"卢莞说："你扯哪儿去了！我们那时候，哪有什么玄幻、修仙、穿越，你说的是网络文学。我们都是老老实实的写作风格，一就一，二就二，现实主义。"

郭磊说："这些小孩子，就知道修仙、玄幻、穿越。"卢莞赞成说："对，翟小姐才二十岁吧？"翟笠说："扯，我大学毕业四年了，还二十？！"郭磊说："中山大学的。"卢莞说："可以啊，翟小姐，名校高才生呢。"翟笠说："就那样吧。"

卢莞说:"中山大学国内排名应该是不错的。"翟笠说:"就旅游专业而言,应该是靠前的。"卢莞说:"所以去了郭总的公司?"翟笠说:"对,您夫人呢,怎么不喊她来?"

卢莞指着郭磊说:"小郭知道,我那个老婆,别的都好,就是太顾娘家,结婚前还好些。婚后,尤其生孩子后,一年中半年在娘家。"翟笠笑说:"给您节省了油盐柴米呢。"卢莞说:"节省?花得更多。你想,在娘家,孩子也在那儿,同家里人打扑克输钱也要我出。"翟笠说:"怎么出,微信红包?"卢莞说:"对嘛,如今科技发达,搞出个微信红包,还有什么支付宝。别的不方便,倒方便给老婆发红包。"

翟笠哈哈笑起来。

卢莞问:"翟小姐有对象没?"郭磊说:"卢老板,这是女孩子的忌讳,不可以问的。"

卢莞马上笑说:"对对,我犯规,就在海南找吧。海南的生态全国最好,到处鲜花盛开,绿树成荫,多漂亮!有人说世外桃源,有人说伊甸园,国内有这样的地方吗?"

翟笠说:"海南生态环境的确最好,就是夏天天气有点热。"卢莞说:"久了你就发现,真不热。夏天,你不站在太阳底下被阳光直射,根本不热。夏天每每一热都会下场雷阵雨,当地人称'调节雨'。海南四面环海,海风习习,哪谈得上热呢?请问中国的四大火炉,有海南吗?"

郭磊说:"是,初来有点不习惯,久了反觉舒服。我就这样,上次回去看我妈,在家待了一阵,还是很想海南,连我老婆孩子都是。"卢莞说:"我家吕天娥也是,说习惯了海南。回老家白天黑夜都冷冰冰的,尤其冬天。"翟笠笑说:"看来二位对海南有了感情,说起海南的好如数家珍。"

卢莞郭磊同时笑起来。

卢莞说:"苏东坡那句诗怎么说?'日啖荔枝三百颗,不辞长作岭南人。'就那个意思。"翟笠说:"到底是作家,说起话一套一套的。"

这时服务员端了菜过来,是一只大炖钵,里头是热气腾腾的汤。卢莞一看说:"小郭,这是给你点的清炖鸡汤,多喝点。"

又一个服务员端着两个菜进来,放在桌上。翟笠说声"好香",拿起勺子,给郭磊舀了一碗说:"这段时间在家,肯定吃不好睡不好。"郭磊点头道谢,然后问卢莞:"夫人和孩子好吧?"卢莞说:"嗯,都好,谢谢。""他们不在家,你不寂寞吗?""我那老婆就是个小孩子性格,永远长不大。你说她,她以为同她逗着玩。"

服务员问卢尧:"老板,我给你们舀汤?"卢尧说:"舀吧,舀吧。"郭磊问:"机场东路那边要拆?""拆,一直拆到大英村,政府这回动大手术。""我上岛第二年住盐灶路,当时老家办事处在那儿,街上连红绿灯都没有。翟助理你是没看到,当时全国就海南最热,真可谓谁都想来打拼。"

翟笠说:"听我姑说,当时很多大学生没工作就在街上卖报纸摆地摊。"卢尧精神一抖说:"我当年就是,卖过报纸,擦过皮鞋,还摆过玩具套。那是一种蒙小孩子的游戏,一种塑料圈套,一块钱套五次,套上了拿去,没套上继续套。"翟笠笑问:"赚钱吗?"卢尧说:"赚钱不可能,对付吃饭。那时饭都没得吃,要生存呢,你以为像现在?"

忽然一阵轻得不能再轻的歌声在耳边响起,卢尧抬头一看,郭磊竟然满怀深情地哼唱起来,那是他们当初上海南最爱唱的一首歌《海南梦》。翟笠有些吃惊,她是第一次听郭磊哼歌。等他哼完,就见他眼角又湿了。

卢尧说:"翟助理可能听不懂,这歌叫《海南梦》。当时上岛,由一个来自河南的叫端木的大学生创作的,传遍了所有闯海南的大学生中,几乎都会唱。"翟笠问:"海南有梦吗?"

卢尧说:"当然有,我和郭磊至今做着未醒的海南梦。"

郭磊说:"海南当时来了一大批知名的人才。我有一个花名册,上头登记了五百多个大型企业和社会团体的领导名单。我上次看到一档电视节目,说那时有一个电影明星在海南炒房地产。"

翟笠说:"搞艺术要去北京,来海南的只能搞房地产。"卢尧说:"我不后悔。再过几年,不想干了,就静下来写作。我不信,我积累了这么丰富的生活经历,就写不出一部作品?"翟笠说:"现在不行吗?非得等几年后。"卢尧说:"现在不能,主要是店里事多。写作要安静,要有时间。像我每天早出晚归,回家就想睡,拿起笔打哈欠,哪写得了?"

郭磊说:"往事不堪回首,人生让我们选择了海南,那就继续吧。"

卢尧一边招呼大家喝汤一边说:"对,一晃都五十岁,我们把最好的青春都献给了海南!"

郭磊忽然看着桌上,眼睛一动不动,不知什么原因。

卢尧说:"年轻时,我在白坡里摆玩具套,每天赚点吃饭钱。尽管很辛苦,可每天都有使不完的劲。"

服务员又送上两个菜。卢尧问郭磊:"来红酒如何?"郭磊摇头说:"我什么酒都不喝。你喝吧。"翟笠说："来一杯果汁吧。"卢莞说："好，来杯芒果汁。郭总也来杯果汁吧？给我来瓶二两装鹿龟酒。"

郭磊点了点头，服务员答应一声就去了。

卢莞端起茶壶为郭磊、翟笠分别倒满，然后神色凝重地说："兄弟，人生谁都有一回，节哀。作为儿子，你已经尽孝了。"

郭磊淡淡一笑，没作声。

卢莞想起了什么又说："我请五位八八年上岛的闯海人来吃过一次饭，以后就不再来了。来了还左一个感谢，右一个多谢，搞得我很不好意思，不就一顿饭吗？你介绍的那个邹巍，我先后给他打过七次电话，请他吃年夜饭，一次都没来过。"

卢莞本想说出陈维向他借钱的事，但转而一想，人家都还完了，就改口说："我向他们表明过，我只有这么大的能力，请他们吃顿饭没问题，别的忙真帮不上。"

这顿饭吃的速度比较慢，进行了一个小时。饭后，卢莞送郭磊、翟笠下楼。

卢莞对郭磊叮嘱说："把身体调养好，节哀顺变，公司的事别太上心。你不是有翟助理吗，我看你的翟助理蛮能干，谈吐举止不一般。"

回走的路上，翟笠开车。

翟笠一边开一边说："郭总，听卢老板反复谈八八年上岛尚有不成功的人，连声音都变了，显得很悲壮。"郭磊说："卢老板总说他是作家，其实他哪是什么作家，他到现在都没再写什么作品。不过，他的确是有情怀的人，人好，极具悲天悯人之心。能在海南遇上这么个朋友，我很开心。"他看了一眼窗外又说，"只有当年一起上岛的人，才能理解他那些话。其实他说的话我也想过，将来有那么一天，我们要纪念八八年上岛的那批人。我想，不是追认获得成功的人，而是要同情那些不成功的人，他们至今没房、没车，单身孤零零，上天无门、入地无缝，走不了、回不去，离不开、死不掉，他们才是一九八八年登岛最值得尊敬的人！"

翟笠有些动情地说："郭总，经您这么一说，我都伤感了。有时看战争片，让我感动的不是到达胜利彼岸的人，而是牺牲在路上的烈士。和平年代不存在烈士，但有的人默默无闻不能成功，他们自觉卑微又无比自信，那是最让人流泪的。"

郭磊说："卢老板可能是八八年上岛的人中，唯一请那些一无所有的同伴吃年夜饭的。我也想请他们吃饭，可我最大的担心是他们不接受。将心比心，我不如人时，最怕见熟人。一旦别人问，你赚到钱没，真恨不得从地缝钻进去。"

　　翟笠说："我来海南不到一年，能遇到八八年上岛的前辈，还蛮幸运。"

　　车子不知不觉开到了郭磊的家门口。翟笠将车子停下，说："我不送了。"郭磊说："好，路上开慢点。"

第二十六章

与王静的老公樊香平见面，地点约在省政府旧址口的海南大酒店二楼咖啡厅，王静已在电话里叮嘱过。郭磊赶到时，樊香平已经坐在一个咖啡座旁，手里拿着一张报纸看。

寒暄客套几句，樊香平说他刚办退休，但看去依然精神矍铄。他有一口洁白的牙齿，分不出是真牙还是假牙。郭磊推算，王静结婚时他已五十多，估计他同王静是二婚。这是人家的私事，他不好问。

樊香平指着报纸说："昨天海南省原副省长冀文林被中纪委带走。十八大后，中央打虎力度一天天加强，仅今年就打掉三只任副省长的老虎。"郭磊点头说："是，这两年中央打贪反腐力度真的很猛。"

郭磊称呼樊香平为樊总。樊总接过郭磊递给他的鳌头村的详细资料，又看了看博鳌镇的规划，说："尽管是个小项目，但还要到实地看一下。最近我的两个加拿大朋友来了，我要陪他们没时间。我派我的一位副总跟你去，他的业务一点不亚于我，你放心。"

为了套近乎，郭磊聊起同王静相识的往事，樊总没听妻子说过，不由得笑说："是吗，当时还男女混居啊。"郭磊笑说："那时候，条件真的很苦。"

喝完咖啡，樊总看了看手表说："那好，郭总您看什么时候有时间，我派人去。"郭磊说："假如可以，就这两天吧。"樊总想了想说："后天吧，后天我陪完加拿大朋友，同您再去一趟。我的副总姓翁，主人翁的翁，您先与他接洽。"

回到办公室，郭磊同翟笠再次商量鳌头村的民宿投资事宜。翟笠从抽屉找出一本台湾民宿大全和概括，递给郭磊说："我们投资民宿村肯定盈利。"郭磊看了看那本资料的封面问："这个你从哪里找到的？"翟笠说："我通过省旅游委找到台办，跟他们要的。"

资料很厚，登载了一百多个民宿项目的历史和现状。看完后，郭磊走到门口说："鳌头村这关非常关键，我们的项目不赚钱，那是我们亏；我们的项目一旦赚钱，我担心十一户村民会嫉妒得眼红。"翟笠说："那不行，我们之间签了合同，合同必须公证。"

两天后，郭磊接到翁副总打来的电话，问他："我们什么时候去你的规划村？"郭磊说："今天行吗？"翁副总说："可以。"

上午十点四十，郭磊与翁副总在海南大酒店门口见面。郭磊将翟笠介绍给翁副总说："翟助理，也是您江苏老乡。"翁副总马上笑问："南京的？"翟笠说："镇江人。"翁副总点点头。

寒暄几句，各自上车。翁副总开的是一辆一汽丰田。翟笠担心郭磊在母亲去世的阴影中出不来，便说："我开吧。"

车子十一点四十分到达鳌头村。

符主任早已等在村委会，介绍完情况后，带着他们来到十一户村民家。十一户农民同村委会签过协议，七户已搬走，四户正在搬。郭磊领着翁副总挨家看，翁问："统一做还是分别做？"郭磊说："将这一片连起来。"

郝副局长开车来，郭磊给他介绍翁副总。听说是省规划院的专家，郝副局长连连点头说："我就希望这项目做成全省民宿的样板。"郭磊说："翁总，郝副局长是琼海旅游局副局长，他主管这摊，非常支持这项目。"翁副总说："你们稍等，我再看一下。"说着又挨看了一遍，用笔和本做记录，偶尔还掏出一把皮尺丈量一下。他看时，郭磊便同符主任和郝副局长站在一旁等候。

翁副总大概又看半小时，才走过来说："行，有底了。"郭磊问："具体什么时候开始？"翁副总说："这房要拆，原有房屋是危房，我不知道刮台风他们如何抵抗。"

十一户村民的房，大半是很多年前盖的简陋房，甚至没有钢筋水泥，就是土坯房。这种房，是经不起台风的。郝副局长说："我们很希望这个项目做成全市的样板，之前也有一些，但是档次不够，没有特色，毕竟我们要面向世界。"翁副总说："您说对了，我们在博鳌做的项目，一定要面向世界。否则每年年会那么多外国嘉宾来，怎么面对？"郭磊问："大概造价多少？"翁副总说："这个要回去算，肯定要百万以上。"郭磊点头说："行，我看好这项目，哪怕是硬骨头，也要啃。"

中午，符主任在村委会招待他们。琼海以"加积鸭"著名，果然一桌的鸭，如白斩、炖汤、红烧等，这儿靠海，还有几个海鲜。

吃完，几个人在村委会又座谈了一会儿，就离开了。

动身时，郭磊对翟笠说："等等，我打个电话。"他忽然想到刚国强，便拨了他的电话，刚国强回话说："我刚从海南回北京，你在哪儿？"郭磊说："我在博鳌看民宿项目，离您那儿不远，打算上您那儿看看。"刚国强说："项目部长姓项，叫项四强。你直接找他，就说我说的。你的民宿开始了吗？"

郭磊说："正规划，等您回来再看吧。"刚国强说："既然到博鳌，就去看看吧。工程已开工，先建二十五栋，完了再建二十五栋。老板想在海南东线滨海区，搞一系列旅游地产项目。""想法不错，只是地不那么好拿。""地方政府很欢迎我们，我们投资这么大。"

次日，接到洪丹的电话，说下午带儿子到海口。郭磊说："正好我在公司，我下午去接你们。"

吃过中饭，他开车往机场。等了半小时，飞机晚到四十分钟。看到洪丹和儿子提着行李出来，他赶紧上前接过行李，然后一起来到车子前。打开车门，让妻子儿子上车，又将行李放到后车厢。

上车后，郭磊问："爸情绪稳定了吧？"洪丹说："我和小磊每天陪他。尤其是小磊，蛮懂事，整天缠着爷爷，让老人家感受到温暖。"

郭磊扭头看儿子一眼，儿子却只看窗外。郭磊说："表现不错，六一节给你买好衣服。"洪丹说："你脑子不好吧，多大了，还过六一。"郭磊就笑。

车行驶着，洪丹忽然问："你有个大学同学叫吴小燕？"郭磊有些蒙："怎么？""她那天同几个人看爸，大哥也在。大哥说你们是大学同学，她长得蛮不错，估计是校花，蛮有风度。""说对了，在学校她真是校花，追她的人很多。""她老公是谁？""我们班同学，外号'曹国舅'。""很帅？"

郭磊不以为然地一笑说："这人世间姻缘，都不是自己定。"洪丹问："什么意思？""她找的那个老公，恰恰是我们班，不，可以说是我们学校男生中最难看的，他还有先天缺陷，但他爸是市委组织部副部长。""林子大了什么鸟都有，还是贪图荣华富贵呗。"

送妻儿到家，郭磊在家吃了中饭，才去公司。

郭磊和翟笠刚到"海之南"现场，手机响了。一看，是刚国强，就笑问："回来了？"刚国强说："我在海口，中午一起吃饭，还有刘荣。"郭磊想起今天是周末，就说："那行吧。"

翟笠问郭磊，海之南项目完成后，要紧做的是哪几件事情。郭磊思忖说："首先将办公室搬过去，第十层全做我们办公场所；第二是招聘客房部经理，自己经营；三是一、二层商业楼层对外招商，引进餐饮、商业、娱乐服务等项目，我们收租金。""叶大贵的钱还没给他呢？""我同他师傅说，海之南开始营业后，每月分期给他工钱。"

临行前，郭磊喊住翟笠："中午同我一起去坐坐。"见翟笠有些迟疑，他解释说："刚总也是八八年的闯海人，只不过后来离开了。去年又杀回海南，在琼海开发旅游地产，在博鳌开发蔚蓝海岸。"翟笠说："我就不去了吧。"郭磊说："没事，省得到外头吃。这会儿也没事。"

翟笠只好答应了。

开车来到海府大酒店，这是刚国强来海口的定点酒店。

中餐也在大酒店二楼中餐厅。走进包厢，里头除了刚国强、刘荣，还有两个不认识的。

刚国强马上起身介绍说："小郭，给你介绍一下，这二位朋友——"他先指一位不胖不瘦、皮肤白皙的中年男子："祝总，我的朋友，他是南京人，在北京开发房地产，已经是亿万富翁了。他订购了我们蔚蓝海岸的一栋别墅，特地来看看。"接着指着祝总身边一位较瘦的中年男子说："这位是成总，成功的成，他是石家庄人，是北京一家娱乐电影公司的老板，他们公司拍过好多好看的高票房电影。"

郭磊对电影一窍不通，便含笑说："是吗，不知我看没看过？"成总微笑说："我们公司拍的是娱乐片，以搞笑娱乐为主，就是香港导演王晶搞的那类片子样。"祝总说："赚钱就行。"成总点头说："对，得赚钱。如今的年轻人，不像我们那个时代，我们那时代讲雷锋、焦裕禄，现在的年轻人就图吃喝玩乐，所以我们的电影也肯定迎合他们的胃口。"

当成总谈到年轻人三个字时，郭磊意识到身边的翟笠眼睛眨巴了两下。刚国强似乎也注意到了，就笑说："成总不要一竹篙扫着一船人，我们这儿还有位气质高雅、品位不俗的年轻人呢。"郭磊忙说："介绍一下，翟笠，我公司总经理助理，中山大学毕业的。"在场除了郭磊，所有目光都投射在翟笠脸上。翟笠点头微笑说："不敢当，在郭总公司打工。"

刚国强见郭磊、翟笠还站着，就说："来来，坐坐。"郭磊在刘荣身边坐下，翟笠挨着郭磊坐下。祝总说："点菜了吗，小刚？"刚国强说："点了几个，大家看看，郭总看看。"他说着将点过的菜单递给了翟笠，翟笠递给郭磊说："我随便。"

成总含笑说："三年前，我同女朋友做了一次环岛游，深深地爱上海南，尤其是我女友，说一点儿不亚于美国夏威夷，后来又看到不少人上海南买房子。直到这次，刚总的蔚蓝海岸开发，我们就订了一套，随刚总一起过来看看。"

祝总也笑着说："大家可能想不到，我其实也是八八年来海南的闯海人，我当时是一个人提着个包包，在海口的街头转了一圈，总共待了十二天，因为找不到合适的工作，就走了。后来回南京，接着上北京搞房地产。"刘荣说："你离开就对了，否则哪有今天的房地产开发商，亿万老板。"

祝总笑说："话不能那么说。这次回来，看到海南，尤其是海口三亚的变化，真是发生了翻天覆地的变化。"郭磊问："您不是同小刚一起来的吗？"祝总说："我提前去三亚，再环岛一圈，最后回海口。他到了海口，给我打电话。"

刚国强点好菜，给郭磊和祝总、成总及刘荣看过认可，就递给服务员，然后端起茶杯喝一口说："老实说，海南变化真大。先不说国贸成了香港中环纽约曼哈顿，我看到龙昆南、西海岸都大片大片开发了。"

刘荣说："国兴大道也开发了。看到了吗，省委省府等五套班子都搬到国兴大道，包括国兴大道滨江东西一带都大开发。整个海口市，比我们来那时，将近扩大了两倍。"

祝总喝了口茶说："听说文昌要搞一个航天城是吧？"

刘荣说："对呀，前不久航天英雄杨利伟还来参加航天城的奠基仪式。科学表明，在低纬度地方发射火箭，比高纬度地区好。政府打算将文昌打造成一个市场化的商业航天发射城，包括航天科研、开发、生产等一条线的产业体系。"

祝总说："小刚啊，我这次到乐东、东方、昌江、儋州和临高等县看了，除了你们在东线开发，我看西线也开始大动土木，都在兴建旅游地产呢。"

刚国强说："是，雅居乐在万宁日月湾打造度假地产，万宁石梅湾、陵水的香水湾、光坡至三亚的海棠湾，基本上被国内几家地产大鳄进驻。所以说，能拿到博鳌蔚蓝海岸那个项目，算很不错了。"

祝总一拍手说："对，我在儋州，还听说恒大地产将投资六千亿开发儋州的海花岛，将它开发成一个艳冠全球的地产项目，销售对象将是全球。据说非常大的手笔。恒大老板这回真是豁出去了。"

郭磊说："西线高铁马上要闭环了，你知道吗？届时就是环岛高铁了。"祝总说："听说海南整个岛的田字形路网已经形成。"刘荣说："第一步田字形，下一步丰字型，未来的海南岛将是一座交通高度发达的享受岛。"祝总点头说："好，看来这时候在海南买一栋别墅，是恰逢其时啊。"

郭磊又说："祝总，小翟是您江苏老乡，她是镇江人。"祝总马上起身伸手说："是吗，老乡，老乡好。"翟笠赶紧伸手同他握一下，问："祝总是南京吗？"祝总说："我老家其实是常熟，在南京读书，后来就留在南京。"

刚国强说："时间过得真快，想当初打着行囊，在海南逗留那么一段。直到今天，我还感觉就像昨天经历的一样。"刘荣笑说："遗憾的是，在海南最需要的时候，你却选择了离开。"刚国强说："不是，离开有原因的。主要我女朋友不肯来，加上我待那单位不行，不干事业，一气之下走了。"郭磊说："幸好走了，否则哪有今天的巨额资产。"

祝总看着郭磊问："郭总从事什么事业？"刚国强说："他搞旅游公司，弄得很不错，有八台旅游大巴，还有酒店股权，又在搞潜水基地、玫瑰庄园。小郭，你们的玫瑰庄园搞起来没？"郭磊说："快了。"刚国强说："我跟你说小郭，玫瑰庄园不仅供观赏，还可提供工业原材料，玫瑰可以为化学精细提供精油。"郭磊点头笑说："没想到刚总这么内行。"

三个服务员一前一后端着几个菜放到桌上。

刚国强看着大家问："喝什么酒？"郭磊说："刚总，今天我请，您别同我争。"刚国强笑着说："下次吧，祝总、成总时隔多年重返海南，这顿饭必须我请，下午他们各自回北京。"

祝总说："郭总，一回生二回熟，有的是机会。下一步，我们也是新海南人。听说你在博鳌有项目，以后我们可能会经常联系。"郭磊说："行，包括您的朋友，只要来了海南，吃住行一条龙。我不在，我们小翟都可以做主。"

成总看着翟笠说："翟助理其实可以演一个非常靓丽的电影女主角。"刚国强马上说："哎，成总，可不许挖墙脚啊，人家是郭总的助理。"翟笠抿嘴笑说："我上大学，珠影有过一位导演找过我演戏。可不知咋的，我对表演提不起劲，真的。"郭磊说："她是学旅游管理的。"

刚国强说："都说海南是天生的影视摄影棚，成总什么时候来海南拍几部电影？"成总含笑说："有这个想法。只是政府要给政策，如浙江横店、江苏无锡等地政策不错，北京不少影视人都跑那儿注册公司。"刚国强说："我们只是素人，政策这种事就不由我们说了算了。"

服务员走到木柜前，拿出两瓶红酒，一瓶茅台，放在桌上。

刚国强说："想喝什么自己挑。"祝总挑了红酒，成总也挑红酒。刚国强说："刘教授，你喝茅台如何？"刘荣说："我也喝红酒。"

于是大家都喝红酒。

三个服务员同时进来，送上六个菜。刚国强说："开始吧。"在他招呼下，大家开始喝酒吃菜。

刚国强看着刘荣问："刘教授，十万人才闯海南，到底还有多少人留下了？"刘荣说："这个没具体统计，但媒体做过调查，好像说还有几万。当然不完全是八八年来的，八八年以后，基本上是来的来，走的走。"

祝总说："一个地方经济能否上去，主要靠人才。"郭磊说："从目前来看，海南最出色的还是房地产，像我们做旅游的，还是不大行。"成总说："做旅游需要游客，海南的不足就是孤悬海外。除了飞机、铁路、公路都很不方便，估计这就是束缚海南发展的瓶颈吧。"刚国强说："我觉得本届政府还是做了不少事，如争取到中央的国际旅游岛政策。短短几年，让海南无论从形象到品质都上到一个较高档次。"

吃着聊着，一会儿北京，一会儿海南，一顿饭不知不觉就吃完了。郭磊想付款，被刚国强拦住了。

往回走的路上，手机响了。郭磊开车，掏出看，竟然是亳州的区号，便犹豫一下才接听。

耳边响起一熟悉又陌生的声音："郭磊，郭大人，猜，我是谁？"

手机的声音与面对面声音不同，他一下子真没听出。就在他短暂的犹豫中，对方扑哧笑起来说："我是吴小燕啊！"郭磊恍然大悟地问："吴小燕？"吴小燕又说："我在海口。"

郭磊马上对翟笠说："小翟，你自己打车回去，老家来了个亲戚，刚到。我去一下。"翟笠从座位抓过包说："行，你停在一边吧。"

郭磊将车停路边说："有事明天再说，老家来人了，估计要陪陪他们。"

他问吴小燕："你住哪儿？"吴小燕说："什么茅台大酒店。我们从机场过来，就在这儿下车，路边就是。"

郭磊立即明白了，那是处在凤翔东路的一家酒店。他赶到茅台大酒店时，吴小燕和同事小张已站在门口等候。

她们看到郭磊的车同时招手，小张就是那天同吴小燕上郭家的那个女孩，郭磊一眼就认出了她。

郭磊将车停好，来到酒店说："上午到的？"吴小燕抿嘴笑说："是。"郭磊好奇地问："怎么突然来了？"吴小燕又一笑说："早想来，一直没时间，这次领导给了七天假。""中饭吃了吗？""吃了。我们住五〇八，到房间坐吧。"

郭磊同她们来到吴小燕住的房间。让他吃惊的是，房间里竟然还有一个女孩子，看去十六七岁的样子。吴小燕马上给他介绍说："我外甥女小玉，听说我要来海南旅游，硬要来。我说那就来吧。"郭磊打量了一眼小玉，个子不及吴小燕高，但是皮肤蛮白净，五官也还可人。

吴小燕为郭磊倒开水说："这儿只能喝白开水了。"小张说："燕姐，我包里有茶叶。"郭磊说："不用，一会儿我们去餐馆吃饭。"

小张找出茶叶递给吴小燕，吴小燕泡了几杯茶，递一杯给郭磊，小玉和小张让她放在桌上。吴小燕忙罢，笑盈盈在郭磊对面坐下来。郭磊没话找话，又问："怎么想着来海南旅游？"吴小燕说："海南不是国际旅游岛吗？"

郭磊笑着点头。

小张说："亳州也有做旅游的。"

郭磊打量吴小燕。与上次在他家见着比，吴小燕今天从头到脚显然修饰过，首先是肯定做了发型，后头还挽一个髻，雪白的颈肤露出来，皮肤还那么白。再就是个子和身材——郭磊曾拿她同王静比，她比王静还漂亮，五官长得非常得体，尽管皮肤不瓷白细嫩，但仪容很好，人看着舒服，脸形好像文学作品中描写的正宗瓜子脸。

郭磊发现自己有点心猿意马，不由得一笑说："二位都是第一次来？"吴小燕说："当然。"郭磊说："从明天起，我安排你们跟旅游团环岛游，纯玩不购物，购物点东西都很贵。要买东西回海口，或到三亚市区买。"吴小燕说："你公司有团吗？"郭磊说："有，每天都有。"

吴小燕说："招商局顾局长和分管副市长好像上你这儿来过？"郭磊说："对，来过，已过去很久了。"小张问："顾局长来，要你回去投资吧？"郭磊说："有那个意思，可我说，我目前还负债呢。"

吴小燕说："那天见到了你太太。"郭磊说："是吗？""那天，我们单位刘姐说去你家看望你爸，她爱人是你大哥的同学。""听我大哥说了。""你爱人好像是山西人吧？""是，我们在海南认识的，当时正创业。""她挺漂亮的，你很有福气。"

忽然感到没话说，郭磊便看手机说："哦，三点多了。走，我开车领你们在海口市转一下，然后吃饭，如何？"吴小燕的外甥女小玉拍手说："太好了，我正说出去看看呢。"

郭磊看了看她，觉得还是个小孩子似的，就笑了。

郭磊开车领着吴小燕、小张和小玉，先到万绿园。她们立即被万绿园的景致迷住了，不停地拍摄、合影、观看，赞不绝口，说这儿的景致就像画屏一样。

吴小燕先为小玉拍，又为小张拍。郭磊便为她们拍合影，一连拍了几张。

接着前往西海岸。西海岸带状公园海天一色让她们同样流连忘返，又各自拍了好几张照片。郭磊想领她们去火山口看看，但担心太晚赶不回，只好说："明天，我领你们到火山口和热带野生动物园转转，也不枉来。"

回到宾馆，郭磊说："时间差不多，吃饭去。"吴小燕说："我请你?"郭磊说："哪儿的话，吃海南菜行吗?"吴小燕只是笑，半晌才说："行，什么菜都行。"郭磊说："海南的美食最出名的有四大名菜，文昌鸡、加积鸭、乐蟹和东山羊。假如想吃，我让你们都吃到。"

吴小燕忙说："不用，不用，尝尝就行了，莫搞得那么隆重，我都不好意思了。"

郭磊锁好车门，然后领着他们沿人行道前走一百米，一家餐馆门额上果然写着"琼菜馆"三字。吴小燕说："琼是海南的简称吧?"郭磊说："对。"

此时是下午五点多，店里已坐了不少人，郭磊往里瞅瞅说："生意不错。"

服务员领他们走到最里头一桌子，郭磊问："有包厢吗?"服务员说："二楼有。"

上到二楼，服务员为他们打开一个包厢门，请他们进去，空调已经开了。大家分别在一张圆桌前坐下。服务员问："四位是吗?"郭磊说："对。"服务员说："点菜吗? 不过，我们店正响应上级号召，推行'光盘行动'。不建议点多，合适就好。"吴小燕赞许说："不错，海口这一点做得很好，我看是最好的。"小张说："是，听说光盘行动，可就没见人做，看来海口真可以。"郭磊从服务员手里接过菜单，点了文昌鸡、乐蟹、东山羊，竟没有加积鸭，便问："加积鸭呢?"服务员说："最近没有。"郭磊就看了吴小燕一眼说："本想一次吃到海南四大名菜，结果加积鸭没有。"吴小燕说："有三个名菜就可以了。"

郭磊又点了个萝卜排骨汤、两个海鲜如带子、基围虾，还有两个素菜。郭磊问："喝点酒吧?"吴小燕说："不喝，不喝，我和小张都不喝。"郭磊说："那就来杯果汁?"

吴小燕、小张、小玉一起点头。

吴小燕忽然有些不好意思，说："谢谢你啊，郭磊。让你破费了。"郭磊说："嗐，同学嘛，客气啥，这么多年没见。"吴小燕说："哎，不喊你老婆孩子一起?"郭磊摆摆手说："不用，不用。"

稍顷，吴小燕注视着郭磊说："你变化不大。"郭磊摸摸脸说："不能吧，都快五十的人了。"吴小燕说："我觉得你还好。"小张点头说："是，郭总显得蛮年轻。"郭磊不由得笑说："还没人这么说。"

吴小燕问："自己买的房吗?"郭磊点点头。吴小燕感叹说："你真是功成业就，名利双收。那次在路上碰到李彬和温闽生，他们也相当佩服你。"

郭磊拿起筷子，在桌上撅了两下说："唉，当初吃的苦你们想不到。我至今都不理解，为何有那么大的决心和勇气闯海南。我当时身上就带着五百块钱，鬼都不认识一个，就那么闯来了。"吴小燕说："就是，就是，同学都说佩服你嘛。"

这时服务员端来三杯果汁，郭磊看是西瓜汁，便对吴小燕说："尝尝，这个很好喝。"吴小燕接过一杯，喝了一口，点头说："嗯，真是甜。"郭磊为自己倒了一杯茶问："你的情况呢？"吴小燕犹豫一下说："我在社保局啊。""我问你的家庭，他对你好吗？"

郭磊看到吴小燕脸上的表情在迅速变化，好一会儿，她才镇定下来说："别提他。"郭磊问："为什么？""上次在你家不方便说，其实我们两年前就离婚了。""为何？""他外头有人，二医院的一个护士，二十六岁！"

郭磊愤怒地说："渣男！流氓！混蛋！这种男人，我早就说，就是个混蛋！你就纵容他？"

吴小燕眼中流出了眼泪，她很快用手拭去说："不纵容能怎样？他都同那小护士睡一起了。"小张在一旁证实说："是，燕姐同她家那个经常吵架。"郭磊说："当初他不是死活追你吗？"小张说："对呀，追到就不珍惜。"

吴小燕眼中再次溢出泪水，她拭去眼泪，强笑说："好了，不提他。好也罢，混蛋也罢，我们没任何关系了。"郭磊问："那他结婚了吗？""谁管他呢。""孩子呢？""孩子同我一起。""儿子还是女儿？""儿子。"

毕竟，吴小燕也快五十岁。快五十岁的女人，怎么说也算徐娘半老，枯菜黄花了，尽管吴小燕的脸形和五官真的很不错。

郭磊马上问了一句："'曹国舅'他爸呢？"吴小燕稍怔一下才说："他爸人际广，尤其是他当年提拔的干部，不少在领导岗位。比如，他所在卫生局长就是他爸提拔的。"

一行字跳入郭磊的脑海："一道砸不破的关系墙！"

服务员送上菜，郭磊一心请对方吃菜，放松心情，开始东拉西扯。

担心耽误郭磊太多时间，吴小燕便一个劲儿劝他回去，她们自己到门口散散步，就休息了。

次日，史师傅开车到茅台大酒店门口接到吴小燕她们，导游是付子皓。头天翟笠已交代过，郭总的同学，用最高规格接待。付子皓接到吴小燕等人，一路上殷勤备至，很是关照。

接下来几天，吴小燕没给郭磊电话，郭磊也没给她打，只当她们旅途愉快。

直到第六天，吴小燕在三亚机场给他打电话说："郭磊，谢谢你，我和小张回去了。下次回去一定给我电话，我请你吃家乡菜。"郭磊笑说："好的。谢谢。"

吴小燕的海南之行，郭磊觉得多一事不如少一事，始终没有对洪丹说。

海之南装修完，叶大贵请郭磊验收。看董中伟的面子，还是给他支付了二十万装修款，余下日后按月支付。叶大贵也没说什么。

几天后，翁副总送来鳌头村民宿项目的规划草图，还附了一个预算。

两个项目预算支出，财务有点紧，就想找信用社符气壮贷点。他通过符气壮贷过三次款，早已成为好朋友。于是上班后，给符气壮打电话。符气壮非常爽快地说："这样吧，郭总，我们晚上一起吃个饭。我正好有事找你，地点你定。"郭磊说："那就还是板桥路吧。"

晚六点，郭磊和符气壮几乎同时到达。他俩一起找位，随便点了几个菜，让加工店做，然后坐桌前交谈起来。

符气壮急着找郭磊，是他们信用总社理事长被省纪委双规了，据内部消息这家伙在理事长位置至少贪污受贿了上亿，不过目前数字还没公布。符气壮约郭磊出来，是要同郭磊商量，他曾同郭磊的公司合作过三次，三次合作都有私人交往。他曾先后向郭磊索要了一百万的好处，郭磊称是佣金，符气壮不那么看。他说，佣金是私对私，他是公家人。一旦被纪检知道，那就是受贿犯罪。他非常诚恳地看着郭磊说："郭总，要不，前两次你给我的，我原原本本退还你。"郭磊思忖着说："天知地知你知我知，又没第三人，你怕啥？"符气壮说："不是，十八大后中央反腐有点猛，我有点担心。"郭磊说："没事，你不说，我是不会说的。"

符气壮看了郭磊好一会儿，才露出笑说："郭总您真做到不说？"郭磊说："唉，做人要凭良心，对不？我在那种艰难情况下，不是你，就没法组建自己的旅游车队。"符气壮含笑说："话是这么说。可是……唉，怎么说呢。"他看上去还有些犹豫。郭磊说："只要你那边没事，我这里真没事。万一你那头出什么破绽，你将钱转到我私人户头，就说我当时借你的，你还了我。"符气壮笑说："行，只要你那头没事，我这头绝对没事。"

正好他们的菜上来了，符气壮拿起筷子说："来来，我们吃。对，你喝酒不？这顿饭我请你。"郭磊说："符主任，我最近有两个项目，手头有点紧，能不能贷二百万。"符气壮说："没问题，正常的信贷，只要符合条件，随时办。"

喝了口酒，郭磊问："被纪委抓的理事长叫啥？"符气壮说："贾伟雄，你们内地人，八八年十万人才闯海南来的，老家湖北。"郭磊说："妈的，玷污我们闯海人的英名。"符气壮哈哈大笑说："不能那么说，八八年来那批人，还有很多不错的，为海南建设做出很大的贡献。比如你。所以说，功归功，过归过。"郭磊就同他碰一杯，二人一口干了。

一周后，郭磊让翟笠带马会计去符气壮那儿办了二百万贷款。

第二十七章

海口市外国语实验学校设在海南大学南侧，从海甸三西路西去进去不到百米，便是实验学校的院门。这是一所私立学校，校长之前是西安的一位中学老师，八九年登岛，也是闯海人。最初也因为没找到工作，走又不甘心，最后开了一家很小的幼儿园，两年后又创办私立外国语学校，他本人学外语。初创非常艰难，难在资金。好在老家一个朋友，从他们的学生中找来三位学生，都是英语专业，帮他渡过了难关。当时整个海口市外国语学校只他一家，得到省市政协的重视，继而得到政府的扶持，发展到今天，壮大了。如今正式成为地方政府的教育资源，每年能为地方培送上二百名外语实用人才。

校长兼老板侯金旺第一次见到阚大姐时，压根儿没想到她是来应聘的。阚大姐当时四十多，身边跟一个十岁左右女孩，女孩背着一个书包，他以为阚大姐是送孩子上学的。经阚大姐再三解释，才知道她想应聘他们学校的英语老师。侯金旺看了她的履历表，见她是一九八八年上岛的闯海人，顿时涌起一股恻隐之心，便将他请到自己办公室。

侯金旺感觉这女人在哪儿见过，使劲搜索才想起，她曾在市电视台新闻播报中露过脸。一次是海口刮台风，阚大姐在街上帮助行人过马路，台风过后，她又和一批志愿者在街头扶植被台风刮倒的树木。还有一次是琼州海峡大雾，不能通航，几千辆外地轿车被困秀英码头一带的路上。她同一批志愿者，为被困车辆司机和客人送茶送水。老实说，来海南这么多年，他一心经营自己的事业，哪有时间当志愿者，但对那些志愿者总在做别人做不到的事，十分钦佩和感动。所以便有这个回忆，他微笑着问："你当过志愿者？"阚大姐抬头看了他一眼，微笑点了点头。那一次，阚大姐没被录取，因为在应试时，口语总差那么一点儿。不等老师开口，自己主动说："行，校长我放弃。"

两年后的一天，阚大姐再次来到侯金旺办公室应聘。这次考试，监考老师比上次更严格，她竟通过了。侯金旺调看了她考试现场的录像资料，觉得她不但顺利通过考试，成绩还很喜人。当她被侯金旺喊到办公室宣布"你被录取了"，不禁热泪盈眶，接着放声大哭。

自此阚大姐就在实验学校待下来。开始是教最低年级，随着她的英语水平不断提高，教学经验积累，加上她对学生的亲和力，不但受到学校老师的尊重，更受到被教学的学生们的爱戴。

这天，学校清洁工家里有事，请假两天，校园操场的树叶垃圾便积累不少。别人都是视而不见，阚大姐看到后，就抄起清洁工用的扫帚，利用课余时间打扫起来。当她打扫到一半时，忽然多了七八个男女学生，跟着她一起打扫。这件事，又获得学校的好评。

阚大姐的女儿到广州上大学去了。含辛茹苦拉扯大了女儿，这是她最惬意的。终于可以歇口气了，但这些年辛苦惯了，闲下来竟受不了。于是，总是主动找学校要事做。如学校的社会活动即开会、外联、劳动、学习等，她都无代价地自告奋勇。

就在她来实验学校工作的第二年，向学校党组织递交了自己第一份入党申请书。据说来海南前，她在原籍单位即区文化站就递交过入党申请书，可那时一心要走，此事不了了之。来海南后，她就是一闲散人员，一无正式工作单位，二无固定住所，哪方面都自卑。入党其实是要求进步，那时想进步都找不到门。学校有一个党支部，支部书记是教育局下派的科室干部叫符国旺，加上侯金旺，所以有老师背后调侃："我们学校是'两旺执政'。"

这天是周末。阚大姐打算上街买点水果，这两天喉咙有点上火。她比较喜欢吃火龙果，不但润喉好吃，颜色还好看，红通通的一个球状，还不难切。于是，她拿上钱包，快步出门。刚走到学校大门口，手机响了。拿起一看，是陈维的名字。因为各自忙各自的，几个人好久没联系了，赶紧拿起接听。陈维说："阚大姐，出事了。老潘，他……"阚大姐听到声音不对，便急问："怎么？"陈维说："老潘他患了癌症。上医院检查，无良的医生直接宣判他的死刑。他在路上给我打电话，说可能要结束一生。"阚大姐忙问："哪个医院？"陈维说："好像是省医院。"阚大姐说："他人呢？"陈维说："还在他租住的地方。"

不到二十分钟，阚大姐搭辆出租摩托来到城西路口。看到陈维站在一家沙县小吃店门口，钱有福和张杰正好也到了，他们坐的一辆风采车。建省这么多年，风采车还有，只是不准在主城区行驶，钱有福、张杰住郊外农村，经常坐风采车。看到阚大姐，钱有福挥手说："阚大姐，这种事是大事。光我们几个，恐怕……"陈维说："我想给卢老板打电话，可又不敢，毕竟我们吃人家年夜饭，又向人家借钱，实在不好意思开口。"

卢尧手机响了，拿起一看，见是陈维，心想，莫非又找我借钱？试着接听。只听到陈维声音低沉地说："卢老板，毕竟都是八八年闯海南的，我们想了又想，决定还是告诉您。潘宋国，就上次一起上您那儿吃年夜饭的老潘，上医院被检查出癌症。被医生判了死刑。"卢尧问："你想我怎么做？"

陈维说："他上班的厂里倒为他办了五险一金，但医保是自己缴的。一百元保一年。"卢尧说："我之前也办过那种，那种医保报销不到百分之五十。"陈维说："所以急，想看看您有什么好办法没有。"卢尧说："癌症不是闹着玩的，没个几十万，恐怕……"陈维说："大家都很难过。这不，阚大姐、老钱、张杰等几个人都在。"卢尧说："之前我让你们找闯海人联络处，你们不去。你看，出了事，还是找闯海人联络处吧，发动爱心人士帮助。"陈维说："我同他们几个商量商量吧，看能不能找到更好的办法。"

卢尧自接到陈维这个电话，心里便一直放不下，按理说他不欠那几个人什么，但同是天涯沦落人，一个活生生的生命突然面临死亡，还是不忍心。

于是，他第一个想到董中伟。犹豫半天，还是掏出手机拨过去。手机响一会儿，一个小伙子问："请问找谁？"卢尧说："我找董总。""董总上香港长江商学院学习去了，身上倒有个手机。您有急事，可以自己给他打。""手机号多少？""你是谁？""我是开湘风阁餐馆的老板卢尧，八八年上岛的。""我是董总的秘书小关，我告诉您董总香港的电话吧。"

吃晚饭时，董中伟来电话。卢尧复述了一遍潘宋国得癌症的情况。

董中伟寻思片刻说："小卢，你领病人到我西海岸癌症医院，那是我公司的医院，我一会儿吩咐小关安排一下，让那姓潘的赶紧去，一切费用全免。"卢尧惊讶地说："董总，那得多少钱？"

董中伟说："八八年上岛的，就是他的通行证。我们成功了，有责任帮助他们，何况他患了癌症。"卢尧带着哭腔说："董哥，您太伟大了。您不但事业成功，人格也成功！"董中伟笑说："我刚下课，晚上有活动。有事你直接找小关，我手机不常开。"卢尧说："知道了，我替潘宋国谢您了。"

卢尧整个人轻松了一百斤似的，抬头看天，只觉得天从没像这会儿辽阔。他给陈维拨过去电话，果然，陈维带着哭腔说："好人，好人，有钱人都像董总，穷人就有希望了。"

接着，他想到郭磊，想这是向人家要钱，是不是该开口呢？犹豫再三还是打了过去。郭磊很慷慨，当时回答："你把他账号告诉我，我给他汇五千。"

卢莶驱车往省人民医院，陈维、阚大姐二人在。当着他们的面，他同小关通了电话。

小关热情地说："卢老板，我已同西海岸癌症医院说好，您将病人直接送去，找医院沈主任，他负责病人的治疗。"卢莶感激地说："谢谢你，小关。"

潘宋国昨天上省人民医院看病后，回到家就躺在床上等死。陈维陪了他一晚。阚大姐一早就来，表示要轮流陪他。

听到卢莶叙述，阚大姐感动地说："听说董总是省政协委员，事业做得很成功。"

大家将潘宋国转送到西海岸癌症医院并把他交给沈主任。沈主任已给他安排好了病床住进去，阚大姐让卢莶先回。

潘宋国拉住卢莶的手不放，说："卢老板，这么多朋友照顾我，我知足了。我不指望我活多久。我只有一个小小请求，一旦我死后，大家将我葬在海口的颜春岭公墓，给我做块牌，刻上这么几个字：'潘宋国八八年上岛的闯海人'，我就满足了。"

陈维紧紧抓住他的手说："宋国，不要那么想，会好的。很多人都说，癌症不是百分之百治不了。"阚大姐说："是啊，宋国，现在不是交代墓志铭的时候。我们每个人都有梦想，我们希望建设海南，实现我们的梦想。"

陈维说："对，即使物质贫乏至极，这辈子，努力过，就行了！"潘宋国忍不住哭了，说："有这么多好朋友，我知足了！"卢莶问："宋国你哪里人？"潘宋国哭着说："陕西勉县。"

卢莶点头，没再问了。他将郭磊给的五千元用微信发给了潘宋国。潘宋国问："郭总是河南的吧？"卢莶说："安徽亳州。"

八一建军节，吕天娥按约回来，卢莶堂哥的儿子寿生也从北京动身来到海南。本说五一节，后因有事，挪到暑假。

卢莶还是五年前回老家见过一次侄子，那时他还上初中，几年不见，单看个子就不敢认，只是五官轮廓还依稀记得，便笑说："寿生哪，我都不敢认你了！"

最近航班都正点，十二点广播就播放"从北京到海口的航班到了"。八九分钟后，几对老人身穿厚厚的羽绒服，肩挎着挎包，手里拉着行李箱走出来，一看就是北方的"候鸟"。这时一支旅游团队过来，领头的肯定是导游，手拿一面小旗子，边走边向身后旅客解说着什么。卢莶担心漏过，便掏手机给侄子打。侄子接听说："叔，我出来了，在取行李。"

再等一会儿，就见一高一矮两个帅小伙拉着行李车并肩走了出来。卢寿生响响地喊了声："叔，我改名了，我现在叫卢炫，炫就是炫耀的炫。寿生太土，炫时髦，光彩夺目的意思。"卢尧说："我想起韩国前总统卢武铉，只差一个字。"卢炫对身边一位男同学说："小李，这是我叔。"小李便喊了一声"叔。"卢尧说："同学吗？"卢尧说着替卢炫接行李箱，他不让。卢炫问："姐呢？"卢尧说："她也刚回来，她在店里。我们马上去店里吃饭。"

说着话，小李指着窗外几棵酒瓶状的椰树惊叫说："哎，卢炫，快看，椰子树！"

卢尧笑说："第一次来吧？"同学笑着点头。卢尧说："海口简称椰城。一会儿你们就可以看到，沿街都是椰子树。"同学露出惊喜说："太棒了！"

来到停车场，卢尧说："你还别说，长得真高。难怪你爸说，都不像他的儿子。"卢炫笑说："我爸只一米六几，我一米八。"卢尧说："你姐怎么就长不高。"卢炫就笑。来到车前，卢尧掏钥匙开门，然后打开后座盖，让他们将行李箱放进去。卢尧说："学开车了吗？"卢炫笑说："暑假回去学了。明年吧，争取明年拿证。"

卢尧坐驾驶室，卢炫和同学坐后排。卢尧拍副驾驶位说："哪个坐前头来，看看风景。"

卢炫很有风度，让同学坐过去，同学欣然挪到前头。

车子很快驶出机场，沿路两边都是椰子树，把个同学激动得指指点点，不时同卢炫说两句。卢尧看他们喜滋滋的，好像是赞叹他家似的，也很惬意。

车子直接开到卢尧的南航西店门口，然后拿行李进去。

吕天娥已经在包厢。吕天娥也是那次见过卢炫，此刻相见，也惊叹侄子的变化。

卢尧问侄子喝不喝酒，侄子问同学："来点红酒如何？"同学点点头。

点的都是本店的招牌菜"湘菜"。慢慢吃慢慢喝，卢尧问侄子在校情况，侄子骄傲地说："北大俗称燕园，名人辈出，现任总理是我们北大校友。"

吃过饭，卢尧就将他们二人送到西海岸的喜来登酒店住去了。侄子本想上叔叔家看看，卢尧说："等你们旅游回来，再去吧。"

卢尧给郭磊打电话，问他公司能否参团。听说他的侄子二人，郭磊说："就是没团，我也为你安排。我在广州，会议团越来越多，大巴车不够，想采购两台。我给小翟打电话，让她安排。"很快，翟笠打电话过来问："卢老板，你侄子几个人呢？"卢尧说："两个人。"翟笠说："明天上午九点，你直接到公司，我安排他们上车，路上的费用全免。"卢尧说："费用还要出点吧？"翟笠说："不用，郭总交代过了。"

次日一早，卢莞就开车去接侄子，将他们送到郭磊公司门口。正好翟笠从办公室出来，跟她一起还有个姑娘，蛮漂亮。一见卢莞，翟笠马上说："太好了，我正打算打您电话呢。"卢莞给他们做了介绍，翟笠也把她身边的姑娘介绍给卢莞说："这是我的闺密余小曼，她昨天从南京来，正好安排一起走。"

三天后的傍晚，卢莞接到侄子电话，说："叔，我回来了。我和翟助理在旅游公司，他们要送我，我说不用。"卢莞赶到郭磊公司，见侄子和同学都换上琼岛旅游公司的旅游服，上头印了"琼岛旅游"四个字，就笑说："翟助理，什么时候搞的，我还没见过呢？"翟笠笑说："五一节前，我向郭总建议，他就采纳了我的建议。"卢莞说："不错，显得很正规。"

侄子神采飞扬地说："海南岛太好玩了，之前听人说像天上瑶池的水，还不相信，这次真服了。"翟笠说："经过四天旅行，我们成了好朋友，还有我的闺密。"

卢莞之前没打量余小曼，这会儿才看了看。她比翟笠个矮些，胖些，尤其腰肢粗，但五官不错，皮肤也白。他忽然发现一个现象，两位帅小伙同两位姑娘站一起，高个对高个，矮个对矮个，真配对。卢莞想到这儿，差点儿笑起来，马上对侄子说："你们还有什么事没，没有的话，我们回去了。"侄子问："还住宾馆吗？"卢莞说："你不想住宾馆？"侄子笑了，然后转过身，很有礼貌很客气地同翟笠点了点头说："翟助理，谢谢您了。我的手机号和地址都留给您了。下次去北京，一定给我打电话。"翟笠很客气很有礼貌地说："好的，好的，认识你很高兴。"此时侄子的同学也向翟笠身边的余小曼告别。

上车后，侄子描述此行经过。侄子的同学最兴奋，好像还没结束行程似的。卢莞点头说："行，开心就好。"

依然在他南航西路的店吃饭，接着上卢莞家看了看。坐了十几分钟，卢莞说："早点儿休息吧，一路上累了。"于是送他们去宾馆，还是头几天住的西海岸的喜来登酒店。

将行李放到房间，侄子忽然在卢莞耳边小声说："叔，我蛮喜欢翟助理。您能不能给我介绍。"卢莞差点儿一脚踩到刚打开的房门上。

他观察侄子，担心他脑子出错，但侄子依然笑眯眯面不改色。卢莞说："你问了她？"侄子点点头。卢莞说："你怎么问她？"卢炫说："直接问啊，她说她没男朋友。"卢莞搔着头皮说："寿生啊，不，炫，这太快了吧。我提醒你，她比你大。"卢炫说："我问了，比我大三岁。俗话说，女大三，抱金砖。"

侄子的同学小李忍不住哈哈一笑说："叔，真的，旅行第一天，卢炫就告诉我，他好喜欢翟助理。"

卢尧想起一个事，不管如何说，翟笠是郭磊的助理。这年头，大凡做助理的，都同总经理有着某种不好言喻的暧昧。不敢说郭磊同翟笠也这样，但他不能肯定郭磊同翟笠之间一点儿暧昧都没有。

于是，他沉默了。侄子看到他沉默，不由焦急地说："叔，您怎么不作声啊？"卢尧淡淡地笑着说："炫，不是叔不作声，你知道吗，小翟是我一个好朋友的助理。"侄子说："那不更好吗？"卢尧不好明说："不是，小翟是他的助理，她还有总经理。"

侄子说："那是工作，又不是恋人，我和小李都问过，她至今单身。"卢尧说："问她本人，你怎么问的？"侄子说："那天我们参观南湾猴岛，我见她蛮高兴便问，有男朋友吗？她爽快地回答，单身。"

卢尧想，莫非翟笠还看上了我侄子不成？侄子别看只是学生，却是北大的啊，明年就要毕业。北大毕业生会有好工作，前途远大；翟笠虽也是名牌大学，但她家境一般，是普通家庭的孩子。他再次搔搔脑壳说："你别急，这事你让我问问再说。"

卢尧想了想，进一步提醒说："侄子啊，现在社会虽然开放，但不能太开放。不能看谁就是谁，要对人负责。"侄子脸红说："我们算很老实的了，我们班有同学从大一谈到大四，先后谈三四个。"卢尧说："福气好，什么好事都让你们赶上了。"

小李听了哈哈笑起来。

卢尧说："翟助理那闺密，我看见你同她打招呼，是不是也看上了？"小李连忙摆手说："没有，没有，我们完全礼节性地告辞。"

次日一早，卢尧开车赶到侄子住处，陪侄子二人吃早点，接着又在宾馆前头的海岸线走了走。还好，侄子没问他想得如何，但到中午，侄子还是忍不住问道："叔，您昨夜想过没有，我同翟助理的事，有没有戏？"

卢尧说："炫，别太急，我说等我问她老板。她嘴里说单身，没准儿开玩笑，如今的姑娘嘴皮子溜着呢。"小李在一旁说："是，是，让你叔问清楚了再说吧。"

第二天，侄子就离开了海南。进入候机室那刻，卢尧干脆拍拍侄子肩头说："炫，好好读书，不要因为来一趟海南，认识了个美女，就三心二意。"侄子近乎恳求说："叔，我是真心的。"卢尧只好点头说："知道了，知道了。"

晚上，吕天娥突然说要看电影，卢尧只好陪妻子去看了一场。卢尧平时很少看电影，不是不喜欢，是顾不上。不想吕天娥兴趣大，说好久没看。找了附近的电影院，看了部外国片《超强蜘蛛侠》。完后，上床睡觉，卢茂竟学着电影中的蜘蛛侠趴在吕天娥身上展现一场战斗。吕天娥好久没碰丈夫，蛮来激情。卢茂不想太卖力，逼不过妻子的索取……

事后，他穿好裤想，换做谭香竹，会是什么景象？甚至会有第二次，这就是男人的污秽之处。吕天娥不肯穿衣服说："你抱着我睡。"卢茂想，你又不是谭香竹，可还是抱了。

在城西路陶瓷市场街最顶头，有间小小的名片印制店，店主人便是八八年来海南的张杰。他是江西某陶瓷学校毕业，来海南先后卖过报纸、擦过皮鞋，一度还为人送煤气罐，最后才开了这家小店。小店经营了八年，除了维持吃饭房租，剩下不多。他最早认识钱有福，二人在茶店喝茶，再认识陈维，通过陈维又认识阚大姐，认识阚大姐后又认识了潘宋国。此后，五个人竟成了八八年上岛人的要好朋友。平时不管谁有什么事，都会第一时间到。不管谁经济上出了问题，都是竭尽所能提供帮助。五个人经常一起聚聚，或喝喝茶、聊聊天等。

钱有福和张杰曾想将阚大姐同陈维撮合一起，他们当时都单身，可阚大姐听后摇头说："做朋友可以，做夫妻打死不行。"按理说，阚大姐比陈维大两岁，同为中专毕业，阚大姐之前是区文化站干部，陈维是小学教师，地位上蛮配的。阚大姐长得中性，不好看也不难看，陈维五官身材还不错，只是不大收拾自己，显得毛糙粗野。阚大姐当时带着女儿，没有固定收入，陈维也打工，每个月只供自己生活费。目前，阚大姐和陈维都是单身，却没有缘分。因为共同的人生命运，五个人每聚在一起时，总是自嘲"全世界无产者联合起来"。

对啊，大凡有钱的人，是不屑同他们坐在一起的。他们每次相聚，只能在廉价低端的老爸茶店，一壶茶或两块三块，最高不过五块。海南的天气不饮茶不行，他们领悟到海南为何这么多老爸茶店，一是天热需补水，二是没钱的人太多。

张杰之前一直没女人，直到开这个小名片店，招的一个女员工成了他的女人。小店就他和女员工两个人。女员工来自江西，才十七岁，他们是同居不结婚。对外是老板和员工，床上称夫妻。女孩多次怀孕，都被张杰强令打掉，因为抚养不起。

钱有福也是来海南后找的女人，那个湖北恩施的女人带着一个儿子，据说同丈夫到海南打工，老公找了个更年轻的女人，跑到东莞去了，将他们娘儿俩扔在海南。钱有福当时在一家培训中心教小孩子跳舞。一次从主任室路过，看到一个女人带孩子来应聘做饭。

他们一起同居了五年，最后那女人还是带着孩子离开了海南。钱有福其实眼光蛮高的，他年轻时眼里只有女明星般容貌的好看女子，眼前这个会做饭的女人不但容颜苍老，左太阳穴处还有块小西红柿大小的火烧伤疤，只是用头发盖着。钱有福曾沦落到一天只吃两顿甚至一顿饭的地步，精神上的寂寞、生理上的欲望，强烈地促使他同这个女人走到一起。没有物质基础做保障，他们还是一拍两散。

张杰他们将潘宋国送到董总的西海岸癌症医院时，几个人相互约好，轮流上医院照顾他。上午，钱有福来电话说，他好几天没去医院了，要同张杰一起看看。

上午十点，张杰坐着钱有福的摩托车，一路朝西海岸驶去。他们来到医院，不想阚大姐、陈维都在，再一看湘风阁的老板卢尧也在，就吃了一惊。

阚大姐说："潘宋国这王八蛋，尽管生病，我还要骂他。他不同任何人说，自己去了琼中大山。他对沈主任说，假如两个月没来开药，就证明他死了或快死了，通知几个朋友去为他收尸。"

沈主任是医院指定负责潘宋国的主治医生，不知怎么办，就给董总打电话。沈主任说："估计病患住这儿，什么都不要钱，感到非常自责。他几次当着护士面说，没脸住，不想欠人家的。"

阚大姐说："董总都表态了，让他好好治，他就是不听。你不就是一打工的吗，想那么多干吗？先把病治好再说。可他偏不，死要面子活受罪。"卢尧说："没见这么要面子的，可以不要命。"钱有福问："今天走的？"陈维说："昨天，他不让沈主任说，怕麻烦我们几个。"

钱有福说："老潘的性格我太了解，他不是不想治，是因为住在这儿治病免费，吃喝拉撒都不要钱，觉得这人情债不知哪天能还。假如还不了，不如死了好，活在这世上让人笑话。"

卢尧骂道："这种人太迂腐，都什么时候了，还争面子。"陈维说："琼中有一个什么林场招聘护林员，他曾在报纸上看到过。他说在那儿一边看山，一边吃药，听天由命。假如过不去，就死在那儿。"卢尧说："要不，我们开车去看看？"

阚大姐看了看陈维，陈维又看了看钱有福他们。最后，还是阚大姐说："我看算了。一是大家都有工作；二是看了又怎样，只会增加他的精神负担。他那个人本就要面子，本来就感到欠别人的，我们一去，他更觉得对不住我们。"

潘宋国擅自离开西海岸癌症医院，放弃治疗，自己跑到琼中的大山里去等死，这的确出乎他们的意料。

当时，卢尧正在公司上班，接到阚大姐的电话先是不信，经阚大姐反复强调，才赶到西海岸癌症医院。

往回走的路上，他将情况告诉了董总的秘书小关。小关不解地说："还有这样的人，免费让他治疗，他竟然放弃！"

对于潘宋国的行为，大家没法评论，因为他留下一张纸条，自己走了。

这天，陈维忽然来电话说："潘宋国暂时没事。昨天回来一趟，从沈主任那儿开了一个月的药走了。"卢尧说："又去琼中林场？"陈维说："对呀，在林场当护林员，每天跟护林员巡山。有工资，吃饭不要钱。"卢尧笑说："还有这样的病人？改天老子病了，也学他。"陈维说："卢老板是大贤大德之人，不会病的，放心。"

听说潘宋国没事了，卢尧心情好像好过一些。毕竟，人命关天啊。

这天晚上，卢尧备觉无聊，吕天娥盯着个电视机，只要出现综艺节目，或感情访问节目，就陷入其中，什么都不管。卢尧也懒得理她，便径自来到房间，发现桌上一瓶蓝墨水都干了。这才想起两年没摸笔了，作家名号竟然还挂着？尽管知道自己是一个标准的伪作家，但总觉得作家的名号挺神圣的。

吕天娥见他坐在房间不出来，就进去说："老公，你写写写什么鬼吵。老听你同人说，你是作家，可是我嫁给你后，就没见你拿过笔，你在写什么？"

卢尧忽然笑说："我想写十万人才下海南，如何？"吕天娥冷笑说："好大口气！就写你自己下海南吧。现在看来，你当初是骗我，同我谈恋爱时一口一个作家，还把你写的什么给我看。我以为你真有出息。""你这观点不对，难道我开店赚钱就不算出息？"卢尧搔搔头说："行，从明天起，我下班回来写作，写给你看。"吕天娥说："写给我不行，要写给别人看。"

不知是否老天有意同他作对，一连十晚，他吃过晚饭就老老实实坐在房间桌前，冥思苦想，反复构思，脑壳却像是干海绵，挤不出一滴水来。他感到此生可能真废了，莫非这作家虚名真要贯穿自己的一生？

这晚吕天娥带孩子出去逛，他趴在桌上，僵持好久，最后竟再次流出两行惭愧而自责的热泪。

卢尧开车直接来到海府路店看看。这店之前租给人开书店，不景气，好久没人租。卢尧一口气将三间租下来，装修花几十万。开业那天，倒是不少老吃客闻讯来捧场。开张后，生意一点儿不亚于机场东路老店，这让他很开心。

这时没到吃饭的时候，谭香竹在楼上办公室。卢茏来到楼上，谭香竹马上露出笑容说："你来了？"卢茏走到谭香竹跟前，用鼻子在她颈脖前闻了闻说："洒了香水吧，我说蛮香。"

　　谭香竹马上推开他身子说："怎么见到我就不老实。"卢茏不禁笑起来说："你把我当什么人了，我可是你的老板。"

　　卢茏正要转身转转，谭香竹忽然说："老板，我可能要辞职。"

　　才多久，当初还是主动找自己要上班，为何又辞职呢？

　　谭香竹不由得脸红笑着说："是这样，老板，省公路局有个副处长，南航部队副团长转业，云南楚雄人，现在四十岁，尚未婚配。因长得高大粗黑，被人绰号'黑雷公'。十天前，跟人上我们店吃了顿饭，竟然看上我。不知怎么打听到我叔。我叔见他是未婚男，担心靠不住，可他直接找到我叔上班地方，向他表明态度。我叔说：'我侄女结过婚，身边还有个女儿。'谁知黑雷公一听满口说：'我知道她离异。我就看好她，她女儿就是我的女儿！'"

　　卢茏头大了，不满地说："他这么说你就信？当初你那鹰钩鼻子说养你，不让你上班。说养你就养你？我还养你呢。"谭香竹知道卢茏一直想要她，就说："哥，我早说了，我们是有缘无分。你就放了我吧，再说你不可能同吕姐离婚！"

　　卢茏就怕她提这个，却又不想谭香竹同别的男人结婚。谭香竹结过婚，那是他最大的痛苦。此刻，卢茏的脸可能比黑雷公还黑，他僵了片刻，忽然冲谭香竹吼叫起来说："谭香竹啊谭香竹，你做人太不厚道了。你说，这些年我对你怎样，你心里没底？你同黑雷公认识才几天就辞职，你不是开玩笑吗？"

　　谭香竹不作声，她越不作声，卢茏就越恼火，说："你哑巴啦？你作声啊！"谭香竹说："你让我怎么作声，女人嘛，总要嫁人的。"

　　卢茏不知哪里升起一股邪火，猛地冲到门口，朝楼下看，转身一把将门关上，冲到谭香竹跟前，阴着脸说："香竹，我就要你。快点，你回答我，你答应不答应我？"谭香竹两道热泪涌出来说："哥，你这是做什么，光天白日的。"

　　卢茏忽然一把紧紧地抱住她，哭泣说："香竹，我不想你走。"谭香竹看了看卢茏，见他紧紧抱着自己，就说："哥，既然你这么说，那你把门锁好。莫让别人进来。"卢茏发愣问："这会儿？"谭香竹说："是，只是这事只能来一次，以后就不可能再有。你先答应我。"

　　楼上房间和包厢连在一起，地上铺地毯，平时就店长谭香竹一人进出。

　　谭香竹见卢茏开始紧张，就说："你要不同意，我就走。"卢茏马上锁门说："我同意。"

卢茺紧张得有点哆嗦，但见谭香竹主动脱衣。一激动，几下就脱去衣裤，将她紧紧抱住压在身下。他看到谭香竹闭上了眼睛，好像将永恒的爱与恨都化作一股阴冷。他顾不得那多，很快将一股精华注入谭香竹体内。完事后，他从谭香竹身上起来，忽然痛苦地说："天啊，我这是做什么，这不是猪狗不如吗？"

谭香竹穿好衣服，像变得不认识他似的说："卢茺，你就是畜生，我算认识你了。从今以后，你是你，我是我，我们永远不要见！"临出门，她又止步说："希望今天的事永远是秘密。"

卢茺说："我懂，我就是畜生不如，我以后不会再打扰你了。哦，你的工资奖金，我会翻倍支付给你。"

谭香竹没作声，直接出去了。

没想到的是，这晚卢茺同妻子睡，直接进入吕天娥的身体，脑子里尽是白天同谭香竹做爱的那幕。那一幕就是天上的瑶池赴会，整个下午都在回味。当进入谭香竹身体那一瞬，整个人像坐直升机似的飘醉，任他怎么使劲，谭香竹都配合。让他最不解的是，做完后谭香竹像换了一个人，竟骂他"畜生"！事后想，要在平时，谭香竹那么骂他，他一定会发火，至少也会生气。

一天晚上，吕天娥听到丈夫在梦里喊，可惜听不清喊什么，就赶紧叫醒他。

郭磊的海之南本打算九月八日开业。头天听天气预报说今年第二号台风"威马逊"以每小时多少公里逼近，估计明后天在文昌登陆，届时十八级雷雨台风，只能改期。

郭磊上岛这么多年，遇到最厉害一次台风是二〇〇五年发生的"达维"，达十八级，狂风暴雨几天，海口市都被水泡。据说周边的大海出现海水倒灌，南大桥一带水深一米，那几天他压根儿没敢出门。

九月八日那天，首先是天空突然狂风呼啸，风头一到，窗台跟着咯咯响，更有商铺和住宅楼门额上挂的广告牌都被撕扯得咣咣响，有的顺风势垂落地上或直接被撕破。街上的红绿灯也被刮停，整装待岗的交警也失去平时维持秩序的姿势，街上便很快看不到车子和行人。

今年的台风还是龙卷风，几乎所有广告牌被损坏，有的甚至被抛扬九天之上，像一只只气球似的飞扬着奔跑，此时，行走的市民肯定有被砸的危险，广告牌大多是铝金属或铁皮制作的，砸在脑袋上没一个洞也要破相。"达维"台风袭来那年，满街的榕树和椰子树几乎倒一半，而这次台风如何呢，破坏力一定小不了。后来从报纸电视上看到，台风过后，政府第一件事就是组织广大干部群众到街上或公园扶持植树，将连根拔掉的重新植好。这样的工作一般搞三四天，重点地方如海口市的几个公园，或树木成片的地方，往往要十天半个月乃至一两个月。政府为此投入大量的人力、物力、财力。

台风到来的第二天，郭磊就听邻居说他们对面的一栋楼，一个居民下楼买方便面，被刮来的一块金属广告牌砸中脖子，当时就倒地，幸好过路人打120，送到医院抢救才脱险。郭磊试到楼下，看到人行道树木，如椰树、榕树和一部分印度紫檀全被翻倒，从没经历十七八级台风的人压根儿无法想象台风灾害的严重。

"威马逊"，这个凶悍的台风被他记住。不错，这九年，每年都会有台风预报，基本上都是级别小。十七八级的台风就像一场劫难！他对经历过的两次特大台风感受特深。

二十号，卢尧接到郭磊电话说，"海之南"二十二日正式开业，台风后休整八天。

卢尧亲自到南航西路花店买一只贺喜花篮，因为是预订，上头的贺词和字都写好。付钱后拿到车内，来到郭磊公司的"海之南"宾馆。刚到大英村入口，就听见一阵锣鼓唢呐声。再一看，宾馆门口聚集着不少人，有主持仪式的，有看热闹的。他将车子开到宾馆对面的停车场，将花篮取出来拿在手里，朝宾馆走。快到时，见郭磊、翟笠从宾馆走出来，身后还有几个西装革履的男女，就估计是郭磊的朋友，或是他们旅游公司的上级领导。

翟笠看到他，拍了一下身边的郭磊。郭磊马上看到，不由一笑，让翟笠去接花篮。卢尧说："恭喜翟助理。"翟笠说："同喜！"

郭磊走到他跟前说："卢老板，中午在南大桥龙泉渔村订了几桌饭。省市领导、兄弟单位一起坐坐。"卢尧说："龙昆南延长线新开一家'万人火车头海鲜广场'，人气足，板桥海鲜广场和新阜岛海鲜舫都比不上。"郭磊说："是吗，那我们改去那儿如何？"

洪丹从里头出来，卢尧一见愣一下。洪丹同他握手说："谢谢卢老板捧场！谢谢！"卢尧说："郭老板厉害，短短几年，一走一个大脚印。这房盘下来，可是大金库啊！"洪丹说："唉，他这人喜欢闯，我都说多次，悠着点，还借那么多债，他说不怕。"

卢尧笑说："郭磊比我胆大。"洪丹说："三亚、琼海上两个项目，债欠一屁股啊！""物业在，怕什么。你就是变现，也不止那么多！""男人都是雄心勃勃，听说你在海府路又开一家店？""不是新开，是机场东路拆迁，换了一个位置。我那店都是租的物业，哪像你们，可都跟你们姓郭！"

洪丹凑到卢尧耳边悄悄说一句："他野心大，想上市！"

这时，路口驶进来两辆豪华旅游大巴，车身上都印着"琼岛旅游大巴"六个大字。再一看，车内坐满游客，导游像是俄罗斯小伙子，他手拿一面小旗子。翟笠过去同俄罗斯小伙握手，说："尤金思，谢谢你！"尤金思说："您好，翟助理！见到您我很高兴。"

这时郭磊也上前同尤金思握手，然后让其他人进宾馆。

翟笠将花篮放门口，走到卢尧跟前说："刚好有两个团来海口，就让他们直接住到这儿，省去一笔钱。"卢尧笑说："太牛了，看得我流口水！"

郭磊对卢尧说："兄弟，省旅游委和广东一家旅游公司老总来贺，我得去陪他们，让翟助理接待你，对不住，一会儿再聊。"

翟笠应酬片刻，看了看卢尧，朝他点点头。卢尧笑说："昨天，我侄子打电话，说从海南离开一晃一两个月，有点想大家了。"翟笠忍不住笑说："您侄子不是卢炫吗？我们经常通话呀。""他说了，他说蛮看好你的。"

翟笠脸微微一红，说："小伙子挺逗。其实我们都谈工作，谈理想。"卢尧说："我也那么说。我说，炫啊，你年纪还小，还是把心思放学习上吧。""他小？您太小看他。他都谈过一任女朋友了。"卢尧吃惊地说："他告诉你的？""可不是。"

卢尧觉得侄子傻，转而又想，现在的年轻人同自己那时不一样，什么都敢说，就问："翟助理，你单身？"翟笠岔开他的话："你侄子优秀，真的。可惜，我已经有男朋友，他在南京。"卢尧尴尬地说："那好，没事。"

翟笠请卢尧到会客厅坐。他想，她有男朋友还同我侄子周旋？不，是侄子想同翟助理周旋？他一时摸不着头脑，不知翟笠那话是真是假。唉，现在的年轻人谈这些事都真假莫辨。

中间有一张椭圆形木桌，桌上放满香烟、糖果、饼干、水果。两位服务员热情地引导着卢尧说："请，请，摆好了香茶，请用点心水果。"

卢尧扫了一眼，这桌竟没一个认识的，只好尴尬地在一个空位坐下。翟笠走过来，在他耳边悄悄说一声："卢老板，您稍坐，郭总那边让我去一下。""去吧，去吧。"卢尧知道，作为助理，她不可能不忙。

一个女服务员给卢尧送来一杯茶，他接过说声谢谢。他发现门口俄罗斯小伙领几个客人进来，看了看会客厅，又出去了。接着穿一身宾馆服装的女服务员手拿一沓传单什么，给在座人每人发一张。卢尧接过一看，是"海之南宾馆各种服务项目介绍"，其中有客房、桑拿房、按摩室、理发室、餐饮、早茶等，品种好像蛮齐全的。不禁抬头看看这室内的装修，似乎也达到了星级标准。他就想，装修这栋房子一定花了不少钱，郭磊这家伙真发了。

卢莞喝着茶，吃着瓜子，有一个人想同他搭话，估计也是没认识的人。

大约几分钟后，只见郭磊从电梯门口急急出来，朝门口小跑而去。很快，他领着两位穿着讲究的中年男女进来，其中男子五十开外，鬓发微白，女的三十出头，保养得极好，本身细皮嫩肉，加上容颜得体，神态妩媚。卢莞就猜想一定是哪儿的"贵人"。

接着，看到翟笠从电梯门出来，急急地到门口迎接了一拨客人。

吃顿饭，对卢莞吸引力不大，有不少客人他倒可以看看。

十一点半，翟笠从楼上下来，之前见到的客人也都随她下来了。

郭磊跟着下来，边走边对他说："卢老板，走，就去你说的丁村万人火车头海鲜广场。"

翟笠则指挥大家上了最前头的那辆豪华大巴车。洪丹走过来说："卢老板，你们去，我回家了。"卢莞笑说："老板娘，你怎么不去呢？""我不去，我不去，都是公司的客人。有他和助理就可以了。""那好，有空再聊。"

两辆大巴很快坐满。车子载着满满两车客人朝南大桥驶去，直接驶到丁村万人火车头海鲜广场门口。这广场是三亚市万人火车头海鲜广场老板从三亚过来开的，让人惬意的是，老板是八八年来海南的贵州人。

这海鲜广场还真大，宽度足有五六百米，纵深有二三百米，前头是加工海鲜的门店座位，后头是各种海鲜的摆放位置，海鲜均摆放在有机玻璃的箱子里，或大盆子里，都是活的。卢莞来海南这么多年，应该说最震撼的就是海南的海鲜。没来海南之前，哪知道大海中有这么多供人食用的产品，如各种鱼类、贝类、藻类等，真是应有尽有。

琼岛旅游公司新聘的办公室文员小黄，是个二十多岁的小伙，他忙前忙后张罗着。他是提前来的，已订好五处桌位，每张大圆桌面上搭着嫩黄色的台布，很整洁。几乎是一个桌一家老板，还有厨师。客人自己上后头的海鲜摊买海鲜，然后拿到前头的请老板加工，老板收加工费，还提供各种酒的销售。

在小黄的引领下，郭磊、翟笠将所有客人分别安排在五个桌位。卢莞被她安排在第二个桌位，在座的是省旅游委符副处长、市旅游局邢科长、市会展局蔡科长、海口天缘大酒店老板乔治李、丁松和徐丽媛。

郭磊给卢莞介绍丁松与徐丽媛，说他们也是八八年上岛的。卢莞马上掏出名片给他们，他俩也笑着回赠名片。卢莞看了名片一拍脑壳说："原来二位就是丁总、徐总，我多次听小郭说过。"

郭磊又给符副处长介绍丁松、徐丽媛："这二位是房地产公司的大老板，刚从内地回来，就来参加我的海之南开业，我很荣幸。"符副处长说："二位老板，到天津和武汉开辟事业去了？"看来郭磊跟他谈过丁松和徐丽媛。

丁松说："我之前在天津读大学，几个同学让我去天津搞两个项目。"徐丽媛说："武汉大学是我的母校，我去年去的武汉，打算搞两个项目。"

卢尧笑问："你们二位怎么一起来？"徐丽媛笑着说："丁总是省房地产协会副理事长，我也是，我们一起开过好几次会。"邢科长说："我几个朋友说，做什么都不如做房地产，房地产是暴利。"符副处长说："一度财政都依赖房地产，不是有句话，叫土地财政吗？"

丁松喝了一口茶，脸色有些严肃地说："社会上常有不负责的媒体批评海南两次房地产泡沫！大家说海南的房地产真有泡沫？这种言论极不负责。首先是九三年那次，房地产沦陷成烂尾楼，能怪海南？那么多资金全撤去了浦东，像一口正烧着的锅突然被抽掉薪柴能旺吗？其次海南房地产其实不是多而是少。你们想，海南不搞房地产，偌大一个海口市，像建省前那样最高楼五层，街上没红绿灯，缺电，行吗？房地产是一个城市的品质，基础不好行吗？九七、九八两年人才陆续离开海南，就因为海南没实现城市化！试问全国哪个省市不搞房地产，只是海南吗？其三我从事房地产这么多年，海南房地产市场是全国市场，也就是海南的房大都被省外人买去。你们看，海南所有烂尾楼都已全部售罄。所以我说，海南经历两次地产泡沫才导致经济滞后，是胡说八道。"

徐丽媛连连点头说："我赞成丁总说的话。不搞房地产不知道内情。"符副处长也点头说："丁总分析得对，我也反对说海南搞房地产而拖累经济。"郭磊说："只能说，搞房地产的同时，疏忽了制造业和其他产业。"丁松说："那是工作没到位，海南是孤岛，历史上就少有制造业。"

翟笠领着两位海鲜摊主将海鲜送到厨房，同大家挥挥手，就到隔壁的桌位去了。

徐丽媛笑说："行了，不说房地产了。政府离不开房地产，我们的经济总量，靠房地产支撑。大家不能都造原子弹吧，造那么多，没地方投放。"

大家便笑起来。

邢科长说："我尤其赞成丁总那话，毕竟海南在建省前基础太薄弱。那时只是广东一个行政区，哪方面都落后。"徐丽媛说："对，我们来的时候，还有人说让我去海南垦荒呢。"郭磊说："淘金是文化人总结的，那时的海南哪有金淘。"丁松说："我本来搞文化战略研究，可政府没钱，还是自己倒卖彩电赚了一万元。"

大家又是一阵笑。

蔡科长看着郭磊说："郭总，你们宾馆开张后，是否可以上市了？"郭磊说："以经济总量，我同丁总、徐总都不能比，他们一做就是上亿的项目。"邢科长说："与珠三角的公司比，海南上市的公司太少，地方领导一定要支持。"

加工店老板和服务员分别端上加工好的海鲜放桌上，一看竟有七种。郭磊招呼大家："好啦，开始吃，大家喝什么酒？"符副处长含笑问："有什么酒？"

郭磊喊加工老板："老板，你这有什么酒卖？"老板说："红酒七八种，还有白酒，高中低档都有。"符副处长说："有五粮液吗？来瓶五粮液。"丁总说："我来杯啤酒就行，就本地的力加，三块钱那种。"郭磊说："来虎牌吧，丁总？"

虎牌也是同一个厂家生产，只是比力加贵三块钱。丁松却说："不，就要力加。"

见丁总这样，其他人纷纷说喝啤酒吧。

加工店老板和老板娘各拿了酒过来放桌上，然后给大家开。老板拿了瓶五粮液，递给郭磊，郭磊给符副处长满上，问丁松："丁总，您也来一杯？"丁松摇摇头说："不用，就喝啤酒。"符副处长呵呵一笑说："丁老板那么客气，你看我在郭老板这儿，一点儿不客气。"邢科长说："我来一杯吧。"蔡科长说："我也来一杯。"符副处长呵呵笑着说："你看，你看，开始都说不喝，我要了，都要喝。"

徐丽媛说："我来一瓶解百纳葡萄酒，别的都不要。"郭磊说："各位，开始吧，还有几个菜，慢慢上，边吃边聊。"

卢尧瞥了符副处长一眼，心里怪不爽，心想，这家伙可能平时吃惯了下属吃请。即使琼岛旅游公司是你的管辖范围，那也不能肆无忌惮啊，就是来出席一下人家开业典礼，你却开口就是五粮液，太不自觉了吧？这种人说轻点馋猫，说重点，腐败惯了。不过他只能想想，他不是主人。

郭磊见卢尧没动筷，便说："哎，卢老板，你怎么不吃？"卢尧呵呵一笑说："我对啤酒感兴趣，平时在家，没事也喝两杯。"姓符的边吃螃蟹边接话："对，海南的水好，生产的啤酒特别清甜。"

郭磊见徐丽媛吃基围虾，便用公筷夹一筷子沙虫给她说："徐老板爱吃沙虫，我特地多搞了一盘。"徐丽媛连连点头说："自己来，自己来。"

这时丁松手机响了，他忙拿起接听："喂，小邱啊，我在郭总这儿吃饭。你先吃吧，我完了才回去，好吧？"

接着，郭磊又倒一杯啤酒，同徐丽媛碰杯说："同样，祝徐总的事业更上一层楼。"徐丽媛同他碰杯说："一样一样。"郭磊喝着说："下一个十年，在武汉，还是在海南？"徐丽媛犹豫着说："两边跑吧。海南是我事业的发源地，武汉是母校。郭总你近年少去内地，内地发展不错。尤其是武汉，加上交通位置好。"

卢莽说："曾以为，有国际旅游岛这块金字招牌，海南发展快，可几年过去，经济总量还是不够大。"邢科长说："像深圳那样，抬高一轮房价就行了。"一家旅游公司经理插话："外地攻击海南国际旅游岛炒概念，不做实事。"

丁松说："海南这些年发展不错。你看，既有东环高铁，又有三亚、海口城市的建筑景观。我又要发表我的房地产感言了，那些说海南房地产搞糟了的，其实是对海南缺乏常识。海南获得今天成就，房地产功不可没。"徐丽媛说："海南的人口少，至今才九百来万，人家上海一个区的人口都超过了。"

丁松说："欧洲的城市人口都不多，其实海南没必要同国内人口密集的城市比。海南的生态好，人家怎么不比？海南的生态我看比欧洲很多城市都强。"卢莽说："对，青山绿水，鸟语花香，是海南永不凋谢的名片。"蔡科长说："网上很多说海南坏话的。"丁松说："网上乌七八糟的东西，不要信。"

符副处长啃着一块鹅腿说："这鹅腿烧得不错，有味道。哎，大家都吃，怎么光我吃啊！"邢科长抓了一把基围虾放到跟前说："吃吃，能者多劳。"郭磊见其他人不动，便说："哎，都动手，别客气，不吃吃不完呢。"符副处长说："其实医生让我少吃脂肪高的，我却忍不住。"

翟笠和小黄走过来，每人手里端着一杯啤酒，说："郭总，我给在座各位敬杯酒吧。"

符副处长眼睛亮了，说："哎，翟小姐，谢谢你，我们干一杯。"说着端起五粮液加满，同翟笠碰一下，一口而干，开玩笑说，"哎，翟小姐，你坐吧。郭总，你怎么把这么漂亮的小姐搞到别桌上呢？"翟笠说："不是郭总安排的，我们那边有客人。"

翟笠端着一杯酒说："卢老板，我们也干一杯。"卢莽说："我同郭总喝，你怎么也来呢？"

翟笠说："是不是只看得起郭总？"卢莽笑说："你要这么说，那我能不喝吗？"

符副处长问："小翟，郭总给你多少薪水啊？"邢科长说："有一万吧。"蔡科长说："海南的工资没这么高吧。"符副处长说："私人企业老板说了算。"

翟笠来到徐丽媛跟前，倒满杯子，说："徐老板，多次听郭总介绍您。这杯酒，算小辈敬您！"徐丽媛笑起来说："好，我喝。"她端起杯子，同翟笠碰过，一口喝干。

丁松说："这姑娘姓翟是吧，这个姓不多。"卢尧说："很多人把这姓念成瞿，瞿秋白的瞿。"大家笑起来。

徐丽媛问："翟小姐哪儿人？"郭磊说："江苏镇江的。"徐丽媛说："噢，好地方。其实我们相隔不远，武汉下去就是南京。"翟笠说："徐老板的事业做得那么大，什么时候没饭吃了找徐老板，不会推我出门吧？"说完咯咯笑。

徐丽媛说："哪里！这么好的姑娘，我想找还找不着呢！"丁松问："翟小姐是学旅游专业的？"翟笠说："对呀。"丁松说："跟着郭总，好好干。别看现在企业不很大，但是郭总这个人我很了解，人实在，做事踏实，真是一步一个脚印，前程会很好的。"翟笠点头说："是，我也这么想。"

翟笠顺势将酒杯倒满，同丁松喝了一杯。

吃完饭，车子直接来到"海之南"宾馆门口，有的人坐车走了，有的则步行回去。

第二十八章

　　这晚上床，郭磊用手轻轻抚摸洪丹的肩，却被她挡回去，问："做什么？"郭磊说："老婆我要奉劝你，你放一百二十个心，翟笠有男朋友，南京的。我告诉你，湘风阁卢尧的侄子来海南旅游，正好翟笠有个闺密来玩，就一起去。谁知道几个人旅游一趟，卢尧的侄子看上了翟笠，而翟笠告诉他，她有男朋友。"洪丹说："她真这么说？"郭磊说："不信你哪天自己问。"

　　海之南完工后第九天，琼岛旅游公司办公室就由原海南电视台旧址搬到"海之南"第十层，整层都是。翟笠将大厅切分成十几个单元。一部一个单元，一单元八张或十张桌子，每单元有一个小会客座，有烧水壶、垃圾桶、两到三台电话座机等。

　　翟笠和小黄在大厅，翟笠单独切分一个小单元，小黄则在办公室大单元。马会计和出纳一个单元，出纳位置打算留给洪丹，可洪丹一时不可能来，于是这桌子空着，只有郭磊有钥匙。

　　"海之南"开张仅一个月，营业收入就超预期，让郭磊十分惬意。

　　叶大贵给他装修好"海之南"后，本要接着为郭磊装修旧别墅，可翟笠建议先装琼海民宿，考虑到工作为重，郭磊同意了。

　　一个月过去。尽管是十月，因国际旅游岛的知名度，越来越多的人都往海南跑。

　　郭磊因为民宿之事去琼海待了五天回来。

　　这天，郝副局长来电说琼海市召开扶贫大会，要请帮助他们扶贫工作的企业和个人参加，包括琼岛旅游公司，他们正在鳌头村搞扶贫式的民宿开发。

　　翟笠头天开那辆普力马先去，郭磊乘坐公司的豪华大巴车到琼海。

　　会议是第二天上午开，他到达琼海是下午四点。先到鳌头村项目现场察看了一下，然后同翟笠一起回到市区住宿。

每次来琼海都住市区的万泉河宾馆，翟笠也住这儿。二人一起到万泉河宾馆餐厅吃饭，又在楼下转了转。

该谈的谈得差不多，回到宾馆，各自回自己的房间。一会儿，郭磊来找翟笠，从包里拿出一沓人民币递给她。翟笠没接，却问："什么？"郭磊说："这季度的奖金。"翟笠掂了掂说："多了吧？""像你这样的人才，在我们公司，本身就屈才。""我不过很普通，尽我能力做事。"

翟笠客气着，还是将钞票塞进了包里，说："那我就不客气了。"郭磊说："我听说，你在三亚的公司，月薪一万五，可在我们公司却减半了。还是那话，公司上市，亏欠你的，一定还你。"翟笠笑说："干吗呀，我又没说什么。"郭磊轻叹说："你知道，我真是一双空手，从最底层做起，才有今天。""通过诚实劳动，获得的成就，更让人钦佩。""今年是海南建省第二十五个年头。这二十五年，我和所有闯海人一样，将自己的青春热血洒在这儿。你看，我下巴都开始长白胡子了，上岛那年，我才二十三岁。"

翟笠问："公司上市，你还会在海南吗？"郭磊说："当然，第二故乡。""上市后，聘一个CEO，负责企业运营，你做董事长，清闲些，不要太操心。""海南的空气好，加上公司一旦稳定，我呢，就像你说的，找个CEO，然后一半工作一半休闲疗养，那也是不错的选择。""夏威夷是世界上富人聚集的地方，美国的富人几乎都在那儿有房子。""海南更可以。你看，这儿建设得是一天比一天更好，人也是一天比一天多。我只担心，将来这点儿土地不够开发。别急，等公司情况好一些，我给你订一套房。"

翟笠微微有些吃惊地问："给我订……什么意思？"郭磊笑说："没什么意思，因为你是我的助理。"翟笠有点不好意思："怎么能那么说。""我几个朋友都是做房地产的，他们手里有的是房源。"

聊了一会儿，翟笠看着郭磊问："饿不饿，要不，我们到外头吃点宵夜？"郭磊说："不吃，早点儿休息。我明天到市里开会，你有事先回去吧。"翟笠说："我等你，我们一起回去。"

翟笠送郭磊到门口，然后关上门。

公司几个部长，经过多年的打拼都买了房，表明在郭磊的公司长期干下去大有发展。这就是郭磊的公司具有的良好成长性之一。

翟笠在琼岛旅游公司认识的第一个人是马会计。通过接触，发现马会计对郭磊评价也非常不错，她经过一段时间的观察，决定好好干下去。

次日早起来，郭磊在翟笠的房门口等她。她拿起随身的包，然后一起到楼下吃早餐。

郭磊边走边说："总看到马会计在电脑前摆弄。每次进去，就用报纸挡电脑，不知在干啥。"翟笠笑说："炒股票。没听说一句话，十亿人民六亿股，这话有点夸张了。股票这玩意儿，不好说。我妈也炒，但不是那么容易挣钱的。"

郭磊点了油条、豆浆和牛奶。翟笠忽然脸红说："郭总，给我的季度奖金，多了吧？"郭磊含笑说："行了，别再说了。"

饭后，郭磊说："我参加他们的会。你随便转转吧，琼海挺好的。"

散会回来，郭磊说："我们吃点东西再走吧。"

二人又来到餐厅，吃了份套餐，然后上车。

郭磊将上午开会的情况告诉翟笠："市里表扬了我们，说我们支持了他们的扶贫工作。对了，我给你奖金的事情，不要对人说，这是制度。公司发员工奖金保密，相互不打听。"

翟笠要开车，郭磊说："你休息，我来吧。"

驶出琼海市区上高速，忽发现路边有卖椰子的，郭磊就将车子停一旁，买了四个椰子放车上。他和翟笠一人喝了一个，然后继续行驶。

翟笠说："海口市内一个要八九块钱，这儿便宜，才四块。"郭磊说："这物价是一年一个样儿，赚点钱还不够涨价。"

车子四点左右到达海口市区。郭磊先送翟笠回家，然后又到公司。

刚走进办公室，郭磊就接到刚国强的电话："小郭，上次一起吃饭的那个成总，开电影公司的，同我打电话，说他们公司要拍一部谍战片，就像《潜伏》那种类型的，想让你公司的翟小姐演一个角色。"郭磊不解地说："小翟又不是学表演的，她哪里会演戏？"刚国强说："人家说了，没关系。你知道张艺谋拍摄的《金陵十三钗》吗？那里头的女主角就是一个非职业演员。"

郭磊有些紧张地问："他同你说的？"刚国强说："都说两次了，第一次被我谢绝；今天又打，说一定要同你说，帮他这个忙。""电影公司的演员那么多，为何偏要小翟？""嗨，我也这么说，可他说是艺术的需要。""我没法回答，要问她本人。"

刚国强说："麻烦你问问呗。唉，成总这个人，别的都好，就是事业上非常较真儿。我也说，那么多演员，哪里找不到呢。他说成全一次呗，没准儿一炮走红，传出去也是你们公司的荣耀啊！作为中间人，成总是我的朋友，你也是我的朋友。你看着办吧，行就行，不行就回了他，免得他惦记。"郭磊笑说："行，我问问她。"

第二天，郭磊来到公司，将翟笠喊进来说："就上次一起吃饭的成总，开电影公司的，说要拍一部谍战片，想让你演一个角色，你愿不愿意？"翟笠捂嘴笑说："没听错吧，我演一个角色？""是，还是女主角。""他给你打电话了？""刚总给我打的，你看，这是电话号码。"

郭磊将手机递给翟笠看，她摇摇头说："开什么玩笑，我一天表演没学过。""他说，你知道电影《金陵十三钗》吗，里头的女主角也是非职业演员。""知道啊，那是我们老乡，她叫倪妮。不过她是她，我是我，我对演电影一点都不感兴趣，真的。""假如演出名了，那可是大明星，能赚很多钱啊！""你就说谢谢他了，我是不会去的。即使他本人来，我也这么说。"

郭磊很快就回了刚国强的话，刚国强好像不大信："你真同她说了？"郭磊说："不信，您自己同她说。"刚国强犹豫一下说："不用，我信。"

两天后，翟笠看着郭磊说："郭总，你说的那个刚总给我打电话，说了拍电影的事儿。后来，他那个姓成的朋友，也给我打电话。"郭磊问："你怎么说？""我直接回绝了他，说对演电影不感兴趣。""他怎么说？""他说，遗憾，遗憾，真遗憾。""估计他还会给你打。"

"放心，我不会答应的，因为我真的一点兴趣都没有。""你不遗憾？""话都说到那一步了，还要我怎么说，我哪里会遗憾！"

三天后，刚国强又给郭磊打了个电话，成总同他说，让他做翟笠的工作，帮他一个忙。还说翟笠的外形太符合他们电影中的女主角了。

然而，不知为什么，郭磊还是回绝了他们。

从长江商学院学习结业回来的董中伟，接二连三参加省里几个会，这天有点空，就给郭磊打电话，说上他的海之南看看，毕竟海之南这项目是他怂恿接的。郭磊的海之南开业时，董总在香港学习，他心里稍感遗憾。听说董总来公司，郭磊自然很兴奋，马上早早来到一楼等候。约十分钟左右，一辆黑色奔驰 600 驶到海之南一楼门口。郭磊马上迎上去。董中伟身后跟着两个人，一个是董总的助理小关，他曾在董总的公司见过；另一个优雅文柔，长发披肩的女子，郭磊好像没见过。走近了忽然发现，这女子好像是省电视台经济频道的主持人吕蓓蓓。董中伟同他握手后，介绍了小关和吕蓓蓓说："小关你认识，她你认识吗？"郭磊说："好像是电视台经济频道的主持人？"

吕蓓蓓与董中伟同时笑了。

董中伟说："不错，还真认识。不过她离开了电视台，现在是薇娅文化传媒公司董事长兼总经理。"郭磊伸出手说:"是吗,有幸有幸。"吕蓓蓓也热情地伸出手同他握了握。

董总跟着他进去海之南,边走边说:"长江商学院学习完结,我又到省委党校学习了几天。党的代表大会提出建设有新时代中国特色社会主义,这是前无古人的事,不但学,还要努力学,否则赶不上。"郭磊点头说:"明白,我有文件,最近也在看。"吕蓓蓓说:"董总一路夸你,说你白手起家非常不容易,一步一个脚印踏实地走过来。"

四人一起来到十楼的公司会议室,不巧这天翟笠请假没来。办公室的小黄是海南职业学院毕业的,比翟笠小一岁,公司的基本文件都他起草和收发。

一行人进入公司的会客室,工作人员已经在忙碌地工作。

郭磊对吕蓓蓓说:"话说回来,我有今天的成就,与董总的帮助分不开,否则哪有我琼岛旅游公司?"董中伟说:"别客气,你知道,你面前站着可是海南的名记者啊。"吕蓓蓓说:"郭总看上去蛮年轻嘛。"郭磊摸着脸说:"还年轻,我都五十啦!"

董中伟环视着说:"我看了一下,三楼到九楼都是客房,还有娱乐设施,符合海南情况。"郭磊说:"开始担心不临街,没想开张后生意很好,每晚都满。"董中伟说:"叶大贵那小子没催你吧?"郭磊说:"按之前说的,每月营业额都刷给他,估计快清了。"

郭磊陪几个人看了办公大厅。当看到其中一间坐了一个俄罗斯小伙子时,董中伟笑说:"怎么还有老外?"郭磊说:"我们不是也做俄罗斯业务吗,他是中俄混血儿,叫尤金思,刚从俄罗斯过来。"

尤金思很有礼貌地起身同董中伟握了握手。

大家围着会议桌坐下来。工作人员已经倒好茶,将好几种水果放在他们跟前。郭磊请他们喝茶吃水果。

董中伟说:"还是光杆儿司令?"郭磊说:"我有个助理,今天不巧请假。"董中伟说:"通过长江商学院的学习,我觉得很有收获。假如时间允许,建议你也去学。""不是说必须是上市公司总裁和董事长才有资格吗?""其他企业或公司高管也行,你有上市的准备吗?""您看呢?""我看啊,有戏。你有了海之南、拥有三亚东方巨人百分之二十的股份,再加上潜水基地,还有什么资产吗?""正搞一个民宿,还有三亚的玫瑰庄园也快开业了。"

董中伟点点头说:"行,这几个节奏搞下来,你就开始做上市准备吧。届时我给你介绍证券部门的同志,你自己再找一家会计师事务所。通过他们,将公司资产账目清理一下。上市不是开玩笑，要接受证券部门的严格审查。我听说，上市手续越来越麻烦了。当然，只要条件够，也就没问题。"

坐了一会儿，郭磊说："董总，您难得来一趟的。中午，请您和吕总他们，到公司二楼餐厅坐坐。我让他们炒几个菜，喝杯酒。"

董中伟说："下次吧，我马上去机场，下午要赶去上海。我们的博鳌超级医院不是要开业吗，邀请了全国五十多位中科院院士入驻医院。博鳌医疗卫生区有国家给予的特殊政策，将吸引国内最知名的医疗专家学者进驻医院。"

郭磊说："叫国九条吧？"董中伟说："对，海南坚持走自己的发展道路。房地产不能成为支柱产业，你想哪一天土地用完了，怎么办？海南的短板是教育和医疗。所以，我们始终都是配合政府的产业需求。""董总，这一点，我要向您学习。等企业做大，也要帮更多的人。"

"我不唱高调，人生最大的乐趣，就是以自己的能力帮更多的人，这样生命才有意义。"

吕蓓蓓被触动，说："是，董总这人真有爱心，比如我们公司开始出现小困难，每次都是董总帮助。"郭磊问吕蓓蓓："我爱人非常喜欢看您的节目，为何不做主持了呢？"吕蓓蓓指着董中伟笑说："在政协开会，董总建议，电视节目还是属于年轻人，所以建议我改行做文创。"董中伟笑着说："有思想，有历练，她不做老总可惜。"

大家一起笑。

郭磊忽然问："您知道小卢的那个朋友潘宋国吗？"董中伟点头说："知道，我在香港学习时，他给我打电话。我当时给他全程免费治疗。可那个人太有意思了，竟然放弃，擅自离开医院，去大自然度过最后日子。八八年上岛的闯海人中，他是我遇到的最奇特的一个。""那怎么办，他能好吗？"

董中伟沉吟着说："过两天开政协会，我会将潘宋国的情况报告一下。政协领导曾认为，八八年上岛的人值得关注，说要将情况报告政府有关部门。"郭磊说："这样好，有空我去看看，我到现在没去过。"

看时间不早，董中伟同郭磊握手道别。

郭磊送他们到楼下。司机等在车上，看到他们，赶紧打开车门。

郭磊的办公桌是一张大班台，配着一张黑色软皮转椅，靠墙有个书橱，装些资料文件和领袖著作。他是单独一间办公室。

翟笠的办公单元正对着总经理室大门。所以，郭磊有什么事，只需轻轻喊一声，她就能听到。

公司越做越大，几个部门各自招人，也走了几个，但总体人数比以前多。办公楼虽然热闹，但做旅游的，人不可能每天在，今天这个走，明天那个来的。尤其车队，几个司机基本不坐办公室，但同样有他们的桌子。

郭磊给叶大贵打了个电话，叶大贵却说他正在广州，两天后回来。

两天后，郭磊再打电话，叶大贵问："什么事，郭总？"郭磊说："给你活干。"叶大贵乐了说："真的？""真的，我们公司在博鳌要搞一个民宿，图纸已经出来了，设计师说他找施工队，我说不用了，给我装宾馆的是老朋友了，他就没再说话。"叶大贵说："什么时候去看看。您忙，让翟助理领我去也行。"

樊香平的副手翁总为郭磊的鳌头村民宿项目设计完成，还特地请王静到他公司看了项目设计效果图。看到那漂亮的设计效果图，王静连连点头说："很好，很好，了不起。能搞出这样的民宿，估计在全省都是领头羊。"

郭磊的海之南宾馆开张，王静身边带着女儿，女儿还小，就没参加。她事后给郭磊打电话说："从报纸上看到消息了。祝贺你，小郭，你真是越来越厉害啦。"

此后，在一个天气很好，阳光明媚的日子，王静开车上郭磊的公司坐了一会儿。在郭磊的办公室见到年轻漂亮的女助理，王静嘴笑得合不拢，说："小郭，可以啊，也会赶潮流了。"说得郭磊很不好意思。

王静之前和樊香平住在美舍河边的省建筑设计院宿舍。那房子是三室两厅，面积一百四十平方米，樊香平却嫌那儿不好。后来西海岸开发，开发商在假日海滩旁边开发了一个高端公寓楼盘，樊香平花三百万在那儿买了一套二百平方米的跃层式豪华公寓，一家人就搬西海岸去了。那个高端公寓楼盘项目叫"瀚海豪苑"，是海口市内数一数二的高档住宅。

郭磊领着叶大贵来到王静丈夫的公司，看了他们民宿的规划设计效果图。看完，叶大贵对翁副总说："放心，我们四星级宾馆都做过多少，这个民宿不在话下。"

翁副总给他讲了近半个小时，叶大贵说："放心吧，翁副总，您问郭总，我们合作过。"

二〇一四年国庆节，郭磊公司的鳌头村民宿项目开业。

郭磊和翟笠给当地多个部门的负责人还有琼海市有关部门领导打电话，请他们参加他们的开业庆典。同时，也邀请了樊香平和翁总，还专门邀请了王静。

王静刚去过，嘴上虽答应了，但没去，而是委托丈夫樊香平给送了一个大花篮，以表祝贺。

元月十日，琼岛旅游公司的鳌头村民宿项目如期开业。

庆典当天，翟笠代表公司同十二家旅游企业签订了合作协议。

此前，翟笠让小黄在海南几大报上刊登了不少广告，吸引了多家中医中药养生保健公司前来合作，即设置中医中药理疗，这些项目属外包性质，只给产权者缴纳一定租金。在众多公司竞争中，最后选择四家。除中医中药理疗，还有棋牌、游泳池、台球、桌球、网球、羽毛球等娱乐设施，餐厅也是外包。

第二天，就有四个团来到他们民宿村，因房间不够，临时在走廊空隙增加了十几张床，但客人依然开心，说在这儿住宿休闲就是天堂般的享受。

为了服务的实效性，郭磊主张清一色招聘成年女性服务员。这些成年女性，年龄普遍在三十到四十岁间，服务非常关注细节，能体会人的情绪。这是符主任提出的。

为保证制度的衔接，郭磊征求潜水基地负责人曾小凡的意见，调她来负责民宿村。芳村潜水基地则由玫瑰庄园主任陈细妹兼管。

后期，潜水基地和玫瑰庄园员工在一起吃住，管理上方便了。曾小凡这时已怀孕，听说要她负责民宿，二话不说就去了。

因为民宿就在博鳌"东方第一滩"的附近，所以这个民宿被琼岛旅游公司的人取名为"东方第一滩民宿"。陈细妹报告，芳村玫瑰庄园计划在二〇一五年五一节正式开业接待游客。

经过几个月的施工、布局、苗木种植，芳村玫瑰庄园已初具规模。此后，陈细妹从当地请了农工维护，又建议进口以色列的小型自动喷灌设备，听说那小型喷灌设备不贵，郭磊便答应了。设备引进后，以色列专家专门派中国区技术员来安装。

"海之南"客房部经理麦子是甘肃人，之前在一家宾馆做领班。她来应聘，是翟笠面试的。麦子年近四十，后来包括服务员都亲切地喊她麦子姐。麦子姐长得大气，一副从不急的大方脸，据说她丈夫是省水电公司工程师，他们在甘肃结婚来海南，有两个小孩。她自然住在丈夫单位的宿舍。

上午，麦子姐告诉翟笠，两间客房卫生间坐便器坏了，她列了表，报给翟笠，请工程部维修。因为海之南宾馆开业，加上"东方第一滩民宿"开张，公司成立了工程部。技术员都在，就让他们跟麦子姐去。

翟笠平时中午都回家，不知怎么，前天起就在宾馆二楼吃快餐，午休就在会议室长凳上躺一会儿。郭磊开始没注意，后来发现了，问她原因，她说："我姑、姑父回江苏探亲了。"

中午，郭磊哪儿都没去，坚持陪翟笠在大英村一家川菜馆吃了火锅。

谁知他俩吃饭被一个叫葛三平的员工看到，他到大英村菜场买菜。葛三平是旅游二部的，他告诉付子皓，付子皓吃饭时当笑话告诉了妻子袁小梅，袁小梅当天又告诉陈小弓的妻子桂兰。桂兰上郭家闲坐，将这事告诉了洪丹。

洪丹与郭磊是患难夫妻，还是深深了解自己的丈夫。桂兰说过后就意识到自己的失语，但看到洪丹没作声，就放心了。洪丹较为理性，她知道总经理和助理不接触是不可能的，换做她招男助理，能不接触？凭她对翟笠的了解，即使郭磊有歪心思，翟笠也不会苟同。

下班，郭磊给董中伟打电话说："董总，您在公司吗，我找您有点事。"

下午三点，董总的秘书小关站门口等郭磊，领他到会客室。不一会儿，董总来到，握着郭磊的手问："最近怎样？"郭磊说："我就是向您汇报来的。"

走到椭圆形的会议桌前，有两套皮质沙发，董总示意郭磊坐，问："你喝不喝茶？"郭磊指着桌上矿泉水说："就它了。"接着他将公司这一年来推进的工作成果向董中伟做了介绍，然后期待地问："董总，您说我的公司可以申请上市了吗？"

董中伟说："股市这些年提升了准入标准。我们有个证券部，一会儿我让证券部经理将情况反馈给你。不过，从你刚才说的，真要对你刮目相看了。照这样下去，肯定能上市。"

郭磊说："董总，我一直向您学习。有句话，但求好事，莫问前程，我不管前程，只埋头做。"董中伟沉吟着说："这样好，夸夸其谈牛皮哄哄的人成不了事。你一方面做好准备，一方面……你认识会计师事务所的人吗？""我公司一位会计的爱人是事务所会计师，去年升了副所长。让他为你计算公司资产和项目储备，同时向上级主管部门汇报情况，争取主管部门支持，然后就申报。"

郭磊问："您上市花了多少时间？"董中伟回忆说："不是主管部门说受理就可以了，还要派调查组调查你公司的资产和实物，我花了一年。""我的资产明明白白，没半点水分和虚假，经得起检查。""公司上市的目的是融资，要融资必须股民欣赏你的公司，熟悉你的资产。上市后你的公司就进入了市场，随时要接受证券部门和股东股民的查问。"

郭磊问："您博鳌的医院如何了？"董中伟说："十个中科院院士签约入驻，通过5G技术，引进高端专家。博鳌享有'国九条'，即世界上最先进的医药资源可以同时在这儿进行，为患者服务。"

董中伟喊小关过来，让他喊证券部经理。很快一个四十岁左右的男子走进来。董中伟介绍说，他姓林，证券部经理。

见林经理进来，董总就先出去了。郭磊将公司情况向林经理做了介绍，林经理听后坦诚地将他们上市的程序介绍给了郭磊。

蔡驰骋前不久买了一套当年烂尾楼改造的房，每平方米六千五。从外表看还挺好，因钱不够，他红着脸找郭磊借了十万，保证在提成中扣。蔡驰骋不同于其他员工，曾长期住他家，彼此积累了感情，尤其是汪芳与洪丹以姐妹相称。

陈细妹最大特点是吃苦耐劳，自公司安排她来负责芳村的玫瑰庄园，她真的将全副精力心思投入进去。这期间，她反复说服她堂哥堂嫂，最后从金牛岭公园辞职过来帮她。她堂嫂是海口市园林公司的老员工，对园林树木的管理有经验，来到这儿工资一样，只是多点岗位津贴。但是由于答应了陈细妹，还是来了。

下午陈小弓带一个旅游团来芳村潜水，顺便来玫瑰庄园拍照，因为玫瑰庄园还是实验阶段不收费，很多旅游公司便将团队带到这儿拍照。因为陈细妹放不下玫瑰庄园，所以请示郭磊让江德胜负责潜水基地工作。经过几个月的生长，别的旅游公司都盛赞他们的玫瑰庄园。有人给郭磊建议，让他们策划一系列文化套餐，如元月份的"开元玫瑰亲子游"，二月的"玫瑰情人节游"，三月的"玫瑰红似火家庭游"等等。另外，郭磊查过有关资料，玫瑰的经济收入相当可观，比如它的花朵每年可收割四茬，每茬有两万多朵，每朵可卖三到五毛钱，一亩玫瑰花可卖到三到四万元，他们有近十亩。再一个是玫瑰的工业价值不错，它不但可以产花茶，还可以提炼玫瑰精油和玫瑰纯露，那么亩产价值就更高了。

在提交主管和证券部门的报告中，芳村玫瑰庄园的经济效益测算，也是不错的。

晚上没事，郭磊忽然想起了徐丽媛。

徐丽媛很及时地接听了电话，马上呵呵笑说："伙计，我在武汉。做生意就这样，东奔西跑的。你怎么样？"郭磊说："一般般，还可以。"

还想多聊几句，徐丽媛说她这会儿正同人谈事，郭磊就挂了电话。

发了一会儿呆，他想到丁松。上次见面还是海之南开业，据他所知，不管丁松的投资投到哪儿，他公司总部还驻扎在海南。时间太晚，他便没有打扰丁松。

快下班时，翟笠回来，上午她到旅游委开会。她汇报说："旅游委说旅游旺季到来，要求各旅游公司提前谋划。根据省府指示，今年海南大型会议特别多，仅海口市会展每两天就有一个大型会议。对方都有组织有团体，很有档次。旅游委要求在保持适度良性竞争的同时，苦练好内功，以展示海南旅游企业良好的文明素质和接待能力。"

郭磊听完点点头，他问翟笠："你吃过海南的龟汤吗？"翟笠惊叫说："哎呀，不敢吃，一次同我姑姑、姑父去吃，结果晚上起红疙瘩。"郭磊说："傻，那个补肾。"翟笠问："这儿有吗？"郭磊说："附近没有，我带你去。秀英金龙大酒店主营龟汤，卖了十多年，生意一直好。"翟笠笑起来说："那我赶紧去加油，你一会儿下去。"

十二点，郭磊出来看到翟笠坐在车内。他看了看周围，便一头钻进车内。

翟笠不知他在干什么，他朝窗外东张西望说："靠边。"

郭磊下车后，在一排平房前走来走去，还向一个铺面老板打听事情。

郭磊回到车里，翟笠好奇地问："干吗啊？"郭磊说："有个叫吴多按的朋友，在这儿卖猪脚饭，不见了，我打听一下他的情况。我上岛之初得过他的帮助。"

金龙大酒店一楼的餐饮生意依然好，郭磊不知怎么还是走进了当初同徐丽媛吃龟汤的那个包厢。走进包厢，空调开着的。刚坐下，服务员进来了，递给他们菜单。一切同以前一模一样的，郭磊接过菜单看，说道："餐饮做到这样，也算很牛了。"

郭磊点了龟汤，将菜单递给翟笠。她看后，点了几个本地菜如酸菜炒猪肚、韭黄炒沙虫、基围虾等，就将菜单还给郭磊。郭磊见两个人的量差不多了，就喊来服务员。

郭磊问："你喝什么？"翟笠说："喝汤，你见过我喝酒吗？"郭磊打量着包厢说："第一次同我一个朋友，就是那个搞房地产的徐老板，来到这儿，才发现这儿的龟汤的确好喝。"

服务员送来几碟小菜放在桌上，郭磊拿起筷子夹了颗花生米扔进嘴里。翟笠说："你直接到了公司？"郭磊点头。翟笠不由抿嘴一笑。

郭磊说："一个餐饮店，将生意做这么久，真不错。"翟笠说："说两遍了。"

郭磊再次拿起筷子，夹着碟子里的花生米，好玩似的。翟笠以为他又要吃，就用筷子打了一下他的筷子说："又吃，一会儿喝汤。否则吃饱了。"

郭磊没话找话："哎，你那个男朋友，好像没来海南看过你？"翟笠说："你上老家扫墓时，他来过。"郭磊说："那么巧？""他在广州，董事会培养他当CEO。""不说在南京吗，怎么又去了广州？""卢老板那次可能没听清，我说广州，他以为是南京。"

郭磊心里说不清滋味，又问："是副总，下头有七个厂？"翟笠说："他做实业的，广州两家，佛山两家，三家在深圳和东莞。"

服务员进来问："二位喝酒吗？"翟笠说："上汤吧。"服务员说："来了。"这时又进来一个服务员，手里端一锅热气腾腾的汤，说："来喽。"她将汤锅稳稳地放在桌子中间，然后开始为他们舀汤。

郭磊说："去吧，自己来。"服务员说："好。"却还是坚持为他们每人舀了一碗，才出去。

翟笠看见自己的汤满了，便试着喝了一口。郭磊马上问："如何？"翟笠说："嗯，与之前喝的真不一样。"郭磊说："知道汤里放什么吗？果子狸和毒蛇。"

翟笠哇一声汤全吐出来："乱说，毒蛇能吃吗？"郭磊认真地说："毒蛇毒是毒汁，本身肉不毒，本地人最喜欢吃。""同广东人一样，什么都吃。""真没事，又不是一天两天，人家都吃了几十年，甚至几辈子。"

翟笠看着锅不敢动，说："刚才我不知道。"

郭磊挑了一块龟腿放入翟笠碗里，翟笠马上用筷子夹走说："我不吃。"郭磊说："好吃。""最多喝点汤，哪敢吃肉。""龟本身没什么肉，只有四只腿。"

他又往翟笠碗里夹，依然被挡开。翟笠试着喝了一口汤，郭磊就笑。

翟笠说："哪吃得完，一会儿给嫂子和孩子打包吧。"郭磊说："我带他们来吃过。"翟笠瞪大眼睛问："他们也吃？"郭磊说："吃啊。"

郭磊吃得满头大汗，又要了一小瓶壮阳酒。

吃完饭，翟笠去结账，吃了四百。郭磊之前给过她消费卡。

回走的路上，是翟笠开车。郭磊有些醉意，倒在后座，正想着什么，手机忽然响了。洪丹在电话里说："郭磊，你在哪儿？你赶紧去甸华公寓，曾小凡同李鑫吵得很厉害。"郭磊问："为什么？"洪丹说："你去就知道了。"

郭磊让翟笠将车开到公司，让她下车，自己开着车就直接奔往甸华公寓。那是他领他们几个看房子的地方，他熟得很。

上到六楼，李鑫家门大开，里头吵声还在继续。

曾小凡说："你偷人也给我偷个像样的，就这货，简直降低了我选择男人的智商。"

李鑫低头站在门侧，再一看，室内墙角下蹲着一个二十岁左右的姑娘，短裤、长衫、头发蓬松，一只手搭在头顶不敢抬头。郭磊问："怎么了？"

看到郭磊，曾小凡马上控诉说："郭总您来得正好，这俩货通奸。我今天休假说正好回来把窗帘洗一下，给他打电话，说他在儋州。到家一看，正同这骚货卷在床上，还抱着他不断喊老公。郭总，你说我该怎么办？"

郭磊看李鑫和那姑娘蹲地上，问："李鑫，你怎回事，小凡哪点对不住你？"李鑫耷拉着头说："磊哥，不是……她是我黑龙江老乡，在海南一家化妆品店当服务员。干三个月，老板不干了，她一时又没找到工作，我见她是老乡，就帮助她。"郭磊说："帮人是好事，怎么帮到床上去了呢？"姑娘抬头对曾小凡说："大姐，真的是第一次。"

曾小凡上前两步，对姑娘左脸就是一巴掌，只听得啪的一声响彻室内。姑娘呜呜地哭起来。

李鑫喊："疯了，打人家？"曾小凡说："心疼？你要心疼，那好，我们现在就去民政局办离婚。"郭磊拦住曾小凡说："消消火，打人是不对的。"

郭磊转问姑娘，"你老家在哪儿？"姑娘低头说："黑龙江大庆市。"郭磊又问："是不是想回去？"姑娘说："是。"

郭磊问李鑫："买了票吗？"李鑫摇摇头说："没。"曾小凡冷笑说："郭总，别信他，他们在演戏。你不知道，二人抱一起，身上脱得精光。"

李鑫瓮声瓮气地说："我不说吗，我错了。"姑娘说："哥，我广州有老乡，你给我买张票到广州，然后我从广州回去。"李鑫看了看郭磊说："行。"曾小凡喝道："不行！直接回黑龙江。"李鑫说："人家不肯直接回，你怎么还强迫？"

曾小凡说："广州到海南这么近，你还想留点念想？"李鑫说："那也要人家愿意啊。"

曾小凡大喊："闭上你的臭嘴，让她说！"姑娘说："我先到广州，再回大庆。"

郭磊问："去过广州吗？"姑娘摇头。曾小凡说："你还想扶上马，送一程？"李鑫说："净说没用的，我是那意思吗？"

郭磊将曾小凡拉到房间说："小凡啊，你们小两口可是人见人爱的一对，连小付都羡慕。这事我想，李鑫可能真是第一次，既然第一次，就原谅一次吧？看在我面子。"曾小凡说："有第一次就有第二次。""不会，就你刚才说，那姑娘怎么比得上你呢，无论是长相身材。"

"真搞不懂你们男人，就这个丑小鸭，也感兴趣，同她上床亲嘴。那张嘴亲在那种人嘴上，你说我以后还敢同他亲嘴吗？脏不脏！"

郭磊哭笑不得地说："好了，别想那么多。男女之间嘛，你忘了那句话，男女搭配，干活不累。"小凡气哼哼地说："我要像他，我能随便找男人上床吗？"郭磊说："行了，他不认错了吗？"

郭磊将房门掩上出去说："李鑫，你赶紧替她买张票，让她赶紧离开。"曾小凡从房间出来说："等等，我去买。"

李鑫向姑娘要身份证。姑娘掏出身份证，正要给曾小凡，忽然问李鑫："她会不会不还我身份证？"郭磊说："不会，我是公司老总，我担保。"

郭磊想起什么，说："等等，你别去。"说着拿起手机拨打："小黄，你赶紧过来一下，李鑫住的海甸岛甸华公寓。"

十分钟后，小黄赶到，郭磊吩咐他送姑娘去火车站。姑娘迷恋地看着李鑫说："哥，我走了，自己保重。"曾小凡火冒三丈又一巴掌过去，被郭磊伸手挡住。郭磊说："小黄，你送这个姑娘去火车站，一直看到她上车再回来。"小黄点头说："好。"

他们走了，室内剩下郭磊、李鑫、曾小凡三个人。曾小凡抬高嗓门："你自己说，我们之间怎么了断？"

李鑫低着头一言不发。郭磊看看曾小凡，示意她别逼李鑫。曾小凡不听，依然说："假如办离婚，我们马上去。"

李鑫依然没吭声。曾小凡从地上抓起一条圆凳，正要朝李鑫的头砸去，又在空中停住了，说："我日你祖宗十八代，不看我儿子没爹的分儿上，我今天就砸死你，然后去自杀！"

第二十九章

　　这天上班，郭磊开车先到海府路翟笠姑姑家接翟笠。最近十天，都是这样。

　　见到郭磊，翟笠马上说："郭总，刚刚倪场长忽然给我打电话，说有急事。您说我见不见他？"郭磊说："最好问清楚，我听说他常到洗脚店泡脚。"翟笠说："泡脚没什么吧？我姑姑、姑父也泡。"郭磊话里有话说："他去的那种地方……"翟笠说："知道了。我问他，看找我什么事。"郭磊说："现在打吧。"

　　翟笠拿起手机拨，姓倪的说："喂，翟大美女，你好，这么早？"翟笠说："早，莫非你没起？"姓倪的说："昨晚睡太晚。噢，九点了，起床。"翟笠说："你命真好，你给我打电话有什么事？"姓倪的说："见面说吧。上午有没空，就到我们之前去的海航会馆二楼咖啡厅？"见郭磊点头，翟笠就说："好吧。"姓倪的说："那就十二点见吧。"郭磊说："这阵势要请他吃饭，是不是上次卖他车卖贵了，他回味过来。"翟笠说："那不成，落子无悔呢。"郭磊说："行，看在上次卖车分儿上，请他吃顿饭。"

　　十二点，翟笠提前去，姓倪的姗姗来迟。果真要翟笠请他吃饭，不过不点炒菜，而是二十八元的套餐。吃饭时，姓倪的提出，要在他们"海之南"找一间房，而且特别申明"那房我没有钱付"，等于说无偿占用一间客房。翟笠请示郭磊。

　　郭磊说："他做什么？你最好问清楚。"翟笠便问姓倪的，他只是呵呵大笑说："这种事，不好说。"翟笠见他眼睛怪邪，就说："那你直接同郭总说吧。"就起身回了公司。

　　郭磊给姓倪的拨电话，他在那头恭维："哎哟，郭大老板，您真伟大，您看那臭地方被您改造得那么好，我特意去看了一下。您现在厉害，一天营业额几万吧？"郭磊说："倪总，你要一间房？"姓倪的呵呵一笑说："郭总，当初我将招待所盘给你，一点儿便宜没沾，甚至亏大了。场里职工骂我，我有气没地方说，后来还是局领导替我澄清。"郭磊说："直说吧，要房间做什么？"姓倪的嘿嘿一笑说："郭总，我们也算老朋友，就不瞒你。如今社会都很开放，你看那大小贪官，一抓一个准儿。前不久，省里又抓了一个叫谭力的副省长。他们哪个不是三妻四妾、小三小四。哈哈哈哈，郭总，都是男人，我不说你也知道……"郭磊说："你不会要房间养小三吧？假如你要房做正事，可以；你要藏污纳垢，那不太像话吧？"

姓倪的说："什么叫藏污纳垢？"郭磊说："道德法律都不允许。"姓倪的笑说："郭总，我不信你不吃腥？十八大后，中央打掉那么多贪官，大都有女人。""老倪，这么说吧，你养小三，你钱哪儿来，你拿工资吗？你一月工资多少，别人不会算？不怕别人揭发你？""郭总啊，别那么马列！如今找小三算什么，我刚才说的那些贪官，吃香的喝辣的，他吃肉，咱喝口汤不行吗？人活多久，你我都四五十岁的人，你身边不也站着个漂亮女助理吗？"

郭磊来气说："老倪，你好像是党员吧？请你重复一下入党誓词。"姓倪的哈哈大笑说："郭总，您还不是党员吧？别把这个看得太神圣，就那么点事，贪官个个都是党员。""你干吗好的不学，尽学反面教材？""没把贪官挖出来，真不知道里头水多深。我只把你当朋友，你难道上纪委举报我？""我不举报。可是，你上我这儿养小三，我实在难以接受。""别人又不认识她，你们也不要管，她白天出去晚上回，就这么简单。"

郭磊说："纸总归包不住火的。"姓倪的说："你的宾馆，只要你不说，谁知道呢？""你不怕你老婆骗了你？""她离这儿一百多里。就是知道咋啦，哪个男人外头没两个相好的？"

"我就没有。""那个翟助理？""她是助理，我们是工作关系！""鬼信！"

郭磊不悦地说："我不想同你扯。长话短说，要钱可以给你；要在宾馆养小三，对不起。"

姓倪的犹豫片刻说："那我从别处想办法，不过我的好处一分不能少。"

郭磊将翟笠喊进办公室问："给姓倪的个人的佣金，给清了吗？"翟笠说："给了啊。"

郭磊说："他们卖掉招待所，据说开了一家贸易公司，这两年橡胶涨价赚了不少钱。"

他就把姓倪的说的话告诉了翟笠。

翟笠立即来气说："所以说，男人有钱就变坏，当然，不包括您。"郭磊盯着翟笠问："你真有男朋友？"翟笠眨巴着眼睛说："性格有点轴，他不像你，很自傲清高，谈吐时趾高气扬。"

郭磊淡淡一笑，说："我只随便问问。"

郭磊说着将车钥匙递给翟笠说:"我明天去三亚。坐高铁去,我还一次没坐过,听说很舒服。"翟笠说:"比开车舒服,真的。"

吃过早餐,郭磊从家里直接打的到海口东站上高铁,一小时十分钟就到三亚了,的确是舒服。

郭磊在肖大明的旅馆住,他给廖会计打电话,让她带着股份公司的财务月报见一面。中午十二点,他们在东方巨人二楼咖啡厅碰头。

午饭就在咖啡厅解决,他们吃了一个套餐。看完财务月报,闲聊了一会儿,郭磊回旅馆休息,然后去芳村。

是不是年纪到了,郭磊最近两个月没碰洪丹,她心里好像不大惬意。

这晚,郭磊早早走进房间,说:"今天有点累,早点睡。"洪丹和衣躺一旁,伸手推他:"我怎么睡不着?"

郭磊没理她,继续睡。

早上五点郭磊就醒了,他平时七点起床。他想,要不要同妻子亲热呢?亲热了,还有精力上班吗?晚上吧。不想洪丹扯他,只好同她过了一次性生活。这一折腾就到九点,阿英在外头喊:"郭总,电话响,说找您,好像是翟助理。"

上午,郭磊独自去市旅游局符副处长办公室,将想上市的情况向他报告。符副处长听完,点头说:"太好了,我绝对支持你。"他一连说了三个"好事情"。

郭磊又给董中伟打电话。董中伟问:"你找会计师做资信评价没?"郭磊说:"还没。""你做好资信评价后,拿着起草的报告,送到主管部门和省证券委。根据你的报告,他们会派人到企业调查。这时候,记住了,不要动不动请人吃饭,更不要送礼。虽说礼多人不怪,但这是敏感时期,别搞得人家尴尬。""知道了。"

董总沉吟说:"一旦两个部门通过,会计师事务所不要在海南找。我给你找。我认识上海信立会计师事务所深圳分公司,老总姓沈,江苏人。据我所知,他们做上市评估很多年,命中率高,在证券委有相当好的商誉,概率百分之九十多。""等等,我用笔记一下。""这段时间,或几个月,或半年,耐心等。既然上市,肯定要接受各方面评估,这是不可怀疑的。""董总,什么时候我请嫂子吃个饭吧。您看,这么久还没请你们吃过一顿饭,很不安啊!""吃饭还不容易吗,再说我那口子身体不好,吃素。她平时很少出去。"

回到办公室,郭磊将翟笠和马会计找来,转述董总的看法,然后让翟笠、马会计具体实施。

卢莞正在公司上班，赵世德打电话说："没事过来坐坐呗。"

卢莞开车前往白坡里。赵世德坐在大厅靠窗的位置，耳朵上挂着耳机，不知听什么。看到他来，忙取下耳机，起身说："来来，坐。"

店内还像之前一样，并不觉得优雅。卢莞径自走到赵世德跟前说："催死吧，你有什么事？"赵世德吩咐服务员泡茶说："兄弟，你觉得人生在世，哪种过法最惬意？"

卢莞在他对面的凳子坐下，说："喊我过来干吗？"赵世德压低声音说："喂，在书场村那边，来了好些漂亮妹妹。"卢莞盯着他看。赵世德说："我觉得，'红灯记'中鸠山说的那话蛮有意思。""什么话？""人生几何，及时行乐。"

卢莞不耐烦地问："你到底想说什么？"赵世德说："刚才说了，书场村真到了几个漂亮姐，你想不想泡？"

卢莞马上起身，赵世德马上拽住他说："哎，哎，我说你这人，不过开个小店，莫非还能当省长、市长不成。及时行乐，不对吗？"卢莞问："你那几个朋友呢？""哪个？""福建定安的。""打彩票啊，不打了。这么多年，没中过，那是游戏。玩玩就不玩了。"

卢莞问："是不是对所有都厌倦了？"赵世德说："对呀，该玩点刺激的哦。""对得住你老婆孩子？""谁叫你让他们知道？""你不怕病？""不可能，你戴套就是。都是偷偷摸摸的，谁算过。""去的人特多？""门口停不少车子。不过，不一定都干那事。"

卢莞嘲讽说："你都摸清楚了。"赵世德嘿嘿一笑说："兄弟，也奇怪，几乎都是二十出头的嫩妹，就坐在那儿卖，谁去都行。""政府没少扫黄，为何总扫不完呢？""劝赌不劝嫖，估计是这个道理。""没想这么多年，你却还是这等境界。"

赵世德嘿嘿笑。

服务员端壶茶来，为他们斟过茶，就走了。赵世德笑嘻嘻地说："哎，兄弟，什么时候跟我去书场村。伙计，那些女娃真的蛮漂亮。其中一个高高大大的，有点像你店里的那个店长，谭什么竹。"

卢莞心里咚地一下，看着赵世德发愣。赵世德诧异地问："那么看着我干啥？真的。"

莫非谭香竹骗自己结婚，其实去做那种事？确实听说有些女孩子宁可干那种事也不打工，因为省事来钱快。谭香竹也缺钱，是不是也走了那条路？卢莞这么一想，便说："你几时去，给我打电话。"

几天后的一个下午，赵世德果然来电话说："打算晚七点去，你去不去？"卢尧说:"你七点在门口等我,我来接你。"

晚七点,他开车到白坡里接赵世德。赵世德当向导,来到秀英街附近一个叫书场村的地方,七弯八拐,来到十分隐秘的角落,看到几间小铺面,灯光微暗,里头果真坐着七八个姑娘,其中一个坐在靠里的位置。赵世德瞅了两眼,指着最里头一个说:"看,那个是不是像你店的店长?"卢尧仔细看,真有几分像谭香竹,但不是谭香竹。赵世德见他目不转睛,便将那姑娘喊出来,姑娘跟赵世德来到门口。

卢尧开始紧张,手脚都不知往哪儿放,不自觉往后退。赵世德不悦地将他拽住说:"看你,还紧张呢。怕啥,又不吃人。你看,长得如何,你要喜欢,立即上楼。"不知什么原因,卢尧就是不敢。赵世德劝几次,说绝对没事,大胆点。可卢尧就是摇头不敢。赵世德等不及了说:"兄弟,既然你不肯玩,那我进去玩一下。"

卢尧以为他拉那个像谭香竹的姑娘进去,不料他从里头另找个小巧女孩进去了。

七八分钟后,赵世德出来,边走边用纸巾擦额头汗说:"妈的,楼上好热。"

几天后,赵世德又来电话,喊他打麻将,说打麻将是"社会主义文明风尚",连领导都打。

打麻将卢尧不反对,他家吕天娥也是麻将高手。

饭店管理上早已轻车熟路,没那么累,加上赵世德一天一个电话,卢尧就来到赵世德的包厢,见里头一男一女,说是朋友。卢尧也不想认识,就懒得打听他们的来历。

他们玩得不大,输一次一块钱。几天后,赵世德说没劲,加到五块。最后,竟加到十块。最后一次,加到五十块,结果卢尧一次性输掉了五千元。于是,他就不去玩了。

位于海南腹地的琼中黎族苗族自治县,一道道褶皱般的山脉高耸盘桓,山苍水秀,万物繁茂。山上有草木、飞鸟、走兽,村寨、独舍,彼此依附,若即若离。茂密的森林层层叠叠地铺于万山之中,沿盘山公路一点点往上,盘根错节的古老树种遮天蔽日,黄皮的墨绿、母生的翠绿和油楠的嫩绿铺陈渲染,被超世的雨林搅裹在一起,蒸气腾腾。

快到黎母山的一处山坡,坐落着一个名叫什端的林场。这个林场是一个地方国有林场,有几十名员工。潘宋国不知从哪张报纸上看到过这个林场的报道,说这儿是海南两条母亲河——南渡江和万泉河的发源地，空气质量和负氧离子估计领冠全国。

要知道，潘宋国也念过中专的，加上在海南接受多年的自然环境的保护教育和熏陶，对自然对人体养生有所领悟。他住进海口西海岸癌症医院的第一晚，就想起了这儿。于是，第二天，就开始盘算离开医院，独往琼中县大山里接受自然疗法。好像报纸上报道，有个老人患癌症，竟放弃了治疗，带上所有钱财，在大自然的山川河流游走，最后钱花完了，病竟然好了。

潘宋国不知道这种奇迹会不会发生在自己身上。然而住在医院，靠别人的救济治疗，吃饭住宿等都是别人的恩赐。他老潘是个硬脾气，一辈子不愿接受别人的馈赠。莫非到五十岁了，竟然要在无数人同情和馈赠的目光下离开人世？他觉得那样很无耻，很凄惨。

于是，他在医院住到第十天的一个中午，终于向主治医生沈主任说了自己想法。沈主任不知如何回答，只是说："那样的概率不是没有，只是不大。"他问："您说有百分之一吗？"沈主任说："当然，估计百分之五都有。"

潘宋国带着身份证和医院住院医疗证明，还有沈主任开给他的一个月药，将银行存折上所有的钱——几千元取出来，然后独自前往琼中。先到县城，向路人打听怎么去黎母山。别人以为他去旅游，让他找旅行社，他谢绝了。他又向人打听黎母山上的林场，有一个人告诉他，黎母山的确有一个国营林场，场长姓王。

潘宋国很顺利地就找到了王发津场长。王场长看了他的身份证和医院证明，又听说了来意，就说："临时工可以，我们正要招两个巡山员。之前的年纪大了，腿脚不好。"他没打算要工资，只求吃住，王场长说："巡山护林员月工资两千七，你同不同意？"他忙不迭地点头，这是意外之喜。

潘宋国被安排在林场用木材和竹材搭建的茅屋里住，顶头是一间食堂，食堂左侧有一个露天厕所，走进去看，只两个茅坑，敞开的，周围没一点遮挡，不分男女。估计女的在里头，男的就不进去。从茅坑四周走一圈，发现茅丛和荆棘等地上是一堆堆人屎，有的干了，有的半干，估计是茅坑太满，就在野外解决。他想，这样很好，一切交给大自然吧。人本来就是大自然赐予的。

王场长说："你住的房间还有一个人，只是那个人暂时在县里住院，短时不能回来。"

他在这儿住了四个月，还没见那人回来。

每天，他就跟着场里的三个巡山护林员一道上山。开始是一起走，走到山腰时，工组长说："好了，我们分头走走。"于是，二人一组，或一人独行，约好下山的会合处。头一个月，潘宋国都是工组长领着他，怕他在山上迷路。直到一个月后，才让他单独走。

黎母山的空气果真好。都说海口、三亚是全国空气质量最好的城市，可是到了黎母山，发现这儿更好，甚至可能是全世界最好的。他明显感到负氧离子进入心肺的舒畅，清新湿润的空气让人感到特别舒服，就想：人要什么欲望都不要，一辈子就待在这儿，不啻是一种极佳的选择。

开始一个月似感不到，一个月后，尤其是到了三个月，他发现自己的胸部腹部没有了以前的疼痛感。左胁前一块地方，之前常生出一丝隐隐的疼痛。一个月后，他的药吃完了，不想去取药。但是，他记着和沈主任的约定，于是下了一次山，从沈主任那儿续了一次药。此后就没再下过山，直到半年之后。

转眼快一年过去，潘宋国发现自己和健康时一模一样，胸腹部不但不疼痛，食欲大增，甚至想吃肥肉，四肢开始强健有力。他想向场长提出辞呈，但又一想，假如下山后又犯病了呢？一天，他帮食堂劈了一个小时的柴，然后走进场长的住处，将自己的想法说了。他强调说："场长，假如我的病复发，您一定要继续接纳我。"场长笑说："行，没问题。"

吃过早饭，动身前，潘宋国同每一个巡山护林员打招呼，并将自己电话号告诉他们，让他们去了海口同自己联系，他会请他们吃饭等等。他们都笑了。

走了三个小时，潘宋国到达琼中县城。忽然想在县城住一晚，看看县城的风景。当晚，他住在三十元一晚的招待所里，给陈维打了个电话。

陈维得到他康复的消息，似乎非常兴奋，说："奇迹真的出现了！老潘，你可不许骗我！"潘宋国说："明天我们就要见面了，我能骗你？"

琼中不但绿橙著名，蜂蜜也著名，正好他住的招待所隔壁有一家销售蜂蜜的店铺，他便买了五罐，后来一算不够，加上卢尧、沈主任，还有曾给过他五千元资助的郭磊，更有大恩大德的医院老板董总。最后他买了十五罐，陈维、阚大姐、钱有福、张杰四人可以一人一罐，卢尧、郭磊特别是董总每人两到三罐。销售老板找了个纸箱给他装好，打好包，给他提着，然后走着去汽车站。

阚大姐要上课，钱有福在培训现场，只有陈维和张杰二人到汽车东站接他。

钱有福和潘宋国一直租住南海大道西去三华里的水头村。这儿租房便宜，一房一厅月租二百。房东还经常邀请他们在他家吃饭，自己种的菜也让他们自己摘。虽离城市远一点，图的就是便宜，还好他们都有一辆属于自己的二手摩托车。

在车站见到潘宋国时，陈维果真吃惊地说："天，这是真的呢！"张杰也说：

"看上去还胖了呢。"潘宋国摸了摸自己的脸说："看来阎王老子不肯收我。"

张杰让潘宋国坐陈维的摩托车，他的车有点破。回到住处，放下行囊，潘宋国说先洗个澡。在家上班，入乡随俗，逐渐习惯了每天洗澡。潘宋国到了什端林场后，每天巡山出汗，更是一天冲洗两次。

陈维好像不大信似的，将潘宋国的身子拉过来推过去看了两遭，才说："真好了吗？"潘宋国笑说："要是不好，我会回来吗？"

潘宋国去浴室洗澡，陈维给阚大姐拨电话，说老潘没事了，又给卢尧打了一个。陈维特意说："卢老板，麻烦您转告癌症医院的董总，就说谢谢他，永远不会忘记他的大恩大德。"

卢尧笑问："老潘真没事了？"陈维说："真的，我都检查他三遍了。"

卢尧不但转告董中伟，还告诉了郭磊。

郭磊正好要给王静打电话，就在电话里顺便告诉了她。王静一听，微微吃惊说："你怎么不早告诉我，我也可以帮助一下他。"郭磊说："潘宋国上了一趟黎母山，病竟然好了，真不可思议。"王静说："我之前的单位特区报社，也有个同事姓雷，从内蒙古来的，是一位能力相当强的编辑，不幸也患了你说的那种病。大家很心疼，可住了几个月的院，最后依然没能挽回生命。他就葬在海口颜春岭墓地，报社同事每年清明都要去看他。"

郭磊说："潘宋国可能是个案吧，换做那雷编辑，不一定灵。"王静说："好多年的事。假如是现在，一定要学学这个姓潘的，也到黎母山待上一年半年，没准儿会好。"

郭磊听了就笑。

王静又说："同是天涯沦落人。假如那姓潘的，或者其他闯海人需要帮助，甚至救助，及时告诉我。我想我一定会尽力帮助的，毕竟我和我老公都是八八年上岛的。"

第二天，郭磊开车亲自去一趟西海岸癌症医院。卢尧说，医院的沈主任告诉他，要潘宋国到医院做个复查。于是，他想过去看看。到了医院，不想卢尧和陈维、钱有福都在。

沈主任亲自为潘宋国做了复查，结果体内的癌细胞基本消失，大家都惊呆了。

潘宋国笑得不能自抑，说："沈主任，您总结总结，到底是您的药起作用，还是我在那儿巡几个月山起作用？"沈主任想了想说："估计都有。"

晚上，阚大姐做东，犒劳从琼中胜利归来的潘宋国，陈维、钱有福、张杰等人自然也去了。为感激郭磊和卢尧，阚大姐说就在卢尧的南航西总店吃。阚大姐还特别强调："卢老板，这饭我请，你别插手。"卢莞见他们高兴，就答应了，否则真的会免单。

郭磊虽有事，还是抽时间去了。吃饭期间，他给王静打了个电话。王静一听立即开车过来。卢莞和阚大姐等五人通过郭磊认识了王静，听说她在国贸开咖啡店，都很羡慕。

王静谈到她原单位那个叫雷仁的编辑，感慨地说："那真是一位业务能力相当强的编辑。我们老总相当欣赏他，准备培养他当副总编辑。可是天妒英才，英年早逝，他走那年，才三十九岁。"

大家不禁唏嘘。

阚大姐落泪说："每年的清明节，我们几个买束花，上颜春岭墓地看看他。尽管不认识，却同是八八年上岛的闯海人啊。"

大家都点头同意了。

"听小郭说了大家的故事，很感动，这是我的名片。"说着王静为在场每个人发了一张名片说，"以后要有什么事，给我打电话，我还是认识一些人，加上我老公也是闯海人。我想我们会尽最大能力帮助大家的。"

阚大姐特别激动地说："王老板，看到你们一个个都那么成功，那么有善心，我们真是既感动又内心有愧。"

郭磊也给他们每人发名片，说："以后大家要旅游，或家里来人，或有亲戚朋友想游海南，都可以找我。"

潘宋国到琼中大山疗病的事情很快被董总汇报到政协。政协为此召开了一个癌症治疗专家学者讨论会，讨论潘宋国的病例。之后，沈主任还带几个研究生（沈主任是博士生导师），到潘宋国待的什端林场去了一趟，走访了十位护林员，还跟他们上山走了两天。董中伟听了汇报，就在政协会议上说了，并建议政协委员中的开发商到琼中等大山开发森林康养医疗的硬件设施，如康养酒店、康养民宿度假村等，然后组织全国甚至全球的游客和患者到那儿休闲医疗康养。

不知出于什么原因，几天后，董总同潘宋国打电话，问他愿不愿意到他的癌症医院上班，让他负责医疗器械仓库任管理员。按职工工资，比他之前打工的地方月薪高五百，享受"五险一金"，他一听就答应了。他知道这是董总照顾他，再说他找不到理由回报大恩大德的董总。他问董总是不是需要马上上班，董总笑说："你自己掂量，觉得身体完全没问题了，你就去。"他第三天就去了。

自从结识了卢莞这个朋友，阚大姐也死要面子，不肯吃白食，总想找机会回报。这天，校长说有个老师出国，准备给他钱行。问阚大姐哪儿好，阚大姐马上说:"到我朋友开的湘风阁吧,可以打八折。"

中午十二点,一辆淡灰色面包车准时驶到卢荛的南航路湘风阁店门口。

阚大姐先给卢荛介绍校长、教导主任和出国的老师,又将他介绍给她的领导和同事。

考虑到阚大姐的面子,卢荛吩咐店长送两个不要钱的菜,还送一瓶海口大曲白酒。让阚大姐特有面子,一个劲儿对校长说:"我同卢老板几年前认识,同是八八年上岛的,只是他做得蛮成功。"

校长对卢荛说:"阚大姐说,你仗义,好几年邀请八八年上岛的上你店吃年夜饭。事虽小,意义非常,我深受鼓舞,像你这样有爱心的很少有。"

吃饭期间,阚大姐告诉卢荛说:"陈维、张杰和钱有福三人最近有好消息,共同申请解困房,估计会有自己的住房。不过申请面积小,每人只五十到六十平方米。"

校长却为卢荛介绍阚大姐说:"阚大姐之前信基督教,后来改信佛。自从加入党组织后,就放弃了任何教派,一心努力工作,是一个很有上进心的人,她来海南耽误了。要在老家,可能是一个出色的歌唱家,她考过音乐学院。"

大家就笑了。

没事的时候,王静喜欢上她的原单位即报社坐坐。她将女儿交给保姆,上街转了转,便来到报社。报社同事和领导都对她很热情。坐了一会儿,她将潘宋国的事情告诉了他们。总编说:"还有这样的事?"于是安排了一名记者第二天去采访潘宋国,后来写了一篇报道登报纸上。潘宋国到黎母山自然疗病的事情顿时在外界传开。

一天下午,卢荛开车到府城忠介街转了转,然后停车,一边步行一边寻找铺面。自得知郭磊公司想上市,他就在心里暗暗下决心,再开一家分店,最近都在找铺面。

他来到府城朱云路,发现东侧有家急于转让的店,这店在红城湖对面,横跨马路。知道政府最近正打算全面改造红城湖,和南渡江的跨河大桥对接,将来从海口去文昌就从这儿走,将是条繁华的大道。店面看好,他同店主谈合同。

卢荛忍不住给郭磊挂电话说:"兄弟,我打算再开一家新店,店面在府城朱云路,你觉得这位置如何?"郭磊说:"朱云路?不错。"

卢荛说:"这店同前三个店不一样,我有个创意,打算将这店做成'闯海人餐馆',意思是凡八八年上岛的上我这店吃饭,一律六折。每年四月十三日海南建省纪念日，在这儿搞几桌，宴请八八年上岛的同仁，全免费。你觉得如何？"

郭磊说："兄弟，这想法伟大。资金不够，只管开口。对你说，我的公司马上上市。"

卢尧顿时惊呆了，说："真上市啊？兄弟，我昨天在报纸上看到一首诗。作者也是八八年上岛的闯海人，诗歌的名字叫《闯海歌》，记叙了闯海人登岛三十年的历程。写得蛮好，有空你找着看看。"

郭磊问："作者是谁？"卢尧想了想说："姓李，叫李安。"郭磊击掌说："行，你找吧。我这几天忙昏了头，有时间再去你那儿。"

下班时，郭磊走到附近的报亭，看到还有当天的《海南日报》，于是买了一张。

晚上，他独自翻了翻，当看到诗人写的《闯海歌》时，他差点儿流泪了。这首长诗的确概括了他们那帮闯海人当初的情景和心态。

看着看着，郭磊的思绪长了翅膀似的，当年上岛的一幕幕往事又出现眼前。他看到儿子在复习功课，就赶紧起身走到门口。让自己的心情平静一下，好一会儿才进屋。

不知是不是这么多年闯海的历练，卢尧觉得自己已练就一身雷厉风行的作风。比如，他看好朱云路店面，就马上找东家签约，付了定金。接着安排人装修。装修队是给他装修海府路分店的。那小子是四川人，据说是个农民工，人聪明。听说卢尧又要在朱云路开一家新店，还是"闯海人餐馆"的创意，阚大姐几个都从手机中发了祝贺的短信。经过几年的接触，卢尧发现阚大姐那几个人，其实蛮有骨气的，开始挺怕他们经常找自己借钱，结果只有最初的两次，此后再没找他借过。让他觉得这些人还是值得做朋友的。

他想在今年春节前搞好，开张，趁着春节，再次请一批闯海人来他餐馆吃年夜饭。如今的他已经不像二十年前了，人就这样，腰包鼓了，胆子就壮，气息也平。这天，他正在公司上班，赵世德忽然又来电话，问他晚上做什么。这段时间吕天娥一直在家，他有些不敢造次。但是，自从那次跟赵世德到书场村看了那个颇像谭香竹的姑娘之后，他的心湖还是起了一点涟漪。谭香竹据说已经同那个黑雷公结婚了，婚后过得很幸福，说那个黑雷公得到她后像得到一块宝。自然这话都是他店里与谭香竹要好的女服务员说的。他知道有些店员同谭香竹关系不错。那天白天在海府路二楼发生的事情，会经常出现在他的梦中。很奇怪，每做一次那个梦，他第二天白天，无论在哪儿，会想一次谭香竹。当赵世德第三次来邀他去书场村时，正好那几天吕天娥来月经，他便跟着赵世德再次来到书场村，完成了他同"谭香竹"的"媾和"。完后，他马上感到其中意味绝对不同于谭香竹，但是，那女的肢体真的很像谭香竹。那次他同谭香竹媾和时，神色匆匆，动作匆匆，好像还没来得及完全体会对方的韵味，这一缺失似乎从这个假谭香竹身上弥补了似的。于是，此后，他一连先后去了四次。

又一年国庆节来到，公司上下正投入繁忙的接待工作。

新聘的旅游部员工赵晓敏到公司上班第三天，就接到一个韩国团，一行三十人。这是她给琼岛旅游公司的见面礼，也是她在韩国打工三年的成果。这三十人一半是她在韩国的同事和朋友，接到晓敏的邀请，商量了这次成行。付子皓请示郭磊，将公司最新的大巴调给他们。韩国团不潜水，但喜欢花，于是在芳村玫瑰庄园待一天，体验潜水和赏花。这趟旅游还促成了韩国一家精细化工企业同琼岛旅游公司签约，让公司的玫瑰庄园每年为他们供应一定的玫瑰精油。

自打"东方第一滩民宿"项目建成，凡是公司的客人，无论是去海口、琼海和三亚，都住自己酒店旅馆和民宿村，为公司创造了很好的收入。经过两个多月的自查自审，由廖会计丈夫所在的会计师事务所，精心制作了一份琼岛旅游公司的上市报告书，送到了旅游委符副处长的办公桌上。

十天之后，旅游委派来一个五人调查组，查看他们的账目，又由琼岛旅游公司提供一辆车，载着他们前往三亚和琼海实地考察公司的各个项目。调查组前后花了五天，最后回到海口。调查组反馈了意见，肯定他们的资产实物，也指出需要提高的地方。晚上，郭磊请他们在海航会馆二楼吃一顿，又到金海岸大酒店歌舞厅听歌。

临走，郭磊塞给每人一个红包，被调查组组长拒绝。

很快，董中伟将深圳那家信立会计师事务所地址电话和老总手机号用短信发给了郭磊。

回到公司，他将马会计、翟笠、小黄等召集开会，将董总说的告诉他们。

按郭磊吩咐，翟笠找到省证券委姚处长，将情况说明。姚处长说："行，我们会很快受理你们的报告。"

大约一个月，两部门批复的评审意见交给了翟笠。

五天后，郭磊对洪丹说："我明天同翟笠去深圳。"洪丹第一次露出不悦，说："没有她，你当不了这个总经理？"郭磊解释说："唉，你怎么越来越小气，我是法人代表，文件需我签字。前后可能五到七天，你放心，我每天给你打电话。"洪丹不耐烦地说："去吧，去吧。我也管不了。"

郭磊笑着说："哎，听说国贸有家洗足馆，还带形象设计，你有空看看。"洪丹说："毛用啊，都四十多岁的人。""四十多岁才出色，我们经济上去了，不在乎这两个钱，该花花吧。""装完海之南，我就等着装修家里，可又去装了琼海民宿。民宿装完，你那个叶大贵跑哪里去了？"

"放心，我昨天还告诉叶大贵，让他赶紧给我装房子。他昨天说，最迟月底，从深圳回来就差不多了。""你把叶大贵的手机号告诉我。"

谈完事，郭磊上楼。临睡前，洪丹见他脱掉外衣，坐到他身边说："记住，你也五十岁的人了。公司上市，你再找一个CEO，自己退二线，由CEO管。"见郭磊没言语，洪丹又说："有了CEO，你就半退，拿点钱，到处走走，至今没去过外国呢。"

郭磊问："那次不是去了俄罗斯？"洪丹说："还有很多如欧洲、美国、加拿大等。小磊明年读中学，中学过了读大学，时间过得很快，我们跟着就老了。""怎么？好像要把未来几十年都想遍。""郭磊，不管你承不承认，有钱与没钱，你真的跟过去不同。"

郭磊说："没有吧？"洪丹说："自己的事，没法看，必须别人看。"郭磊问："我变了？"洪丹说："吃苦耐劳精神没变，但是贪图享受的心有了。"

郭磊说："除吃喝条件比过去改善，我觉得其他一点儿没变。"

洪丹说："好了，好了，你不用说了，我知道你想说什么。你绝对想错了。郭磊，我实话告诉你，你可以换一个年轻漂亮的。可是，你想没想过，对我而言，只是一点情感的伤害，而对孩子，那可是心灵上的极大伤害！"

郭磊闭上眼睛装睡说："好好，你说的我都知道，都理解。好了，睡吧。"

第三十章

次日，吃过早餐。郭磊将随身衣服塞进行李箱，同洪丹告辞，便到车库开出那辆普力马。先到公司接小黄，再将车开去接翟笠。从海秀路到海府路中段，往左驶过一个长长缓坡，到省新闻出版局宿舍楼。翟笠站在楼门口，脚下放一只行李箱。小黄将车停好，郭磊替翟笠提行李箱上车。

小黄送他们到机场，然后开车回公司了。

进候机室约十分钟，就听见广播里通知到深圳的旅客登机。

一个多小时后，当他们走出机场时，看到有人举着一张纸，上面写着"接海南的郭磊总经理"，原来陈小弓给深圳一家旅游公司打了电话，请他们接待他的老板。那家公司同陈小弓的旅游三部有很多合作。

司机将他们送到"香格里拉"酒店，说是一家四星级，可以打四折。他们要请郭磊吃饭，郭磊说："饭就免了，以后上海南我请你们。"

中午在酒店的餐厅吃面，然后给董总介绍的那家公司打电话。对方很快派了一位姓刘的副总过来，将他们接到公司会议室。翟笠将所有资料呈文等都一一给了刘副总。

刘副总看后说："这样吧，我们先审阅一遍，再给你电话，到时候你们再过来。"郭磊问："大概多久？"刘副总说："两天之内。"

回到酒店，郭磊问翟笠："想不想转转？"

翟笠笑而不语。

郭磊说："要在酒店等两天，我们上哪儿走走？"

翟笠说："要不到世界之窗？好像每个来深圳的人，都上那儿打卡。"

第二天中午，郭磊接到刘副总电话，说资料看完了，让他们下午过去。

郭磊心情有些激动，包括翟笠，中午都没睡着。

不到三点，二人就一起出门，来到那家公司，依然是刘副总接待他们。

"你们的资料做得不错，我们两位会计师反复研究了。今天总经理不在，等她回来看过，就可以向证券委提交了。"刘副总说，"我们是证券委指定的上市审计，有相当的商誉。"

一听这消息，郭磊、翟笠都抑制不住内心的激动。郭磊问："需要多少代理费？"刘副总说："要签一个协议。根据协议，支付相应的劳务费和代理费。"

刘副总从包里掏出稿样递给郭磊，郭磊说："我们拿回酒店看看，假如没问题，就签了送过来。"

回到酒店，郭磊和翟笠反复审查，觉得可以接受。

郭磊说："我一个好朋友推荐的，应该没问题。不过，我最怕临时出问题，协议都不用我们管，最后直接通知我们上市。"翟笠笑说："这么久都过来了，不在乎这点时间。"

吃过早餐，郭磊就给刘副总打电话，说协议看过。

刘副总说："那你们来吧。签完协议，我们老总请你吃饭。"郭磊客气地说："我们请吧。"

刘副总说："我们请。等你们公司真上市了，再请我们。"

总经理不在，会晤改在下午。下午三点，他们来到那家公司。

总经理是位女士，很有风度和气质，连翟笠见了都暗暗称赞。

总经理问："协议都看了吗？"

郭磊点头。

总经理说："那我们签字吧。"

签过协议，总经理请他们来到深圳锦绣阁吃饭。她说这家饭店名气挺大，每天吃客云集，须提前订位。

吃饭时总经理、刘副总都没提他们上市的事，却谈到之前为人代理过程中的许多成功和好笑的案例，其中有的成功，有的半途而废。她最后强调，不成功和半途而废，都是上市公司本身工作没做好。郭磊的公司上市准备工作做得不错。

郭磊像是吃了定心丸，这话意味着上市成功的把握很大。

临走时，郭磊还是问了最想问的话："请问二位老总，假如能批下来，估计要多久？"总经理平静地说："做半年准备，也可能三四个月。"郭磊伸出手说："谢谢，鲍总！"女老总叫鲍清。鲍总微笑地同他握手说："合作愉快。"

回到酒店，郭磊有些兴奋地说："转转吧。"

正好隔壁有家咖啡馆，灯火辉煌。二人走进去，找个安静位子，点了两杯咖啡。

窗外车水马龙。郭磊说："深圳是最早的经济特区，海南是最大的经济特区。

海南的不足是存在百分之八十农村人口，而深圳基本上没有农村。"翟笠说："当初吸引你去海南的原因是什么？"郭磊笑说："当然是经济特区政策，其次到海南后，发现自己竟爱上那海南的椰子树。"翟笠说："我第一次去是二〇〇九年。时隔八年，发现海南变化真的很大。"

郭磊看着翟笠说："翟笠，假如上市成功，我送你一份大礼。"翟笠惊愕地问："为什么？"郭磊脸红说："你为公司做出很大贡献。"翟笠笑说："没那么夸张吧。""上市后，股份可能就是百万乃至千万。""我提醒你，琼岛的资产一半姓洪！"

"就是一半，我也是亿万老板。"郭磊干咳两下接着说，"直接说吧，我……其实蛮喜欢……你。"翟笠神色平静地说："谢谢。您肯定知道，我们之间只是工作关系。""你真有男朋友？怎么一次没见过。""他很忙。"

郭磊承诺说："上市后，我会为你在澳大利亚买一栋房，给你在那儿注册一家公司。你就在那儿生活，不想干，疗养也行。"

翟笠笑起来，笑得很欢畅，然后红着脸说："您向一个异性表白，还那么害羞，难为情。"郭磊歉意地说："对不起，我是不是很混蛋，问了一个混蛋的问题，本来这话要喝酒才敢说。""你同丹姐在相当艰苦的时候认识，也不想想，失去你，她怎样想？"

郭磊说："会难过，但她是相当坚强的人。她说，她有预案。"翟笠困惑地问："预案？"

"她说，大抵同患难的，都不能同富贵，她做好了同我分手的准备。"

翟笠扭头看窗外，轻叹一声："夜色多美啊！"

郭磊有点傻，竟然痴痴地盯着她。

从第一天见到翟笠，就被她的脸蛋迷住，从侧面看，那嘴鼻就像美容机构的宣传海报模特，此刻真想冲过去抱着她。可是，他没这个胆量。翟笠似乎看得入迷，半天才转过头，用勺子搅动一下咖啡说："我有些不舒服，我们回去吧。"

翟笠将杯子里的咖啡喝了说："其实这咖啡还是蛮好喝的。"

郭磊哈哈笑着说："同你聊天，总觉时间很短。"

翟笠说："再好的筵席总有散的时候。"

回到酒店，翟笠毫无表情，只是淡淡地点点头说："晚安。"

第二天早晨，翟笠敲郭磊的房门，说："我们今天回去吧。"郭磊问："到香港玩一趟吗？"翟笠说："不，我订了十一点飞海口的机票。"

两人收拾一下就赶往机场。

郭磊原说去五到七天，不想四天就回来了。

洪丹在卫生间洗澡，儿子在写作业。

洪丹从卫生间出来说："不是五到七天吗？"郭磊说："不希望我早回吗？"洪丹玩笑说："幸好我没做什么事，要像李鑫那样，岂不是完了？"

一直以为男人有钱，无所不能，可是翟笠并没被他抬出的股份倾倒，甚至还有些睥睨他。这使他体会到那句话，金钱不是万能的。

郭磊说："这会儿洗什么澡？"洪丹说："问儿子。"郭小磊说："我同妈在白沙门网球场打网球，打得一身汗，我刚洗完。"洪丹说："培养儿子体育的能力不好吗？"郭磊说："行，哪天有空，我陪你们去。"

郭磊冲了凉，他从卫生间出来，说："晚上有个应酬，旅游委李处长打电话，说想听我汇报上市的情况。"

正好是周六，当郭磊问翟笠时，她却说不去了。郭磊没再作声。

郭磊陪李处长在卢茏的海府路湘风阁吃饭。李处长是贵州人，蛮喜欢吃辣。

海府路湘风阁店店长已经不是谭香竹，换了第一任店长易姐。

周一郭磊来到公司，自从有了这栋"海之南"，郭磊每每看到它，心底都会涌出一股自豪。登岛二十年，竟有这么大一栋物业，即使此后什么都不干，也可高枕无忧。

人为何不满足，竟还要上市！

郭磊将翟笠喊到办公室，说："小翟，我们商量一下公司的股份分配问题。"翟笠说："这个我不参加吧。您是私人公司，想怎么分配就怎么分配。"郭磊说："你那么不肯听。就当我做主，征求一下别人的意见，总可以吧。"

翟笠一笑，便在他对面坐下来。

这时，郭磊的手机忽然响了。拿起一看是一个陌生电话，区号是本地的，他拿起接听。

"你是小郭吗？"一个很清脆敞亮的女声。郭磊问："请问您是哪位？"女人说："小郭，没听出来吧，我是卢茏的老婆吕天娥啊。"

没等郭磊说话，吕天娥声音变了说："小郭，你在不在公司？假如在，我想过来一下。"

郭磊料她有事，就说："下午行吗？"吕天娥说："行，那我下午三点直接到你办公室。"

郭磊接电话时，翟笠出去了。通完话，他又将翟笠喊进来。

郭磊说："刚才说到哪儿了？廖会计的爱人是海口一家会计师事务所副所长，

他建议我，上市前亲的人最好划分股权。我打算将股份二八开，百分之二十给员工，我和洪丹占百分之八十。廖会计爱人建议我和我爱人及小孩股份都划开，即百分之八十我多少我家人多少，今后不论发生什么事，经济上清楚。"

翟笠不由得笑说："你的家事，自己处置。"

郭磊又说："不是所有员工都有股份，像李鑫、付子皓、陈小弓和蔡驰骋，属于最早的员工，为公司立下汗马功劳，所以他们股份高。其他人根据来公司时间的长短分配股份，截至去年，今年进的不配股份。"

最后，郭磊谈到给翟笠一部分股份。翟笠马上说："我不要。再说，我来琼岛时间不长。"郭磊有些发傻，看着翟笠说："我打算给你百分之五。"翟笠摇头说："不可能，不现实。我只是助理，进公司时间短。"郭磊说："我的股份分一部分给你，不怕闲话吧？"

翟笠微笑说："谢谢您的好意。郭总，我说了，我可能在公司上市后离开。"郭磊盯着翟笠问："你真有男朋友？"翟笠笑说："莫非还带给您看？"

郭磊心里一阵酸涩说："那……"他实在不知道还能说什么。

下午三点，吕天娥穿戴还算整齐，直接找到郭磊的办公室。见到郭磊，她几步奔上前，号啕大哭。

办公大厅员工大概听到了哭声，都不约而同看这边。办公室的门正好被风吹开，郭磊忙上去关上门，才说："嫂子，到底发生什么事，您慢慢说。"

吕天娥迫不及待地说："小郭啊，我找你是要求你一件事。我们家老卢变了，变得很不是人啦！"

郭磊想，卢莛前几天还同我打电话，聊得很惬意，怎么今天就出事？

吕天娥欲言又止，眼圈通红，又号啕大哭。

郭磊赶紧扯了几条纸巾递给她，她在身后沙发上坐下，用纸巾拭眼睛说："小郭啊，卢莛不是过去的卢莛了，他现在是吃喝嫖赌样样俱全的流氓、烂崽、渣男！"

郭磊被"流氓""烂崽""渣男"三个连珠炮似的词整蒙了，急切地问："到底发生了什么事？"

吕天娥说："小郭啊，从今年过年起，我就发现他不对了。开始时，他只是偷偷摸摸的，连去几次后，脸皮就变厚了。我质问他，他干脆说，如今是什么年代，你看那些被查出来的贪官，一查上亿几亿，养小三包二奶。妈的，那些钱都是国家的，被他们贪用，吃喝玩乐，花天酒地，难道就不许我们老百姓潇洒潇洒？"

郭磊问："他具体做了什么啦？"

吕天娥说："最初就是白坡里那个赵世德，据说来海南后什么都干过，这几年搞到一些钱，便吃喝嫖赌抽样样俱全。卢尧上了他那儿几次，一来二往，先喝茶，后来发展到赌。一次输掉了五千块，对不上账，我就问他，可他不承认。那个赵世德还喜欢嫖，总是忽悠卢尧去嫖。开始我没注意，后来总看他半夜回来，有时一身是劲儿，有时回来像被雷打了。我还跟你说件事，他还同我们连锁店的谭香竹不明不白。谭香竹那时不是当店长吗，她手下的员工发现情况不对，就悄悄告诉了我。他一方面爱我，一方面又缠着谭香竹，不是吃着碗里的看着锅里的吗？"

吕天娥一口气道出卢尧这么多的道德不轨，郭磊不禁同情起这个女人来了。

吕天娥看面相还是不错的，皮肤也白嫩，只是个子矮一些。生过孩子后，身体就往横里长，看着就像只大水桶，很肉感。

郭磊说："嫂子，这些事情你都当着卢尧的面，问过他吗？"吕天娥说："问过，可他总嬉皮笑脸，说老婆，不就放松一下嘛，我又没影响家，你何苦那么认真呢！我估计不止一次。""多久了？""那个谭香竹第二次结婚辞职后，员工告诉我，说老板经常去找那女的！"

郭磊流露出几分同情问："嫂子，你希望我怎么做？"吕天娥说："古话说劝赌不劝嫖。他嫖，我还是能想开，就是赌太危险。俗话说十赌九输，你外头输，我不知道，没准儿哪天房子、饭店都被输掉，我和孩子怎办？那是我们二十年的积蓄啊！"

郭磊顿时愤怒了，说："赌不行，嫖更不行。我实话对你说，嫖连赌，赌连嫖，两样都不是正道！"吕天娥说："你要是能将他的赌嫖都劝戒掉，小郭，我真要买一尊佛，天天为你烧香拜佛保佑你！卢尧说，他和你同一天上岛，是他在海南认识的最好朋友。他还说你人好，讲义气，很愿意有你这朋友。我家又不在海南，思前想后决定来找你求助。"

郭磊说："嫂子，谢谢你对我的信任。我同卢尧同坐一条船来的海南。这些年，我和卢尧都受了很多苦，遭遇了很多挫折，皇天不负苦心人，现在总算有吃、有穿、有住的了，还有了各自的产业。所以，我们的今天来之不易，你放心，我一定找他说说，一定要劝住他。我还是很珍惜我们之间友谊的。"

吕天娥带着哭声说："我打算将他的变化告诉他爸，又怕告诉了他爸，他会埋怨我。我是没得办法。"郭磊说："我一定找他谈，你放心。"

送走吕天娥，郭磊回到办公室。他让翟笠帮马会计招聘了两个财务，一个姓李，一个姓张，以前都在企业做会计，有会计证。然后，他将翟笠喊到办公室，说："你能去趟三亚吗，代表我去征询东方巨人股东之一万总的意见。万总不久前对我说，他在海南待了二十年想回北京，想将他的股权转让，他建议我接。我当时说没钱，等我把公司弄上市就接。你去告诉他，我们正在申请上市，一旦成功，就接他的盘。请他耐心等等。"翟笠说："好，我马上去。"

翟笠走后，郭磊拨通了卢尧的手机。卢尧竟还在床上睡觉，听到他的声音，不解地问："什么事，兄弟，这么早？"郭磊说："有事找你，我们找家茶店聊聊。对，就是白坡里十七号，你一个朋友开的。"卢尧笑说："你说赵世德？那好吧，十点半，不见不散。"

十点，郭磊从公司出发，不到十分钟，就到了赵世德的茶店门口。

外表看这家店很旧，里头装潢还可以。再一看，有人喝茶，问服务员有无包厢，服务员领郭磊到最顶头一间，他说："一会儿有一位姓卢的老板来，你领他来这儿。"服务员答应一声去了。

十点零八分，外面响起咚咚的脚步声，等了几秒，果然是卢尧。他穿着一双拖鞋，上身一件T恤衫，袖口破一个洞，下身穿短裤衩，朝里头看了看说："兄弟果然来了！"郭磊说："坐。"卢尧来到他对面位子上坐，说："什么事，火急火燎的？"

服务员拿茶单进来。郭磊点了个绿茶，让服务员出去，将门关上。他走到卢尧身边，盯着他足足有两分钟，说："卢尧，我现在只问你，你还当我是朋友吗？"卢尧诧异地问："怎么啦，兄弟？""下面说几句话，是作为一个八八年上岛的老朋友、兄弟同你说的，听得进，就听；听不进，从此往后，咱们一刀两断！不再是朋友！"

卢尧笑起来说："什么事啊，兄弟，搞得那么隆重，我都快被你吓到了！"

郭磊端起茶杯，却发现茶还没来，就问："你说，你是不是在外头嫖娼？"卢尧脸一红，点头说："就一次，你怎么知道？""为什么？""那女的实在太像谭香竹了。""还有，是不是赌钱，从这茶店开始赌，最后赌到秀英街龙昆南去了？"

卢尧大吃一惊，瞪着郭磊问："吕天娥告诉你的？"郭磊说："别管谁告诉我，你说是不是？"卢尧硬着头皮点头说："是。"

郭磊抓起放在桌上的那个黑皮包，对着卢尧的头砸下去，痛得卢尧身子晃几晃，要不是双手挡得快，真要跌倒地上。

郭磊说："卢尧我告诉你，刚才那一下，是我代表你八十岁的老父亲打的。你不想想，你父亲从小希望你成龙成凤，出人头地，光宗耀祖，可你到头来竟背着亲人在外头干蝇营狗苟、下流龌龊、流氓地痞烂崽干的事！你不想你老父亲至今在老家看着你，妻孩在家守着你，你倒好，嫖娼不说还赌，你知道自古凡上赌桌的人，有几个不是倾家荡产的？"

卢尧开始还有点抗拒，但他慢慢地低下头，接着用手摸摸被郭磊砸痛的脑壳说："小郭，我就是做得不对，你也不能那么砸我哟。你晓得你那一砸用了多大的劲儿，身子骨瘦弱的，就被你砸倒了。"郭磊说："你要不服气，可以回砸我一下。卢尧，我今天喊你，是把你当兄弟，假如不是，我为何砸你？！"

卢尧没作声。

郭磊说："我告诉你，你都五十岁的人，有家、有业、有幸福。吕天娥是多么好的女人，你在外头嫖，都不怪你，说只要你心里有家、有孩子，就原谅你。你倒好，把妻子的金玉良言当耳边风，屡教不改；更昧着良心去赌，你知道你三个连锁店如何来的吗？那是你经过二十年打拼，用自己的青春血汗赚的，你要一夜之间赌掉，还有脸活在世上？又如何面对你老婆孩子？"

卢尧用手摸了摸耳朵根下溢出了一滴血迹，顿时不悦地说："郭磊，你说就说，下手太重了吧，你看，都出血！"郭磊说："我这会儿砸你，只出一滴血；你赌光了，只怕就不是出一滴血的事！"

卢尧没再作声了。

服务员送茶进来，郭磊让她放下，自己斟。她出去时，将门关好。郭磊说："你对我砸你特来气，皮包给你，你还我一下。"他说着将皮包递给卢尧。卢尧推开他的皮包说："有事说吧，一会儿我还有事。"郭磊说："你是不是听不进我的话？"卢尧说："没有啊！"

郭磊从包里掏出一张纸、一支笔，递给卢尧说："你当着我的面写一张保证书，向你的老父亲和妻儿保个证，今后不再嫖赌！"

卢尧犹豫着。

郭磊逼问："你写不写？"卢尧摸着头说："嫖娼也不行？"郭磊说："既然你一定要嫖，我管不了，但你必须保证不赌。嫖娼自有公安抓，到时候拘留罚款丢人现眼，我只是朋友，没资格对你实行治安管制。至于赌，会让你家破人亡，那是最起码的红线。否则，你就准备离婚，妻子孩子同你决裂，你将来就是孤家寡人！"

卢尧说："我答应改，还写什么哟？"郭磊说："口说无凭，立此存据。""是不是吕天娥要你这么做？""我说了，作为朋友，我觉得她说得对。否则，她将你的情况告诉你老爸，老人家经得住这么大的打击吗，你考虑好！"

卢尧有点害怕说："我爸有高血压，心脏不好，经不得折腾。丢脸了，兄弟。"

他说完，便接过纸笔开始写。郭磊端茶站在一旁看。卢尧写完递给郭磊，他接过看了看说："到底是作家，文笔就是不一样。"卢尧笑说："那可不，我还是要写作的，不过不是现在。""这张保证书我交给吕天娥后，你不得逼她还你。否则，我刚才说的真会发生。""我知道吕天娥的性格，一旦闹翻，你还脱得了她的手？"

郭磊将茶放他跟前说："兄弟，其实我公司有很多事，我之所以找你，是真的很同情吕天娥。你们有多好的一个家，而且你曾理想广阔，只要你努力，一定会成为作家。"

卢尧叹气说："唉，理想就像一座灯塔，熄灭了，人就失去方向，天要灭我。郭磊，你不知道，我曾三次下决心写作，可每次提起笔，脑壳里一片空白。就像自来水笔里的墨水，干了，再出不了水。我开始感到迷茫无助消极，觉得我的作家梦碎了。所以趁着体格还行，逍遥几年，草草一世。"

郭磊说："我记忆中的卢尧，曾是在海口晚报社门口只有六平方米铁皮屋里坚持理想的人，我希望那个卢尧重新出现，重新崛起。过去条件那么艰苦，都能坚持，为何现在条件好了，不愁吃不愁穿了，你竟然玩世不恭，悲观厌世呢？"

卢尧点点头说："对，前不久我看到电视里介绍你们公司。兄弟，祝福你！"郭磊说："我的事不要你扯，现在说你的事。我刚才说了那么多，你可记得？""记得，哪里能不记得，你还砸了我一皮包呢。""关键是如何改？""做不成作家，我做一个企业家又如何？"

郭磊不解地问："你现在有了三个店，吃穿不愁了，为何就不能写呢？"卢尧苦恼地说："你不知道，当作家没积累不行，积累太多也不行。我现在就是积累太多，消化不了。当初我是写过一个短篇，但是时隔这么多年已不会写了。俗话说，拳不离手曲不离口，对吧。这二十多年，几乎就坐不下来，就是能坐下来，也静不下来。""我明白了，那就好好赚钱吧。你店里的情况如何？""目前还算稳定，我准备等再回笼一些资金，打算开第四家店。地点都看好了，在府城那边。"

郭磊点头说："太好了，这就是我想看到的卢尧。其实你还是很有能力的，否则如何能开三个店。"卢尧说："你今天找我就为这个事？""行了，我要走了。""是不是吕天娥找过你？""这个不重要。重要的是你会不会改。""行啦，都多大的人，说不会再犯了。其实只去了那么一次，那女人太像谭香竹了。"

郭磊说："我是说你赌的事。"卢尧说："这不，保证书上不是写了吗？"郭磊一笑说："好了，我走，你结账吧。"卢尧笑说："打了我还要我掏钱。"

郭磊径自出去了。

一星期后，郭磊接到吕天娥的电话，他有些担心，是不是又找他哭诉来了。不想吕天娥在电话那头呵呵一笑说："谢谢你啊，小郭。卢茏那天回来，就将你找他的事告诉我了。还向我保证，今后绝对既不赌也不嫖。小郭，从明天起，我就到街上去买尊菩萨，天天敬你。"

郭磊说："别，听说被人敬奉不是好事，我想安静地活着。"

吕天娥大笑说："那好，什么时候请你吃顿饭，喝点好酒，感谢你一下。"

郭磊走那天，叶大贵安排施工队进入他家装修别墅。

郭磊没多高要求，倒是洪丹提了好些，如在院子里设计一个鱼池，儿子要养金鱼；顶层搞一阳台，晚上在阳台歇凉等。郭磊只说，房间好好搞，睡觉舒服就行。

整个装修按中高档标准，不高也不低。叶大贵说，都大老板了，还这么抠。

房子要装修，他们临时在海达路租了一套民房过渡。晚上临睡，洪丹和儿子都进了房，郭磊还坐在客厅想心事。

翟笠给郭磊浇了一盆冷水，他现在清醒了许多。不过，他还是不死心，觉得翟笠在撒谎。此前他一直没见到男朋友同她通话，也没见到她的男友来海南。

翟笠很快从三亚回来了，说："万总非常爽快，说他会等到我们公司上市。他还说，没事您过去坐坐，您已好久没去了。"郭磊心里一暖，说："行，改天过去看看。"

五天后，郭磊打算去看看万总他们，同时将公司上市的情况同廖会计说说。公司一旦上市，他打算请廖会计到公司证券部负责。廖会计的工作经验和业务能力很强，加上她丈夫又是会计师事务所副所长。

当车子经过博鳌时，郭磊忽然拐进了前往乐城的支线。无数次经过这里，就是没到董总博鳌乐城国际医疗先行试验区投资的超级医院看看。从报纸上看到，这个园区已有十多家医院的顶级专家进驻。关于博鳌乐城国际医疗先行区，报纸上已介绍不少，说是中国最开放的医疗试验区，是国务院特批有"国九条"特殊政策的地方，如区内使用的药和器械与世界上最新研制的同步，而国内其他医院则要在产品上市几年后才能使用。这是董总比任何人都忙的原因吧。车子进入博鳌乐城国际医疗先行区专用路，两边种着葱郁的绿色植物和特有的热带树木，有小叶榕树、号称"雨伞树"的小叶榄仁还有印度紫檀等。

经过几年建设，乐城国际医疗先行试验区道路整齐，绿化完好，看上去就像三亚市亚龙湾的道路和基础设施。整个园区建筑不多，已经建好了十栋建筑，外观相当精致。首先是乐城国际医疗先行区管委会，接着是几家超大医院。郭磊将车子停在管委会门口的停车坪，问保安超级医院地址。保安告诉他，超级医院在管委会后侧。于是他绕过管委会来到后侧，果然看到一栋很漂亮的超大建筑。

"博鳌超级医院"六字用中英文双语标注，门口同样有保安人员。郭磊打听超级医院的运营情况，保安说开业一段了。他问董总是否在，保安打量着他说："还真巧，他昨天来的，现在里头开会。"郭磊问："他经常来？"保安说："十天半月来一趟。"

董中伟是忙人，兼着很多社会职务，郭磊觉得不打招呼就来拜访有些冒失。他正在犹豫，保安说："您要找董总的话，我替您报告。"郭磊说："等等吧。"

他在门口甬道上踱着步，寻思要不要见董中伟。保安忽然朝他招手："您不找董总吗，他下楼了。"

来海南多年，郭磊知道有身份的人都要提前预约。不过，他同董中伟认识不是一天两天了。董中伟从楼上下来，忽然看到他，不由吃惊地问："小郭，你怎么在这儿？"郭磊笑说："路过特进来看看，不想保安说，您在楼上开会。"董中伟说："我昨天来的。医院有点事，处理一下。我晚上就回海口，你有事吗？"不等回答，他就领着郭磊边朝里走边说："我领你看看。"

先是一楼，接着是二楼、三楼。挨个看后，董中伟才说："看上去同一般医院差不多，所谓超级是指设施设备、医疗器械是国内最先进的，这儿用药几乎与世界最先进的同步。"

参观完，董中伟领郭磊来到他的办公室。这间办公室没有他在海口的大，看上去也较为简陋，却干净整洁。一名工作人员正在收拾，董总让他给郭磊拿一瓶矿泉水说："你去三亚？"郭磊说："大家都等上市。我最近频繁到几个基地转，担心证券委来人明察暗访。"董中伟说："现在上市比以前严格，我们那会儿较简单。不过没关系，只要你工作做好。"

郭磊看着董中伟，感慨地说："这么多年了，您还没变，我看上去都比您老。"董中伟说："我的头发染过了，有不少白头发。诶，你孩子上学了吧？""中学了。""我的小孩去英国留学。还不错，自己考的。"

郭磊忽然说："董总，有一点我还是不明白，海南房地产几次高潮，别人都疯狂地抢地盖房，牟取暴利，您却始终选择冷门，比如商场、比如医院等。"

董中伟笑说："是，九三年海南炒房地产，我手里其实有几百万，按当时情况可以炒，可我没炒；九七、九八年海南楼市跌最低价，我完全可收购一些，可我依然没下手。二〇一〇年海南建国际旅游岛，又一拨炒房团进军海南，我依然没动。说胆小也行，说傻也行，谁不知道房地产是暴利，可我坚信，海南靠房地产发展不了，必须依仗实业。再一个海南基础落后，尤其医疗教育文化设施，我是政协委员，我想我的投资都要响应政府的号召，为政府解忧解难。"

郭磊说："您是上市公司，您就不顾股民的意见？投这些产业，不如房地产赚钱。"

董中伟说："我的股市报告都向股民说明了，只要投资就要有回报，何况符合政府的产业导向。除投资商场，西海岸癌症医院和超级医院是我重点打造的，我还打算同海口市政府签约投资海口湾歌剧院，打造全球一流演艺中心，填补海南没有国际一流演艺硬件的空白。"

郭磊吃惊地说："您投资歌舞剧院？董总，赚钱吗？"

董中伟说："文化艺术同样是海南的短板，其他人不做，那我做，即使少赚点。我整个投资基本上围绕海南人民的福祉与需求。总书记在十八大报告中说，人民群众对美好生活的向往就是我们奋斗的目标。"

郭磊说："有些事可以政府做。"

董中伟说："我们是上市公司，上市公司要多履行社会责任。当然，项目也是需要论证的，即使不很赚钱，但也不会亏。"

"这趟没白来。假如我的公司上市了，我也要向董总学习，多尽社会责任。"郭磊凝视着董中伟，露出笑容说，"董总，我发现您上长江商学院学习之后，思想比以前更深刻了。假如我的公司上市，我也去学一段，提高自己的思想境界。"

董中伟笑起来说："在这儿吃中饭吧。我在食堂吃。"郭磊说："时间还早，我要赶到三亚去，没多远。"

郭磊忽然想起刚国强。他一直让自己去看，却一次也没去，不如现在去一趟。于是，他告别了董总，辨认了一下方向，穿往万泉河的支线公路。走了一会儿，就来到刚国强他们公司开发的"蔚蓝海岸"。

郭磊惊叹刚国强他们公司在建筑上的大手笔。蔚蓝的大海边，坐落着一片蔚蓝色外墙的"蔚蓝海岸别墅区"，有人说建筑没艺术，话不能这么说。看眼前，就让郭磊产生了愉悦感。他放慢车速，缓缓驶进别墅区。一个保安拦住他的车，要他出示证件。他说："刚总在吗？"保安说："刚总回北京了。"郭磊说："他经常回去吗？"保安想了想说："是吧。"

郭磊当着保安的面，给刚国强拨手机。刚国强说："你到我博鳌工地区了？我爱人住院，我临时赶回来。不过蔚蓝海岸的房子已经卖完了，郎总让我回北京。第二期搞不搞还没定。"

郭磊问："赚钱为何不搞？"刚国强说："主要是环保部门检查后，说我们的项目有些违反环保政策，政府就不再批地。""来海南，给我打电话，请你喝酒。""好，谢谢你。"

郭磊十一点四十到达芳村潜水基地，曾小凡离开潜水基地后，基地由江德胜负责。

因为公司要上市，郭磊承诺每人都有股份，大家士气很高。

郭磊又到玫瑰庄园看望陈细妹，到下午三点才去三亚。

郭磊同东方巨人股东万总聊了一小时，因为东方巨人有空房，他当晚就住在东方巨人。

万总想回北京，他说："来海南毕竟这么多年，一直与家人分开。"郭磊将公司上市的情况告诉他，说："谢谢您，万一我这次上不了市，就耽误您了。"

万总要他一起吃晚饭，他没推辞。吃饭时，郭磊接到翟笠的电话："郭总，刘副总给我打电话，说他和证券交易所的一位科长，下星期一到我们公司，考察我们的财务和所有数据情况。"

郭磊吃惊地问："他还说什么？"翟笠说："没，说完就挂了。""是不是发现什么问题？""郭总，证券交易部门审看企业的情况和数据，是必不可少的环节。""你不懂，我听说关系好的，哪里需要这些环节。""如今监管不是一天天严了吗，谁都不敢弄虚作假。""你觉得有问题吗？""真金不怕火炼，怕什么。只要我们企业没造假，就不怕对方查。""好，我晚上就回来。"

几天后，刘副总和证券交易所的一位姓胡的科长，还有两位工作人员，共四人从深圳飞到海口，翟笠到机场接机，然后将他们安排到市区环岛大酒店住。晚上，郭磊请他们吃饭，可胡科长特别认真，谢绝了他的宴请，这让郭磊的心情有些不安。接着，一行人来到公司，检验所有账目，又由翟笠领着，前往他们下属的几个项目基地，即民宿、潜水基地和玫瑰庄园等处考察，最后还检查他们的十台豪华大巴，幸好其中六辆是新购置的。

检查完，临走时他们终于接受了郭磊在环岛大酒店的宴请，翟笠、小黄都参加了。

酒桌上，胡科长轻松多了，喝了口酒，说："每年下半年，上市业务量就大，证券所非常忙，不过只要你们情况属实，没有作假，肯定能通过证券所的上市申请审查。"

郭磊敬了胡科长一杯说："不管怎么说，我们的申请还望胡科长多多关照。"

接着，郭磊让翟笠、小黄分别敬了胡科长一杯。

吃饭期间，刘副总悄悄在郭磊耳边说："郭总，您放心，胡科长这次来还是非常满意的。他们这叫抽查，抽查中往往能发现不少公司的数据造假。"郭磊低声问："最后审批就是胡科长吗？"刘副总说："当然不是，他只是个主办，上头有处长，具体负责是一位姓肖的处长，届时您会见到的。"

吃完饭，郭磊要请胡科长一行到酒店的歌舞厅唱歌，可是胡科长以累了谢绝。

转眼半个月过去，郭磊终于沉不住气，给刘副总打了个电话。刘副总说："现在正忙，我晚上给你打。"

第三十一章

　　郭磊刚到公司，接到一个陌生的电话，手机号竟然是亳州的。以为又是招商局什么人，接听竟是一个女孩子的声音："郭总，您好！"郭磊搜索记忆，也没听出是谁。这声音显然不是吴小燕，也不是同吴小燕来过的小张，就问："请问您哪位？"女孩说："郭总，您听不出来？我是小玉啊，您同学吴小燕的外甥女啊。"郭磊恍然大悟说："哦，小玉！你在哪儿？有事吗？"小玉呵呵笑起来说："郭总，你猜，我在哪儿？"

　　郭磊想了想说："你不会……"果然，小玉说："郭总，我在海口。"郭磊以为她来旅游，就说："你来旅游吗，是不是你大姨也来了？"小玉说："她没来，就我一个人。"郭磊不解地说："你一个人是来旅游吗？"小玉说："怎么说呢，上次打这儿回去，我发现海口挺好的，就想再来看看。"郭磊说："你大姨知道吗？"小玉犹豫一下说："可能知道吧。"郭磊说："知道还是不知道？"小玉说："那重要吗？"

　　毕竟吴小燕是他的同学，她外甥女来了海口，不管不问有点说不过去，就说："你什么时候到的，住哪儿？"小玉说："就住在上次我姨住的酒店。"郭磊吃惊地说："哎，那儿挺贵的，报销吗？"小玉说："哪里报销，我连工作都没有。"郭磊迟疑地问："那你……旅游还是……"小玉说："郭总，你那儿需要人吗？我文化虽不高，可是做一般事情还可以的。您有宾馆吗，我可以到宾馆当服务员。"郭磊说："你等等，我一会儿来找你。"

　　郭磊很快开车来到茅台大酒店，这是三星级酒店，标间一晚就要二百多。一个连工作都没有的姑娘，住这样的酒店，谁出钱？问题是她是自己老乡，又是吴小燕的亲外甥女，吴小燕又知道她来，一旦照顾不周，回到家，会说自己坏话的。

　　小玉站在酒店大门口等候。郭磊停好车，发现多日不见，这姑娘比上次显得漂亮了。人靠衣裳马靠鞍，估计是身上的时髦新衣服衬托的，她脖子上戴着一条细细的银色项链，头发像是做过，穿着高跟鞋，看上去亭亭玉立。记得上次她来时，衣着朴素，穿着平底鞋。

郭磊问："小玉啊，你真是一个人来的？"小玉扑哧一笑，使劲点头说："嗯。"郭磊朝她身后看看，果真只有她一个人，便说："什么时候到的？"小玉说："昨天。""怎么来的？""我从郑州坐大巴车直接到的，中途不用倒车，很方便。"

郭磊知道那种大巴车，从九十年代起，内地就有好几个省与海口市对开，大部分车型都是豪华卧铺，可以睡，只是票价稍贵。他问："怎么又想来海口？"小玉笑说："在家无聊呗。"郭磊打量了一下她，好像比上次微胖了些，就问："你吃早饭没？"小玉说："没，我早上从来不吃。"郭磊看了看手表说："马上中午了，我们到隔壁吃饭去，依然是上次吃的那个琼菜馆。"

郭磊让小玉点菜，她摇摇头说："我不喜欢吃海鲜，上次吃了拉肚子。"郭磊就点了家常菜。小玉不喝酒，郭磊让服务员直接上饭。吃饭时，郭磊又问了一遍小玉来海南干啥，她大姨知不知道。小玉说，大姨不知她来海南，她是上大巴车后，才告诉大姨的。郭磊问："你没工作，哪里来的钱？"小玉说："向我妈要的。""你爸妈干什么工作？""我爸下岗了，去上海打工。我妈在亳州给人打工。""海南离家太远。吃了饭，我给你安排一下，在海南旅游三天，然后回家。"

小玉摇头说："我不。"郭磊问："想在海南打工？"小玉点头。郭磊有些为难地问："你大姨同意吗？"小玉使劲点头。郭磊说："一会儿我给你大姨打电话，假如她同意，再说吧。"

吃完饭，郭磊掏出手机给吴小燕打。吴小燕有些不好意思地说："郭总，小玉上次去一趟海南蛮喜欢，一直说还要去。这次她先斩后奏，跑到车上才告诉我。她只有初中文化，只能做点力所能及的事。你那里要方便的话，就给她安排一下。"郭磊说："她自己来，家里能放心？"吴小燕叹了一口气说："唉，怎么说呢，她妈——我妹妹是个老实可怜的人，妹夫下岗，长年在外，过年才回来个把月，平时也给不了多少钱。小玉还有个弟弟，爹娘大多向着儿子。所以，小玉在家很心烦。"

郭磊说："亳州不能找事？"吴小燕说："找了也是服务员，亳州的工资低。"郭磊点点头说："我知道了。正好我公司有个小宾馆，虽然服务员已招满，插个人问题不大。"吴小燕感慨说："如今社会谁有钱谁是大爷，像小玉这样的，父母养她，只当养只猫养只狗，没指望她有啥能耐。她又没读多少书，别的不能干，只能干服务员。"郭磊问："你怎样？"吴小燕轻轻一笑说："郭磊啊，说实在话，我老了。假如像当年一样年轻，我一定追到你那儿去，可惜人生不能反悔。我记得在学校，你还送过我一支钢笔。"郭磊脸颊发烧似的红了，说："你还记得？"

吴小燕叹息说："怎不记得，其实我对你印象蛮好，只是……我们……没缘吧。"

对方轻叹后不再作声，郭磊说："小玉在这儿你不要担心，我会安排，自己保重。"

郭磊不由得再次打量小玉，发现她的眼睛、眉毛和颧骨真有点像吴小燕。

潘宋国在董总的西海岸癌症医院上班后，想到的第一件事，就是如何感恩帮助过他的人。

阚大姐、陈维、钱有福、张杰这四个人是多年的朋友，又经常一起聚，有的是机会感谢。他最急于感谢的是沈主任、卢尧和郭磊，还有咖啡店的老板王静。不管人家在你身上使没使钱，只要关心到了，哪怕一句话，也值得感激。想来想去，自己只是个打工的，该如何感激呢？普通人只能想普通事，请他们或分别请他们吃顿饭。

正好，卢尧是开餐馆的，不如就到他那儿搞一桌。请沈主任、卢尧、郭磊、王静，一桌不满就喊上阚大姐他们作陪。主意打定，便给陈维打了个电话。陈维说："想法挺好，只是不知道他们有没时间，接不接受。"

潘宋国让陈维打电话，他说："阚大姐现在是正式英语老师，地位比我们高，要不请她打？"

潘宋国又同陈维商量，决定在本周末的中午，在卢尧南航西总店办一桌，按一千块的标准。阚大姐给卢尧打电话，卢尧不解地问："刚从死神手里逃脱，为何要请客，花那个钱？"阚大姐说："他过意不去，不知如何感激。"卢尧说："要什么感激，都是闯海人，能帮都会帮。""问题是他不请一次，心里就很纠结，要发病。""还是不要搞吧，我想我的朋友也不提倡。""您给郭老板打电话吧，您同他是好朋友。""电话我可以打，只是他很忙，忙着上市，不知有空没。""老潘说，咖啡店的王老板也一起请吧。""王老板是郭总的朋友，我不熟。""那麻烦您托郭总请一下如何？"

让潘宋国失望的是，他一连等了三天，卢尧那头还没消息，眼看第二天是周末。他忍不住给卢尧打了一个电话，卢尧说："老潘啊，对不住，我打了，连咖啡店的王老板都打了，可是他们都没时间，咋办？"潘宋国问："是不是瞧不起我是打工的？"卢尧说："不是，真忙。""吃顿饭的时间也没有？""老潘啊，我看就算了吧，你的心意大家都领了，以后找机会吧，现在真没空。""何时为好呢？"卢尧说："这样好吧，等他们都没那么忙，我再同你联系，行吗？""只能这样吧。"

这天，桂铁和妻子买了一些点心，到卢家看望卢父卢母。

卢尧老家在湖南邵阳县卢家镇，之前叫水桥镇即水桥乡。乡政府就建在水桥后山坡前，是一栋四层楼房，钢筋水泥结构，门口卧两只石狮。乡直机关单位、学校、医院等建在乡政府周围。乡政府门口有一条路通水桥镇的石板街，乡政府是二十年前建的，而水桥镇的石板街却存留了一百多年。一条从邵阳通往邻县的省级公路从水桥镇北侧穿过，正好距乡政府门口约四百米。公路通后，两边迅速盖起民房，数量不亚于石板街两边的房屋。

石板街历史悠久，有些建筑很精致，但只能步行，最多通三轮车、摩托车、自行车，汽车、拖拉机没法通行，所以住石板街的居民比住公路边的居民有优越感。石板街居民多半两三代世居，而公路两边的居民大都是近十年或近二十年迁居的。卢尧家就住石板街北侧东头第二家。据说房子他祖父住过，到他是第三代。这条石板街由南到北约一华里，潮湿的天气常将石板街上的石板弄得湿漉漉，加上旁边有一条浚沟。这条浚沟四季长流，曾被镇上一位小学语文老师誉为"流动的音符"，居民从没把它当音乐。桂铁调海南工作前，就在乡政府当副乡长。

一转眼，桂铁和妻子有七年没回老家了。这年国庆节连同公休，他请了半个月的假，和妻子一起回了一趟老家。

回家期间，因为要上石板街，自然要经过卢尧家。

卢尧家有父母，还有个弟弟叫卢荣，生下来左腿残疾。五岁时，父亲便将他送到邻镇一个老篾匠家学做篾匠。出师后就在家做活儿，基本上可养家糊口。父亲没法离开家，多半也为这个弟弟。弟弟在三十岁那年娶了村里一个姑娘叫姑秀，后来生了个儿子，今年也十多岁。

卢尧是这个家庭中最有出息的一位，当年他考上湖南交通学院，石板街竟有十多户人家为他放爆竹。后来他去海南，居民也热议了一阵，因为能去海南也算能人。他后来开了餐馆，大家估计开餐馆不值得多炫耀，就慢慢不热议他了。

尽管卢尧开了三家餐馆，发了点小财，但是改革开放后，党和国家提倡发家致富，即使本乡农民也有不少发财的，比如他的堂哥卢东宝。他曾经炫耀过，却发现家乡的人对他不像当年考大学那么感兴趣，就不敢张扬了。

没有手机的时候，很难通电话，只能写信。后来有手机了，卢尧就给父亲买了一个，平时父亲用，弟弟也用。

桂铁在卢家坐了半个多小时，卢父打听卢尧在海南的情况。桂铁知道老人家挂念儿子，自然净挑好的说。此前，卢尧的妻子吕天娥真是急了，曾找过桂铁，将卢尧如何结交赵世德赌钱、嫖娼的事一股脑儿告诉桂铁，他当时听了很震惊。

尽管他在手机里告诫过卢荛，想到自己毕竟是局外人，不好多说。见到卢父，他想起吕天娥的话，心想何不请老人家去一趟，教育教育卢荛。主意打定，便劝两个老人家随他去海南，还说他十天后也要回去。卢父到这个年纪，最远只到过邵阳市，就说："去了回不来咋办？"桂铁说："那您放心，要不在那儿长住，实在不愿住，让卢荛送您回来。"

估计老人家也想去儿子那里住一段时间，于是答应了。

他本想将这个决定告诉卢荛，后来一想，干脆给他一个惊喜，到了海南再告诉他。

这天，卢荛正找装修老板算材料款，手机响了，竟是桂铁，他说："荛啊，你晓得我现在哪里？"卢荛说："不晓得。"桂铁说："邵阳啊，我刚上你家了，看你爸妈，问他们要不要跟我去海口。你爸说，要得。你看……"卢荛吃了一惊，问："您的意思是……让我爸妈同您来海南？"桂铁说："荛啊，老人家都七十多了，日子不是很多了。我想，既然没事，就过来一趟，他们不是没去过海南吗？"

卢荛又问："我妈也来？"桂铁说："肯定来。""这么说，您陪送他们？""当然。""难为您了，照顾两个老人家，他们真没出过远门。""没事。又不需要走路，一路上有车，无非花两个钱。""钱不是问题，只要他们身体没事。""放心，你爸妈我都见到了，身体好呢。"

"人到七十古来稀，毕竟七十多了。""瞧你这扯的，七十多算什么，美国人七十多岁还竞选总统呢。"

卢荛马上给吕天娥打电话："赶紧收拾屋子，尤其是那间空房。"吕天娥冒出一句湖北话："为么子？""我爸妈要来。""他们自己来？""桂所长陪他们来。"

回到家，卢荛发现吕天娥已经将那间空房收拾得干干净净，墙上都清洗过似的，顿时吃惊地说："你动作蛮快。"吕天娥说："你妈也一起来？"卢荛说："老桂蛮厉害，我回去那么多次，一次都没能说服我爸妈来看看。"晚上临睡，卢荛忽然怀疑说："不是你让他接我爸妈吧？"吕天娥说："乱说，上次，我真想你爸妈来教育你，可你改正了。"

卢荛就笑。

第二天，卢荛正上班。手机响了，桂铁告诉他，次日十二点左右到海口美兰机场接。他吃惊说："明天就到？"桂铁说："昨天给你电话，我们就准备动身了。"

次日上午十一点半，卢荛就赶到了美兰机场。等了二十分钟，就见桂铁夫妻一左一右搀扶着一个老头从航站楼出口出来。他一眼就认出了老父亲，眼睛一热，奔上去喊了声"爸"。

老人穿一件蓝色的滑雪衫，下身是一条黑裤，看上去精神还好，眼睛蛮灵活。卢尧往后头看却没有人，就问："哎，我妈呢？"父亲说："她没来。"桂铁笑说："你妈说家里养了群鸡，没人看，加上她晕车，又没坐过飞机，就没强求。"卢尧点点头说："是，我妈连县城都没去过。"父亲看了他一眼，问："天娥呢？"卢尧说："在家等呢。"

卢尧领他们上车，父亲还是第一次坐儿子开的车。

卢尧让他坐副驾驶，目的是欣赏沿途风光。父亲没说什么，就被桂铁扶上去，桂铁夫妻坐后头。因行李不多，没往后备厢放。

卢尧回头看一眼说："所长、嫂子，走吗？"桂铁说："走吧。"卢尧边开车边说："回去不多住一段？"桂铁妻："前后也有一个月了，主要是他单位有事，要他回来。"卢尧说："不是要退休吗？"桂铁妻说："还有两年。"

卢尧熟练地驾驶着车，父亲欣赏地看着他问："从哪里学的？"卢尧说："学很多年了，有专门的地方教，只要交钱。"

桂铁指路边的树木问老人："叔，见过这种树没？"父亲摇摇头说："没。"桂铁妻说："在老家见不到的，我第一次来时，也觉得很奇怪。"卢尧问："爸，妈身体好吗？要舍得吃。自己养鸡鸭鹅莫卖，自己吃好，身体才能好。"父亲说："你妈想来，可是她真坐不得车，晕。毛毛好吗？"毛毛是卢尧的儿子。卢尧说："还乖，读书呢。"

出了机场大道，就上高速，走一段就到市区。从机场往市区有两条路，卢尧选了西边的迎宾大道，那是新修的一条大道，气势和景色都是国际一流，超越海口市任何一条大街大道。道路两边树木层叠，中间是一条双向林荫道，即来往车子可以不在一条道上行驶，各走各的，中间有一条两米宽的绿化带隔开，而绿化带上也是绿树婆娑，其中一段还种植了一种竹子。国内的很多城市都见不到这样的规划，连刚回去一个多月的桂铁妻也目不转睛地盯着两边树木绿化说："别说，海口的道路就是漂亮。"

车子很快驶到龙昆南路，桂铁忽然喊说："尧啊，我和你嫂子在师范大学门口下车。"卢尧说："哥，一起上店里吃饭，吃完饭我送你们回来。"桂铁想了想说："也行。"

车子在他们对话中经过省师范大学门口，一直北去，走到南大桥口，卢尧将方向盘打往右侧，然后一个掉头转弯，驶进了往南航西的路口。接着行驶了一会儿，就到了他的总店门口。

卢莠停下车，走到父亲跟前，指指眼前的店面说："爸，到了，就是这儿。"卢父问："你家在这儿？"卢莠说："我不是有三个店吗，这是最早开的，公司也在这儿。我们先吃饭，然后回家。"

　　桂铁夫妻下车时，卢莠说："哥，东西不提，我让保安看着，我们进去吃饭。"

　　几个人一起朝餐馆走，就见吕天娥牵着儿子从里头出来。看到卢父，吕天娥竟激动地响亮喊道："爸，您老累了吧？"卢父盯着孙子说："毛毛！"卢莠说："毛毛，快喊公！"毛毛喊了声"公"。卢父上前抱着毛毛亲一下，说："你不上学吗？"吕天娥说："放学了，我刚接他回来。"

　　众人走进店里，小马早邀约了七八个服务员迎了出来，像做过功课似的一起喊了一声："爷爷好！"

　　见父亲还没反应过来，卢莠便笑说："爸，这都是店里的服务员，向您问好！"卢父马上连连点头，露出愧色说："好，好！"卢莠问："小马，哪个包厢？"小马说："最里头的。"

　　卢莠领着父亲和桂铁夫妻上楼。因这个包厢与其他几个不连在一块，在走廊的另一端，所以大家平时喊它"最里头那个"。

　　众人来到最里头的包厢，见碗筷已摆好。小马进来说："卢总，刚才我同嫂子点了几个菜，嫂子说湖南人都能吃辣。"卢莠说："不要太辣。"

　　小马将点好的菜单递给卢莠看，卢莠转递给桂铁，他看后说："够了，人不多。"卢莠说："再点几个，好久没一起吃饭了。"

　　卢莠和妻子又点了两个，想起父亲爱吃鱼，尽管已有剁椒鱼头，他还是点了个"糖醋鱼"。

　　看看已有十二个菜，卢莠最后点了个冬瓜排骨汤，才将菜单交给小马。

　　毛毛说："爸，我要喝奶茶。"卢莠说："小马，来三杯奶茶，嫂子也喝奶茶。"他指着桂铁的妻子，小马点点头去了。

　　卢莠问父亲："爸，您喝酒不？"父亲说："不喝。"桂铁说："叔，喝点吧。卢莠这儿有一种海南本地产的鹿龟酒，滋补老人的身体。"卢莠说："对，那年我给我爸带过。"卢父想了想说："哦，那个酒呀，来一小杯吧。"

　　吕天娥对儿子说："毛毛，给爷爷说一下，你的成绩如何？"

　　卢莠干脆将儿子拉到父亲身边坐下，毛毛说："我功课在班上排前五名。"卢父笑着点头说："那真了不起！"

　　菜很快上来了，看到一桌丰盛的酒菜，卢父没作声。桂铁说："莠啊，破费了。"卢莠笑说："哥，瞧您这话说的，我本来就是开餐馆的。"

边吃边聊，主要聊老家的事情，桂铁则讲他从湖南到海南这些年的体会心得，讲得蛮生动。卢父也不时点点头，笑一笑。其间，卢父问堂哥如何了。

卢父说："同以前差不多，时间长了，有点累。"桂铁说："叔，改天上我家吃顿饭？"

卢尧说："看看可以，饭就不用了，没见我开餐馆的嘛。"

卢尧趁机夸奖了桂铁几句，说他调到海南后，工作进步，升了一级，现在是所里的书记。

饭后，卢尧开车送桂铁夫妻回家；又返回店里，陪着父亲回家。

到了卢尧的家，各屋看了看，卢父问："自己买的？"卢尧说："我不告诉过您吗？肯定是自己买的啊。"卢父又问："花了多少钱？"卢尧说："当时买才花几十万，如今至少涨到一百多万。"

吕天娥过来问："爸，您先洗澡吧？"卢父大概不习惯，说："洗什么澡！"卢尧笑说："海南即使冬天也每天洗一次。"卢父说："不洗。"卢尧对吕天娥说："那算了，睡觉前洗个脚就是。"

吕天娥没再说啥，到厨房切了半个西瓜，用刀削成小片装到盘子里，端到父亲跟前说："爸，您吃西瓜。"卢父说："海南好，冬天有西瓜吃。"吕天娥说："所以说让您和妈来，每天可以吃新鲜水果。"

毛毛用牙签插了一块西瓜送进爷爷的嘴里，卢父笑了一下，只好吃了。

转眼到九点，吕天娥提示儿子睡觉。毛毛向爷爷说晚安，然后进房去了。卢尧则陪着父亲继续在沙发上坐着闲聊。卢尧问："爸，您要休息啵？"卢父说："等会儿。"

卢父看到吕天娥也进房去，才看了儿子一眼说："尧啊，我这次来，是不放心你。"卢尧吃惊地问："为么子？"卢父说："桂乡长说，你前段时间，不走正路。"卢尧脸一红，说："爸，我已经改正了，不犯了。"卢父欣慰地说："那就好，你的事桂乡长都告诉我了。我一夜没困觉，就担心你。你想你做出这么大的事业，不要毁了。"卢尧说："不会，我向天娥也保证了。不信，您明天问天娥。"

次日，卢尧开车领父亲看市区内的三个店面，又到朱云路看即将开的第四个店面。卢尧说："爸，这个店主要为八八年上岛的闯海人命名，凡八八年上岛的来这里用餐，一律六折。"

见父亲不懂，他又解释说："八八年上岛就是一九八八年，像我一样只身来到海南，至今还没走的人。"

卢父在儿子这儿住了七天，就嚷着要走，而且态度坚决，非走不可。

卢苇知道父亲惦记着母亲，只好说："爸，这样吧，再过几天，等我朱云路第四个店开张，我把这事搞完，亲自送您回家。"父亲的脸恢复了开始的平静，说："那你快一点。"

几天后，卢苇的第四个店果然开张，他通过"闯海人俱乐部"秘书长宁总编向闯海人发出邀约。这天开张庆典来了不少人，有海口市商务局和餐饮协会领导，有八八年上岛的闯海人，如郭磊、刘荣、邹巍、阚大姐等人，王静那天生病没来。最让他激动的是八八年上岛后，在海南省直机关和海口市直机关工作的二十八个大学生，竟然都来了，之前没听说过，猛然都冒了出来，让他很兴奋、很惬意。仪式要开始，门口忽然驶来一辆黑色奔驰车徐徐停下。车门打开，一中年男人戴着墨镜，来到大家跟前问："请问哪位是闯海人餐馆卢老板？"陈维指着卢苇说："他就是卢老板。"

中年男人摘下墨镜，露出一张英俊的脸，然后伸出双手握住卢苇的手说："卢老板，你做了一件很好的事，至少，给还留在岛上的闯海人树立了一个榜样。"卢苇问："请问老板贵姓？"

中年男人从口袋掏出一张名片递给卢苇说："姓景，名鼎，我在海马汽车制造厂工作。"

卢苇一拍手说："景大老板，海马汽车品牌创始人！上次您让人送来五万元，我全部投入了装修。正好，今天请您检阅一下，店装修得如何！"

景鼎掏出一张银行卡递给卢苇说："卢老板，谢谢你创办闯海人餐馆，希望它真正成为闯海人之家，也就是说，只要上这儿来，就能找到八八年登岛的闯海人！"

卢苇不解地说："景总，您这是……"景鼎说："我以个人名义，再支持你两万块，钱不多，希望为创建餐馆尽微薄之力。"卢苇说："景老板，您不是给了五万吗，不用再破费，事儿已经完了。一会儿请您进去看，都做好了。"景鼎说："收下吧，我也帮不上什么忙，算是出一份力吧。"潘宋国说："卢老板，那就收吧，景总是大老板，没事的。"

又来了一辆叫不上名字的加长豪车，景鼎一看笑了："哈，陈老总也来了！"见大家发蒙，他解释说："海航创始人陈老总，他是大老板、大企业家！海航已是世界五百强，海南企业的骄傲！"车门打开，一个穿中式唐装的中年男人微笑着走下车，来到卢苇等人跟前问："哪位是卢老板？"卢苇马上上前说："我就是。"

中年男人微笑着自我介绍说："我是陈佛，听说你在这儿开了一家闯海人餐馆，场面虽小，但很有意义，让我感动。你还有什么困难没有？"

陈佛看到景鼎，不由得笑了，说："老弟你比我先到，我们进去看看吧！"

后来统计，这天仅八八年上岛的闯海人就到了二百多位，其中大部分在机关企事业和学校、医院、科研部门工作。他们在海南的事业顺心，家庭稳定都过得很不错，所以对卢尧办这闯海人餐馆蛮支持。虽然他们没像陈佛、景鼎那样送钱，但都是本人亲自到场，也算是一种支持吧。

闯海人餐馆开张后不久，卢尧知道父亲离不开母亲。从情感上讲，他真不想父亲这么快走。他能看出来，父亲很想念母亲和弟弟，可谓归心似箭，只好说："那我送您回去吧。"

很久没见到母亲，这次回老家估计要多待几天，于是卢尧将小马、小余等几个店长召集来开会，让他们照顾好店。他们让卢尧放心，有事会给他打电话的。

卢尧赶紧买了两张机票，送父亲回去。路上，父亲两次叮嘱他，一定不能走歪路。

钱有福同潘宋国合租在南海大道水头村一户农民家，房租自然很便宜，两房带洗手间每月只要一百五十元。因潘宋国到董总的西海南癌症医院上班，那儿提供食宿，就将房退了。水头村虽地处南海大道，但离市区相当远，骑自行车需要二十分钟。假如到市区上班，需提前半小时起床动身，那时有潘宋国做伴。现在潘宋国离开了，钱有福也想进市区。这天，他骑着自行车，先到城西村张杰的小店。张杰之前就劝他搬到市区，可他总说市区的房太贵。张杰说："要不，就在我这边城西村找一间吧，虽比水头村贵，但与市中心比还是便宜不少。"

担心钱有福找不到房子，张杰放下手里的活，陪他转几个地方，最后在离他小店不远的一户村民家找到一间，房租是四百，钱有福的脸都吓白了。经过张杰同房东反复交涉，最后降到三百五十元。张杰知道再降不了了，就劝钱有福接受。

钱有福一边走一边骂，嫌房租太贵。其实他和潘宋国、张杰等人，都申请了政府的解困房，可是那种房要摇号，即使摇到号还要排队，不知要等到猴年马月。租房依然是他们一项长期的支出，一个月三百五的房租占他们工资收入的百分之十，是一笔很大的开支。不租又不行，否则就要露宿街头。

回到张杰的小店，张杰让钱有福吃了午饭走，他说，不了，他还要去民族歌舞团。钱有福之前在两家幼儿园当舞蹈老师，晚上到夜总会或歌舞厅兼职伴舞。近年年纪大了，不能出相，只能化装上台。民族歌舞团一位舞蹈队长给他电话，说要准备搞一台节目，需要一个年纪大的舞蹈演员，酬劳比以前多。

民族歌舞团是民营企业，团长是一位来自海南黎族的歌手，之前很看好钱有福的舞蹈，可是与钱有福接触了几次，发现这个人贪钱，每次谈价钱，总是开得很高。请过两三次，钱有福的舞蹈功底的确不错，可是太把自己当回事，要价总超过了歌舞团的期望，就慢慢被疏远。估计今天是请他救场什么的。

两家幼儿园的工作是钱有福的饭碗，一旦丢了，将要重新找工作，他不敢出任何意外。

钱有福要搬家，水头村的房东不肯退余下半个月的租金，说："房租是按月交的，你房租都交半个月了，是你自己不住，又不是我不要你住。"在这儿住了七年，莫非就为半个月七十五块钱的房租，同房东闹翻？他很矛盾。可是，七十五元也是钱啊，他可以吃几天饭，可以买两件衣服，或买一双像样的皮鞋。假如搬走，等于白送了几天的饭和一双像样的皮鞋，想着就心痛，于是后悔没等到房租到期再走。可是，城西村那房子半个月后再租，不一定等着他。思来想去，最后只能忍痛扔了这七十五元。

收拾东西时，他同房东商量说："阿叔，你看我还有半个月房租，不住了，这七十五块钱就扔了。你能不能给我两串香蕉和一个菠萝蜜。"房东妻子不悦地说："哎，哪里有你这样的人，又不是我们不要你住，是你自己不住，哪里有租房的半途退房的呢？你房租一直是按月交，是因为你自己不住。"房东妻子反复说两遍，房东似乎大度些，便说："没事，你哪天走，我到树上摘几只椰子给你，然后再给你两斤香蕉。"钱有福乐了，连连道谢。

坚持再住了一夜。第二天，钱有福将所有衣服行李收拾好，找一辆摩托三轮放上去。房东如诺，给了他三只椰子，两斤香蕉，他一起放到车上，然后走了。

住城西村租房第二天，阚大姐给他打电话说："老钱啊，晚上做什么？"他说："可能年纪大了，夜总会歌舞厅也不怎么找我伴舞了。有事吗？"阚大姐说："那天我上金牛岭公园找人，看一到晚饭时间，就有几个来自内地的老头老太，推着辆三轮，三轮上放一套音响，就是唱卡拉OK的音响，然后在公园人流集中处摆摊，一首歌两块钱。那晚我特地观察了下，唱歌的人还蛮多的。我不间断地观察了三个晚上，好像每晚都有三四十人唱，一首歌两块，四十人就是四十首，二四得八，那也是八十块啊。我的意思，你不如也搞个同样的设备，到公园摆摊。你不是搬到城西了吗，就在城西附近的公园找个地方。你白天上班，晚上没事，可以赚点外快。加上你的工资，一个月也可以有五六千呢。"钱有福说："有那么多吗？"阚大姐说："我觉得有。"

钱有福其实是蛮灵泛的人，第二天就到阚大姐所说的金牛岭公园去考察一番。于是照葫芦画样，购买了一套音响，推到城西与金盘工业区接壤的一个小公园门口，摆了一个"音乐夜吧"。正如阚大姐所言，生意竟不错。两个月，每夜收入都达到七十元以上，加上他在两个幼儿园工作的收入，每月能达到七千元。

一天，钱有福买了些水果点心上阚大姐的实验学校感谢她。不承想，他发现阚大姐单位有个来自云南楚雄的女音乐老师，四十多岁，据说离异，现在单身，便想通过阚大姐介绍认识。尽管那女老师看去面相显老，皮肤黯淡，气血很差，尤其一头毛发好像梳理不清，五官也蹙成一团，不甚美观，但是毕竟是音乐老师，有共同语言。钱有福长期单身，便有了冲动，可阚大姐直接泼他冷水，说："老钱啊，莫看人家那么大年纪，但是人家也有条件的。首先，你有房吗？"不等钱有福反应，阚大姐又加一句："你有车吗？"

只听说年轻的女孩子要求男方起码是有房有车，这么一个半老徐娘，竟然也要求对方有房有车，就感到这世界已经不可理喻。于是不再提了。

钱有福来海南二十多年，只是十年前同那个湖北恩施的女人一起待了四年。此后在夜总会伴舞认识一个女孩，本地人，家住定安，可一起没两个月，就被女孩的父母和两个哥哥用砍刀和斧头强行拆散了。从此，就单身至今。

这天，下了一天的大雨，到晚还没停。钱有福吃过晚饭就不打算出去了，在房间里待了一会儿，就给张杰打了个电话。此时，他们五个人除阚大姐和张杰更换了智能手机，其他三人至今仍是老款手机，这种手机无法上微信和支付宝，只能通话发短信。人穷通信少，这是他们的体会。张杰问，吃了？他说吃了。张杰又问，晚上出不去了吧？他说是。张杰停顿了一下，忽然说："老兄，我觉得，不能这么下去了，找个人吧！"钱有福的眼泪一下掉下来，片刻后说："听说发达国家的人，如今都不提倡结婚，结婚了也不育。"张杰不好再说。毕竟对方的情况他是清楚的。如今的女人个个现实，只要你穷，就像远离祸害一样远离你。他说："我现在加班打一盒名片，一会儿聊。"就挂了。

钱有福无聊，又同陈维打电话。陈维说他在上班，最近仓库盘点，一连三晚加班，今天是第二天。接着，他又同潘宋国打电话。潘宋国说他正坐在假日海滩的沙滩上看海，问他去不去。钱有福说："下雨也看海？"潘宋国说："我坐在岸上的店里。"他便说："太远，不去了。"

阚大姐是个女的，没事一般晚上不给她打电话。他在房间坐了一会儿，然后打开床前的一台黑白电视机。这电视机跟了他十年，还是当年在南海大道一个"跳蚤"旧货地摊买的，花了一百五十元。

第三十二章

半个月后一天，刘副总忽然来电话说："郭总，恭喜你，你们的上市昨天正式进入审查程序。鲍总同审查的肖副处长通了电话，肖处长说，让琼岛旅游公司法人代表过几天来一趟，要当面同你谈。"郭磊紧张地问："胡科长都来过，还要面谈？"刘副总笑着说："走程序而已，你莫紧张。""我第一次去，是不是要准备什么……""准备什么啊？""准备一个大红包？"

"这是要将肖处长往悬崖上推啊！你知道他的工作性质吗，他每天接待多少上市的公司？"

"那我等您消息。"

又过去七天，郭磊等得心焦，刘副总的电话终于打过来："郭总，你明天来一趟。后天周一，你直接到证券交易所肖副处长那儿去，同他见面。"郭磊不解地问："那是什么意思，同他谈？""原则上通过了，让你见面，有些事当面核实一下。"

郭磊一听放下心来，他通知翟笠，周末去深圳。

离周末还有两天，他竟没有告诉洪丹，直到次日要去，晚上才告诉她。洪丹也怪，竟然没问。

次日，郭磊让小黄开车送他到机场。给翟笠打手机，她说已出发。

来到机场，见一辆蓝色出租车驶来。停稳打开车门，走出来的正是翟笠。她穿一套紫罗兰色的连衣裙，显得素雅大方。郭磊不大喜欢女孩子穿得花里胡哨，他觉得翟笠穿得很得体，可谓赏心悦目，于是说："嗯，这衣服很好看！"

他俩一起换登机牌，然后来到候机大厅。候机人多，找了两个空位坐下。

翟笠扭头看了看后头说："我去买两杯咖啡。"郭磊问："你早餐吃没？""吃过了。""那你去吧。"

不一会儿，翟笠手里端着两杯咖啡过来，其中一杯递给郭磊。

翟笠从包里掏出一串香蕉，对郭磊说："刚来分不清香蕉、芭蕉。这是芭蕉，不是香蕉，更好吃。"

郭磊接过芭蕉，这时广播里喊去深圳的旅客登机了。

从海口到深圳的飞行真短，想打个盹，还没睡着就落地了。

依然住上次那家的酒店，然后同刘副总联系。刘副总说："明天我不去，你直接到肖副处长办公室。"郭磊吃惊地问："您不领我去？"刘副总说："这是程序，我们最好不在场。"

郭磊说："您领我到门口，再走行不？"刘副总犹豫半天说："也行。"

次日上午九点二十分，郭磊和刘副总出现在股票交易所门口。

刘副总陪郭磊来到肖副处长的办公室，做完介绍就走了。

肖副处长热情接待了他，主要是问了几个他们申报资料里的问题。

郭磊再三保证，肖副处长说："你们的上市申请很快通过。大约半个月后，你来办手续，然后挂牌上市交易。届时你们公司可以来庆祝一下。"

郭磊脸红说："肖处长，您什么时候过海南旅游，我接待您。这次过来空手的。"肖副处长哈哈一笑说："这就对了！你要搞什么歪门邪道类，我可不给你办。"郭磊说："下次去，到我们东方巨人大酒店住，那儿正靠近大东海。"肖副处长说："大东海前几栋宾馆我都住过。行，谢谢你。你们的资料最后还要送领导审查签字，领导审查签字后，我再通知你，好吧？"

郭磊说："太好了，我将手机号留给您。"肖副处长说："不要。我告诉信立公司就行。"

郭磊知道肖副处长避嫌，就说："那不打扰您了，您忙，我先走。"肖副处长送他到门口。

回到酒店，郭磊将情况告诉翟笠，又向刘副总转达。

刘副总说："可以了，等着好消息吧。"

接下来，郭磊感到时间无限难熬。翟笠提出，组建证券部后廖会计任经理。东方巨人派马会计去，再到人才市场聘两个财务人员。每天上班，郭磊的情绪都有些异常，翟笠见他忧郁不语就笑。这天，翟笠穿一条新买的连衣裙，肩膀上是蝉翼般的透明薄纱，透出里头粉红嫩白的肌肤。翟笠还是第一次穿这么露的衣服，再看下半身，那裙子很短，之前因为多穿裤子，郭磊还没看过她雪白的大腿。他不觉多看了两眼，忙调开眼睛说："身上多了点仙气。"翟笠表情却同平时一样庄重，只是对他说工作的事。

郭磊想引开话题，可是一说完，她就走了。郭磊发了条短信给她："中午一起去吃淮菜狮子头。"

翟笠是江苏人，知道郭磊在讨好她，之前已接受过一次，那是在龙昆南路一家新开的淮扬菜馆，那次去吃过，菜确实好吃。此后她还领姑姑姑父去吃了一次。

翟笠回短信："对不起，我中午要回去。"郭磊又给她发一短信，她干脆懒得回。郭磊给她电话："短信都不回？"翟笠说："一天同样的内容，没什么可回的。我今天真有事，我男朋友晚上来，他上月晋升 CEO。"郭磊说："你把普力马开去，我打算过几天再买一辆。"

郭磊心里油然生出一股浓浓的醋意，像一朵刚开的莲花被一阵瓢泼大雨砸烂。他开始想象翟笠男友的模样和他们见面的样子。最后将办公室空调开到最低，想通过冷气将自己情绪降下来。他沮丧了一个晚上。

他心想，次日翟笠肯定不会去公司，因此去得很晚。不想他来到公司时，翟笠已在办公室，便问："走了？"翟笠淡淡一笑，点点头。

郭磊说："出差？"翟笠说："嗯。""太仓促。怎么都要认识一下，请他吃顿饭。""他真的很忙。""你们全家接待的？""那是礼貌。"

郭磊心里像打翻了五味瓶，说："今天没事吧，我去趟博鳌，一起去吧？"

翟笠犹豫同姑姑打一个电话，然后拿起桌上的包说："走吧。"正要走，她又说："我答应下午参加会展局的一个会。"郭磊说："没事，让小黄去。"

来到楼下，郭磊打开车门。翟笠问谁开，郭磊说："我来吧。"

经定安高速公路出口走二十来分钟，就到琼海市。进入市区，郭磊问翟笠："要不要停一停？"翟笠说："为什么？"郭磊说："那直接去民宿。"

曾小凡正接待一群游客。一打听，才知这群自驾游客要住宿，可是民宿一连十天都爆满。曾小凡看到郭磊、翟笠，赶紧过来解释。郭磊没办法，只好站一旁，直到曾小凡将那群游客劝走。曾小凡看着郭磊、翟笠问："怎么突然来了？"郭磊说："问了李鑫，知道你在这儿，就来了。"曾小凡说："正好，这两个月的工作我汇报一下。"

郭磊看了看她的肚子，好像有好几个月了，就感动地说："下次吧。我主要同翟助理讨论一个方案，公司吵。"翟笠不由吃惊地看了他一眼，路上他可没这么说。曾小凡说："讨论方案跑这么远？"郭磊说："不过一小时嘛。"曾小凡说："那去会议室。对了，住吗，我给你们准备房间。"郭磊说："不是没房吗？"曾小凡说："没事，我给你们腾两间，其中一个团退了两个人。"郭磊说："那也行。"

打开会议室，曾小凡又让服务员送来茶水和水果等。这时郭磊的手机响了，拿起一看，竟是亳州的。他以为又是亳州市招商局，谁知接通后，说是亳州市电视台的记者姓甄，手机号从他父亲那儿要的。他说这电话是经市委宣传部同意，打算采访郭磊，说他是亳州人的骄傲，异地创业成功。郭磊说："甄记者，年底等我们公司上市吧，我现在不能有一丝一毫懈怠。"姓甄的记者不大情愿地说："郭总，不管怎么说，您从家乡走出去，一定配合哦！"郭磊说："一定，只是这段真事多。好吗，我会同你联系。"

翟笠在一旁笑说："衣锦还乡，荣归故里吧？"郭磊说："实话告诉你，想找个安静地方，好好谈谈。"翟笠说："谈什么？"郭磊说："会议室不好，还是去海边，坐沙滩上，听大海的涛声，很美。"

翟笠见郭磊起身，只好随他出门。

天上云层不厚，太阳没出，大自然的空气依然舒适和清爽。翟笠指一下远处说："那是举世闻名的博鳌玉带滩吧？"郭磊说："对，滩头的水很有特色，一边是大海，一边是江河。"

走了几分钟，来到开阔的沙滩。郭磊指着沙滩说："坐会儿，我有话同你说。"

翟笠犹豫片刻，在离他一米的地方坐下。她坐下后，还特将衣服的边儿往腰间煞了煞。

郭磊往远处看一眼，也坐下说："翟笠，你知道我今天邀你，为什么吗？"

翟笠摇头。

郭磊从黑皮包里拿出一只超大的金戒指，亮了亮然后谨慎地递给翟笠说："翟笠，我拦不住你离开公司，但我真诚地向你恳求，希望你心里有我。假如你去广州，或去别的地方，觉得不顺心不如意时，依然像当初来公司一样，回到我的身边。这枚戒指，不是我向你求婚的标志，因为我现在还在婚姻之中，只要你能答应我，我可以随时同她分手。"

翟笠出奇地平静，她好像预料到会发生这样的事，淡淡一笑说："郭总，您还是先收起吧，让别人看到不好。您对我的关心，我会记心里。只是，人生有一种爱，是分属两个身体，不一定非要水乳交融。正如您说的，也许我们的感情会破裂，或许我会废除掉那段感情；可是，感情就是感情，那是我前世欠下的债，该还，还要还的。我的爱情可能不顺利，或可能不幸福，但它毕竟属于我人生一部分。即使苦恋苦守，也愿意的，自作自受！"

郭磊心里被蜇一下，不安地说："难道结过婚的人，就不可以再有一次爱情吗？"翟笠说："你可以和别人有，但是我没有这方面的准备。"郭磊说："社会上……"翟笠打断说："我知道您能一口气举出成千上万的例证，来证明您再建新感情的正确性、客观性，但是我说了，您可以和别人有，但是我没有这个准备。"郭磊差点儿落泪说:"我什么都可以不要,包括公司、资产,只是……不想失去你。"翟笠扭头看着大海说:"不会,用不了太久,您就会忘记我。"

郭磊摇摇头说:"你还是不了解我。"翟笠含笑说:"郭总,您已成功了。凭您今天的条件,完全可以找一个更年轻漂亮的女孩。""我们真的有缘无分?""我们本来就是工作关系,不存在缘和分。""假如我今天是单身,没结婚,你会答应我吗?"

翟笠笑说:"您可以替我回答您自己吗?"郭磊苦笑:"等于没回答。""郭总,回去吧,这样的问答等于浪费时间。"郭磊轻叹说:"是我高估了自己。我一直以为,你心里多少会有一点我。没想到,你压根儿没正眼看过我。"翟笠说:"郭总,您想多了。您是公司老总,我是您的助理,我们好好把余下两个月时间完结,等公司上市,我正式向您递交辞呈。"

郭磊强压住内心的惊慌,用手轻轻搔了下头发,说:"我是不是长得很难看?"翟笠含笑站起身子说:"我不知道。"郭磊也起身说:"翟笠,假如你愿意,我明天就可以向洪丹提出离婚。"说着将戒指再次塞给翟笠手里,"这个你收下。"翟笠再次推开说:"郭总,您收起来吧。"

郭磊的戒指被翟笠拒绝,见她走开,郭磊才神情黯然地收回戒指。

回到民宿,曾小凡跑过来问:"郭总,饿了吧?"郭磊朝翟笠看了一眼问:"上哪儿吃?"

曾小凡见翟笠神情有些不愉快,又不敢问,就轻轻拉了拉翟笠说:"走,翟助理。饭菜都准备好了。"

曾小凡按最高礼遇,让炊事员做了满满一桌菜,海南四大名菜如文昌鸡、加积鸭、东山羊、和乐蟹等都有。其间曾小凡不断给翟笠夹菜,郭磊也给翟笠夹。翟笠只是淡淡地笑笑,很有礼貌地道谢,让曾小凡看不出她是否真的不愉快。接着,郭磊问民宿情况,曾小凡便边吃边做陈述。

饭吃完了,汇报也完毕。曾小凡问郭磊要不要休息。郭磊说:"不休了,去市区。"曾小凡问:"不住?"郭磊说:"我找郝副局长,将上市情况向他汇报。"

曾小凡说:"那好,下次再来。"然后看了看翟笠。翟笠在她向郭磊汇报工作时,坐一旁没插一句话。

告别了曾小凡,郭磊问翟笠谁开车,翟笠说:"我开吧。"郭磊说:"还是我来吧。"翟笠说:"不是找郝副局长吗?"郭磊说:"那是说给曾小凡听的。"

郭磊踩油门,车子朝市区驶去。

驶出市区,很快来到高速公路。翟笠坐后排,始终闭着眼打盹。

郭磊从后视镜里看她微闭眼睛，偶尔睁一下，没作声，只是闷声开车。

车子到府城，郭磊调开眼睛问一声："先送你回家吧。"翟笠说："送您吧？"郭磊说："客气什么。"翟笠没作声。

到了海府路口，郭磊便将车开到她姑姑的家门口。

下车后，翟笠径自离去。郭磊注视她的背影，一阵难以言喻的忧伤袭上心头。

这一刻他感到自己有生以来第一次被什么挫败。是的，八八年上岛后的头几年，那么苦那么难都没击垮他，今日这事情，好像快要将他的心脏压瘪了。

回到家，阿英说丹姐和小磊在白沙门网球场打网球。还是同洪丹结婚时，他劝说洪丹去海口宾馆内部一家网球场打过一次，那是付费的，算是新婚的喜庆礼。今天他觉得应该看看妻子和孩子，和他们一起玩玩，弥补一下内心的愧疚。他掉头将车开到白沙门网球场，这个球场也收费的，他没去收费处，而是来到球场旁。

果然，偌大一个网球场，只有四对混合双打和单打。儿子和妻子是单打，一人一方。儿子显然长大了，将妈妈压制得还不了手。他站在网墙外朝里看，兴致勃勃地看他们打球，洪丹和小磊没看到他。大约打十几分钟，他俩显然累了，准备休息，小磊首先发现父亲，尖叫一声："爸，你怎么来了？"不知为何，郭磊眼中的泪水差点儿出来，他是个很倔强的人，有时又稍显柔软，他露出微笑说："我从琼海回来。"洪丹问："不是明天回吗？"郭磊说："事办完了。"洪丹说："要不要打，要打的话，让小磊陪你打两回。"小磊说："爸肯定打不过我。"郭磊说："我还不信。"小磊说："那您试试。"

郭磊绕到大门，从洪丹手里接过球拍，同儿子对垒。果然，儿子的球技甚是凌厉，锋芒毕露，两个球过来，差点儿没接住。他感到儿子真长大了。打到四回，郭磊感觉肩膀有点酸，就说："行了，我手有点酸，回去吧。"儿子兴奋地说："我就知道您不行。"

路上，洪丹说："叶大贵问，浴室设备装浴缸，还是装淋浴设备？"郭磊说："浴缸十年前流行，现在流行淋浴，淋浴安全卫生。他没问钱吧？"

晚上，洪丹没打算要他。可是，正当她转身时，一只手伸到她的胸脯上摸捏几下，接着发现裤子被他扒了。可能年纪大的原因，男人在她身上造作很短就滚到一边去了。

岁月是把杀猪刀，不但杀死了年轻，还杀死了情欲。

想男人每次都是狂风暴雨十级台风，而现在则是一阵过堂雨，连地皮都没湿。

徐丽媛至今单身。屈指算来，她今年五十岁。一个五十岁的女人，算不算老呢？在世俗眼光里肯定老了，她从来没在乎过自己的年龄。在徐丽媛的字典里，不存在"年龄"这两个字，她觉得自己心理上永远永远都只有"年轻"二字。

然而，有钱人最害怕什么？当然最害怕天灾人祸。她前不久就遭遇到一件简直要她命的事！就是她这辈子最要感恩的那个男人出事了，她从报纸上获知，他被中纪委带走了。从带走审查那天至今，五个月过去，没有音信。她几乎天天计算着时间，计算着中纪委的人什么时候出现在她跟前，用一双手铐将她铐走。

当初给她办地、办银行贷款的那个男人，因为贪污腐败（受贿数量特别巨大），遭人告发被中纪委带走。就在上个月，他出现在南宁法院的法庭上接受法官审判。然后，一切就平静了。直到那一刻，她悬着的心才稍稍安宁。要知道，这几个月，她天天吃不下、睡不着，上班也提心吊胆，神不守舍，不知道自己何时被带走。更可怕的是，尽管她没给那个男人行过贿，但她最初的土地和银行贷款是那个人给她办的，她没花一分钱成本。那个男人很奇怪，在徐丽媛的房地产公司盈利最好时，也没向徐丽媛要过一分钱。当然，徐丽媛付出了，她付出的是自己的肉体。自办好银行贷款，第一个项目开始规划设计，她便主动约那个男人。在三亚的红树林酒店，那是家五星级酒店，否则不配他的身份。那晚，她将自己的肉体交给了他。

事后，那男人感动得哭了，说："宝贝，我此生足矣，哪怕现在去死。"

没想到一个老男人贪图她的色相竟然到如此地步，真想笑。此后，他们一月见一次，或吃饭或喝茶，然后就进入五星级宾馆的某个房间。曾从一个贪官的审判资料上看到，女人跟贪官睡觉也算行贿，只不过叫"性贿"。徐丽媛只是出于感恩，才献出了自己的肉体，算不算性贿呢？假如算，那她就犯了罪。

那男人同她交往的整个过程中，没有索取分文，她曾无数次提出要给他一千万甚至更多，他都断然拒绝："那样我们之间就没意思了，我们是真正的友谊，纯粹的友谊。"

万一那男人向组织坦白，供出了她，她该怎么办呢？她早已想好了答案：我没给过他一分钱，他也从没向我索要过一分钱。我们之间是清白的。

至于二者的关系，那是友谊，是朋友。男女间也有纯洁的友谊、美好的感情，我们之间就属这种。即使自己上了法庭，她也这么说。

上个月当他出现在南宁的法庭上时，她看到他满头白发，样子憔悴，不禁心疼了一下。

整个法庭审判中，他居然没供出她。他在搂着她时，呼唤过一千次一万次的宝贝。果然，他是个男人，最终没有出卖她！

这么说，这个男人值得自己爱，即使他成为了囚徒，永远不再离开监狱。

那晚，她不知道自己是悲是喜。总之，她只想哭，想关紧房门大哭一场。把五个多月来的憋屈难受和苦恼，一股脑儿全哭出来，从此干干净净、光明正大地做一个房地产公司的老板！

不了解真相的，没人不羡慕她，看到她风光无限，每天奔驰进出，住豪华宾馆，吃饭星级美食，除身边缺一个男人，她什么都不缺。她曾问过自己无数遍，那个男人如此喜欢自己，为何不离婚娶自己呢？当她的资产过亿时，她想过那男人向她求婚，可他依然没有。她想，那时他要向自己求婚，没准儿自己会答应，尽管年龄不配。她的一切都是他给的，除非将他赐给的全还他，否则没有理由拒绝他。等到最后，他也没有求婚。即使他坐牢了，依然是那个年近七旬的老太太的丈夫。

这是她无法理解一个位高权重的男人的地方。

那男人在徐丽媛的房地产公司做到十亿的时候，已是副省级高官，她为他骄傲！他退休后原以为没事，不想中纪委并没有放过他。

十八大后中纪委对贪污受贿铁面无私、重拳出击，这些年从报纸电视看到落马的贪官一个接一个，犹如秋风扫落叶。从她开发房地产那天起，就听到官商勾结的众多案例。如果有贵人相助，做房地产是多么容易的事，就像当初那男人对自己说的，只要有人给你地和贷款，就是个傻子也能干房地产。

这个社会，有些地方的确长疮流脓，是该治治了！

徐丽媛还是不敢掉以轻心，那男人虽被判二十年。万一哪天他幡然悔悟，在狱中招供出自己了呢？事情明摆着，她这个一无土地、二无资金的小女子，没有靠山如何能进入房地产行业呢？到她家调查，父母都是普通的职员，没有别的收入，她的亿万资产从何而来？

那天，丁松在电话里告诉她说，准备回海南，她内心踌躇不决，是否回去呢？

徐丽媛是六年前从海南来武汉搞项目的。起因是她武汉老师的一个朋友在武昌区任副区长，热情邀请她到武昌区开发项目。来回考察过五次，她才决定往武汉搞两个项目。自然，土地是通过那个副区长引荐各种有关人士拿到的，地点就是东湖的西南边，也算是城市的边际，但交通便捷，市内几条公交线直通。两个项目做下来，几年就完了。她打算再待一段时间，就打道回府，她现在的家毕竟落在海南。

一天，她正在分公司上班。看完一个报表，手机响了，是刚认识的吴畏打来的。第一次见到吴畏，对方跟着一个中年男人到她的售楼处看房。那天她正好上售楼处。对方看到她，就一直盯着她看。甚至她离开时，对方竟然追到她的车子前问："请问您是这儿的老板吗？"她就想笑，真是个无畏的小子。她问："有什么事？"吴畏说："徐总，我想请您吃饭。"徐丽媛笑说："你是谁？"对方果然"无畏"："我叫吴畏，是汉阳人，大学生，刚毕业。"

一起吃的几次饭，都是徐丽媛买单。他也抢着买，只是徐丽媛不让。

吴畏说："不要小看人。就是你不工作，我也能养你。"徐丽媛问："从哪里搞到的钱？""我开了一家公司。""什么公司？"

徐丽媛也是听他本人说的，他的父母都是种田的，哪有钱给他开公司，就知道他开玩笑。

没想到吴畏认真地说："徐总，不要瞧不起人嘛，我真的开公司了。"徐丽媛说："你告诉我，你从哪里搞的钱，我就信。"吴畏说："我赊了两车矿石卖了，货款在我手里，有十多万。"

徐丽媛顿时紧张起来，说："那钱是人家的，你能乱动吗？赶紧还给人家。谁让你办什么公司，我要你办公司了吗？"吴畏说："你不就是嫌我穷吗？我有公司了，是公司老总，现在与你平起平坐。"徐丽媛不禁笑了，说："好了，别开玩笑，赶紧将货款还给人家，否则人家报案，你就吃不了兜着走。"吴畏说："那你答应我，做我的女朋友。"

徐丽媛看看身边没人，才压低声音说："混蛋，我都可以当你妈，你扯啥！"吴畏说："我不管，我喜欢你，真的喜欢你。"徐丽媛说："你就直接说吧，是不是想让我支持你开公司？如果是，我给你一点儿开办费，然后你自己去奋斗。"

徐丽媛话没说完，没想到吴畏将电话直接挂了。

徐丽媛以为吴畏不再纠缠，不想晚上他竟直接跑到徐丽媛的住处使劲敲门。徐丽媛本来住酒店的，后来担心酒店人多事杂，这些年老听说有些坏家伙专门绑架袭击有钱老板。她便将分公司租的公寓整修了一下，搬到这里居住。她从没有告诉吴畏自己的住址，这家伙一定是偷偷跟踪而来的。公寓门口有保安，一般人进不去，吴畏不知怎么买通了保安，竟然进来了。

徐丽媛住的是两室一厅。卧室在里头，外间是厅，还有一个小厨房和卫生间，因为楼下开了一个小食堂，就请了一个炊事员做饭，厨房压根儿没用过。

分公司的人都不认识吴畏，但是他来找过老板几回，就以为他是徐丽媛的朋友或熟人。徐丽媛的家乡孝感到武汉不远，她在武汉开发项目，孝感老家的亲戚朋友来过几次，她在食堂搞伙食招待他们。老板的事大家不敢问，每次见到吴畏就笑笑。吴畏正是趁着分公司人的疏漏，闯到了徐丽媛住地。徐丽媛刚吃过饭，打算清静一下。听到门响，便过去开。

想拦已来不及，吴畏紧盯着她说："实话告诉我，你心里还是有我的，对不对？假如你现在说，吴畏，我不喜欢你，我看到你就讨厌，我立马就走！"

徐丽媛发现这小伙说话时，眼圈竟然发红了，就感动地说："小伙子，你怎么就不明白呢，我说多少次了，我的年龄比你妈都大，你为何老听不进呢？"吴畏说："我不信，你故意的。"徐丽媛无奈地说："我要怎么说你才信呢？你厉害啊，怎么闯进来的，楼下有保安啊，你真行。"吴畏孩子似的一笑说："你想想，楼下有保安我都能进来，你就不担心睡觉的时候我会躺在你身边？"

徐丽媛不知如何解释了，就说："你这个孩子，越说越离谱了。你怎么就不明白呢……"

谁知吴畏马上用双手将耳朵捂起来说："行了，你说的那些都老掉牙了，没一点新意。你就直说吧，喜不喜欢我？"

老实说，吴畏的个子同朱福祥一般高，也是高高挑挑的，五官比朱福祥更精致、好看。第一次见时，还以为是上韩国整过容的小偶像男生。毕竟不同于她与朱福祥的时代，他的一举一动包括发型和衣服装扮，都透露出这个时代的时尚。尽管他说老家是农村的，她却不相信。

徐丽媛忽然想到什么，指着一旁的凳子说："你坐，我问你一个问题。"

吴畏看了看身后的凳子，后退一步准确地坐了下去，非常利落。徐丽媛拿了一罐饮料递给他，然后说："你家真是洪湖农村的？"

吴畏扑哧一笑，孩子般低下头，片刻才说："唉，你这人爱打破砂锅问到底。我实话告诉你，我家是汉阳的，父母都是工厂职工，家里还一个妹妹，我从小在汉阳长大。考两次武大没考上，最后上职大，是大专。你不嫌我文化程度低吧？"

徐丽媛看到他一口气说出这么多信息，先愣了一下，旋即笑说："我早发现，你后头有'矿'，就不告诉我。怎么样，一问就问出来了吧？这些都是真的？"

吴畏马上说："当然真的，不信下次我将家里的户口本和父母的身份证都拿来。"徐丽媛说："你的身份证呢？"

吴畏从口袋掏出来递给徐丽媛，她接过一看，的确是武汉市汉阳区某街道第五居委会，就笑问："你是怎么知道我的？"

吴畏说："属于老实交代？不瞒你说，第一次同我邻居上你东湖楼盘看房，刚到，就看到一辆黑色奔驰驶来，您从楼盘销售处出来，走路带风，当时就将我镇住了。当时连我彬哥都说，那女人不会就是这家公司的老板吧？后来一问还真是。"

"这么说你就装作买房子的客户，来打听我？"徐丽媛笑起来说，"你胆子真大，就不问问我，是否有丈夫。""我打听了，说您单身。我就想，您抑或是感情不顺，抑或是高高在上，目中无人。我不是叫吴畏吗，所以我决定一试。""你这么年轻，应该去找一个年龄相近的姑娘，别把时间花在我这个老太婆身上。你别看我开奔驰、住公寓，其实我的这一切都不是我的。"

吴畏吃惊地问："那是谁的？"徐丽媛说："银行的呀，没有银行我哪里来的钱搞房地产。没准儿哪天银行说，把贷款还了吧，我的一切就没了。就是一穷光蛋，像你一样。""我不信。"

"爱信不信，我说的是事实。我是公司的老板，公司的事只有我一个人知道，其他员工都不知道。因为，你老是来找我，我才对你说实话。"

吴畏犹豫一下说："不可能，你开发了这么大一个楼盘。人家说，搞房地产的一个项目就赚几千万上亿。"

徐丽媛说："你不搞房地产你不懂。放在十年前，很有可能，可是现在情况变了。首先房地产公司是十年前的多少倍，僧多粥少，竞争厉害，别说赚钱，就是能吃上饭，能正常运转就不错了。唉，跟你说你也不懂。你走吧。我要出去一下。""撵我？""不是撵你，该说的我都对你说了。你没必要在这儿耗费时间，好不好？我真的还有事。"

吴畏犹豫着说："我不信，你还是瞧不起我们这种出身普通的人。"徐丽媛笑说："你说什么呢，我都这么大年纪，何苦要骗你。好了，咱们长话短说。你的好意我接受，不过你让我好好考虑两个月。""两个月太长，一个月吧；不，一星期，否则我天天来找你。"

徐丽媛说："好吧，一个月为限。这一个月你不要来找我，一个月后，我再回答你。"吴畏说："你不会骗我吧？""骗你什么，我的公司在这儿，还有项目。""那好，一个月后见。今天四号，下个月四号我准时来。"

此时的徐丽媛在武汉的楼盘只剩最后两套房，随时可以撤。做完这个项目后，她不打算在武汉折腾了，还是想回海南。她想将余下的一点事交给公司销售部经理处理。经理也是女的，姓姚，荆州人，是她的湖北老乡，跟着她多年。她告诉姚经理，假如那个吴畏来找，就说公司在武汉开发房地产亏了大本，不再搞了，她已经撤回海南。

徐丽媛猜测凭吴畏那股子猛劲儿，他会追到海南找她。回到海南后，她让公司的人在大门上贴了一张公司倒闭被法院查封的封条，故意在封条上留下徐丽媛的另一个手机号。如果吴畏来公司看到这张封条，就会与她联系。不接待肯定不行，凭那小子的精明，不但能找到她，还会纠缠不休。

第二个月的四号，吴畏果然来到徐丽媛的武汉分公司。姚经理故作沮丧告诉他："我们武汉的项目亏本，徐总非常难过，回海南了。"吴畏问海南公司地址，姚经理装作不肯告诉，吴畏揪住不放，她被逼无奈只得告诉他。

吴畏坐飞机来海南，找到徐丽媛的公司。不想，门上贴着一张法院封条。让他欣喜的是，封条上竟有徐丽媛的联系手机。拨过去，徐丽媛一听他的声音，还真感动了一下，然后说："你怎么追到这儿来了？"吴畏问："怎么回事，你破产了？"徐丽媛说："对啊。"吴畏说："你在哪儿，我想见你。"

徐丽媛告诉吴畏地址，他拦了一辆出租车过去。几分钟后，他就到了徐丽媛的租住处，徐丽媛住在郊外一栋农民房子，房内简陋、破烂不堪。吴畏倒吸一口气说："怎么会这样？"徐丽媛双手捂着脸呜呜地哭起来。吴畏一脸惊讶地说："这么说，你那天说的都是真的？"徐丽媛不回答，依然只是哭。吴畏恼火地说："妈的，这么倒霉，刚认识一富婆，一个月就破产了。哎，你给我两千块钱吧。我从武汉追到这儿，来回机票几千块，你总得给我出两千块吧。我真以为你是名副其实的富婆呢，原来真是个'负婆'！我怎么这么倒霉呢！"

徐丽媛走到门口，打了个电话。很快门口响起鸣笛声，只见徐丽媛的那辆黑色奔驰驶了过来。车子停下，从车上走下两个强壮的小伙子，徐丽媛用手指了指吴畏，他们便一左一右将吴畏押到门外。徐丽媛从口袋里掏出两千元扔给吴畏说："好了，我们之间没任何关系了。"吴畏似乎悟出端倪，马上笑说："亲爱的，你骗我，你其实没破产，对吗？"徐丽媛严肃地说："你可以走了。"吴畏将两千块钱还给徐丽媛："我真不是图你的钱。我真是爱你，非常爱你！"

徐丽媛压抑着内心的愤怒和恶心，一头钻进奔驰车，咣一声关上门。车子一溜烟走了。吴畏站在破屋门口，真是懊恼，站了会儿，骂了声"晦气！"便灰溜溜地走了。当天，他就飞回了武汉。

当晚，徐丽媛再次到她临时的民房巡视，没见到吴畏，估计他走了，这才舒了一口气。然而，这晚她的心里极为难过。如果不是自己留了一手，心理防线真会被这王八蛋攻陷。别说自己的身体，钱财也险些被这小子掠夺。天啊，这世道变得如此邪恶，一个小年轻为了钱什么都做得出来！她甚至怀疑吴畏给她看的身份证也是假的，这一切对她都已不重要了！

第二天她给武汉的小姚打电话："那个姓吴的再找你，你把他撵出去！"

第三十三章

这天，郭磊在办公室忙了会儿，导游晓敏走进办公室说："郭总，有个朋友正在三亚安装互联网系统，我们是不是也尽快安装一套？"郭磊点头同意。

第二天，一个帅气的小伙子就出现在郭磊的面前。他身高约一米八，皮肤白皙，体格强健，眼睛明亮，剪一头短发，精神抖擞，精力过人。他就是后来成为总经理助理的东北小伙廖东。

廖东先后来了三次。第一次是检查安装；第二次是礼节性访问；第三次则是请晓敏到外头吃饭。这都是晓敏告诉翟笠的。

翟笠对郭磊说："这个廖东不是要追晓敏吧？"

十天后，一套互联网系统安装好，琼岛旅游公司的信息开始遍布五大洲四大洋，配有英文版页面。晓敏英文好，郭磊就让她负责网络这一块儿，不再做导游。

刚上班，郭磊就接到旅游局邢科长的电话："郭总，上市的事怎么样了？深圳那头不会变卦吧？"郭磊不知道如何回答。

深圳方面所说时间快到了。这两天，郭磊心急如焚，却又不敢打电话问。

下午五点，手机一响，他就抓起来看，五肺六腑的喜悦都溢了出来。刘副总告诉他，证券所的领导已经审查后签字，肖副处长让他下周一去股票交易所办手续，正式挂牌。刘副总特交代说："郭总，您最好亲自来，见证一下当天上市的辉煌！"

郭磊走到办公大厅，兴奋得大声喊："兄弟姐妹们，听好，琼岛旅游公司股票下周一在深交所挂牌上市。周六我指定几个人，一早跟我去深圳。"翟笠说："几个老部长都去，让大家高兴高兴。"郭磊说："对，李鑫、子皓、小弓、小蔡、老麦，你们几个都去。"小黄问："我呢？"郭磊说："你也去。"翟笠故意问："我呢？"郭磊笑了。

郭磊分别给符处长、邢科长和证券委姚处长挂了电话，告诉他们喜讯，并请他们下周一一起到深圳见证公司上市。对方都愉快地答应了，只有姚处长说可能有事去不了。

周六下午，郭磊带着翟笠等十多人齐飞深圳。下飞机后，给刘副总打电话。

翌日，郭磊早早起来，李鑫、蔡驰骋起床时天还没亮。原来他们睡觉时没关灯，不知时间。结果他俩哈欠连天，关灯睡了个回笼觉，直到翟笠在门口喊醒他们。

吃过早餐，大家来到交易所，鲍总和刘副总已经来了。

情况比预想的好，鲍总说："证券市场已经有十几支基金提前考察了琼岛旅游公司，为这次交易奠定了很好的基础。"

郭磊给鲍总介绍了符处长、邢科长。接着，鲍总领郭磊到肖副处长那儿办了手续，最后回到交易大厅。

这时交易所又来了几位同志，肖副处长和姓陈的请他们到二楼大厅等候。

郭磊不知能去多少人，肖副处长说："都去。"大家就都去了。姓陈的头里走，将他们领到一块红幕前，让他们稍等。

姓陈的拿来三个麦克风话筒，一个给肖副处长，一个给郭磊，自己拿着一个，然后看了一眼在场的人说："各位，交易很快开始。首先，请肖处长致辞。"

肖副处长拿起手中的麦克风，介绍了琼岛旅游公司上市的过程，最后他提高声音说："在此，我代表证券所，热烈祝贺琼岛旅游公司在我所上市成功！"

接着姓陈的请郭磊讲话。尽管郭磊事前没准备，但他仍激动地说："让我借此机会，感谢所有关心帮助我们上市的领导、同事和朋友，琼岛旅游公司能有今天，与各位领导、同事和朋友的关心帮助分不开。"

说完，姓陈的又邀请符处长讲话。

作为公司的上级主管部门，符处长说："琼岛旅游公司这些年做得相当不错，他们严格按照上级主管部门指示，遵守国家有关政策，在郭总的英明领导下，全体员工不懈努力，终于获得这样好的成绩。作为主管部门，我们一直支持他们上市。这一天终于来到，我现在代表主管部门，向深交所、向琼岛旅游公司的全体员工，致以由衷的祝贺！"

大家一起鼓掌。

接着，姓陈的将红幕拉开，大厅内悬空出现了八面锃亮的铜锣。姓陈的分别给郭磊、符处长、肖副处长、鲍总等发了一把锣槌，然后等待着时间的到来。

八点五十八分那一刻，姓陈的和肖副处长同时举起手里槌子，看了看大家，郭磊和符处长等人也跟着举起槌子。

终于，一分钟过去，姓陈的吆喝一声："开锣！"

大家便不约而同将手里的槌敲向面前的铜锣，只听得"咣咣咣"连续八声。郭磊和符处长觉得不响，还重敲一次，一共响了十下，观看的人一起鼓起了掌。

姓陈的示意大家去股票大厅。大家一起走，来到宽大的交易大厅，只见交易屏上的交易数据正在滚动。

挂牌交易第一天，股价起价四块二，当天收盘竟涨到八块九，上涨近一倍。

郭磊一边看泪水一边流，还好他赶紧拭去了眼泪。

当晚，大家住在郭磊上次住的深圳香格里拉酒店。

窗外阴雨绵绵，室内似艳阳高照，十余盏华灯聚集射出的光将大厅照射得如同白昼。唱、说、闹、玩、乐，不知不觉到十二点。翟笠一看某基金公司副经理还在唱歌。

翟笠引吭高歌了一首俄罗斯歌曲《莫斯科郊外的晚上》，谁也没想到她年纪轻轻竟然将这首歌唱得如此好听，获得全场热烈的掌声。李鑫、付子皓平时是卡拉 OK 的常胜将军，自然献上一首自己的拿手歌。大家要郭磊唱，他笑得不能自制，说："听我唱歌，保证躺倒一片。"翟笠鼓动说："别的不会唱，'十五的月亮照在家乡照在边关'应该会吧？"付子皓说："让翟助理陪你唱。"在众人期待下，郭磊接过麦克风。翟笠深情地唱，郭磊跟着哼哼。

最后，郭磊请鲍总唱一首歌。鲍总落落大方，她会唱很多歌，而且非常内行。她选了一首关牧村的《打起手鼓唱起歌》，结果郭磊连追都追不上，最后只能看着她唱。

唱完，大家报以最热烈的掌声。

送走客人，大家回到酒店房间。

翟笠开房门时，感到背后被什么拽了一下，转过头看是郭磊。他痴痴地望着她说："耽误你两分钟。"翟笠将房门推开，掩了一半，走了进去。

郭磊跟着进屋，一屁股坐在椅子上说："兴奋，太兴奋了，现在就是睡也睡不着啊。"翟笠说："我给你泡杯茶吧，是不是刚才喝多了。"

郭磊发现翟笠将房门打开了，叫道："哎，你把门开那么大做什么。"

翟笠只好过去将房门轻轻关上，郭磊说："关上门好，自在些。"

翟笠关上房门后，脸上呈现出小心翼翼的神情。不知为何，她有种惴惴不安的感觉。眼前这位踌躇满志的"将军"此刻不会做出什么让人尴尬的事吧？以她对郭磊的了解应该不会，但此情此景很难说。她走到离郭磊一米多的地方，站住说："郭总，有什么事明天说吧，真的不早了。"郭磊摆手说："十二点算什么，你忘了我们做上市时，经常超过十二点。"

翟笠不知如何开口，于是为他倒一杯开水说："您喝点开水。"郭磊接过，咕噜喝了一大口问："翟助理，你眼中的郭磊，到底是什么样的人？"翟笠有些傻，还是轻轻一笑说："勤劳朴实，吃苦耐劳，具有创新和开拓精神。"郭磊摆手说："溢美之词不要说，说缺点，说毛病。"翟笠迟疑着说："没毛病。"郭磊不满地说："不可能。"

翟笠笑说："您的毛病就是这么晚不让我睡觉。"

郭磊哈一声笑说："你这个小鬼。小翟，翟笠，你知道吗，当交易所的锣声响起，我身上就像长出两只翅膀一样要飞。还有，今晚的晚宴，与其说是宴请各路嘉宾，不如说是共庆彼此的新生。"

翟笠有些迷糊地说："什么意思？"郭磊说："小翟，我想好了，等我们股票涨到十多块钱二十块，我就套现一部分，到澳洲买套房，你径自去那儿生活。"翟笠表情严肃地说："郭总，您喝多了吧？""喝什么多，我清醒着呢。""我什么时候答应过您？""那次我们不聊过吗？你没作声，我以为你默认了。""郭总，您真有些醉啦。"

郭磊追问："小翟，你心里真没有我？"翟笠坦诚地说："我说过多次，我们是工作关系。""小翟，不是为了你，我何苦这么拼？""郭总，您千万不要这么说。""如果说我前期是艰苦奋斗，到后期，我所作所为都是为了你。"

"郭总，您不要那么说。真的好晚了，赶紧回去睡吧。"翟笠转身走了几步，不安地说，"很晚了，给别人看到不好。"

郭磊有些悲哀，抬起头，定定地注望着翟笠。翟笠急得转了两个小圈说："郭总，睡吧，有事明天说好吗？"郭磊起身说："好吧，睡觉。"

郭磊走了几步，又不甘心地停住脚步说："我是清醒的。翟笠，即使你不理我，我还要说，我真的喜欢你。只要你爱我，我所有的都是你的，我可以分文不要！"

翟笠半拉半推将郭磊推到门口，飞快地关上了门。这一晚，翟笠彻夜未眠，而郭磊倒在床上很快就呼呼大睡。

第二天，翟笠比郭磊先起床，通知公司各位，中午十二点机票回海南，上午别乱走。

翟笠回到房间洗漱，才听到郭磊在隔壁喊："喂，都起来没？收拾一下吃饭，我们回去。"

郭磊经过翟笠的门前时没有停留，快步走过去，翟笠没作声。翟笠出门，见郭磊去了餐厅。她来到餐厅，见郭磊和公司员工已经开始吃了。付子皓看到她挥手喊："翟助理，来这儿。"翟笠取了小米粥、全麦面包和一个鸡蛋，在付子皓身边坐下来。郭磊大口吃着，好像没看见翟笠，翟笠也没同他打招呼。郭磊说："上午时间不多，不要逛了，直接去机场。"大家答应一声，继续吃饭。

十几分钟后，所有人在酒店一楼会合，分别上了几辆出租车奔向机场。这时，郭磊的手机响了，是符处长打来的，就说："符处，我们去机场了。"符处长说："郭总，我和小邢还有点私事要办，晚上走，你们先去吧。记住，到海口后，准备搞一个庆功晚会，好好庆祝一下。"郭磊说："明白。"

十点半，他们上了飞机。

没想到，当他们提着行李来到海口机场出口，几个肩上扛着机器设备的人早已严阵以待。付子皓惊叫一声："电视台的！"郭磊最怕摄像，尤其是电视台的记者，他们可能要采访他。果然，一个小伙子手拿话筒直奔过来问："哪位是郭总？"付子皓指向郭磊。小伙子说："我是省电视台的小牧，听说琼岛旅游公司在深交所上市，特来采访郭总。"

郭磊转头竟然在人群中发现了洪丹和儿子小磊，不容多想，记者将话筒塞到他嘴边。他忽然有些紧张，将话筒挡一边说："哎，我刚回来还没回家呢，回家再说吧。"

郭磊说着推开记者，急急来到洪丹跟前说："你们怎么来了？"洪丹说："儿子今天没课，所以来接你。"

站在洪丹一侧的是廖会计和几个刚进公司的新人，大家冲着郭磊一齐鼓起掌来。

翟笠注意观察着郭磊的表情，这情形他应该兴奋高兴才对，却看不到喜悦之情，只是淡淡地露出一丝笑。他略带责备的口气说："你们来做什么？还怕我不回去？走吧，都回公司。"

翟笠看到洪丹的脸当场阴暗下来。她很快发现洪丹很能控制场面，她调整情绪说："小付给我电话，说你们这会儿到，我们待在家里没事，就来热闹一下。"

郭磊看了看翟笠的表情，拉起儿子的手说："好了，上车吧。"

史师傅坐在大巴的驾驶座上睡着了，李鑫上去敲醒他。他睁开眼，看到郭磊等人，忙喊一声："郭总。"郭磊、洪丹带着儿子坐在最前头。翟笠和其他人坐在中间和后头。

郭磊回头看翟笠，她赶紧将眼睛扭向窗外。

大巴驶进海口市，一路上接二连三地下人，包括翟笠，最后才送郭磊夫妻和李鑫、付子皓等人到海甸岛。

大巴车在郭磊家门口停下，他和洪丹、儿子一起下车。踏进家门的那一瞬，他一改在机场冷冰冰的样子，换上笑容说："老婆，我成功了，亲我一口吧！"洪丹却冷冷地说："玩得开心吗？"郭磊说："等股价涨到二十块，再买一套别墅。我给你普及下证券知识，上市交易不等于永久，业绩不好，交易所随时撤掉你。所以，即使上市，业绩依然最重要。"洪丹说："这么说还要努力。"郭磊说："当然。"

洪丹说："郭磊同志，我提醒你，能在上岛二十八年后上市，你已经成功了。现在最紧急的事情是找个时间回去陪陪老爷子，弥补一下亲情。"郭磊一惊问："有事？""我只是提醒一下你。""谢谢你，老家的招商局长又来电话，说要我回去搞项目，拉动GDP，我说等上市后。"阿英从厨房出来说："阿姐，晚上吃什么？"洪丹说："问郭总吧。"

郭磊说："青菜粥，这几天喝酒上火。"洪丹说："小磊也有点上火，那青菜粥吧。阿英，搞莴笋叶如何？"阿英说："我们家用地瓜叶。"洪丹说："不要地瓜叶，用莴笋叶。"

晚上洪丹主动要过性生活，郭磊想推辞，又觉得不好，可是亲热时满脑子都是翟笠。

次日晚点，翟笠来电说："郭总，都市报来了两个记者，要采访您，不知怎么找到了我的手机。"郭磊说："你同他们说吧，多说结果，别的事不要对他们说。"

老员工都很兴奋，但新来的员工却不太惬意，因为他们暂时没分配到股份。

翟笠按郭磊的指示，列了个庆功晚会嘉宾名单，从微信上发给郭磊。

下午，郭磊来到公司，一口气打了十几个电话，邀请相关领导次日晚六点到西海岸喜来登酒店户外草坪参加琼岛旅游公司举行的上市庆典。

粗算一下，最少要四桌。翟笠建议将地点改在西海岸香格里拉酒店，那儿的户外草坪更漂亮。翟笠问："定个标准吧？"郭磊说："每桌标准三千，酒水另外算。"翟笠说："现在流行红包。"郭磊说："每个嘉宾包一千。酒店有户外卡拉OK，吃饭时在草地安一块投影，边吃边唱。"

下午四点，郭磊问翟笠："晚上吃淮扬菜如何？"翟笠说："算了，我还要回去。我姑姑叮嘱过。"

第二天晚六点，宴请的领导朋友全到了。

庆典设在香格里拉大酒店户外草坪上，摆了五桌。

公司人员如郭磊、翟笠、李鑫、付子皓、陈小弓、麦金福、小黄等人都到了。原本通知了陈细妹和曾小凡，可她们以路远放弃了，郭磊就没再坚持。

海南最不缺的就是晚上的皎月当空和白天的艳阳高照。

这晚，天幕碧蓝，皎月当空，像被水洗过一样。草坪周边种植着一圈婀娜多姿的椰子树，七八棵散发清香的鸡蛋花。服务员服装是统一的米黄色，夜幕下看着像一幅幅流动的图画。

郭磊很少穿西装打领带，今晚天气炎热，却坚持在洁白的短衬衫前系上了一条蓝色领带。平时极少吹烫头发，今晚特地吹烫了，而且焗了油，加上适中不胖不瘦的身材，矫健的步子，让人看着有种难得的帅气。翟笠也装扮了，上身穿一件丝质短袖镶边衬衫，着牛仔裤，长发绾成一美人髻配上高跟鞋，看上去高挑挺拔。晚宴自然是他们二人唱主角。嘉宾他们或是认识，或经常接触，对于那些不熟悉或没见过的，尽量热情周到，给他们宾至如归的感觉。

为避免尴尬，郭磊特地将公司的几位骨干介绍给大家。

饭桌一侧，两棵椰子树中间悬挂着一张银幕，树下摆放着几只大音箱，一看就是唱卡拉 OK 的设备。服务员站在一侧，随时是为他们服务的。

郭磊让小黄给每桌上了一瓶茅台酒、一瓶红酒。每桌按三千元标准，在酒店餐饮中属中高档。当一盘盘飘香的佳肴端上桌，在座嘉宾都很惬意。

董中伟本答应参加，可临时有事出差北京。丁松和徐丽媛，一个在天津，一个在武汉，倒是王静回了他一个电话，说那种场合于她不太适应。

嘉宾里职务最高的是省旅游局的一位副局长，他被琼岛旅游公司的人频频敬酒，其他领导也忙不迭地回应公司管理人员的敬酒。喝酒期间，那位副局长讲了个笑话，说他同妻子去泰国旅游，妻子一定要同人妖合影，后来听说是男的，三天不敢出门。一位处长讲他在美国硅谷看望打工的儿子，硅谷地处美国西雅图，其实西雅图的城建还不如国内很多城市，但儿子工资高是事实。另一位处长则说他的女儿谈了个英国男友，他和妻子都反对，可反对无效，他们直接同居生下一个小外孙……

就在大家听得津津有味时，市会展局的蔡科长走到郭磊身边，拽了他一下。郭磊不知什么事，随他走到几米外，蔡科长眼睛笑成一条缝说："郭总，今晚的菜酒都没得话说，只是少了项东西。"郭磊问："什么？"蔡科长笑说："像这种场合，应该安排一个……"

郭磊认识蔡科长很多年，知道此人凡事爱贪点小便宜，如开会或活动总要捞点好处，就说："什么事，您直接说吧。"蔡科长压低声音说："郭总，你看，今晚来了几个处长、科长，大家都很高兴。不如找个小姐陪陪，然后到宾馆开房爽一下。"他见郭磊不语，马上涎着脸说："郭总，如今时兴这套，娱乐一下呗，没事的。"郭磊说："蔡科长，我一会儿给每个人发红包，这个就免了吧。"蔡科长很没面子，但还是坚持说："没事的，无非多花几百块钱小费。你的公司都上市啦，这点钱算什么？九牛一毛。"说着尴尬地笑。郭磊克制地说："这家酒店没有夜总会，更没有小姐。"蔡科长说："那就从夜总会叫呗，我有两家夜总会电话，我还认识两个妈咪。"郭磊摇头说："蔡科长，真对不起。我们从没办过这种事。一会儿给你们红包吧。"说完径自去了。蔡科长尴尬至极，皱了一下眉头，还是回到了自己的座位。

郭磊意识到姓蔡的不爽地盯着他，便将头扭向一边，不去看他。

三个客人起身唱《敖包相会》，又唱了《十五的月亮》，大家都没用心去听，只是各自聊天。酒宴进行了近两小时，副局长看时间差不多了，便向郭磊告辞。郭磊让小黄给每人发一个红包，有的客人接受了，有的不好意思，最后都笑纳了。

送走客人，公司的人也开始撤。这时郭磊的手机响了，是洪丹打来的。

洪丹问："还没完？"郭磊说："刚完。"蔡驰骋问："对了，丹姐怎么不来？"郭磊没顾上回答，就被人拉到一边。

车少人多，郭磊想了想说："挤一下，先送近的，再送远的。"

小黄开车依次送麦金福、翟笠、蔡驰骋、郭磊，最后将李鑫、付子皓送到家。

回到家，郭磊将晚宴的大致情况告诉了洪丹。洪丹问："花掉一万吧？"郭磊说："不止，但这钱肯定省不了。否则，咱们就等着挨骂吧。"

接着，郭磊打电话给蔡驰骋，让他代表自己去三亚，宴请潜水基地和玫瑰庄园的所有员工。

次日，郭磊来到公司，同东方巨人的两个股东在电话通报了一下上市情况；饭后，他给徐丽媛打电话，徐丽媛说："不好意思，郭大老板，我还在武汉哦。"

要来的躲不过。郭磊走进公司大厅，见沙发椅上坐着四个陌生人，脚下放一堆设备，好像是摄像器材。小黄上前问一个姑娘，你们是干什么的。姑娘说，她叫杨艳，是记者，他们是电视台的。说着掏出记者证递给小黄。其实，一见那堆设备，郭磊和翟笠都猜出来了。

杨艳将记者证递给郭磊时，他说："没预约啊。"杨艳说："我们有个事很急，所以直接来了，能坐下说吗？"郭磊："到我办公室谈吧。"

郭磊走进办公室，把窗帘拉开，请他们坐。杨艳说："他们是摄像师，我预防万一，就带了机器来。"郭磊忙说："不摄像，我不大喜欢摄像。哎，杨记者有何事？"

杨艳递上资料说："郭总先过目，这是我们台刚上的一个国际化节目叫《走遍神州》，每星期一期。我先到的旅游委，他们推荐我上这儿来。这节目是国际版权，五大洲都能看到，我是这个节目的制片人。鉴于贵公司是新上市公司，肯定需要宣传，因此取得这个节目的冠名权，是最好的策略。"

郭磊问："什么叫冠名权？"翟笠进来说："节目以公司名字冠名。"杨艳说："我们节目叫《走遍神州》，你冠名就叫琼岛旅游——《走遍神州》"。郭磊问："冠名需要费用吗？"

杨艳说："费用不高，因为节目是刚上的，我们可以给你八五折。"

郭磊心里咯噔一下，果然是征询赞助，就问："八五折多少钱？"杨艳说："二百万。"

郭磊又问："一次？"杨艳说："一年。"郭磊说："播完后，第二年续费？"杨艳笑起来说："郭总，都是这样。否则我们电视台怎么活啊！""好像还有一种广告？""那叫插播，如椰岛、椰树、椰汁等产品，但你们是企业形象宣传。""让我考虑一下。""赶紧吧，这价格真不贵。我答应你八五折。再说你们是上市公司，正需要宣传。"

郭磊笑起来，说："好，我同我的助理商量一下。"

杨艳便出门到大厅去等候。

郭磊将翟笠喊进来，将杨艳说的告诉她。翟笠说："两百万，还要将公司所有项目制作成短片同时播，问她可不可以？"

郭磊喊杨艳进来，她连连点头说："没问题，不仅公司，下面几个基地都没问题。"翟笠与郭磊对视一眼说："那好吧，因为公司刚上市，这个钱我们出了！"杨艳说："放心郭总，节目制作完，将在国际舞台上播放，会产生巨大的反响，贵公司的名字也会传遍世界。"

郭磊说："资金可以分期付吗？"杨艳说："四次，一季度一次。""那就这么说定了。""郭总爽快，我们栏目总制片人和分管副台长要请您吃顿饭，地点在寰岛大酒店中餐厅，同时把协议签一下。""吃饭就算了，协议你搞好，给我就行。""稿样我这儿有。"

杨艳从包里掏出协议递给郭磊，又说："郭总，明晚六点见，别见外。我们孟副台长再三叮嘱。"郭磊说："既然合作，以后有的是时间。"

杨艳他们一走，翟笠便走进郭磊办公室，她说："你见过的《特区都市报》的记者姜雯，给我来电话，说总编要给你做专访，有没有时间？"郭磊皱眉说：

"我头都大了。我们做实事的不喜欢报道，再说人怕出名猪怕壮。你喊小黄进来。"

翟笠喊小黄进来，郭磊说："小黄，凡电视台、报社等媒体都挡回去。我不喜欢吹，只需实干。"小黄说："知道了。"

郭磊刚到办公室，就见翟笠领一位穿戴时髦的姑娘走进来。

翟笠介绍说："这位就是我跟您说的，《特区都市报》记者姜雯，昨天给我打了两次电话，想采访您。"郭磊说："采什么？"姜雯说："八八年上岛经历，可激励千千万万创业的年轻人。"姜雯又笑着说："郭总，这不是您个人的事，您已成为千千万万年轻人学习的楷模，将您的经历写出来，对您本人是鞭策，对其他青年是一个鼓励。"

郭磊看着翟笠说："小翟，你替我劝劝这位记者，我真的不愿意接受采访。"

翟笠说："现代社会就是信息社会。即使您不接受，您的经历同样会被媒体挖出，倒不如自己说出来。"郭磊无奈地说："你站在哪方说话啊！"

郭磊一转眼，阳光从窗子外射进来，直刺向他的眼睛，没办法看清来人，只看到一个穿超薄短衬衫的女子，至于脸蛋模样就没法看清楚。这一刻，刚好离开了被阳光照射的角度，女记者的整个人从上至下都清晰完整地展现在跟前。女记者比翟笠还高，脸形就像维吾尔族与汉族的混血，眼睛像幽暗的洞穴，鼻子高挺，嘴微翘，浑身散发着一种异域美女的性格和品格。

这一举动被翟笠看在眼里。不错，这个女记者身上真有一种混血民族的异常的美，她的头发是一种微黄，当然不是染的。她马上知道郭磊的眼睛在姜雯身上逗留那么久是潜意识。

男人是不是都这样，见一个喜欢一个？否则如何解释出现在荧屏上的那么多后宫剧！这个民族从苦难中来，像郭磊从最初一无所有到今天。即使一个叫花子，一旦得志第一件事可能就是物猎美色。刚才那不长的凝视，让翟笠瞬间对郭磊失去兴趣和好感。透过他的外衣，估计也尽是腐臭和肮脏。让她吃惊的是，郭磊竟笑嘻嘻地问她："翟助理，你说我到底要不要接受这位记者的采访？"翟笠脑壳似被冰雹砸了一下："这个你自己决定。"说完就出去了。郭磊发现翟笠转身出去忙说："哎，你别走啊，接受记者采访，你得为我准备讲稿啊！"翟笠停顿了一下，还是出去了。

郭磊走到小黄跟前说："小黄，你给客人泡杯茶。"

小黄给姜雯泡好茶，然后，姜雯便留在郭磊办公室内，二人交谈着。

几分钟后，郭磊出来说："哎，翟助理，你进来啊。"翟笠坐在位子上一动不动说："我在为您准备讲话稿。""自己的经历，要什么讲稿，搞笑吧？"

快下班时，郭磊邀请翟笠一块前往楼下的餐厅。因为是招待那个女记者，所以翟笠只好去了。

晚餐上了十个海鲜大菜，让姜雯很兴奋。姜雯要同郭磊合影，郭磊说："私照，千万不能放到采访中。"翟笠始终没说什么话。

第四天，采访见报，没有合影，这是郭磊反复叮嘱过的。

翟笠看了那篇专访，暗暗佩服姜雯的文笔。越是这样，她越觉得，一个成功男人绝对会得到很多女性的青睐。想了片刻，就不再想了。

下班时候，郭磊要翟笠同他一块上南海大道购买一辆豪华轿车。选来选去，他看上一辆价格为七十八万的日产豪华超长凌志。翟笠也觉得不错，于是他果断地买下了。他让翟笠开回去，翟笠微笑说："不用了。"

下班回家，洪丹正在院子为几棵鸡蛋花树浇水。房子装修后，家人十分珍惜里外的环境。看见郭磊的车驶来，洪丹只是瞄了一眼。她的注意力似乎都在那鸡蛋花树上，老家从未见过这种植物，她也是来海南后才认识的。这种植物不高，最高只能长到两人高就分枝丫，形成一个曲圆造型。树枝是青灰色，花朵大，有白有红，白色比梨花鲜艳，红色比芍药耐看。郭磊好像尤其喜欢白色的，远远闻到一股清香，遍布海口的公园都有这种鸡蛋花树。当叶大贵带领工程队进家时，洪丹反复叮嘱，做环境时务必种植十几棵鸡蛋花树。

郭磊将车子停好，来到院子里，看着洪丹浇花。郭磊说："我买了辆车，你也不问问？"

洪丹说："有钱就买呗。"郭磊说："过阵子，再到西海岸买一栋别墅。刚开发一个夏威夷别墅区，很不错，环境相当好，真是面朝大海，春暖花开。"

洪丹忽然问："翟助理为何要走？"郭磊一愣说："你听谁说？""小黄送一箱水果来，告诉我的。我随后问了小翟，她也承认了。会男朋友？""人家私事，哪好问。"

洪丹脸色异常地说："郭磊，哪天我同她聊聊，做做她工作，留下来，你看如何？"郭磊为："干吗？""她会不会因为我每次见她不热情，有什么看法？""你就琢磨这个？""你直接说，行不行嘛？""她要走，关你什么事。""我总觉得因为我。"

郭磊冷笑一下，朝屋里走去。

阿英出来说："丹姐、郭总，吃饭啰。"

郭磊便到卫生间洗了手，然后来到饭厅，洪丹也进来了。

郭磊接过阿英递上的饭，洪丹喊一声："儿子，下楼吃饭。"

儿子答应一声，手里拿着一台平板电脑，噔噔噔下楼来。

吃了一会儿，郭磊才说："公司上市后事特别多，今天这事明天那事，还要冠名。"

郭磊把白天电视台来谈冠名《走遍神州》节目的事说了，洪丹一听问："那得多少钱？"郭磊说二百万。洪丹脸都吓白了，直呼太贵。

郭磊笑说："你以为啊。"洪丹说："你以后要学会拒绝，今日这明日那的，有多少钱？！"

吃过饭，夫妻二人在院子散步。

每天在办公室吹空调，回到家也是空调不停。于是，到被海风吹拂的院子里走走，觉得很舒爽。院子之前的一片乱草空间，被拉出一条鹅卵石铺就的甬道，甬道两边是鸡蛋花树和酒瓶椰（椰树的一种），底下是绿色草皮。后头一角还筑了一个两米见方的鱼池，同厨房的自来水接上，放了七八条金鱼。小磊每天喂它们一些青草和鱼食。

洪丹忽然又问了一句："翟助理真要走吗？"郭磊说："又来了。"洪丹轻叹一声说："挺可惜的。"郭磊说："我同大哥说，等市值高涨后，给侄子、外甥买两套房；给老家捐一所村小，大哥说校长找过他说，村小太破旧，可是没有钱。""你先别买别墅了，以后再说呗。""逐步实施吧，我估计明年，人情债都可以还了。"

洪丹说："接你爸来住吧，房子装好了。现在十月份，正好在海南过年。他们还没在这儿过过年呢。"郭磊说："是挺愧疚的，你让大哥对爸说。大嫂和我大哥都办退休了，没别的事，干脆一起来住一段时间。""好，我晚上就打电话。""我给家里做了这么大的贡献，你该想个法子慰劳慰劳我吧？"

洪丹想了想说："陪你英、德、法、意旅游一趟？"郭磊摇头。洪丹说："请你吃大餐？"郭磊还是摇头。

洪丹顿时不悦地说："那我给你找个小老婆可以吗？你要什么，你干脆直接说吧。"

郭磊怪笑说："逗你玩的。洗澡去吧。"

郭磊正在办公室看一份文件，有人用座机打来电话，对方是男的，声音很温和："请问是郭总吗？"郭磊说："我是郭磊。"对方说："郭总，我是苟志强啊，不知你是否还记得我？我同陈敏在城西路建材市场工作，之前在符主任的工商时报广告部。"

郭磊已经听出了，忙说："苟志强啊，你还在城西路建材市场吗？"苟志强说："对啊。""生意怎样？""一般般，主要是竞争太多，对付吃饭吧。""能对付吃饭就不错。这年头都不容易，你怎么知道我这个电话？"

苟志强笑说："从报纸上看到您的公司上市了，您真厉害啊，竟然上市了。同上岛的，我们这么窝囊，你却如此伟大，惭愧啊！"郭磊说："话不能那么说。你们能坚持下来，又各自有自己的一份事业，也不错。你们还在老地方吗？""还是那次您看到的铺面，只是挪到隔壁一家，隔壁有一个拐角，能多摆东西。""知道了。改天有空，去看看你们。"

苟志强爽快地说："好，最近我和陈敏都在，我请您吃海鲜。"

郭磊笑说："不用了，我请你们吧。"

放下电话，郭磊将翟笠喊进来，说："公司上市了，召开一个中层干部会，讨论一下今后的工作。你觉得安排在哪儿？"翟笠说："从节约出发，就在公司会议室。"郭磊说："庆典那天，很多员工没去。这是公司上市后第一个员工大会，我看找好点的地方，犒劳大家一下。"翟笠说："对面海航会馆二楼中餐厅，那儿有早茶。"郭磊说："行，这些我们这二楼也有，可是为显示公司对员工的尊重，那就到对面吧。你让小黄去安排一下，订好位。时间就定在后天早上，后天是周日。"

周日早上，来自几个地方的员工基本都到齐，就连会计部新聘的两个会计也到了。

洪丹意外地出现了，大家认为洪丹是公司的开拓者。因此她的出现，谁也不觉得奇怪。

海航中餐厅比他们海之南中餐厅大多了，还有豪华包厢。现场铺着大红的地毯、莲花状的水晶吊灯、超大的圆桌、洁白的台布、气派的窗台，显得非常气派。

郭磊首先致辞。他简单讲述了公司上市的情况，表扬了为公司上市而辛勤努力做贡献的几个人，如廖会计和翟笠。接着，他郑重地告诉大家，公司马上要并购三亚东方巨人大酒店另一股东的百分之二十股权，即成为持有百分之四十股份的第二大股东。包括洪丹，众人顿时热血沸腾！尤其是蔡驰骋、陈小弓，竟跳到郭磊跟前将他抱住喊："老板牛×！"

在这种场合，郭磊以为大家只是鼓个掌，没想到获得这么强烈的效果，他顿时热泪盈眶，激动地说："谢谢，没有在座每一个人的努力，琼岛旅游公司没有今天！"

郭磊要大家发言，谈对公司下一步的工作规划。上市不等于一劳永逸，业绩差，股市很快就有反应。所以，每个部门都要有自己的想法和计划，构成整个公司的目标。

洪丹成了这顿早茶的主人，她先和几个服务员商量上什么茶，最后上的都是大家喜欢的，生怕别人说老板娘小气似的。既然点了这么多，大家就放开肚皮吃。

洪丹走到翟笠身边，翟笠忽然说："郭总我有个建议，不知合不合适。"郭磊点点头，让她说。翟笠说："我倒觉得嫂子可以到东方巨人任职。"郭磊说："你嫂子今天来同大家联欢，是凑热闹，她不出来工作。"

翟笠又爆出一个令任何人不防备的料："嫂子，借此机会，我要向大家真诚地道一声感谢。自从进入琼岛旅游公司，不但遇到友好的同事，还度过一段快乐时光。但是天下没有不散的筵席，我已向郭总报告过，等公司上市步入正轨，我就向公司提出正式辞呈。"

洪丹惊问："翟助理，你这什么意思？"翟笠微笑说："嫂子，没什么，我之前就对郭总说，公司完成上市，我就走。"麦金福问："上哪儿？"郭磊插了一句："她男朋友在广州。"

所有人都不相信地看着翟笠，她不由得笑说："那么看着我干吗？"

付子皓、曾小凡使劲往郭磊脸上瞅。付子皓曾听谁说，老板对翟助理有私心，有点儿暧昧不清。

曾小凡一直知道老板对助理有点"宠"，尤其那次亲眼看到郭磊带翟笠往博鳌海滩去了一小时，回来又不明不白地走了。当时就嘀咕，这二人是不是有情况？这会儿听翟笠说要走，心里不禁咯噔一下。但是从郭磊、翟笠二人的表情上看，好像又看不出异常。

这天早茶持续了两小时。吃到最后，蔡驰骋提出来点酒，于是又上了瓶红酒。活动直到上午十点结束，价格不菲，吃了两千块。

期间，翟笠问洪丹："听说家里的房子装修了，装得很漂亮。"洪丹忙说："是，欢迎翟助理上家坐坐，做客！"翟笠爽快地回答："好，一定。"

第二天，市政协秘书处来了一个同志，说市政协接到省政协常委董中伟的推荐，准备接受郭磊为市政协委员，征询他的意见。

郭磊马上打电话问董中伟，他在电话里说："小郭啊，党的十九大刚开，十九大提出习近平新时代中国特色社会主义思想，不忘初心，牢记使命。这么好的形势下，我们要更好地做好本职工作。"董中伟又谈到加入政协的好处，主要是可以帮助自己进步。

第二天，郭磊便驾车到市政协，填了表接受市政协的审查。自然，不久就被获批。

第三十四章

卢茏最近的确很忙，朱云路新店以"闯海人"命名，店内装修搞了文化含量十足的"闯海墙""闯海歌""闯海志""闯海赋"等，最后报社的宁总说，还是叫"闯海辞"吧。

这天是周四，郭磊到公司安排完几个事，就赶到了朱云路湘风阁新店。

卢茏的朱云路分店，比之前三个店面积大，一楼是南航西路总店的一倍。装修也更高档，他不知道卢茏为何将这家店搞得这么豪华！

卢茏解释说："我同《芳涯》的朋友商讨，觉得闯海人'闯海'应用魏碑，魏碑笔画严谨、朴厚灵动，表达了闯海人百折不挠的精神。我还请作家写了一篇《闯海记》，记叙八八年上岛的故事，刻在墙上，让每一个来用餐的人都能感受八八年上岛的闯海文化，让国人倾听这段闯海故事。"

郭磊说："搞个签名墙，每一个来这儿用餐的闯海人，都签下自己的名字，就像那歌星影星签名似的，要的就是那个意境。"

卢茏说："哎呀，你的建议太好了，我一定做。"

参观完，卢茏要郭磊去南航西总店吃饭，郭磊说他真有事。卢茏拍了他的肩头一下，问："哎，你还记得我在白坡里摆玩具套时认识的一个女孩吗？"一个姓名倏地跳入郭磊的脑海："她不是叫小毕吗？"卢茏笑了说："你真好记性，顶多只见一面，你竟然还记得她。"郭磊笑说："当时不是主动追求你吗？她现在哪儿？"

卢茏说："那天，我开车从家里来这儿，经过海南师大门口正要拐弯，前头出现两个人挡住我的路，一个是中年妇女，另一个是十八九岁小伙，我揿喇叭催他们，不料那女人扭头骂我'没看见人吗'。我仔细一看，这不是小毕吗，当年二十岁，现在看上去像个老太婆。她没认出我，只是骂，我停好车，走过去，抓住她的手说：'喊你小毕还是喊你老毕，你看看，我是谁？'她这才认出来，激动地说：'小卢，你还在白坡里摆玩具套吗？'我说：'劈你老邪，我要还在白坡里摆玩具套，我早完了！'原来她那时就回老家去了，后来同村里的一个男的结了婚，就在家里种地没再出来。这次来海南，是因为她儿子考上了海南师范大学，她送儿子来读书。"

郭磊笑说："这么巧？"卢尧说："否则哪有'无巧不成书'这话呢！""后来呢？""后来我要请她吃饭，她说吃饭就不必了。不过，她说可以上我的南航西总店看一下，还说特别想见见我老婆。"

因海甸岛这两年冒出二十几家湘菜餐厅，使卢尧在海甸岛分店的生意变淡变差，经过多次召开员工会讨论，他决定撤掉海甸岛那家分店，只保留南航西总店、海府路分店及府城朱云路这三家店。其实，拥有三家餐厅已经相当不错，尽管餐馆毛利越来越薄。

卢尧的府城朱云路"闯海人湘风阁"开张后，生意没预想的好，但也算可以。

这天，卢尧从公司出来，打算去府城，看到一辆摩托车突突突驶到门口。车上下来一个戴鹅黄色美团快递头盔、着美团服装的男子，仔细一看，竟然是吕财东店的大金。莫非大金加入了美团？正想呢，大金也认出他来，说："卢哥，我刚想，上湘风阁会不会遇到您，不想进门就遇到。"卢尧说："你怎么在美团，吕财东呢？"大金长叹一声说："那就是人间一浊物，来到世上专为吃喝玩乐嫖。"卢尧吩咐服务员下单，然后让大金在凳上坐，说："坐，菜没那么快，聊会儿吧。"大金坐下说："哥，我告诉你，吕财东还不知道在不在世。年前说不舒服，上医院检查，查出艾滋病，吓了个半死，加上之前得的淋病。淋病哥您知道吗？就是搞多了。"卢尧说："这么多年，还没改？"大金不屑地笑说："改？从海南到深圳，从深圳到海南，毛病一直没改。上次广东大扫黄，东莞光小姐就抓上千。你知道吗，我估计他就是在那儿染上的。其实我们平时都劝他，你道他怎么说？'茶有茶瘾，话有话唠，我就是色痨。这辈子就为色生。'这么多年，三天两头地嫖。他那几个钱全花在嫖上，孩子都是老婆养。他头世就是色鬼。他还说'纵然花下死，做鬼也风流'。他最后说：'大金啊，我六十多了，不想一把骨头扔在外头，我还是回家吧。'于是将店转了。我弟叫我去深圳，可深圳房价太高，我还是想回老家。经过这么多年改革开放，老家也发展不错了。"卢尧说："吕财东那个家伙，我看就是天要收他。胡搞这么多年，公安没抓他，病魔找到他，算是报应。"服务员从厨房拿快餐交给大金，他结了账说："哥，有空再聊，我走了。"

不知出于什么心理，卢尧驾了车，直接开到吕财东之前开的那个小面馆。发现面馆已经转让，改为一家五金专卖店了。从茶楼喝茶认识他，到他铝厂驻海南办事处上班，一起回忆个遍，觉得人生真是一场戏剧！那时候，谁能料到吕财东最后会这个下场呢！

丁松从天津回来了，据说他天津两个项目全做完了。因为地价走高，房地产不好做，加上妻儿在海南，于是将天津的事情了结清盘后，就决定回海南。

这天，丁松给郭磊打电话，约他中午一起吃饭。郭磊的公司上市后，还没见过丁松，爽快答应了。

中午，在国贸的国光大酒店二楼中餐厅的一个包厢，丁松和他漂亮的妻子邱娜，还有他们的儿子丁定以及邱娜母亲一起来了。郭磊还是第一次同丁松家人吃饭，尤其第一次见到他的儿子，于是赶紧到银行机柜取了一千块钱塞给他们的宝贝丁定。邱娜怎么都不肯要，丁松含笑说："收下吧，郭磊现在是大老板了。"郭磊闻言笑了。

邱娜问郭磊喝什么酒，他说："我真的很少喝酒，来一杯果汁，你们喝吧。"

邱娜能喝酒，她要了一瓶红酒，给郭磊要了一杯鲜榨西瓜汁。

坐下后，郭磊打量了丁松一眼，发现他认识的所有闯海人朋友中，唯独丁松外形没怎么变。算算丁松今年应该有六十出头，可他的头发依然很黑，脸上没什么斑迹块状，依然细嫩光滑，就认为是对方会保养。郭磊问："去天津这么久，应该狠赚了一笔吧？"

丁松笑起来，说："如今的房地产不是你想的那样，大不同以前了。如今不论内地还是海南，搞房地产的太多太多，僧多粥少，竞争激烈，利润就薄了。"邱娜说："是，我听说他在九三、九四年炒楼花、炒地皮那会儿，一天倒一两块地都不用掏钱，只是手里过几个协议书，上千万的资金都到手。"丁松笑说："那是非常时期，以后永远不会有了。"邱娜说："所以说，不论做什么，都要赶早，晚总不如早。"

丁松很会照顾他的丈母娘，不时地给丈母娘夹菜、斟茶、倒酒。他丈母娘也喝红酒。

郭磊说："这次回来后，就不走了吧？"丁松说："没特殊情况，不走了。不过，找到好项目，临时出去一下也可能的。不会像这次去天津，一走那么久。"邱娜娇嗔地看他一眼说："你还说，一走这么久。我还以为你把我们忘记了呢。"

丁松就嘿嘿笑。

接着，丁松问了郭磊公司上市的大致经过，点头说："不错，你的日子好过了。一般来说，上市了就不会缺钱。"郭磊说："虽然上市了，但是我每天还是如履薄冰。上市不等于高枕无忧，业绩不好，股市也会报复的。"邱娜看了看丁松问："你的公司为何不搞上市？"丁松说："小郭是旅游公司，是地方政府扶持的产业。我们这个产业，这些年不是政府倡导的。而且，地产公司上市太多，与别的比起来，我们的总量又不大。"

郭磊想起邹景龙，就问："那个邹总，还在海南吗？"丁松说："我好久没同他联系了，他后来去了石家庄，搞了两个项目。不过上个月他告诉我，快完了，完了想回海南。"郭磊笑说："出去的最后还要回海南。"丁松就笑。

下班前，小黄进来说："郭总，有个女同志急着找您。"郭磊一惊，见电视台的制片人兼女主持杨艳出现在门口，只好招手说："来，来，你没预约。万一我不在呢？"杨艳边进门边说："我最讨厌预约，总觉得预约就是你们这种贵人的借口。"

郭磊吩咐小黄倒水，办公室人员拿了瓶矿泉水递给杨艳。

郭磊问："有事？"杨艳沉吟片刻说："郭总，我有两位闺密，一个在广告公司，姓章；一个在报社，姓万。小章的公司两个月没发工资，您的公司家大业大，能不能让她到您公司工作？"郭磊说："我是旅游公司。别看我们上市，其实很一般。"杨艳嫣然一笑说："郭总，我最近有十天的假，我想邀请您一起旅行一次，芭提雅或新加坡，都可以。"

郭磊不解地问："旅行？为什么？"杨艳说："旅行就是旅行，哪有为什么。"郭磊斗胆问："你……"杨艳爽脱地说："我离婚了，三个月前离的。""为什么？""他介绍我进他们电视台，我当时只是利用他进电视台。""利用就结婚？""真只利用他。""利用完就拆桥？""我暗示过他，可他不在乎。"

郭磊皱着眉问："孩子呢？"杨艳笑说："我怎么可能要孩子？那男人又黑又胖又矮像猪一样，假如像您这颜值还差不多。"郭磊哈哈一笑说："我有颜值？第一次听说。"

杨艳痴望着郭磊问："哎，我刚才问您，您还没回答我呢？"

郭磊说："噢，走不开，工商联来电话要我开会呢。"

杨艳说："海口周边游行不？海口周边有很多文明生态村，环境不错。"

杨艳今天头发烫过，香水进门就扑鼻而来，她穿着短袖，肩膀双臂裸露，将性感的胸衬托得很丰实，下身雪白修长的大腿在他眼里显得特别挑逗。郭磊忽然不知道如何开口，杨艳嘻嘻一笑说："郭总，我们认识这么久，您还是第一次这么看我。我可要向您提要求的哟！"

郭磊不由得笑说："我没时间，可能还要去一趟三亚。"杨艳说："周六上午我给您打电话，不见不散，见面地点是香格里拉酒店草坪。"

中午，郭磊躺在办公室沙发上休息，想起杨艳的话，思忖道，她可能说着玩儿的吧？

快下班时，杨艳再来电话说："郭总，我想了一下，就明天吧。您明天有空吗？"

郭磊好奇到底什么事，不如早点儿见，做个了结，便说："你说吧，怎么样？"杨艳说："我想我们明天下午四点，在海口市西郊的欢乐农庄见面？"

郭磊想，明天就明天，农庄还省钱，就答应了。

郭磊知道那个农庄，是海口市旅游部门竭力打造的一个农家乐基地，据说环境不错。

次日下午，郭磊按着地图导航，很快来到欢乐农庄，不想杨艳已先到。她好像对这儿蛮熟。见到郭磊，马上领他到湖上的一座竹楼，坐下来喝咖啡。

杨艳其实没什么事。郭磊不知道她要干什么，就说："小杨啊，本来我打算让助理来，转而一想，那样你会生气，想想还是自己来了。你不是说想让闺密到我公司上班吗，那好吧，先试用一下，如何？"

杨艳不作声，自从见面后，她就一直笑眯眯的。郭磊有些不解，问道："我们就上这儿喝咖啡？"杨艳脸红了，说："郭总，我们之间做朋友好不好……"郭磊疑惑地说："我们是朋友啊。"杨艳脸红得像擦了胭脂，羞赧地说："就是如今时兴的那种……朋友，如何？"

郭磊顿时明白，摇摇头说："小杨，你看，我的年龄都可以当你父亲啦。"杨艳不屑地说："年龄大怎么了，如今的姑娘就喜欢大叔，不信你去打听。"郭磊说："小杨，我们还是做……普通朋友好，一旦有了那种事，双方见面会很尴尬，真的。"

杨艳眼中滚出两颗热泪说："郭总，你太自恋了吧。我实话告诉你，上周还有两名厅级官员约我去泰国芭提雅呢。"郭磊语速飞快地问："那你干吗不去？""他俩年龄比你大，我特别不喜欢他们的脸形。还有，他们都吸烟，我特别讨厌男人吸烟。""这么说，我的颜值得到了你的肯定？"杨艳笑起来说："当然，你就是黑点，脸形不错。"

郭磊喝了口咖啡，看着楼外的池塘说："小杨，我觉得吧，以你自身的条件，完全可以找个更好的男人，建立一个家庭。你是不是缺钱？"杨艳立即站起来，怒视着郭磊说："郭先生，你再这么说，我马上走！"郭磊马上起身拦住她说：

"别生气，我开玩笑的。"

杨艳依然神情不悦，说："我都说多少遍了，我可以不要你离婚。我们只是那种关系。"郭磊说："那不是害你吗？"杨艳说："我不在乎。"说完，她重新坐下。沉思片刻，她忽然抬起头，凝视着郭磊说："今晚我们都不回去，行吗？"

郭磊开始紧张，说："小杨，我刚不说了吗，一旦越过那道线，那以后连朋友都没得做。"杨艳说："实话告诉你，除了我前夫，你是我接触的第二个男人，请你不要辜负我。""小杨，我再说一遍，那一步万万不能走的，否则我们都没法见面。你不知道，我这人心理负担很重，我都想不出今后如何面对你。"

杨艳白了郭磊一眼，说："虚伪。你之前的助理不也是女的吗？"郭磊说："那是工作呀。""我不信，你们天天一起，她又长得那么漂亮，你没动过心？""小杨，你想哪里去了。她是我的助理，我们完全是工作关系。不信，你上我公司问问。""是不是像您这个年龄都失去了激情？国外六七十岁的男人都很有激情。""你不要搞得我晚节不保。"

杨艳哈哈笑起来说："我就知道你会用这词。行，为了你晚节保全，我不要求。今晚我们一起度过一个难忘的夜晚，从此回到从前，行不？"

郭磊看到她眼中火辣辣的野性光芒，沉吟着说："妹妹，该说的我都说了。一旦越过防线，就没法回到从前了。"看到杨艳眼内滚出晶莹的泪珠，郭磊赶紧安慰说："小杨，小杨，你怎么哭了？我说的是真心话，真的。"

郭磊马上拿起一块纸巾，替她擦拭眼泪说："我明白你的心意，我们就做朋友。平时有什么事，一起坐坐，喝杯咖啡或吃顿饭，足矣。当你工作或个人感情遇到问题，也可以告诉我。"杨艳揶揄地说："你不怕我找你借钱？""朋友嘛，该借的，还是要借。""没见你这么实诚的，你是我见到第一个实诚的男人。""我这人是不是很好笑？""我在想，像你这么实诚的人，怎么能将一个小公司做到上市？""我运气好。"

两人都不再作声，闷头喝咖啡。

少顷，杨艳又说："那天同您说我闺密工作的事情，假如你们公司做文化宣传，她还是可以胜任的，您就让她去吧。"郭磊说："行，哪天让她到公司坐坐吧。"

他俩什么都没做，只在农庄坐了两个小时，喝了一杯咖啡。

临走，郭磊说："吃顿饭吧。"杨艳摇摇头说："没意思，不想吃。"

第二天，就见小黄领着两个姑娘走进来。

两个姑娘个头差不多，进来后，就分别自我介绍。脸圆的叫章欣欣，脸方的叫万小茜，她俩就是杨艳介绍的闺密。小黄将她们带到郭磊办公室，又拿了两瓶矿泉水给她们就出去了。万小茜说："杨艳说，让我们找郭总，看郭总能否践约。"

郭磊看章欣欣、万小茜的衣服穿得很保守，记得第一次见杨艳时，她倒穿得开放性感。他问杨艳呢，万小茜和章欣欣相视一笑，万小茜说："她快结婚了，正忙着准备婚礼呢。"

郭磊吃惊地问："对方是谁？"万小茜说："一位八八年的老闯海人，看上去比你老，估计有七十岁。姓邹，据说上岛后炒地皮炒楼花赚了不少钱，后来参股中国城，再后就一直搞房地产。""叫什么？""好像叫邹景龙。"

郭磊突然心里有点乱，杨艳约他到农庄喝咖啡时，早有邹景龙那个备胎，估计她还是嫌邹景龙老。世道人心也太可怕了吧！

郭磊转移话题问："章欣欣，你之前在广告公司干得如何？"万小茜说："杨艳不是已同您说过了吗？""说是三个月没发工资。这个你放心，假如来我们公司，不会发生这样的事。"

"您不知道，欣欣能吃苦，海南这么热的天，她骑摩托出去拉广告、签合同。""我们办公室的小黄正好要去搞一段时间扶贫，章欣欣你可以先在我办公室上班。我不在，有事就找翟助理，她会给你安排工作的。"

郭磊经过海之南宾馆总台，发现小玉不在，心想：她今天没值班？自那次同吴小燕通过电话后，他就将小玉安排在楼下客房当服务员。同是老乡，又是吴小燕的亲外甥女，理当照应。小玉虽文化不高，但人长得水灵，脑子还灵活，对钱特别仔细小心。她到总台干了两个月，竟然一点错都没有出，看来有一定的发展潜力。

小玉刚来时，同其他服务员住集体房间，像学生的上下铺，一间房里住八个人。后来想到吴小燕的关系，便为她在隔壁大英村单独租了间小房，月租三百。房子很小，二十平方米，还带一小卫生间。帮小玉租房时，郭磊去过一次，此后就是上班经过总台碰到时打个招呼，平时没怎么联系。

一次过节，郭磊请小玉在门口川菜馆吃了一次饭。不久，吴小燕给他打电话，电话里十分感动地说："郭磊啊，谢谢你。小玉在家，我妹妹、妹夫长期就把她当猫当狗养，没想到在你公司受那么好的待遇。小玉那天给我打电话都哭了，说你对她太好了，她真是感激不尽。"郭磊便笑说："家乡人应该的，只要她觉得满意就行。"此后，他既没给吴小燕打电话，也没找过小玉。

想到好久没关心过小玉，不如到她住处看看。假如她有空，中午再请她吃顿饭。

郭磊下班提前了二十分钟，来到小玉租住的大英村。这是一间经过装修的民房，房子在二楼，窗外就是小巷。这房是郭磊给租的，付了半年房租。小玉住进后，曾邀请他去玩，可他一直没时间。想起当年符有贵的广告部在大英村租房，这里与二十年前相比还是发生了很大变化。首先是村民房大部分重建，即使原来的旧房也都翻修或装修，小玉住的这家也是。

来到小玉租住处，房门竟开着，门口放一双鞋，门内是一种廉价的塑料地毡，拖得很干净。他听到卫生间有自来水响，就喊了声"小玉"。小玉穿着一件到膝的乳白色睡衣，头发被皮筋扎起，下面裸露着两条雪白的腿；那睡衣宽松柔软，走动时左右摆动着，偶尔露出一半的臀肉，将他的目光刺得左右躲闪了几下。看她的面容，好像刚洗过澡，在洗衣服。

看到郭磊，小玉马上露出甜甜的笑容，两步奔到他跟前问："郭总，您怎么来了？"不等郭磊回答，她赶紧从一旁拿过一双红色拖鞋，放门槛前说："进来吧，您穿这双鞋。"郭磊犹豫一下，脱掉皮鞋，换上小玉给的拖鞋，走了进去。

小玉随手将房门关好问："下班了吗？"郭磊看房间收拾得干净整洁，便说："对，过来看看你。"小玉将床边的毛巾拿开，说："坐吧。"房里没凳，只能坐在床上。小玉说："我给您泡杯茶吧。"郭磊说："不用，小玉，我马上走，就坐一会儿。"小玉忽然盯着他说："郭总，您可是第一次来我这儿啊。"

郭磊说："那天，你大姨给我打电话，问你在这儿的情况，我告诉她，你表现不错，她很高兴。"小玉说："是，我大姨比我妈还关心我。""小玉，实话实说，你在海南习惯吗？""习惯，真的，我蛮喜欢海南。""想在海南安家吗？"小玉脸一红笑说："不好说。"

郭磊说："没想过，或没这么想？"小玉定定地看着郭磊说："郭总，您实话告诉我，您喜欢我吗？我大姨说，您读书时候人老实，很不错。假如您想跟我好，我完全没意见。"郭磊吓了一跳说："小玉，我不是那个意思。我的意思，你想安家，我可以替你留意，看看有什么合适的男孩子，给你介绍一个。"

小玉盯着郭磊说："郭总，您不喜欢我吗？"郭磊说："傻孩子，我与你大姨同年，都可以做你的爹。"小玉说："没事，我不在乎。"郭磊说："你不知道我已结婚了吗？"小玉说："知道啊，您可以不离啊。我们一起，您不用告诉你家里。您有空就过来，有事就走，没事的。"说着小玉故意将自己睡衣的下摆往上提了提，那裸露的方向刚好对着郭磊的视线。

郭磊赶紧将头扭开。小玉又说："郭总，您放心，我不像别的女孩要很多钱，我现在上班，每月有工资。我不会纠缠您的。"郭磊看着她，不知说什么好。他发现小玉说话时，眼睛里透着一股纯净，她压根儿没经过思考，完全是出于感激和报恩的心理。

郭磊说："小玉，我是觉得……"小玉忽然笑着打断道："郭总，您知道我多大吗？我其实只有十九岁，我身份证上的年龄是假的。我至今没谈过男朋友，不信问我大姨。"小玉转身看了一下房门，走过去用手使劲拉了拉，发现门锁得很牢，便转过身走近郭磊，温柔地说："郭总，您今天不走吧，一会儿我给您下面条，完了就住这儿。您要有事就走。"

郭磊的心情无比复杂。他想，小玉可是从老家来的。老家的风俗他知道，是非常保守和质朴的。见他不作声，小玉便朝他看了一眼，然后噔噔噔跑过去将窗帘拉上说："郭总，没事的，我是自愿的。您不用怕。"说着，她重新走到郭磊跟前，竟然当着他的面，将自己的睡衣全部脱掉，只剩下一条三角内裤，内裤下面的绒毛露出几根。这时，小玉的整个胴体完全暴露在郭磊跟前。郭磊的心脏立即怦怦怦狂跳起来，他不想看，可还是情不自禁地看了一眼。那胴体比新婚之夜的洪丹更细嫩、更白皙、更苗条、更美妙，尤其胸前那对像蜜橘般红润的小樱桃，虽然不大，却微微颤抖着鲜艳耀眼。他知道，自己脱掉衣服，将她抱到床上，这美好青春的胴体瞬间就是他的了。然而，他马上想到"罪恶"二字，他之前千辛万苦铸造的道德高墙要是被欲望击垮，还有何颜面面对妻子洪丹和同学吴小燕？就在小玉要脱掉三角内裤的一瞬间，他喊了声："小玉，我走了。"然后就急急起身开门出去，像做贼似的飞快跑下了楼。

晚上躺在洪丹的身边，他脑海里尽是小玉那细嫩、白皙、苗条、美妙的胴体。

咋搞的，自己怎么就这么胆小呢？

第二天，郭磊上班，第一个电话就是打给丁松："丁总，想问一下，您的那个朋友邹总在海南吗？"丁松说："哎，那天不告诉你了吗？他在石家庄搞了个项目，然后就回了海南。他那个人耐不住寂寞，说要在海口参股一家夜总会。好像还同一个电视台的女记者好上了。"

郭磊强装笑问："他结过几次婚？"丁松说："正式两次，一次是原配，北京人；第二次是洛杉矶那个沈阳女人，再就是这次。""他们什么时候办事，届时您告诉我一下，我送个礼。""老邹的事你别掺和。他那个人，连我这几十年的老朋友都把不大住。说是结婚，没准儿明后天又找了别人，我不喜欢那风格。"郭磊笑说："可能搞中国城中了毒。"

丁松说："噢对，徐丽媛老板上月给我打过一个电话，说她打算撤回海南，不知道回来没？"郭磊说："还是那次我的海之南开业时见到的她，此后再没见过。改天给她打个电话。"

郭磊说要请丁总吃饭，丁松说："改天再说吧。这两天小孩子不舒服。"他就挂了。

邹景龙比丁松大五岁，虚岁六十九，但从面相看，比实际年龄老。他的瞳孔开始模糊，鼻翼两边像釉上一层缁色的老人斑，两边的太阳穴也有。头发稀疏倒塌，即使用发胶竖起来也无济于事。因为海南天气热，不到两小时，发胶上的黏性就像蒸发了似的，自然而然垂落。他头发倒没全白，只花白，皮肤却松弛得有些夸张；一口细小的美牙，一笑便露出真假，因全部换上假牙。在杨艳几个姐妹眼中，这是个七十岁的朽老头，当然这话只敢背地说，当面说杨艳会很不高兴。

据说邹景龙依然很有活力，经常跳舞、游泳、打网球、打高尔夫，还泡妞。政策收紧，中国城改成商品楼，他便参股了范总在海甸岛五西路搞的实弹射击场，后来也撤出了。此后，他像丁松一样搞起了房地产。在房地产开发中赚到钱，不甘寂寞，拿一部分资金参股了两家夜总会。

高潮时候，他身边拥有五位可爱的"小迷妹"（丁松的话），而且一起住一栋楼。

邹景龙先后换过多少女朋友，连丁松也不清楚。只知道他平时只要遇到惊艳的女孩便果断"猎获"。因为邹景龙在这方面肆无忌惮，丁松便有意同他保持距离，怕他污染自己，两人见面从不谈私事。朋友找丁松时很少看到他同邹景龙在一起，他们甚至连一起吃饭、喝酒都很少。邹景龙与丁松不是一个地方人，也非一个单位，他们是参加一个学术会时认识的，那时都二十多岁，听说海南建省办经济特区，一拍即合闯到了海南，此后又一起合作，成为了终身的好友。

在商业上，邹景龙比丁松刁钻、精明，他的不足是好色，可以说丁松在情色方面动心思最早还是邹景龙的带动。丁松开始不近女色，甚至不同异性接触。俗话说常在河边走总有湿鞋时，丁松的第一次"破局"是在邹景龙同范总搞的中国城，在那里他"失身"了。此后就遇到了邱娜，他其实是个有品位有追求的男人。刚来海南时，他宁可在家看书看电视，也不去夜总会那种地方。

中国城经营性质改变后，邹景龙同那个沈阳女人去了洛杉矶。被那女的骗去二百万，他回到海南就没再离开，除偶尔出差。邹景龙父母以前住石家庄郊区，二〇〇〇年上半年邹景龙在北京军博附近为父母买了一套一百平方米的商品房，那时的房子便宜，每平方米才六千，现在不知涨多少倍。他母亲于二〇〇九年病逝，父亲二〇一一年去世，房子便给他妹妹住，产权还属他的。他妹妹在北京上大学后留了下来，她自己的房在丰台区，离上班远，于是她将自己的房子出租，住哥哥的房。邹景龙身家万亿，不在乎那套房的收入。

父母在世时，他还经常去北京。父母都不在了，他去北京的次数就少了。

邹景龙是怎样认识杨艳，又如何同她发展到谈婚论嫁的地步呢？

邹景龙地产公司有个外包销售部，经理李娟是吉林人，杨艳正好也是吉林人。一次，李娟到电视台咨询房产广告，碰巧杨艳在，因是老乡两人认识，交上朋友。杨艳上李娟处咨询房子，李娟说可给八五折，可杨艳没钱。这时，她见到了房产公司的老板邹景龙。邹景龙从杨艳身上看到一种热辣辣、色艳逼人的感觉，杨艳穿衣大胆，加上天气炎热，她衣着性感暴露，敢在公众场合毫无顾忌地大摇大摆。几句话下来，两人便相互留下联系电话。两天后，邹景龙请杨艳吃了一顿饭，这顿饭就选择在杨艳邀请郭磊去的海口市郊的文明村。那天，邹景龙很直接地对她说："我喜欢你。"对此，杨艳保留了态度，只是笑了笑，因为当时她还没离婚。另外，她觉得像邹景龙这样的男人，一定有丰富的情史。即使答应，也得慢慢了解。邹景龙语言挑逗，物质利诱，甚至提出晚上住在那里。

杨艳犹豫半天，还是拒绝了。离婚后，邹景龙便不断地约她，而她又看上了郭磊。

嫁给邹景龙那种年纪的人，杨艳还是有所顾忌的。世人的嘴实在太损，尽管她不在乎，可人言可畏啊！假如郭磊没拒绝她，她可能不会考虑邹景龙。没想到郭磊坚决而坚定地拒绝了她，这让她很没面子。

她想，不就是开了个旅游公司吗，再牛也没老邹的公司牛吧？她曾听邹景龙吹嘘自己资产达十亿以上，银行账户最多时超十亿，而郭磊的公司上市也不过几个亿。

邹景龙去洛杉矶前住在中国城北侧的豪华公寓里，那座楼装修成宾馆样式，每个房间约四十平方米，里头有小卫生间、小厨房，适合租住。邹景龙总以为自己迟早要离开海南，所以租了一层八间。自己住两间，一间是书房，一间是卧室；另外五间住着他的五个"小迷妹"，一间是机动，临时来客人住。

公寓毕竟不是宾馆，没有清洁工，于是从外头找了个清洁工，每天给他们打扫房子。高兴时塞一两个红包给清洁工，吃饭在中国城公司食堂解决。他是老板之一，食堂自然单独安排。他的五个小迷妹平时吃饭少，爱吃零食。偶尔去一次，便和邹景龙一起吃。久而久之，中国城的员工都知道他们的邹老板包养了五个小姐。

毫无疑问，五个小迷妹都是在中国城夜总会认识的，她们是坐台乃至出钟的小姐。

毫无疑问，她们愿意同邹景龙一起，自然图他的钱。

每个小迷妹每月工资五千，生活费两千，其他开支三千，合起来是一万，五个人就是五万，一年六十万。六十万对邹景龙来说不在话下。那样的生活一直过到中国城关门。

邹景龙从美国回来，他账上依然有两千万。于是仰仗这两千万，搞起了房地产，两年后又参股了两家夜总会。认识杨艳的时候，他的夜总会已不搞退出了，只剩房地产公司。因为夜总会太牵扯精力，到后期他感觉自己的身体大不如前。到医院检查，竟查出有高血压、心脏病。有钱更怕病，倒是真的。医生劝他不要太劳累，他对医生说，主要是心累。

夜总会退出后，邹景龙晚上不用出去，在家休息，身体逐渐好一些。此后，他在自己开发的别墅区留了两栋房，一套自己住，一套放那儿保值，地点在西海岸。为保险起见，他在别处开发的小区也自留了五套不错的，一是保值；二是打亲情牌，有亲戚朋友买时可以出售。

做房地产比较单纯，不用那么忙。于是，邹景龙便有时间健身、锻炼。遇到杨艳的时候，正是他身体恢复时期。

在邹景龙的私人别墅里，二人喝着茶，吃着水果，邹景龙便直截了当地向杨艳提出结婚。"你让我考虑一下可以吗？"她解释说，"我接到台里一个任务（即郭磊冠名赞助二百万的那个电视片），可能需要一年时间完成。"

邹景龙摇头说："一年太长，一个月。不，我希望你今天就搬过来。"

杨艳发现邹景龙色眯眯地看着她，不由得笑说："老大，别那么急，好不！你总得让我考虑下啊，我毕竟不是夜总会的陪酒女，我好歹是大学毕业，有职称的电视新闻工作者。"

听到这话，邹景龙冷静了些，还是强调说："尽量快。你想想一个单身男人的痛苦，我太寂寞了。"

就在郭磊拒绝了杨艳的那天下午，她正好接到邹景龙的电话，二话不说就直接搭车去了邹景龙别墅。那晚，她就睡在邹景龙宽大的席梦思床上。她发现邹景龙果真年龄大了，力不从心，与前夫比，他显然缺乏力量，缺乏韧劲，尽管他调门很高，充满激情，但两个回合过去，不到几分钟就落败了。他更无法同她大学的初恋比。大学的初恋她回想起来情思激荡，初恋男友简直是生龙活虎、斗志昂扬地拿下了她。她就想，这个老东西能活多久呢？都说好色之徒寿短，假如自己同他一起几年，他就一命呜呼，不正好获得他多少亿的遗产吗？之前聊天，她听邹景龙说，他没儿子，只有一个女儿，一直跟他前妻。女儿早成家立业，有了自己的孩子，应该说他此时已是当外公的人。他还说，假如杨艳跟了他，他不会再找别的女人，同她白头到老。杨艳偶尔想，就这么个糟老头子，别说贪吃我的肉，老娘发起疯，就利用我的肉折磨你，看你挺多久？假如挺两三年就去，岂不是更好！

这么一想，杨艳便打定主意同邹景龙结婚。

同杨艳谈妥，邹景龙向最好的朋友丁松征询意见，顺带也想显摆一下。丁松总在他跟前炫耀邱娜，说邱娜如何如何美貌贤惠。

"现在的女人基本认钱，没有例外。"这话他多次告诉过丁松，而丁松却说邱娜不是，这让他很恼火，很挫败。邹景龙很要面子，他的潜台词是，你看，我也找了个美貌贤惠的女子，还是大学毕业，有职称。

邹景龙在丁松面前描绘杨艳的容貌："老丁，小杨真的很美，她的美不同于之前那些个，她的五官有立体感，像是维吾尔族、蒙古族和汉族姑娘混血，看着野性，我特喜欢。"

在丁松面前，邹景龙无话不说，而丁松对他糜烂的私生活见怪不怪，所以只问："你就告诉我什么时候结婚？在哪儿办？届时我同邱娜都去。"

邹景龙偏要拿腔作调说："你厌烦我谈小杨是不是，是不是有些吃醋？哈哈哈，开玩笑。你的邱娜那么漂亮，哪在乎我的小杨呢，对不对？只是兄弟之间好不容易遇到一好事，才同老弟分享一下，别见怪。"

邹景龙说，他同杨艳商量好，打算元旦举行婚礼。元旦离现在不过两个月。他担心丁松顾虑，便加了一句："你放心，我同她已经那个……那个明白吗？"

丁松知道，他们已同居了，就没再作声。他说："假如是元旦，估计我已经回海南了。届时一定参加你的婚礼。"

郭磊刚上班就接到一个电话，对方是本地普通话："郭总啊，今天有没有空，上我公司坐坐？"打电话的人叫符茂胜，是他在省工商联认识的。

不久前，郭磊打算上长江商学院学习。据说十二月份要办一期 CEO 培训班，郭磊到省工商联报名时遇到海南符氏农商集团总裁符茂胜，他也打算上香港参加一期长江商学院学习。认识后，符茂胜就不断打电话请他过去坐坐。他说："好吧，我上午十一点左右到你那儿，坐半个小时。"

符茂胜的公司在南大桥与南航西路交叉口的一栋十二层楼里。

符茂胜是地道本地人，老家在琼海。听说他以前在南航部队当兵，退伍后在老家打过渔，养过鸡。海南建省，他在海口市开了第一家文昌鸡饭店，逐步做大。据说他有文昌鸡餐饮连锁店十家，海口、三亚各三个；除了餐饮，他还在文昌、琼海各建一个文昌鸡养殖基地，连锁店的鸡都来自他的基地。另外，他还有个金鲳鱼养殖基地。他的公司正酝酿上市，省市商务部门积极支持他上市。

这也是高人！能在竞争激烈的海南餐饮业中生存下来，做大、做强，乃至将公司做上市，很不容易。

从某种意义上说做餐饮比做旅游更不易，郭磊觉得符茂胜是个很不平凡的男人。

符茂胜外表普通，中等个子，皮肤微红，衣着朴实，穿着一双皮凉鞋。

二人一见如故，聊得很投机。一个多小时的交谈，各自介绍创业历程。

听说郭磊是八八年上岛的，符茂胜竖起大拇指说："了不起，了不起！郭总，你们那批人在海南做出了很大的成绩，您是其中的翘楚，了不起！"

符茂胜要留郭磊吃饭，他见推辞不过，就在符茂胜楼下店里吃了一顿饭。

符茂胜很热情，搞了十多个菜，主要是海鲜，还上了红酒。

二人约好去香港学习的时间，最好能一起走。

第二天上班，郭磊接到东方巨人万总打来电话，说他马上要离开东方巨人了。为了友谊，郭磊、万总还有项总三人相约一起吃顿团聚饭，然后再到南海观音佛像景区合个影。郭磊为感谢万总对自己的帮助，马上说："没问题，我明天过来。"他将公司的事情安排了一下，就去三亚了。

两天后郭磊回到海口的公司，翟笠敲门走进他的办公室，神色平静地向他递交辞职书。

尽管郭磊心里早有准备，但还是被震惊到，说："为什么？"

翟笠淡淡一笑，没有回答。郭磊想了想，从抽屉掏出一个鼓鼓的信封递给翟笠。翟笠问："什么呀？"郭磊说："祝你一帆风顺，步步高升！"

翟笠见是厚厚一沓人民币就说："郭总，这个就不用了吧。"郭磊说："想开个茶话会送你，但他们说太土。那……祝你一切顺利。哪天走？""后天，同我姑吃过早茶就飞广州。""小黄不在，让小敏送你吧？""我姑送我。"

翟笠说完，将那个装着钱的信封放到桌上说："谢谢，心意领了。"说完转身离去。

一直到下班，翟笠都在办公桌前收拾东西。

下班后，翟笠起身向每个同事道别。大家都知道她要走，但没想到是今天，依依不舍的祝福声不断。

翟笠将车钥匙交给了小敏，她拿起桌上收拾好的挎包，朝郭磊办公室的门看了一眼，然后大步走了。

郭磊待在办公室没动静，直等翟笠走后才出来。很多人都很诧异，不知道他为何没出来送送翟笠。

翟笠的脚步声消失，郭磊才走出办公室。员工们望着他，脸上都显出一股难以言状的傻笑。

郭磊的车速很慢，车里没有音乐。往日他都从世纪大桥回家，今天却绕到海秀东，左拐和平桥。经过和平北路时，他情不自禁地看了一眼邹巍的小店，意外发现那店改成了一个全麦面包店，不是以前的杂货店了。邹巍依然站在店里，穿着一件面包店员工的工服，他就想，是改变了经营项目吗？最近海口市流行全麦面包，尤其受年轻人欢迎。

郭磊将车停靠在一旁，穿过马路来到面包店前。只见邹巍两鬓斑白，一脸沧桑，郭磊就想，他也才五十多啊，于是"嗨"一声。邹巍正调整一块面包位置，听见声音抬起头。郭磊问："改卖面包了？"邹巍露出笑容说："杂货不赚钱，现在不是流行卖全麦面包吗，就改了。"郭磊说："不错，给我来几块，尝尝味道。"邹巍马上用塑料袋装了四个面包塞到郭磊手里说："别给了，一点小意思。"郭磊说："那不行，你是在做生意。"说着掏出五十元人民币塞给邹巍说："不要找了。"邹巍一笑，还是找零给他。

郭磊问："能做大吗？"邹巍说："这么个小店，哪能做大。"郭磊说："经济特区的优越感早在二十年前就没了，已同内地一样。你户口办来没？"邹巍说："办了。"郭磊说："太好了，我就担心这个。有空聊，我先回家了。"

邹巍忽然说："郭老板，你有个朋友叫卢莞是吗？他给我打了三次电话，请我到他店里吃年夜饭。当时我老婆家来人，没法儿去，谢谢他的好意。"郭磊微笑说："同是天涯沦落人，卢老板也是八八年上岛的。经过几十年的努力，他做了三家餐厅，发展还不错，人也好，你们可以认识一下。"

一连几天，郭磊每每经过翟笠的座位，眼睛都会自然而然地瞧向它。

翟笠走了，一时没个人帮着处理事情，还真不习惯。郭磊想起三亚的廖东，于是给他打电话问："你愿不愿给我当助理？"廖东说："太愿意了，只怕我没那个福分。"郭磊说:"明年有新起点,你元旦前就来报到吧。"

廖东虽是男的,但年轻、阳光、帅气,也许是他需要的助手。

一看到翟笠坐的那个位置,郭磊心里就会涌出一股莫名的惆怅。这天,他走到大厅对小敏说:"小敏,如果有人找,就说我去琼海了。"小敏说知道了。

郭磊拿起桌上的黑皮包,直接出门去。手机响了,他一看杨艳的名字,接听后问:"有事?"杨艳说:"郭总,我替闺密谢谢你。小万这几天感冒,她打算下周来上班,如何?""该说的我都同她说过。哎,邹景龙不是八八年上岛的闯海人?""是啊,我早认识他。他一直追求我,只是我始终没答应。唉,他年纪太大了。""怎么又答应了呢?"杨艳长长地叹口气说:"唉,您让我怎么说呢!一言难尽,没别的事吧,那就挂了。"

郭磊来到琼海,当晚住在"东方第一民宿"。

曾小凡请他到会议室坐,他对曾小凡说:"没什么事,前段太忙,太累,想待两天,静一静。"曾小凡笑说:"我知道你待不久,想吃什么我安排厨房做。""家常饭,清淡些,备一个冬瓜海螺汤就好。""吃龟吗?""不吃。"

郭磊在沙发上坐了一会儿,服务员很快送来了茶和水果。

喝了口茶,吃了块水果,他来到窗口站着。那次也是在窗口站了一会儿,就拉着她去了海边。绿色的植物看过去便是大海,与海口比,这儿很安静。郭磊眼前浮现出她的影子。这一趟就为她而来,尽管她已离开了公司,可是她的影子始终无法消失。

他现在明白什么叫魂不守舍,在公司、在车里,到处都是她的幻影。似乎他到哪儿,她就跟到哪儿,如影随形。她竟走得那么果决,说去同她的男友会合,他真的一次都没见过她的男友。她多次向他描述男友,还说得那么逼真,他不可能不信吧。

不容多想,郭磊朝大海走去。不错,此趟就是寻找那份回忆,让他迷恋的是,他俩来过的那片洁白开阔的沙滩,那天没太阳,这会儿也没有。

那日,天上有一层厚厚的白云,他真想拉她的手,可又不敢。她假装看见什么,高兴地叫了一声:"哎呀,那就是名闻遐迩的三江出海口吧?"是的,那儿被称作玉带滩,是三江出海口的著名海河交汇处。她竟跟着他静静地观赏了一会儿江河海交汇的奇观。

记得他说:"坐会儿吧。"她没有拒绝,在他对面一米远地方坐下。他静静地看着她问:"什么感觉?"她说:"很美。"也就是那天,他向她表露心扉还送上一枚戒指,可她十分从容又狡黠地告诉他,她有男朋友。

尽管有心理准备，他还是没想到她那么直接地回绝了。他甚至表示，愿将所有财富都给她，她依然笑眯眯地回答："想没想过，你所有财富，一半姓洪！"她是美人，也是很理性的人，他的任何心机都无法在她面前得逞。最后，他泄了气，可她仍是笑靥如花，气定神闲，好像他们从没谈及非常敏感的男女问题。这就是她！

找到他俩当时坐的位置，他心里涌起一阵感伤，她坐的地方空荡荡，可他觉得她还在。他注视着她，发现她比以前更美更成熟。他不想假斯文，不想当君子，他觉得自己应该变成一头野兽扑过去，在这片洁白的沙滩上二话不说占有她……然而，那样就满足了，就成功了，就胜利了吗？占有之后呢，他将怎么做，他将每天面对良心的谴责，道德的审判。对这个让他欢喜让他忧的好姑娘，除了兽性占有，就没有别的了吗？就不能将这份爱深深埋藏在心底吗？一刹那，他想起了一个人——吴小燕的前夫曹国舅，当然他的情况同曹国舅不一样……改用一句非常体面的话，是不是凡男人都过不了美人关？

不知不觉过去了半小时。离开吧，即使你坐到明天，她依然是她。人生就为那点儿快意？他在海南打拼三十年，就为一个女助理而活？想到这儿，他竟然流泪了，泪流满面。

他发现口袋里的纸巾不够用，赶紧走到海边，用手捧起一捧海水，朝自己的头和脸浇过去，那一刻，似乎清醒了些。他没有立刻站起来，又在海边蹲了一会儿，直到双腿开始酸痛，才缓缓直起身，朝远处的海面深情地望了一眼，长叹一声说："去你的吧！"然后朝岸边走去。

吃过晚饭，曾小凡眼睁睁看着郭磊打开那辆高大的凌志车的车门，然后上了车。她有些担心地叮嘱了一句："路上开慢些。"

郭磊将车子直接开到西海岸的香格里拉大酒店，开了一间房间。房间里有一股什么香，柠檬？他想起那天在后草坪宴请宾客，蔡科长猥琐地说叫小姐爽一下，被他严词拒绝。他生出邪念，老子今晚是不是也要一次流氓？这三十年只是吃苦再吃苦，奉公守法，兢兢业业，从未越雷池半步，甚至都没做过一次某些人看来无限美好的"坏事"。值得吗？话说回来，男人非要干那种事吗？没准儿此刻一个电话，就能得到他想要的：一个如花似玉的女子带着香气来到他的跟前。然后脱掉身上的一切，一起上床。

连面都没见过就做"那事"，同野兽何异？难道今晚辗转来到这儿，就为满足一次兽欲？

郭磊斗争了半天，最终道德战胜了欲望。他用手机狠狠砸了自己脖子一下，然后将手机随手扔在床上。一屁股坐下去，倒在床上。廖会计给他打电话："郭总，翟助理的股份没有卖，还在手上。"郭磊说："她卖则卖，留则留，不管她。"

怎么搞的！六神无主，百无聊赖，这是要自杀的节奏吗？人常说，人的钱花不完就选择自杀，怕就是这种节奏？那人生意义到底为什么？忽然想听某个名人灌输一段心灵鸡汤。尽管这心灵鸡汤在很多人眼里不值一提，起码可以慰藉他的心灵。还好，香格里拉内部没有夜总会，否则今晚节操难保，怕真过不去。

他感到累了，于是走到木柜前，打开柜门，里头有饮料有酒，他挑了一小瓶约二两装的壮阳鹿龟酒，打开瓶盖，把那瓶酒一口气喝完，然后到浴室冲了个澡，就像一头野兽似的扑倒在宽大席梦思床上睡着了。这一觉一直睡到次日上午九点，才被一阵手机铃响吵醒。

电话里一个男人喊他"郭副会长"，他想起几天前，董中伟给他打电话说，安徽海南商会决定吸收他为副会长，那是他家乡的商会，不好推却。早听说过这家商会，只是以前事业不成功一直未曾接触。

郭磊笑问："您贵姓？"对方说："免贵姓祝。"郭磊说："今天公司有事，改天我给你打电话。"

洗漱过了，郭磊在楼下吃点东西，就去了公司。

上到十楼，小黄与廖东站在厅前闲聊。廖东一见郭磊，马上脸红说："郭总，我来了。"

郭磊点点头，然后说："小黄，我估计五指山那边扶贫还需要一段时间。假如商会来通知，你就去。你的工资职务不变，只是临时顶一下。记住，扶贫是真扶，不是闹着玩，你代表的是琼岛旅游公司。"小黄说："是，商会祝秘书给我打电话了。"

廖东说："郭总，听说您答应一位叫章欣欣的小姐负责办公室。"郭磊说："我让她负责宣传广告，她之前就广告公司的。你是我的助理，负责办公室。"

这时，接到卢尧的电话，说好久没见他，有没有时间过去吹吹。他说这几天不行，改天吧。卢尧说："你可砸过我一皮包呢，不能不来吧。"他一听就笑了。

第三十五章

一到十月，天津寒风飕飕，十一月开始下雪，而海南是见不到雪的。

丁松在天津开发了两个项目，然后打算回海南干别的。他的财务早就自由了，身家几亿。再说回海南不搞房地产，做别的也有优势，比如开个酒吧什么的。他感觉自己的身体比邹景龙好，加上家庭幸福，人生不过如此。他和邱娜的可爱儿子已十二岁，邱娜孝敬母亲，顺从丈夫。如今的丁松，无论从事业到家庭，都非常满足。

终于，邹景龙耐不住了，给丁松打电话说："伙计，不等元旦了，就下周日我们结婚。届时请过来喝酒，礼就不用了，我们之间用不着客气。"

周末，没惊动多少同事、朋友，邹景龙同杨艳的婚礼在他们认为最信任的几个朋友见证下举行，地点是滨海大道一家五星级大酒店小宴会厅。这家大酒店有两个宴会厅，一大一小，因宾客数量少，才摆了两桌，来宾主要是杨艳的朋友、老乡、同事。邹景龙只通知了丁松和之前在中国城合作过的一位股东。这个股东叫孙宏宇，福建漳州人，如今是一家贸易公司老板。中国城倒闭后，他就在海南与福州二地倒卖机电产品，生意做得不错，后来在新华路开了家家电商场。邹景龙本不想通知他，因为孙宏宇文化不高，同他除是生意上朋友，其他谈不来。孙宏宇总找邹景龙套近，请他吃饭、喝酒甚至泡妞。正好那天在家电商场购物碰到他，便顺口告诉了他。听说他结婚，孙宏宇马上送来两万礼金，不收不行。

邹景龙对办不办婚礼不上心，他同杨艳早就同居了。即使杨艳现在说离开他，他也不在乎，他好像习惯了同女人间的各种游戏与纠缠。只是杨艳把婚礼看成很大的事，一个月前就开始规划设计，如举办时间、地点、仪式（中式还是西式），请什么人，婚宴的规格等，想了一个遍。杨艳虽然也结过婚，但她没生孩子，容颜体态保持得不错，这是邹景龙比较欣赏的。可能是在女人身上的精力消耗多了，他一度头发大量脱落。脱发不好看，他干脆将头发剃光，戏说自己是学京剧界某黑头，光脑更有男人味儿。第一次约杨艳时，他就这么解释自己的光头。杨艳对男人有无头发无所谓，她只希望男人身体好，别生这病那病的。她少年时病过一场，差点儿死掉，心里留下了阴影。杨艳的父母都是普通工人，父亲刚退休，母亲在岗，家里还有一个弟弟，父母没法跟她来海南。

杨艳是海南建成国际旅游岛那年来海南的。之前在电视片中看到海南旖旎的风光很憧憬，就借出差机会来海南走了一趟，便诞生留下的念头。此后就认识了她前夫电视台的一个摄影师。杨艳本想请专业婚庆公司，但邹景龙泼冷水说："就来几个人，坐一坐，吃个饭，庆祝一下就可以了。"

既然是夫妻，杨艳自然尊重丈夫的意见，于是同意了。

原想邀请郭磊，可一想到那天被他冷落就来气，心想，此后只想过日子，其他男人都不理。电视台同事是她一个部门的，都知道她结婚，不通知不好，加上章欣欣、万小茜两个闺密。

男同事大志为她主持婚礼，简单几句致辞，说了一些美好祝福的话，然后放三挂电子鞭炮，夫妻二人喝交杯酒，拜了遥远的天地。杨艳父母听说她找的男人比她父亲年龄都大，很不屑，所以没给祝福，人自然也没来。邹景龙父母已过世，兄弟姊妹都在河北，也没赶过来。

婚礼结束，杨艳说同电视台同事、闺密去观澜湖打高尔夫，孙宏宇说店里有事先走了。只留下邹景龙与丁松二人坐在小宴会厅内闲聊。丁松接到邀请后，马上打了两万元礼金，并按时参加他的婚礼。

邹景龙同丁松的友谊很不一般，他们大学毕业后都在北京工作，是体制内的精英，无论学识、资历、气质都不相上下。假如不来海南，他俩没准儿都能在各自领域内钻研学问、著书立说。来海南后，一切的一切都发生了大变化，二人都抛弃了之前的学业，投入商海，从此一发不可收。后来，邹景龙发现丁松慢慢疏远他，不知原因。一次他找丁松谈话，才知道丁松看不惯他生活上的放纵，用丁松的话是"太滥情"。开始他不以为然，久了才发现丁松的批评是对的，有时候他也为自己的一些行为感到羞耻。

邹景龙念念不忘埋怨丁松："邱娜为何不来，瞧不起我妻子不是？"丁松微微一笑，解释说："邱娜她妈身体不舒服，她陪着去医院。真的，不信你自己问。""其实办不办婚礼真无所谓，主要是小杨看重这个。办就办吧，仪式完了，这事就算了结啦。""好好过吧，以后不要再拈花惹草，毕竟年纪摆在这儿。"

假如是从前，他肯定瞪眼，但今天是他的婚礼，他沉吟说："有一天啊，我坐在家里，把此生想了一遍，觉得我这一生可用两句无韵诗形容，'有心栽花花不开，无意插柳柳成荫'。"

丁松看了看邹景龙，他就又说："不是吗？我在大学念的哲学，毕业后在一家社会科学研究机构工作。假如不来海南，我肯定会结合西方和中国的哲学体系，搞一两部有分量的著作。不想阴差阳错竟跑来海南，全身心地投入商海，最终成了一个典型的商人。但话又说回来，马克思说，人的本质是一切社会关系的总和。只能说，任何人都无法不被当时的社会倾向、思潮所左右。当时海南建省办特区，那么多人鼓噪到海南经济特区走一趟，还有的人说未来海南肯定强过深圳、香港，大潮退去，才知道谁在裸游。"

丁松说："十万人才闯海南，为何有的做出英雄豪杰的伟业，有的整天混在夜总会、歌舞厅拔不出腿，自甘堕落。这不怪时代和社会，完全与个人秉性有关。"邹景龙笑说："你的意思是说，我天性就是个好色之徒、堕落分子？""我没这样说。但是你自己检讨吧，你为何从一个哲学系高才生沦为一个地方夜总会的股东？""好了，别骂我了。你呢，这一生后悔过吗？"

丁松想了想说："别看我早就实现了财务自由，拥有美丽的娇妻，美满的家庭。但是近年来，我经常一个人静静地坐在书房，望着那堆书籍考问自己：丁松，你年轻时欣赏过司马迁、鲁迅、王国维、陈寅恪等文史大师，曾发誓成为他们那样的文史大家。你别笑，我上大学时读司马迁的《史记》，鲁迅的《中国现代小说史略》，读王国维、陈寅恪等人的文史著作，总会热血沸腾，想象哪天也能成为他们那样的大师。可后来，我堕落了。我经常对着银行账户发呆，虽然我已经是很多人羡慕的富翁，却一点儿都不快乐，我的精神一度非常空虚！我曾想，假如人生可以重来，我会毫不犹豫地说，绝不再经商，哪怕是在一个地方上的小研究所，专门做学问，拿微薄工资，有吃就行。我甚至想研究佛学、道学，平淡地度过一生。"

邹景龙不由得笑问："是心里话？"丁松说："你问邱娜，我不止一次对她这样说过。她也说，生命可以重来，她要到一个工厂做工，通过自己的劳动过普通人的日子。"

邹景龙摇摇头说："虚伪！你俩都虚伪。可能吗？中国不是农业社会了。"丁松说："不管工业和商业如何发达，人世间总有那么一些追求本心、本性之人。不过，说这些已经晚了。我们现在这样子，是无法再回头了！"

邹景龙笑起来说："我们现在的对话，有点像《红楼梦》中的那个癫头和尚，满口的'好了好了'。只有经历了，才能省悟。放在二十年三十年前，你会有这样的省悟？癫头和尚的'好了歌'也使他深刻地领悟到他所处的社会矛盾，才有那样的感慨。"

说着他起身端起桌上的茶杯，倒满茶，喝一口说："荒唐，今天是我大喜的日子，怎么谈起文史哲来了。好了，娘子去观澜湖打球去了，我们也该走了。回去好好睡一觉，这两天把我折腾得够呛。"

丁松说："杨艳在岗，看上去是个很洒脱的人；不像我们家邱娜，有点娇滴滴的。"邹景龙说："杨艳说了，即使我们成为了夫妻，各自还要有独立的空间。""不用我陪，我就去看看丈母娘。""有什么祝福的话？""现在时兴试管婴儿，想生一个吗？"

邹景龙笑说："我身体还可以的。"丁松伸出手说："再见。"邹景龙握住他的手问："还去天津吗？"丁松说："暂时不去了。"

邹景龙拿起桌上的手机、香烟和余下的酒，就同丁松一起出了门。

阚大姐再婚了，男方是实验学校校长介绍的一位湖北洪湖人，北京景山学校海口分校数学老师李贤。二〇一一年国家宣布海南建国际旅游岛，他在老家同妻离婚后来到海南。李贤比阚大姐小一岁，今年五十六岁。经过一段时间接触，他发现阚大姐为人豁达，能吃苦，尤其多年坚持当志愿者的事迹让他感动，二人认识不久李贤就提出结婚。阚大姐本无再婚打算，只是这个李贤追求得紧，加上女儿阚兰从广东海洋学院毕业后回到海南工作，同母亲住一起，也不断鼓励母亲再婚。

阚大姐觉得女儿大了，不需自己照管，很快也要找男友。经过接触，她发现李贤这人性格温和，话不多，工作上进，生活上也克勤克俭，每天除了上班，很少出去，经济上比较节省。据他说，前妻是个比较追求物质的人，那些年他的工资自己没拿过，都是前妻拿着，回家就是吃点饭。后来有个做生意的男人勾搭前妻，她竟然出轨，让李贤愤怒不已，就离了婚。离婚后，李贤觉得无脸在本地待下去，正好看到国家建设海南国际旅游岛政策。经一个在海南工作的老乡介绍，坐长途大巴车来到海口，后来应聘在景山学校海口分校。因为教学水平不错，学校打算提拔他当教导主任。

阚大姐为此想了一个月，最后决定同李贤结婚。阚大姐将她这些年同陈维、潘宋国、张杰、钱有福等四个男人交往的情况告诉李贤。李贤听了，非但不反对，反而感动地说："难得难得。你放心，以后他们也就是我的朋友。"

他们决定这个月的月底办婚礼，地点选在离阚大姐上班不远的半岛酒店，那是家三星级酒店，据说一个香港人开的。十楼有一个宴会厅，平时也租给客人办酒席或婚礼。

这事定后，她第一个打给陈维电话。陈维有些醋意，但还是祝福她。陈维马上将情况告诉钱有福、潘宋国、张杰。陈维此时依然单身，自从那个广西女推销员离开后，他就没再碰过女人。公安总是扫黄，偶尔难熬，也只能忍住，他不会做有损社会公德的事。所以，只能长期忍耐，寂寞了几年，慢慢就习惯了。如今，真给他一个女人，没准儿还不习惯。

得知他们在半岛酒店举办婚礼，陈维建议说："别去什么半岛三星，就去卢老板那儿，我们都是闯海人，在那里办婚礼更有意义，让你老公接受一下闯海教育。"阚大姐笑说："我同他商量一下。"陈维说："商量什么，发财了不是，上卢老板那可以打折。凡闯海人去消费，都是七折以下。"

阚大姐想，这些年上卢茏店里吃过三次年夜饭，也该报答对方一下了，便答应说："行，麻烦你同卢老板说一下，多少折无所谓，为了感恩吧。"

潘宋国、张杰、钱有福包括陈维，每人送了阚大姐二百元婚礼金。阚大姐死活不要，可他们态度坚决，只好收了。

就在举办婚礼这天，其他人都到了，唯独潘宋国没到。头天，他还上过张杰的小店，说一定参加阚大姐的婚礼，莫非他单位有事走不开？再一打听，周末他没上班。打他手机，关机。

在阚大姐的婚礼现场，张杰给妻子打了个电话，让她骑摩托车往潘宋国住处看看。张妻立即去看了，说："他病了，腹部疼痛，动不了，躺在床上。"

阚大姐的婚礼除陈维等几个人，还有阚大姐和李贤单位的同事，一共有四桌。卢茏送了礼，却只坐了一会儿，没吃饭就离开了，因为他南航西总店来了客人。

阚大姐本想邀请赵世德，可是被卢茏制止了。

自那次上赵世德店里打牌一次输掉五千块，卢茏就再不去赵世德处，加上他已经向吕天娥保证，不再见赵世德。阚大姐、陈维等人也对赵世德没好感，既然卢茏坚持不请他，所以就没告诉他。

婚礼一完，阚大姐、陈维、张杰、钱有福等人直接来到潘宋国住处探视。阚大姐想到什么，惊问："老潘啊，是不是上次的病没治好，又复发了？"潘宋国闻此，脸更白，紧张地说："我感觉有可能。"阚大姐说："那怎么办，上次让你治，你却跑到什么黎母山，我说有病还要到医院治，哪能自己好呢？"

卢茏接到陈维电话，便过来说："最好的办法是他明天上班找医生，他不是在西海岸癌症医院上班吗？"

潘宋国觉得那样不好，等于讹人。卢茏态度有些横蛮地说："老潘啊老潘，你这个人就死要面子活受罪。上次给你治，床都搞好，手续办好，你住了几天横竖非要跑掉。你犟什么呢，都这样了，还拿命开玩笑？上次董总确真给你治，现在如何向董总开口？"潘宋国笑说："没事，卢老板，命该如此，我一点儿不后悔。"

卢茏还是给董中伟打了电话，董中伟说："他不是在西海岸医院上班吗，让他直接找沈主任。先治，其他事再说。"

有了董总这话，陈维等人胆也壮了，当天下午就将潘宋国送到西海岸癌症医院。沈主任给他检查了一下，发现他身上的癌细胞又出现了，而且相当严重，估计转移了。于是赶紧给他安排床位，现在医院的设备比之前更健全，医院会全力救治，包括放疗、化疗。

可是，一个月过去，依然没治好，潘宋国在医院的病床上离开了人世。

临终前，潘宋国看着围在床前的四位好友，微笑着说："没事，我知足了，一点儿也不遗憾。毕竟年轻时候来到海南，实现了我的海南梦。唯一不足是我没赚到钱，本想到几个国家走走，这个想法落空了。不过没事，我依然不遗憾，我知足了。我死后，请大家帮个忙，将我葬在颜春岭公墓，然后为我写个碑，碑上只写'一九八八年来海南的闯海人'，名字都不写，就满足了。我将含笑九泉。"

他还叮嘱："我走后，不要将我的事告诉家里。我父亲不在了，母亲还在，今年八十岁，我担心老人家受不了。我还有弟和妹，也不要告诉。我平时没照顾他们，反而总是他们给我寄这寄那的，我对他们有愧。再见了，人生能有几回搏！我努力过，奋斗过，搏击过，就满足了！"

第二天晚上，潘宋国就走了。

遵照潘宋国遗嘱，大家将他的骨灰安葬在海口市颜春岭公墓，立了一个碑，上书"一九八八年来海南的闯海人潘宋国之墓"，落款是闯海人朋友阚红菊、陈维、钱有福、张杰，后来卢茏说："放上我的名字。"

潘宋国走后，癌症医院专门开了一次学术会，院长指责沈主任在潘宋国的病情上工作有疏忽。沈主任解释说，潘宋国从黎母山回来后两次检查都是认真细致的，只是此后没有追问；潘宋国天天在医院上班，也没找他提出检查身体。病人自己不小心，只责怪医生，似乎说不过去。最后沈主任还是为此做了检查。

董中伟是在潘宋国病逝后的第三天，才得知他走了。他一直以为潘宋国还在医院治疗。于是，他专门上街上买了一束花，来到颜春岭公墓悼念潘宋国。看到墓碑上写着"一九八八年来海南的闯海人"，泪水不禁流了出来。

潘宋国走后第六个月，政府某部门通知他之前单位即西海岸癌症医院，说他的解困房申请获批，让他准备五万元到某部门办手续。癌症医院的人告诉对方，潘宋国已经病逝，对方便说："是吗，那正好，可以解决另一个人的困难。"

郭磊一上班，就接到吴小燕的电话，她的声音非常亲切："郭总啊，祝贺你啊，听说你的公司上市了？"郭磊说："你怎么知道？"吴小燕说："你大哥说的。郭总，听小玉说，你对她不错，很关照。之前她在客房当服务员，不久调到服务台，工资比一般服务员高两百。八个人集体宿舍只住一个月，就给她外头租了房。"

郭磊打断她的话说："哎，你等等，那都是你的面子啊。"

吴小燕没被他的话影响，继续说："郭磊，谢谢你，小玉从小爹不疼妈不爱，受尽委屈；到了你那里，才享受到生活的快乐。你要是不嫌弃她，可以把她养起来，对她好点儿，每个月给她一点钱，现在老板不都这么做嘛。"

郭磊脑子蒙了，生气地说："小燕，你这是什么话，你把我看成什么人了？我刚才不是说了吗，我真是看在你的面子上才关照小玉的。假如你这么说，我明天就辞掉她。"

吴小燕忙说："郭磊，我是真心话。你知道，我离了婚，手头不富裕，没法儿帮她。那天她在电话里哭着说'大姨，郭总对我真好。我真心感谢他'。如今就这世道，'笑贫不笑娼'，你人好，把小玉托付给你，我放心。"

郭磊无奈地说："你这么说，让我无言以对。"

吴小燕淡笑说："郭总，我和我妹绝对没半点虚情假意。这事我征求了小玉和她妈的意见，小玉当然高兴，她妈说只要你对小玉好，就是为你生两个孩子都没关系。"

郭磊摇摇头说："那不是成了包二奶？"

吴小燕说："唉，你在我面前装什么正经。大老板有几个不包二奶的？包养三奶、四奶、五奶的都有。"

郭磊义正词严地说："小燕，既然你说到这儿，我也表明我的态度吧。照顾好小玉，的确是看你的面子，没有任何非分之想。小玉除文化水平低点，工作还是很努力的，她和经理、服务员都处得不错。你要放心，就让她在这儿干；不放心，她随时能回去。另外，我不会做对不起妻子的事。"

吴小燕停顿了片刻，才说："郭磊，假如你看不上小玉，就给她把把关，介绍一个诚实可靠的小伙子，在海南结婚生子。"

郭磊答应了吴小燕。

挂了电话，郭磊有点郁闷。他为小玉单独租了一间房，绝不是要养她泡她。当时宾馆经理告诉他，集体宿舍挤不下，而小玉好像蛮爱卫生，住集体宿舍有的人非常不讲究，不爱卫生，小玉不一定能适应。郭磊掏钱给小玉租了间小房，叮嘱经理说："假如宾馆有女孩子没地方住，可以在小玉那儿增加一个床铺。"宾馆经理可能没完整准确理解郭磊的意思，即使集体宿舍挤爆，也不安排人到小玉房间住。

这种事多说会让人尴尬，见郭磊支支吾吾的样子，吴小燕就将电话挂了。

几天后，郭磊忽然发现小玉不见了，就问客房部经理，说小玉辞职回家了，领了这个月的工资。郭磊心里突然有一种说不出的滋味，就想，我怎么会碰到这种事！

这天，小黄从琼中扶贫点给郭磊来电话说："郭总，商会负责两个村的扶贫，进展顺利，但现在困在一条路上。会长专门来视察，要求会员各出资二十万，说我们是上市公司，要出五十万，争取年底修好这条路。这样，我们的扶贫就算完成了。"

郭磊问："让我们出钱修路？"小黄说："对，两个村不通公路，资源出不来，车子进不去。只要打通那条路，村里的经济就活了，肯定很快脱贫。"郭磊说，他考虑两天。

当天回家，郭磊对洪丹说："看来想在西海岸买一套新别墅的计划泡汤啦，不，是暂时泡汤。"

洪丹问："为什么？""清明节回去，答应了亳州三百万。今天，小黄从扶贫点来电话，要我们准备五十万，还有电视台那二百万还没付完，公司这么多人每月发工资奖金等。我感觉现在的资金比上市前还紧张。""还答应过给侄子和外甥女在亳州和徽州各买一套房呢。"

这年的清明节，郭磊飞了一趟老家，为母亲扫墓。他不想惊动家乡任何人，包括政协和招商局。不知怎么走漏了消息，还是被招商局知道，又告诉市政协。市政协常务副主席马上请他吃饭，当着政协领导、招商局领导的面，他答应为家乡母校——亳州中学捐资三百万建一栋教学楼。无偿捐献，不图回报。给大哥的儿子和妹妹的女儿各买一套房，也不能食言。

自己离家这么多年，家里一切事都是大哥和妹妹照顾。妈在世，没享到他一天福。现在给大哥和妹妹各买一套房，难道不应该吗？

洪丹对此很理解，说："应该给他们买。咱的新别墅就别买了，旧别墅也住习惯了。那么多困难都过来了，现在咬咬牙也要撑过去。"郭磊说："等过几年，公司情况更好时再说吧。"

第二天，郭磊开车前往徽州商会的扶贫点，琼中某乡的毛背村。琼中属于国家级贫困县，去年已被摘帽。县里只剩下二十几个村未脱贫，政府要求这两年全部脱贫，县里对上级立了军令状。

因为车子进不了村里，小黄便出来接他。郭磊到村里看了看，同村主任谈了半小时。最后决定七天内，将五十万打到村委会的账上。

后来才知，这个村地处黎母山东麓，离县城有七十多公里，而且有一段路不通车。

还好，两个村的脱贫都由他们商会做规划。会长亲自来了几次，不需要郭磊待在这儿。

这天，杨艳给章欣欣打电话，让她提示郭磊收看他们的节目，说节目在东南亚十五个国家播放。章欣欣已在郭磊公司上班，负责广告。于是马上向郭磊汇报。

郭磊打开电脑看，电视片拍得不错，只是"琼岛旅游公司赞助"字样太小。他问章欣欣能否加大一点，章欣欣给杨艳打电话。杨艳回答说，这一期不行，下一期再改。

闲聊中，章欣欣告诉郭磊，杨艳怀孕了，吓了他一大跳。他心想，邹景龙这老东西那么厉害，快七十岁的人，于是好奇地问是不是吃了药。章欣欣笑而不语，她尚未结婚，但有男友。

郭磊说："假如肚里不是老邹的种，这绿帽子可戴大了！"章欣欣笑说："应该不会，他们两个人感情蛮好的。"

章欣欣红着脸告诉郭磊，有天她们仨在国贸喝早茶，杨艳亲口说，邹景龙那老狗日的，真是宝刀不老！

几天后，小敏接到韩国济州岛的一个国际长途，经过交流沟通，才知道是济州岛一家主流旅游公司，看了杨艳他们摄制的电视片，对海南的美丽热带风光十分向往，决定同海南琼岛旅游公司合作，开辟从中国海南到韩国济州岛和从济州岛到海南的旅游线路。其实海南省早已同济州岛建立了友好城市关系，估计这家公司是私人公司。

济州岛那家旅游公司派了一位副总飞海南，同琼岛旅游公司谈判。

马来西亚和印尼等几个国家也逐步增加了前往海南岛的游客，据说都是看了那部旅游风光片。

此后，琼岛旅游公司同韩国济州岛和东南亚诸国的旅游业务频繁起来，基本每月都有一个团。济州岛是韩国的一个免税岛，国内不少城市的有钱人专门飞那儿买免税品。韩国是寒带地区，来海南享受阳光、温泉是韩国游客的向往。

丁松陪着妻子到明珠广场购物，忽然想郭磊的公司上市后，就没再去过。于是打算去坐一会儿，他让妻子开车先回家。明珠广场离郭磊公司的海之南宾馆不远，他给郭磊打电话。

郭磊正打算出门，听说丁松要过来，马上说："丁总，我在，好久没见。我到楼下接您。"

从明珠广场到海之南不过六百米左右，经大英村东入口穿过大英村，就到了。

郭磊站在"海之南"门口台阶上，看到丁松后，几步奔跑上去，紧紧握住丁松的手说："怎么有空？"丁松说："从天津回来很少出门，今天是陪夫人购物。我说上小郭这儿看看，让邱娜回去了。"郭磊领丁松上楼，直接走进他的办公室。

郭磊让廖东给丁松泡了一壶茶，然后斟好，就出去了。

郭磊将公司上市后的情况，大致对丁松说了说。丁松点头说："不错，你现在属于蒸蒸日上之势吧。"二人一起哈哈笑。

郭磊问丁松在忙什么。丁松说："项目暂时停下了，我现在天天在家看书。你读过《红楼梦》没有？"

郭磊惊讶地笑说："想读，可哪有时间。好像以前播过电视剧，看过两集。"丁松说："《红楼梦》是本好书，尤其是里面的'好了歌'，看透了人生，你有空读一读。"郭磊用手机搜到《红楼梦》里的好了歌，看毕不由得笑说："有何深意吗，丁总？"

丁松说："当然。读了'好了歌'，它能教你看破生死，看破财富。你的公司做到这份儿上，财富会越来越多，所以要学会看破生死，看破财富。日本企业家稻盛和夫的故事你听说过吧，中国有些企业家在学他，可稻盛和夫的成功很难复制，它难就难在看破生死，看破财富。"

郭磊笑说："丁总您最近不是一心研究人生哲学吧！"

丁松哈哈一笑说："对，我之前是学者。因闯海南误入商海，把专业荒废了。我忽然觉得，余下的光阴很可贵，想拾起扔掉的本行，读几本书，看能否在有生之年，总结一下人生的得失经验，写两本书。"

郭磊问："邹总也是学者吧？"丁松说："不提他，那个人废了。我之前只喊他浊物一个，其实已是废物一个，他的一生如同猪狗。"郭磊笑说："不会吧，你们之间关系不错的。"丁松说："他就是坐在这儿，我也敢说他，他的灵魂尽失。一个人失去了精神信仰，等于失去了灵魂，试问一个失去灵魂的人，余下的只是一个物理性的躯壳！"

郭磊一脸惊讶，不大敢相信。丁松继续说："你不了解他，这些年他的荒唐事，只有我知道。"

丁松沉吟半晌，又说："不过，'好了歌'也有消极的一面。看破生死，看破财富，不等于叫你不努力不奋斗。一个有精神信仰的人，他的灵魂就是追求和奋斗！追求物质没有错，只是不要像老邹那样，将灵魂丢掉。"

这天，特区报的宁总给王静打电话说："小王，范建国你知道吗？先前搞中国城，后来在海甸五西路开发射击场，重庆人，仗义大方，上周病逝，据说肝癌。朋友从四面八方赶来送行，过两天要搞一个范建国三十年追思会，你还记得望海楼大酒店的日语翻译封立吗，他也来。"王静说："封立先生，他不是回北京了吗？"

宁总说："他现是北京爱鸟协会会长。追思会是追思范先生锐意进取勇往直前的精神，老范抱负大，提出建亚洲第一高楼、亚洲第一私家银行等设想，尽管后来没实现，但精神气魄为朋友敬仰。我在特区报采访过他，很牛的人，我们是老熟人了。""是吗，我没听说。""我肯定去送他一程，虽然后来我们没再联系。""我后天也去吧。"

当天，王静给郭磊打了个电话。郭磊说："我知道他，同邹景龙合作过。我同他不大熟。"

王静说问："你去吗？"郭磊说："假如有时间就去。"

两天后，范建国追思会在他生前办的实弹射击馆原址举行。这个射击馆早不存在，只剩一块空地，被他的朋友租下来搭建了一个范建国追思堂，正中悬挂着他的大幅遗照。

王静见到了她认识的二十多个闯海人，这些人当中有的留在海南，有的待了一年半载就走了。二十多年后重逢，有的已经叫不上名字，但面熟，还是很亲切。她一眼认出当年在望海楼大酒店当日语翻译的封立先生，宁总又为她介绍了万亨六君子中的三个君子和深圳的江湖四浪子中的两个，据说他们当年都得到过范建国的资助。追思会现场来了二百多人，大家回忆着过去，回忆着往事，现场气氛十分感人。

事后，郭磊给王静打电话解释说："我实在赶不过去，我还在三亚呢。"

苟志强和陈敏一道上街买东西，路过陕西人羊肉馆，发现里头一个吃饭的人似曾认识。仔细看了看，陈敏脱口而出："蔡功臣？他以前和郭磊及另一个小子一起开过公司！"经陈敏提醒，苟志强想起来了，一拍大腿说："对呀，郭磊当初和他一起做公司，后来听说散伙了，只剩下郭磊。如今，郭磊将公司做到上市，他们作何感想呢？"

带着好奇，苟志强直接走进去，盯着那人。

那人抬起头，反盯着他。苟志强故意不作声，看他是不是记得自己，可盯半天，那人有些不友好地说："哎，你这人盯我干啥？"苟志强扑哧一声笑起来说："再看看，不认识吗？"

那人看了看，似乎认出来，脸色开始放松。这时陈敏说："嘿，你不是姓蔡吗，当年同郭磊一起开公司。"

果真是蔡功臣，旁边还有他的妻子和儿子。原来他这次是领着妻儿来海南旅游的。蔡功臣一直喜欢海南，可家里不让他在外闯荡。这么多年过去，妻子总是听他念叨海南，于是干脆让他领着来旅游一次。早上下飞机，在旁边一家私人小宾馆登记住宿，儿子说饿了，便在这个餐馆吃饭。

苟志强压抑不住内心的激动说："这些年，同小郭联系过吗？"蔡功臣问："他还在海南？"苟志强连连点头说："对呀，对呀，你没听说郭磊的公司上市了？"

蔡功臣用一种怀疑的目光盯着苟志强，仿佛在说"蒙我"。苟志强说："嗨，你这人，我哪里会蒙你。看来这些年你一直没同他联系？"蔡功臣说："自从分手，就没联系过。"

苟志强说："他发了，就是你们当年合伙搞的那个小破公司，被他做上市。当初你们的公司叫什么来着？"蔡功臣说："三友。"苟志强说："如今叫琼岛，琼岛旅游公司！属于海南地方扶助的企业，否则如何上得了市！"

蔡功臣的妻子看了看丈夫问："谁啊？""你不认识，当年我们一起开公司的那个。我和江西的小熊走了，他留下来。"蔡功臣转向苟志强说："你们没骗我吧？"苟志强说："哪里会骗你。我给你电话，郭磊办公室的电话。他手机好像换了，以前的手机打不通。"

蔡功臣把郭磊的座机输入手机，却迟迟不敢按，心想，万一郭磊接了电话，他该怎么说？

苟志强见他蒙头蒙脑，不由得说："打呀，怎么不打？"蔡功臣笑说："我在想，打通了，我该说些什么。"

陈敏说："你这人真笨，多年好朋友发达了，成了上市公司的老板。你首先是祝贺他，然后上他那儿坐坐啊，没准儿他会请你吃大餐，至少也得上五星级酒店吧，还用得着在这店里吃小饭小菜。你要是手头紧，还能从他那儿拿到几个钱，对不对！"

蔡功臣反倒冷静下来，说："算了，还是不打了。人家将公司做上了市，那是人家的本事，与咱没半毛钱关系。"苟志强比他还激动，说："你这人怎么这样，打吧！毕竟你是他的合作伙伴，当年合作过，感情肯定深，不像我们只是认识，没多大的交情。"蔡功臣问："那你们干吗不打？"苟志强说："我们打过，从报纸上看到他的公司上市后，就给他打了。"蔡功臣说："那不得了，打了有用吗？我不打，打了不知说什么。"

苟志强和陈敏一起为他摇头叹气。蔡功臣的妻子笑着说："别打了，人家都成了大老板，你现在找人家，人家未必理你呢。"

二人劝了一番，见他依然不打，就遗憾地走了。

走时，他俩将自己店面的地址告诉了蔡功臣，让他方便时上店里坐坐。

蔡功臣告诉他们，自己这次和家人来只是旅游，明天或下午就去三亚，在三亚玩两天，然后就从三亚直接回西安。

苟志强似乎还不死心，便说："那你回去打呗。看看他当了大老板后，是不是还瞧得起当年合作的伙伴！"

蔡功臣笑了。

第三十六章

这天，郭磊来电话时，卢菀正一手拿着菜单，一手抓着手机大步流星往厨房走。郭磊的声音有几分神秘："喂，兄弟，我告诉你一特大好消息！"他一边点头一边说："兄弟，我这会儿真忙，有个朋友在我这儿办酒做生日，几个包厢全订了，酒席档次也不低，为体现湘风阁老板的待客诚意，我正亲自为朋友张罗。"可郭磊不依不饶："兄弟，你听好，刚刚董哥告诉我，晚七点中央要宣布一个重大利好消息！"卢菀说："晚七点还早呢，到时看就是了，急什么。什么好消息？"

郭磊笑说："中央要将海南打造成世界最大的自由贸易区，继而建成世界最大的自由贸易港！"卢菀放慢脚步问："什么是自由贸易港？"郭磊说："香港、新加坡就是。"卢菀说："兄弟，按您的意思，海南将来就像香港、新加坡那样？可一点风声没透露。"郭磊说："透露能叫激动人心吗？你想今天是什么日子？"这话一下戳中卢菀的心，对啊，今天不正是二〇一八年四月十三日吗，这是海南建省三十周年纪念日啊！他说："知道了，不就是晚七点看中央台《新闻联播》吗，届时我收看就是。挂了，我真忙。"

二〇一八年四月十三日的中午，在海南省三亚市河东区一家东北人开的菜馆，私人旅馆老板肖大明正请郭磊和他的助理廖东吃饭。开私人旅馆的总希望郭磊这样的旅游公司给他输送客源，听说郭总来三亚格外热情。廖东是头两天来的，住在肖大明旅馆。他奉郭磊的指示来三亚注册分支机构（之前是工作联系点）。将分支机构注册完、房子租好，他就给郭磊打电话，请他来看看。这种事老总一般不去，但郭磊近日精神和身体俱佳，于是亲自跑一趟。廖东领他先看房，又看注册资料，见都办妥，郭磊很是高兴。

正好到中午，肖大明非常热情，盛情难却，二人便跟他来到这家菜馆。刚坐下，肖大明请郭磊点菜，这时郭磊的手机就响了。是董中伟打来的，叮嘱他晚七点准时收看央视《新闻联播》。

匆匆点了几个菜，因天气热，肖大明又给每人要一瓶啤酒。

着急忙慌地吃完，郭磊就要回海口。肖大明赔笑说："其实在这儿也可以看《新闻联播》。我的意思是，晚上到大东海看看欧洲美眉。"廖东说："郭总还有事呢。"肖大明便没再说话。

结过账，三人回到肖大明旅馆前。郭磊的车子停在这儿。

郭磊同肖大明握别："谢谢你啊，肖老板。"肖大明呵呵一笑说："还请郭总多多抬举！"告别过，郭磊和廖东便上了车。这辆"凌志越野"七十八万，比普通凌志大，外观漂亮，内饰舒适，一点不亚于奔驰或宝马。

廖东担心郭磊累，便说："郭总，我开吧。"

郭磊想想就离开了驾位，坐到了后排，让廖东开车。

车子一出市区，就上了高速，郭磊就将头靠后椅背，闭上了眼睛。

是啊，海南建省三十年了！三十年海南的确发生了翻天覆地的变化！但是，与他们登岛之初的梦想似乎还有差距。中央英明，在海南建省办特区三十周年之际，送上这么一个大礼包，真是海南人民的福运！

郭磊在心里祈祷：董总啊，您在手机中说的是真的吗？假如是真的，但愿早日能实现。作为一个八八年上岛的闯海人，一个新海南人，我太希望海南成功了！

唉，不能想了。脑子有点乱，他甚至担心董中伟说的不能兑现。

纯黑的"凌志"驶离了三亚市区，穿过一条长长的涵洞，就踏上了往海口的旅程。

车子很快过了陵水分界洲涵洞，驶入了万宁市境内的日月湾段。

上午去时，他意外停了车，到海边瞅了一眼。媒体总说日月湾是"世界上少有的天然冲浪基地之一"。穿过公路，来到日月湾海岸，洁白的沙滩上站坐着十多个男女老外，个个身穿泳装，有的屁股下垫着块帆板，有的直接坐沙滩上，笑容可掬地交谈。郭磊多年前参加过一期英语短培班，听得懂几个单词，就想露两句，却又不知从哪儿开始。他憋了半天才吐出一句："English？"他担心老外笑他，不料一个老外很友好地露出笑容回答："Canada。"他笑着点点头，不敢再打扰，因为他找不到熟悉的英语单词了。

从老外待的地方往海边走，他突然发现海上一座山似的巨浪从不远处奔涌而至，眼前的海平面很快被吞噬得一干二净；定睛再看，第二座山似巨浪一样汹涌扑来，又将眼前的海平面吞噬。巨浪扑天带着一股巨大的啸声，将周边声音淹没。这个日月湾确是冲浪的天然基地，据说每年有七八个国际冲浪赛事在这儿举办，可他一次都没来观赏。

回到车里，过了日月湾，便进入琼海市地界。琼海有两处最著名的景点，一是万泉河，尤其是那首《万泉河水清又清》早唱响全国；另一个是博鳌亚洲论坛。自从二〇〇一年在琼海博鳌镇创办后，每年举行一届年会，吸引了世界的目光，也是海南人很以为骄傲的一个地方。

车子行驶两小时就到海口市区。郭磊让廖东自己打车回去，他自己开车回家。廖东将车停在路边，然后同郭磊告别。

洪丹正在院子里收衣服，看到郭磊开车回来，就问："这么快就回来了？"郭磊将车开到车库，然后走出来，有些神秘地说："我告诉你个事。"

他将董中伟说的话告诉了洪丹，她很激动，说："中央要给海南更好的政策，太棒了。"

郭磊到卫生间洗了洗，回到客厅，在沙发前坐下，似乎在等晚间七点的新闻。洪丹笑说："还一个多小时呢，你到房间休息会儿。"郭磊说："不，别错过。"洪丹说："既然是中央新闻，就是播过了还有重播啊。"可他依然坐在沙发上，哪儿也不去。坐了一会儿，发现有些闷，才来到别墅后的院子溜达。

董中伟的声音似乎在耳边回响："小郭啊，中央决定支持海南建设全球最大自由贸易区和自由贸易港。你知道自贸区与自贸港的区别吗？自贸区是临港片区的进出口保税，自贸港则是全体封关运作后免税区。目前世界上只有香港、新加坡、迪拜等几个地方才是自贸港。"

果真如此的话，海南成为了全球最大的自由贸易港，就是中国最开放的地方。记得三十年前上岛时就听过类似说法，他都等得老了，觉得没戏了，没想到三十年后的今天这种提法竟然要应验了。

终于到十八点五十分，郭磊看了看手机时间，三步并作两步走进家，一屁股落坐在宽大的沙发上。洪丹已将电视机打开，并将频道锁定在央视一套。

手机响了，是卢尧打来的，他说："兄弟，我这会儿忙，看回放吧。"郭磊说："你这人，当老板的不需要事必躬亲。"卢尧笑说："行行行，我马上上楼开电视机。"郭磊加重语气："赶紧开电视，别耽误了。"

郭磊放下手机，在沙发上坐下，洪丹和儿子郭小磊也来到沙发上陪他坐着。

面对三十四寸的背投电视，三人目光专注，只等那激动人心的一刻到来。

晚七点《新闻联播》开始，电视里看到省委礼堂大厅参会人员起立欢迎总书记等中央领导，郭磊的眼睛瞪得牛眼一般大。主持会的省领导宣布请总书记讲话，全场响起热烈的掌声。总书记走到麦克风前，对着大会，对着全国，对着世界庄严宣布：

> 党中央决定支持海南全岛建设自由贸易试验区，支持海南逐步探索、稳步推进中国特色自由贸易港建设，分步骤、分阶段建立自由贸易港政策和制度体系。这是党中央着眼于国际国内发展大局，深入研究、统筹考虑、科学谋划作出的重大决策，是彰显我国扩大对外开放、积极推动经济全球化决心的重大举措。

这段话他听得特别仔细，甚至可以背下来……

那一刻，郭磊的眼泪唰地一下掉了下来。洪丹虽不是八八年与丈夫同时登岛的，但依然能理解丈夫的心情，便说："是不是很激动？"

郭磊没吭声，泪水不断地往下掉。洪丹笑着从纸盒抽出一张纸递给他。

郭磊拭着泪说："今夜，不知多少人热泪盈眶，夜不能寐。"郭小磊说："是啊，爸，我最近看了一些关于闯海人的电视报道，的确蛮感人的。"郭磊说："儿子啊，你不知道，海南岛的一草一木，一人一情，都同你爸妈息息相关。国家好，海南才好；国家不重视，海南好不了，这就是我在海南三十年的切身感受。"郭小磊说："我在海南出生，我当然热爱海南。"

郭磊在儿子肩头上轻轻拍了一下，然后走进了卧室，不知要做什么。

一会儿，他拿来一张报纸，边走边说："这张报纸上登了一位诗人的诗，他也是八八年上岛。"洪丹问："什么时候买的？"郭磊说："很久了。"

郭磊将报纸递给洪丹。

洪丹接看，很快被报上的诗文所打动，竟情不自禁地朗读起来：

> 那一年，最流行的口号：为了自由和梦想
>
> 那一年，最激动人心的观念：实现自我价值
>
> 那一年，最轰动的大事：海南建省办大特区
>
> 那一年，十万人才下海南
>
> 我，一个耽于幻想者，终于行动了
>
> 我，校园十大歌手，要边走边唱
>
> 我，带着一把吉他，潇洒地挥挥手
>
> 借口寒假实习，社会大学有更多可学习

作别珞珈山的云彩，踏出宿舍大门
直接奔赴真正的远方和自由的天地
回头的刹那，我注意到了一个最细小的事
墙上的日历正指向 1988 年 1 月 6 日
收音机里正在唱着崔健伤感的歌：
你问我要去向何方，我指着大海的方向……

　　洪丹朗读时，郭磊的思绪开始长翅膀，往事一幕幕地出现在眼前，便说："在闯海人里最流行的不是崔健的歌，而是他们自编自唱的一首《海南梦》。"
　　接着他轻轻地哼唱起来……
　　洪丹问："当时都这么唱吗？"郭磊点头说："那可不。"郭小磊坐在一旁看着父亲说："爸，聊聊你以前的事呗！"
　　郭磊没作声，洪丹却看到丈夫眼中再次淌出滚烫的泪水，便微笑着再次从纸巾盒里抽出一块纸递给他。郭磊没接，她便给他擦泪。郭小磊在一旁笑说："爸，你干吗？竟像个小孩子似的！"洪丹忍不住笑，而郭磊此刻的思绪早已飞到三十年前的那个夏天……

　　"闭上眼我想看见你，屏住了所有的呼吸；我怕你走错了轨迹，做了心跳的标记……"

　　这是二〇一八年流行的网络歌曲《听心》，郭磊经过一家手机店听见，便下载了做手机铃声。这天早上，郭磊夫妻被这手机铃声吵醒。
　　见是卢莐的电话，郭磊便说："什么鬼这么早？"卢莐在电话那头鬼叫："哎哟，我的郭老板，郭大老板，昨夜的新闻我从头看完后就想同你打电话，不巧几个朋友在店吃饭，陪他们到十一点，那时打觉得太晚，所以忍到现在。"
　　郭磊说："兄弟，我们来海南整整三十年，由一个二十出头小伙熬成了两鬓染白的小老头！"卢莐说："兄弟你太悲观了，国外五六十岁是中壮年。我们才正是干事业的大好时光！""对头，那天在工商联开会，徽州商会会长提出，响应省委号召，为海南的现代化贡献我们的力量。""兄弟，我不能同你比，你都上市了，我不过是个小老板，只有这么大的能量！"
　　"我才起床，等哪天有空，再上你那吹吧，挂了。"
　　来到公司，郭磊接到东方巨人总经理项总的电话："郭总啊，你昨天看《新闻联播》没有？我看了两遍，当看到总书记宣布中央的决策时，我哭了！先前以为海南没希望了，没想到海南的辉煌才开始！"

郭磊不由得笑说："是，我也一夜难眠。有件事跟你商量，离上次装修已过去十年，我想将酒店再装修一下，外立面重新装饰，以全新的面貌迎宾。"项总说："我正打算找你。你这想法太好了，我们下月开始准备，四五月淡季开始装修，你看如何？"郭磊说："从下个月起，酒店的利润就不分了。"

去趟洗手间，手机又响了，竟然是王静。

王静激动地说："小郭啊，昨天的新闻看没有？大喜吧。闯海人联谊会长宁总给我电话说，后天在省工商联九楼开闯海人联谊会，邀请八八年上岛的闯海人共叙友情。你去吗？"

郭磊说："最近开会学习太多了。行，一起吹吹，没准儿能给我一些启示。"

同王静通话时，丁松打来电话。

丁松呵呵笑说："小郭，总书记的讲话太鼓舞人心了，我不打算走了。好好干，再搞几个项目，帮助海南腾飞。"郭磊说："闯海人俱乐部要开八八年上岛闯海人联谊会，一起叙叙，您和您的朋友都可以参加。""这样吧，我给邹景龙打电话，让他去，他在海口呢。"

郭磊回到桌前，从一堆名片中找出十位一九八八年前后上岛的闯海人，其中包括徐丽媛、朱福祥等。他跟徐丽媛通话，徐丽媛说她人在海南，闯海人俱乐部已经邀请她。郭磊惬意地说："我们见面再聊吧。"

放下徐丽媛的电话，又给朱福祥打。尽管郭磊觉得朱福祥这个人怪怪的，但出于同船之谊，他还是拨打了朱福祥办公室的电话。果真，朱福祥阴阳怪气地说："看情况吧，有时间就去。"

邹巍接到电话倒很热情，回复说："行，不管成不成功，还是要去一下。"

卢茏接到电话时，笑说："是不是到我店订饭？闯海人俱乐部已通知我，我提出到我的朱云路店里吃饭，他们说不一定。"

下午，郭磊接到海南龙海集团董事长兼总经理符茂胜的电话："我太激动了，从昨天到现在一直都很激动。假如全岛探索建自由港，那将是海南最大的利好。"郭磊说："是啊，我和朋友都十分兴奋。我们与你们本地人还不一样，当年来海南，盼的就是这一天。经过几十年折腾，以为海南没戏了，不想好戏才开始！"符茂胜笑说："理解，会说海南话吗？"郭磊说："只会说吃饭二字。"

符茂胜哈哈大笑。

上午，公司的人一直议论党和国家领导人宣布自贸港的决定。章欣欣直接问："郭总，能聊聊您闯海南的故事吗？"郭磊笑说："最近电视台每天播放这方面事，大体都差不多。"晓敏说："我看了海航陈佛的故事，还有海马汽车董事长景鼎，三亚实业的冯建黔，海南中视文化老总刘文君等一大批企业家的事迹。老实说，再好的政策还得有人干，否则不成。"

葛三平说："我看报道说，北京有个男的长期待在三亚的一个岛上，从最初的护岛员干起，最后成为这个岛的岛主。"章欣欣说："你说蜈支洲岛吧，那一期我也看了。"葛三平说："海南不能再炒房了，当年一些人炒房、炒地赚到钱就跑了，比如什么六君子。"

郭磊说："当时炒房、炒地最出名是万亨六君子、天涯三剑客、江湖四浪子。有人把海南称作中国民营经济的'黄埔军校'，后来活跃在上海、北京、深圳的不少民营企业家，都是在海南历练后获得成就的。"

葛三平问："自贸港能给我们带来什么机会呢？"郭磊说："葛三平啊，我给你派个任务，一年内为公司申请到一家免税商店份额，我奖励你十万元。"葛三平睁大眼睛说："免税？"

廖东说："对呀，郭总对我说了，我真的发现很难。"章欣欣说："我可以试，我以前同几家免税机构有过工作联系，还认识其中一家的副总。"

不知怎么，郭磊近来变得爱怀旧。他突然想起了当初上岛时的三个人。这三个人都普通得不能再普通，却在他生命中有很重要意义。不是他们，也许他就像许多刚到海南岛的人一样，待了一阵看不到希望，就回老家了。

郭磊来到廖会计办公桌前说："廖总，你给我准备三万元现金，分装三个信封内，一个一万。"廖会计二话没说，马上让出纳去办。

郭磊先去了博爱路。这么多年，海口城市发生了翻天覆地的变化，他记得邢道涯家住博爱北路一条横路，东进不到五十米。还好，车子一路慢行，找到当年那条横路。郭磊将车停在路边，拿起皮包锁好车门，朝里头走。走了两户，正好走出一位头发全白的耄耋老人，正要上前打听，发现老人的面孔似曾相识，正是他要找的邢道涯。

天啊，三十年过去，那个善良的大叔变成这样？郭磊停住脚步，凝视老人，老人却没注意他，老人好像要去哪儿，走到跟前竟没朝他看。他忍不住喊了声："阿叔，您还认得我吗？"

老人迟疑了一下，看着他想了想，露出笑容，摇了摇头。

郭磊说："阿叔，您不记得我吗，三十年前您在龙华路对面摆饭菜摊，我上您那儿吃饭，您介绍我认识您的亲戚，给我找工作。"

老人努力回忆着，露出和蔼的笑容，说："我真记不得了。"郭磊掏出一万元钱递给他说："老叔，我发达了，我就是当年您帮助过的郭磊。这一万元是我对您当年善举的一点回报，请您莫嫌少。"

老人看到郭磊递来的厚厚一沓钱，顿时不安地说："同志，先生，这不好，我又不认识你，你给我这么多钱做啥？"

屋里头走出一个老太太，头发半白，盯着郭磊看。老人便指着郭磊问她："你认得他不？"老太太盯着郭磊看了半天，好像想起来了，说："你是内地的吧？"老人笑着说："你记得他？"

老太太说："怎不记得，农垦旅社对面卖快餐，他不是给我们送盒饭吗？"老太太对郭磊说："他八十多，耳朵背，脑子糊涂，可能记不得了。"郭磊点头笑笑，将一万元递给她。

老太太同样紧张地说："哎呀，这不好吧？"

见老太太不要，郭磊就将钱塞到她口袋说："阿婆啊，常言道，滴水之恩当涌泉相报。我现在有能力了，您放心收着吧。我是那个八八年上岛的内地年轻人，曾得过二老的帮助。好，我走了，再见。"临走时，他又掏出一张名片递给老人说："老叔，这是我的电话，有事随时打电话。"老人接过了，却没作声。郭磊上前拥抱了一下老人，然后上车走了。

第二站，他来到麦气咋农场驻海口办事处。这么多年过去，他肯定退休了。他沿着海秀西，从农垦路拐进。让他没想到的是，经过农垦建筑公司前，发现一家小餐馆门口站着一个男人，不是别人，正是他此刻要找的第二个人：吴多按。再看，他身后的店面写着"阿按猪脚饭"。对方脸上堆满皱纹，头发白了一半。这时一个顾客在他的炉子前察看猪脚，炉子边还站着一个三十岁左右的年轻人。吴多按好像一眼认出了他，但表情冷淡。

郭磊打招呼说："阿按大哥。"说着从皮包拿出一万元塞到他手里，"您当年帮助了我，我如今日子好了，报答一下您。这一万块钱莫嫌少，请笑纳。"

吴多按脸色变化着，先是发蒙，接着呵呵一笑说："你不是姓郭吗，你发财了？"郭磊说："算是吧。"

吴多按眼睛一直没离开他递的钱，说："给我？天哪，这么多，我一个月都赚不到。"他儿子听到，过来问："什么事，阿爹？"吴多按指着郭磊说："内地来的，在海南待了很多年，发了，给我一万块钱。"

儿子却瞪着郭磊说："哎，就是你们这些内地仔，把海南的好工作都占了，钱都让你们赚走了，还抬高物价，害得我们本地人买全国最贵的商品，拿全国最低的工资。不是你们内地仔，海南物价不会这样高！"

吴多按给了儿子一巴掌说："你碰到鬼了，给我死进去！"

儿子振振有词地说："阿爸，我说的不是吗？你看，来海南的内地仔个个发财，本地人只能打工，吃你们不吃的，用你们不要的，我真希望政府将你们赶出海南岛！"

郭磊明白小伙为何发火，便耐着性子说："小伙子，我要告诉你，你们海南人中优秀的人才、企业家遍地都是。别的不说，仅我知道的符氏农商集团、春光集团、椰树集团等创始人，都是本地杰出的企业家，他们同样创造了一个又一个的财富神话。你以为内地来的在这儿捡钱吗？你问你爸，海南建省初期什么样？有钱捡吗？能不能过好日子，能不能成功，主要靠自己，任何成功都是奋斗来的。"

吴多按不断点头说："是，他那时才出生，今年才二十多岁，哪懂。"郭磊说："阿按大哥，我送你两句话，海南能取得成就，一靠党中央的英明决策；二靠全体海南人包括内地人共同的奋斗，缺哪方都不行。好，祝你生意兴隆。"吴多按拽住他说："哎，兄弟，你吃了饭走，你这么走，我怎么好意思？"

郭磊含笑说："阿按大哥，我还想找个人，麦气咋大叔。"吴多按脸色黯淡地说："小郭啊，他患肝癌，不在了。"郭磊心一沉说："他在农场走的，还是……"吴多按说："在农场走的。他有个儿子在海口，开了家小型榨油厂。"

郭磊想了想说："这一万元您能不能帮忙转给他儿子，也是我一份心意。"吴多按迟疑着说："他儿子就在南海大道，从这儿过去不远。我领你去。"他扭头对儿子说："阿附，我陪小郭去一趟南海大道就回来。"

车子沿农垦路出口到南海大道，吴多按坐在副驾驶位指路。从南海大道往西两公里由一条横路进村，经过几栋民房，吴多按说："就在前头，叫麦氏榨油厂。"

前行几十米，果然看到一间屋檐前悬挂着一块粗糙的木招牌：麦氏榨油厂。

吴多按自己进去，不一会儿，领着一个四十岁左右的男子出来。男子腰间围一干活的围裙，郭磊猜他可能就是麦气咋的儿子。果然，吴多按介绍说："小郭，他就是阿咋叔的儿子阿明。"

他显然知道郭磊的来由，诚恳地说："郭老板，我们到隔壁茶店坐会儿吧？"

郭磊说："不了，我专门来找你父亲，可阿按大哥说他病逝了。当年来海南认识你父亲，十分狼狈时是他帮助我渡过难关。"说着将一万元递给他，"这是我一点心意。假如你去父亲墓前烧纸，可以将我的名字告诉他。"

阿明犹豫了一下，接过钱说："我哪好意思收！您看，我们都不认识。"郭磊笑说："阿按大哥知道详情，我不多说了。阿明，我公司在海口，有事可找我。"说着掏出两张名片，一张给吴多按，一张给阿明。

吴多按拿着名片看，热泪盈眶地说："小郭，你真是个成功者！"

阿明喊住郭磊，跑进厂抱着四个还没开启的鲜椰子，递给郭磊说："郭老板，这椰子刚摘的，很新鲜，您带回去喝。"郭磊说："不用了。"阿明说："拿着吧，一点小意思。"

郭磊只好接过，打开车门，放进车里，然后同阿明握别。

回走路上，不知怎么，郭磊的眼泪情不自禁地流了出来。

接下来几天，先是上政协参加学习总书记在海南建省三十周年庆祝大会上的讲话。这天的会很热闹，闯海人里最成功的几个企业家都到了，如海航的陈佛、海马汽车的景鼎、立升净水科技实业公司董事长陈爱国、奥林匹克投资集团董事长冯建黔、海南中视董事长刘文君等。这些人平时只能在报纸电视中看到。

董中伟也到了，他看见郭磊，主动过来同他握了个手。

省工商联组织的学习内容也是总书记在海南建省三十周年大会上的讲话。

几天后，郭磊家乡的徽州商会也组织会员集体学习了一次。

徽州商会会长姓贾，曾多次邀请郭磊去坐坐。由于各自工作都忙，直到这次开会才去。

徽州商会坐落在海府路与国兴大道交界处的一栋三十层高楼里，这是贾会长公司开发的地产，两栋楼均高三十层。进来就看到门侧挂着两块招牌，一块是徽州商会，一块是海辉房地产公司。办公都在二十九楼。

郭磊上到第二十九层，大门右侧写着徽州商会。进门是屏风，转过屏风是个厅，按公司模式摆放着十几张办公桌。隔壁便是一个大会议室，这天的学习就在会议室内进行。董中伟原本要来的，可他要到上海出差，临时请了假。贾会长看去也就五十多岁，长得黑黑胖胖，看到郭磊时竟小跑着上前握住他的手说："幸会，郭总成为我们徽州的成功企业家，祝贺，祝贺！"

一个女员工端一只大果盘进来，里头是切好的水果如火龙果、绿橙等，放在郭磊跟前。

贾会长请郭磊先吃水果，寒暄说："好了，我们商会又多了一股力量。听说郭总是八八年上岛的，当年上岛的人很多都离开了，只有您坚持了下来。"

接着，贾会长又谈到商会履行的社会责任，即扶贫。他说商会对口扶贫的那个村还要再扶持几个月，他们公司的小黄还要去；同时要郭磊的公司再支持二十万扶贫款。

郭磊二话没说，均答应下来。

第三十七章

时间过得很快，转眼两年过去。

二〇二〇年春节，武汉暴发新冠疫情，党中央高度重视，决策武汉封城，进入管制。出门的人一律戴防护口罩，公共场所一律消毒，防护口罩和消毒用品一夜之间脱销。疫情虽不是发生在海南，但病毒具有相当传染性，一时谈疫色变。

在党中央国务院强力指挥下，各卫生医疗部门全力奋战，武汉和各地疫情得到控制。到九月份，基本遏制了病毒在国内的传染，得到世界卫生组织高度评价和世界各国的好评。

二〇二〇年六月一日晚，党中央国务院通过央视新闻，全文播发了《海南自由贸易港建设总体方案》（下称《方案》），被视作两年前中央宣布建立海南自贸港方案的落地。

晚七点，郭磊再次端坐在电视机前收看《新闻联播》，还没听完他就热泪盈眶。首先，《方案》彰显了党中央国务院对海南的重大关切。回想三十年，社会上竟说海南是不成功的经济特区，个别媒体还恶评海南属四线，对当年抱着一腔热血来海南的创业者不啻是一种嘲讽。《方案》的颁布，无疑让他们自信心大振。

当晚《新闻联播》播完，郭磊还坐在沙发上，沉浸在激动兴奋的情绪中无法自已。

一夜间，今日头条、凤凰头条、人民网、新华网等网络媒体纷纷播出"海南自由贸易港"热评。全国十八家自由贸易区向海南自由贸易港发来了贺电，时任香港特首林郑月娥面对媒体表达了对海南自由贸易港的祝贺。

接下来几天，中央媒体如央视新闻对海南自由贸易港进行了连续报道和政策解读。

第二天，除了正常的工作，郭磊要求公司全体人员坐下来，用三天时间认真学习中央《方案》的精神，并要求每个人都能对这个《方案》中的政策红利烂熟于心。

接着，郭磊接到的会议邀请不下十个。省市旅游部门更是明确指定企业的一把手亲自参加《方案》的学习讨论。此时，海南同全国其他地方一样，仍处在防疫期间，进出还需戴口罩。与会者不仅都佩戴口罩，进出会场还要消毒检测。

这天，在省企业家协会组织的《方案》学习会上，郭磊再次见到龙胜餐饮连锁店集团总裁符茂胜。

符茂胜长着一张本地人特有的淳朴的脸，肤色也是本地人才有的橄榄色，但比橄榄色浅一些，还略略泛红。第一次见他时，穿着一件花衬衫，此后多次见到他都是如此，看去有点像海南岛的东南亚华侨。

二人热火朝天地交流心得体会。

郭磊问："你对《方案》哪一条最关切？"符茂胜含笑说："最关切的是进口原料免税。还可招聘国外高素质人才，对我公司发展无疑有好处。您有什么打算？""我同泰国、俄罗斯企业合作增资；准备向海南免税分一杯羹。之前同'中免'和'海免'商谈，他们开始嫌我们体量小看不起，但经过我们反复要求，情况有好转。"

符茂胜说："你做旅游，其他业态都具备了，就差免税店。一旦成形，那非常好。"郭磊问："您呢，有何计划？""我打算在海口、三亚各开一家法国餐馆，从法国聘请高厨和管理。未来的海南肯定是全球的旅游胜地、就业圣地和购物天堂，我想法国菜是不可缺少的。""这想法不错。我觉得可以试试。""我公司已有两个员工去法国学习，通过他们将有关技术和管理学回来。"

公司上市后，郭磊身上的资金压力不是一般大，如他答应给大哥和妹妹的孩子各买一套商品房，给亳州一家中学捐修一栋教学楼，亳州招商局还要他搞一个项目，估计也跑不掉。人怕出名猪怕壮，上市后各种捐助、赞助不断找上门，还有层层加码的扶贫，这些都是需要拿出真金白银的。

几天后，省旅游委下发省委省政府颁发的《全面提升公民外语水平行动方案责任分工》和《2020年全面提升公民外语水平行动工作要点和工作要求》的文件和附件，要求全省公民全面提升外语水平，还印发《英语300句》（普及版）、《英语900句》（公共服务行业版）、《俄语300句》、《日语300句》、《韩语300句》、《法语300句》等，要求各旅游企业学好用好。

郭磊让大家学习旅游委的这些文件和附件。廖东从门口进来，喊了声"郭总"，然后面带难以捉摸的笑容将他请到办公室，轻轻掩上门说："郭总，我今天到江东新区政务大厅办事，您知道碰到谁了？"

廖东上午去海口市江东新区政务中心办事，是郭磊让他去的，就问："谁？"

廖东笑说："您猜！"郭磊想了想，摇摇头。廖东顽皮地让他再猜，郭磊还是摇头。

廖东哈哈一笑说："郭总，我今天在江东新区政务中心碰到我的前任翟助理，翟笠！"

郭磊愣了，露出笑说："她来旅游？"廖东说："不是，她来海南投资。江东不是海南自贸港十大先行试验区之一吗，全省自贸港的门户。""落户？""对呀，她现在是南京金陵港航投资集团副总、南京金陵港航投资集团海南公司第二总部总裁兼首席执行官。他们公司做国际航运，在南京的实力非常了得。得知中央在海南建全球最大自贸港，公司高层决定进军海南，在海南设第二总部，选址江东新区，估计要投资一百个亿，先盖一栋金陵大厦，还要到海南洋浦港建外贸加工基地。"

郭磊盯着廖东问："你怎么认识她？你来的时候她都走了。"廖东笑说："郭总您忘了，我带人来公司安装网络系统那会儿，她还在公司呢！"郭磊恍然大悟说："她问了我们公司吗？"廖东说："当然，她首先就问了您，接着问公司的状况。她还说，她手中的公司股票至今没卖。"

郭磊露出笑容说："你没让她到公司坐坐？"廖东说："还用说，可她最近特忙，要注册落实土地，还要准备基建，抽空还要去洋浦落实厂房基地。"郭磊说："总裁还要亲力亲为？"

廖东沉吟片刻说："郭总，她结婚了。老公是这家集团的总裁，她公公是金陵港航投资董事长，估计这家公司就是她爱人的老爸创立的。"

郭磊竭力让内心平静了些，说："这么说，她已经是一位成功的企业家了？"

廖东点点头说："那肯定。"

翟笠真没想到自己还会来海南！

自那次离开，她就直接去了南京。原来，是她的闺密余小曼给她介绍认识金陵港航集团公司的总裁侯英俊。

她之前的确处过一个男友，对他谈不上喜欢，接触后甚至有些生厌。那男的对她很好，不断地进攻，尤其提出要她去广州，不要待在海南。经过近两年接触，她发现那男的比较虚伪，在同她联系时，同时挂着两个女的。一次，有人告诉她，让她提防那个姓陈的。她前男友姓陈，广东顺德人。翟笠在白云机场股份公司工作时，和姓陈的偶然相识，他便锲而不舍地发起猛烈的进攻。

有一次，陈某的确来海南出差，那时他们已经分手了。为了搪塞郭磊，她才谎称男友要来。像她这么漂亮不可能没人追，只是她要冷静地观察和选择。

侯英俊身材偏瘦，皮肤白净，有着海外留学的经历，他是翟笠的同乡。不知怎么，同乡之间交谈、吃饭、穿着等很多方面看着就很顺眼、很舒服。所以，就在认识侯英俊三个月后，翟笠答应做他的女朋友。接着她了解到这是一个实力雄厚的家族企业。

很快，侯英俊向父母汇报了翟笠的情况。侯英俊的父母很重视儿子未来的婚姻，与翟笠见了一面。让翟笠没想到的是，他父母竟相当一致地喜欢上她！

海南建省三十周年时中央宣布在海南建自由贸易区继而建自由贸易港，侯氏家族还没决定登陆海南，翟笠也没同侯英俊结婚。两年后当中央宣布《海南自由贸易港建设总体方案》在海南正式落地，侯氏家族便正式决定进军海南。这时，翟笠和侯英俊结婚了。

由侯董事长亲自到海南考察了十五天，最后决定在海南建立总部，并决定儿媳妇翟笠任海南总部负责人。翟笠在海南待了那么久，对海南情况相当熟。在征求过姑姑姑父的意见后，翟笠再次飞到了海南。

到的当天，翟笠就驱车前往洋浦港考察码头航运。接着，她打算将公司的投资重心放在洋浦。

在爱情和婚姻的问题上，翟笠显然是一个胜利者，但她丝毫没有嘲笑和愚弄郭磊的意思。在琼岛旅游公司几年，她对郭磊的为人是认可的。对待爱情和婚姻，她是认真慎重的。

翟笠估计廖东见到她后，会将她的情况告诉郭磊。但奇怪的是，她在海口和洋浦两地来回待了一个月，也没接到郭磊一个电话，就忍不住笑了。

她毕竟是个矜持的女人，郭磊不给她打电话，她是绝不会主动先同他联系的，再说她工作真的很忙。

闯海人联谊会秘书处借省工商联九楼会议厅再次召开"海南建省三十年闯海联谊会"，郭磊去了，卢尧也去了，他们在现场见到不少企业家，一律佩戴着口罩，粗算有二百多人，在一张椭圆形长桌前围坐八圈。正面是一条横幅：庆祝《海南自由贸易港建设总体方案》颁布——暨海南建省三十周年闯海联谊会。郭磊熟悉的朋友如丁松夫妻、王静夫妻、徐丽媛、邹巍夫妻、刘荣夫妻、邹景龙夫妻、阚大姐、封立等人悉数到场。

郭磊已二十多年没见封立，他说自己是一九九四年离开的，近年常来海南度假，遗憾的是朱福祥竟然没来。郭磊便问徐丽媛，她说联谊处已通知朱福祥，不知道他为何不来。徐丽媛有些厌弃这话题，竟恶狠狠地说了句："管他干什么，我早就不记得他了。"

活动召集人、特区报总编宁总代表联络处致辞，为所有来宾介绍到会的贵宾：首力投资股份董事长董中伟，海航集团董事长陈佛，海南奥林匹克投资集团董事长冯建黔，海马汽车集团董事长景鼎，海南海灵海水网箱养殖集团公司董事长黄灵，海南立升净水科技实业公司董事长陈爱国，海南万人火车头海鲜广场公司董事长黄玉富，海南热带科技农业投资公司正副董事长三人即肖锋、陈剑、吴一群（正是当年将新疆哈密瓜引进海南的七个从兰州大学来海南的大学生，后来走了四个）；七家资产过亿的私企房地产公司老板：高胜利、陈小年、白智同、万晓宁、施圣杰、朱才学、许岚，离开海南一段时间又回到海南的原影视周报总编包涵等。

看到这么多平时在报纸电视中才能见到的人，郭磊既激动又感慨，闯海南的路上竟然还有这么多战友凭借着顽强的毅力坚持着。

在场所有的闯海人提议，在十万人才闯海南的海口东湖处，建一座"闯海墙"，以纪念"十万人才闯海南"的壮举。董中伟说："这个提议我向政协领导反映，政协会同有关方面协商，估计近期会拨款，大家耐心等待。"

大家报以热烈的掌声。

接着，十位代表发言，他们都是闯海人中的佼佼者如陈佛、景鼎等，说到激动处不禁热泪盈眶。

冯建黔不无激动地说："我当年放弃体制内工作，怀揣三百元赴海南。不敢待在海口，去了三亚。我在三亚大东海不知露宿了多少个夜晚，后来我创办了三亚第一家摩托车联合俱乐部，在这基础上又创建亚洲第一家规模射击运动娱乐中心，后来投入了房地产业。闯海人实际上就是一批打破思想观念被长期禁锢的人，他们敢破敢立，勇立潮头，把准时代脉搏。无数闯海人的努力凝成敢闯、敢试的特区精神，也让更多先进技术和资金从海南这座小岛走向世界舞台。"

立升公司董事长陈爱国是湖北人，他深情地回忆说，他在清华大学学的不是现在这专业，来海南后发现海南的饮用水商机，于是痛下决心投身研究，一干就是十年。现在由他领军的家用型毛细管式超滤机荣获国家级火炬计划项目证书，从而代表海南企业在全国科技界亮相。他的企业已成为世界最大的超滤膜生产企业，其生产设备在二十六年间从工业走向民用，从海南走向世界。他深情地说："时代是第一位的，没有这个时代，再努力没用。特区是一个试验田，国家重视，加上我们自身的闯劲，才能成功。"

董中伟在谈到自己的创业故事时，只用了十个字概括："历经磨难苦，敢为天下先。"

最后，宁总编要阚大姐发言。显然，宁总编做过了解。阚大姐本不想讲，但宁总编一定要她讲，她才简单讲了自己二十多年坚持自学英语的过程。宁总编点评式介绍了她来海南当十多年志愿者的事迹，得到大家热烈的掌声。

接着，宁总编谈到癌症病逝的潘宋国。郭磊才想起，除阚大姐到了，陈维、张杰和钱有福三人没来。郭磊便问阚大姐："他们三个为何没来，不是通知了吗？"

阚大姐先是红着脸笑了笑，然后拿出手机，调出短信给郭磊和卢尧看说："看到没有。"

卢尧看了阚大姐手机上的短信留言："不去了，穷且要脸！"

这是什么话，又是什么逻辑？在场的都是闯海人，虽然有很多成功的企业家，但是没有谁鄙视谁，闯海人坐在一起，精神上都是平等的。

卢尧顿时火了，骂道："妈的，我明白了，陈维、张杰、钱有福他们三个就是混蛋！没人瞧不起你们，是你们自己先瞧不起自己。这叫什么，穷且益坚，不坠青云之志？"

宁总编闻之，将手机接过去看了看，神情凝重地说："尊重他们三个吧，这就是中国人的民族性格，或叫文化性格！这也是他们生存和奋斗下去的精神动力！"

遗憾的是，《闯海歌》作者李安因调离了海南没来，但他寄来了录像录音，他深情地说："海南是我的第二故乡，虽然我离开了海南，但我每天关注海南的情况，尤其这次中央宣布将海南建成全球最大的自贸港，让我倍感振奋。我一定经常去同海南的朋友们相聚。"

活动结束前，宁总编让王静深情朗诵了一遍李安创作的那首《闯海歌》。

三十年，改革大潮中踏浪前进的闯海人成为特区改革开放的见证者、参与者、贡献者，敢闯、敢试、敢为人先、埋头苦干成了闯海人身上最鲜明的时代特征。

宁总编宣布，中餐由陈佛、董中伟二位赞助，用餐地点在闯海人黄玉富创办的万人火车头海鲜广场。黄玉富笑说："欢迎所有朋友到我的海鲜广场用餐，一律享受八五折。"

陈维、钱有福和张杰三人之所以没参加"闯海人俱乐部"聚会是有原因的，头天钱有福通过政府摇号中了一套六十平方米解困房，每平方米才四千八百元。

现在海口市房价均达一万七到二万。不是政府强遏房价，海口市房价只怕要蹿到每平方米三万至五万元。钱有福这些年积攒了十几万元，全付了。拿到号的当天，他就将这消息告诉了陈维和张杰，他们自然为他高兴。陈维和张杰也都申请了政府解困房，只是这一批没中签，只能继续等。

正好第二天是星期天，钱有福破天荒第一次主动邀请陈维、张杰去海口西二十里的一个著名景点火山口游玩并吃了一次羊肉火锅。他们知道钱有福是最抠门的人，比如他几十年从不吃早餐，中午也往往是一碗面条或两个馒头包子，晚上才搞一两个小菜，还总吃剩菜。这些年大家看到他一张菜色的脸，干涩和阴晦，加上个子高而瘦，一看就是那种穷得不能再穷的人。他俩知道他高兴，便答应了。

火山口是海口市著名旅游景点之一，大凡来海口的外地人，或本地居民，几乎没有不去逛逛的。钱有福、张杰、陈维三人，来海南三十年竟然一次没去过。不为别的，就因为来去要费用，据旅游公司报价，旅游团队每人去一次包括门票估计要三百元。三百元对钱有福、张杰、陈维是一笔较大开支，万分舍不得。

海口市有一家专门做市内一日游的公司，就有火山口线路。于是这天，钱有福早早约了他们，坐公交车到万绿园门口集合，然后上了一日游的大巴车往火山口。来到火山口公园，看到千年火山遗址，颇感震撼！在遗址前走来走去，看了又看，拍了不少照。中午旅客大部分人都选择了快餐盒饭，因钱有福很惬意，硬拉张杰、陈维在火山口门口一家羊肉店吃了一顿羊肉，花了一百多。这一趟，钱有福估计要花掉好几百元。

晚上，阚大姐同陈维打电话，说白天闯海人俱乐部聚会，很多人问到他们，陈维就将钱有福请他们去火山口旅游的事告诉阚大姐。阚大姐一听不由笑说："不错啊，钱有福有钱请客了，怎么不通知我？"陈维笑着说："你现在是有身份的人了，不同于我们这些游民无产者。"二人都笑了。

阚大姐又问："玩得开心吗？"陈维说："开心，非常开心，老钱说这是上岛三十年来最开心的一次！"闻之，阚大姐差点儿掉了泪。陈维感叹说："老钱还说，老潘可惜走了，否则今天也能一起去玩玩。"钱有福听陈维说将此事告诉了阚大姐，马上给阚大姐打电话说："不好意思，的确是高兴。本想邀请您一起，可您在闯海人俱乐部联欢，改天请您吃饭吧。"阚大姐说："老钱啊，我们都多年的朋友了。我还不了解你吗，高兴就行。我不在乎你那顿饭。"钱有福道歉说："下次，下次一定要请您一次。"

四个月后，一座承载着千万闯海人精神的"闯海墙"出现在海口东湖。省市政协分别来了两个副主席参加"闯海墙"的揭幕仪式，郭磊和卢茺等一批八八年登岛的闯海人被邀请参加仪式。让他们惬意的是，名震海南的几个闯海大企业家如陈佛、景鼎、陈爱国等人再次出现在揭幕现场。还是闯海人俱乐部秘书长宁总编主持揭幕仪式。隆重而简单的揭幕仪式开始，先是省市政协副主席代表分别讲话，接着闯海人代表分别发言。

最后，覆盖在"闯海墙"上的那块红布被领导揭开。这座"闯海墙"用钢筋水泥加工装饰，虽不巍峨，但坚固结实。墙上的碑文用烫金新魏体书法镌刻，约一千多字。碑文题目是《闯海人之歌》。

其中有这么一段：

> 时代是第一位的，没有这个时代，再努力也没用。特区是一块试验田，国家重视，加上自身努力，三十年来一代闯海人成为特区改革开放的见证者、参与者、贡献者。敢闯、敢试、敢为人先、埋头苦干，成了闯海人身上最鲜明的时代特征。他们用自己的勤劳和勇敢，谱写了经济特区三十年之辉煌。

二〇二〇年十月十日，由郭磊公司捐资的亳州某中学教学楼竣工。亳州市教育局和中学校长热情真挚地邀请郭磊参加竣工典礼并为教学楼揭幕剪彩。他推了三次没推掉，最后决定回去一趟，顺便看看父亲。父亲和大哥还是两年前来海南过年，一晃又两年过去。亳州市政协领导总说他回去少，于是他将公司的工作安排妥，然后买了一张机票飞徽州。他没想到，市教育局竟然派了一辆小轿车到徽州机场接他。

十二日上午十点，教学楼揭幕仪式在教学楼前举行，不知怎么大哥大嫂都来了。再一看，大学同学李彬、温闽生等，中学同学邱洪、万金生等得知消息也来到。因现场有市委市府领导和市教育局、市招商局领导，加上中学全体教师学生上千人，甚是喧闹，他只能朝他们挥手点头。最后，他从人群中发现了吴小燕。吴小燕也朝他挥挥手，嫣然一笑，她的笑还是那么妩媚动人。

揭幕仪式完毕，郭磊在市教育局局长和中学校长陪同下参观了教学楼。中午教育局局长和中学校长请饭，晚餐是分管副市长和市招商局局长请饭。两顿均安排在市内最有名的东方大酒店宴会厅包厢里，客人只有他一个，陪同的竟有十九人，开两桌。吃了饭，唱了歌。他知道晚上只能住酒店，就给大哥打电话，说明天回家。

临睡，还没觉安静，手机忽然响起来。拿起接听，竟是吴小燕，问："休息了吗？"他说："马上睡觉。"吴小燕说："我知道你是大忙人，整整一天没法接近。现在这么晚，应该清静了。我就在你楼下，想上来坐一会儿，最多打扰你十分钟。"

郭磊正想问她的外甥女小玉，自那次婉拒了小玉后，小玉似乎不好意思见他，就辞职离开了。临行，郭磊给她两万元，她怎么都不要。为此，郭磊一直不安。于是说："好，我住1088房，你上来吧。"

打开房门那一瞬，他发现吴小燕化了浓妆，闻到她身上有一股香水味儿。吴小燕看到他，依然嫣然一笑。身子灵活得像只燕子一样，一掠就进去了。郭磊顺手将门关上，陪她来到沙发前坐。吴小燕坐下注视着他，妩媚地笑说："你真的成功了！"

郭磊平静地说："我觉得没什么。我一直想给你打电话，想问问小玉的事儿。我给她打手机，要不关机，要不离开服务区，怎么回事？"吴小燕轻轻点了点头，然后凝视着他说："小郭，你真不喜欢她？"郭磊忙说："没有，不是……我是说，我是有家的人。"吴小燕说："如今这点事算啥，大老板有两三个情人都正常。你没见有的人，七八个情人都有，还蛮神气。"

郭磊摇摇头说："人毕竟不是牲口，对吧。尤其是我们，既然获得小小的成功，更不要骄傲。"吴小燕看着他："小玉嫁人了，到徽州打工。她认识了一个厨师，徽州人，对她不错。她妈去了一趟，见了那个厨师，同意他俩结婚。他们过年办的婚礼，估计孩子都有了。"

郭磊点头说："那好。我一直牵挂她，那么好一个女孩，多么纯洁、纯情，别被其他男人糟蹋了。"吴小燕盯着郭磊，笑说："听说她主动找你，你拒绝了她？"郭磊脸红说："看你说的，被我这老朽占有，岂不是牲口不如！人总得有点人味儿，对吧？你说呢？"他故意将"呢"字拖长了音。

吴小燕端详着郭磊，眼睛里柔情似水，她慢慢起身，走到郭磊跟前，猛一下抱住了他。

看到她泛着红光的脸颊，沉醉中的梦一般的目光，还有壁灯照耀下美丽的容颜，三十年来压在心头的思念顿时爆发。郭磊马上双手回抱着她，更紧紧将她搂住、抱紧，不让她离开似的，然后热烈而汹涌澎湃地回吻着她。

二人忘记了时间，忘记了世界，忘记了一切，就那么吻啊、吻啊，舍不得放，最后还是他先抬起头，看了看吴小燕说："很晚了。人生总是有遗憾的。但是，我们应该知足。"吴小燕用纸巾拭了一下嘴唇，点头说："是，遗憾又能怎么样，莫非还能从头再来！"

二人不由同时笑了。看得出，对方的笑，都含着各自的苦涩。

郭磊送吴小燕到门口，说："保重身体。生活上有什么困难，可以告诉我。"

吴小燕走了两步，回过头来，说："郭磊，你真是个爷们儿！"

吴小燕走后，郭磊很久都无法入睡。直到快天亮，才眯上了眼睛。

次日中午，郭磊在大哥家吃饭，父亲也过来了。

郭磊想起一个人，问："爸，这些年，您知道高总，高文军如何？"

父亲说："他的情况你不知道？从海南离开去深圳，后来回徽州搞房地产，他爸是市政府副秘书长有人脉，银行贷款上亿盖了不少楼。风光时还来亳州宣传，可惜好景不长，他爸退休，所有关系就变味儿了。加上他之前盖的房子质量出了问题，死了一个人。人家将他告到法院，法院查封了他所有资产，银行催他还款。短短几个月由大名鼎鼎企业家变成逃债躲债的老赖，最后被判刑六个月。"大哥接着说："他从监狱出来，徽州待不下去，又去深圳，据说在深圳开餐馆。"

郭磊想起高美霞，即高文军那个"红颜知己"，在家人面前，显然不适合问，就没作声。

第二天，市招商局为他订了机票，又派一辆轿车送他去徽州上飞机。于是，郭磊再次告别了家乡，踏上了往海南的归程。

就在郭磊踏上海南的回程时，有一个人却要离开海南，他就是钱有福。

拿到政府的解困房后，钱有福忽然十分想家，强烈地想！想那曾孕育和陪伴他长大的千里之外的故乡！三十年中他只回去两次，一次是父亲生病，一次是母亲去世，其余时间都在海南。他自然热爱海南，否则当初就不会加入"十万人才闯海南"的行列，然而海南毕竟不是他的故乡。中国人返乡大都要"衣锦"，而他在海南三十年，直到这次拿到政府解困房，才算有一定固定资产的"有钱人"。

政府解困房规定须住满五年才能上市交易，正好有个新疆乌鲁木齐人愿意以合同方式先买下他这套房，五年后再过户，并答应按海口市场房价即每平方米一万九买。他算了一下账，按每平一万九卖给他，六十平方米可获得一百一十万元。卖了房，他就进入了百万富翁行列。百万富翁啊，这是他梦寐以求的事！不想竟然在今天实现，他将自己关在房间思考了三天，最后决定卖掉这房，带着百万巨款回家。手里有百万巨款，到了老家，花几十万买一套好房，再买一辆国产小轿车，就有脸面了。

钱有福第一时间将自己的决定告诉了陈维和张杰。张杰第一个反对："老钱，你吃错药了吧！中央正宣布海南建自由贸易港，这是我们多年的夙愿啊！"陈维更是强烈反对，并斥责他说："你这个钱有福，我看你就是一条大傻卵！如今人家都争着往海南来落户工作，苦尽甘来你却要走，你知道现在办一个海南户口多难吗？"

然而任凭他们怎么劝说，钱有福一直笑眯眯地回答："兄弟啊，我哪能不晓得海南此时的政策是全国最好，还可能进入全球一线，成为世界级城市，但是老钱老了，我除了跳舞，其他一无是处，所以还是回去好。"很快，陈维将这事告诉了阚大姐。阚大姐的看法不一样，她似乎很理解钱有福这么多年的苦处，就说："既然决定了，那就尊重他的选择吧。毕竟，他至今还是单身。"

由阚大姐做东，陈维、张杰作陪，在海航会馆二楼中餐厅以较高的规格为钱有福饯行。几位战友边吃边回忆三十年来的往事，那一幕幕一宗宗都像电影画面般显现，大家不由潸然泪下。陈维竟哭着说："活着的倒好，我最难过的就是老潘，我估计他家人至今不知道他已经离开了这个人世！"

钱有福之前是租房，房间里家具什么的都非常简陋，又破又旧。新房交给那个新疆人后，就将之前的旧家具、旧物件都扔掉了。三十年前来海南是赤条条一人，三十年后的离开也是赤条条一人。感谢党，感谢国家，总算没让他空着手回去，口袋里总算有了一百万，算是个货真价实的百万富翁！所以走的那一刻，他内心还蛮踏实的。

向几个老友告辞时，钱有福本想请他们好好吃一顿，不想阚大姐无论如何都要给他饯行，只好答应。机票也是阚大姐在网上订购的，票自己到机场取。钱有福要给阚大姐机票钱，阚大姐怎么都不肯要，说是作为送他离去的一点心意。

在海航会馆二楼中餐厅吃完饭，买钱有福房子的新疆人开着一辆轿车要送他去机场。阚大姐原先想让学校的校车送，现在见有人开车送钱有福，就没再说话。临别时刻，大家面面相觑，不知说什么好，还是阚大姐发话："行了，送君千里终须一别。老钱，走吧。"

大家坐新疆人的车送钱有福到机场。钱有福提着一只新买的行李包，包里好像没装什么东西，感觉不沉，他说只买了几包椰奶、咖啡和糖果，散给亲戚的孩子，再就是自己的换洗衣服。众人来到机场大厅门口正要进去，从里头走出一个人，大家一眼认出他是旅游公司的郭总。这么巧，郭磊正好从老家回来，与钱有福等人在机场不期而遇。

阚大姐将钱有福要回老家的情况简单说了一遍，郭磊顿时皱起眉头说："哎呀，钱先生，你这时候回去不妥吧，没见国内外人才都往海南跑呢。当年十万人才下海南，现在是那时的十倍，百万人才进海南。海南二〇二五年要封关，举全国之力，造全球最大的自贸港！世界名校可以来海南独立办学，以后国内孩子留学都不用去国外，国家所有名校目前都来海南办分校，海南自贸港的各项产品基本零关税。在这里做生意，等于买全球卖全球。这么好的环境真是千载难逢，你为何走呢？"

郭磊讲的这段话，在场的人个个听得聚精会神，热血沸腾，他们都被深深打动。陈维说："是啊，老钱，郭总说得多好，我看你还是别走吧？"张杰也说："老钱，这么多年都过来，现在情况好了，你这样走不合适。"

起初，钱有福的脸微微紧绷着，此刻慢慢放松，他露出一丝凄然的笑："郭总说的我都知道，可是郭总、弟兄们，老钱已不是当年的老钱了，老钱明年就六十岁，而且身体不怎么好，我不想像老潘那样，将一把骨头扔在这儿。"说到这儿，他两只眼睛一下子通红起来。

闻之，大家不敢再劝。郭磊点头说，"那好，欢迎常回来看看。几点的飞机？"钱有福说："还有二十几分钟。"郭磊说："去吧，还要换登机牌。各位，再见。"

郭磊同钱有福握了一下手，还拥抱了他一下。那一刻，钱有福十分感动。

新疆人从一旁小店里买了几罐饮料递给钱有福说："钱师傅，这几罐饮料带路上喝。我们保持联系，届时再交接过户。"钱有福点头说："放心兄弟，一言既出驷马难追。何况我们之间有合同，那房子你就放心住吧，它是你的了。"

大家将钱有福送到登机口，才挥手告别回去。钱有福忽然"呜"的一声哭了，说："你们还会记得我吗？"阚大姐笑说："你放心，我们一定记得你的。"

钱有福夹紧行李，扭头走进了登机口，走到拐弯处又回头，朝众人挥了挥手。

（全书完）

二〇二〇年十一月二十日完稿于海口